Das Buch

Rheinland, Anfang des 17. Jahrhunderts: Im Schloss zu Jülich stellt Herzog Johann der jungen Magd Mia nach. Er ist fasziniert von ihren Kochkünsten, und seine Annäherungsversuche werden immer zudringlicher. Als ein Giftanschlag auf ihn verübt wird, fällt der Verdacht sofort auf Mia. Ihr bleibt kaum Zeit, sich zu fragen, wer hinter dem Anschlag stecken könnte, da muss sie schon zu einer überstürzten Flucht aufbre[illegible]. So gelangt sie in die Reichsstadt Köln und findet do[illegible]flucht bei einer Bande Münzfälscher. Sie verliebt sich un[illegible]lich in eines der Bandenmitglieder: Adrian. Doch Mia ha[illegible]e mächtige Feindin. Selbst in der Unterwelt Kölns ist sie ni[illegible] vor ihren Verfolgern sicher und wird zurück nach Jülich v[illegible]hleppt. Als Mia erneut die Flucht gelingt, wird der Hass i[illegible] Feindin immer größer. Eine unerbittliche Verfolgungsj[illegible] beginnt, an deren Ende Mia in der Bretagne ergriffen und [illegible]inen einsamen Turm mitten in der Moorlandschaft von La [illegible]ère gesperrt wird. Adrian begibt sich auf die Suche nach [illegible]. Doch wird es ihm gelingen, seine Geliebte noch recht[illegible]itig zu finden?

Die Autorin

Gabriele Breuer, geboren 1970, lebt mit ihrem Mann und Sohn in Köln. Sie ist Verwaltungsangestellte in einem Seniorenheim und hat bisher einige Kurzgeschichten verfasst. Ihr erster Roman *Die Seiltänzerin* ist im Ullstein Taschenbuch erschienen.

Von Gabriele Breuer ist in unserem Hause bereits erschienen:
Die Seiltänzerin

Gabriele Breuer

Das Geheimnis der Sünderin

Historischer Roman

Ullstein

Besuchen Sie uns im Internet:
www.ullstein-taschenbuch.de

MIX
Papier aus verantwortungsvollen Quellen
FSC® C006701

Originalausgabe im Ullstein Taschenbuch
1. Auflage Januar 2012

Umschlaggestaltung: ZERO Werbeagentur, München
Titelabbildung: Frau: © Sotheby's/akg-images;
Landschaft: © Heyden, Jan van der (1637–1712), WALLACE COLLECTION
Satz: Pinkuin Satz und Datentechnik, Berlin
Gesetzt aus der Bembo
Papier: Holmen Book Cream von Holmen Paper Central Europe, Hamburg GmbH
Druck und Bindearbeiten: CPI – Ebner & Spiegel, Ulm
Printed in Germany
ISBN 978-3-548-28382-1

Meiner Mutter

Ich bin sicher, sie wäre stolz auf meine Geschichten.

Gefüllten Magen vom Hammel zurichten

Wasch ihn fein sauber aus, und reib ihn mit Salz ein. Nimm rohen Speck und Zwiebeln, schneid's fein breit, gib es in zerlassene Butter, und sieh, dass du es nicht verbrennen lässt. Schlag danach ein Ei oder drei oder vier darunter. Schlage es durcheinander, gib dazu grüne Kräuter, und rühr sie mit ein. Hack dann alles durcheinander. Wenn du die Füllung anmachen willst, nimm Safran, Pfeffer, Salz und drei oder vier Eidotter. So wird die Füllung gut. Füll den Magen damit, und schließe ihn mit einem hölzernen Spießlein. Setz ihn in Wasser auf, und lass ihn garsieden. Wenn's gesotten ist, so nimm ihn aus dem Wasser, säubere ihn außen, gib ihn in einen verzinkten Fischkessel, und gieße eine wohlgeschmeckte Rindfleischbrühe darüber. Brenn ein wenig Mehl ein, und lasse Petersilienwurzel und Muskatblüten darin sieden. Wenn es gesotten ist, so wirf ein wenig zerlassene Butter, die ungesalzen ist, darein, und lasse sie mit aufsieden. Du magst die selbige Brühe weiß lassen oder gelb machen, denn die Füllung im Magen ist gelb, dass es sich vergleichen lässt mit der Farbe.

Marx Rumpolt, *Ein new Kochbuch, Frankfurt a. M. 1581 (Übersetzung)*

1. Kapitel

Mia starrte die Rosenköhlchen auf der Arbeitsplatte an, als erwartete sie jeden Augenblick eine Antwort von ihnen. Hinter ihr klapperte Geschirr, untermalt von vertrautem Stimmengemurmel, was sie jedoch nur unterschwellig wahrnahm. Sie griff nach einer Muskatnuss und rollte sie zwischen Daumen und Fingerspitzen. Die erste Zutat ihrer Gewürzkomposition stand schon einmal fest. Vielleicht sollte sie noch Thymian dazugeben. Aus den Augenwinkeln sah Mia, dass Walther sie beobachtete. Über seine Lippen huschte ein Lächeln, bevor er das Messer zur Seite legte und sich neben Mia stellte. Sosehr sie auch die Herausforderung liebte, die Speisen selbst kreieren zu dürfen, war sie zu jeder Zeit froh, wenn der Küchenmeister ihr mit Rat und Tat zur Seite stand.

Er reichte ihr die Haube, die sie achtlos auf der Arbeitsplatte abgelegt hatte. »Du solltest sie überziehen, meine Liebe. Der Herzog wird verärgert sein, wenn er eines deiner Haare aus den Zähnen ziehen muss.«

Ohne den Blick von dem Gemüse zu wenden, stülpte Mia die weiße Haube über ihr Haar. Sie mochte es nicht, ihre dunkelbraunen Locken damit zu bändigen, denn sie fand es schön, wenn das Haar in Kringeln von ihrem Kopf abstand und dabei ihr Gesicht umrahmte. Deshalb stutzte sie auch regelmäßig ihr Haar bis kurz über die

Schultern, damit sich die Locken nicht aushängten. Eine Strähne löste sich aus der Haube und federte auf ihre Stirn. Mia pustete sie aus den Augen und griff dabei nach einem Ei. Durch die Küche der Jülicher Zitadelle zog der Duft von kross gebratenen Wachteln, die im Ofen vor sich hin schmorten. In den Kesseln auf dem Herd brodelte und köchelte es. Dampfschwaden stiegen auf und reicherten die Luft mit Feuchtigkeit an.

»Deine Augen sind so schwarz wie der Nachthimmel, wenn du kochst. Weißt du das?« Walther ließ nicht locker, sie aus ihren Gedanken zu holen.

Mia wandte sich dem Küchenmeister zu und sah ihm in die Augen, über die sich buschige Brauen zogen. Sein dichtes Haar bildete eine Einheit mit dem graumelierten Bart, der sein halbes Gesicht bedeckte. »Wirklich? Ich habe mich beim Kochen noch nie im Spiegel betrachtet. Vielleicht sollte ich das einmal tun«, sagte sie lachend.

Walther wollte etwas erwidern, doch seine Worte gingen in einem Scheppern unter. Über die Tonfliesen der Schlossküche rollten Kupferkessel in allen erdenklichen Größen. Der kleinste von ihnen vollführte eine schwungvolle Pirouette, bis Walthers Fuß ihn zum Stillstand brachte. Ännchen eilte herbei und bückte sich nach dem Kochgeschirr. Dabei versuchte die Magd, mit ihrem fülligen Leib zu verhindern, dass Walthers Blick auf den Küchenknecht fiel. In der letzten Zeit passierte dem armen Kerl ein Malheur nach dem anderen, sehr zum Unmut von Walther. Rutgers abstehende Ohren glühten in den Strahlen der Dezembersonne, die durch die hohen, gebogenen Fenster fielen. Aus seinem Gesicht allerdings war jegliche Farbe gewichen, und seine Augen waren vor Schreck geweitet. Er kratzte sich an der rechten Wange, als spürte er, was sich als Nächstes zutragen sollte. Doch entgegen der Gewohnheit, ihn zu ohrfeigen, griff der Küchenmeister nach einer verzinkten Suppenkelle. Ännchen runzelte die Stirn und hob die Arme, um sich schützend vor Rutger zu stellen. Aber Walther stieß sie zur Seite. Einen Wimpernschlag später drosch er mit dem Küchengerät auf den Jungen ein. Obwohl die Schläge nur seine Arme trafen, die er sich über den Kopf hielt, heulte Rutger wie ein Wolf bei Vollmond.

Mia konnte das nicht mit ansehen. Sie atmete tief durch und öffnete die weißgetünchte Tür zum Gemüsegarten. Der Frost hatte die letzten Blätter der Kräuter schrumpeln lassen. Die Rosenköhlchen, die Mia zubereitete, waren der Rest für diesen Winter. Sprütchen, nannte Herzog Johann Wilhelm von Jülich den kleinen Kohl liebevoll. Vor drei Jahren, im November 1605, hatte ihm sein Vetter die grün-gelben Röschen aus Flandern mitgebracht. Immer, wenn Mia die Sprütchen sah, musste sie an damals denken. Sie war zu dieser Zeit sechzehn Jahre alt gewesen und hatte dem Küchenmeister Walther Schwab bei der Zubereitung zugesehen. Anschließend hatte sie zum ersten Mal den einzigartigen Geschmack des Gemüses gekostet. Von diesem Augenblick an träumte Mia davon, selbst Speisen zuzubereiten und zu erfinden. Nachdem sie Walther ihren Wunsch offenbart hatte, ließ er sie Tag für Tag an die Kessel und brachte ihr bei, was ein guter Koch wissen musste. Oft schenkte er ihr mehr Aufmerksamkeit als den jungen Lehrlingen, was sie manches Mal beschämte.

Mia rieb sich über die Arme und warf einen Blick über ihre Schulter. Das Geschrei in der Küche war mittlerweile verstummt. Rutger sammelte schweigend die Kessel von den Fliesen und stapelte sie ineinander. Die anderen Köche widmeten sich wieder ihrer Arbeit und schnippelten und hackten, was das Zeug hielt. Ännchen hatte sich an den Spülstein begeben, um weiter das Geschirr abzuwaschen. Mia wusste genau, wie schwer ihr das Herz nach diesem Vorfall war. Die Magd war eine Seele von Mensch. Sie hatte ihrer Schwester auf dem Sterbebett versprochen, sich um den jungen Rutger zu kümmern. Als er nach dem Vater auch die Mutter verloren hatte, holte Ännchen ihn in die Schlossküche. Ein Seufzer entwich Mias Lippen. Sie liebte Ännchen wie eine Tochter ihre Mutter. Auch sie selbst hatte es ihr zu verdanken, hier in der Schlossküche sein zu dürfen. Mia trat wieder zurück in die Wärme, die sie einhüllte und ihr einen wohligen Schauer bereitete. Jede der Schaum- und Schöpfkellen, die sorgfältig aneinandergereiht an einer Eisenstange über dem Herd hingen, waren ihr vertraut, jede Beule in den Kesseln auf den Holzregalen bekannt. Die Schlossküche war, seit sie denken konnte, ihr Heim, und die gemauerten Rundbögen die schützenden Hände Gottes, die sie behüteten. Hier hatte sie laufen, sprechen und später kochen gelernt.

Mia schaute zu Walther, der den Spieß mit den Wachteln aus dem Ofen zog. Sein Gesichtsausdruck spiegelte seinen Unmut wider. Sie ging zu ihm und lächelte ihn an. Seine Mundwinkel zuckten leicht nach oben. Mia war sich sicher, dass sich sein Gram bald verflüchtigen würde.

Nachdem er die Vögel vom Spieß gelöst hatte, wischte er seine fettigen Hände an einem Tuch ab und ging zu Mia, um ihr bei der Zubereitung der Rosenköhlchen zuzusehen.

»Ihr solltet Euch nicht so aufregen. Das ist nicht gut für Euer Wohlergehen.« Mia legte die Hand auf den Unterarm des Küchenmeisters. Unter ihren Fingerkuppen kitzelte der Pelz seiner grauen Haare.

Walther nickte und atmete tief aus. Er nahm zwei Eier und schlug sie in eine hölzerne Schüssel auf. Dann verrührte er sie mit Dinkelmehl und knetete einen festen Teig daraus.

»Ihr habt das Salz vergessen.« Mia reichte ihm den Tiegel.

»Stimmt, danke. Dieser Küchenjunge raubt mir noch den letzten Verstand.« Er warf einen bösen Blick in Rutgers Richtung.

Der Küchenjunge schälte mit gesenktem Blick einen Berg Rüben, aus denen ein Eintopf für die Bediensteten gekocht werden sollte. Dabei presste er die Lippen aufeinander, als kämpfte er mit den Tränen.

»Seht es ihm nach, er ist doch noch so jung! Und er hat vor nicht allzu langer Zeit seine Eltern verloren. Deswegen ist er bestimmt nicht richtig mit den Gedanken bei der Arbeit«, versuchte Mia, Walther zu beschwichtigen.

»In all den Jahren, in denen ich hier am Jülicher Schloss bin, ist mir so ein Tölpel noch nicht untergekommen.« Walther schüttelte verständnislos den Kopf. »Ich sehe mir das nicht mehr lange an, dann schmeiß ich ihn aus der Küche.« Die Kiefermuskeln des strengen Küchenmeisters zuckten.

Ännchen, die gerade die Teller ins Regal räumte, drehte sich zu Walther. »Wo soll er denn hin? Wollt Ihr, dass er als Bettler endet? Ihr wisst doch, was ich meiner Schwester versprochen habe.« Ihre vollen Wangen röteten sich vor Entsetzen.

»Wenn es so kommt, hat er sich das selbst zuzuschreiben. Irgendwann ist meine Geduld zu Ende«, knurrte Walther.

»Ich glaube, ich gebe statt der Muskatnuss etwas Thymian an die Rosenköhlchen.« Mia wollte den Küchenmeister auf andere Gedanken bringen.

»Versuche es lieber mit Koriander«, wandte Walther ein. »Der Herzog leidet zurzeit unter einer Verstopfung. Das Gewürz wird sein Gedärm wieder auf Trab bringen.«

Mia sah ihn erstaunt an. »Koriander? Meint Ihr, das harmoniert mit dem Geschmack des Rosenkohls?«

»Aber gewiss doch, lass es uns ausprobieren.« Walthers Stimme war wieder sanfter geworden.

Erneut hatte Mia etwas gelernt, was sie sich unbedingt merken musste. »Dann wollen wir den Därmen des Herzogs mal helfen, damit wieder Platz für neue Speisen ist.« Mit einem Lächeln auf den Lippen viertelte sie die Röschen und dünstete sie in Schmalz. Anschließend vermengte sie das Gemüse mit zwei Eiern, würzte es mit dem Koriander und probierte von der Masse. Walther hatte recht, es schmeckte vorzüglich. Wenn sie weiterhin so viel von ihm lernte, würde sie es gewiss schaffen, irgendwann einmal am französischen Hof für den König zu kochen. Die Tatsache, dass ihr dies als Frau unmöglich sein dürfte, verdrängte sie aus ihrem Kopf und hing stattdessen wieder einmal einem Tagtraum nach: Hektisches Klappern von Geschirr hallte durch die Küche am französischen Hof. Sie selbst stand mitten zwischen den Köchen und kreierte in aller Seelenruhe die Speisen für das königliche Bankett, schnitzte Röschen aus Karotten und überzog sie mit Kristallzucker, der wie Raureif aussah. Sie schmeckte die Füllung einer Pastete ab und rührte gleichzeitig ein dreifarbiges Gelee aus Aprikosen, Mandeln und Erdbeeren an. Herrscher aus aller Welt lobten ihre Gerichte, die sie mit Herz und Liebe zubereitete. Mia dachte an die Schauessen, von denen Walther berichtet hatte. Als sie vor ihrem inneren Auge die Zwerge aus den Pasteten springen sah, konnte sie sich einen sehnsüchtigen Seufzer nicht verkneifen. Es musste ein grandioser Anblick sein, wenn die gebratenen Pfauen wieder mit ihrem Federkleid geschmückt wurden, aus Eisbrunnen Wein floss und ganze Städte aus Zucker die Tafel zierten.

»Träumst du schon wieder, Mädchen?« Ännchen blickte sie verständnislos an.

»Ach, Ännchen, warum veranstaltet unser Herzog eigentlich keine Schauessen?«

»Der hat genügend andere Sorgen«, winkte die Küchenmagd ab. »Außerdem können wir doch froh sein, dass ihn in der Beziehung noch nicht die Verschwendungssucht überfallen hat. Stell dir nur vor, was wir hier in der Küche dafür schuften müssten!« Ännchens Blick schweifte wieder zu Rutger. Wahrscheinlich wollte sie sich überzeugen, dass er keine weiteren Dummheiten anstellte. Doch der Küchenjunge trocknete mit einem Tuch brav das Geschirr ab, das Ännchen zuvor gespült hatte.

»Aber bedenke, welche Kunstwerke wir schaffen könnten.« Mia ließ nicht locker. »Und das Auge isst ja bekanntlich mit.«

»Kunstwerke, die anschließend den Bettlern vorgeworfen werden. Ach, Kind, nun träum doch nicht immerfort davon! Schließlich kannst du froh sein, dass Walther dich an die Kessel lässt.«

Mia presste die Lippen aufeinander. Ännchen hatte recht. Es stand ihr nicht zu, vom französischen Hof zu träumen. Eigentlich hätte sie nur die Hände ins Spülwasser stecken oder die Abfälle hinaustragen dürfen.

Noch atemlos von der Anstrengung des Beischlafs, zog der Herzog seine Kniebundhose hoch und verschloss die Schnüre. Vor ihm lag seine Gemahlin Antonie zwischen hochgetürmten Kissen. Ihr Blick glich dem eines Rindviehs vor der Schlachtbank.

»Glotzt nicht so tumb«, raunzte Johann und drehte sich von ihr ab. Glaubte dieses dumme Weibsbild etwa, ihm hätte der Akt Freude bereitet? Eine lästige Pflichtübung, mehr war es für ihn nicht gewesen. Diesen unförmigen Körper mit den hängenden Brüsten bestieg er nur, um einen Nachkommen zu zeugen. Doch langsam schwand seine Hoffnung, sein alterndes Weib würde ihm noch einen Sohn gebären. Er rückte sein Gemächt zurecht und warf Antonie ihr Kleid aus smaragdfarbener Seide zu. »Zieht Euch an, denn Euer Anblick verdirbt mir noch den Appetit.«

Antonie erhob sich schluchzend aus dem Bett. Ohne ein Wort zu verlieren, zog sie das Kleid an und rief nach ihrer Kammerzofe, die sie wieder herrichten sollte. Johann warf noch einen Blick auf ihr mit Walnussschalen gefärbtes Haar. Doch selbst diese Bemühungen machten sie nicht schöner. Das fiel besonders auf, wenn sie neben ihm stand. Obwohl der Herzog bereits sechsundvierzig Lenze zählte, war er ein schöner Mann, mit vollem schwarzen Haar und ebenmäßigen Gesichtszügen. In Gedanken verfluchte er den Mörder seiner ersten Gemahlin. Sie hatte ihm zwar auch keine Nachkommen geschenkt, war aber weitaus ansehnlicher gewesen als dieses Weib. Und er verfluchte die Landstände, die sie auf dem Gewissen hatten, um ihn anschließend zur Ehe mit Antonie zu zwingen. Trauer legte sich wie ein schwarzes Tuch auf seine Seele, als er an seine geliebte Jacobe dachte. Johann war sich sicher, der Mörder musste aus den Parteien der Landstände gekommen sein. Doch er war machtlos gegen die Mitregenten, die die ständige Kontrolle über ihn hatten. Johann presste die Lippen aufeinander, verließ das Gemach seiner Gemahlin und stieg die Stufen hinab in den Speisesaal.

Ein Diener hatte bereits die Platte mit den gebratenen Wachteln zu der Tafel getragen, die Platz für drei Dutzend Schlossbewohner bot. Doch über ihm brannten die Kerzen an dem zwölfarmigen Kronleuchter aus dunkel gebeiztem Holz nur für ihn, denn für den heutigen Tag hatte er angeordnet, allein zu speisen. Zum letzten Mal gab es seine geliebten Sprütchen. Danach musste er wieder bis zur Ernte im nächsten Jahr warten. Mit großem Bedauern dachte er daran, wie viele Monde er nun auf diese Köstlichkeit verzichten musste.

Ein Diener zog einen Stuhl unterm Tisch hervor, und der Herzog ließ sich auf dem rubinroten Samt der Sitzfläche nieder. Er drückte seinen schmerzenden Rücken gegen die eingeschnitzten Ornamente der Stuhllehne und griff nach dem Kelch. Als der Bedienstete dann endlich den Deckel von der Platte lüftete, verströmten kross gebratene Wachteln einen herrlichen Duft. Es war an der Zeit, sich den wahren Lüsten zu widmen und die dunklen Gedanken beiseitezuschieben. Ein Ziehen fuhr durch seinen Leib und bereitete ihm einen wohligen Schauder. Nichts konnte seine Sinne mehr verzaubern als die Kompositionen der Gewürze, die sich mit jedem Bissen an seinem Gaumen entfalteten. Die Begierde danach steigerte sich fast schmerzhaft und ließ ihn aufstöhnen. Nachdem der Diener ihm eine Scheibe der Pastete neben die Wachtel auf den Teller gelegt hatte, lief Johann das Wasser im Munde zusammen. Er schloss die Augen und sog den Duft der Speisen ein. Schon stieg das Bedauern auf, dass die Speise allzu rasch in seinem Magen und der Teller geleert sein würde. Er nahm einen kräftigen Schluck von dem roten Wein und ließ ihn seine Zunge umspielen, bevor er ihn hinunterschluckte. Bedächtig schnitt er mit seinem Messer ein Stück der Pastete ab und führte es zum Mund. Auf seiner Zunge breitete sich das Aroma der Sprütchen und des Korianders aus. Eine Komposition, die ihn beinahe in einen Rausch versetzte. Er schloss die Augen, und unter seinen Lidern sammelten sich Tränen der Verzückung. Nachdem er den Bissen geschluckt hatte, wischte er sich mit dem Hemdsärmel die Nässe von den Wangen. Er hob die Lider, riss ein Stück von der Wachtel und schob es sich zwischen die Zähne. Er aß nicht, er zelebrierte das Mahl. Verzückte Laute von sich gebend, schaukelte er sich in dem Rausch seiner Begierde, und das über Stunden hinweg.

Als die Platten später bis zum letzten Bissen geleert waren, glaubte Johann zu platzen. Sein Gedärm, das er schon seit Tagen nicht mehr geleert hatte, drückte schmerzhaft gegen die Lunge. Arme und Beine fühlten sich an, als fließe Blei hindurch. Er sehnte sich nur noch nach den Kissen seines herzoglichen Bettes, in denen er versinken konnte.

Schwerfällig erhob er sich von dem Stuhl, verließ den Speisesaal und zog sich am vergoldeten Treppengeländer hoch. In seinem Gemach ließ sich Johann rücklings auf sein Bett fallen. Die Gedanken an das bevorstehende Weihnachtsfest überfielen ihn. Sosehr er sich auch auf die Speisen freute, grauste es ihm vor der Anwesenheit seiner Verwandtschaft. Tasso, sein Jagdhund, leckte ihm die Finger. »Ach, mein treuer Gefährte, all die Herren mit ihren Gemahlinnen, die sich an Weihnachten auf meine Kosten die Leiber vollschlagen werden, sind so falsch wie die Schlange im Paradies! Glaube mir, sie zünden Kerzen in ihren Kirchen an und beten, damit ich ohne Nachfolger ablebe. Doch diesen Gefallen erweise ich ihnen nicht. Ich werde alles daransetzen, einen Sohn zu zeugen. Darauf kannst du dich verlassen.« Johann griff nach Tassos Ohr und ließ seine Finger mit dem weichen Fell spielen. »Doch mir bleibt nicht viel Zeit. Wenn der Allmächtige mich noch nicht zu sich rufen will, werden sie gewiss nachhelfen, wie bei Jacobe damals.« Ein tiefer Seufzer entfuhr Johann. »Und dann dieser Marschall Bretzen … In meinen Augen ein vollkommen unfähiger Mann. Die spanischen und niederländischen Truppen toben sich in unserem Land aus, als wäre es ihr eigenes. Aber das wundert ja auch nicht, wenn ihnen niemand Einhalt gebietet. Dieser Bretzen müsste unserem Kaiser täglich davon berichten und Hilfe erbitten, damit Rudolf endlich mal aus seinem Prag rauskommt. Aber was macht dieser Landrat? Nichts – einfach nichts! Schleicht mit seiner falkenhaften Gestalt zwischen Düsseldorf und Jülich umher, steckt überall seine spitze Nase hinein, aber mal etwas zu unternehmen – pah, dazu ist er nicht in der Lage!«

Tasso gab ein leises Knurren von sich.

»Ja, ganz recht, mein Lieber.« Johann tätschelte dem Jagdhund den Kopf. »Selbst gegen die Protestanten unter den Landständen wettert Bretzen nicht. Steckt wahrscheinlich sogar mit ihnen unter einer Decke.« Johanns Gedanken kehrten zurück zu seiner Verwandtschaft, den Brandenburgern und den Pfalz-Neuburgern, die in die Familie eingeheiratet hatten, um in der Erbfolge um das Jülicher Land ganz oben zu stehen. Johanns Lider wurden immer schwerer. Der rostfarbene Baldachin über ihm verschwamm vor seinen Augen, ehe er in den Schlaf versank. In seinen Alpträumen sah Johann, wie Anna, die Tochter seiner verstorbenen Schwester, mit ihrem Gemahl Sigismund von Brandenburg in die Schlosszitadelle zog. Ihr ganzes Hab und Gut wurde auf Wagen angefahren. Mit eiserner Hand wies seine Nichte die Diener an, den bisherigen Hausstand des Schlosses auf dem Innenhof verbrennen zu lassen.

Als Johann erwachte, rannen heiße Tränen über seine Wangen. Doch dann keimte sein Kampfgeist in ihm auf. Nie und nimmer würde er dieses Volk die Herrschaft übernehmen lassen.

Der Schein des Feuers spendete ein warmes Licht und ließ Adrians Schatten an den Tuffblöcken tanzen. Um ihn schloss sich kreisrund das Mauerwerk aus Sandstein. In den Hohlraum unter dem Rathaus der freien Reichsstadt Köln mündeten unterirdische Gänge, von denen niemand wusste, wozu sie vor langer Zeit gebaut worden waren.

Auf einem der herumliegenden Steinquadern schlief Adrians Freund Will den Schlaf der Gerechten. Die Arme vor der Brust verschränkt und den Kopf nach vorn gebeugt, gab Adrians Kumpan ein leises Grunzen von sich. Seit fast zehn Jahren lebten sie gemeinsam in diesem Gemäuer. Adrian musste ungefähr fünfzehn Jahre alt gewesen sein, als er den Hohlraum bei einem ihrer Streifzüge durch die Unterwelt entdeckt hatte. Von da an hatten die beiden herumstreunenden Burschen einen Platz, den sie ihr Heim nennen konnten. In den alten Gängen, die zu ihrem Lager führten, versteckte sich auch das Gesindel der freien Reichsstadt. Hier suchten die Bettler und Diebe Schutz vor dem Regen und der Kälte in den Kölner Gassen. Doch niemand von ihnen ahnte, was Adrian und Will in ihrem Versteck trieben, um ihren Lebensunterhalt zu verdienen. Ein ungeschriebenes Gesetz verwehrte es ihnen, den beiden Kumpanen hinterherzuschnüffeln. Und ohne Ausnahme hielten sich die ehrlosen Bewohner der Unterwelt daran.

Adrian tippte Will mit dem Zeigefinger auf die Schulter. Sein Freund riss die Augen auf, schüttelte die strohblonden Locken, um wach zu werden, und rieb sich mit den Handballen den Schlaf aus dem Gesicht. »Was ist los? Warum weckst du mich?« Seine Augen glichen denen eines Eichhörnchens.

»Ich wollte dir nur sagen, dass ich nach Jülich aufbreche.« Adrian griff nach seinem schwarzen Mantel, zog ihn über und befreite sein haselnussfarbenes Haar aus dem Kragen.

Sein Kumpan sah ihn verdutzt an. »Willst du allein reisen?«

»Es ist nicht gut, wenn wir zusammen im Schloss aufkreuzen. Halt du lieber hier die Stellung. Glaube mir, ich schaffe es schon, Heinrich von Lothringen zu überzeugen, dass er uns den Auftrag geben muss.«

»Woher willst du wissen, dass er schon auf Schloss Jülich ist?«

»Ich habe meine Quellen«, sagte Adrian und zwinkerte.

»Und die sind verlässlich?«

Adrian hob eine Augenbraue. »Ich denke schon. Denn die Herzogin weiß bestimmt, wann ihr Bruder eintrifft.«

Will pfiff anerkennend durch die Zähne. »Heinrich hat also seine Schwester eingeweiht.«

»Wird wohl so sein. Wenn sie als Mittelmann fungiert, kann uns das viel Zeit ersparen.«

»Dann sieh zu, dass du dich gut mit ihr hältst.« Will erhob sich und räumte die Steine aus dem Zugang zu ihrem Versteck beiseite.

Adrian klopfte ihm zum Abschied auf die Schulter. Dann kroch er durch die halbrunde Öffnung zu dem Gang, in dem er aufrecht gehen konnte. Staub bedeckte seinen Mantel, als er sich hinter dem geheimen Zugang auf die Füße stellte und die Fackel in seiner Hand an einem der ewigen Lichter der Unterwelt entfachte. Zwei Handbreit über ihm bog sich das Gemäuer aus Tuffblöcken. Bevor er den Gang erreichte, in dem die Bettler und Diebe herumlungerten, klopfte er sich den Staub von seinem Mantel. Zu dieser Tageszeit war hier nicht sehr viel los, nur die Schwachen und Kranken suchten Schutz. Die meisten der Bewohner bettelten zur Mittagszeit in den Gassen rund um den Aldemarkt oder bestahlen die Leute auf dem Fischmarkt. Erst wenn die Sonne hinter dem Kran auf der großen Kathedrale verschwunden war, krochen sie zurück in die unterirdischen Gänge.

Ein Bein stellte sich Adrian in den Weg. Im letzten Augenblick blieb er stehen, um nicht darüber zu stolpern. Er blickte auf einen Bettler, der ihn mit einem zahnlosen Mund angrinste. Sein Mantel wies mehr Löcher auf als der niederländische Käse, der auf dem Aldemarkt angeboten wurde.

»Wohin des Weges, edler Herr?«

Adrian stieg über das Bein. »Das geht dich nichts an, Matthis. Das weißt du.«

»Irgendwann wird einer von uns das Nichts hier unten finden, aus dem du immer auftauchst. Verlass dich darauf«, brummelte der Bettler zwinkernd.

Adrian wusste, Matthis meinte es nicht ernst. Er

schenkte ihm ein Lächeln und kletterte die Holzleiter hinauf, die durch eine Öffnung zu einer Gasse in der Nähe des Aldemarkts führte.

Auch am nächsten Tag herrschte in der Schlossküche eine Stimmung, die den tief hängenden Wolken am Himmel gleichkam. Schweigend knetete Mia aus Mehl, einem Ei, Schmalz und Wasser einen Mürbeteig für das heutige Gericht. Die Hände im Teig vergraben, blickte sie zu Walther, dessen Laune wieder einmal zu wünschen übrig ließ. Mit einem mürrischen Ausdruck im Gesicht rührte er in einem großen Kessel, der auf dem Herd stand. Es fiel Mia schwer zu glauben, Rutger sei der einzige Grund für seinen Unmut.

Während der Teig ruhte, drehte Mia das Ochsenfleisch durch den Wolf und kochte es in Wasser. Dann gab sie es in ein Sieb zum Abtropfen und würfelte die Äpfel, den Speck sowie die Zwiebeln und den Knoblauch. Sie versuchte, sich voll und ganz auf die Zubereitung der Speisen zu konzentrieren, doch ihre Gedanken schweiften immer wieder zurück zu Walther. Ännchen hatte seit dem letzten Vorfall kein Wort mehr mit dem Küchenmeister gesprochen. Mia konnte es nicht ertragen, wenn sie sich stritten. Mit schwerem Herzen hackte sie den Liebstöckel und vermischte die Zutaten mit dem abgetropften Hackfleisch und den Eiern. Dann gab sie die Fleischmasse auf den ausgerollten Teig und umschloss sie damit. Nachdem sie den Heidnischen Kuchen in den Ofen geschoben hatte, beschloss sie, mit Walther zu reden. Sie wischte sich die Hände an ihrer Schürze ab und begab sich an den Herd.

»Rutger ist noch so jung, und Ännchen hat ihrer Schwester versprochen, sich um ihn zu kümmern. Warum verzeiht Ihr ihm nicht einfach das kleine Malheur? Es ist doch nichts zu Bruch gegangen.« Mia legte die Hand auf Walthers Unterarm.

»*Noch* ist nichts zu Bruch gegangen, aber es wird nicht mehr lange dauern. Glaube mir, dieser Tölpel zerstört mir irgendwann die ganze Küche«, murrte Walther, ohne von der Suppe aufzublicken.

»Nun übertreibt Ihr aber. Dafür müsste er schon auf einem Pferd hier durchgaloppieren.« Mia versuchte, Walther mit einem Lächeln aufzumuntern, doch dieser schnaubte nur verächtlich. Sie kämpfte mit der Versuchung, ihn am Bart zu kitzeln, aber dann schaute sie zu Ännchen. Der Blick ihrer Ziehmutter verriet ihr, sie möge den Küchenmeister besser in Ruhe lassen. Mia seufzte, wandte sich von Walther ab und beschloss, sich ein wenig im Schlosshof die Beine zu vertreten. Sie nahm ihren Umhang vom Haken an der Wand und verließ wortlos die Küche. In ihrem Rücken spürte sie Walthers Blick, dann fiel die Tür ins Schloss.

Die Beete um die Reiterstatue in der Mitte des Hofes wirkten trostlos ohne die Blumen des Sommers. Der erste Schnee war schon wieder geschmolzen, und die Nässe, die er hinterlassen hatte, färbte die Pflastersteine dunkel. Mia schaute zum Nordturm, dem größten der vier Ecktürme des Schlosses, der sogar von weitem zu erkennen war. Die Binnenhofloggia erinnerte an einen italienischen Palazzo, wie Walther immer sagte. Der Hof ließ nicht erahnen, welche Festung ihn umgab. Die vierzackige Wallanlage schützte das Schloss vor Eindringlingen. Der Herzog rühmte seine Bastion als eine der sichersten nördlich der Alpen. Doch Mia interessierte dies nicht sonderlich. Die Küche war der Platz, an den sie gehörte, ob mit oder ohne Wall. Sie senkte den Kopf, stieß mit ihrer Schuhspitze einen Stein vor sich her und dachte an das Weihnachtsfest. Das Menü, das aufgetragen werden sollte, musste diesmal besonders fein sein, weil viele Gäste auf dem Schloss erwartet wurden. Acht lange Tage dauerte es noch, bis es endlich so weit war. In Mias Bauch kribbelte bereits die Vorfreude auf die Zubereitung der Speisen. In Gedanken atmete sie den Duft des Gänsebratens ein. Das Gefühl von Geborgenheit breitete sich in ihrem Leib aus und ließ sie die schlechte Stimmung in der Küche vergessen.

»Du solltest aufpassen, wo du hinläufst.«

Eine Männerstimme riss Mia aus den Gedanken. Die Hände auf ihren Schultern hinderten sie daran weiterzugehen. Sie hob erschrocken den Kopf und schaute in die samtbraunen Augen eines jungen Mannes, der sie freundlich ansah. Diesen Fremden, in einen schwarzen Mantel gehüllt, hatte sie noch nie gesehen. Sein Blick hielt sie für einen Augenblick gefangen, bevor er die Hände von ihren Schultern nahm.

»Verzeiht, ich war in Gedanken«, stammelte Mia.

Ein Lächeln umspielte seine Lippen. »Verrätst du sie mir, Mädchen?«

In Mias Nacken breitete sich eine Hitze aus, die bis zu den Ohren hinaufkroch. Verlegen wandte sie den Blick ab. »Ach, es war nichts Besonderes. Ich dachte nur über die Speisen für die Weihnachtstage nach.« Es fiel ihr schwer, diesem Mann in die Augen zu schauen. Etwas Geheimnisvolles umhüllte ihn, das ihr einen Schauer über den Rücken jagte.

»Das hört sich gut an. Dann arbeitest du hier auf dem Schloss als Küchenmagd?«

Mia überlegte kurz. Sie hatte sich noch nie die Frage gestellt, ob sie nun eine Küchenmagd war, oder nicht.

»Ich denke eher, ich bin eine Köchin«, antwortete sie mit Stolz in der Stimme.

»Oh, eine Köchin.« Der junge Mann hob anerkennend die Augenbrauen.

»Glaubt Ihr mir etwa nicht?«

»Natürlich glaube ich dir. Warum auch nicht? Schließlich sind in der Stadt, aus der ich komme, die Frauen in fast allen Berufen vertreten.«

»Wirklich?« Mia riss die Augen auf. »Von woher kommt Ihr denn?«

»Mein Name ist Adrian Thurn, und ich komme aus Köln. Dort bilden die Frauen sogar Zünfte und das seit über zweihundert Jahren.«

Mia sah ihn ungläubig an. Sie fand es unglaublich, was der Mann ihr da erzählte. In diesem Augenblick stellte sie fest, wie wenig sie von der Welt hinter dem Wall wusste. Eigentlich fast nichts. Sie kannte nur die Küche, das Schloss und dessen Bewohner. Ihr Wunsch, nach Frankreich zu gehen, um dort am königlichen Hof zu kochen, kam ihr mit einem Mal töricht vor.

»Verrätst du mir auch deinen Namen?« Adrians Worte rissen sie aus den Gedanken.

»Entschuldigt meine Unhöflichkeit. Mein Name ist Mia. Mia Weyer.«

»Mia, die Köchin des Herzogs von Jülich. Ja, das passt gut«, sagte er zwinkernd.

»Und Ihr? Wer seid Ihr, und was führt Euch hierher?«

Von seinen Lippen verschwand das Lächeln. Er senkte den Blick. »Ich bin Kaufmann und auf dem Weg zur Herzogin«, sprach er mit gedämpfter Stimme.

»Mit welchen Waren handelt Ihr denn?«

Adrian zögerte für einen Augenblick mit der Antwort. »Ich handle mit feinen Stoffen aus dem Orient«, antwortete er dann und senkte dabei den Blick zu Boden.

»Oh, wie schön. Ich beneide die Herzogin um ihre Kleider!« Mia schaute zu den Fenstern der Küche. Sie musste sich wieder um ihren Heidnischen Kuchen kümmern. »Entschuldigt mich, aber die Pflicht ruft. Sonst verbrennt mir noch die Speise.«

»Was gibt es denn Gutes?« Auf Adrians Lippen war das Lächeln zurückgekehrt.

»Habt Ihr Hunger?« Mias Blick erhellte sich. Ein hungriger Gast war ihr immer willkommen.

»Hunger habe ich schon, aber die Herzogin erwartet mich.«

»Kommt mit mir. Für eine kleine Stärkung wird wohl noch Zeit sein.« Mia griff nach seiner Hand und zog ihn zur Tür der Schlossküche.

Auf der Schwelle hielt sie abrupt inne. Walther zerteilte mit einem Beil gerade eine Schweinehälfte. Als er Mia bemerkte, blickte er mürrisch auf. Mit zusammengezogenen Augenbrauen musterte er den Fremden. Mia ließ die Hand des Mannes los, als hätte sie sich daran verbrannt, und biss sich auf die Unterlippe. Erst in diesem Augenblick wurde ihr bewusst, was sie getan hatte. Auf ihren Wangen brannte die Schamesröte, doch sie versuchte, die Unsicherheit beiseitezuschieben und ein Lächeln aufzusetzen, dem Walther bisher noch nie hatte widerstehen können. Doch dieses Mal wies er sie in schroffem Ton an, in ihre Kammer zu gehen, um dort über ihr schamloses Verhalten nachzudenken.

Am späten Nachmittag durfte Mia ihre Kammer wieder verlassen, um die Küche auf Hochglanz zu bringen. Mit einer Bürste scheuerte sie die Fliesen vor dem Ofen und musste dabei die ganze Zeit an den fremden

Mann denken. Dass er ein Kaufmann sein sollte, konnte sie sich beim besten Willen nicht vorstellen. In seinem schwarzen Mantel wirkte er so geheimnisvoll und mystisch wie ein Maleficus. Obwohl sie die Zauberer nur aus den Erzählungen der Mägde kannte, hatte sich ihr Bild seit Adrians Erscheinen in ihr gefestigt. Ihre Gedanken schweiften hinter die Mauern der Zitadelle, hinweg über das Jülicher Land bis hin zu der Stadt Köln, wo die Frauen den Zünften angehörten und ihre Berufe ausüben konnten.

Ännchen entzündete die Dochte der tönernen Öllampen und winkte Mia zu sich an den Küchentisch. »Lass gut sein für heute, Mädchen. Komm und setze dich zu mir.« Sie stellte einen Holzteller mit Käse und Apfelstückchen vor sie. Dazu goss sie etwas Milch in zwei Becher.

Mia erhob sich von ihren Knien und bog den Rücken durch. Sie und Ännchen waren allein. Der Küchenmeister sowie Rutger und die anderen Bediensteten hatten sich bereits zur Nacht verabschiedet. Erleichtert ließ sich Mia auf dem Schemel neben Ännchen nieder.

»Ich mache mir Sorgen um Rutger. Es dauert nicht mehr lange, und Walther wirft ihn aus der Schlossküche. Wenn er ihn nicht vorher totgeschlagen hat.« Ännchen nahm die Haube vom Kopf und kämmte mit den Fingern ihr mausgraues Haar.

»Ach, Ännchen.« Mia griff nach ihrer Hand. »Das wird schon nicht geschehen. Und wenn, werden wir Walther wieder umstimmen.«

Ännchen zuckte mit den Schultern. Ihr Blick haftete auf dem glühenden Docht der Öllampe. »Ich bin froh, dass er nicht auch mit dir so umgeht, mein Kind.« Ein zögerliches Lächeln legte sich auf ihre Lippen.

»Na ja. Besonders freundlich war er heute auch nicht zu mir.« Mia zerkrümelte den Käse zwischen ihren Fingern.

»Das kann ich ihm allerdings nicht verdenken. Es geziemt sich nicht für eine junge Frau, einen fremden Mann einfach hinter sich herzuziehen.«

»Ich weiß, doch ich habe mir nichts dabei gedacht. Wirklich nicht.« Die Erinnerung daran, wie warm sich Adrians Hand angefühlt hatte, kehrte in Mias Gedanken zurück. In ihrer Bauchhöhle breitete sich ein wohliges Ziehen aus, das sie so noch nie zuvor gespürt hatte.

Ännchen erhob sich, band die Küchenschürze ab und legte sie über die Stuhllehne.

In der Hoffnung, das Gespräch sei damit beendet, streckte Mia gähnend die Hände von sich, doch die Küchenmagd ließ sich wieder am Tisch nieder.

»Weißt du, ich bin so froh, dass er mich damals nicht fortgeschickt hat, als ich nach deiner Geburt mit dir vor ihm stand und ihn bat, dich hier großziehen zu dürfen.«

»Was hättest du dann getan, Ännchen?«

»Ich weiß es nicht, doch allein gelassen hätte ich dich nie. Ich habe Pauline versprochen, mich um dich zu kümmern. Deine Mutter hatte in ihrer letzten Stunde nach deiner Geburt nur Sorge um dich.« In Ännchens Augen schimmerten Tränen.

»Und sie hat dir wirklich nie verraten, wer mein Vater ist?« Auch wenn Mia Ännchen diese Frage schon hunderte Male gestellt hatte, hoffte sie immer noch, ihre Ziehmutter wüsste vielleicht etwas über ihren Vater.

»Nein, mein Kind. Wirklich nicht. Glaube mir.« Das Bedauern in Ännchens Augen verriet, dass ihre Worte der Wahrheit entsprachen.

Seufzend nahm Mia ein Stück Apfel und betrachtete

es eingehend. »Vielleicht ist er ein edler Kaufmann oder ein Adliger, der zu Besuch auf dem Schloss war.«

Nun huschte ein Lächeln über Ännchens Lippen. »Oder ein armer Spielmann auf dem Weg nach Köln. Wer weiß das schon? Von daher kannst du es dir aussuchen.«

Mia schürzte die Lippen und sah ihre Ziehmutter belustigt an. »Na, wenn ich die Wahl habe, dann will ich ein Kind von Adel sein. Apropos Adel, glaubst du, die Rosenkohlpastete hat dem Herzog geschmeckt?«

»Aber Mia, daran wirst du doch nicht zweifeln.« Ännchen knuffte sie mit dem Ellbogen in die Rippen.

»Aber in der Küche bekommen wir davon nichts mit.«

»O doch, meine Liebe. Sieh, wenn es dem Herzog nicht munden würde, dann wäre Walther nicht mehr Küchenmeister. Es gibt genug Köche, die sich um den Posten reißen.«

Mia nickte. »Da hast du recht. Übrigens, ich habe vorhin die Herzogin gesehen. Ich glaube, es geht ihr nicht gut, sie sah sehr schlecht aus. Ihre Augen waren rotgeweint, und ihre Miene war leichenbitterblass.«

»Herzog Johann behandelt sie nicht gut. Das hat mir ihre Kammerzofe erzählt«, sprach Ännchen hinter vorgehaltener Hand. »Doch bitte, kein Wort zu irgendjemandem. Sie hat es mir anvertraut, nachdem ich ihr Verschwiegenheit geschworen hatte.« Nun endlich reckte sich Ännchen und erhob sich von dem Stuhl. »Lass uns die Lichter löschen, mein Kind. Meine alten Knochen sind müde.«

Mia drückte der Älteren einen Kuss auf die Stirn und verabschiedete sich von ihr. Nachdem sie die Küche verlassen hatte, stieg sie die Stufen hinauf, die zu den Unterkünften der Bediensteten führten. Ein Bett, einen Nachttisch und eine Frisierkommode aus dunklem Eichenholz nannte Mia ihr Eigen. Ihre Kammer war schlicht eingerichtet, wie es einem Küchenmädchen entsprach. Erstaunt nahm sie wahr, dass sich auf dem Nachttisch ein Buch befand, das jemand heimlich dort hingelegt haben musste. Mia ahnte, dass es Walther gewesen war. Erleichterung breitete sich in ihrem Herzen aus, denn dies zeigte ihr, dass er ihr die Unschicklichkeit verziehen hatte. Sie nahm das Buch in die Hand, strich mit den Fingerspitzen über die rote Schrift und drückte einen Kuss darauf, der Walther gelten sollte. Endlich ergab es einen Sinn, das Lesen von ihm gelernt zu haben. Ihr Herzschlag beschleunigte sich. »Ein new Kochbuch von Marx Rumpolt«, zitierte sie leise den Titel und begann, in dem Buch zu blättern. Schon bald war sie von den Rezepten so gebannt, dass sie vergaß, sich zu waschen und das Nachtgewand anzulegen. Bis weit nach Mitternacht saß sie auf der Bettkante und las von einem Abendessen aus Ochsenfüßen, von Salmwürsten und Knödeln aus Gänsefleisch. Als sie in den frühen Morgenstunden in den Schlaf fiel, träumte sie davon, ein eigenes Kochbuch zu schreiben. Doch dann schob sich ein anderes Bild in ihren Traum: Adrian stand vor ihr und griff nach ihren Händen. Ein Lächeln umspielte seine Lippen.

Schneeregen verwandelte den Domhof in einen Schlammacker. Der Kran, der schon seit über zweihundert Jahren auf die Fertigstellung des Südturmes wartete, war nur schemenhaft im Flockenwirbel zu erkennen. Die Bürger der freien Reichsstadt Köln eilten um die Pfützen und suchten den Weg an den heimischen Herd. Doch eine

Moen vor dem Dom ließ sie innehalten und zog ihre Aufmerksamkeit auf sich. Die alte Frau krümmte sich vor Schmerzen im Schlamm. Ihr wollener Umhang hatte sich mit dem Wasser aus den Schlaglöchern vollgesogen. Sie verdrehte die Augen, stöhnte und jaulte, als wäre der Teufel persönlich in ihren Leib gefahren. Ein Herr, gekleidet in einen lindgrünen Überrock und Kragen aus feinster Spitze, blieb vor ihr stehen und hielt Maulaffen feil. Von dem Rand seines Filzhutes rannen Tropfen, und die Federn neigten sich traurig zu seiner Stirn. Er starrte die Moen an, als wäre sie ein wildes Tier. Seine Gemahlin, ein hageres, hochgewachsenes Weib, stieß ihn mit dem Ellbogen in die Rippen.

»Jakob, lass uns weitergehen. Ich bin bis auf die Knochen durchnässt. Am Ende hat dieses Weib noch eine Seuche, mit der sie uns ansteckt.« Sie rümpfte angewidert ihre spitze Nase.

»Aber, aber, meine Teure, ist es nicht unsere christliche Pflicht, sie in das Leprosenhaus zu bringen?« Der Herr presste die Lippen aufeinander, als kämpfte er mit seinem Gewissen.

Lisbeth Päffgen setzte sich mit dem Hintern in eine Pfütze und riss die wässrig-blauen Augen auf. »Nicht ins Siechenhaus«, heulte sie. »Es sind die Adern in meinem Bein, sie zeigen es wieder an!« Ihr Schluchzen ging im Rauschen des Regens unter, der sich mittlerweile gegen die Schneeflocken durchgesetzt hatte. Sie nahm die fleckige Haube vom Kopf, knüllte sie in ihren Händen und presste sie sich gegen den Mund. Die Zotteln ihres grauen Haares waren vor Nässe schwer. Schlotternd schaute sie abwechselnd von dem Herrn zu seiner Gemahlin. Ihr Blick glich dem einer verschreckten Maus.

»Was zeigen sie an?«, fragte der Herr erstaunt und

fuchtelte mit seinem Gehstock vor den Beinen der Alten herum.

Lisbeths Worte hatten ihre Wirkung nicht verfehlt, die Neugierde des Herrn war geschürt, und in der Zwischenzeit hatte sich eine Menschentraube um sie herum gebildet. Alle Augen waren auf ihre Beine gerichtet.

»Was denn nun? Sprich endlich, Weib!« Der Herr richtete die Spitze seines Gehstocks auf ihre Nase.

»Die Stelle, an der …« Lisbeths Stimme nahm einen geheimnisvollen Unterton an. Sie blickte zwischen den Menschen umher und rieb sich dabei über das rechte Bein. Auf dem Platz vor dem Dom herrschte jetzt eine angespannte Stille. Selbst der Regen hatte nachgelassen, als hielten auch die dunklen Wolken am Himmel den Atem an. Ein Sonnenstrahl bahnte sich plötzlich einen Weg und schien auf Lisbeths Bein. Durch die Menge ging ein Raunen.

»Der Herrgott hat ein Zeichen geschickt. Es muss etwas mit ihrem Bein sein.« Ein Marktweib ließ den Korb aus ihren Händen fallen. Halbverfaulte Äpfel kullerten in den Schlamm.

»Ja, ja …«, nickte der Buckelige neben ihr und starrte Lisbeths Bein an wie ein Götzenbild.

Lisbeth zog die Mundwinkel nach oben und entblößte ihre schwarzen Zahnreihen. Es schien, als wäre jeglicher Schmerz von ihr gewichen. Sie entfaltete ihre Haube und streckte sie den Leuten entgegen. »Von der Erkenntnis des Herrn, dass sich in meinem Bein ein Wunder verbirgt, kann ich nicht leben. Was ist, Ihr Bürger von Köln? Ein paar Münzen wird es Euch doch wohl wert sein?«

Ein junger Mann, der die anderen Gaffenden um eine Haupteslänge überragte, trat einen Schritt vor. »Die

Pfennige klimpern erst, wenn du uns verrätst, um welches Wunder es sich handelt.«

Lisbeths Augen verdunkelten sich. »Junger Bursche, jetzt will ich dir mal etwas sagen. Wenn du nicht bereit bist zu zahlen, dann geh deines Weges, und halt dich nicht mit mir auf.« Sie spie auf den Boden.

»Wir sollten dich lieber nach St. Revilien ins Tollhäuschen bringen, dort kümmert man sich um Leute, die wie du schwach im Geiste sind.« Der junge Mann warf ihr einen angewiderten Blick zu.

»Also, mich interessiert es schon.« Der Herr mit dem Gehstock nestelte an seinem Gürtel und holte drei Pfennige aus seinem Münzbeutel. Er beugte sich ein wenig vor und warf sie in die Haube.

Lisbeth winkte ihn mit ihrem von Gicht befallenen Zeigefinger näher zu sich. Er hielt sein Ohr an ihre Lippen und kniff die Augenbrauen zusammen.

»Edler Herr, meine Adern verraten die Orte, an denen sich Kohle in Gold verwandelt«, flüsterte sie hinter vorgehaltener Hand.

Der junge Bursche, der eben noch den Mund weit aufgerissen hatte, reckte seinen ohnehin schon langen Hals, um wenigstens ein Wort zu verstehen.

Um ein Geheimnis reicher, riss der Herr mit dem Gehstock die Augen auf. »Du meinst …«

»Schscht …«, unterbrach Lisbeth ihn und legte den Zeigefinger auf ihre Lippen. »Oder wollt Ihr etwa, dass die anderen Euch den Platz wegschnappen, an dem das reine Gold glänzen wird?«

Der Herr schüttelte so heftig mit dem Kopf, dass ihm der Hut über die Ohren rutschte. »Nein, nein! Wir sollten Stillschweigen bewahren.« Er griff unter ihren Arm und zog sie hoch.

Nachdem Lisbeth sicher auf den Beinen stand, strich sie die geflickten Röcke glatt und beäugte die Umstehenden argwöhnisch. »Lasst uns in Euer Haus gehen, dort werde ich Euch erzählen, wie Ihr weiter vorzugehen habt.«

Als sich Lisbeth auf dem cremefarbenen Polster niederließ, rümpfte Jakobs Gattin die Nase. Es war ein feines Haus im Severinsviertel, in das der Herr Jakob die Bettlerin geführt hatte. Sie schaute sich in dem Wohnraum um, in dem ein Fünfplattenofen an der Wand für eine wohlige Wärme sorgte. Goldfarbene Vorhänge aus schwerem Brokat verdeckten die hohen Fenster. Ein Gemälde, das die Zerstörung von Deutz im Truchsessischen Krieg zeigte, hielt Lisbeths Blick gefangen und weckte in ihr Erinnerungen an die schreckliche Zeit. Sie faltete die Hände auf der dunkel gebeizten Tischplatte. Herr Jakob wies eine Dienstmagd an, Wein sowie etwas Brot und Braten vom Vortag zu bringen. Von Lisbeths Umhang perlte das Wasser auf die Holzdielen und bildete eine kleine Pfütze neben ihrem Stuhl.

»So, nun erzählst du mir aber, was ich anstellen muss, um Kohle in Gold zu verwandeln.« Herr Jakob hatte sich zu ihr gesetzt und trommelte ungeduldig mit den Fingern auf die Tischplatte.

Lisbeth wandte den Blick von dem Gemälde ab. »Nicht so voreilig, edler Herr.« Sie griff nach einer Scheibe Braten und biss herzhaft hinein. Das Fett rann an ihren Fingern hinunter. Lisbeth wischte es an ihren Röcken ab und spülte den Bissen mit Wein hinunter. »Meine Adern werden Euch zu noch größerem Reichtum verhelfen, als Ihr ohnehin schon besitzt. Von daher fände ich es mehr als gerecht, wenn Ihr mich großzügig belohnt.« Ihr Blick fiel auf den Überbauschrank. Er musste ein Hochzeitsgeschenk gewesen sein, denn auf den oberen Schranktüren waren zwischen den Blumenornamenten Buchstaben eingeschnitzt. Lisbeth vermutete, sie bildeten die Namen der Eheleute.

»Ja sicher, das mache ich. Sobald sich die Kohle in Gold verwandelt hat.« Herr Jakob sah sie mit großen Augen an.

»Nein, nein, mein Herr. Darauf kann ich nicht warten. Es kann Tage dauern. Oder wollt Ihr mich hier so lange beherbergen?« Lisbeth riss sich einen Kanten Brot ab.

»Gott bewahre.« Jakobs Gemahlin fächerte sich mit einem Spitzentuch Luft zu. Ihr Gesichtsausdruck verriet, dass sie kurz vor einer Ohnmacht stand.

»Was verlangst du, Weib?« Jakob rieb sich über den Bart.

»Zwanzig kölnische Mark.«

Jakobs Gattin schnappte nach Luft. »Das Weib ist von Sinnen.« Ihre dunklen Augen funkelten Lisbeth an. »Wenn deine Adern wirklich wissen, wie man Kohlen in Gold verwandeln kann, dann frage ich mich, warum du noch keinen Gebrauch davon gemacht hast!«

Lisbeth kniff die Augen zusammen. »Weil es erst das zweite Mal ist, dass mein Bein es mir gezeigt hat. Und soll ich Euch etwas sagen? Beim ersten Mal wusste ich nicht, was es bedeutete. Ich war als Dienstmagd im Haushalt eines Pfaffen im Bergischen Land angestellt. In seiner Küche bekam ich diesen Krampf im Bein. Ein paar Tage später hat mich der Pfaffe hinausgeschmissen. Er sagte, ich hätte den Teufel ins Haus gebracht, weil sich die Kohlen in dem Eimer neben dem Ofen in pures Gold verwandelt hatten.« Lisbeth atmete tief ein. »Gegeben hat mir dieser falsche Hund nichts davon. Und nun verratet mir bitte, wovon ich Kohlen kaufen sollte, wenn mein Bein ausschlägt? Ich lebe von der Hand in den Mund. Seht mich an.«

Jakob und seine Gemahlin hingen an ihren Lippen. Plötzlich ließ sich Lisbeth von dem Stuhl fallen, krümmte sich auf den Holzdielen und heulte und jankerte wie ein kranker Hund.

Jakob sprang auf und kniete sich neben sie. »Was ist? Was ist mit dir?«, schrie er aufgeregt, wobei er sie an den Schultern rüttelte.

»Hier ist auch eine Stelle, hier in Eurem Haus«, keuchte Lisbeth, als läge sie in den letzten Atemzügen.

Das Säckchen mit den Münzen wog schwer unter ihren Röcken. Die grauen Wolken vom Vormittag hatten sich verzogen, und ein malvenfarbener Himmel kündigte eine frostige Nacht an. Lisbeth bog in die Botengasse ein, wo sich hinter den zweistöckigen Häusern der Zugang zu ihrem Unterschlupf befand. Auf ihren Lippen lag ein glückseliges Lächeln. Fast wäre sie gegen den jungen Mann in dem schwarzen Mantel gestoßen, wenn dieser sie nicht an den Schultern gefasst und zurückgehalten hätte.

Lisbeth schaute verdattert auf. Vor ihr stand Adrian, der zurückhaltende Bursche aus der Unterwelt.

»Dass die Frauen mich immer umrennen wollen«, witzelte er. »Was ist los, Lis? Du grinst, als hättest du ein fettes Huhn gefangen.«

»Besser, Junge.« Lisbeth griff unter ihren Rock und zog das Säckchen hervor. »Du kannst mir glauben, mit der Dummheit der Menschen lässt sich das meiste Geld verdienen«, sagte sie lachend.

»Irgendwann hängen sie dich auf Melaten. Das kannst du *mir* glauben.« Adrian hob eine Augenbraue. Seine dunklen Augen verrieten nicht, ob er sich wirklich sorgte oder sich eher über sie lustig machte.

Obwohl Lisbeth jedes Mal den Eindruck hatte, sie würde Christus begegnen, wenn sie auf Adrian stieß, wusste sie, er hatte nicht weniger Dreck am Stecken als sie. »Junge, sorg dich nicht um mich. Auf dich wartet eine viel größere Strafe, wenn sie dich erwischen. Was du tust, ist ein Sonderverbrechen. Und wenn du nicht aufpasst, werden sie dich auf Melaten rädern wie damals den Bäcker Ecks.« Sie verzog bedauernd die Mundwinkel bei dem Gedanken. »Und das wäre schade. Wirklich schade.« Lisbeth betrachtete versonnen seine breiten Schultern. In diesem Augenblick wünschte sie, sie wäre vierzig Jahre jünger.

2. Kapitel

Mia hackte die Maronen, mit denen sie die Gänse füllen wollte. Für diesen Morgen hatte der Herzog zusätzlich ein Dutzend Köche auf das Schloss zitiert, die das Weihnachtsmenü für den nächsten Tag zusammenstellen sollten. Das Klappern von Geschirr und das Scheppern der Kessel, die aneinanderschlugen, übertönten die hastigen Anweisungen der Köche, die sie den Mägden zuriefen. Ihre Kittel waren mit unzähligen Flecken von Fett und Soßen übersät. Mia bedauerte es, nicht genügend Zeit zu haben, um alle Speisen selbst kochen zu können. Dem Pastetenkoch rann der Schweiß in Rinnsalen von der Stirn, und der Suppenkoch verschwand in den Schwaden der Zwiebelsuppe. Um die Zubereitung des Ochsens und des Wilds kümmerten sich zwei Fleischköche. Mia dachte an das Gericht mit den Ochsenfüßen in dem Kochbuch. Gern hätte sie es ausprobiert, doch Walther hatte sie für die Füllung der Gänse eingeteilt. Sie schalt sich für ihre Ungeduld, denn es gab noch genügend Möglichkeiten, Rumpolts Rezepte auszuprobieren. Wenn nach den Feiertagen erst die fremden Köche wieder aus dem Schloss verschwunden waren, blieb ihr genügend Zeit und Platz dafür. Liebevoll betrachtete sie die zerkleinerten Maronen. Dann gab sie diese in die Kupferpfanne zu den Innereien, Apfelstückchen, Brotwürfeln und Zwiebeln, die bereits darin schmorten. Sie beugte sich darüber und sog den Duft ein. Fast hätte sie die Petersilie vergessen, wenn Walther ihr nicht von hinten auf die Schulter getippt und ihr diese fertig gehackt gereicht hätte. Sie lächelte ihn dankbar an, gab sie dazu und verrührte alle Zutaten mit Sahne.

Walther nickte zufrieden und hob anerkennend die Augenbrauen. »Wenn die Gänse gefüllt sind, darfst du dich um die Nachspeise kümmern. Einer der Zuckerbäcker ist nicht gekommen«, sagte er.

Mias Herzschlag beschleunigte sich. Die Süßspeisen waren ihr besonderes Steckenpferd. Sie liebte die Zubereitung und vor allem das Naschen. Während sie die Gänse zunähte, war sie in Gedanken schon bei den kandierten Früchten auf Spießen und den Apfel-Zimtkuchen, die sie backen wollte.

Rutger saß am Ofen und drehte den Spieß mit dem halben Ochsen. Auf seiner Stirn glänzten Schweißperlen. Er hatte an diesem Tag wohl die schwerste Arbeit zu verrichten. Hoffentlich passierte dem armen Kerl heute nicht schon wieder ein Missgeschick, dachte Mia, denn es stach ihr ins Herz, wenn er dafür Prügel einstecken musste. Sie schenkte ihm ein aufmunterndes Lächeln, woraufhin er beschämt zu Boden blickte. Seine Ohren glühten rot. Um ihn nicht noch mehr in Verlegenheit zu bringen, wandte Mia den Blick ab und hielt Ausschau nach Ännchen, die ihr unbedingt bei der Zubereitung der Süßspeisen helfen sollte. Mit hochgekrempelten Ärmeln reinigte ihre Ziehmutter die Gerätschaften, die die Köche benutzt hatten. Der Berg von schmutzigen Schüsseln und Rührlöffeln in dem Spülstein nahm nicht ab. Doch das schien Ännchen nicht zur Verzweiflung zu bringen. Unermüdlich reinigte sie diese und brachte sie zurück an ihren Platz, bevor sie wieder mit den Armen im Spülwasser versank.

Mia begab sich zu ihr und reichte ihr ein Tuch, damit sie sich die Hände daran abtrocknen konnte. »Kann nicht eine andere Magd die Arbeit verrichten? Ich brauche dich nämlich bei der Zubereitung der Nachspeisen.« Sie schaute sich in der Küche um. Alle Bediensteten werkelten mit Eifer, um das Festmahl vorzubereiten.

Ännchen folgte ihrem Blick. »Siehst du nicht, wie beschäftigt alle sind? Die Anzahl der Mägde reicht an solch einem Feiertag bei weitem nicht aus.«

Die Tür zum Schlossinnenhof öffnete sich. Begleitet von einem milden Windstoß betrat die kleine Josefine die Schlossküche. Sie hatte gerade die Abfälle hinausgetragen und schaute sich nun um, wo sie helfen konnte. Mia eilte auf sie zu, um sie an den Spülstein zu schicken. Das Mädchen nickte und schob die Ärmel hoch.

Bald darauf arbeiteten Mia und Ännchen Hand in Hand. Während Mia Quark, Eier, Zucker und Zimt verrührte, viertelte Ännchen die Äpfel. Dann mischte Mia diese unter die eingekochten Kirschen und die gehackten Walnüsse. Ännchen rollte den Teig aus, auf den Mia anschließend die Fruchtmasse gab und mit Quark bedeckte. Vorsichtig verarbeitete Mia den Teig zu einer Rolle und schnitt diese in fingerdicke Scheiben, die sie in eine runde Form plazierte, bis sie wie ein Strauß Rosen aussahen.

So stellten Ännchen und sie bis zum späten Nachmittag fünfzehn dieser Kuchen her. Als die ersten im Ofen buken, wusch Mia die getrockneten Datteln, die Walther am Tag zuvor auf dem Jülicher Markt erstanden hatte. Abwechselnd steckte sie diese mit eingekochten Stachelbeeren auf einen Holzspieß. Da Ännchen sich um die

Kuchen kümmerte, konnte sie sich voll und ganz auf das Kandieren der Früchte konzentrieren. Die Zeit hatte sie schon längst vergessen.

Spät am Abend, als die fertigen Kuchen vor ihr in einer Reihe auf dem Bohlentisch standen, spürte Mia ihr schmerzendes Rückgrat. Doch der Anblick des Backwerks, das wie Rosen aussah, entschädigte sie dafür. Sie sog das Aroma von Zimt und Äpfeln ein. Rutger drängte sich mit erhobenen Armen an ihr vorbei, um das Abwaschwasser aus der Küche zu tragen. Mia beachtete ihn nicht, sondern schaute zu Walther, der ihr ein anerkennendes Lächeln schenkte. Doch gleich darauf ließen ein Platschen und Ännchens anschließender Aufschrei Mia zusammenschrecken. Sie richtete den Blick wieder auf den Tisch vor sich, und unvermittelt füllten sich ihre Augen mit Tränen. Es musste ein schlechter Traum sein, den sie hier erlebte. Fassungslos starrte sie auf die Kuchen, die bereits im Abwaschwasser aufweichten. Seifenschaum und Speisereste breiteten sich auf den Rosen aus. In der Küche konnte man eine Stecknadel fallen hören. Mias Blick schnellte zu Rutger, der ebenfalls mit weit aufgerissenen Augen auf das Gebäck starrte. Sein Gesicht hatte die Farbe von Klatschmohn angenommen. Der Holzeimer rollte zur Tischkante, fiel hinab und landete krachend auf den Fliesen. In Mias Ohren rauschte das Blut. All die Arbeit des Tages war hinüber, zerstört von diesem Tollpatsch! Die Augen aller Bediensteten richteten sich auf sie. Das Herz schlug ihr bis zum Hals. Mia stieß einen Schrei aus und schnappte sich die Teigrolle. Doch bevor sie damit auf Rutger losgehen konnte, riss Walther ihn bereits am Ohr aus der Küche. Draußen hallten die jämmerlichen Schreie des Küchenjungen über den Schlosshof. Mia ließ sich auf einen Schemel fallen, und der Kloß in ihrem Hals löste sich. Tränen rannen unaufhörlich über ihre Wangen. Mit den Kuchen hatte sie den Herzog beeindrucken wollen – und nicht nur ihn. Auch der Bruder der Herzogin, Heinrich von Lothringen, wollte das Weihnachtsfest auf dem Schloss verbringen. Mia hatte sich erhofft, dass ihre Kochkünste durch ihn bis zum Hofe des französischen Königs vordrangen. Ihr wurde es schwarz vor Augen.

Als Mia wieder zu sich kam, schaute sie in Walthers Gesicht, der sie besorgt ansah. Sie schmiegte sich in seinen Arm und atmete den Duft von Speck und Zwiebeln ein, der in dem Linnen seines Hemdes haftete. Aus der Dunkelheit kehrten die jüngsten Geschehnisse in ihre Erinnerung zurück. Mia löste sich aus Walthers Griff und richtete sich auf. Auf wackeligen Beinen stehend sah sie, wie Ännchen die Überreste der Kuchen wegschaffte.

»Ich werde neue backen, und wenn ich dafür die ganze Nacht aufbleiben muss«, stieß Mia fest entschlossen hervor.

»Ich helfe dir, mein Kind.« Walthers Hand legte sich auf ihre Schulter. »Der Küchenjunge hat seine gerechte Strafe bekommen.« Seine Stimme bebte vor Zorn. »Für die nächste Zeit wird er nicht mehr laufen können, so sehr wird ihn das Hinterteil schmerzen.«

Obwohl sein Bauch von dem herrlichen Festtagsmahl an diesem Weihnachtstag zu zerplatzen drohte, weiteten sich die Augen des Herzogs bei dem Anblick der Rosenkuchen. Als er den Duft von Äpfeln und Zimt einatmete, füllte sich seine Mundhöhle abermals mit Speichel. Doch nicht nur Johann, auch die anderen Anwesenden am Tisch bestaunten das Gebäck. Sie klatschten vergnügt in die Hände, während die Diener gut ein Dutzend der Kuchen auf der Festtafel plazierten. An den silbernen Kerzenleuchtern tropfte das Wachs der brennenden Kerzen hinab.

»Noch nie in meinem Leben habe ich so gut gespeist.« Der Bruder seiner Gemahlin, der zu Johanns Rechten saß, tupfte sich mit einem Tuch die Lippen ab. Auch er konnte den Blick nicht von den Rosenkuchen wenden.

Johann stellte fest, dass Heinrich von Lothringen die gleichen Glotzaugen wie seine Schwester hatte. Auch er war unbeschreiblich hässlich. Selbst das wallende Haar, das sein aufgedunsenes Gesicht umgab, konnte dies nicht verbergen. »Das liegt wohl daran, dass ich nichts von Schauessen halte. Was habe ich von feuerspeienden Fasanen, wenn ich sie nicht genießen kann, weil sie nach Schwefel schmecken? Oder von Pasteten, aus denen schwitzende Zwerge springen?« Johann schüttelte sich kurz, richtete dann aber den Blick wieder auf die Rosenkuchen.

»Das könnt Ihr so nicht behaupten«, wandte Heinrich ein. »Ich habe am französischen Hof an solch einem Mahl teilnehmen dürfen. Die Speisen waren durchaus schmackhaft. Und wie sagt man so schön? Das Auge isst mit.«

Johann hasste es, wenn Heinrich mit seinen Besuchen am französischen Hof prahlte. Die Zeiten, an denen sein Großvater und sein Onkel mütterlicherseits dort als Könige regierten, waren vorbei, das Geschlecht der Valois in männlicher Linie ausgestorben. Und wegen der Hugenottenkriege war Heinrich nicht einmal in den Genuss der Erziehung am französischen Hof gekommen. Was also bildete sich dieser Kerl eigentlich ein? Johann verzog abfällig die Mundwinkel »Pah, das Auge! Wenn ich das schon höre. Es ist ein Sinnesorgan, das man beim Genießen der Speisen ausschalten sollte. Hier …« – er zeigte mit dem Finger in seinen Mund – »hier spielt sich das Genießen ab. Aber was versteht Ihr schon davon, wenn Ihr Euch lieber von fadem Zuckerzeug beeindrucken lasst.«

Was Heinrich daraufhin erwiderte, nahm Johann nicht mehr wahr. Vor ihm lag ein Stück Kuchen auf dem Teller, das seine ganze Aufmerksamkeit auf sich zog. Er führte den silbernen Löffel zu seinen Lippen und kostete. Das Gebäck verschmolz mit der Fruchtfüllung auf seiner Zunge, und das Aroma von Zimt kitzelte seinen Gaumen. Er umspielte den Bissen eine Zeitlang mit seiner Zunge, bis er ihn endlich mit spitzen Lippen aussog und seiner Würze beraubte. In Johanns Leib bebte die Lust und ließ ihn erzittern. Gleich darauf überfiel ihn eine Begierde, die ihm schier den Verstand raubte. Er brauchte mehr von dem Gaumenzauber, um seine Sinne zu befriedigen. Viel mehr! In seinen Adern rauschte das Blut, und ein wohliger Schauder jagte über seinen Rücken. Mit geschlossenen Augen verspeiste der Herzog noch drei weitere Stücke Kuchen. Wenn er nicht das Gefühl gehabt hätte, sein Magen wäre bis zum Hals hin gefüllt, hätte er immer noch nicht innegehalten. Diese Süßspeise war die beste, die er jemals zu sich genommen hatte. Er schloss die Augen und lehnte den Kopf gegen die Stuhllehne. Doch die Ruhe hielt nicht lange an, denn am Ende der Tafel entfleuchte geräuschvoll ein Furz aus einem Gedärm. Johann öffnete die Lider und hob die Augenbrauen. Sigismund von Brandenburg verfiel in schallendes Gelächter. Das Doppelkinn bebte auf seiner Halskrause, doch dann verstummte er, setzte den Weinpokal an die Lippen und nahm einen tiefen Schluck, ohne Johann dabei aus den Augen zu lassen. Nachdem er das Glas geleert hatte, knallte er es auf die Tafel, rülpste genussvoll und verschränkte die Hände vor seinem Wanst. »Meinen Furz riecht man bis nach Rom. Genau wie den von Luther«, grölte er in die Runde und grapschte dabei seiner jungen Schwägerin an die Brust.

Ein Teller flog über die Tafel und traf ihn mit voller Wucht am Kopf. Seine Gemahlin hatte ihn geworfen. Das Gesicht hochrot vor Zorn, griff sie nach einem Weinkelch. »Du Trunkenbold, lass die Finger von meiner Schwester!« Da Sigismund gerade noch rechtzeitig ausweichen konnte, streifte der Kelch nur haarscharf sein Ohr. Klirrend zerschellte er an der Holzvertäfelung hinter ihm.

Der Gescholtene blinzelte erschrocken und tastete über die Platzwunde an seiner Stirn. »Was ist bloß in dich gefahren, Anna? Bist du schon genauso krank im Geiste wie dein Onkel Herzog Johann?«, brummelte er kleinlaut in seinen Kinnbart.

Johann hatte genug, das musste er sich nicht bieten lassen. Nicht von diesem Lutheraner, diesem elenden Erbschleicher. Mit einem Satz sprang er von seinem Stuhl auf und schaute in die Tafelrunde. Sollten die anderen doch ohne ihn das Weihnachtsfest weiterfeiern. Er war heute in den Genuss gekommen, den er sich erträumt hatte. Und das sollte ihm dieser Rüpel nicht verderben. In der Abgeschiedenheit seines Gemaches würden die Speisen in Gedanken noch einmal seinen Gaumen verzaubern. Der Lautenspieler verstummte mitten in der Melodie. Die Blicke der Anwesenden hafteten auf Johann, doch das interessierte ihn nicht. Marschall Gernot Bretzen senkte betreten die Lider, als Johann an ihm vorbeischritt. Mit dem Messer stocherte der Marschall in der Maronenfüllung auf seinem Teller. Wieder einmal saß dieser Jammerlappen Bretzen zwischen den Stühlen. Wie sollte es auch anders sein, bei seinem geringen Durchsetzungsvermögen?

Auch wenn es sich ganz und gar nicht gehörte, als Gastgeber das Fest als Erster zu verlassen, Johann hätte keinen weiteren Augenblick zwischen diesem Volk sitzen bleiben können. Philipp Ludwig von Pfalz-Neuburg erhob sich, um ihn zu verabschieden. Doch Johann würdigte seinen Schwager keines Blickes. Auch er war ein falscher Zeitgenosse. Wie all die anderen hier hatte er es ebenfalls nur auf die Jülich-Klevische Herrschaft abgesehen. In Gedanken sah er sie schon nach seinem Tod Kriege um das Erbe führen.

Als Johann sein Gemach betrat, begrüßte Tasso ihn schwanzwedelnd. Der Herzog strich mit der Hand über das schwarzweiß gefleckte Fell seines einzigen ehrlichen Vertrauten. Der treue Blick aus Tassos blutunterlaufenen Augen wärmte sein Herz.

Er kniete sich vor den Hund, griff nach seinem Ohr und ließ es durch seine Handfläche gleiten. »Ach, Tasso, das ganze falsche Volk da unten hat dafür gesorgt, dass der Zauber der Speisen nicht lange wirken konnte. Aber nun sollen sie sehen, wie sie ohne mich zurechtkommen.« Mit bleiernen Gliedern begab sich Johann zu dem Fenster und blickte auf die Mauern der Zitadelle. Diener schleppten eimerweise die Reste des Festtagsmahls zu dem Tor, vor dem die Bettler lungerten und darauf warteten, sich an diesem Abend die Bäuche vollschlagen zu können. *Weihnachten, das Fest der Liebe.* Johann lachte hämisch auf.

Nachdem Mia den ersten Weihnachtstag verschlafen hatte, fühlte sie sich wieder den Anforderungen in der Küche gewachsen. Auch an diesem zweiten Tag, an dem Christi Geburt gefeiert wurde, wollten der Herzog und seine Gäste mit köstlichsten Speisen verwöhnt werden. Das neue Kochbuch unter den Arm geklemmt, lief Mia die Stufen hinab. Ob nun die Köche noch da waren oder nicht, sie konnte es nicht erwarten, die Knödel aus dem Fleisch der Gänsebrust herzustellen. Sie würden wunderbar zu dem Abendmahl passen. Während sie die Tür zur Schlossküche öffnete, ging Mia in Gedanken noch einmal die Zutaten durch. Trotz der frühen Morgenstunde herrschte bereits reges Treiben. Die Mägde plapperten aufgeregt durcheinander. Mia warf Walther, der in einem großen Suppenkessel rührte, einen fragenden Blick zu. Er wischte sich die Hände an einem Tuch ab, das er sich in seinen Hosenbund geklemmt hatte, und kam auf sie zu. Auf seinen Lippen lag ein verschwörerisches Lächeln.

»Dem Herzog hat das Festtagsmahl so gut gemundet, dass er heute in der Küche seinen Dank aussprechen will.« Walther vermochte seinen Stolz nicht zu verbergen. Das breite Grinsen erreichte fast seine Ohren.

Mias Herzschlag beschleunigte sich. »Ihr meint, der Herzog persönlich?« Sie konnte nicht glauben, was sie gerade gehört hatte. Noch nie war der Herzog in der Küche gewesen, um die Speisen zu loben.

Mia wusste später nicht, wie oft sie bei der Zubereitung der Gänseknödel zur Tür geschaut hatte. Doch als die Knödel schließlich in einem großen Kupferkessel köchelten, erreichte ihre Aufregung den Höhepunkt.

Endlich öffnete sich die Tür zur Schlossküche. Zwei Diener stellten sich zum Spalier auf und kündigten den

Besuch des Herzogs an. Mias Hände zitterten, und ihr Herzschlag wollte sich nicht mehr beruhigen. Gebannt starrte sie auf die Tür. Ännchen stieß sie mit dem Ellbogen in die Rippen, um sie an die höfliche Begrüßung zu erinnern. In majestätischer Haltung betrat der Herzog die Küche. Sein rabenschwarzes Haar glänzte in den einfallenden Sonnenstrahlen, und der Blick aus seinen dunklen Augen wanderte zwischen den Bediensteten hin und her. Er trug die Mode, die vom französischen Hof her im Jülicher Land Einzug gehalten hatte: Kniebundhosen und ein schwarzes Wams, dessen goldene Knopfleiste unter einem Mühlsteinkragen endete. Sein schlanker Leib verriet nicht die Liebe zu den Speisen, die er hegte. Mia hielt den Atem an, als er sein Wort an die Bediensteten richtete.

»Ich wünsche den Bediensteten in der Küche meiner Zitadelle ein gesegnetes Weihnachtsfest«, begann er. »Mein Weg führt mich an diesem Tag zu euch, weil sich in der letzten Zeit eine ganz besondere Handschrift bei der Kreation der Speisen hervorhebt.« Mia verschränkte ihre Hände hinter dem Rücken, um das Zittern zu unterbinden.

»Zu genießen war diese besonders gestern bei dem Rosenkuchen.«

Sie vergaß zu atmen.

»Der Himmel muss den Koch geschickt haben, der diesen Kuchen gebacken hat.«

Johanns Blick wanderte zu Walther, der daraufhin einen Schritt vortrat.

»Mit Verlaub, Eure Hoheit, auch wenn der Kuchen nicht von meiner Hand entstanden ist, erfüllt mich Euer Lob mit großem Stolz.«

Mia schnappte geräuschvoll nach Luft. Nicht nur die

Augen der Bediensteten richteten sich auf sie, auch der Herzog schenkte ihr nun seine Aufmerksamkeit. Walther trat auf sie zu, fasste sie von hinten an den Schultern und schob sie vor den Herzog.

»Das ist Mia, mein Küchenmädchen. Der Kuchen ist ihre Kreation.«

Mias Ohren wurden heiß. Verlegen knetete sie ihre feuchten Hände.

Der Herzog hob das Kinn. »Eine Bereicherung für die Schlossküche, kann ich da nur sagen. Ich erwarte dich am Neujahrstag in meinem Arbeitszimmer, um eine Unterredung mit dir zu führen.«

Mias Lippen bebten. Unfähig, eine Antwort zu geben, nickte sie. Der Herzog drehte sich um und verließ die Küche, gefolgt von seinen Dienern.

Nachdem die Tür ins Schloss gefallen war, löste sich jegliche Anspannung von Mia. Sie wirbelte herum und fiel Walther um den Hals. »Der Herzog hat mich zu einem Gespräch eingeladen!«, jubilierte sie.

Walther kniff die Augen zusammen und schob sie von sich. »Äußerst ungewöhnlich, kann ich nur sagen. Seit wann werden die Bediensteten zu einer Unterhaltung gerufen? Sieh dich bloß vor, Mädchen.« Seine Stimme nahm einen besorgten Ton an.

Mia senkte die Lider. »Ach, Walther, macht Euch keine Sorgen. Was soll schon geschehen? Aber nun müsst Ihr mich erst recht noch in die großen Geheimnisse der Kochkunst einweisen. Tut Ihr das?«

»Sicher, Mädchen. Aber ein Auge werde ich trotzdem auf dich haben.«

Mia strich mit der Hand über den Pelz auf seinem Arm, und die Falten auf Walthers Stirn glätteten sich ein wenig.

Kurz darauf richteten sich die Blicke der Anwesenden erneut auf die Küchentür, in der plötzlich die Kurfürstin Anna von Brandenburg stand. Sie schenkte Walther ein Lächeln und schritt auf ihn zu. Mia knickste und wunderte sich. Warum nur suchte ein Gast die Küche auf? Das war ganz und gar ungewöhnlich. Wollte die Kurfürstin sich etwa in die Speisenfolge einmischen?

Nachdem sich der Küchenmeister von seiner Verbeugung erhoben hatte, richtete Anna von Brandenburg ihr Wort an ihn und nannte ihm verschiedene Gebäcksorten, die er am letzten Tag des Jahres zubereiten sollte. Dann verließ sie ohne weiteren Kommentar die Schlossküche.

Kopfschüttelnd sah Mia zu Walther. Dieser runzelte die Stirn. »Pfeffergebäck? Safranbrötchen? Habe ich noch nie gehört. Was soll das sein? Und überhaupt, haben die Gäste auf Schloss Jülich nun schon das Sagen darüber, was aufgetragen werden soll? Das ist ja wohl die Höhe! Ist der Herzog nicht mehr in der Lage, sie wissen zu lassen, wer der Herr im Hause ist?« Walther presste die Lippen aufeinander, doch dann drehte er sich zu einem der Bäcker um, dessen Hände in einem Klumpen Brotteig steckten. »He, du! Was ist mit dir? Kennst du die Gebäcksorten?«

Der Bäcker nickte. »Ja, gewiss. Ich war eine Zeitlang im schwedischen Königreich auf Wanderschaft. Wenn Ihr wollt, werde ich das Gebäck herstellen.«

»Dann sieh zu, dass du bis dahin alle Zutaten zur Hand hast. Ich verlasse mich auf dich.« Walther wandte sich wieder an Mia. »Noch einmal Glück gehabt. So können wir nämlich unsere Aufmerksamkeit wieder dem eigentlichen Festtagsschmaus widmen.«

Der letzte Tag des Jahres neigte sich dem Ende zu. Dunkelheit legte sich über die Kölner Gassen, in denen sich die spitzgiebligen Häuser eng aneinanderreihten. Die Diebe und Bettler flüchteten wie Ratten in die Gänge unter dem Aldemarkt, um dort Schutz vor der Kälte der Nacht zu suchen. Dem milden Weihnachtswetter war der Frost gefolgt, der die Wogen des Rheins langsam zu Eis erstarren ließ.

Joist Bölinger hauchte sich in die Hände und rieb sie dann aneinander. Es war an der Zeit, bei dem Gesindel nach dem Rechten zu sehen. Er zwängte seinen fülligen Leib die Holzleiter hinab. Die Pechfackeln an den Wänden tauchten die Gänge in ein warmes Licht, und Bölingers Schritte hallten an den Steinquadern wider. Seine Stiefel, ein Überbleibsel aus dem Truchsessischen Krieg, zierten getrocknete Schlammspritzer. Mit dem Zeigefinger tastete er unter die Klappe, die seine leere Augenhöhle verdeckte, und rieb über sein Lid.

Gedämpfte Stimmen drangen durch den Gang, in dem nur zwei Männer nebeneinander hergehen konnten. Bölinger spie in eine Pfütze. Nach einer Biegung traf er auf drei Bettler, die, mit dem Rücken an die Wand gelehnt, auf dem Boden saßen und vor sich hin dösten. Um Bölinger vorbeizulassen, zogen sie die Beine an. Ihren Blick hielten sie gesenkt, in der Hoffnung, nicht von ihm angesprochen zu werden. Doch dem König der Unterwelt entging niemand. Weder die Verschämten mit ihren Marken, die im Hospital »Zur weiten Tür« keinen Platz mehr gefunden hatten, noch jene, die zu müßig waren, einer Arbeit nachzugehen, und von den Klocken gejagt wurden. All die Diebe, Bettler und Huren, die hier unten herumlungerten, hatten eine Abgabe zu leisten, damit Bölinger ihnen Schutz bot. Den Bubenkönig, der im Auftrag des Rates für Recht, Ordnung und Abgaben bei den Mulenstössern gesorgt hatte, gab es nicht mehr. Deshalb hatte Bölinger diese Aufgabe übernommen, aber die Zustimmung der Ratsherren brauchte er dazu nicht.

Er hockte sich vor die drei Männer. Der Bettler in der Mitte hob den Blick aus müden Augen. Sein Gesicht überzog eine Kruste aus Dreck, und durch die Löcher seines Filzhutes bahnte sich das Haar wie Gestrüpp seinen Weg.

»Der Tag war kalt. Und die wenigen Bürger, denen ich begegnete, hatten einen Igel in der Tasche. Seht es mir nach, wenn ich Euch heute nichts geben kann.«

Bölingers Hand schnellte vor, packte Etzenzeller am Kragen und zog ihn zu sich. Der faulige Atem des Bettlers beschleunigte sich. »Pass gut auf, mein Freund, so nicht! Du weißt, was dir blüht, wenn du die Abgabe nicht leistest. Das nächste Mal komme ich mit dem Bader vorbei.« Bölinger schleuderte Etzenzellers Kopf gegen das Gemäuer. Stöhnend sackte dieser zusammen.

Die anderen zwei hatten bereits aus den löchrigen Geldbeuteln die Pfennige hervorgekramt und hielten sie ihm auf ihren schmutzigen Handflächen entgegen. Bölinger grinste zufrieden. Er nahm die Münzen und drückte die Finger der Bettler zusammen, bis die Knochen krachten.

Etwa fünfzig Schritte weiter stieß der König der Unterwelt auf die Huren. Seine Täubchen, wie er sie nannte. Sie brachten ihm das meiste Geld. Und er achtete mit größter Sorgfalt darauf, dass sie ihrem Gewerbe regelmäßig nachgingen und auf keine Kupplerin hereinfielen, die reichlich mit kassierte. Seit das Frauenhaus auf dem Berlich geschlossen worden war, hatten die Huren es in dieser Stadt schwer, weil der Rat sie nicht mehr auf öffentlichen Plätzen duldete. Für ein Stelldichein mussten sie sich entweder in den Stützbögen der Stadtmauer verstecken oder die Wiesen bei Poll aufsuchen.

Über einer kleinen Feuerstelle kochten die Frauen in einem verbeulten Kessel eine Suppe aus altem Brot. Die grellgeschminkten Lippen waren verschmiert und die Röcke schmutzig von dem Boden, auf dem sie gelegen hatten, um ihre Freier zu bedienen. Bölinger hatten sie noch nicht bemerkt. Unbeirrt hielten sie weiter ihre Schwätzchen. Lästerten über ihre Freier und deren erbärmlichen Gestank. Ein junges Mädchen stach mit seiner Schönheit hervor. In den schwarzen Augen loderte ein Feuer, das jedem Mann die schönste Sünde auf Erden versprach. Die ebenholzfarbenen Locken schmiegten sich seidig um die Hüften der jungen Frau. Sie rühmte sich, an diesem Tag einen besonders guten Fang gemacht zu haben.

Eine Wohltat für Bölingers Gehör. Er näherte sich ihr und legte seine Hand auf ihren Po. »Meine liebe Helene, habe ich richtig verstanden? Du hast heute einem reichen Kaufmann die letzten Stunden des alten Jahres versüßt?«

Helene sah ihn erschrocken an. »Ja, aber er konnte nicht zahlen«, stammelte sie.

Bölinger drehte ihr den Arm auf den Rücken. Das Mädchen stöhnte auf und wand sich in seinem Griff.

»Du verdammtes Weibsstück! Glaubst du wirklich, du kannst mich an der Nase herumführen?«

»Ich gebe dir alles, was ich habe. Nur bitte, brich mir nicht den Arm«, wimmerte Helene.

Bölinger löste seinen Griff. Mit einem bösen Lächeln auf den Lippen beobachtete er, wie sie aus ihrem Mieder drei Taler hervorzog. Ihre zarten Finger zitterten, als sie diese in Bölingers Handfläche legte. Nachdem er die Münzen in seinem Geldbeutel verstaut hatte, zuckten die Muskeln seines kantigen Kiefers. »Versuche nicht noch einmal, mich zu hintergehen, du Miststück«, raunte er und versetzte Helene mit voller Wucht einen Faustschlag in die Rippen. Ein schmerzerfüllter Schrei brach aus ihr hervor. Kurz darauf sackte die junge Frau benommen zusammen.

Antonie glaubte zu träumen. Was in Gottes Namen veranstaltete Anna hier in den letzten Stunden des Jahres? Sie saßen in vollkommener Dunkelheit. Alle Fackeln im Festsaal waren auf ihre Anweisung gelöscht worden. Stimmengemurmel drang durch die Finsternis, die Gäste harrten entspannt der Dinge, die da kommen würden. Plötzlich öffnete sich die zweiflügelige Tür, und gut ein Dutzend junger Mädchen trat ein. Ihre Köpfe schmückten Kränze mit Kerzen. Weiße Gewänder ließen ihre knospenden Brüste durchscheinen. Auf nackten Füßen schritten sie durch den Saal, vorbei an den Gästen, die kaum zu atmen wagten, um ihren leisen Gesang nicht zu stören. Aus den Augenwinkeln sah Antonie, wie sich Kurfürst Sigismund von Brandenburg mit der Zunge über die wulstigen Lippen fuhr. Doch seine Gemahlin Anna bemerkte das nicht. Viel zu sehr schwelgte sie in ihrer derzeitigen Euphorie für das Königreich Schweden. Antonie war zu Ohren gekommen, die Kurfürstin von Brandenburg sei Mitte des Monats dort gewesen, um politische Verbindungen zu knüpfen. Antonie neidete Anna ihren Ehrgeiz, verspürte sogar eine gewisse Furcht davor, denn die junge Frau behielt nicht nur die Oberhand über ihren Gatten, sondern auch über die regierenden Herzöge und Fürsten des Landes. Unermüdlich war sie in den letzten Monaten im Heiligen Römischen Reich umhergereist, machte sich überall beliebt und achtete darauf, welche Verbindungen ihr den Nutzen brachte, das Territorium der Brandenburger zu erweitern. Antonie spielte gedankenverloren mit dem Löffel vor ihr auf dem Tisch. Ein Stich fuhr durch ihr Herz, als sie an Annas Fruchtbarkeit dachte. Bereits sechs Kinder hatte sie geboren und trug erneut eins unter dem Herzen, obwohl gerade erst ihr Jüngster einjährig verstorben war.

Herzog Johann, der zu Antonies Rechten saß, trommelte unwirsch mit den Fingerspitzen auf der Tischplatte. »Wann werden denn nun die Speisen aufgetragen?«, murrte er.

Der Duft von geschmolzenem Kerzenwachs zog durch den Festsaal. Antonie hob den Blick und sah, wie die jungen Mädchen durch die zweiflügelige Tür wieder entschwanden. Kurz darauf erschienen sie mit silbernen Platten in der Hand. Der Flötenspieler stimmte eine fröhliche Melodie an.

»Und was soll das nun?« Johann schob die Unterlippe vor.

»Das müsst Ihr Eure Nichte fragen. Was weiß ich?« Antonie zuckte mit den Schultern. »Da kommt sie. Seht Ihr?« Sie deutete mit einem Nicken in Annas Richtung. Doch Johann blickte nur stumm auf die Tischplatte.

Die kobaltblaue Seide von Annas Röcken raschelte bei jedem Schritt. Ihr rotblondes Haar trug die Kurfürstin von Brandenburg hochgesteckt und mit Perlen verziert. »Die Mädchen haben ihre Aufgabe gut gemeistert, findet Ihr nicht? Ich habe in der Küche aufgetragen, es mögen Pfeffergebäck und Safranbrötchen gebacken werden.«

»Ihr habt was?« Johann erwachte aus seiner Starre und fuhr zu seiner Nichte herum, die mittlerweile hinter ihm stand. »Ihr gebt Anweisungen an meine Köche? Das steht Euch nicht zu«, raunzte er.

»Ach, Johann, nun seid doch nicht so. Wie Ihr wisst, war ich zum Fest der heiligen Lucia in Schweden. Ich wollte Euch ein wenig daran teilhaben lassen.«

»Das Fest wird heute nicht gefeiert. Es ist immerhin schon der letzte Tag des Jahres. Außerdem, was haben wir hier mit dieser Lichtgestalt zu schaffen?«, entgegnete Johann schroff. »Ich hoffe für Euch, dieses Gebäck ist nicht die einzige Speise, die an diesem Abend aufgetragen wird.«

»Nein, nein, keine Sorge«, sagte Anna lachend und unbeeindruckt von Johanns unwirscher Art.

»Was hat Euch nach Schweden gezogen?« Antonie nahm sich eines der Safranbrötchen und biss hinein.

»Eine Audienz beim König. Wir haben ein sehr aufschlussreiches Gespräch geführt.«

»Pah, die Verfechter der Reformation unter sich«, murmelte Johann, den Blick missbilligend auf das Gebäck gerichtet.

»Sein ältester Sohn Gustav Adolf ist ein bemerkenswerter Junge. So wortgewandt und klug! Ein wirklich ehrwürdiger Thronfolger.« Anna suchte mit dem Blick den Festsaal ab. Als sie ihre Tochter Marie Eleonore entdeckte, erschien ein verschwörerisches Lächeln in ihrem Gesicht.

»Warum nehmt Ihr nichts zu Euch, Johann?« Antonie legte die Hand auf den Arm ihres Gemahls.

»Weil ich auf eine anständige Mahlzeit warte. Eine, die die Köchin Mia zubereitet hat. Dieses Zeugs hier hat sie nie und nimmer gebacken«, sagte Johann böse.

Anna warf Antonie einen mitleidigen Blick zu. »Sein Leiden flammt wohl wieder auf«, flüsterte sie.

»Sorgt Euch nicht, es gibt keinen Anlass dazu«, zischte Antonie. Doch ihre Worte waren eine Lüge. Es war unverkennbar, dass Johanns Geisteskrankheit wieder aufkeimte. Antonie wollte nicht daran denken, was ihr bevorstand, wenn er abermals in den Wahn verfiel.

Anna hob die Augenbrauen. »Sein Leibarzt wird es wohl beizeiten feststellen.«

»Haltet Euch aus unseren Angelegenheiten heraus. Johanns Geisteszustand geht Euch nichts an. Warum gesellt Ihr Euch nicht zu Eurem Gemahl? Wie ich sehe, amüsiert er sich gerade mit den jungen Lichtermädchen.« Antonie richtete den Blick auf das andere Ende der Tafel, wo Sigismund von Brandenburg in jedem Arm ein weißgekleidetes Mädchen hielt.

Anna presste die Lippen aufeinander und wandte sich ab. Mit angehobenen Röcken schritt sie um die Tafel auf ihren Gemahl zu. Als dieser sie sah, schob er die Mädchen eilig von sich. Doch das nutzte nichts mehr. Anna griff nach einem Krug Bier und schüttete ihm den Inhalt über den Kopf.

»Sie zieht ihre Fäden im Reich«, brummelte Johann, »vorsorglich, für die Zeit nach meinem Ableben. Die Protestanten wollen das Reich an sich reißen.«

»Anna ist nur die Tochter Eurer ältesten Schwester, vergesst das nicht, Johann.« Antonie griff beschwichtigend nach der Hand ihres Gemahls.

»Gott möge meine Schwester in sein Himmelreich aufgenommen und ihr die Abtrünnigkeit verziehen haben.« Ein Seufzer entfuhr Johanns Brust. »Die Gefahr geht nicht allein von meiner Nichte aus. Auch der Gemahl meiner zweiten Schwester lechzt nach der Herrschaft im

Herzogtum. Doch noch schlimmer ist sein Sohn. Die Machtgier sieht man Wolfgang von Pfalz-Neuburg an der Nasenspitze an. Seht Ihr das nicht?« Johann wandte den Blick zu seinem Neffen auf der anderen Seite der Tafel und verengte die Lider. »Er würde mit einem Heer um das Erbe streiten«, raunte er.

Wolfgang prostete ihm mit seinem Kelch zu. Auf seinen Lippen lag ein Lächeln, das Antonie nicht zu deuten vermochte. Sein alternder Vater neben ihm hatte den Kopf in den Nacken gelegt und hielt ein Schläfchen. Antonie schloss die Augen und sog tief die Luft durch ihre Nasenflügel. Sie wünschte den Tag nach den Feierlichkeiten herbei, an dem die Erbanwärter das Schloss wieder verließen. Ihre Anwesenheit und die Sticheleien trugen nur dazu bei, Johanns Drang nach einem Nachfolger wieder aufkeimen zu lassen. Die schwere Bürde, die auf Antonies Herzen lastete, verwandelte sich in Angst. Sie griff nach der Bibel, die vor ihr auf dem Tisch lag. Wie es der Brauch am letzten Tag des Jahres war, schlug sie unwillkürlich eine Seite auf, um sich die Ereignisse im neuen Jahr prophezeien zu lassen. Ihr Blick schweifte über das elfte Kapitel aus dem ersten Buch Mose: *Wohlauf, lasst uns eine Stadt und einen Turm bauen, dessen Spitze bis an den Himmel reiche …*

Auf Antonies Stirn vertieften sich die Falten.

Die Intarsien der dunklen Holzvertäfelung an den Wänden zeigten Märtyrer aus allen Zeiten bei ihren Heldentaten. Goldfarbene Brokatvorhänge verdeckten die Fenster, hinter denen ein eiskalter Wind um das Schloss pfiff. Da der Herzog Mia gestattet hatte, sich zu setzen, ließ sie sich auf einem der Lehnstühle nieder. Das Polster umgab sie weich. Im Kamin prasselte ein Feuer, dessen Wärme an Mias Füßen hinaufkroch. Auf dem Schreibpult des Herzogs stapelten sich Schriften und Einbände. Ein gespitzter Federkiel lag vor einem Tintenfass, als wartete er darauf, wichtige Dokumente zu verfassen.

Der Herzog griff nach der Weinkaraffe auf dem Beistelltisch und goss roten Wein in zwei Glaspokale. Dann reichte er Mia einen davon, blieb vor ihr stehen und starrte sie an.

Mias Herzschlag wollte sich nicht mehr beruhigen. In der letzten Nacht des Jahres hatte sie kein Auge zugetan, viel zu groß war die Aufregung gewesen. Noch nie war jemand der Bediensteten zum Herzog gerufen worden. Nun saß sie hier in seinem Arbeitszimmer und versuchte, ihre Hände ruhig zu halten, damit der Wein nicht über den Rand des Pokals schwappte und ihre weißen Röcke besudelte. Der Blick des Herzogs haftete weiterhin auf ihr. Verlegen wich sie ihm aus und schaute zu dem Hund, der unter dem Schreibtisch lag. Die Schnauze auf die Vorderpfoten gelegt, döste er vor sich hin.

»Das ist Tasso, mein engster Verbündeter.« Der Herzog schritt zum Schreibtisch und stellte seinen Pokal darauf ab. Dann bückte er sich und klopfte dem Jagdhund auf die Hinterläufe, woraufhin dieser erwachte. »Sieh mal Tasso, wir haben Besuch. Willst du Mia nicht begrüßen?«

Der Hund erhob sich, trottete zu ihr und beschnüffelte ausgiebig ihre Röcke. Mia zögerte kurz, doch dann tätschelte sie seinen Kopf. Tasso blickte sie kurz an, dann begab er sich wieder zurück unter den Schreibtisch.

Der Herzog zog sein Wams gerade und setzte sich dann in den Lehnstuhl neben Mia. »Nicht jeder mag Tasso anfassen. Selbst meine Gemahlin hat eine unbändige Angst vor ihm und wagt sich nicht in seine Nähe. Dabei ist er sehr brav.«

»Ja, gewiss. Er beißt bestimmt nur das Jagdwild.« Mia spürte eine Beklommenheit in der Brust, die sie sich nicht erklären konnte. Sie hoffte, der Herzog würde sie bald nach ihren Kochkünsten fragen. Doch dieser betrachtete versonnen seinen Hund. »Mit ihm kann ich über alles reden, weißt du? Er hat immer ein offenes Ohr.«

Warum nur hatte er sie zu sich kommen lassen, wenn er mit ihr keine Silbe über die Speisen sprach?

Der Herzog bekam unvermittelt einen verträumten Gesichtsausdruck und schaute zu den Balken über ihm. »Die Kuchen waren die Krönung des Mahls. Abgesehen von der Maronenfüllung in den Gänsen.«

Mias Ohren glühten vor Stolz, endlich hatte er zum Thema gefunden. »Es ist mir eine große Freude, dass Euch die Speisen gemundet haben.«

Johann beugte sich vor und griff nach ihrer Hand. »Du bist eine Perle in der Küche, mein Mädchen. Deine Hände wissen, wie sie ein Mahl zubereiten müssen, das mir mehr Genuss verschafft als alles andere auf der Welt.«

Mia senkte verlegen den Blick. »Ich bin noch nicht am Ende meiner Künste. Es gibt noch so viel zu lernen und auszuprobieren! Mein Traum ist es, irgendwann nach Frankreich zu gehen und dort am Hofe von Henri zu kochen.«

Der Herzog ließ abrupt ihre Hand los und sprang auf. »Du glaubst doch nicht im Ernst, ich lasse dich gehen? Schlag dir das gleich aus dem Kopf«, zischte er. Seine schwarzen Augen funkelten bedrohlich.

Auch Tasso war aus seiner Lethargie erwacht. Er hob den Kopf, fletschte die Zähne und knurrte in ihre Richtung.

Mias Herz raste. Erst jetzt wurde ihr bewusst, wie unbedarft ihre Wortwahl gewesen war. »Ich bin eine Frau, es wird mir ohnehin unmöglich sein, allein an den französischen Hof zu ziehen.«

Der Herzog kniff die Augen zusammen. »Du hast recht. Es wird dir unmöglich sein, und zwar, mich zu verlassen. Glaube mir!« Er setzte sich wieder hin, griff erneut nach ihrer Hand und malte mit dem Zeigefinger eine ihrer Adern nach. »Reicht es dir nicht, an meinem Hofe zu kochen, muss es unbedingt bei einem König sein?«, flüsterte er plötzlich mit honigsüßer Stimme.

Mia lief bei diesen Worten ein eiskalter Schauer den Rücken hinunter. Sie senkte den Blick und schüttelte den Kopf. »Ich werde so lange bei Euch bleiben, wie es Euch nach meinen Speisen gelüstet.«

Der Herzog ließ ihre Hand los und erhob sich abermals. »Das wird wohl bis an mein Lebensende sein. Und nun begib dich zurück in die Küche. Meinem Gaumen gelüstet es nach deinen Speisen.« Er drehte ihr den Rücken zu und ließ den Blick aus dem Fenster schweifen.

Der Nachtwächter entzündete die Leuchte am Rathaus, die den Aldemarkt erhellte. Adrian eilte an ihm vorbei und lief die Mühlengasse hinunter zum Rhein. Dem Wachmann, der wie jede Nacht vor dem Tor am Fischmarkt patrouillierte, warf er augenzwinkernd einen Albus zu. Er kannte sie alle, die Männer, die des Nachts die Tore verschlossen, damit kein fremdes Volk in die Stadt gelangte. Das machte es für ihn möglich, in der Dunkelheit die Stadt zu verlassen oder wieder heimzukehren.

Festgefroren verharrten die Aaken vor dem Rheinufer. Adrian klappte den Kragen seines Mantels hoch und lief den Treidelpfad nach Süden entlang, vorbei an St. Maria Lyskirchen. Hinter einem der Wehrtürme trat eine Gestalt aus dem Schatten eines Radkranes und winkte ihn mit einer Fackel zu sich.

»Entschuldigt meine Verspätung, Herzog.« Adrian verbeugte sich vor Heinrich von Lothringen.

Dieser schob sich die breite Krempe aus der Stirn. »Einen Augenaufschlag länger, und ich hätte meine Reise in die Bretagne angetreten, ohne das Geschäft mit dir abgeschlossen zu haben. Bedauerlicherweise übrigens.«

»Ihr meint, ich habe den Auftrag?« Adrian versuchte, ruhig zu bleiben, was ihm angesichts seiner Geldnot ziemlich schwerfiel. Er hatte das Schloss mit einem mulmigen Gefühl verlassen, das auch in den letzten vier Wochen nicht gewichen war. Einen Monat hatte sich der Herzog von Lothringen als Bedenkzeit eingeräumt. Und nun war diese Zeit des Bangens endlich vorbei.

»Beim nächsten Vollmond werdet Ihr Euch mit meinem Boten treffen, um ihm die Ware zu übergeben. Weitere Anweisungen folgen durch ihn.« Heinrich von Lothringen reichte Adrian ein Bündel mit Talern, verschloss den Kragen seiner Fellschärpe und eilte ohne ein Wort des Abschieds zum Bayenturm.

Während Adrian ihm nachschaute, atmete er erleichtert aus. Er verstaute das Bündel unter seinem Mantel und lief den Treidelpfad zurück, bis er in Höhe des Heumarktes durch das Tor trat. Erst dort vernahm er die Schritte, die ihm folgten.

»He, du!«, rief ein Mann, dessen Kleidung ihn kaum von der Schwärze der Nacht unterschied. »Bleib stehen. Was hast du mit dem feinen Herrn zu schaffen gehabt?«

Adrian drehte sich um und schaute in Bölingers Gesicht, das unter einer Kapuze hervorlugte. »Ich wüsste nicht, was dich das angeht.« Er wandte sich ab, um weiter seines Weges zu gehen, doch Bölinger hielt ihn an der Schulter zurück.

»Und ob mich das etwas angeht! Hab ich dich nicht neulich noch in den unterirdischen Gängen gesehen?«

Adrian drehte sich erneut zu ihm hin. »Mich? In der Unterwelt? Kann schon sein, doch was hat das mit dir zu tun?« Er wusste genau, worauf Bölinger hinauswollte. Er wollte wissen, ob er zu dem Gesindel gehörte, damit er von ihm ein Schutzgeld erpressen konnte.

»Sehr viel, Freundchen. Du hast mir eine Abgabe zu leisten, damit dir dort unten kein Unheil widerfährt.«

Adrian zog die Augenbrauen hoch. »Du bist der König der Buben und nicht der Kaufleute, vergiss das nicht. Wenn ich dort unten war, dann nur, weil sich einer deiner Schützlinge an meinem Hab und Gut vergriffen hat. Du solltest besser auf deine Schäfchen aufpassen.«

Bölinger zog den Schnodder durch die Nase und rotzte ihn vor Adrians Füße. »Ich hab dich im Auge, denk daran. Immer und überall.«

»Es ist kalt, geh nach Hause.« Diesmal wandte sich Adrian endgültig zum Gehen. Er konnte unmöglich zurück in sein Versteck, denn Bölinger würde ihn in dieser Nacht garantiert auf Schritt und Tritt verfolgen. Unter Groß St. Martin kehrte Adrian deshalb in eine Schenke ein, um dort in einer schäbigen Kammer die nächsten Stunden zu verbringen, hoffend, Bölinger möge das Interesse an ihm bis zum nächsten Morgen verloren haben. Ansonsten hatten er und Will ein Problem.

»Sie wird mit uns speisen?« Antonie schaute ihn ungläubig an.

»Ihr habt schon richtig gehört. Und jetzt will ich kein

Wort mehr darüber verlieren.« Johann legte die Hermelinschärpe über sein spitzenbesetztes Hemd, prüfte sein Antlitz und sah im Spiegelbild seine Gemahlin mit offenem Mund hinter sich stehen. »Ihr könntet Euch auch ruhig etwas angemessener kleiden.« Er drehte sich zu ihr hin und schaute missbilligend an den schwarzen Röcken hinab. »Oder tragt Ihr etwa Trauer? Sagt nicht, Euer Bruder …«

Antonie schüttelte den Kopf. Sie kämpfte mit den Tränen, doch das rührte ihn nicht. »Nein, eine gute Freundin. Sie ist an der Pest gestorben.«

Der Herzog setzte sich auf die Bettkante, streifte die Lederschuhe über und rückte die Rosette auf der Schnalle zurecht. »Schade für sie. Eurem Bruder hätte ich es eher gegönnt.«

Seine Gemahlin schluchzte auf. »Ihr seid so unbarmherzig! Was hat mein Bruder Euch denn getan?«

»Ich kann diesen eitlen Kerl nicht ausstehen, das ist alles. Und nun zieht Euch um, wir gehen schließlich nicht zu der Trauerfeier Eurer Freundin.«

Der Speisesaal des Schlosses strahlte in neuem Glanz. Achtarmige Kerzenleuchter aus reinem Silber erhellten die blankgescheuerte Tafel. Die durchgesessenen Stoffe der Stühle waren durch saphirblaue Samtbezüge ersetzt worden. Ein zufriedenes Lächeln huschte über die Lippen des Herzogs. Mia sollte sehen, Schloss Jülich stand dem Hof in Paris in nichts nach. Sie durfte nie, aber auch niemals die Zitadelle verlassen. Nicht, solange er lebte. Denn nie zuvor hatte er so gut gespeist wie zu dieser Zeit. Mia wusste, wie sie seinen Gaumen zu verwöhnen hatte. Voller Erwartung starrte er auf die zweiflügelige Tür. Seine Gemahlin wollte zu seiner Rechten Platz nehmen, doch er stellte sich schützend vor den Stuhl. »Dort sitzt Mia«, raunte er mit finsterer Miene.

»Ihr macht Euch lächerlich, und das wegen einer Bediensteten. So etwas habe ich noch nicht erlebt. Was hat sie denn schon geleistet? Sie kocht, das ist alles.« Antonie setzte sich auf den Stuhl zu seiner Linken.

»Weib, schweigt. Was wisst Ihr schon von wahrer Lust? Glaubt Ihr, die finde ich, wenn Ihr Eure welken Schenkel öffnet? Mia ist die Frau, die weiß, wie sie mir die Freuden des Lebens schenken kann. Sie weiß, wie sie mich von meinem Kummer ablenkt.« Johanns Gesichtsausdruck erhellte sich, denn Mia betrat den Speisesaal. Unsicher sah sie sich um. Johann schritt ihr entgegen und küsste ihre Hand. Dann geleitete er sie zu ihrem Platz und zog den Stuhl hervor, als wäre er ihr Diener.

Bevor Mia sich setzte, begrüßte sie seine Gemahlin mit einem Hofknicks. »Es ist mir eine Ehre, mit Euch speisen zu dürfen, Eure Hoheit.«

Johann drängte sich dazwischen. »Ach was, es ist mir eine Ehre, mit *dir* speisen zu dürfen.« Er drückte Mia an den Schultern auf ihren Stuhl.

Antonies Gesicht nahm die Farbe einer Blutkirsche an. Sie starrte auf Johann, als hätte sie den Satan persönlich vor sich stehen. Mit dem Blick feuerte sie Giftpfeile auf ihn, die jedoch an ihm abprallten. Unbeirrt nahm er zwischen seiner Gemahlin und Mia Platz. Die Diener trugen die Platten auf.

»Verrätst du mir, was meinen Gaumen heute erfreuen wird?«

Ein gequältes Lächeln umspielte Mias Lippen. »Ich habe Eierteigstäbchen zubereitet. Dazu wird gebratene Spanferkelkeule mit Semmeltorte gereicht. Und zu guter

Letzt runden Bratäpfel, gedünstet in Rotwein, das Mahl ab.«

Johann schloss die Augen und genoss das Vorspiel. Mias liebliche Stimme steigerte seine Lust noch. Ein Seufzer entfuhr seiner Kehle. Er öffnete die Augen und sah Mia mit einem verklärten Blick an. Die Diener brachten die Platten. Goldgelb lagen die Eierstäbchen vor ihm. Er blickte auf Mias Hände. Sie musste ihm genau erklären, wie sie diese zubereitet hatte. Er schob sich eines der Stäbchen zwischen die Lippen und ließ das Aroma des Safrans seinen Gaumen kitzeln. Dabei genoss er Mias Beschreibung der Zubereitung, als lauschte er einem Musikspiel.

Während er die Hauptspeise zu sich nahm, konnte er seine Lust kaum noch zügeln. Verzückte Laute entwichen seiner Kehle. Er schaute in Mias Augen und fand sich im Himmel zwischen musizierenden Engeln wieder. Ein Ziehen fuhr durch seinen Leib, das sein Verlangen nach dem Höhepunkt ins Unermessliche steigerte. Als der Duft der Bratäpfel seine Nasenflügel umspielte, zitterte er am ganzen Körper. Er führte den Löffel zum Mund, ertastete mit der Zunge das Fruchtfleisch und saugte ihm den Saft aus. Er schob sich einen weiteren Löffel zwischen die Lippen. Johann konnte nicht genug bekommen von dem Rausch. Er schloss die Lider.

Nachdem das letzte Stück der Paradiesfrucht durch seine Kehle gewandert war, lehnte er sich schwer atmend zurück und ließ die Lust ausklingen. Dabei hielt er Mias Hand fest umklammert. In seinen Augen brannten Tränen. »Du darfst niemals das Schloss verlassen. Verstehst du nun, warum?«

Seine Gemahlin warf ihren Löffel auf den Tisch und sprang von ihrem Platz auf. Die Lehne des Stuhls landete krachend auf den Fliesen. »Ihr seid von Sinnen!«, schrie sie, raffte ihre Röcke und lief aus dem Speisesaal.

Johann sah ihr mit erhobenen Augenbrauen nach. Dann berührte er Mias Hand mit den Lippen. »Ich danke dir.« Seine Worte verschmolzen mit einem gehauchten Kuss.

3. Kapitel

Spät am Abend auf ihrem Bett verschränkte Mia die Hände hinter dem Kopf und starrte an die Decke ihrer Kammer. Durch das Fenster fiel das fahle Mondlicht und erhellte die gegenüberliegende Wand. Sie lauschte der Stille, die im Schlossinnenhof herrschte, und musste immerzu an das Verhalten des Herzogs denken. Wie seltsam er gespeist und wie demütigend er seine Gemahlin behandelt hatte! Mia plagte ein schlechtes Gewissen gegenüber der Herzogin. Nie hatte sie den Platz an seiner Rechten gewollt. Doch was hätte sie tun sollen? Die Bediensteten durften dem Herzog niemals widersprechen. Dazu hatte Walther sie unzählige Male ermahnt, weil er ihr loses Mundwerk kannte, wie er behauptete.

Das beklemmende Gefühl in ihrer Brust wollte nicht weichen. Es klopfte an der Tür, und Ännchen betrat mit einem Öllicht in der Hand die Kammer.

»Hast du schon geschlafen?«

Mia richtete sich auf, schüttelte den Kopf und strich mit der Hand über die Bettkante.

Ihre Ziehmutter atmete tief durch und setzte sich neben sie. »Ich bin so neugierig, weißt du? Ich muss unbedingt wissen, wie es war. Erzähl doch mal!«

Mia stieß einen tiefen Seufzer aus, senkte den Blick und knetete das Linnen ihres Nachtgewandes in den Händen. »Es war seltsam. Der Herzog hat seine Gemahlin schlecht behandelt. Mich hat er umschmeichelt, und sie war nur Luft für ihn. Du glaubst nicht, wie unangenehm mir das war!«

Ännchen stellte das Öllicht auf den Nachttisch und strich ihr über die Locken. »Aber Kind, das ist doch nicht deine Schuld. Die Welt der Herrschaften ist eben nicht unsere. Nimm dir das nicht so zu Herzen. Was zwischen dem Herzog und seiner Gemahlin geschieht, geht uns nichts an. Und glaube mir, du bist bestimmt nicht der Grund dafür. Ich denke eher, er hegt ihr gegenüber einen Groll, weil sie ihm keinen Sohn schenkt.«

Mia lehnte den Kopf gegen die Schulter ihrer Ziehmutter. »Ich hoffe, du hast recht. Ich könnte es nicht ertragen, wenn es meinetwegen wäre.«

»Du solltest dich geehrt fühlen, überhaupt mit ihm speisen zu dürfen. Doch bitte störe dich niemals an seinem Verhalten.«

Mia hob den Kopf. »Du hättest sehen sollen, wie er die Speisen zu sich genommen hat! Ännchen, so habe ich noch niemals jemanden essen sehen.« Die Erinnerung ließ sie erschaudern.

Nachdem sie Ännchen alle Einzelheiten des Abends erzählt hatte, drückte diese ihre Hand. »Ich weiß nicht, wohin das mit unserem Herzog noch führt. Ich habe schon von anderen Bediensteten gehört, wie merkwürdig er sich wieder benimmt. Dabei hieß es doch, der Arzt aus England hätte ihn damals geheilt.« Ännchen zuckte mit den Schultern. »Zum Glück haben die Landstände ihn im Auge.« Sie erhob sich, zog Mia hoch und schlug für sie die Bettdecke zurück. »Du solltest dich schlafen legen, mein Kind. Es ist spät, und morgen müssen wir wieder zeitig in der Küche sein.«

In der Nacht träumte Mia von dem Herzog. Er hatte

sich in einen Werwolf verwandelt und zerfleischte die Schlossbewohner. Schweißgebadet erwachte sie und starrte zur Tür. Ihr Herz schlug heftig in ihrer Brust. Bei dem Gedanken an ein weiteres Zusammentreffen mit dem Herzog krampfte sich ihr Magen zusammen.

Adrian glaubte, seinen Augen nicht zu trauen, als er Lis aus dem Zugang zu seinem Versteck krabbeln sah. Staub bedeckte ihre gelbblau gestreifte Haube sowie ihren Umhang. Adrian half ihr auf die Beine. In den Augen der alten Frau schimmerten Tränen.

»Du musst kommen, schnell! Bölinger bringt sie um.« Sie schnappte nach Luft.

»Wen und wo?« Adrian konnte ihren Worten nicht folgen.

»Helene«, japste Lis. »Bölinger – er schlägt sie tot!«

Adrian fasste sie an den Schultern. »Wo ist sie?«

»Bei den Huren, hör nur das Geschrei!«

Adrian kroch durch den Zugang und lief so schnell er konnte durch die Gänge. An dem Gemäuer hallten die Schreie der Huren wider. Plötzlich blieb er abrupt stehen.

Ein letzter Tritt in die Rippen, und Bölinger wandte sich von Helene ab. Über die Leiter verschwand er aus der Unterwelt. Das Mädchen lag regungslos zwischen den Mauern. Adrian wollte hinter Bölinger her, doch Will hielt ihn am Mantel fest. Dass sein Freund ihm gefolgt war, bemerkte er erst in diesem Augenblick.

»Lass mich los! Dieser miese Hund darf nicht ungeschoren davonkommen!« Adrian riss an seinem Mantel.

»Komm zur Vernunft, Adrian. Wenn Bölinger von unserem Versteck hier unten weiß, dann ist es aus für uns. Dann kannst du alles vergessen.«

Will hatte recht. Bölinger durfte keinen Wind von dem bekommen, was sie hier unten trieben. Adrian biss sich auf die Lippen und ballte die Faust. »Ich schwöre dir, wenn ich ihn irgendwo in den Gassen allein antreffe, bringe ich ihn um.«

Die Huren beugten sich über Helene. Die pummelige Beele schob Lumpen unter ihren Kopf und tätschelte ihre Wange. Adrian kniete sich zu dem Mädchen. Ihre aufgerissenen Augen starrten ins Leere. Aus ihren Mundwinkeln und den Ohren sickerte das Blut.

Außer Atem erreichte nun auch Lis das Lager der Huren. Sie holte einen Krug Wasser und hielt ihn an Helenes Lippen.

»Vergiss es, sie ist tot.« Adrian nahm der Alten das Gefäß aus den Händen und stellte es auf den Boden.

Die Huren brachen in Wehgeschrei aus, fielen neben Helene auf die Knie und schworen Rache.

Adrian schloss die Lider des Mädchens und wischte mit einem Tuch das Blut aus ihrem Gesicht. Helenes Anblick versetzte ihm einen Stich ins Herz. Es fiel ihm schwer zu begreifen, wie ein Mann in der Lage sein konnte, solch ein junges Mädchen zu töten. »Wir müssen sie begraben.« Er zog seinen Mantel aus, bedeckte Helenes Leib und hob sie hoch. Ihr zarter Körper wog nur wenig. »Kommt, wir bringen sie aus der Stadt.«

Schweigend zog er mit Will, Lis und den Huren im Schutz der Dunkelheit durch die Gassen. Sie ließen die Stadt durch die Kahlenhausener Pforte hinter sich und blieben auf einem gerodeten Acker schließlich stehen. Adrian legte Helenes Leichnam auf die gefrorene Erde. »Wir können sie nur unter altem Laub und Reisig begraben. Der Boden ist zu hart.«

»Dann holen sie bald die Wölfe«, sagte Lis schluchzend.

Adrian sog tief den Atem ein. »Du hast recht. Also verbrennen wir ihren Leichnam.«

Die Rattenfengersche, die älteste der Huren, heulte auf. »Aber sie ist doch keine Hexe!«

Adrian presste die Lippen aufeinander und starrte auf Helenes Leichnam. »Sind wir nicht alle Sünder auf Erden? So wird wenigstens ihre Seele gereinigt.«

»Du sprichst wie ein Pfaffe.« Die Rattenfengersche spie durch ihre Zahnlücke auf den Boden.

»Pfaffe hin, Gott her. Verdammt, was wollt ihr denn? Dass die Wölfe ihr das Fleisch von den Knochen reißen?« Adrian hätte die Huren am liebsten stehen lassen und wäre in die Unterwelt zurückgekehrt. Die Kälte war ihm mittlerweile in alle Glieder gekrochen und ließ sie steif werden. Er nahm seinen Mantel von Helenes Leichnam und zog ihn an.

Lis legte die Hand auf seinen Arm. »Lass dich nicht von ihnen beirren, und verbrenne ihren Leib. Bitte!«

Über dem Acker stiegen die Rauchwolken in den mondlosen Himmel. Der Geruch von verbranntem Fleisch wehte mit dem eisigen Wind davon. Adrian warf noch einen Blick zurück, dann passierte er gemeinsam mit Lis und Will die Stadtmauer. Die Huren wollten noch dort bleiben, bis der Leichnam vollständig verbrannt war.

»Ich könnte diesen Bölinger in der Luft zerreißen!« Adrian zog den Mantel enger um seinen Leib.

»Sie hat versucht, ihre Einnahmen zu unterschlagen, und das nicht zum ersten Mal. Bölinger hatte ihr zur Warnung schon die Rippen gebrochen. Doch das scheint das Mädchen nicht beeindruckt zu haben. Sie war noch so jung, so töricht …« Lis hatte Mühe, mit den Männern Schritt zu halten.

»Lis, verrate niemandem in der Unterwelt unser Versteck.« Will hatte seinen Schritt verlangsamt.

»Nein, macht euch keine Sorgen. Nur versprecht mir, dass ihr euch von Bölinger fernhaltet. Keine Rache für den Tod des Mädchens.«

Die Gelenke von Adrians Finger knackten, als er sie ineinander verschränkte. Lis hatte recht. Rache würde die Hure auch nicht wieder lebendig machen, wohl aber ihn und Will in Gefahr bringen.

Kurz darauf verabschiedeten sich Will und Adrian vor der Pfaffenpforte von der alten Lis. Sie bogen in die Trankgasse Richtung Rhein ein, um dort in einer Schenke ihren Unmut mit einem Krug Bier zu ertränken.

Der Diener grinste bis über beide Ohren, als er die Küche betrat. In Mias Bauchhöhle breitete sich ein unangenehmes Ziehen aus. Sie versuchte, sich auf die Hammelkeule zu konzentrieren und den Diener des Herzogs, der in seinem schwarzen Wams und den weißen Seidenstrümpfen vor ihr stand, nicht zu beachten.

»Mia, der Herzog erwartet dich nach Sonnenuntergang zu einem Umtrunk.«

Walther setzte den Kessel auf dem Ofen ab und kam zu ihr herüber. Er bemerkte ihren entsetzten Gesichtsausdruck. »Was ist los, mein Mädchen? Gefallen dir die Besuche beim Herzog nicht?«

Mia schüttelte den Kopf. »Lasst gut sein, Walther. Er will sich sicher nur für die Speise bedanken.«

Sie mochte nicht darüber nachdenken, was sie an diesem Abend erwartete. Niemand, der den Herzog in den letzten Tagen persönlich getroffen hatte, konnte sein Verhalten nachvollziehen.

»Geh nur, du willst dich bestimmt noch ein wenig

frisch machen. Ich kümmere mich um die Hammelkeule.« Walther nahm ihr das Messer aus der Hand.

Mia versuchte, sich ihren Unmut nicht anmerken zu lassen, quälte sich ein Lächeln ab und verließ die Küche.

Der Herzog erhob sich aus seinem Lehnstuhl und bot ihr einen Platz vor dem Kamin an. »Meine liebe Mia, wie schön, dich zu sehen.« Sie schaute sich in seinem Arbeitszimmer um. Ihre Hoffnung, dass Herzogin Antonie anwesend war, zerplatzte. Der Gedanke, mit dem Herzog allein zu sein, bereitete ihr Bauchschmerzen. Sie setzte sich in den Lehnstuhl und nahm den Weinpokal entgegen, den er ihr reichte. Der Herzog rückte seinen Sessel zu ihr und ließ sich darauf nieder. Die Falten auf seiner Stirn verrieten seine Sorgen. Doch davon wollte Mia nichts hören. Sie betete, er möge sich mit ihr nur über die Speisen unterhalten. Ihr Mund wurde trocken, und sie nahm einen kräftigen Schluck Rotwein, um ihn zu befeuchten. An den Wänden brannten nur zwei Fackeln und tauchten das Arbeitszimmer in ein unheimliches Licht. Der Schatten des Herzogs flackerte an dem Gemäuer. Ihr schauderte es.

»Die Zeit läuft mir davon.«

Die Stimme des Herzogs ließ sie zusammenzucken.

»Mein Leibarzt hat mich auf Empfehlen der Landstände aufgesucht. Ich weiß nicht, warum, denn mich plagt kein Leiden. Irgendetwas führen sie im Schilde, diese Herren in Düsseldorf. Sie haben mein Vermögen beschlagnahmt. Die Truhen mit meinen Juwelen und dem Gold mit Ketten verhangen und nach Düsseldorf gebracht.« Der Herzog hob den Blick aus blutunterlaufenen Augen.

Mia wusste nicht, was sie darauf antworten sollte. Die politische Situation im Lande war ihr nicht vertraut. Hoffentlich glaubte der Herzog nicht, sie sei unhöflich, weil sie schwieg.

»Vielleicht muss ich mich noch stärker gegen die Protestanten stellen. Doch das ist schwer, sehr schwer. Selbst im Landstand sind sie vertreten.« Der Herzog erhob sich. Die Hände auf dem Rücken verschränkt, durchmaß er das Arbeitszimmer mit großen Schritten. Augenscheinlich hatte er neuen Mut gefasst. Er kniete sich vor Mia und legte plötzlich den Kopf in ihren Schoß. Mia hielt den Atem an. Für einen kurzen Augenblick verspürte sie den Drang, dem Herzog über das Haar zu streichen. Doch dann überkam sie das Gefühl der Abscheu. Der Jülich-Klevische Herrscher lag mit dem Kopf auf ihrem Oberschenkel wie ein kleiner Junge, der den Trost seiner Mutter suchte. Sein heißer Atem drang durch ihre Röcke.

»Ich brauche einen Nachfolger«, keuchte er. »Doch meine Gemahlin schenkt mir keinen.« Sein Kopf fuhr hoch. In seinen Augen blitzte ein bösartiges Funkeln. Er sprang auf und umkreiste Mia wie eine Raubkatze ihre Beute. Dann kniete er sich wieder vor sie und legte erneut seinen Kopf in ihren Schoß. Sein Wimmern durchbrach die Stille des Gemaches.

Mia schnürte es den Hals zu. Sie glaubte, nicht mehr atmen zu können. Hilflos blickte sie zur Tür, in der Hoffnung, jemand würde sie aus dieser misslichen Lage befreien. Und als hätte der Herrgott ihr Flehen erhört, flog die Tür auf. Umgeben vom Licht des Flures, wirkte die Silhouette der eintretenden Gestalt wie ein Engel. Doch das Schnauben, das sie von sich gab, hatte mit einem Abgesandten des Himmels nichts gemeinsam.

Antonie trat in das Arbeitszimmer und stellte sich vor die beiden. Den Blick fest auf den Schopf des Herzogs gerichtet, kniff sie die Augen zusammen. »Seit Stunden warte ich in meinem Bett auf Euch. Und was macht Ihr? Ihr vergnügt Euch mit dem Küchenmädchen. Ihr seid wirklich von Sinnen. Euer Leibarzt hat recht«, zischte sie.

»Was fällt Euch ein, hier unaufgefordert einzudringen?« Mit einem Sprung stand der Herzog vor seiner Gemahlin. »Ihr seid hässlicher als eine Nebelkrähe. Warum sollte es mich in Euer Bett ziehen?«

Mia nutzte den ehelichen Streit, um sich lautlos davonzustehlen. Was geschah hier bloß? Ihr Herz krampfte sich zusammen. Das durfte nicht sein, niemals! Antonie von Jülich durfte sie nicht verdächtigen, des Herzogs Geliebte zu sein. Oder war sie vielleicht selbst schuld daran? Sie hätte die Aufmerksamkeit des Herzogs nicht auf sich lenken dürfen. Doch nun war es zu spät. In ihren Augen brannten heiße Tränen der Scham. Noch nicht einmal Ännchen konnte sie sich anvertrauen. Mia spürte, wie ihr die Kraft aus den Beinen wich, und ließ sich auf der Stiege nieder. Durch die geschlossene Tür des herzoglichen Gemaches drang Antonies Gekeife. Mia hielt sich die Ohren zu, um die ungerechten Worte nicht zu hören. Doch es half nichts. »Hure!«, hallte es durch ihren Kopf. Sie sprang auf und eilte in ihre Kammer.

Die frostige Luft, die durch das geöffnete Fenster drang, verhalf Mia dazu, wieder ungehindert atmen zu können. Sie streifte sich die Kleider vom Leib und zog ihr Nachtgewand über. In ihr schwelte die Angst vor der Herzogin und auch vor dem Herzog. Sie musste sich etwas einfallen lassen, um ihm fortan aus dem Weg zu gehen. Wer wusste schon, welche kranken Gedanken ihn noch überfielen?

Die Augen ihres Gemahls starrten durch sie hindurch. Der glasige Blick ließ erkennen, dass sich die Gedanken des Herzogs nicht in der Wirklichkeit befanden. Antonies Brustkorb zog sich zusammen. Sie atmete tief ein und versuchte, sich an ihm vorbeizuzwängen, doch er stellte sich ihr in den Weg.

»Bleibt hier, ich habe mit Euch zu reden!«

Sie konnte seine Lobeshymnen über diese Mia nicht mehr hören, denen stets unvermittelt Beleidigungen gegen sie selbst folgten. Seit sie ihn mit Mia in seinem Arbeitszimmer angetroffen hatte, verglich er sie nur noch mit ihr. Sie mochte nicht mehr in den Spiegel schauen, hasste ihren Leib, der keine Frucht heranreifen ließ. In ihren Augen brannten Tränen, die sie jedoch mit aller Macht zurückhielt.

Sein Atem drang an Antonies Ohr und ließ Abscheu in ihr aufkeimen. Das Küchenmädchen hatte ihren Gemahl mit ihren Speisen verführt, so, wie Eva damals Adam im Paradies mit der verbotenen Frucht verführt hatte.

»Lasst mich gehen, Johann.«

Der Herzog überhörte ihre Bitte, fasste sie an den Schultern und schob sie zu dem Bett. »Setzt Euch, und wagt es nicht noch einmal, mir zu widersprechen.«

In seinem Blick lag immer noch der Irrsinn, doch nun sah er sie an, nicht durch sie hindurch. Und das beunruhigte Antonie noch mehr. Sie versteckte die zitternden Hände in ihrem Schoß.

Johann schritt vor ihr auf und ab wie ein Wachmann vor einem Tor. In dem Gemach knisterte die Luft vor Anspannung.

»Mia soll mir einen Sohn gebären.« Johann ließ sich neben Antonie nieder und griff nach ihrer Hand. »Denkt nur, ein wunderhübscher Junge mit Mias Zügen, meinem Sinn für Gerechtigkeit und meiner Gabe, das Volk zu lenken. Welch ein Herrscher für das Jülich-Klevisch-Bergische Land! Und das aus meinem Blut.«

Antonie schloss die Augen. Das konnte er nicht ernst meinen! Er konnte nicht von ihr verlangen, dies gutzuheißen. Ihr Hals schnürte sich zu, als hätte sich ein Strick darum gezogen. Weil sie glaubte zu ersticken, fasste sie sich an den Hals und rang nach Luft.

»Antonie, Ihr könnt Euch nicht vorstellen, wie sehr ich mich auf meinen Nachfolger freue.« Das Lächeln des Geisteskranken lag auf seinen Lippen. »Auch Euch müsste es warm ums Herz werden bei dem Gedanken. Oder freut Ihr Euch nicht darauf, ein Kindlein im Arm zu halten?« Ohne eine Antwort zu erwarten, sprang Johann auf und riss die Hände hoch. »Allmächtiger, ich danke Dir, dass Du mir dieses Mädchen über den Weg hast laufen lassen!« Er beugte sich zu Antonie. »Eine göttliche Eingebung überfiel mich im Gebet, die mir sagte, Mia soll die Mutter meines Sohnes sein.« Johanns Augen schwammen in Tränen.

»Das könnt Ihr nicht von mir verlangen.« Antonie versuchte, ihrer Stimme Festigkeit zu verleihen. »Verlangt nicht von mir, das Kind einer Bediensteten mein Eigen zu nennen und es aufzuziehen.«

»Das werdet Ihr wohl müssen.« Johann zog die Schultern hoch und sah sie fast mitleidig an. »Ihr habt Eure Pflicht nicht erfüllt. Was soll ich tun? Solange Ihr nicht das Zeitliche segnet, darf ich mich nicht neu verheiraten. Ich könnte auch nachhelfen, aber da ist meine Angst vor dem Fegefeuer doch zu groß.«

»Aber das, was Ihr vorhabt, ist Ehebruch! Gott wird das nicht billigen«, stieß Antonie mit letzter Kraft aus. Sie starrte auf ihre Hände. All dies musste ein schrecklicher Traum sein. Bestimmt würde sie gleich erwachen. Sie schloss die Augen und kniff sich in die Handfläche. Doch als sie die Lider wieder hob, stand ihr Gemahl immer noch vor ihr.

»Lasst es uns bitte noch einmal versuchen. Ich bin noch nicht zu alt, Johann. Bitte, noch einmal, ich werde alles tun, was Ihr von mir verlangt. Wenn es sein muss, suche ich eine Heilerin auf. Nehme das, was sie mir zusammenbraut. Doch bitte schwängert nicht diese Frau. Ich könnte es nicht ertragen.«

Johann kniff die Augen zusammen. »Eine Heilerin? Ihr meint wohl eine Hexe?« Er schnappte nach Luft. »Niemals!« Seine Faust fuhr drohend durch die Luft. »Mein Sohn soll das Werk des Teufels sein? Das ist nicht Euer Ernst!« Schwer atmend strich er sich eine Strähne aus der Stirn.

Antonie schloss die Augen. Ihr wurde bewusst, wie unüberlegt ihr Vorschlag gewesen war. Wie konnte sie diesem Mann, der versuchte, die Ketzer und Protestanten im Land auszurotten, solch einen Handel vorschlagen? »Verzeiht, dieser Vorschlag war töricht«, wisperte sie mit tränenerstickter Stimme.

»Der Teufel spricht durch Eure Zunge. Anders kann ich es mir nicht erklären. Das wird wohl auch der Grund sein, warum Ihr kein Kind empfangt. Er will es verhindern. Satan hat Euren Leib in Besitz genommen. Es gibt keine Zweifel.«

Antonie sprang von der Bettkante auf. »Wie könnt Ihr so etwas behaupten? Ich bin eine fromme Frau, trage Gott in meinem Herzen, nicht den Teufel im Leib.«

Die Beine gaben unter ihr nach. Sie taumelte zu dem Lehnsessel und ließ sich in das Polster fallen. Ein Weinkrampf überfiel sie. Wie konnte ihr Gemahl nur so grausam sein?

»Eure Mutter hat neun Kinder geboren. Warum nicht Ihr?« Johann schüttelte den Kopf und zog die Stirn kraus. »Aber es gibt Wege, den Teufel aus Eurem Leib zu verbannen.« Die Muskeln in Johanns Kiefer zuckten, und in seinen Augen loderte Kampfeslust.

Antonie konnte seinen Anblick nicht mehr ertragen. Sie wischte sich die Tränen von den Wangen und eilte an ihm vorbei aus dem Gemach. Auf den Stiegen begegnete sie Marschall Bretzen, der sie besorgt ansah.

»Eure Hoheit, geht es Euch nicht gut?« Er fasste nach ihrem Arm und führte sie die Stufen hinab.

Widerstandslos begleitete Antonie ihn in die Bibliothek. Ihre Füße trugen sie fast wie von selbst, bevor sie sich von Bretzen in einen Lehnsessel drücken ließ. Kraftlos blickte sie den Marschall an. »Ihr könnt Euch nicht vorstellen, was mein Gemahl von mir verlangt.« Sie erzählte Bretzen von Johanns ungeheuerlichem Vorhaben, sie exorzieren lassen zu wollen.

Der Marschall schüttelte ungläubig den Kopf. »Es ist seine Geisteskrankheit, die wieder aufgekeimt ist. Wir sollten den Kaiser in Kenntnis setzen und einen Befehl erwirken, damit wir Johann inhaftieren können.«

Antonie wurde bewusst, dass es womöglich ein Fehler gewesen war, sich dem Marschall anzuvertrauen. »Bitte nicht, Marschall! Das wird nicht nötig sein. Ich werde Johann schon umstimmen. Bisher ist mir das immer gelungen.« Sie mochte sich nicht ausmalen, wie die Erbstreiter nach und nach auf dem Schloss einkehrten, um dieses in Beschlag zu nehmen. Lieber kämpfte sie gegen die Geisteskrankheit ihres Gemahls, als dieses streitende Volk in Jülich zu wissen, das ihr die Regentschaft erschwerte.

»Aber Antonie, ich verstehe Euch nicht.« Bretzen legte die Hand auf ihre Schulter. »Ihr habt eine schwere Bürde zu tragen. Ich befürchte, Ihr zerbrecht daran. Ihr könntet wieder auf Schloss Düsseldorf residieren. Die Unterstützung der Landstände wäre Euch gewiss.«

»Nein, ich bin stark, Marschall. Ich werde das durchstehen. Eher dies, als die Streitereien unter Johanns Schwestern. Und auf Schloss Düsseldorf will ich nicht wohnen. Wo doch Jacobe mit ihrem Geist dort ihr Unwesen treibt.« Antonie schauderte es bei dem Gedanken daran.

Bretzen seufzte schwer. »Die Sorge um Euch wird mich jede Minute am Tag begleiten. Bitte setzt mich in Kenntnis, wenn die Krankheit Eures Gemahls zu unerträglich für Euch wird.«

Antonie nickte. Doch sie wusste, all dies würde sie eher bis zum bitteren Ende ertragen, als nach Düsseldorf zurückzugehen.

In der Unterwelt herrschte eine friedliche Stimmung. Auf einer Flöte aus Seeadlerknochen spielte Lis eine leise Melodie. Die Bettler und Diebe dösten, in ihre löchrigen Mäntel gehüllt, vor sich hin. Über der Feuerstelle bereiteten die Huren einen Grießbrei zu, dessen Duft durch die Gänge zog. Es sah aus, als hätte Bölinger seine Abgaben kassiert und wäre, ohne weiteren Schaden anzurichten, wieder von dannen gezogen. Erleichtert verschwand Adrian mit Will hinter der Biegung, die zu seinem Versteck führte. Doch gerade als er die Basaltsteine wegräumte, die den halbhohen Gang verbargen, brach hinter ihnen ein Tumult aus. Ein Geschrei hallte von den Mauern wider, als wäre der Wolf in einen Hühnerstall eingedrungen. Adrian erstarrte am ganzen Leib. Er ließ einen der Steine fallen, der daraufhin in zwei Teile zerbrach.

»Bitte nicht schon wieder«, flüsterte er.

»Lass gut sein, Adrian. Wir sollten uns nicht daran stören, was Bölinger mit den Buben treibt. Lass uns lieber sehen, dass wir in unserem Versteck verschwinden.«

»Ich kann mich nicht einfach verstecken. Ich muss wissen, was da los ist.« Adrian wand sich aus Wills Griff.

Er lief den Gang entlang, bis er ungehinderte Sicht auf das Lager der Bettler hatte.

Will war ihm gefolgt und zog ihn an der Schulter zurück. »Er darf uns hier unten nicht sehen! Bitte Adrian, halte dich zurück. Denke an unser Überleben.«

Das Blut rauschte in Adrians Ohren. Er starrte auf das Geschehen und konnte nicht glauben, was er dort sah. Bölinger war aufgetaucht, und zwar nicht allein. Der Bader begleitete ihn. Das Blatt einer Säge blitzte im Schein der Fackeln auf. Lautes Gekreische scholl durch die Gänge. Bölinger zog Matthis an den Armen hoch und verschränkte sie ihm auf dem Rücken, woraufhin der Bettler in die Knie sank. Der Bader griff nach seinem Fuß und verdrehte sein Bein, bis dieses ausgestreckt neben ihm lag. Adrian vermochte den Blick nicht abzuwenden. Es wäre ein Leichtes für ihn gewesen, sich von Will loszureißen. Doch er verharrte in einer Starre, unfähig, nur einen Schritt zu gehen. Der Bader band das Bein unter dem Schritt mit einem fleckigen Stofffetzen ab und setzte die Säge an. Ein markerschütternder Schrei drang durch die Unterwelt. Will zerrte Adrian am Arm hinter die nächste Biegung. Bölingers Lachen verfolgte sie.

Adrian erwachte aus seiner Starre. In seinem Leib brannte das Feuer des Hasses. Nach Luft ringend, riss er die Augen auf. »Ich halte das nicht mehr aus«, keuchte er und schlug mit der Hand gegen das Mauerwerk. »Nur um seine Einnahmen zu verdoppeln, macht dieser miese Hund die Männer hier unten zu Krüppeln.«

»Bitte, Adrian, reiß dich zusammen.« Will zerrte ihn am Mantel weiter.

Wie aus dem Nichts stand Lis plötzlich vor ihnen. »Jung, du kannst es nicht ändern. Wir müssen uns Bölingers Gesetzen beugen. Und es bringt nichts, wenn du ihn tötest. Der Nächste seiner Art steht schon in den Löchern und wartet darauf, hier das große Geschäft zu machen.«

Adrian ließ sich von ihr und Will in die Mitte nehmen. Er fühlte sich, als wäre das Blut nicht aus Matthis' Bein, sondern aus seinem Leib gewichen. Kraftlos setzte er einen Fuß vor den anderen. Mit zittrigen Händen räumte er die restlichen Steine aus dem Zugang und kroch, gefolgt von Will, zu seiner Unterkunft.

Will entfachte das Feuer. Mit der Schulter an das Gemäuer gelehnt, starrte Adrian auf sein Lager. In diesem Augenblick sehnte er sich danach, den weichen Körper einer Frau in den Armen zu halten. Sehnte sich nach Geborgenheit, die ihn unter den Felldecken einhüllte und von dem Elend in der Unterwelt ablenkte. Doch welcher Frau konnte er dieses verdammte Leben zumuten?

»Zum Teufel, warum habe ich mich nur von den Weibsbildern hier in der Küche überreden lassen, diesen Tunichtgut zu behalten?« Walther stierte Rutger an, als wollte er ihm jeden Augenblick den Kessel mit der kochenden Suppe entgegenschleudern. Glasscherben übersäten den Boden. Daneben lag das Tablett, auf dem Rutger die Weinpokale aus venezianischem Glas dem Diener übergeben sollte. Die Hände immer noch ausgestreckt, starrte dieser stumm auf das Fiasko, das der Küchenjunge angerichtet hatte.

»Mach, dass du hier rauskommst. Aber ganz schnell!« Walther rang um Selbstbeherrschung. »Ich will dich nie wieder hier sehen«, zischte er.

Mia hielt den Atem an. Rutger lief an ihr vorbei, hinaus aus der Küche, als wäre der Teufel hinter ihm her.

Mit gesenktem Kopf hielt der Küchenmeister inne. »Ich habe keine Kraft mehr, diesem Nichtsnutz eine Abreibung zu verpassen. Ich will nur eins: dass er hier verschwindet.« Seine Augen, die er jetzt auf Ännchen richtete, glühten vor Zorn. »Selbst wenn du mich auf Knien anflehst, du wirst mich kein weiteres Mal überreden.« Er drehte sich um und rührte zähneknirschend in dem Gersteneintopf.

Ännchen kämpfte mit den Tränen. Sie raffte ihre Röcke und lief ebenfalls aus der Küche. Mia sog tief den Atem ein. Dass der arme Rutger vom Schloss gejagt wurde, brach Ännchen bestimmt das Herz, doch nach diesem erneuten Missgeschick war es wohl nicht mehr zu ändern. Mia musste sich erst einmal sammeln. Im Augenblick war es wohl besser, Walther nicht anzusprechen. Außerdem hatte sie ihre eigenen Sorgen, über die sie bisher mit niemandem geredet hatte. Sie setzte das Messer an, um die Karotten in dünne Scheiben zu schneiden, die sie anschließend in Butter und Zucker glasieren wollte. Seit die Landstände den Herzog in Geldnot hielten, waren erlesene Zutaten in der Schlossküche eine Seltenheit geworden. Mia musste zusehen, wie sie dennoch die

Speisen besonders schmackhaft zubereitete. Auf Wild, Trüffel und Fasan, ganz zu schweigen von Safran und Muskatnuss, musste der Herzog verzichten. Stattdessen wurden die Hühner des Schlosses, die bisher meist nur für den Bestand der Eier gesorgt hatten, eines nach dem anderen geschlachtet. Neben ihr knirschte Walther weiterhin mit den Zähnen. Dieses Geräusch konnte Mia auf den Tod nicht ausstehen. Sie legte das Messer zur Seite, wischte sich die Hände an der Schürze ab und trat durch die Tür nach draußen.

Im Schlosshof saßen Ännchen und Rutger mit dem Rücken zu ihr auf einer Steinbank. Sie bemerkten nicht, dass sich Mia ihnen näherte.

Rutger legte den Kopf auf Ännchens Schultern. »Schuld daran ist nur Mia. Der Küchenmeister würdigt mich nie eines Blickes.«

Mia hielt in ihrem Schritt inne, um dem Gespräch zu lauschen.

»Immer lobt er nur sie. Mich sieht er lediglich dann, wenn mir wieder ein Missgeschick passiert ist.« Er zog die Nase hoch.

Ännchen reichte ihm ein Tuch, in das er sich schneuzen konnte. »Sag so etwas nicht. Mia kann nichts dafür, glaube mir. Sie hat nichts gegen dich.«

»Ach ja? Hat sie auch nur einmal ein Wort mit mir gesprochen? Weiß sie überhaupt, dass es mich gibt?«

»Das klingt, als wärest du eifersüchtig oder aber in sie verliebt.«

»Bin ich nicht. Doch es gibt da etwas, was ich weiß.« Seine Ohren, die zwischen dem struppigen Haar herausragten, leuchteten feuerrot.

Mia trat rasch vor ihn. »Was weißt du? Und wie kannst du behaupten, ich würde dich nicht beachten? Das stimmt nicht.« Sie hatte die Hände in die Hüften gestemmt und blickte den Küchenjungen wütend an.

Rutger schreckte auf. Als er sie sah, sprang er von der Bank und rannte durch das Nordtor des Innenhofes.

»Nun ist er weg«, seufzte Ännchen und zog dabei die Schultern hoch. »Noch einmal werde ich Walther wohl nicht überreden können, ihn wieder in der Küche arbeiten zu lassen. Ich habe das Versprechen gegenüber meiner Schwester gebrochen. Wo soll der arme Kerl denn hin? Ich mochte ihn, ob du es glaubst oder nicht.«

»Ach, Ännchen, gibt es überhaupt jemanden, den du nicht magst?« Mia griff nach ihrer Hand.

»Mir fällt gerade niemand ein.« Ännchen schürzte die Lippen. »Nein, wirklich nicht«, fügte sie gequält lächelnd hinzu.

»Rutgers Behauptungen sind absurd.« Mia nahm die Haube vom Kopf und lockerte mit den Fingern ihre Haare. »Ich würde zu gern wissen, was in seinem Kopf vorgeht. Und was hat es mit dieser Andeutung auf sich, er wüsste etwas?«

»Nimm es dir nicht zu Herzen. Der arme Kerl ist verstört. Ihm sitzt noch der Schreck in den Knochen.«

Mia nickte und starrte geistesabwesend zum Nordtor. Sie hatte selbst genug Kummer. Ihr fehlte die Kraft, sich auch noch um Rutgers Verbleib zu sorgen.

»Ich werde sehen, ob ich eine andere Anstellung für ihn finde.« Ännchen presste die Lippen aufeinander. Dann sah sie Mia mit einem fragenden Blick an. »Irgendetwas bedrückt dich, mein Kind. Das merke ich schon seit Tagen. Willst du mir nicht erzählen, was es ist?«

Mia kämpfte mit den Tränen. Ihr größter Traum hatte sich erfüllt. Der Herzog hatte sie zu seiner Leibköchin ernannt, doch sie konnte sich nicht daran erfreuen. Wenn sie an den Schlossherrn dachte, krampfte sich ihr Leib zusammen.

»Was ist los? Sag mir doch, was dich bedrückt.«

Mia atmete tief ein. »Der Herzog macht mir Angst. Er benimmt sich mir gegenüber merkwürdig.«

»Was heißt merkwürdig?«

»Er hat mir seine Sorgen und Nöte anvertraut, als würde er mich schon seit Ewigkeiten kennen. Er hat sogar …«

»Was hat er?« Ännchens Miene verfinsterte sich.

Obwohl Mia ihrer Ziehmutter alles anvertrauen konnte, fiel es ihr schwer, darüber zu sprechen, denn sie schämte sich so sehr.

»Nun lass dir die Wörter nicht aus der Nase ziehen und rede!«

»Er hat seinen Kopf in meinen Schoß gelegt.« Mia grub die Fingernägel in Ännchens Arm.

»O Gott, Kind, das darfst du nicht zulassen! Er darf dir nicht zu nahe kommen.« Ännchen schnappte nach Luft. »Und was ist dann geschehen?«

»Seine Gemahlin stand auf einmal in der Tür. Und nun hegt sie bestimmt den Verdacht, ich sei seine Geliebte. Aber Ännchen, ich würde doch niemals …«

»Das auch noch.« Ihre Ziehmutter verzog die Lippen, bis sie ganz schmal waren.

Mia hielt inne. Das Herz hämmerte wild in ihrer Brust. »Er macht mir Angst.«

»Kind, du musst dich von ihm fernhalten.«

»Wie denn, Ännchen? Was soll ich denn beim nächsten Mal tun, wenn er mich wieder zu sich einlädt? Sag es mir.«

»Beim nächsten Mal lasse ich dich entschuldigen. Dann

bist du einfach krank. Danach werden wir weitersehen. Es wird sich schon regeln, glaube mir.«

Mia hoffte inständig, Ännchen würde recht behalten. Sie wusste einfach nicht, wie sie sich dem Herzog gegenüber verhalten sollte. Wies sie ihn ab, würde er sie bestimmt aus dem Schloss werfen. Sie hatte sich so sehr gewünscht, die Leibköchin des Herzogs zu sein! Doch nun legte sich ein Schatten über ihren Traum.

Bretzen passierte gerade das Tor, als ihm der Junge mit tränenüberströmtem Gesicht in die Arme lief. Den Flecken auf seiner Kleidung nach musste er ein Küchengehilfe sein. Bretzen fasst ihn an der Schulter und schaute in seine verschreckten Augen.

»Na, was haben wir ausgefressen, dass wir so schnell vom Schloss verschwinden müssen?«

»Nichts, nichts …«, stammelte der Junge und wischte sich mit dem Ärmel den Rotz von der Nase.

»Na, so sieht es aber nicht aus.« Bretzen holte ein Stückchen Marzipan aus seiner Tasche und reichte es dem Jungen. »Verrätst du mir deinen Namen?«

Der Junge stierte auf die Leckerei in Bretzens Handfläche. »Rutger ist mein Name. Der Küchenmeister hat mich des Schlosses verwiesen.«

»So? Was hast du denn verbrochen?« Bretzen zog Rutger hinter ein Gebüsch, wo er sich unbeobachtet mit dem Küchenjungen unterhalten konnte. Er wusste, die Bediensteten waren die sichersten Quellen, wenn es darum ging zu erfahren, was sich auf dem Schloss zutrug. Das Vertrauen des Jungen hatte Bretzen schnell gewonnen. So erzählte ihm dieser, was er über Mia und den Herzog wusste. »Wie bist du an dein Wissen gekommen?« Bretzen sah Rutger erstaunt an.

»Der Vorkoster des Herzogs teilt seine Kammer mit mir. Doch Ihr könnt mir glauben, diese Mia schmeißt sich dem Herzog an den Hals.«

»So, so«, grummelte Bretzen und rieb sich mit dem Finger über seine Hakennase, bevor er den Küchenjungen fortschickte.

Der Herzog blickte zufrieden auf seinen Teller. Auch wenn kein Geld mehr für auserlesene Speisen zur Verfügung stand, wusste seine Mia, wie man auch aus alltäglichen Zutaten einen Gaumenschmaus zubereiten konnte. Der Hofstaat hatte sich inzwischen um die Hälfte verringert. Die Verbliebenen saßen mit langen Gesichtern an der Tafel. Die Damen rümpften die Nasen, und die Herren blickten missmutig auf die Hühnerschlegel. Doch das kümmerte den Herzog nicht. Er griff beherzt zu und genoss die Würze der Speisen, von Mia zusammengestellt. Neben ihm blickte Antonie auf ihre Hände, die sie im Schoß gefaltet hatte. Sie sah ein wenig blass aus. Doch das würde sich bald ändern. Wenn erst einmal der Teufel aus ihrem Leib gewichen war, würde es ihr wieder bessergehen. Und wenn nicht, war es ihm auch recht, denn dann konnte er ohne schlechtes Gewissen mit Mia einen Sohn zeugen. Bei dem Gedanken daran spürte er eine Regung zwischen seinen Lenden, begleitet von einem wohligen Ziehen in der Bauchhöhle. Vielleicht sollte er versuchen, den Priester zu bestechen? Nein, das war undenkbar, denn der Herrgott würde ihn dafür strafen. Gedankenverloren knabberte er an dem Hühnerbein und schob sich anschließend einen Löffel voll Erbsenpüree zwischen die Lippen. Er liebte das Aroma der Kresse, das sich auf seiner Zunge entfaltete. Mia hatte wieder einmal seinen Geschmack getroffen und damit ein weiteres Stück seines Herzens erobert. Johann schloss die Augen und dachte bei jedem Bissen an ihre engelhafte Gestalt. Gott musste sie ihm geschickt haben, um ihm zu zeigen, wie es im Paradies sein würde.

Zufrieden und gesättigt lehnte er sich zurück, verschränkte die Hände vor dem Bauch und pulte mit der Zunge die Reste vom Hühnerfleisch aus seinen Zähnen. Das Stimmengewirr um ihn herum versetzte ihn in einen Dämmerzustand. Doch bevor er gänzlich einnickte, erhob er sich von seinem Platz und begab sich in sein Gemach, um ein Mittagsschläfchen zu halten.

Eingerollt, mit der Schnauze auf dem Schwanz, lag Tasso vor dem Kamin. Die Holzscheite knisterten in den Flammen. Johann entledigte sich seiner Kleider und zog den Morgenrock über. Mit einem Seufzer setzte er sich in seinen Lehnstuhl, griff nach seiner Pfeife auf dem Beistelltisch und zündete sie an. Nachdem er ein paarmal daran gezogen hatte, sah er dem blau-weißen Rauch nach, der seinen Mund verließ. Tasso erhob sich langsam und verließ sein warmes Plätzchen, um sich neben seinem Herrn niederzulassen.

Johann tätschelte ihm den Kopf. »Du hättest die Gesichter an der Tafel sehen müssen.« Ein kurzes Lachen entfuhr seiner Kehle. »Diese angewiderten Blicke, weil ihnen nicht mehr die erlesensten Speisen serviert und die edelsten Weine kredenzt werden. Weißt du, mein guter Tasso, mir macht es nichts aus, auch mal Hühnerfleisch zu essen. Solange es nur von Mia zubereitet wird. Glaube mir, sie könnte sogar eine Brotsuppe schmackhaft kochen.« Johann zog an seiner Pfeife. »Lange werden die Landstände mich nicht mehr so knapp halten. Bald schon werde ich einen Sohn zeugen. Dann zerplatzen die Träume der Fürsten im Reich, Jülich-Kleve-Berg an sich reißen zu können. Sie alle warten doch nur auf mein Ableben ohne Nachfolger. Wie Wölfe um ihre Beute schleichen sie um mein Land. Doch sie wissen nicht, dass die eigentlichen Herrscher die Spanier sind. Diese haben die Niederländer bereits fest im Griff. Und wie es ihnen gefällt, belagern sie mein Territorium. Du kannst mir glauben, mein Sohn wird es ihnen zeigen. Verlass dich darauf, Tasso, er wird sie aus dem Jülicher Land vertreiben. Nicht mehr zulassen, wie sie weiter unsere Ländereien für ihre Feldzüge nutzen und sie dabei schändlich verwüsten.« Johann erhob sich aus seinem Lehnsessel und streckte gähnend die Arme von sich. »Zeit für ein Schläfchen, mein Guter.«

Er versank in den Kissen, drehte sich auf die Seite und zog die Wolldecke über seine Schultern. Doch bevor Johann in das Land der Träume gleiten konnte, verspürte er ein leichtes Ziehen in seinen Gedärmen. Die Übelkeit, die diesem folgte, ließ ihn wieder aufspringen. Er riss den Vorhang seines Bettes zur Seite und beugte den Kopf vor. Gleich darauf verteilte sich der Inhalt seines Magens auf den Holzdielen. Seine Gedärme krampften sich zusammen, sie rumorten, als säße ein knurrender Wolf darin. Johann sprang aus dem Bett und musste dabei aufpassen, nicht auf dem Erbrochenen auszurutschen. Er zog seinen Nachttopf unter dem Bett hervor und erleichterte sich. Doch selbst nachdem sein Körper die gesamte Mahlzeit hergegeben hatte, fühlte er sich nicht besser. Schüttelfrost überfiel ihn, und seine Kräfte schwanden. Plötzlich hatte er das Gefühl, als würde sich das Gemach um ihn drehen. Er ließ sich auf sein Bett fallen und zog die Beine an, um so den Krämpfen in seinem Leib entgegenzuwirken. Jemand musste ihm Gift unter die Speisen gerührt haben! Die Brokatvorhänge verschwammen vor seinen Augen, dann wurde es dunkel um ihn herum.

4. Kapitel

Der Leibarzt bestätigte, dass es sich um eine Vergiftung handelte, und räumte ein, dass der Herzog wohlmöglich daran sterben würde. Dann ließ er ihn zur Ader und rief nach dem Priester, der ihm die Letzte Ölung geben sollte. Nachdem dies vollbracht war, schlossen sich die Flügel der Tür.

Brennende Kerzen umgaben den sterbenden Herzog. Durch die Ritzen der Fenster wehte ein eisiger Wind, der den Tod mit sich trug. Antonie hatte auch den Arzt fortgeschickt. Sie wollte in den letzten Stunden mit ihrem Gemahl allein sein. Ihm beistehen, wenn seine Seele den Leib verließ. Damit er wenigstens vor dem Jüngsten Gericht wusste, welch treues Eheweib sie war und nicht, wie er behauptete, vom Teufel besessen. Sie wischte sich eine Träne aus dem Augenwinkel. Was war bloß aus diesem Mann geworden? Zu Beginn ihrer Ehe war er ihr gegenüber immer freundlich gewesen. Oft hatte er sich zurückhaltend und in sich gekehrt gegeben. Saß dann stundenlang schweigend und starr vor dem Kamin. Doch diese Melancholie war darauf zurückzuführen, dass er schwach an Körper und Geist war. Ein Erbe seines Vaters, seines bittersten Feindes. Ihr Gemahl hatte große Pläne gehabt. Wollte das Land von den Protestanten befreien. Doch als die spanischen und niederländischen Truppen das Gebiet um Jülich verwüsteten, verfiel er immer mehr in einen Wahn. Den Rest gab ihm seine Angst, keinen Nachfolger zeugen zu können.

Antonie strich sich eine Strähne aus dem Gesicht. Alles hatte sie versucht, um ihn glücklich zu machen. Selbst Marschall Schenkern hatte sie damals die Stirn geboten und erreicht, dass er Schloss Jülich nicht mehr belagerte. Er wurde verklagt, und Johann konnte endlich mit ihr hier einziehen. Hätte sie ihm doch bloß einen Sohn geboren, dann wäre alles anders gekommen. Er wäre nicht dieser Mia verfallen, und sie hätte ein Leben ohne Erniedrigungen an seiner Seite führen können. So viel Macht hatte sie sich schon bei den Landständen erkämpft! Doch nun war alles umsonst gewesen, und sie musste sich Gedanken machen, wie es nach dem Tod des Herzogs weitergehen sollte. Nach einem kaiserlichen Befehl, den sie erwirkt hatte, war sie zur Mitregentin geworden. Doch welche Zukunft hatte dies? Ihr Anliegen war es gewesen, die Verbindung der Erbanwärter mit dem Kaiser zu festigen. Aber nun löste sich alles, wofür sie gekämpft hatte, in einer Rauchwolke auf.

Blass, fast gräulich und dünn wie Pergament schimmerte Johanns Gesicht im Schein der Kerzen. Nur sein flacher Atem verriet einen Rest Leben in ihm. Zwischen den aufgetürmten Kissen wirkte er klein und zerbrechlich. Seine Hände lagen gefaltet auf der Bettdecke. Antonie streckte ihren Arm aus. Sie zögerte kurz, doch dann strich sie zum Abschied noch einmal über seine Finger. Zu Beginn ihrer Ehe hatte sie ihn geliebt, und nun liebte sie ihn wieder. So, wie er da lag: schwach, zerbrechlich und dem Tod nahe. Eine weitere Träne löste sich aus ihren Wimpern. Antonie wischte sie mit einem Spitzentuch von ihrer Wange. Dann zerknüllte sie den Stoff in ihren Händen. Sie brauchte sich nie wieder vor ihm zu fürchten, sich nie wieder von ihm demütigen zu lassen. Erleichterung keimte in ihr auf, die sich über die Trauer legte.

Ein Röcheln, gefolgt von einem Hustenanfall, riss sie aus den Gedanken. Sie blickte erschrocken auf. Johann saß kerzengerade vor ihr. Aus seinem puterroten Gesicht quollen die Augen hervor. Er schnappte nach Luft, sprang aus dem Bett und übergab sich vor ihren Füßen.

Gevatter Tod hatte das Gemach verlassen, ohne ihn mitzunehmen.

Antonie richtete die Kissen in Johanns Rücken auf. Die Augen in seinem blassen Gesicht irrten umher.

»Ein Giftanschlag«, keuchte er. »Ich habe es immer gewusst, irgendjemand trachtet nach meinem Leben! Und jetzt ist es geschehen.« Er biss sich auf den Knöchel seines Zeigefingers.

»Das ist alles so schrecklich«, sagte Antonie weinend. Sie fühlte sich leer und ausgebrannt. Die Freude, die sie doch eigentlich über seine Wiedergeburt spüren sollte, blieb aus. Stattdessen keimte erneut die Angst vor ihm in ihr auf.

»Ich werde keine Ruhe geben, bis ich denjenigen gefunden habe, der mir nach dem Leben trachtet.« Johann schlug mit der Faust neben sich auf die Bettstatt. »In meinem eigenen Schloss kann ich mich nicht mehr sicher fühlen«, wimmerte er. Seine Augen füllten sich mit Tränen.

Antonie blieb stumm, denn sie wusste, ein falsches Wort von ihr, und Johann würde ihr trotz seines geschwächten Zustandes an die Gurgel gehen.

»Der Zucker muss gegen den Verjus kämpfen, bis am Ende ein gelungenes Zusammenspiel entstanden ist.«

Walther reichte Mia den Tiegel. »Aber sei vorsichtig, denn es ist der letzte Zucker, den wir haben. Und so schnell werden wir wohl keinen neuen bekommen.«

»Ihr meint also, süß und sauer zugleich?« Mia biss sich auf die Unterlippe. Abwechselnd gab sie den Zucker und den grünen Saft zu den geschnippelten Bohnen und probierte immer wieder, bis die beiden Aromen im Einklang zusammenspielten. Dann band sie die Bohnen mit etwas Maisstärke und gab noch die ausgelassenen Speckwürfel und die gedünsteten Zwiebeln dazu.

Walther probierte und nickte zufrieden. »Genau so sollte es sein. Das hast du gut gemacht, mein Mädchen.«

Die Tür zur Schlossküche flog auf, und Ännchen polterte herein. »Ihr glaubt nicht, was sich zugetragen hat!«, keuchte sie außer Atem. »Der Herzog … Es wurde ein Giftanschlag auf ihn verübt!«

Die Bediensteten starrten sie an, als sähen sie einen Geist.

Mia glaubte, sich verhört zu haben. Wer sollte so etwas tun? In ihren Ohren rauschte das Blut. Auch wenn ihr der Herzog unheimlich war, so etwas hätte sie ihm nie gewünscht.

Walther wischte sich die Hände an einem Tuch ab. »Du liebe Güte. Er ist doch nicht etwa …«

Ännchen schüttelte den Kopf. »Nein, wie durch ein Wunder hat er überlebt.«

Mias Hände zitterten. Sollte dies vielleicht etwas mit ihr zu tun haben? Tränen der Angst stiegen ihr in die Augen. Nein, so etwas traute sie der Herzogin niemals zu. Oder vielleicht doch? Eine verschmähte Ehefrau war zu allem fähig, hatte Ännchen ihr einmal erzählt. Mia wusste nicht, was sie denken sollte. Die Schlossküche drehte sich um sie. Sie raffte ihre Röcke und lief zur

Tür hinaus. Blindlings stürmte sie die Stiegen hinauf, die zu den Gemächern der Herrschaften führten. Antonie von Jülich hatte ein falsches Bild von ihr. Niemals würde sie eine Liebschaft mit dem Herzog eingehen! Allein der Gedanke daran widerte sie an. Vor dem Gemach der Herzogin blieb sie stehen und schnappte nach Luft. Ännchen würde es nicht gutheißen, was sie hier tat, und vielleicht war es auch der größte Fehler ihres Lebens. Dennoch klopfte sie fest entschlossen gegen die Tür.

Elena, die Kammerzofe der Herzogin, öffnete und starrte sie mit großen Augen an.

»Ich muss mit der Herzogin reden.«

Elena ließ ihren Blick über Mias Schürze gleiten, die mit Fettflecken übersät war. »Kleine, ich glaube, du weißt nicht, an wessen Tür du hier geklopft hast.« Sie wollte sie gerade wieder schließen, als Mia ihren Fuß dazwischensetzte.

»Ich weiß sehr wohl, an wessen Tür ich geklopft habe. Und ich wäre dir dankbar, wenn du die Herzogin fragen würdest, ob sie mich empfängt.«

»Es ist mir nicht bekannt, ob das Gerede schon die Küche erreicht hat, aber die Herzogin hätte beinahe ihren Gemahl verloren. Sie empfängt keinen Besuch. Schon gar nicht den einer Küchenmagd.«

Mia kniff die Augen zusammen. »Du weißt genau, wer ich bin. Was soll dieses Gehabe?«

»Die Hure des Herzogs«, zischte Elena durch die geschlossenen Zähne.

»Jetzt reicht es! Wie kannst du so etwas behaupten? Lass mich sofort zu der Herzogin.« Mia stieß Elena zur Seite und zwängte sich an ihr vorbei.

Die Herzogin saß in einem Lehnsessel vor dem Kamin und starrte sie ungläubig an. Mia ließ sich vor ihr auf die Knie fallen. »Verzeiht, Eure Hoheit, dass ich Euch in dieser schweren Stunde aufsuche, aber der Kummer in meinem Herzen lässt mich nicht mehr los.«

»Was willst du von mir? Hast du nicht schon genug Schaden angerichtet? Nun wagst du es auch noch, mich in meinem Gemach zu belästigen?«

»Es war nie meine Absicht, Schaden anzurichten. Mein einziger Wunsch war es, dass meine Speisen dem Herzog munden. Und eines muss ich Euch unbedingt sagen: Ich stehe Eurem Gemahl nur als Köchin zur Verfügung. Ich bin eine Jungfrau, und das soll auch so bleiben.« Mia sog den Atem ein. Nun hatte sie es ausgesprochen!

Die Herzogin kniff die Augen zusammen. »Ich habe genug gesehen. Es ist unter meiner Würde, mich mit einer Küchenmagd zu unterhalten, die sich wie eine Hure an den Hals des Herzogs wirft. Verschwinde aus meinem Gemach, oder ich lasse dich durch einen Diener hinauswerfen.«

Als Mia die Stufen hinabstieg, verschwamm die Schlosshalle in dem Tränenschleier vor ihren Augen. Warum nur stellte der Herzog die Sache nicht richtig? Mia verstand das alles nicht. Doch Ännchen ihren spontanen Besuch bei der Herzogin anzuvertrauen, ging erst recht nicht. Ihre Ziehmutter würde kein Verständnis für ihr Handeln haben. Hatte sie sie doch davor gewarnt, sich niemals in die Angelegenheiten der Hoheiten einzumischen! Mia wurde bewusst, dass sie allein gegen die Anschuldigungen kämpfen musste. Mit dem Handrücken wischte sich Mia die Tränen von den Wangen. Den Herzog würde sie nie wieder besuchen, dann würde seine Gemahlin sehen, dass ihre Verdächtigungen nichts Wahres enthielten. Irgendwann würde Gras über die Sache gewachsen sein.

Antonie starrte auf die zweiflügelige Tür, die aus ihrem Gemach führte. Johann hatte sie durch seinen Diener zu sich rufen lassen. Eine schreckliche Vorahnung beschlich sie. Es musste im Zusammenhang mit seiner Ankündigung stehen, die den Teufel in ihrem Leib betraf. Antonie betete zu Gott, er möge sie nicht bei dem Inquisitor angezeigt haben. Wenn jemand besessen war, dann niemand anderer als ihr Gemahl. Der Teufel war es gewesen, der ihn am Leben gelassen hatte. Mit zittriger Hand drückte sie die Klinke hinunter.

Der Herzog saß in seinem Lehnsessel vor dem Kamin. Rauchschwaden umgaben ihn, die einen süßlichen Duft verströmten. Als er ihr Eintreten bemerkte, legte er die Pfeife auf den Beistelltisch und drehte sich zu Antonie um.

»Kommt und setzt Euch zu mir, meine Liebe.«

Der honigsüße Klang seiner Stimme bereitete Antonie einen eisigen Schauer. Er hatte die rostroten Brokatvorhänge zuziehen lassen und damit die Sonnenstrahlen ausgesperrt. In dem Gemach herrschte ein gespenstiges Licht. Überall flackerten Kerzen, deren Flammen eine stickige Wärme erzeugten.

»Ich habe einen erfahrenen Priester gerufen. Er wird jeden Augenblick eintreffen.«

Antonie sah Johann voller Entsetzen an. Wollte ihr Gemahl wirklich seine Drohung wahrmachen? Doch bevor sie ihn danach fragen konnte, klopfte es bereits an der Tür, und der Priester trat ein. Er war ein hagerer, hochgewachsener Mann, dessen Gesicht an eine Krähe erinnerte und der ihr unbekannt war. In der einen Hand hielt er ein hölzernes Kruzifix, und in der anderen schwang er einen silbernen Weihrauchkessel.

Der Geruch überlagerte den der Pfeife. Antonie spürte, wie Übelkeit in ihr aufstieg, denn sie ahnte, was nun geschehen sollte. Doch jegliche Gegenwehr war gewiss sinnlos. Vielleicht sollte sie das alles über sich ergehen lassen, um Johann zu besänftigen und wieder ein Leben ohne Demütigungen an seiner Seite führen zu können. Widerstandslos ließ sie sich von ihm zu dem Bett führen. Der Priester wies sie an, sich darauf niederzulassen, und Antonie gehorchte. Dann legte der Gottesmann ihr das Kruzifix auf die Brust und bat sie, die Augen zu schließen. Die Schwaden des Weihrauches stiegen in ihre Nase. Eine bleierne Gelassenheit überfiel Antonie. Der Priester murmelte ein Gebet, dann fiel er in einen monotonen Singsang, der Antonie einnicken ließ. Erst nach einer ganzen Weile schreckte sie aus der Benommenheit auf.

»Kyrie eleison, Christe eleison«, sang der Geistliche mit tiefer Stimme.

Antonies Herz raste plötzlich. Ihr wurde wieder bewusst, was hier geschehen war. Ihr Herz krampfte sich zusammen. Niemals hatte sie den Teufel im Leib getragen! Was sollte sich nun schon ändern?

»Von nun an wird alles gut.« Ein wohlwollendes Lächeln lag auf Johanns Lippen.

Antonie kniff die Augen zusammen. Dem Kessel war bestimmt nicht nur Weihrauch entwichen. Irgendetwas musste der Priester mit verbrannt haben. Ein Rauschmittel vielleicht? Doch warum wirkte es nicht auf ihn und ihren Gemahl? Antonie ließ den Kopf auf das Kissen sinken und starrte zu dem Baldachin empor, der sich über ihr spannte. Nie hätte sie geglaubt, einmal eine Exorzierung über sich ergehen zu lassen, ohne ein Wort des Widerstands. Wohin hatte das Geplänkel ihres Gattens mit der Küchenmagd sie nur geführt? In ihrem Bauch wuchs Wut.

Am Abend schritt Antonie rastlos in ihrem Gemach auf und ab. Sie musste jemandem ihr Herz ausschütten, sonst würde es an der Last, die es trug, zerbrechen. Sie zog den Stuhl an ihrem Sekretär hervor und setzte sich nieder. Dann nahm sie ein Blatt Papier und tauchte den Federkiel in das Tintenfass. Mit jedem Wort, das sie sich von der Seele schrieb, wurde ihr Herz leichter.

Antonie spielte mit dem Gedanken fortzulaufen. Ein neues Leben zu beginnen. Weit weg von dem Schloss, ihrem Gemahl und dieser Küchenmagd. Sie wusste, wenn sie nicht bald ein Kind unter ihrem Herzen trug, würde der Zorn des Herzogs sich erneut gegen sie richten. Und solange diese Mia noch da war, würde sich ihr Leben niemals zum Guten wenden. Irgendetwas musste geschehen. Antonie starrte eine Zeitlang auf die Feder und dachte angestrengt nach. Dann zerknüllte sie das Schriftstück und zog ein neues Blatt aus der Schublade.

Verehrter Kaiser, schrieb sie. Doch dann verließ ein tiefer Seufzer ihre Kehle. Was sollte sie dem Kaiser schreiben? Dass ihr Gemahl von Sinnen war? Das wusste Rudolf längst, schließlich hatte er sie gerade deswegen zur Mitregentin ernannt. Aber ihr fehlte die Kraft dazu, sich resolut gegen die Erbanwärter durchzusetzen, sich den gebührenden Anteil an der Herrschaft zu erkämpfen. Zudem trieb Johann sie zur Verzweiflung. Wie sollte sie all dies nur aushalten? Wäre sie doch vor fünf Jahren in Lothringen geblieben und nicht nach Jülich zurückgekehrt, als Johanns Schwestern ihr das Leben schwergemacht hatten! Doch damals war sie nach einer kurzen Erholungszeit voller Zuversicht gewesen, hatte sich stark genug gefühlt, sich auch gegen die anderen Erbanwärter durchzusetzen. Die drei verbliebenen Schwestern des Herzogs mit ihren Gatten sowie Anna, die Tochter der verschiedenen Marie Eleonore, ließen sie jedoch wie gegen Windmühlen kämpfen.

Antonie nahm das Schriftstück, zerknüllte auch dieses zwischen ihren Fingern und warf es in den Kamin. Der Kaiser würde alles andere als erfreut sein, wenn sie ihm die Ohren volljammerte. Für ihn zählten nur Menschen, die ihren Mann standen, egal welchen Geschlechts sie waren. Ihre Gedanken kehrten wieder zu Mia zurück. Sie musste unbedingt von hier verschwinden, damit ihr Gemahl wieder zur Besinnung kam. Ein Gerücht mochte da gut nachhelfen. Antonie legte sich einen Plan in ihrem Kopf zurecht und rief dann nach ihrer Kammerzofe.

»Walther, was ist los mit Euch?« Mia legte den Rührlöffel zur Seite. Seit dem Mittag saß der Küchenmeister auf dem Schemel und beobachtete schweigend das Geschehen in der Schlossküche. Und auch Ännchen traute sich nicht, Mia in die Augen zu sehen. Sie werkelte mit gesenktem Kopf und sprach kein Wort. Es musste etwas geschehen sein, denn so hatte Mia die beiden noch nie erlebt. Langsam bekam sie es mit der Angst zu tun. Das Gerede über sie war bestimmt bis zu Walther vorgedrungen. Ihr Hals schnürte sich zu. Sie zog einen Schemel heran, setzte sich neben den Koch und griff nach seiner Hand. »Redet doch mit mir, bitte. Was ist geschehen?«

Walther drückte matt ihre Finger. Sein Blick wich ihrem aus. »Es ist alles so furchtbar …« Seine Augen schwammen in Tränen.

»Ihr macht mir Angst. Was ist so furchtbar? Nun sagt es mir doch endlich.« Mias Beine zitterten.

Walther ließ ihre Hand los und stierte auf den Kessel, in dem der Kohl vor sich hin dampfte. »Du musst von hier fort, Mia.« Er drehte sich zu ihr und griff erneut nach ihrer Hand. »Ich habe bereits eine Nachricht zu meinem Bruder nach Aachen geschickt. Ich bin sicher, er wird dich mit offenen Armen aufnehmen.«

Mia vermochte seinen Worten nicht zu folgen. Ihr Mund wurde trocken. Sie versuchte zu schlucken, doch es gelang ihr nicht. So, als hätte sie einen Löffel Mehl gegessen. »Warum muss ich von hier fort? Warum wollt Ihr mich nicht mehr haben?« Sie hoffte, all dies wäre nur ein böser Traum.

Ännchen schaute zu ihnen herüber, doch als Mias Blick sie traf, senkte sie den Kopf. Auch ihre Augen schimmerten. Steckte vielleicht die Kammerzofe der Herzogin dahinter? So, wie Mia dieses Schandmaul kannte, hatte sie Ännchen bestimmt die wildesten Gerüchte aufgetischt. Doch sie vertraute ihrer Ziehmutter. Niemals würde sie der Zofe glauben, geschweige denn Walther gegenüber etwas von irgendeinem Gerücht verlauten lassen.

Walther straffte die Schultern. » Der Giftanschlag, der auf den Herzog verübt wurde … Am Hof wird gemunkelt, dass du unter Verdacht stehst.«

Mia glaubte, ihren Ohren nicht zu trauen. Die Anschuldigung, eine Giftmörderin zu sein, übertraf ihre bisherigen Befürchtungen bei weitem. »Wieso ich? Das kann nicht sein. Ich habe mit dem Giftanschlag nichts zu tun! Oder glaubt Ihr etwa dem Geschwätz von irgendwelchen Bediensteten?«

»Nein, natürlich glaube ich nicht, dass du den Herzog vergiften wolltest.«

»Warum sollte ich dann davonlaufen?«, wimmerte sie und bettelte mit ihrem Blick um Walthers Hilfe. Doch als dieser zur Antwort nur die Lider senkte, sprang sie von dem Schemel und riss sich die Schürze vom Leib. »Ich muss zum Herzog! Er wird niemals glauben, dass ich ihn vergiftet habe.«

»Nein, Mia. Du gehst nicht zu ihm.« Walthers Stimme hatte einen scharfen Ton angenommen. »Besser, du verschwindest eher heute als morgen. Wenn erst einmal die Schergen hinter dir her sind, ist es zu spät. Hol deine Sachen, und mach dich auf den Weg zu meinem Bruder nach Aachen. Dort bist du in Sicherheit.« Er drückte ihr eine Figur aus Frechener Pfeifenton in die Hand. »Der heilige Christophorus soll dich auf deiner Reise schützen.«

Mia ließ sich auf den Schemel fallen. Ihre Finger hielten die Figur fest umschlossen, und über ihre Wangen rannen Tränen. Sie wollte die Schlossküche nicht verlassen. In diesem Augenblick schämte sie sich für ihren früheren Wunsch, nach Frankreich gehen zu wollen. Wie sollte sie denn ganz allein, ohne Walther und Ännchen, zurechtkommen? Ihre Schultern bebten von den Schluchzern. Sie hätte sich am liebsten in einem Mauseloch versteckt und dort gewartet, bis der wahre Täter gefunden worden war. Doch Walthers Blick, der sie zum Gehen ermahnte, ruhte weiterhin auf ihr. Mia wischte sich über die Augen und zog die Nase hoch. Erhobenen Hauptes verließ sie die Schlossküche. Dabei sah sie weder zu Walther noch zu Ännchen. Es hätte ihr zu sehr ins Herz geschnitten.

In dem Bündel unter ihrem Arm waren all ihre Habseligkeiten verstaut. Mia hatte sich für die Reise ein einfaches braunes Kleid aus Schurwolle übergezogen. In einen ebensolchen Umhang gehüllt, schritt sie durch das Aachener Tor, um die Stadt zu verlassen. An diesem Tag war in Jülich Markt gewesen, und nun zogen die Bauern mit ihren leeren Karren an ihr vorbei. Die Esel schienen traurig die Köpfe hängen zu lassen. Mia reihte sich in den Zug ein, zog sich die Kapuze ihres Mantels über das Haar und klemmte ihr Bündel fester unter den Arm. Die Wolken am Himmel glichen ihrem Gemütszustand. Dunkel, fast schwarz, drückten sie auf ihre Seele. Der Nieselregen setzte sich auf ihre Kleidung. Noch nie in ihrem Leben hatte sie solch eine Niedergeschlagenheit verspürt. Die Straße führte sie in eine ungewisse Zukunft. Sie wusste noch nicht einmal, wer Walthers Bruder war, kannte nur einen Namen und die ungefähre Angabe, wo sich sein Haus in Aachen befand. Und nun sollte sie den ganzen Weg dorthin zu Fuß zurücklegen. Sie spürte Unmut in sich aufkeimen. Wenn sie schon fliehen musste, dann wollte sie selbst bestimmen, wohin.

Mia verließ die Straße nach Aachen und bog in einen Feldweg ein. Was sollte sie bei Walthers Bruder? Vielleicht durfte sie dort nicht kochen.

Kurz darauf hielt ein Ochsenkarren mit einer Ladung Fässer am Waldrand. Der Fuhrmann, ein untersetzter Mönch, sprang herab und erleichterte sich an einem Baum. Mia dachte nicht lange nach. Sie hob den Deckel von einem der leeren Fässer und kletterte hinein. Ihr Schicksal sollte bestimmen, wohin der Weg sie führte. Und gleichgültig, wo ihre Reise endete, sie würde als Köchin wieder Fuß fassen, das schwor sie sich in diesem Augenblick.

Das Holz des Fasses dünstete den Geruch von Wein aus. Mias Augen brannten. Schon nach kurzer Zeit schmerzten ihre Knie und ihr Rücken von der ungewohnten Haltung in der Hocke. Der Karren rumpelte über einen unebenen Pfad. Sie stieß mit den Schultern gegen die Planken und versuchte, sich mit den Händen abzustützen. Das Fass kam ins Schlingern und rollte von der Ladefläche. Mia wusste nicht mehr, wo oben und unten war. Sie stieß sich den Kopf und schrie vor Schmerz auf. Sie wollte hinausklettern, doch das Fass rollte jetzt einen Abhang hinab. Erst als es gegen einen Widerstand prallte, kam es zum Stillstand. Mia öffnete die Augen. In ihrem Kopf drehte sich alles. Sie kroch hinaus und wollte sich aufrichten. Doch dann verlor sie das Gleichgewicht, strauchelte und fiel vornüber in einen Busch. Dornen zerkratzten ihr Gesicht. Weinend versuchte sie, sich aus dem Gestrüpp zu befreien. Ihr Haar verfing sich darin, und ihr Kleid riss. Doch plötzlich hielten zwei Hände die Äste des Strauches auseinander, so dass sie ungehindert hinauskriechen konnte. Mia blickte in das Gesicht des Mönches, der sie aus einem zahnlosen Mund angrinste. Ringsum war ein Acker, in Dunkelheit versunken, nur die Laterne des Kuttenträgers spendete ein fahles Licht.

»Wolltest wohl ohne Bezahlung reisen? Sieh es als deine gerechte Strafe an, du verrücktes Weibsbild.« Der Mönch schüttelte den Kopf. »Mach, dass du zurück nach Jülich kommst. Die große weite Welt ist nichts für ein einfaches Frauenzimmer.« Er wandte sich ab und rollte das Fass wieder den Abhang hinauf.

Mia folgte ihm hastig. Doch nachdem der Mönch seine leere Fracht verladen hatte, stieg er wortlos auf den Bock und trieb den Ochsen an.

»Ihr könnt mich doch nicht einfach hier zurücklassen! Wartet!« Mia klemmte ihr Bündel unter den Arm, raffte ihre Röcke und lief dem Karren hinterher.

Der Mönch zog die Zügel an. »Was willst du von mir?«

»Bitte nehmt mich mit.«

»Kannst du zahlen?«

Mia blickte zu Boden und schüttelte verneinend den Kopf. Sie dachte an den Taler, den Walther ihr auf das Kopfkissen gelegt hatte. Gut verborgen steckte er im Ausschnitt ihres Mieders. Niemals würde sie ihn dem Mönch geben, denn sie brauchte ihn für andere Zwecke.

»Dann wirst du zu Fuß laufen müssen. Doch ich würde dir raten, damit bis zum Morgengrauen zu warten. Hier in der Gegend gibt es nämlich Wölfe.«

In Mias Ohren rauschte das Blut. Dieser widerliche Kerl konnte sie doch nicht einfach hierlassen! »Das ist nicht Euer Ernst«, keifte sie. »Wie unbarmherzig Ihr seid! Und so etwas nennt sich ein Diener Gottes.«

»Weibsbilder, die sich des Nachts auf dem Acker herumtreiben, sind entweder Hexen oder haben anderweitig Dreck am Stecken. Und mit beidem sollte sich ein frommer Mann nicht abgeben.« Seine Gerte klatschte auf das Hinterteil des Ochsen, und der Wagen setzte sich in Bewegung. »Nach Jülich geht es in diese Richtung.« Er wies mit dem Daumen hinter sich und fuhr davon.

Mia schüttelte fassungslos den Kopf. Es hatte keinen Zweck, ihm nachzulaufen. Sie musste sich irgendwo verkriechen, bis der Morgen graute. Sie schob die Gedanken an Wölfe und andere finstere Gestalten zur Seite und suchte Schutz unter dem kargen Geäst einer Buche. Eine feuchte Kälte kroch unter ihre Röcke. Mia zog den Umhang enger um ihre Schultern und lehnte sich mit dem Rücken gegen den Stamm. Den Blick starr in die Dunkelheit gerichtet, betete sie zu Gott, kein leuchtendes Augenpaar zu entdecken. Ein Käuzchen schrie in den Baumwipfeln, und in dem Geäst am Wegesrand knackte es bedrohlich. Doch statt ihre Aufmerksamkeit den Geräuschen zu schenken, überlegte Mia, wohin der Mönch gefahren sein könnte. Bestimmt kam er aus der Reichsstadt Köln. Walther hatte ihr einmal von den Abteien erzählt, die dort ihren eigenen Wein anbauten. Mia wusste nicht, in welche Richtung sie laufen musste, um dort hinzugelangen. Sie dachte darüber nach, was Adrian Thurn ihr von dieser Stadt erzählt hatte: Frauen seien dort in vielen Berufen vertreten. Je länger Mia darüber nachdachte, desto klarer hatte sie ihr Ziel vor Augen. Köln, da wollte sie hin. Eine Anstellung als Köchin zu finden durfte dort wohl ein Leichtes sein. Und vielleicht würde sie sogar Adrian wiedersehen. Ihr Herzschlag beschleunigte sich bei dem Gedanken. Frankreich war zu weit entfernt, und ohne Referenzen würde sie es wohl kaum an den königlichen Hof schaffen. Diesen Traum musste sie vorerst begraben.

Ihre Lider wurden schwer. Mia fiel in einen unruhigen Schlaf und träumte davon, in Köln eine eigene Schenke zu eröffnen und die Gaumen der Gäste mit ihren Kochkünsten zu verwöhnen.

Sie erwachte, als der Morgen graute. Nachdem sie sich den Schlaf aus den Augen gerieben hatte, folgte sie den Furchen, die der Ochsenkarren auf dem Acker hinterlassen hatte. Diese führten sie nach Osten, dorthin, wo auch die freie Reichsstadt Köln lag.

Seit Mia das Schloss verlassen hatte, konnte sich Walther nicht mehr konzentrieren. Er kostete den Steckrübeneintopf, der auf dem Herd vor sich hin dampfte. Auf seiner Zunge brannte das Salz. »Verdammt noch mal!«, schrie er und schmiss die Schöpfkelle in den Kessel. Der Eintopf schwappte und spritzte über den Rand.

Ännchen eilte mit einem Tuch herbei und wischte den Boden auf. Walther musste sich beherrschen, sie nicht in ihren ausladenden Hintern zu treten. Dass Mia das Schloss verlassen musste, war allein ihre Schuld gewesen. Ännchen hatte die Sache mit den Gerüchten hochgespielt, denn bisher war niemand in die Küche gekommen, um nach Mia zu fragen. Wenn sie die Hauptverdächtige war, hätten schon längst die Schergen des Herzogs hier gewesen sein müssen. Gegen seine Schläfen hämmerte der Kopfschmerz. Viel zu voreilig hatte er Mia fortgeschickt.

»Du bist ein Waschweib, Ännchen. Ein Waschweib, das alles glaubt, was man ihm erzählt«, knurrte er.

Ännchen erhob sich von den Knien und sah ihn mit großen Augen an. »Aber Walther, was ist denn in Euch gefahren?«

Er kniff die Augen zusammen. »Wo sind sie denn? Sag es mir? Wo sind die Leute des Herzogs, die Mia verhaften wollen? Was hast du nur für ein Gerede gehört? Niemand verdächtigt Mia.«

Ännchen verlor den Kampf gegen die Tränen. Unaufhörlich rollten sie über ihre Wangen. »Es ist wahr, die Herzogin hat Mia in Verdacht. Glaubt mir, Walther! Ihre Kammerzofe hat es mir erzählt, das wisst Ihr doch«, sagte sie schluchzend. »Vielleicht glaubt der Herzog seiner Gemahlin nicht, so vernarrt, wie er in Mia ist.« Ännchen setzte sich auf den Schemel und schlug die Hände vors Gesicht. »Wenn Mia hiergeblieben wäre, hätte es für sie einen schlimmen Ausgang genommen, glaubt mir.«

Die Tür zur Schlossküche öffnete sich. Zwei Diener

des Herzogs traten ein und standen Spalier, um Johann Einlass zu gewähren. Augenblicklich fielen Ännchen und die anderen Bediensteten auf die Knie.

Nur Walther blieb stehen und sah dem Herzog fest in die Augen. Er musste unbedingt wissen, ob es richtig gewesen war, Mia fortzuschicken. »Ihr sucht nach Mia?«, fragte er.

Der Herzog sah sich in der Küche um, schritt zu der Arbeitsfläche unter dem Fenster und strich mit den Fingerkuppen darüber. »Ja, ich will nicht lange um den heißen Brei reden. Ich suche das Mädchen, das mir die wahre Lust geschenkt hat. Die Speisen, die ich zurzeit serviert bekomme, lassen zu wünschen übrig. Ich würde fast behaupten, sie sind ungenießbar. Wo, in Gottes Namen, ist meine Leibköchin?«

»Sie hat das Schloss verlassen. Und wird nicht zurückkehren.« Walther warf dem Herzog einen vorwurfsvollen Blick zu.

»Aus welchem Grund? Wo ist sie hin? Sag nicht, nach Frankreich an den Hof.« Die Augen des Herzogs funkelten zornig.

»Nein, sie musste flüchten, weil Eure Gattin einen bösen Verdacht auf sie gelenkt hat. Sie hat behauptet, Mia hätte versucht, Euch zu vergiften.« Walther blickte zu Ännchen, die immer noch kniete. Sie hielt den Kopf gesenkt. Die heftigen Bewegungen ihrer Brust verrieten, wie schwer sie atmete.

Der Herzog stieß mit hochrotem Kopf die Luft aus. »So, so, meine Gemahlin. Und von wem weißt du das?«

»Die Vögelchen haben es von den Dächern gepfiffen, Eure Hoheit.«

»Das war nicht die Antwort, die ich hören wollte, Koch«, zischte der Herzog.

»Die Mägde im Schloss schwatzen viel und gern. Und wenn Eure Gemahlin den Verdacht geäußert hat, dann tratschen sie es weiter. Darauf könnt Ihr Euch verlassen.«

Der Herzog schlug mit der Faust auf die Arbeitsfläche. »Ich verbitte mir solche Äußerungen. Mia hat nie unter Verdacht gestanden. Auch nicht von Seiten der Herzogin. Ich muss es schließlich wissen.«

»Sie ist nicht aus Spaß geflohen, Eure Hoheit. Und wo sie hin ist, weiß der Herr im Himmel allein.« Walther spürte wieder den Zorn über Mias missliche Lage in sich aufkeimen. Er hätte den Herzog am liebsten aus der Schlossküche geschickt. Doch er ließ Vernunft walten, riss sich zusammen und versuchte, das Gespräch in eine andere Richtung zu lenken. »Eure Hoheit, sagt mir, wie ich Euren Gaumen wieder erfreuen kann.« Er hasste sich in diesem Augenblick für seine Worte, doch sie waren nötig, bevor der Herzog weiterhin darauf drängte, etwas über Mias Verbleib zu erfahren.

»Ich werde sie finden, darauf könnt ihr euch alle verlassen.« Der Herzog drehte sich um und verließ mit stampfenden Schritten die Schlossküche.

Mia wusste nicht, was mehr schmerzte – ihre Füße oder ihr Magen. Seit zwei Tagen irrte sie über die Felder und versuchte, sich östlich zu halten. Die Straße nach Köln hatte sie nicht mehr wiedergefunden. Immer wieder wich sie den Lagern der spanischen Truppen aus. Die Soldaten waren Frauenschänder, das wusste sie von Ännchen. Bei dem Gedanken, ihnen in die Hände zu fallen, krampfte sich ihr leerer Bauch zusammen. Zum Glück bemerkte sie die Lager schon aus der Ferne. Wenn Gejohle über die Felder hallte und Rauchschwaden emporstiegen, wusste sie, dass es Zeit war, die Richtung zu ändern. Doch der Himmel war immer noch mit Wolken verhangen, und so konnte die Sonne ihr den Weg nicht zeigen. Weit konnte der Weg bis Köln nicht mehr sein, hoffte sie. Ihre schmerzenden Füße ließen sich dank ihrer Willensstärke noch ignorieren, doch ihr Magen war davon nicht zu beeindrucken. Die dumpfe Leere darin raubte ihr die Kraft und bereitete ihr bei jedem Schritt Schwindel.

Strohgedeckte Dächer erhoben sich am Horizont. Wieder lag ein Hof vor ihr und nicht die ersehnte Stadtmauer. Die Wolken verdunkelten sich und kündigten den bevorstehenden Abend an. Mia versteckte sich hinter einem Baum und beobachtete, wie der Bauer das Gatter zum Stall hinter sich verschloss. Schweine quiekten, ein Huhn gackerte, und dann wurde es still. Hinter den Fenstern des Wohnhauses entzündete jemand die Lichter. Der Duft von frischgebackenem Brot wehte zu Mia herüber. Ihr Magen rumorte schmerzhaft. Für einen Augenblick spielte sie mit dem Gedanken, an die windschiefe Tür zu klopfen, um sich ein Stückchen Brot zu erbetteln. Doch ihr Stolz hielt sie zurück. Sie war keine Bettlerin und wollte auch niemals eine sein. Sie blickte sich vorsichtig um und schlich im Schutz der Dunkelheit hinüber zum Stall. Für zwei oder drei vergessene Eier musste sie bestimmt keine Beichte ablegen. Darüber würde der Herrgott milde lächeln, zumal sie sie vor dem Verhungern bewahren würden. Und der Bauer konnte den Verlust verschmerzen. Das Gatter knarrte, als Mia es vorsichtig aufschob. Die Hühner gackerten erschrocken und schlugen mit den Flügeln. Mia fuhr zusammen, doch dann straffte sie die Schultern. Das verdammte Federvieh durfte sie nicht verraten! Sie tastete sich an der Holzwand entlang, kniete sich nieder und griff mit den Händen ins Stroh.

Plötzlich erhellte das warme Licht einer Fackel den Stall. Schritte näherten sich, begleitet von einem Schnauben. Mia hielt den Atem an und hob den Kopf. Vor sich sah sie ihren eigenen Schatten an der Wand, und über ihr malte sich der eines Bären ab. Ihr Herz schlug bis zum Hals. Unfähig, sich zu rühren, wartete sie auf den Angriff des Ungetüms.

»Sieh mal einer an. Eine Eierdiebin.« Der Bär sprach mit der Stimme eines wütenden Mannes.

Eine Hand griff in ihr Haar und zog sie auf die Beine. Kurz darauf blickte sie in das vor Zorn gerötete Gesicht des Bauern, der sie mit zusammengekniffenen Augen ansah und in seiner Bedrohlichkeit einem Bären in nichts nachstand. Mia zitterte am ganzen Körper und verlor fast die Besinnung vor Angst.

»Mach, dass du von hier verschwindest!« Der Bauer zog sie aus dem Stall und schlug ihr mit der flachen Hand ins Gesicht. »Verdiene dein Geld von mir aus mit Hurerei, doch lass die Finger von meinen Hühnern.« Er versetzte ihr einen Tritt, der Mia straucheln ließ. Sie hielt sich die brennende Wange und sah dem Bauern nach, der wutschnaubend zurück in sein Wohnhaus stapfte.

Als er die Tür hinter sich verschlossen hatte, legte sie sich unter die tief hängenden Äste einer Buche und weinte sich in den Schlaf.

Am nächsten Morgen blinzelte die Sonne durch die kahlen Äste der Rotbuche. Mia rappelte sich auf und dehnte den Rücken. Ihr Bauch schmerzte immer noch vor Hunger, doch sie fühlte sich kräftiger als am Vorabend. Sie schöpfte mit der Hand etwas von dem Wasser einer Pfütze und trank es, um ihren Durst zu stillen.

Dann brach sie ein Stück von der glatten Baumrinde ab und knabberte daran. Sie schmeckte gar nicht so schlecht. Etwas holzig, doch wenn Mia sie lange genug kaute, konnte sie es gut schlucken. Sie brach sich noch ein Stück ab, verstaute es in ihrem Bündel und setzte dann ihren Weg nach Köln fort.

Etzenzeller schlug den Knüppel in seine Handfläche. Sein Gesicht überzog eine Schmutzschicht, und seine kobaltblauen Augen funkelten zornig. »Wir dürfen uns von dem miesen Hund Bölinger nicht mehr alles gefallen lassen!« Er zeigte mit dem Knüppel auf Matthis, der sich, in löchrigen Decken gehüllt, an das Mauerwerk der Kanäle drückte. Seine Wangen glühten vor Fieber, und seine glasigen Augen starrten ins Leere. Hin und wieder entwich seinen rissigen Lippen ein Stöhnen. »Er wird die Nacht nicht überleben, glaub es mir.«

Tünn, der neben Matthis wachte, erhob sich und stellte sich vor Etzenzeller. Seine Beinkleider schlotterten ihm um die Knie. »Wir haben nichts mehr zu fressen, außer dem verdorbenen Zeug, das die Marktleute zurücklassen. Alles, was wir erbetteln, müssen wir diesem miesen Hund abgeben.« Er schaute zu den anderen Bettlern und Dieben, die auf dem Boden herumlungerten und ihn mit müden Augen ansahen. Ihre löchrigen Mäntel und Beinkleider strotzten vor Dreck. Der Schein des Feuers verzerrte ihre Gesichter.

»Was wollt ihr denn gegen ihn unternehmen?«, fragte einer von ihnen mit heiserer Stimme. »Gegen seine Leute kommen wir nicht an. Niedermetzeln werden sie uns.«

Etzenzeller kniff die Augen zusammen. »Wir werden uns bewaffnen und morgen Abend, wenn er die Abgaben kassieren will, zuschlagen.«

Tünns heiseres Lachen hallte von dem Mauerwerk wider. »Womit sollen wir uns denn bewaffnen? Mit Knüppeln? Bölinger wird uns nicht ernst nehmen.«

»Ich habe eine Quelle aufgetan, die uns mit Messern beliefert.« Etzenzeller ließ den Blick zwischen den Männern umherschweifen. »Morgen Abend zur gleichen Zeit treffen wir uns hier an dieser Stelle. Und dann wird Bölinger gebührend von uns empfangen.«

Das Wetzen der Messer hallte durch die Unterwelt. Klingen blitzten im Schein des Feuers auf. Stimmengemurmel, hektischer Atem und eiliges Getrappel kündigten den Aufstand gegen Bölinger an.

Nachdem Adrian Etzenzeller mit den Waffen beliefert hatte, entfernte er sich und lief zurück in sein Versteck. Er hätte nichts lieber getan, als mit den Bettlern und Dieben zu kämpfen, doch sein Verstand hielt ihn davon ab.

Das Stimmengewirr verstummte. Bölingers Schritte durchbrachen die Stille. Drei Männer reichten aus, um sich dem König in dem engen Kanal in den Weg zu stellen. Die Messer ihm entgegengestreckt, blickten sie Bölinger fest in die Augen. Sein Gesicht zeigte keine Regung. Ein schriller Pfiff durch seine Zähne ließ die Buben kurz zusammenzucken, doch dann nahmen sie wieder Haltung an und bauten sich vor Bölinger auf. Der König blieb stehen und drehte sich herum. Hinter ihm kletterten seine Männer wie Ratten die Leiter herab in die Unterwelt. Er musste etwas von dem Aufstand geahnt haben, denn sein Gefolge war bis an die Zähne bewaffnet. Bölinger presste seinen Rücken gegen das Mauerwerk, um die Männer durchzulassen. Mit gezogenen

Säbeln stürzten sie sich auf die Buben, die sich tapfer zu wehren versuchten. Doch Bölingers Gefolge war deutlich in der Überzahl. Die Klingen ihrer Säbel trennten Gliedmaße ab, durchbohrten Herzen. In den Gängen spritzte das Blut wie auf einer Schlachtbank. Rote Pfützen versickerten im Staub der Hölle. Schon bald zog der Gestank von Angstschweiß und den Ausscheidungen der Bettler, die sich auf dem Boden in ihrem Blut krümmten, durch die Unterwelt. Todesschreie, untermalt vom Klirren der Waffen, hallten von dem Gemäuer wider. Dann fielen die letzten Buben Bölingers Männern zum Opfer. Plötzlich herrschte Stille. Etzenzeller bäumte sich noch einmal auf, bevor Bölinger ihm mit dem Dolch den Todesstoß versetzte.

Adrian schloss die Augen und sog tief den Atem ein. Seine Hände zitterten, und in seinen Ohren klangen immer wieder die Schreie der Bettler. Will stand hinter ihm. Seine Hände ruhten auf Adrians Schultern.

»Mach dich nicht verrückt. Mehr, als ihnen die Waffen zu besorgen, konntest du nicht tun.«

»Ich hätte sie bei ihrem irrsinnigen Vorhaben nicht unterstützen sollen«, keuchte Adrian. Er öffnete die Augen und ließ den Blick durch sein Versteck gleiten. Die Stille nach dem Kampfgeschrei brachte ihn fast um den Verstand. *Hilf immer denen, die dich brauchen, und stehe für sie ein.* In Gedanken hörte er die Worte seiner Mutter. Adrian hielt es zwischen den Mauern nicht mehr aus. Er musste hier raus, nach den Buben sehen. Vielleicht gab es noch einen Überlebenden, dem er helfen konnte.

Wehklagen übertönte den Hall seiner Schritte, als er durch die Gänge lief. Die Huren schlugen die Hände vor den Mund und fielen auf die Knie. Lis beugte sich über einen der Leiber. Schluchzer der Fassungslosigkeit drangen aus ihrer Kehle. Der Saum ihres Mantels hatte sich mit dem Blut der Bettler vollgesogen. Adrian zog sie hoch und nahm sie fest in seinen Arm.

»Wir müssen die Leichen fortschaffen, bevor sich die Ratten über sie hermachen.« In Wills Augen spiegelte sich Entsetzen wider.

Bölingers Männer hatten niemanden am Leben gelassen. Die Unterwelt glich einem Schlachtfeld. Nur die alten und kranken Bettler, die ein Stück weiter entfernt zwischen dem Mauerwerk herumlungerten, waren verschont geblieben.

Adrian ließ Lis los, ging in die Hocke und stützte das Gesicht in die Hände. Er hatte wieder einmal versagt. War zu feige gewesen, mit den Bettlern zu kämpfen. Nur wegen der Angst, Bölinger und seine Männer könnten ihr Geschäft auffliegen lassen, hatte er nicht an der Seite der Buben gestanden. Wie damals, als er noch ein junger Bursche gewesen war und die Bandenmitglieder in den Gassen ihn *Hasenköttel* gerufen hatten, weil er sich nicht getraut hatte, sie bei ihren Diebeszügen zu begleiten. Sein Hals schnürte sich zu. Bedrohlich baute sich der Frankenturm vor seinem inneren Auge auf. Der Turm, in dem die Gesetzlosen eingesperrt wurden, jener Turm, in dem sein Vater vor vielen Jahren gestorben war.

Antonie betrachtete ihre Gestalt im Spiegel. Der hochgeschlossene Kragen ihres rubinroten Kleides vermittelte den Eindruck von Autorität, genau so, wie sie es beabsichtigte. Die Landstände hatten zu einer Tagung geladen. Den Grund dafür hatten sie nicht genannt. Wohlwissend, dass es wieder einmal um den Erbfolgestreit gehen würde, hatte Antonie Johann die Einladung verschwiegen. Die Sitzung würde seinen Geist nur noch mehr verwirren und seinen zwanghaften Wahn, einen Nachfolger zu zeugen, verstärken. Antonie schaute aus dem Fenster und beobachtete, wie der Wagenmeister die Kutsche vorfuhr.

Am Kopfende der Tafel auf Schloss Düsseldorf hatten die Landstände Platz genommen, und mit ihnen Marschall Gernot Bretzen, der missmutig die Anwesenden beäugte. Antonie hätte es wissen müssen, dass wieder einmal Johanns Schwestern samt ihren Gatten sowie Anna der Grund für den Landtag waren. Anna erhob sich als Erste. Mit näselnder Stimme trug sie ihr Anliegen vor, in dem sie die Vormundschaft über Johann beantragte. Nachdem sie ihre Rede beendet hatte, erhob sich Philipp Ludwig von Pfalz-Neuburg, der Gatte der zweitältesten Schwester Johanns. Auch er beanspruchte die Vormundschaft und betonte dabei die Geisteskrankheit des Herzogs in übertriebenem Maße. Laut dem Privileg des Kaisers Karl aus dem Jahre 1546 stand den weiblichen Nachfolgern das Erbe zu. Herzog Ernst von Sachsen-Eisenach polterte lauthals dagegen und verwies auf den Heiratsvertrag aus dem Jahre 1526, in dem der Kaiser zugesichert hatte, dass die Erbfolge an Sachsen fiel, falls der letzte Herrscher von Jülich-Kleve-Berg ohne männlichen Nachfolger ableben sollte.

Antonie rieb sich über die Schläfen und erhob sich. »Ihr streitet um das Erbe, als wäre Johann bereits tot. Doch das ist er nicht«, ergriff sie das Wort. »Warum glaubt Ihr bloß, es sei schon sicher, dass er keinen Nachfolger zeugt?« Sie blickte in die Runde, erhielt jedoch keine Antwort. Der Gesandte des Kaisers kritzelte ihre Worte auf ein Blatt Papier. »Es ist nicht vonnöten, Johann einen

Vormund zur Seite zu stellen, solange mir weiterhin die Mitregentschaft gewährleistet wird.« Antonie hatte für diese Worte all ihre Kraft zusammengenommen.

Anna von Brandenburg warf ihr einen bösen Blick zu. »Ihr seid bereits vierzig Jahre alt. Die Hoffnung auf einen männlichen Nachfolger dürfte demnach äußerst gering sein. Außerdem leidet Ihr unter der Geisteskrankheit des Herzogs, das ist für jeden offensichtlich. Warum nur gebt Ihr nicht einen Teil der Verantwortung ab, die Ihr mit Euch herumtragt?«

Antonie ließ sich wieder auf ihren Stuhl nieder. Vielleicht hatte ihre Schwägerin recht. Im Augenblick glaubte sie tatsächlich, ihr würde alles über den Kopf wachsen. Doch der Kampfgeist in ihr ließ es nicht zu, den Erbanwärtern jetzt schon das Sagen zu überlassen. Es war mühselig genug, sich gegen die Landstände durchzusetzen.

»Der Kaiser wird uns Landständen die Regierung nicht absprechen.« Bretzen rückte das Sehglas auf seiner Nase zurecht. »Er weiß genau, die hier Anwesenden würden sich wie Bluthunde auf die Regentschaft der Länder stürzen.«

Philipp Ludwig lachte heiser auf. »Auch Ihr habt Euch gespalten, in ein protestantisches und ein katholisches Lager. Selbst hier gibt es Streitigkeiten.«

»Bisher hat sich alles zur Zufriedenheit des Kaisers geregelt.« Bretzen blickte von sich selbst überzeugt in die Runde, erhob sich von seinem Stuhl und umrundete den Tisch. Als er hinter Antonie angekommen war, legte er die Hände auf ihre Schultern.

Antonie schaute zu Anna, die ihr mit hochgezogenen Augenbrauen einen Blick zuwarf, den sie nicht zu deuten vermochte.

Ernst von Sachsen-Eisenach zwirbelte mit den Fingern die Enden seines Schnauzbartes. »Pah, Kaiser Rudolf ist das hier alles zu lästig. Darauf könnte ich schwören. Warum sonst klärt er nicht endlich, wem das Erbrecht gebührt? Er ist in der Pflicht, die Unklarheiten, die Karl V. damals verursacht hat, zu richten.«

Rudolfs Gesandter räusperte sich. »Ich untersage Euch, in meiner Gegenwart so über den Kaiser zu reden. Die Anträge und Streitpunkte werden ihm von mir wahrheitsgetreu wiedergegeben.« Er rollte das Papier zusammen und verstaute es in einem ledernen Beutel.

Antonie blieb nichts anderes übrig, als zu warten, wie der Kaiser entschied. Und das konnte dauern. Sie betete spontan zu Gott, dass sich der Zustand ihres Gemahls bis zu einer Antwort nicht noch weiter verschlechterte und ihr die letzte Kraft raubte. Der Druck von Bretzens Händen auf ihren Schultern verstärkte sich.

Anna erhob sich von ihrem Stuhl und begab sich zu Antonie und Bretzen. »Meine Liebe, ich denke, ich werde eine Zeitlang auf Schloss Jülich verweilen und Euch zur Seite stehen.«

Antonie glaubte, sich verhört zu haben. Diese Schlange würde nur alles zu ihrem Vorteil drehen und wenden! Doch Einhalt konnte sie ihr nicht gebieten, denn es würde den Anschein erwecken, als hätte sie etwas zu verbergen.

Als Antonie am Abend wieder in ihrem Gemach auf Schloss Jülich war, verdunkelte sich bereits der Himmel hinter den Fenstern. Sie streifte sich die Schuhe von den Füßen, entfachte die Fackeln an den Wänden und setzte sich in den Lehnstuhl vor dem Kamin. Ein leises Klopfen ertönte, und die Tür öffnete sich. Anna trat ein.

Sie zog einen Stuhl zu Antonie und setzte sich. »Ihr habt eine Liebschaft mit Bretzen, das war nicht zu übersehen. Seine Hände ruhten auf Euren Schultern, und der Ausdruck eines verliebten Mannes lag in seinem Blick.«

Antonie riss die Augen auf. »Was redet Ihr da?« Ihr Herzschlag beschleunigte sich. Nichts von dem, was Johanns Nichte sagte, entsprach der Wahrheit. Wie konnte sie so etwas nur behaupten?

»Ich würde es Euch noch nicht einmal verdenken.« Anna senkte den Blick. »An der Seite eines geistesschwachen Mannes zu leben ist sehr beschwerlich. Eine kleine Abwechslung lenkt von den Sorgen ab. Ist es nicht so?«

»Ihr seid von Sinnen. Nie und nimmer habe ich eine Liebschaft mit Bretzen.« Antonie sprang aus ihrem Sessel. »Verlasst mein Gemach. Sofort!« Sie zeigte mit dem Finger zur Tür. »Ihr seid eine falsche Schlange.«

Anna hob die Augenbrauen. »Warum so zornig, liebste Antonie? Ihr dürft Euch mir ruhig anvertrauen.«

»Es gibt nichts, was ich Euch anvertrauen könnte«, schrie Antonie. »Wenn Ihr nicht augenblicklich mein Gemach verlasst, werde ich nach meinem Gatten rufen.«

Anna zog einen Schmollmund. »Er vermag mir keine Angst einzujagen. Das gelingt ihm bei niemandem, außer bei Euch.« Sie erhob sich und wandte sich zum Gehen.

Nachdem die Tür ins Schloss gefallen war, kniff Antonie die Augen zu und rieb sich mit den Fingerspitzen über die schmerzenden Schläfen. Was hatte dieser Auftritt nur zu bedeuten? Würde es ihr am Ende wie Jacobe ergehen? Ihrer Vorgängerin wurde ebenfalls ein Ehebruch vorgeworfen, damals zuerst durch Johanns jüngste Schwester Sibylle. Nicht lange nach Jacobes Inhaftierung auf Schloss Düsseldorf wurde die gesunde Frau eines

Morgens tot aufgefunden. Auch wenn es immer noch keine Mordanklage seitens des Kaisers gab, so hatte man sie doch in gewissen Nächten angeblich in einem blutverschmierten Gewand durch das Schloss geistern sehen. Übelkeit breitete sich in Antonies Magen aus.

5. Kapitel

Der Abend war klar und roch nach Frost. Mia graute es davor, die Nacht unter dem freien Himmelszelt verbringen zu müssen. Aus Angst zu erfrieren wagte sie nicht, sich zum Schlafen hinzulegen. Doch ihre Beine verweigerten ihr den Dienst und gaben immer öfter unter ihr nach. Die Verzweiflung über ihre Kraftlosigkeit trieb ihr die Tränen in die Augen. Sie sank auf die Knie, faltete die Hände und schickte mit geschlossenen Lidern ein Stoßgebet zu Gott, in dem sie ihn um die Kraft bat, ihren Weg fortsetzen zu können. Während sie Zwiesprache mit dem Herrn hielt, drang plötzlich gedämpftes Stimmengemurmel zu ihr. Sie riss die Augen auf und schaute über den Acker. Am Waldrand entdeckte sie eine Gruppe fahrender Leute, die hinter einem Ochsenkarren hertrotteten. Eine Frau hielt in ihrem Schritt inne und wies mit dem Finger auf sie. Der Schreck fuhr in Mias Glieder und ließ sie aufspringen. Sie wollte weglaufen, doch dann sah sie, wie die Frau auf sie zueilte und die Hände hob, um ihre freundliche Gesinnung zu zeigen. Als sie vor Mia stand, zog sie ihre Kapuze vom Kopf, entledigte sich ihres Umhanges und legte ihn auf Mias Schultern. Obwohl ihr Gesicht noch jung wirkte, hing das Haar der Frau in mausgrauen Zotteln von ihrem Kopf. Sie fasste nach Mias Hand und schenkte ihr wortlos ein Lächeln.

»Woher kommt Ihr?« Mia schaute gebannt in die stechend grünen Augen der Frau.

Doch diese senkte nur die Lider und schüttelte den Kopf, um zu zeigen, dass sie die Worte nicht verstand. Der Händedruck der Frau verstärkte sich, und sie bedeutete Mia, ihr zu der Gruppe zu folgen. Mia spürte keine Furcht, als sie hinter der Frau herging. Die anderen Fahrenden hatten jetzt bereits den Karren abgeladen. Einige von ihnen bauten ein Zelt auf, jemand entfachte ein Feuer. Mia sehnte sich nach der Wärme, welche die Flammen spendeten. Die Fahrenden sprachen in einer fremden Sprache, die Mia noch nie gehört hatte. Als sie sich ihnen näherte, verharrten sie in ihrer Geschäftigkeit und lächelten sie an. Ein kleiner Junge, dessen schwarze Locken wirr vom Kopf abstanden, eilte auf Mia zu und hielt ihr in seiner dreckverkrusteten Hand einen Brotkanten hin. Dabei brabbelte er unverständliche Worte in seiner Sprache. Nachdem Mia das Brot genommen hatte, griff er nach ihren Röcken und zog sie zu der Feuerstelle.

Die Frauen der Gruppe gesellten sich zu ihr und bildeten einen Kreis um die Flammen. Die jungen Mädchen trugen ihr Haar offen. Die älteren Frauen hatten bunte Tücher um ihre Köpfe gebunden, aus denen rot gefärbte Zöpfe ragten. Plötzlich schaffte einer der Männer ein halbes Schaf auf einem Spieß heran und legte es auf die Vorrichtung, die von zwei jungen Burschen in Windeseile um das Feuer gebaut worden war.

Mia glaubte zu träumen, als bald darauf der Duft des gebratenen Hammels in ihre Nase stieg. Stumm dankte sie dem Herrn, dass er ihre Gebete erhört hatte. Eine fröhliche Melodie hallte durch die Nacht. Mit einem Mal fühlte sich Mia beschwingt, als wäre neue Kraft in ihren Leib gefahren. Sie klatschte vergnügt in die Hände und wiegte den Kopf im Takt der Melodie. Ein junger Bursche eilte auf sie zu. In seinem olivfarbenen Gesicht strahlten himmelblaue Augen. Er griff nach ihrer Hand und zog sie auf die Beine. Doch plötzlich spürte Mia, wie ihre Knie weich wurden und das Treiben um sie herum in Schwärze versank. Hektisches Stimmengemurmel und eine wärmende Decke auf ihren Schultern waren das Letzte, was sie vernahm.

Mia blinzelte in die kalte Morgensonne. Unter ihr ruckelte und rumpelte es. Erschrocken schlug sie die Decke zurück und richtete sich auf. Die Fahrenden hatten sie auf ihren Ochsenkarren gelegt und zogen inzwischen weiter. Mia hatte von alldem nichts mitbekommen, so fest hatte sie geschlafen. Doch wo wollten die Leute hin? Bestimmt nicht nach Köln, denn sie wanderten mit der Sonne im Rücken. Mia sprang von dem Karren und lief zu der Frau mit den stechend-grünen Augen, die sich als Letzte in der Karawane eingereiht hatte.

»Das ist nicht mein Weg«, versuchte Mia der Frau verständlich zu machen. Doch diese sah sie nur schulterzuckend an. »Köln, ich will nach Köln. Verstehst du?«

Das Gesicht der Frau erhellte sich. »Ah, Köln.« Sie nickte und drehte sich herum. Mit dem Finger zeigte sie nach Osten. »Da Köln. Aber noch weit.« Sie zog ein Stück Hammelfleisch aus der Schürzentasche, drückte es Mia in die Hand und murmelte fremdländische Worte.

Mia bedankte sich mit einem Lächeln, verstaute den Proviant und lief der Sonne entgegen.

Nachdem die Tür zu seinem Arbeitszimmer zugefallen war, keimte Unmut in Johann auf. Einer seiner Männer hatte ihm offenbart, Mia sei immer noch nicht gefunden worden, obwohl sie die ganze Umgebung im Jülicher Land durchkämmt hatten. Schnaubend stieß er den Atem durch die Nasenlöcher aus. Das konnte doch nicht möglich sein! Irgendwo musste sich seine Mia doch verstecken. Er erhob sich von seinem Stuhl hinter dem Schreibtisch. Sein Hals schnürte sich zu, und er glaubte zu ersticken. Der Innenhof des Schlosses lag unter einer dichten Schneedecke, und auch in seinem Herzen herrschte eisige Kälte, seit Mia nicht mehr für ihn kochte. Die Sehnsucht nach ihr bestimmte seinen Tagesablauf. Er konnte an nichts anderes mehr denken, saß nur noch gedankenverloren da und starrte Löcher in die Luft. Die Speisen mundeten ihm nicht mehr, und er litt einen unsäglichen Hunger, der ihm noch zusätzlich auf das Gemüt drückte. Er musste an die Luft, den eisigen Wind spüren, der zu seinem Vertrauten geworden war.

Johann stieg die Stufen hinab und öffnete die Pforte, die in den Innenhof führte. Bernhard, der Stallmeister, begegnete ihm mit einem Eimer Hafer in der Hand, und Johann kam ein Gedanke. Er musste Mia selbst suchen, irgendetwas unternehmen, wodurch er sie vielleicht finden konnte.

Der kalte Wind ließ Johanns Wangen gefühllos werden, und auch durch seine Lederhandschuhe schnitt die Kälte. Seine starren Finger krallten sich um die Zügel, und er hieb seinem Rappen die Fersen in den Bauch. In wildem Galopp fegte er über die Äcker.

Die Bauern staunten nicht schlecht, als Johann an ihre Türen klopfte, um sich zu erkundigen, ob sie ein junges Mädchen gesehen hätten, das allein durch das Land zog. Jedes Mal, wenn sie seine Frage verneinten, schlug

Johann vor Wut auf den Tisch oder warf einen Stuhl durch die Wohnstube. Erst der letzte Bauer, den er aufsuchte, erzählte ihm von einem Weibsbild, das er mit Prügel von seinem Hof gejagt hatte. Johann verlor die Fassung und ging mit geballten Fäusten auf den Bauern los. Doch dieser packte ihn am Arm und warf ihn ohne Ehrfurcht aus seiner Kate. Johann fehlten die Kräfte, um sich gegen den Griff des Bauern zu wehren. Deshalb klopfte er sich nur den Schnee von seinen Knien und stieg wieder aufs Pferd. Über die Felder hatte sich mittlerweile die Dunkelheit gelegt, doch der Schnee erhellte ihm den Weg. Um noch länger nach Mia zu suchen, war es zu spät. Gleich am nächsten Morgen nach Sonnenaufgang würde er einen neuen Suchtrupp losschicken, der das weitere Land durchkämmen sollte, sowie eine Schar Männer, welche die Kate des Bauern abbrennen mussten. In Johanns Augen brannten Tränen, als er daran dachte, wie dieser Kerl seine Mia geschlagen hatte. Sein armes Mädchen, seine Perle der Kochkünste! Die Tränen auf seinen Wangen gefroren zu Eis.

Auch an diesem Abend rührte Johann seinen Teller nicht an. Als er sich anschließend zur Ruhe begab, begleitete Antonie ihn und erinnerte ihn auf den Stufen mit vorgehaltener Hand an seine ehelichen Pflichten. Johann hielt ihr den Arm hin und geleitete sie in ihr Gemach. In seinem Kopf herrschte Leere. Er versuchte, einen klaren Gedanken zu fassen, doch es gelang ihm nicht. Stillschweigend betrat er mit seiner Gattin den Raum. Im Kamin prasselte ein Feuer. Es verbreitete eine wohlige Wärme, die jedoch nicht sein Herz erreichte. Johann ließ sich auf dem Lehnstuhl nieder und schloss die Augen.

Antonie entledigte sich ihrer Röcke und kroch unter die Decke. »Mein liebster Gemahl, gesellt Euch zu mir. Ich werde Eure dunklen Gedanken vertreiben.«

Er schaute auf ihr rundes Gesicht, das umrahmt von den walnussfarbenen Locken unter der Decke hervorlugte.

»Ihr trauert immer noch der Frau nach, die Euch den Tod bringen wollte. Wann werdet Ihr endlich vernünftig und widmet Euch wieder Eurer willigen Frau?«

Ihm entging nicht die Boshaftigkeit, die in ihrer Stimme mitschwang, und er krallte die Hände in die Lehne.

»Sie war es nicht. *Ihr* seid es gewesen! Ihr wolltet meinen Tod!«, zischte er und erhob sich aus dem Stuhl. Die Knochen seines Kiefers knirschten. Eine eiserne Faust umklammerte sein Herz. »Und dann habt Ihr das Gerücht verbreitet, Mia hätte mir das Gift untergemischt, weil Ihr so den Verdacht von Euch abwenden wolltet.« Er trat so heftig mit dem Fuß auf, dass die Gläser auf dem Tisch klirrend aneinanderschlugen.

Mit großen Schritten durchmaß er das Gemach, bis er vor seiner Gemahlin stand. »Ihr habt nur den Buckel von Eurer Mutter geerbt, nicht aber ihre Fruchtbarkeit. Doch daran ist nicht Mia schuld!«, brüllte er, schlug die Decke zurück und zerrte Antonies entblößten Leib aus dem Bett.

Seine Gemahlin schrie auf und versuchte, mit der Hand ihre Scham zu bedecken. Der Anblick ihrer hängenden Brüste und ihrer ausladenden Hüften widerte Johann an. In seinen Eingeweiden rumorte der Hass, kroch hinauf in sein Herz und breitete sich bis in seinen Kopf aus. Um das Zittern seiner Hände zu bekämpfen, ballte er sie zu Fäusten. Diese Frau, die mit ihrem unansehnlichen Leib vor ihm stand, verursachte ihm Übelkeit, die ihn

Galle schmecken ließ. Wie konnte sie ihm das Liebste nehmen, das er je besessen hatte?

Den Mund aufgesperrt, starrte Antonie ihn an. Im nächsten Moment zerschmetterte seine Faust ihre Nase. Wie durch eine Nebelwand nahm er den gellenden Schrei wahr, der daraufhin folgte. Sie sollte leiden, so wie er litt. Er versetzte ihr einen Tritt in die Rippen. Sie musste die gleichen Schmerzen erdulden wie Mia, als der Bauer sie verprügelt hatte. Antonie bedeckte mit den Armen ihren Kopf und krümmte sich wimmernd vor Schmerzen auf dem Boden. Doch Johann trat weiter auf sie ein, riss sie an den Haaren hoch und schlug ihr erneut mit der Faust in das blutende Gesicht. Dann schleuderte er ihren Leib gegen den Bettpfosten und wandte sich ab. Mit schweren Schritten verließ er den Raum. Seine Beine zitterten, doch er verspürte die Erleichterung, Mias Leid gerächt zu haben. Als er die Tür zu seinem Gemach aufstieß, hielt ihn nur noch ein Gedanke gefangen: Er musste Mia finden, kostete es, was es wollte. Er würde ein Kopfgeld aussetzen, auch wenn er im Moment noch nicht wusste, woher er es nehmen sollte.

Über die Äcker fegte an diesem Morgen ein eisiger Wind, und der Schnee wirbelte in kleinen Flocken auf das Land zwischen Jülich und Köln. Mia zog den Umhang enger um ihre Schultern. In ihrem Bauch drückte wieder der Hunger, doch die Kälte ließ ihn in den Hintergrund rücken. Sie biss die Zähne zusammen, um zu verhindern, dass sie unentwegt aufeinanderschlugen. Der Wind stach wie tausend Nadeln in ihre Wangen. Ihre Füße in den dünnen Lederschuhen waren steif wie Eisen und schmerzten bei jedem Schritt. Noch nie in ihrem ganzen Leben war sie so hilflos der Witterung ausgesetzt gewesen. Sie fühlte sich verloren und verlassen, und nur ihr Lebenswille ließ sie weiter ihren Weg fortsetzen. Ihr Kampf gegen den Tod lenkte sie von ihrem Kummer und von ihrem Heimweh nach der Schlossküche ab. Um sich vor der Kälte zu schützen, schlug sie den Weg durch einen Fichtenwald ein. Inzwischen hatte sie die Orientierung verloren, irrte zwischen den Nadelbäumen umher und flehte zu Gott, sie hinter dem Wald die Häuser der Stadt Köln sehen zu lassen.

Als Mia wieder aus dem Dickicht hinaustrat, ließ das Schneetreiben nach und gab die Sicht frei. Wie in einem Loch gefangen, ragten die schneebedeckten Hausdächer und der Kran an einer unvollendeten Kathedrale aus Stadtmauern empor. Das musste die Kölner Bucht sein. Sie hatte es geschafft! Trotz ihrer gefrorenen Glieder und der Schmerzen fühlte sich Mia so beschwingt wie lange nicht mehr. Ohne fremde Hilfe hatte sie den Weg nach Köln gefunden. Dort, wo ihr als Köchin alle Tore offen standen. Sie raffte ihre Röcke und lief den Mauern entgegen. Der Schnee knirschte unter ihren Sohlen, doch sie spürte seine Kälte nicht mehr. Bevor sie sich einem der Tore näherte, holte sie noch einmal tief Luft und verlangsamte den Schritt.

Über ihr bog sich das Mauerwerk der Pforte. Der Stadtsoldat, der sie bewachte, beäugte Mia misstrauisch. Doch als sie ihm ein Lächeln schenkte, erwiderte er es und entblößte dabei seine schwarzen Zahnreihen.

Anders als in ihrer Vorstellung begann die Stadt kurz hinter der Mauer. Fast ländlich erstreckten sich kleine Felder und Obstgärten, die unter einer dünnen Schneedecke lagen. Nach ein paar Schritten erhob sich neben Mia eine Abtei, die eine mannshohe Mauer umgab. Sie betrachtete die beiden Kirchturmspitzen. Dann richtete sie den Blick wieder nach vorn auf die dicht aneinandergereihten spitzgiebligen Häuser. Manche von ihnen hatten mehrere Stockwerke, und ihre Fenster bewachten die schmalen Gassen dazwischen. Ein Stück weiter in Richtung Rhein war von der Ruhe nichts mehr zu spüren. Hühner gackerten aufgeregt, und die Ziegen, die vor einem Haus angebunden waren, meckerten laut, als ein Hund ihnen zu nahe kam. Aus einem Fensterladen pries ein Händler lauthals seine Waren an. Schnee lag nur noch an den Seiten der Gassen und hatte durch Schmutz und Matsch seine Reinheit verloren. Zwischen den Häuserwänden schwatzten die Mägde mit schrillen Stimmen. Über den Rand ihrer Weidenkörbe lugten Brotlaibe, die sie beim Bäcker am Ende der Gasse erstanden hatten. Karren, beladen mit Stoffballen, Fässern oder Stroh, rumpelten an Mia vorbei. Mia lief über den Unrat, der die Pflastersteine bedeckte. Es schien, als hätten kurz zuvor alle Bürger Kölns gleichzeitig ihre Nachttöpfe aus den Fenstern entleert. Ein Knecht, der ein Holzfass unter dem Arm trug, rannte Mia fast um. Sie erholte sich schnell von dem Schreck und staunte über die Lebendigkeit dieser Stadt. Fünf junge Mädchen umzingelten sie plötzlich, fassten sich an den Händen und tanzten im Kreis zu dem Flötenspiel eines hochgewachsenen, hageren Burschen. Das Linnen ihrer weißen Schürzen, die sie vor ihre bunten Röcke gebunden hatten, flatterte im Wind. Mia sah sie freundlich an, bückte sich und schlüpfte unter ihren Armen aus dem Kreis. Dann lief sie weiter die Gasse entlang, die schnurgerade zu der Kathedrale führte, deren Türme noch auf die Vollendung warteten. Aus einer Schenke drang lautes Gelächter. Mia zögerte nicht lange. Sie drückte die windschiefe Tür auf und trat in die düstere Kaschemme.

Der Dunst von Bier, Schweiß und Urin, vermischt mit Pfeifenrauch, schlug ihr entgegen, und Mia versuchte, nur durch den Mund zu atmen. An einem gebogenen Bohlentisch saßen Männer in abgetragenen Mänteln und spielten mit Würfeln. Einer von ihnen schlug mit der Faust auf den Tisch, um seinen Unmut zu zeigen. Mia schaute zum Tresen, dessen Planken der Hort von unzähligen Holzwürmern sein musste. Ein dürrer, hochgewachsener Soldat der spanischen Truppen lehnte mit dem Ellbogen darauf und lauschte den Worten einer Alten, deren pausbäckiges Gesicht aus der Kapuze ihres löchrigen Mantels hervorlugte. Nur von dem Wirt fehlte jede Spur. Bestimmt hielt er sich in der Küche auf. Vielleicht benötigte er dort Hilfe? Mia beschloss, am Tresen zu warten, bis er wieder in die Schankstube trat, und ihn dann nach einer Anstellung als Köchin zu fragen. Dabei sah sie, wie die Alte dem Soldaten ein Amulett in Form eines kleinen Ledersäckchens feilbot.

»Du musst es tragen, dann bist du unverwundbar gegen die Hiebe und Stiche des Feindes. Hart, wie gefroren. Verstehst du?«

Der Soldat sah sie fragend an und zuckte mit den Schultern. Die Alte bohrte ihren knochigen Zeigefinger in das blaue Wams, dort, wo das Herz des Soldaten saß, doch seine Hand schnellte hervor und schlug ihr auf die Finger. Er schüttelte den Kopf und sah sie zornig an. Die Alte tat, als hielte sie einen Dolch in der Hand und würde sich selbst damit in die Brust stechen. Sie verdrehte die Augen und schwankte zur Seite. Doch dann richtete sie sich wieder auf und hob den Zeigefinger, um die volle Aufmerksamkeit des Soldaten zu erlangen. Anschließend band sie sich das Säckchen um den Hals.

»Pass auf«, raunte sie und wiederholte das Schauspiel.

Doch diesmal taumelte sie nicht, sondern strahlte den Soldaten an, um ihm zu zeigen, dass der Stich ihr nichts ausgemacht hatte. Er glotzte sie ungläubig an, riss ihr das Amulett aus der Hand und roch daran. Doch die Alte nahm es ihm wieder fort und versteckte es unter ihrem Mantel.

»Nix da! Du musst bezahlen. Verstehst du?« Sie rieb Daumen und Zeigefinger vor seiner Nase aneinander.

Mia verfolgte gebannt das Feilschen der Alten. Der Soldat kramte in seiner Geldkatze und hielt ihr auf seiner schmutzigen Handfläche fünf Pfennige hin.

Die Alte lachte kehlig auf und zeigte ihre Zahnlücken. Plötzlich wurde sie ernst. Ihre moosgrünen Augen verdunkelten sich. »Zehn Albus.« Sie hob die Hände und streckte alle Finger aus.

Das verstand der Soldat. Er schüttelte den Kopf und tippte sich mit dem Finger an die Stirn.

Die Alte hob die kaum sichtbaren Augenbrauen. »Dann eben nicht.« Sie stach sich zur Warnung noch einmal den unsichtbaren Dolch in die Brust und sah den Soldaten eindringlich an. Dann nahm sie seinen Bierkrug vom Tresen, leerte ihn mit einem Zug und wandte sich zum Gehen.

Der Soldat hielt sie an den Schultern zurück. Nachdem sie sich wieder zu ihm umgedreht hatte, zählte er zehn Münzen ab und gab sie ihr im Tausch gegen das Säckchen.

Mia faszinierte es, wie geschickt die Alte dem Soldaten das Amulett verkauft hatte – und das für einen Betrag, von dem man zwei Lot Muskatnuss hätte kaufen können.

Mittlerweile stand der Wirt wieder hinter dem Tresen und beäugte Mia vom Scheitel bis zu den Fußsohlen. Auch die Alte schenkte ihr nun ihre Aufmerksamkeit.

»Was führt denn so ein hübsches, unverbrauchtes Ding in diese Kaschemme?« Die Augen der Alten verrieten ehrliche Freundlichkeit. »Du kommst wohl nicht von hier?«

Unter den Würfelspielern brach ein Streit aus. Ein Stuhl flog um, und kurz darauf schlugen zwei Männer mit Fäusten aufeinander ein. Der Wirt eilte zu ihnen und riss die Raufbolde auseinander.

Die Alte fasste Mia am Arm. »Lass uns von hier verschwinden! Das ist kein Platz, an dem du dich aufhalten solltest.«

Obwohl Mia nicht verstand, was sie damit meinte, ließ sie sich von ihr widerstandslos auf die Gasse ziehen.

Um Haaresbreite wären die beiden von einem Ochsenkarren umgerissen worden. Mia hielt vor Schreck den Atem an.

»Du kannst mich Lis nennen. Eigentlich heiße ich Lisbeth, aber so hat mich noch niemand gerufen.«

»Genau wie bei mir. Obwohl ich eigentlich Maria heiße, nennen mich alle nur Mia. Bisher zumindest.« Sie senkte traurig den Blick. Ihr wurde bewusst, dass es in der Stadt niemanden gab, der sie bei ihrem Namen rufen würde, weil sie keine Menschenseele hier kannte. Nichts war vertraut. Unvermittelt überfiel sie das Heimweh und trieb ihr die Tränen in die Augen.

Lis griff nach ihrer Hand. »Mia passt auch viel besser zu dir. Woher kommst du?«

»Ich war Köchin auf Schloss Jülich. Doch ich musste fliehen.« Der Kloß in ihrem Hals ließ sie nur mühsam die Worte über die Lippen bringen.

»Puh, die Köchin des Herzogs von Jülich.« Lis pfiff durch die Zähne. »Warum musstest du fliehen?«

»Auf den Herzog wurde ein Giftanschlag verübt. Seine Gemahlin hat den Verdacht auf mich gelenkt.« Mia erzählte Lis alle Einzelheiten, als würde sie die Alte schon seit Jahren kennen.

»Ich glaube dir, dass du es nicht warst. Du siehst aus wie ein ehrbares Mädchen. Von daher solltest du dich nicht in der Schmierstraße aufhalten.«

Mia zuckte mit den Schultern und zog die Nase hoch. Was wusste sie schon über die Straßen hier? Doch dies war die Stadt, in der sie Fuß fassen wollte. Ihr neues Leben hatte an diesem Tag begonnen. Mia hob den Kopf und sah mutig nach vorn. Der weinerliche Gesang einer gekrümmten Frau hallte durch die Gasse. Auf einem Holzbein humpelnd, drehte der Mann neben ihr die Leier. Zerfetzte Umhänge wärmten ihre Schultern. Um ihre Beine hatten sie gegen die Kälte Lumpen gewickelt.

»Wandernde Musikanten. Sie waren vor gar nicht langer Zeit schon einmal hier. Nach drei Tagen sind sie von den Klocken aus der Stadt vertrieben worden. Doch so ist es meistens. Die fremden Bettler werden durch das eine Tor hinausgejagt und kommen durch das nächste wieder rein. Am Freitag werden sie an den Kax gesetzt, glaube mir.« Lis sah dem Lumpenpaar nach.

»An den Kax?« Mia wusste nicht, was die Alte damit meinte.

»Ja, an den Pranger. Dort können sie sich dann den Spott der Bürger anhören. Aber sie werden es mit Gelassenheit hinnehmen. Manchmal landen sie vorher noch für einen Tag im Turm. Doch das kann ihnen nur recht sein, schließlich ist es dort nicht so kalt wie in den

Gassen. Und ein hartes Stück Brot bekommen sie auch nicht an jedem Tag zu essen.« Lis rümpfte die Nase und schritt die Gasse entlang. Mia folgte ihr unaufgefordert. Sie überkam auf einmal die Angst, in dieser Stadt ganz allein unterwegs zu sein. Dazu grummelte der Hunger in ihrem Bauch.

»Sag, Lis, was war in dem Säckchen, das du dem Soldaten verkauft hast?«, fragte sie, als sie wieder nebeneinander hergingen.

»Bilsenkraut und Totenmoos.« Lis grinste. »Leicht zu finden.« Ihre Augen umspielten unzählige Falten und gaben ihre Freude über das gelungene Geschäft preis.

»Hilft es denn wirklich, unverwundbar zu sein?« Mia hegte Zweifel.

»Was weiß ich? Der Soldat muss nur fest daran glauben.« Lis zuckte mit den Schultern. »Hauptsache, ich kann mir was zu essen kaufen. Den Soldaten werde ich nie mehr wiedersehen.«

»Aber das ist doch Betrug!«

Lis lachte heiser auf. »Wir nennen es Leckerei. He, Mädchen, willkommen in Köln. Um hier überleben zu können, musst du schlau sein. Brav zu sein bedeutet hingegen, getreten zu werden.«

Mia verstand nicht ganz, was Lis damit ausdrücken wollte. Doch sie mochte nicht weiter nachfragen, nicht noch törichter auf Lis wirken als ohnehin schon. Diese Stadt am Rhein war eine Herausforderung in jeder Hinsicht. Deshalb hoffte Mia, in Lis eine Freundin gefunden zu haben, die ihr half, hier Fuß zu fassen.

»Was wolltest du eigentlich in der Kaschemme?« Lis riss sie aus ihren Gedanken.

»Das erzähle ich dir später.« Mia hoffte, Lis würde verstehen.

Jeder Atemzug trieb Antonie vor Schmerz den Schweiß auf die Stirn. Sie starrte an den Baldachin über ihrem Bett und kämpfte gegen die Tränen. Ihre Gedanken kreisten um die Tritte, die ihr Gemahl ihr versetzt hatte. Mit denen er sie beinahe getötet hätte. Nur ihre Kammerzofe wusste, warum sie seit zwei Tagen nicht ihr Bett verlassen konnte. Johann hatte nun endgültig den Verstand verloren, kam einer Bestie gleich. Antonie war froh, dass er seit seinem Tobsuchtsanfall nicht mehr ihr Gemach betreten hatte. Der Schmerz der Demütigung in ihrem Herzen wog schwerer als der an ihren Rippen und in ihrem Gesicht. Hinter den Fenstern leuchtete der Schnee auf den Mauern des Walls. Antonie wollte nicht mehr gefangen sein in dieser Zitadelle – geschützt vor den Feinden des Landes, doch ihrem größten Feind schutzlos ausgeliefert. Und sie wollte dieser Bestie auch keinen Nachfolger gebären. Am Ende würde sie noch, genau wie ihre Mutter, im Wochenbett sterben.

Als es an der Tür klopfte, hielt Antonie den Atem an. Erleichtert stellte sie fest, dass es nur ihre Kammerzofe war, die das Gemach betrat. In ihren Händen hielt sie ein Tablett. Aus einer weißen Keramikschüssel stieg der Dampf heißer Suppe auf – das Einzige, was Antonie im Augenblick zu sich nehmen konnte. Sie richtete sich auf und ließ sich von Elena die Suppe reichen. So weit war es also gekommen, dass sie sich von ihrer Kammerzofe wie ein kleines Kind füttern lassen musste! Sie schluckte gegen den Schmerz und schloss die Augen. Selbst wenn sie zurzeit kaum in der Lage war, sich zu bewegen, sie musste das Schloss verlassen, wegkommen von diesem Ungetüm, das sich ihr Gemahl nannte. Sollten die Erbanwärter sich doch die Köpfe einschlagen! Allen voran Anna, die nicht einmal vor Verleumdung zurückschreckte. Nichts von dem, wofür Antonie bisher gekämpft hatte, war so wichtig, dass sie gewillt war, diese Schmach weiter auf sich zu nehmen. Sie biss die Zähne zusammen und versuchte, durch ihre geschwollene Nase zu atmen. Als ihr dies nicht gelang, riss sie die Augen auf und schnappte durch den Mund nach Luft. Ihr Blick durchbohrte Elena mit einer Entschlossenheit, die ihr selbst unheimlich war. »Pack die Reisetruhe. Ich kann nicht mehr auf Schloss Jülich bleiben.«

»Aber Eure Hoheit, wie wollt Ihr denn reisen? Eure Verletzungen fesseln Euch ans Bett. Und denkt nur an Euer Gesicht. So blau, wie es ist, könnt Ihr doch nicht unter die Leute gehen!« Elena schüttelte ungläubig den Kopf. Mit ihren großen grünen Augen sah sie Antonie entgeistert an.

»Ich werde wohl kaum zu Fuß laufen. Was spielt es für eine Rolle, ob ich die Schmerzen im Bett oder in einer Kutsche ertragen muss? Außerdem wird mich niemand zu Gesicht bekommen.«

»Die Pfade sind unwegsam, Eure Hoheit. Ihr werdet jeden Stein spüren, über den die Räder rollen.« Elena stellte die Schüssel auf den Beistelltisch, erhob sich von dem Stuhl neben dem Bett und rückte die Haube auf ihren kupferfarbenen Locken zurecht.

»Dafür wird der Schmerz in meinem Herzen erträglicher sein. Ich halte es hier nicht mehr aus. Lieber sterbe ich auf der Reise.« Antonie schlug die Bettdecke zurück und schwang die Beine aus dem Bett. Vor ihren Augen drehte sich alles, so sehr schmerzte ihr Körper. Sie presste die Lippen aufeinander und richtete sich auf, bis sie mit dem Po auf der Bettkante saß. Als sie den Rücken durchbog, entwich ein qualvoller Aufschrei ihrer Kehle.

Elena trat näher. »Ich weiß, es geziemt sich nicht, Euch

zu widersprechen. Doch wollt Ihr Euch wirklich sofort auf die Reise begeben? Warum wartet Ihr nicht noch ein paar Tage, bis die Schmerzen erträglicher geworden sind?«

Antonie sah sie unter Schmerzen an. »Du hast recht, meine Liebe. Es geziemt sich nicht, seiner Herrin zu widersprechen. Also pack die Truhe. Mein Entschluss steht fest. Wer weiß, was mich hier noch erwartet! Als Nächstes wird mein Gemahl mich zu Tode prügeln.« Schwer atmend legte sie sich zurück in die Kissen. Wie konnte Johann sie nur verdächtigen, ihm das Gift gegeben zu haben, wo sie doch geschickt das Gerede auf die Küchenmagd gelenkt hatte? Antonies Vorhaben, sie loszuwerden, war ihr gelungen. Doch wie hätte sie ahnen können, dass ihr Gemahl vor Sehnsucht nach dem Mädchen vollkommen den Verstand verlor? Und dabei war sie sich sicher gewesen, er hätte es schnell vergessen. Diese Mia hatte ihr Leben zerstört. Es geschah ihr recht, dass sie vom Schloss fliehen musste.

»Aber warum wendet Ihr Euch nicht an die Landstände? Sie würden Euren Gemahl inhaftieren, und Ihr könntet wieder auf Schloss Düsseldorf wohnen.«

»Nie und nimmer«, wies Antonie den Vorschlag ihrer Kammerzofe zurück. »Dies wäre nur Wasser auf Annas Mühlen. Sie würde an dem Gerücht festhalten, ich hätte eine Liebschaft mit Bretzen.« Ihr Leib krampfte sich zusammen bei dem Gedanken daran, was mit Jacobe damals geschehen war.

Nichts und niemand konnte sie abhalten, die Reise anzutreten, nicht einmal die Vernunft.

Johann schob den Brokatvorhang zur Seite. Durch die Fugen pfiff ein klirrend kalter Wind. Eisblumen hatten sich auf dem Glas gebildet und bedeckten das in Blei gefasste Wappen der herzoglichen Familie. Er rieb mit dem Handballen darüber. Noch immer hatten seine Männer Mia nicht gefunden. Johann öffnete das Fenster und ließ die klare Winterluft in seine Lungen strömen. Doch auch diese konnte seine Seelenpein nicht mildern. In ihm keimte Wut auf, gepaart mit Verzweiflung. Er stützte sich auf die Lehne des Stuhls und starrte auf den Wandteppich, der einen röhrenden Hirsch darstellte. Kurz darauf flog der Stuhl gegen das Bildnis und landete anschließend krachend auf dem Boden. Johann schrie seine Wut aus dem Leib, hämmerte mit den Fäusten auf den Tisch, bevor er diesen anhob und umwarf. Der Sturm in seiner Seele brachte ihn schier um den Verstand. Er wusste nicht mehr, wohin mit seiner Verzweiflung, hätte sich am liebsten das Herz aus der Brust gerissen. Johann schlug den Kopf gegen das Gemäuer, bis das Blut warm von der Stirn über sein Gesicht lief. Außer Atem fiel er auf die Knie und weinte in seine Armbeuge. Tasso, der aus seinem Versteck gekrochen kam, legte sich neben ihn und drückte seinen Leib gegen Johanns Bein.

Ein Klopfen an der Tür riss Johann aus seiner Lethargie. Er erhob sich, wischte sich mit dem Ärmel die Tränen und das Blut fort und gewährte mit heiserer Stimme Einlass.

Den Helm unter den Arm geklemmt, betrat Kommandant Muller das Gemach. Nachdem er sich zum Gruße gebeugt hatte, blickte er sich in dem Raum um. Seine Augen spiegelten Unverständnis wider.

»Glotz nicht so tumb. Sag mir lieber, ob du das Mädchen gefunden hast.« Johann kniff die Lider zusammen.

»Nein, Eure Hoheit. Es tut mir aufrichtig leid, aber von dem Mädchen fehlt jede Spur. Vielleicht lebt sie ja schon gar nicht mehr.« Der Mann nagte an seiner Unterlippe und runzelte dabei die Stirn. Ein Bild, das so gar nicht zu dem breitschultrigen Kommandanten passte.

»Wag es nicht noch einmal, dies auszusprechen«, zischte Johann. »Sie lebt, ich spüre es. Und nun sieh zu, dass ihr sie findet, sonst enthaupte ich euch alle eigenhändig mit meinem Schwert.«

Tasso knurrte an seiner Seite und fletschte die Zähne. Nur ein Wort, und er hätte Kommandant Muller zerfleischt.

»Wir werden sie finden, Eure Hoheit. Darauf könnt Ihr Euch verlassen.« Der Mann verbeugte sich hektisch und stiefelte aus dem Gemach.

Johann sah ihm kopfschüttelnd nach. Dann verschloss er die Tür, drehte sich um und schritt zum Fenster. Sein Blick schweifte über das Land hinter dem Wall. Irgendwo dort draußen musste Mia sein. Der Gedanke, sein Mädchen schutzlos der Kälte ausgesetzt zu wissen, schnitt ihm ins Herz.

Er wusste nicht, wie lange er dort gestanden hatte. Erst als sich die Abenddämmerung auf den Schnee senkte, schloss er das Fenster. Seine Finger waren steif vor Kälte. Trauer legte sich auf sein Herz wie ein Leichentuch. Er richtete den Tisch wieder her, hob den Stuhl auf und stellte ihn für den Zimmermann neben die Tür. Dann entzündete er im Kamin ein Feuer, ließ sich in dem Lehnstuhl nieder und starrte in die Flammen. Er schämte sich, vor dem warmen Feuer zu sitzen, während Mia draußen fror. Und an alldem war nur Antonie schuld. Johann ließ seine Fingerknöchel knacken. Er musste ihr fernbleiben, durfte ihr nicht begegnen, sonst würde er womöglich einen Mord begehen. Während er Tasso den Kopf tätschelte, entfuhr ihm ein tiefer Seufzer.

»Ach, mein Lieber, was soll ich nur tun? Ich brauche einen Nachfolger, aber die arme Mia musste vom Schloss flüchten. Wenn meine Männer sie nicht bald finden, stirbt mein Geschlecht aus, weil ich nun umso mehr weiß, dass ich nur mit ihr einen Sohn zeugen kann.« Er legte den Kopf gegen die Lehne und schloss die Augen. Die letzten Stunden hatten ihn viel Kraft gekostet. Er fühlte sich ausgebrannt, als wäre sein Leib verkohlt, wie ein Baum nach einem Blitzeinschlag.

Ein erneutes Klopfen an der Tür riss ihn aus dem Traum, in dem er Mia auf den Armen aus der Kälte holte. Verärgert rieb er sich die Augen. Der Mensch, der ihn aufsuchen wollte, hatte ihn um den kostbarsten Augenblick des Tages gebracht. Sein Diener trat ein und kündigte die Ankunft des Marschalls Gernot Bretzen an. Johann verdrehte die Augen. Bretzens Anwesenheit auf dem Schloss bedeutete nichts Gutes für ihn. Er erhob sich aus seinem Lehnstuhl und rückte den Kragen des Wamses zurecht. Dann räusperte er sich kurz und deutete dem Diener mit einem Kopfnicken an, den Marschall einzulassen.

Nachdem der Diener ihm den Mantel abgenommen hatte, sah sich Bretzen in dem Gemach um. Der Stuhl mit dem zerbrochenen Bein weckte seine Aufmerksamkeit. Er beäugte ihn ausgiebig, bevor er Johann höfisch begrüßte.

»Was führt Euch zu mir, Bretzen?« Johann wies den Diener an, Wein zu bringen.

»Ihr habt nicht an dem Landtag teilgenommen, der letzte Woche wegen Euch einberufen wurde, Eure Hoheit. Euer Fernbleiben hat bei den Räten des Landes Sorge hervorgerufen.«

Johann kroch die Hitze in den Nacken. Er vermochte

sich nicht an eine Einladung zu erinnern. Wie konnte ihm so etwas nur passieren? Und warum hatte Antonie ihn nicht darauf hingewiesen? Er legte die Stirn in Falten. »Verzeiht, aber ich war unpässlich. Ich hatte mich noch nicht von dem Giftanschlag erholt.«

Bretzen hob eine Augenbraue. »Nicht?«

»Nein, hin und wieder fesseln mich noch meine rumorenden Gedärme an die Latrine.«

»Mein Bedauern sei Euch gewiss.« Bretzen nahm einen tiefen Schluck aus dem Weinpokal.

Johann hätte schwören können, ein hämisches Grinsen auf Bretzens Lippen zu sehen. Er kniff die Augen zusammen und durchbohrte den Marschall mit seinem Blick. »Ihr seid doch nur hier, weil Ihr mein Ableben erhofft habt«, zischte er.

»Aber Eure Hoheit, wie könnt Ihr nur so etwas behaupten?« Bretzen wischte sich mit dem Handrücken den Mund ab. »Keiner der Landräte wünscht Euch den Tod. Es ist nur so: Bald schon sollte ein Herrscher den spanischen und niederländischen Truppen Einhalt gebieten, bevor sie sich weiter im Jülich-Klevischen Land austoben.«

»Ich werde einen Nachfolger bekommen, verlasst Euch darauf. Und der wird die Truppen aus dem Land jagen. Und er wird genauso gegen die Protestanten kämpfen wie ich.«

»Wenn Ihr es denn getan hättet.« Bretzen presste die Lippen aufeinander.

Er war einer der Landesräte aus dem katholischen Lager, deshalb hatte Johann ihn auch noch nicht aus dem Gemach geworfen. »Ihr haltet mich in Geldnot. Darf ich den Grund dafür erfahren?«

»Das wollten wir alles auf dem Landtag erörtern. Aber

da Ihr nicht erschienen seid …« Der Marschall zuckte mit den Schultern und nahm einen weiteren Schluck Wein.

»Dann sagt es mir jetzt!« Johanns Tonfall wurde scharf. Er hatte keine Lust mehr, der Willkür der Landstände ausgesetzt zu sein, sich von ihnen bevormunden zu lassen wie ein kleiner Junge. Er trommelte ungeduldig mit den Fingern auf der Tischplatte, doch der Marschall hüllte sich in Schweigen. »Ihr wollt mir also nicht sagen, was Euer Grund dafür ist. Nun gut.« Johann erhob sich und schritt in dem Gemach auf und ab. Seine Hände zitterten vor Wut. Er ballte die Faust und schlug damit gegen das Gemäuer. Der Schmerz zog durch seinen Handballen. Liebend gern hätte er Bretzen ins Gesicht geschlagen, doch er musste sich zurückhalten, sonst wurde er wieder inhaftiert, wie achtzehn Jahre zuvor, als er in einem Tobsuchtsanfall auf Schloss Düsseldorf einen Diener totgeprügelt hatte. Er hielt sich die Faust vor die Lippen und leckte an der schmerzenden Stelle.

»Euer Leibarzt ließ vernehmen, Eure Geistesschwäche sei wieder aufgekeimt.«

»Meine was?« Johanns Herzschlag beschleunigte sich. Dieser falsche Quacksalber besaß doch tatsächlich die Frechheit, ihn als Geisteskranken zu bezeichnen? Dieser Schuft steckte wohl mit den Erbanwärtern in seiner Familie unter einer Decke!«

»Eurer Gemahlin geht es nicht sehr gut. Was für ein Leiden plagt sie denn?«, wechselte Bretzen das Thema.

Johann fuhr zusammen. »Woher wollt Ihr das wissen?«

»Als ich das Schlosstor passierte, trugen die Diener sie auf einer Sänfte in die Kutsche. Ihr Gesicht sah schrecklich aus, blutunterlaufen und geschwollen. Sie sollte in diesem gebrechlichen Zustand nicht reisen. Warum habt Ihr Antonie keinen Einhalt geboten?«

Johann starrte den Marschall an. Davon wusste er nichts. Antonie hatte das Schloss verlassen, ohne ihn davon zu unterrichten? Welches Spiel wurde hier gespielt? Es bereitete ihm Schwierigkeiten, seine Gedanken zu ordnen. War er wirklich diese hässliche Wachtel los? Dann brauchte er nur noch seine Mia finden, und sein Dasein auf Erden käme dem im Paradies gleich. Eine unbändige Freude keimte in seinem Herzen auf. Doch er musste allein sein, um sich dem Frohsinn widmen zu können. Die Gegenwart des Marschalls hinderte ihn daran, seine Zukunft mit Mia zu planen. Er presste die Hand auf seinen Leib. »Entschuldigt mich, aber mein besagtes Leiden … Ich muss die Latrine aufsuchen.«

»Ich wollte sowieso nicht länger bleiben.« Bretzen erhob sich und nahm seinen Hut. »In acht Tagen werden die Landstände erneut tagen. Es wäre nicht unbedingt zu Eurem Vorteil, wenn Ihr fernbliebet, Eure Hoheit.«

Beim Hinausgehen beäugte Bretzen noch einmal den Stuhl. »Schlechtes Holz oder ein Anfall von Tobsucht«, brummelte er vor sich hin.

Mia biss herzhaft in die Hartwurst und genoss das rauchige Aroma auf ihrer Zunge. Ihr Bauch zog sich in der Erwartung des ersten Bissens freudig zusammen. Auf dem Aldemarkt hatte Lis an einem der vielen Stände zwei Würste gekauft und ihr eine davon geschenkt. Mia war froh darüber, ihren Taler nicht anbrechen zu müssen. Nun standen sie und Lis zwischen den Ständen, und Mia konnte sich an dem bunten Treiben nicht sattsehen. Vier- und sogar fünfgeschossige Häuser umringten den Marktplatz. Auf den halbrunden, spitzen oder gestuften Dachgiebeln flatterten Wimpel im Wind, die drei Kronen zeigten. Mia schaute an dem Rathausturm hoch, der hinter den herrschaftlichen Häusern emporragte, und entdeckte an der Fassade eine Holzfratze, die ihren Mund weit aufriss.

»Das ist der Platzjabbek.« Lis folgte amüsiert ihrem Blick. »Er zeigt, dass nur derjenige, der den Mund aufreißt, Macht erlangt.«

Dann gingen sie weiter, blieben kurz darauf vor der Fischwaage stehen und beobachteten die Bürger. Es wurde gefeilscht und geschimpft. Am lautesten lamentierte ein Herr, dessen halbwüchsiger Sohn einen Korb am Arm trug, in dem ein totes Zicklein lag. Er beschuldigte den Herrn an der Waage, ihn mit den Gewichten betrogen zu haben.

Lis zupfte Mia am Ärmel. »Du wolltest mir doch noch erzählen, warum du in der Schenke warst.«

»Ich suche eine Anstellung als Köchin.« Mia steckte sich das letzte Stück Wurst in den Mund. Ihr Hunger war bei weitem nicht gestillt. Sehnsüchtig schaute sie zu dem Stand, an dem Käse aus den Niederlanden feilgeboten wurde. Bei dem Anblick der Laibe lief ihr das Wasser im Mund zusammen. Sie fasste sich an die Stelle ihres Mieders, wo der Taler verborgen lag, und kämpfte für einen Augenblick mit der Verlockung. Doch dann schob sich wieder der Traum von einer eigenen Schenke vor ihre Augen. Den Taler würde sie nicht anbrechen. Sie musste sehen, wie sie hier in der Stadt Geld verdienen konnte, um sich zu ernähren. Und der Taler musste sich unbedingt vermehren, damit sie ihrem Ziel näher kam.

Lis legte die Stirn in Falten. »Eine Anstellung als Köchin? Das dürfte schwer werden.«

»Aber warum denn? Von einem Kaufmann habe ich gehört, dass hier die Frauen in fast allen Berufen vertreten sind.«

»Ja, ja. Doch die guten Zeiten ändern sich gerade.« Lis malte mit der Schuhspitze kleine Kreise in den Matsch.

»Was meinst du damit?« Mia blickte Lis erwartungsvoll an.

»Du hast keine Ahnung. Stimmt's?«

Mia schluckte. Sie schob die Kapuze von ihrem Kopf und schüttelte ihn verneinend.

»Mädchen, Mädchen«, seufzte Lis. »Die Männer sprechen den Frauen immer mehr Macht ab. Es scheint, als hätten sie Angst vor ihnen. Und abgesehen davon – als unverheiratetes Weib auf der Wanderschaft hast du lediglich die Möglichkeit, dich als Magd zu verdingen. Und das ist wohl auch recht aussichtslos.«

»Warum? Ich kann anpacken, glaube mir.« Mia hätte sich vorerst mit jeder Arbeit zufriedengegeben, wenn sie nur Geld verdienen würde.

»Das ist es nicht. Sag mir, was willst du über deine Herkunft erzählen? Was über deine Flucht aus dem Schloss? Außer im Siechenhaus auf Melaten wirst du wohl kaum eine Anstellung als Magd finden. Und wer will schon für die Leprosen arbeiten?«

»Mir wird sicher etwas einfallen.«

Lis verzog mitfühlend den Mund. »Die Wirtsfrau der Schenke, in der du warst, ist eine Kupplerin. Sie hätte dich nicht nur die Gaumen der Männer verwöhnen lassen.«

Mia versuchte zu verstehen, was Lis damit meinte, doch irgendwie wollte sie die Gedankengänge in ihrem Kopf nicht wahrhaben.

Lis fasste nach ihrer Hand. »Erst einmal kommst du mit mir. Ich bringe dich an einen Ort, wo du die Nacht verbringen kannst.«

Sie gingen vorbei an den Korbmachern, die auf dem

Aldemarkt ihre Ware feilboten. Eine junge Frau, unter deren Kleid sich der Leib wölbte, bückte sich nach einem der Säuglingskörbchen. Mit einem Lächeln auf dem Gesicht zückte der Mann neben ihr die Geldkatze. Mia seufzte. Sie hatte sich bisher nie darüber Gedanken gemacht, einen Mann zu finden und ihm Kinder zu gebären. Der Anblick der werdenden Mutter, behütet von ihrem Gemahl, schnitt ihr ins Herz. Sie sehnte sich nach einem warmen Herd, nach jemandem, der sie in den Arm nahm und ihr Geborgenheit schenkte. Auch nachdem sie schon ein Stück entfernt waren, drehte sie sich noch einmal um und schaute wehmütig zu den Eheleuten.

Die Dämmerung über der Stadt Köln tauchte die Gassen in ein Zwielicht. Das Kirchengeläut der Kathedrale hallte durch die Stadt und lud zur Abendmesse ein. Mias Finger waren steif vor Kälte, als sie die Leiter hinabkletterte. Ihre Beine konnten sie kaum noch tragen vor Müdigkeit. Sie hoffte, dort unten, wo Lis sie hinführte, ein warmes Plätzchen zu finden. Nachdem sie von der letzten Stufe gesprungen war, schaute sie den Gang entlang. In dem engen Gemäuer kauerten Bettler, gehüllt in Lumpen. Gemeinsam mit Lis stieg sie über ihre Beine. In Mias Nase krochen die Ausdünstungen ungewaschener Leiber. Sie atmete die feuchte, stickige Luft, geschwängert vom Rauch der Feuerstellen.

»He, Lis, willst du uns deine neue Freundin nicht vorstellen? Das Mädchen gefällt mir.« Einer der Bettler erhob sich und grinste die beiden Frauen aus einem zahnlosen Mund an.

»Vergiss es, Schneutzenbeutel. Sie ist nichts für dich, such dir lieber ein Weib unter deinesgleichen.«

Der Bettler stellte sich ihnen in den Weg und beäugte Mia eingehend mit seinen blutunterlaufenen Augen. »Wenn sie etwas Besseres ist, warum hast du sie dann mitgebracht?«, fragte er.

»Es ist nur für eine Nacht. Und jetzt lass uns durch«, fuhr Lis ihn an.

Der Bettler hob seine dreckverkrustete Hand und strich Mia über die Locken.

Mia schlug seine Finger fort. »Fass mich nicht an, hörst du?«, zischte sie.

»Ist ja schon gut. Ich wollte dir nicht zu nahe kommen, ehrwürdiges Fräulein.« Schneutzenbeutel wich einen Schritt zurück und ließ sich wieder auf dem Lager nieder. Mit betretener Miene hüllte er sich in seine Lumpen.

Lis fasste Mia an der Hand und lief mit ihr weiter die Gänge entlang. »Schneutzenbeutel ist eigentlich eher zurückhaltend den Frauen gegenüber. Ich weiß gar nicht, was in ihn gefahren ist.«

»Woher hat er diesen Namen?«, fragte Mia.

»Er räumt den Leuten so gründlich die Taschen aus, wie manch einer sich die Nase schneuzt.« Lis lachte heiser auf.

Hinter einer Biegung lagerte eine Gruppe von fünf Frauen. Ihre Kleider waren schmutzig, betonten aber ihre weiblichen Reize. Die Ausschnitte ließen tief blicken. Auf einer Schnur, die sie gespannt hatten, hatte jede von ihnen ihren Hut aufgehängt. Mia wunderte sich über die Kleider aus Samt und Seide, die zwar abgetragen waren, aber nicht von Armut zeugten. Die Frauen plapperten und scherzten unermüdlich. Auf dem Boden hatte jede von ihnen ihr Lager errichtet. Neben den Fellen und Wolldecken lagen Kämme, Haarspangen und

Schminkutensilien wild verstreut. Es roch nach Schweiß und Lavendel.

Als die Frauen Mia sahen, verstummte ihr Lachen. Mia spürte, wie ihr die Hitze in die Wangen kroch. Die Blicke der Augenpaare luden sie nicht gerade zum Bleiben ein. Sie vermittelten ihr vielmehr, dass sie eine Fremde war und nicht dazugehörte. Am liebsten hätte Mia ihnen den Rücken zugewandt und wäre davongelaufen. Doch Lis drückte ihre Hand, als wollte sie sie davon abhalten. Eine der Frauen trat vor, stemmte die Hände in die Hüften und musterte Mia von den Füßen bis zum Scheitel. Ihr kupferfarbenes Haar war trotz der späten Stunde noch ordentlich aufgesteckt, und auf ihrer Stirn kringelten sich keck die Locken.

»Das ist die Markgräfin«, flüsterte Lis Mia ins Ohr.

Mia stellte sich vor und lächelte dabei, doch die Markgräfin erwiderte den freundlichen Blick nicht.

Eine kleine, pummelige Frau schob sich vor die Markgräfin, um Mia besser in Augenschein nehmen zu können. »Du bist ein hübsches Ding.« Sie fasste nach Mias mausbraunem Umhang und prüfte zwischen den Fingerspitzen die Beschaffenheit der Wolle. »Etwas aufreizender anziehen müsstest du dich allerdings. Obwohl – ich glaube, du gefällst den Männern auch so.« Sie wandte sich an die Markgräfin. »Sie sieht noch so unverbraucht aus. Es gibt genügend Kerle, die so etwas lieben und bereit sind, viel Geld dafür zu bezahlen.«

»Glaubst du etwa, ich bin eine Dirne? Niemals würde ich meinen Körper an Männer verkaufen!«, zischte Mia.

Die dunkelgrünen Augen der Markgräfin verengten sich zu Schlitzen. »Nicht?«

Erst in diesem Augenblick wurde Mia bewusst, welchem Gewerbe die Frauen nachgingen. Sie hätte sich ohrfeigen können für ihre Überheblichkeit. Beschämt senkte sie den Kopf. Sie durfte froh sein, wenn die Frauen sie hier unten aufnahmen, auch wenn es nur für eine Nacht sein würde. »Es tut mir leid. Ich wollte nicht …«

Lis zog sie am Arm von den Frauen weg. Als sie sich ein Stück entfernt hatten, umfasste Lis Mias Gesicht mit beiden Händen. »Kind, diese Frauen sind Huren. Glaube bitte nicht, ich hab dich dort hingebracht, damit du auch diesem Gewerbe nachgehst. Ich bin keine Kupplerin. Du musst selbst wissen, was du tust. Doch niemand hier unten wird dich auf längere Zeit durchfüttern.« Lis lehnte sich mit dem Rücken gegen die Tuffblöcke und seufzte aus tiefstem Herzen. »Ich würde dir gern helfen, dir hier ein ehrbares Leben aufzubauen, doch glaube mir, ich bin froh, wenn ich mich selbst über Wasser halten kann.«

»Ich dachte, hier unten würden nur Bettler und Diebe leben. Die Huren haben doch Geld, warum nehmen sie sich kein Zimmer?« Mia warf einen Blick über die Schulter. Die Markgräfin löste gerade die Klammern aus ihrem Haar, das sich daraufhin in Wellen auf ihren Rücken legte. »Und warum verdingt sich eine Gräfin als Hure?«

Lis lachte auf. »Sie ist keine Gräfin. Sie wird nur von allen so genannt, weil ihre Freier die wohlhabendsten Männer der Stadt sind.«

»Ja, und warum lebt sie dann hier unten?«

»Das Haus der schönen Frauen auf dem Berlich ist geschlossen worden. Dafür hat unser damaliger Ratsherr Weinsberg gesorgt. Wenn die Weiber bei der öffentlichen Hurerei erwischt werden, kommen sie für eine Weile auf den Turm. Danach jagt man sie dann aus der Stadt. Also bleiben sie bis zum Frühjahr hier unten. Wenn es wieder wärmer wird, ziehen sie weiter. Das meiste von dem

Geld, das sie verdienen, müssen sie an den König der Unterwelt abgeben. Ihnen bleibt also nicht viel.«

»Es gibt hier unten einen König?«

Lis nickte. »Ich erzähle dir später mehr über ihn.«

»Und warum lebst du hier?« Für immer hierzubleiben erschien Mia unvorstellbar.

»Früher habe ich bei Bettelspeter am Weyerstraßenwall ein Zimmer bewohnt. Das war selbst für mich bezahlbar. Doch dann haben wir uns verkracht. Ich lass mir doch von dem Lump nicht vorschreiben, wann ich zu kommen und zu gehen habe«, sagte Lis.

»Außerdem habe ich es mit meinen Betrügereien zu bunt getrieben. Deshalb sind die Klocken hinter mir her, um mich vorzuladen. Hier unten bin ich sicher, denn dieses Versteck kennen nur die Bewohner der Unterwelt. Und eines kannst du mir glauben …« – Lis spie auf den Boden – »hier verpfeift keiner den anderen.«

Mia sah sie bewundernd an. Dies war wohl ein Ort, an dem jeder jedem blind vertrauen konnte, obwohl niemand von ihnen ein ehrbarer Bürger war. Sie begann, diese Leute in einem anderen Licht zu betrachten.

Lis begleitete Mia zurück zu dem Lager der Huren, wo auch sie selbst mit ihren wenigen Habseligkeiten hauste.

»Mia wird fürs Erste hier unten bleiben. Sie kennt niemanden in der Stadt und hat kein Geld, sich ein Zimmer zu nehmen.« Lis wandte sich an die Pummelige. »Beele, gib ihr Helenes Decken, damit sie sich ein Lager herrichten kann.«

Beele holte ein Bündel, das etwas abseits von den Habseligkeiten der Huren lag. Mit zusammengepressten Lippen reichte sie es Mia. »Du kannst es dir neben mir gemütlich machen.« In ihren haselnussbraunen Augen schwammen Tränen. »Helene war meine beste Freundin.«

Als Mia die Decken auseinanderfaltete, hielt sie den Atem an und starrte auf die eingetrockneten Blutflecken. »Ist … Ist sie hier gestorben?«

Beele wandte den Blick ab und schaute auf ihre Hände. Eine Träne tropfte auf ihren Ärmel.

»Was ist mit ihr geschehen?«

»Das brauchst du nicht zu wissen.« Beele griff nach einem Kamm und entwirrte damit ihr strohblondes Haar.

Mia schaute zu Lis. Doch auch sie blickte mit betretener Miene zur Seite.

»Darauf schlafe ich nicht.« Mia faltete die Decken und legte sie wieder an den Platz, wo Beele sie hergeholt hatte. Helene musste einen schlimmen Tod gestorben sein und würde sie bestimmt in ihren Träumen verfolgen, wenn sie darauf schlief. Sie entledigte sich ihres Mantels, breitete ihn neben Beele aus und ließ sich darauf nieder. Fröstelnd rieb sie sich über die Arme.

»Die Rattenfengersche wird ein Feuer entfachen.« Lis setzte sich neben sie.

Mia schaute zu der Frau, die die Älteste der Huren sein musste. Graue Strähnen durchzogen das braune Haar der Rattenfengerschen, und um ihre Augen zeigten sich Fältchen.

Die Letzte der Huren, deren Name Mia noch nicht kannte, half der Rattenfengerschen und reichte ihr das Reisig.

»Das ist Entgin. Sie hat bereits eine Weile im Turm gesessen und wurde auch schon aus der Stadt gewiesen«, flüsterte Lis.

»Weshalb?« Mia betrachtete das dürre, hochgewachsene Mädchen, das nicht viel älter als sie selbst sein konnte.

»Ihr wurde vorgeworfen, sie hätte Unzucht im Dom getrieben.« Lis lächelte verschmitzt.

Mia schluckte. »Und hat sie?« Sie konnte sich nicht vorstellen, dass jemand in einem Haus Gottes dazu in der Lage war.

Lis zuckte mit den Schultern. »Entgin behauptet, sie hätte sich dort nur zum Schutz vor der Kälte aufgehalten.« Sie schaute den Gang entlang. Plötzlich erhellte sich ihr Gesicht.

Mia folgte ihrem Blick und sah, wie zwei Männer auf das Lager der Huren zukamen. Sie hielt den Atem an. Der Größere der beiden war unverkennbar der Kaufmann, den sie auf dem Schloss getroffen hatte. Ein Ziehen fuhr durch ihren Bauch. Der Mann lockerte den Kragen seines Umhangs und schob sich das Haar von der Schulter auf den Rücken.

Lis sprang auf und lief auf ihn zu. »Jung, wir haben Besuch. Soll ich dir das Mädchen vorstellen?« Sie fasste ihn am Ellbogen und zog ihn zu Mia.

Der Mann sah Mia erstaunt an. »Aber wir kennen uns doch! Bist du nicht die Köchin aus dem Schloss? Was in Teufels Namen hat dich denn hierher verschlagen?«

Mia erhob sich von ihrem Mantel und strich mit unruhigen Fingern ihre Röcke glatt. Verschämt senkte sie den Blick. Bestimmt hielt er sie nun für eine Dirne.

Lis schaute zu Adrian auf. »Ich habe sie hierher mitgenommen. Aber woher kennst du sie?«

Mia sah auf. Mit seinen bernsteinfarbenen Augen schaute Adrian sie durchdringend an. Ihr Herz trommelte gegen ihre Brust, und sie war unfähig, auch nur ein Wort über die Lippen zu bringen.

»Ich habe sie auf dem Schloss kennengelernt, als ich die Herzogin aufsuchte«, antwortete er, ohne den Blick von Mia zu wenden. »Was machst du hier? Das ist kein Platz für dich.«

Ihre innere Starre löste sich. »Ich musste flüchten. Hier in Köln habe ich Lis getroffen. Sie hat mich mitgenommen, weil ich keine Bleibe habe.«

Adrian blies die Wangen auf und musterte sie abermals eindringlich. »Das ist kein Ort für dich, wenn du verstehst, was ich meine.«

»Es ist nur vorübergehend, bis ich eine Anstellung gefunden habe«, stammelte Mia.

Adrian griff nach ihrer Hand und drückte sie leicht. »Ich wünsche dir viel Glück dabei.«

Seine Wärme strömte durch ihre Finger hinauf in ihr Herz. Nach einem viel zu kurzen Augenblick ließ er sie wieder los. Sie schenkte ihm ein Lächeln, das er mit einem Augenzwinkern erwiderte. In ihrer Hand, die er gehalten hatte, kribbelte es. Schweigend schaute Mia ihm nach, als er mit seinem Kumpan weiterging und dabei eine Fackel an einem der ewigen Lichter entzündete.

Lis zupfte sie am Ärmel. »Mädchen, kann es sein, dass dein Herz gerade schneller schlägt, als du es gewohnt bist?«

Mia spürte, wie ihr die Hitze in die Wangen kroch. »Was macht er hier unten? Wo geht es dort hin?« Sie zeigte mit dem Finger in die Richtung, in die Adrian verschwunden war.

»Das geht niemanden von uns etwas an. Und ihn nicht danach zu fragen, geschweige denn, ihm zu folgen, ist ein ungeschriebenes Gesetz.«

»Aber er ist doch ein angesehener Kaufmann! Ich verstehe nicht …«

»Ein angesehener Kaufmann, aha.« Lis hob die Augenbrauen. »Das hat er dir also erzählt. Dann wird es wohl so sein. Und nun frag nicht weiter nach, ansonsten …« Lis kniff die Augen zusammen und fuhr sich mit der Handkante am Hals entlang.

Mia holte tief Luft. Sollte das Gefühl, das sie bei ihrer ersten Begegnung mit Adrian gehabt hatte, doch richtig gewesen sein?

6. Kapitel

Die Sorge um Mia raubte Walther den Schlaf. Unruhig wälzte er sich auf seinem Lager. Immer noch hatte sein Bruder ihm keine Botschaft geschickt, ob Mia wohlbehalten bei ihm eingetroffen war. Walther schlug die Wolldecke zurück und stand auf, um sich noch ein wenig die Beine zu vertreten. Hier in seiner Kammer fehlte ihm die Luft zum Atmen.

Als er die Stufen des Wehrturmes hinaufstieg, legte sich rasch die frostige Nachtluft auf seine Wangen. Oben angekommen, blickte er über die Mauern der Zitadelle, auf die der volle Mond ein fahles Licht warf. In der Ferne sah er einen Feuerschein – spanische Truppen hatten dort ihr Lager aufgeschlagen. Sein Leib krampfte sich schmerzhaft zusammen, als er daran dachte, Mia ganz allein durch dieses unsichere Land geschickt zu haben. Was, wenn sie auf die Soldaten gestoßen war? Bei dieser Vorstellung glaubte er, den Verstand zu verlieren. Die Kälte ließ seine Arme in dem dünnen Nachtgewand taub werden. Mia fortzuschicken war der größte Fehler seines Lebens gewesen. Doch dann besann er sich: Bestimmt gab es eine Erklärung, warum sein Bruder ihm noch keine Nachricht hatte zukommen lassen. Vielleicht war der Bote niedergestreckt worden. Seit der Konkurrenzkampf um die Postwege brodelte, war dies in letzter Zeit nicht selten passiert, besonders, wenn es sich um einen herrschaftlichen Adressaten handelte. Walther sog tief den Atem ein und begab sich die Stiegen wieder hinunter. Noch war ihm keine schlechte Botschaft zu Ohren gekommen, so schnell durfte er die Hoffnung also nicht aufgeben. In seinen Därmen rumorte es, und er beschloss, die Latrine aufzusuchen. Walther schritt über den Hof zu dem entgegengesetzten Turm, in der sie lag.

Da schepperte plötzlich etwas leise im Wind. Er schaute hinauf zu dem Wehrgang und traute seinen Augen nicht. In eine Ritterrüstung gekleidet, verließ eine Gestalt die Latrine, schloss die Tür hinter sich und klappte das Visier des Helmes herunter. Walther rieb sich mit den Fingerknöcheln über die Augen, um sich zu vergewissern, nicht geträumt zu haben. Als er die Lider wieder öffnete, stieg die Gestalt unter lautem Geklapper die Holztreppe hinab. Welcher Geist trieb hier bloß sein Unwesen? Walther nahm seinen Mut zusammen und schritt auf den Ritter zu, um sich zu vergewissern, dass er nicht doch den Verstand verloren hatte. Als er vor der Gestalt stand, blieb diese wie angewurzelt stehen und klappte das Visier hoch. Walther blickte voller Entsetzen in das Gesicht des Herzogs.

»Du liebe Güte, was habt Ihr mir einen Schrecken eingejagt, Eure Hoheit! Warum in Gottes Namen lauft Ihr in dieser verstaubten Rüstung des Nachts durch das Schloss?«

»Ich schütze mich vor meinen Feinden«, flüsterte der Herzog. »Selbst in meiner Zitadelle bin ich nicht mehr sicher vor ihnen. Sie trachten nach meinem Leben.«

Walther schüttelte den Kopf. »Warum bleibt Ihr nicht in Eurem Gemach und benutzt das Nachtgeschirr, wenn Ihr Euch des Lebens nicht sicher fühlt?«

Der Herzog kniff die Augen zusammen und trat mit dem Fuß auf, wobei die Rüstung ordentlich schepperte. »Ich habe meinen Bediensteten keine Rechenschaft abzulegen«, schnaubte er. Dann kehrte er Walther den Rücken zu und machte sich auf den Weg zum herrschaftlichen Trakt des Schlosses.

Walther blies die Wangen auf, schaute ihm kopfschüttelnd nach und hoffte, die Landstände würden ihn im Auge behalten.

»Du hast mir nie von ihr erzählt.« Will verschloss den Zugang mit den Steinen. »Also, ich hätte es nicht für mich behalten können, wenn mir so ein Mädchen begegnet wäre.«

Adrian steckte die Fackel in die Halterung an dem Gemäuer. Dann bückte er sich nach den Holzscheiten, um ein Feuer zu entfachen.

»He, sprichst du nicht mehr mit mir? Was ist los, mein Freund?«

Adrian stieß den Atem aus. Seit der Begegnung auf dem Schloss hatte er nicht mehr an Mia gedacht. In diesem Augenblick konnte er sich selbst nicht verstehen. Sie war eine wunderschöne Frau. Die dunklen Locken, die frech ihr Gesicht umrahmten, waren damals unter einer Haube versteckt gewesen. Und dann ihre Augen, die etwas ausdrücken wollten, das er nicht zu deuten vermochte. Wie schwarze Perlen stachen sie aus dem zarten Gesicht.

»Hat es dich etwa erwischt?«

Adrian hatte nicht bemerkt, dass Will mittlerweile neben ihm stand. »Was meinst du? Was soll mich erwischt haben?«

»Na, komm schon. Du weißt, was ich meine.« Will

lächelte verschmitzt. »Also, ich würde der Kleinen nicht meine Decken verwehren.«

»Ich schon«, erwiderte Adrian barsch. Sein Hals schnürte sich bei dem Gedanken daran zu. Das Mädchen hatte schon genug Sorgen, es brauchte nicht noch seine zu kennen. Er war nicht der Ritter, der auf einem Schimmel dahergeritten kam und seine Angebetete anschließend auf Rosen betten konnte. Sein Magen drehte sich. Grundgütiger! Wie konnte er Mia seine Angebetete nennen? Ein Mädchen, das er genau zweimal in seinem Leben gesehen hatte.

»Lass uns reden.« Will legte den Arm um seine Schultern.

»Es gibt nichts zu reden.« Adrian schlug die Hand fort und erhob sich aus seiner gebückten Haltung. Rastlos schritt er die Mauern ihres Versteckes ab.

»So hab ich dich noch nie erlebt.« Will ließ sich auf einem Steinquader nieder, streckte die Beine von sich und verschränkte die Arme vor der Brust.

»Du hättest kein schlechtes Gewissen, oder irre ich mich? Du würdest sie einfach auf dein Lager ziehen und dich mit ihr vergnügen. Das traue ich dir zu.«

Will schürzte die Lippen. Seine Augen spiegelten den Gefallen an dem Gedanken wider. Er nickte bejahend mit dem Kopf und griff sich dabei in den Schritt. »Die Weiber brauchen unseren Schutz und eine starke Schulter, an der sie sich anlehnen können.«

»Und ich brauche frische Luft.« Adrian räumte die Steine wieder aus dem Zugang, schnappte sich seinen Mantel und verließ das Versteck, ohne ein weiteres Wort zu verlieren.

Als er in den Gängen den Schein von Fackeln sah, verlangsamte er den Schritt und schloss die Augen. An

Mia führte kein Weg vorbei. Er blieb stehen, strich sich über das Kinn und starrte auf die schwach beleuchteten Steinquader. Noch nie im Leben hatte Adrian sein Herz so heftig schlagen gespürt. Er musste die junge Frau aus seinen Gedanken verdrängen.

Als er an den Huren vorbeiging, versuchte er, Mia zu ignorieren. Sie hockte auf ihrem Mantel und sah ihn mit ihren großen Augen an. Ein Lächeln huschte über ihre Lippen. Adrian wandte den Blick ab, ohne es zu erwidern. Ein Stich fuhr durch sein Herz, der selbst dann nicht nachließ, als er die Leiter hinaufkletterte. Die klare Nachtluft strömte in seine Lungen. Er musste einen freien Kopf bekommen. Es hatte nicht viele Liebschaften in seinem Leben gegeben, und wenn, dann hatten sie nur eine Nacht gedauert. Nie hatte er dabei für eine Frau etwas Ähnliches empfunden wie jetzt für diese Mia.

Er schritt die Mühlengasse entlang zum Rhein hinunter. Am Warenhaus ließ er die Stadtmauer hinter sich. Im Schatten eines Radkranes im Hafen ging er in die Hocke, lehnte den Rücken gegen die kalten Backsteine und schaute auf die Wogen des Flusses. Eisschollen trieben auf der Wasseroberfläche in Richtung Niederlande. Am liebsten wäre Adrian ihnen gefolgt, nur fort von hier. Gleich darauf schalt er sich für seine Gedanken. Mia war eine Frau wie jede andere. Vielleicht konnte er einfach nicht mehr klar denken, weil er in der Schenke zu viel Bier getrunken hatte. Morgen sah die Welt bestimmt schon wieder anders aus, so hoffte er, bevor er sich erhob, den Kragen seines Mantels hochschlug und wieder in die Unterwelt zurückkehrte.

Mia wusste nicht, an der wievielten Tür sie mittlerweile angeklopft hatte. Seit drei Tagen lief sie nun stundenlang durch die Gassen und hatte immer noch keine Anstellung gefunden. Nach Lis Schilderungen über die Kuppelei in den Schenken wollte sie dort lieber nicht als Köchin arbeiten. Stattdessen suchte sie nun einen Haushalt, in dem sie als Magd dienen konnte.

An der Pforte des Kappelmondscher Hauses hatte Mia es geschafft, dass ihr nicht gleich die Tür vor der Nase zugeschlagen wurde. Der Diener wies sie mit einer näselnden Stimme an, einen Augenblick zu warten, um nachzufragen, ob eine Magd im Haushalt gebraucht würde. Nach kurzer Zeit kehrte er zurück und gewährte Mia Einlass.

Die Herrin, eine dürre, ältliche Frau, saß in einem Lehnstuhl vor dem Fünfplattenofen und sah aus dem Fenster. Sie trug ein Kleid aus lindgrünem Brokat, das bis zum Hals mit kleinen Perlmuttknöpfen geschlossen war. Ihr Haar bedeckte eine weiße Spitzenhaube. Als Mia die Stube betrat, erhob sie sich und beäugte Mias Kleider. »Du suchst also eine Anstellung als Magd? Woher kommst du, Mädchen?«

»Vom Jülicher Land. Die spanischen Truppen sind über unseren Hof hergefallen. Meine Mutter und mein Vater wurden dabei getötet.« Mia senkte den Blick zu den Holzdielen.

»Warum hast du überlebt?«

»Ich war unterwegs auf den Feldern. Auf dem Heimweg traf ich einen Knecht, der mir davon erzählte und mir sagte, ich könnte nicht mehr nach Hause zurückkehren.«

Die Herrin stieß schwer den Atem aus. »Du armes Ding! Das muss schrecklich für dich gewesen sein.«

Mia nickte und täuschte vor, sich eine Träne aus dem Augenwinkel zu streichen. Unwillkürlich sah sie zu dem

Gemälde an der Wand. Es schien, als würde der Herr sie mit seinem finster dreinschauenden Blick für ihre Lügen strafen.

»Ich werde dich zur Probe hier arbeiten lassen. Du kannst morgen früh anfangen. Unter dem Dachgiebel ist ein Zimmer frei, in dem du wohnen kannst.«

Mias Herz machte einen Satz. Sie hatte es geschafft, eine Anstellung zu bekommen! Auch wenn sie für ihre Lüge die Beichte ablegen musste, war sie sich sicher, dass Gott ihr verzeihen würde.

Beschwingt lief sie durch die Botengasse zurück zu dem Einstieg in die Unterwelt.

»Das freut mich für dich, Mädchen.« Lis drückte Mia an sich. »Siehst du, du hast es allein geschafft, hier Fuß zu fassen. Das Kappelmondscher Haus kenne ich. Dort wohnt ein reicher Kaufmann. Es wird dir bestimmt gutgehen.«

»Ach Lis, ich bin so froh, euch hier unten nicht weiter zur Last zu fallen. Wer weiß, wo ich ohne dich jetzt wäre!«

Lis lachte heiser auf. »Du hast schnell gelernt, Mädchen. Du bist nicht dumm, und du gehst deinen Weg. Ich bin sicher, du wirst nicht lange eine Magd bleiben. Bald schon wirst du wieder kochen, glaube mir.«

»O ja, darauf kannst du dich verlassen.« Mia dachte sehnsüchtig an die Kessel, in denen die Speisen brodelten. In ihrem Kopf legte sie sich einen Plan zurecht, wie sie bei dem reichen Kaufmann bald schon in der Küche würde arbeiten können.

Am Abend saß Mia mit Lis und den Huren an dem Feuer im Kanal.

Die Frauen teilten sich einen Krug Bier, den Lis am Nachmittag ergaunert hatte. Dabei erzählte sie von Bettelspeter, mit dem sie sich wieder versöhnt hatte.

»Wirst du nun wieder zu ihm ziehen?« Mia sah Lis besorgt an, die nach ihren Worten einen großen Schluck Bier nahm.

Die alte Frau schüttelte den Kopf und wischte sich mit dem Hemdsärmel über die Lippen. »Erst einmal nicht. Soll der alte Lump ruhig noch ein wenig schmoren.« Die Frauen lachten.

»Gibt es was zu feiern?«

Adrian stand plötzlich vor ihnen. Mia blieb das Lachen in der Kehle stecken. In den letzten Tagen hatte er sie keines Blickes gewürdigt, und es erschreckte sie, wie sehr ihr dies ins Herz schnitt. Doch es war nicht nur dieses Gefühl, über das sie sich ärgerte. Sie verstand nicht, warum er sich nachts in ihre Träume schlich und auch am Tag ihre Gedanken beherrschte, öfter, als ihr lieb war.

»Stell dir vor, Jung, Mia hat eine Anstellung als Magd in einem reichen Kaufmannshaushalt gefunden.« Lis reichte ihm den Krug Bier. »Das ist es, was wir hier feiern.«

Adrian schob Lis Hand fort und ging neben Mia in die Hocke. »Das freut mich für dich. Lass uns irgendwann einmal wissen, wie es dir dort ergeht.« Er erhob sich wieder, strich sich das Haar aus der Stirn und schritt den Gang entlang in die Dunkelheit.

Mia kniff die Augen zusammen. War er etwa froh, dass sie die Unterwelt verließ? Die ganze Zeit über hatte er sie nicht beachtet, und nun, wo sie wegging, sprach er mit ihr. Nie und nimmer war er ein Kaufmann! Sie kämpfte gegen den spontanen Drang, ihm zu folgen, um herauszufinden, was er trieb. Doch was kümmerte es sie?

Bald schon würde sie die Unterwelt vergessen haben. Und mit ihr Adrian. Sie nahm Lis den Krug aus der Hand und trank einen großen Schluck. Das Bier wärmte ihren Leib, beruhigte jedoch nicht ihren Herzschlag. Dieser verdammte Kerl musste endlich aus ihrem Kopf verschwinden.

Mia vergewisserte sich noch einmal, ob sie all ihre Habseligkeiten beisammenhatte. Sie verknotete das Bündel und klemmte es unter den Arm. Lis und die Huren waren aufgestanden, um sich von ihr zu verabschieden.

Nacheinander nahm Mia sie herzlich in den Arm. »Ich danke euch für eure Gastfreundschaft hier unten. Wann immer die Zeit es zulässt, werde ich euch besuchen kommen.«

Lis drückte ihre Hand. »Pass auf dich auf, Mädchen. Du weißt, wenn du Hilfe brauchst, kannst du immer auf mich bauen.«

Mia nickte. Dann atmete sie tief durch und stieg die Leiter hinauf. Oben hielt sie verwirrt inne.

Hektisches Glockengeläut hallte durch die Gassen. Mit Eimern bewaffnet, liefen die Bürger zum Aldemarkt. Dort stieg eine Rauchsäule in den wolkenverhangenen Himmel. Der Gestank von verkohltem Holz stach Mia in die Nase, und in ihrem Bauch breitete sich ein mulmiges Gefühl aus.

»Feurio, Feurio!«, schrie ein junger Bursche und rannte sie dabei fast um.

Mägde hatten ihre Röcke angehoben und eilten an Mia vorbei. Immer mehr Leute tauchten auf und liefen die Gasse entlang. Mia verlangsamte ihren Schritt und ließ die Bürger an sich vorbeiziehen. Als sie zwischen den Häusern auf den Marktplatz trat, hielt sie den Atem an. Bei dem Haus, in dem sie ihre Stelle antreten wollte, schlugen die Flammen aus dem Dachstuhl. Mit einem Knall zerbarsten die Fenster. Schwarzer Rauch drang daraus hervor und zog über die Köpfe der Gaffenden hinweg. Die Helfer hatten eine Kette bis zum Brunnen gebildet. Doch es schien, als würde das Feuer dem Wasser höhnisch trotzen. Lediglich die unverwüstlichen Mauern hielten stand, während das Haus ausbrannte. Die Männer konnten nur noch versuchen, dass die Flammen nicht auf die nebenliegenden Häuser übergriffen. Mit Wasser getränkte Brandsegel wurden über die Dächer gespannt.

Mia schob sich durch die aufgeregte Menge. Der Diener, der ihr tags zuvor die Tür geöffnet hatte, stand vor dem Haus. Die Hände vor das Gesicht geschlagen, schüttelte er ungläubig den Kopf.

Mia legte ihm von hinten die Hand auf die Schulter. »Was ist mit der Herrin und ihrem Gemahl geschehen? Konnten sie sich retten?«

Der Diener schluchzte in seine Armbeuge. Sein Nachtgewand war vom Ruß geschwärzt. »Sie sind beide tot. Das Feuer hat sie im Schlaf überrascht«, sagte er weinend.

Mias Bauch krampfte sich bei dem Gedanken zusammen. Welch grausamen Tod waren die beiden gestorben! Ihre Augen brannten, und sie wusste nicht, ob vom Rauch oder von Tränen. Mia schob sich durch die Menschenmenge zurück zur Botengasse. Neben dem Mitleid für die armen Eheleute verspürte sie eine übermächtige Hoffnungslosigkeit in sich aufkeimen. Seit dem Tag, an dem sie in Köln angekommen war, sehnte sie sich nach Ruhe. Nach einem einsamen Plätzchen, an das sie sich zurückziehen konnte. So wie in dem kleinen Kräutergarten vor der Schlossküche, in dem sie ungestört ihren

Gedanken hatte freien Lauf lassen können. Da fielen ihr die Obstgärten am Rande der Stadtmauer ein. Ihr Verlangen nach Ruhe trieb sie dorthin.

Auf dem Neuenmarkt wurde gerade Viehhandel gehalten. Leib an Leib drängten sich Gäule an der Tränke aneinander. Es roch nach Pferdemist, der sich in den Pfützen verteilte. Ein Ferkel hatte Reißaus genommen, schob sich durch die Beine der Händler und suchte laut quiekend die Freiheit. Mia schaute ihm nach, bis es in der nächsten Gasse verschwunden war. Da legte sich eine Hand auf ihre Schulter.

»Endlich habe ich dich gefunden!«

Mia drehte sich um und schaute in Lis' Augen, die Besorgnis widerspiegelten.

»Wolltest du die Stadt verlassen?«

Was sollte sie darauf antworten? Sie wusste es nicht. Ein neues Leben hatte sie sich ausgemalt, doch bisher lagen ihr nur Steine im Weg, die sie daran hinderten, es in Angriff zu nehmen.

»Es ist so aussichtslos. Auf dem Schloss wünschte ich mir nichts mehr, als eine angesehene Köchin zu sein. Doch kaum hatte der Herzog mich zu seiner Leibköchin ernannt, verlief alles anders, als ich es mir vorgestellt hatte.« Sie schluckte gegen den Kloß in ihrem Hals an und redete sich dann allen Kummer von der Seele.

»Das Leben ist nicht immer einfach, Mädchen.« Lis strich über ihren Arm. »Du wirst es schaffen. Und du wirst daran wachsen.«

Wie gern hätte Mia ihr geglaubt, doch im Augenblick lähmte sie die Hoffnungslosigkeit. Sie hätte sich am liebsten in den Wäldern vor den Toren der Stadt verkrochen. Doch Lis hinderte sie daran, griff unter ihren Arm und führte sie stadteinwärts.

»Nun komm. Ich nehme dich wieder mit in die Kanäle. Dort können wir überlegen, wie es weitergeht.«

Mia bekam eine Gänsehaut bei dem Gedanken an das enge Gemäuer. Adrians Bild schob sich vor ihre Augen, und das schmerzte. Sie hatte ihn doch nie wiedersehen, ihn vergessen und seiner Ignoranz ihr gegenüber nicht mehr ausgesetzt sein wollen. »Lis, ich möchte nicht mehr in die Unterwelt.«

»Etwas anderes kann ich dir im Augenblick nicht bieten. Weißt du, Müßiggänger sind in Köln nicht gern gesehen. Es wird nicht lange dauern, und die Diener der Gewaltrichter jagen dich aus der Stadt. Wo willst du also bleiben, bis du eine neue Anstellung gefunden hast?«

»Ich weiß es nicht.« Mia zog die Nase hoch und zuckte mit den Schultern.

»Na los, wir gehen.« Lis stieß sie sanft in die Rippen. »Wie wäre es, wenn du uns dort unten etwas Schönes kochst? So kannst du dich nützlich machen, und wir kommen auch einmal in den Genuss der Künste einer Leibköchin.«

Mia musste bei dem Gedanken lächeln. »Das würde ich gern tun.«

»Na also.« Lis grinste zufrieden. »Ich werde die nötigen Zutaten besorgen. Sag mir, was du brauchst, und ich beschaffe es dir gleich morgen früh.« Sie rieb sich mit der flachen Hand über den Bauch. »Das wird ein Festmahl!«

Unwillkürlich hüpfte Mias Herz vor Freude, als sie überlegte, mit welcher Speise sie die Bewohner der Unterwelt überraschen konnte. In Windeseile verflog ihr Groll gegen Adrian. Er musste unbedingt dabei sein! Ein Lächeln huschte über ihre Lippen. Sie stellte sich vor, wie er sich die Speisen schmecken ließ. Seine Anerkennung würde ihr gewiss sein.

Am Abend, als die Huren sich bereits schlafen gelegt hatten, griff Mia nach ihrem Bündel und holte Rumpolts Kochbuch hervor. Sanft strich sie mit den Fingerspitzen über den Einband, bevor sie es aufschlug. Der schwache Schein der Fackel spendete nur wenig Licht. Vor ihren Augen verschwammen die Buchstaben, doch sie versuchte, sich zu konzentrieren, um Lis in der Frühe die Zutaten nennen zu können, die sie brauchte. Bis in die Morgenstunden blätterte sie durch die unzähligen Rezepte. Für die meisten fehlte ihr hier unten die Möglichkeit, sie zuzubereiten. Auch die Beschaffung der Zutaten würde für Lis zu beschwerlich und vor allem zu teuer sein. Mia dachte an die Zeit auf dem Schloss, als es selbstverständlich gewesen war, mit Muskatnuss zu würzen, und wo ihr alles zur Verfügung stand, um jedes von Rumpolts Rezepten zubereiten zu können. Erst als ihre Augen brannten und ihr Kopf schmerzte, klappte sie das Buch zu und legte sich zurück.

Lis runzelte die Stirn. Mia bemerkte, welche Mühe es ihr machte, sich die Nahrungsmittel zu merken. Sie wollte ein Erbsengericht kochen und dazu einen Salat aus gebratenen Zwiebeln reichen, denn für die Zubereitung brauchte sie keinen Ofen, und die Zutaten mussten für Lis leicht zu besorgen sein. »Lass mich doch einfach mitgehen. Dann brauchst du dir nicht alles zu merken.«

Lis schüttelte den Kopf. »Ich habe es dir doch schon erklärt. Du bleibst hier unten. Es reicht, wenn ich auf mich aufpassen muss, damit sie mich nicht schnappen.«

»Was soll das heißen?«

»Nichts Mädchen, lass es meine Sorge sein.« Lis legte sich den Umhang um die Schultern und verließ die Unterwelt.

Die Zeit zog sich zäh dahin. Immer wieder schaute Mia zu der Holzleiter in der Hoffnung, Lis würde jeden Augenblick hinabklettern. Die Huren gingen ihrem Geschäft nach, und außer einem kranken Bettler, der hin und wieder ein Stöhnen von sich gab, war niemand mehr hier unten. Das dachte Mia zumindest, bis hinter ihr Schritte durch den Gang hallten. Erschrocken drehte sie sich um – und sah in Adrians Augen. Nachdem er kurz zum Gruß genickt hatte, wandte er den Blick ab und schritt wortlos an ihr vorbei. Warum fragte er nicht, weshalb sie wieder hier war? In Mias Ohren rauschte ihr Herzschlag, doch sie nahm allen Mut zusammen. »Hättest du Lust, heute Abend mit uns zu essen? Dein Freund ist natürlich auch eingeladen!«, rief sie ihm nach.

Adrian drehte sich zu ihr um. »Du kochst?«

Mia nickte freudestrahlend. »Ja, Lis besorgt gerade die Zutaten.«

»Dann esse ich gern mit. Nach Sonnenuntergang?« Sein Gesichtsausdruck wurde freundlicher.

»Das ist schön«, antwortete Mia mit leiser Stimme. In ihrem Nacken brannte die Hitze. Sein warmer Blick hielt sie kurz gefangen, dann wandte er sich wieder zum Gehen. »Wunderst du dich nicht, warum ich wieder hier unten bin?«, fragte Mia.

Adrian hielt erneut inne. Seine gehobenen Schultern verrieten, wie tief er den Atem einsog. Fahrig strich er sich das Haar aus der Stirn, bevor er sich abermals zu ihr umdrehte.

»Ich habe von dem Brand des Kappelmondscher Hauses gehört.« Er richtete seinen Blick auf eine Stelle neben ihren Füßen.

Mia spürte, dass ihre Augen plötzlich brannten. Obwohl sie nicht vor Adrian weinen wollte, konnte sie die Tränen nicht zurückhalten. Als hätte sich eine Schleuse gelöst, liefen sie ihr unaufhörlich über die Wangen. Sie lehnte sich gegen das Mauerwerk. »Es ist so schwer, eine Anstellung zu finden! Das hätte ich nie gedacht, nachdem du erzählt hattest, welche Möglichkeiten die Frauen in Köln haben. Ich fühle mich, als wäre ich eine Landstreicherin«, sagte sie schluchzend.

»Du wirst wieder eine Anstellung finden.« Adrian stand nun neben ihr und legte ihr die Hand auf die Schulter. »Scht, weine nicht, Mia. So schnell lässt du dich doch nicht unterkriegen, oder?« Er nahm ihr Gesicht in die Hände und blickte ihr tief in die Augen. Dann schloss er die Lider und berührte mit seinen Lippen die ihren. Es fühlte sich so warm, so weich an, dass Mia alles um sich herum vergaß. In ihrem Bauch schwirrte es. Ewig hätte sie so stehen bleiben können, doch Adrian ließ viel zu schnell von ihren Lippen ab. Benommen öffnete sie die Lider. Er strich sanft über ihr Haar, drehte sich um und lief den Gang entlang zu seinem Versteck. Mia blickte ihm verstört nach, bis er hinter der nächsten Biegung verschwunden war. Mit den Fingerspitzen tastete sie sachte über ihre Lippen. Die Tränen waren getrocknet, und ihr Herz fühlte sich leicht und beschwingt an. Sie konnte es nicht erwarten, Adrian am Abend wiederzusehen. Ein Lächeln huschte über ihre Lippen. Er hatte ihre Traurigkeit weggezaubert.

Immer noch fehlte jede Spur von Lis. Um die Zeit bis zu ihrer Rückkehr totzuschlagen, blätterte Mia in dem Kochbuch und betrachtete die Abbildung eines Holzstiches, der eine Küche darstellte. Der Koch schwenkte die Pfanne, genau, wie Walther es immer getan hatte. Hinter ihm probierte eine beleibte Küchenfrau mit einem Holzlöffel die Speise in einem Kessel. Mia seufzte aus tiefstem Herzen und fuhr die Konturen der beiden mit dem Finger nach. Sie wünschte sich die Zeiten zurück, in denen sie mit Walther unbeschwert gekocht hatte. Plötzlich fröstelte es sie, und die schwere Luft in den Gängen legte sich wie ein dunkles Tuch auf ihre Lungen. Dann dachte sie wieder an Adrian, wie er sie mit seinen Lippen berührt hatte, und verlor sich in der wunderbaren Erinnerung. Sie war froh darüber, sich ein Herz gefasst und ihn eingeladen zu haben.

In Gedanken ging sie noch einmal die Rezepte durch. Wären die Erbsen frisch gewesen, hätte sie sie als Erstes aushülsen müssen. Doch zu dieser Zeit gab es nur getrocknete. Sie hoffte, Lis käme bald, damit sie die Erbsen ausreichend lange einweichen konnte.

Stolz glänzte in Lis' Augen, als sie das fleckige Leinentuch entfaltete. »Ich denke, ich habe alles, was du brauchst.«

Mia glaubte ihren Augen nicht zu trauen, als Lis die Sachen vor ihr ausbreitete. Sie nahm eine der Zwiebeln in die Hand und drückte sie zusammen. Eine faulige Flüssigkeit rann über ihre Finger. Dann betrachtete sie den Fleischklumpen. Er wäre nicht aufgefallen, wenn er auf Moos gelegen hätte. Mia würgte, als sie den Gestank von Verwesung einatmete. »Das kann nicht dein Ernst sein. Was soll ich damit? Das ist alles verdorben!«

Lis presste die Lippen aufeinander und rieb sich über die Warze an ihrem Kinn. »Dafür habe ich genügend Gewürze besorgt.« Sie griff unter ihren Umhang und zog zwei Leinensäckchen hervor. »Es ist zwar keine Muskatnuss dabei, aber getrocknete Petersilie und Salz. Damit lässt sich der Eigengeschmack überdecken«, fügte sie kichernd hinzu.

Mia sah sie ungläubig an. »Eigengeschmack nennst du das?«

»Glaubst du, ich hätte genügend Geld, um ein Stück Fleisch von einem Rind zu kaufen, das am gestrigen Abend noch Heu gekaut hat?« Lis schob die Unterlippe vor.

»Hierfür kannst du nichts bezahlt haben. Das brauchst du mir nicht weiszumachen.«

»Hab ich auch nicht.« Lis verschränkte die Arme vor der Brust. »Wovon auch? Wir sind hier nicht auf Schloss Jülich. Vergiss das nicht.« Sie spie auf den Boden, zog ihren Umhang fester um die Schultern und stapfte davon.

Mia lief ihr nach und hielt sie an der Schulter zurück. »Lis, bitte bleib! Ich habe es nicht so gemeint. Doch wenn wir das essen, werden wir Leibkrämpfe bekommen.«

»Du glaubst wohl, du hast die Weisheit mit Löffeln zu dir genommen. Du hast keine Ahnung, was wir hier unten vor lauter Hunger schon alles gegessen haben.« Lis schüttelte den Kopf.

»Ich dachte, du hättest die Sachen von dem Geld kaufen wollen, das dir der Soldat gegeben hat.« Mia konnte sich nicht vorstellen, dass davon nichts mehr übrig sein sollte.

»Ich bin dir keine Rechenschaft schuldig.« Lis wandte sich von ihr ab und kletterte die Leiter hoch.

Mia spürte, wie jemand an ihrem Ärmel zupfte.

»Lass sie. Sie wird sich schon wieder beruhigen.«

Mia hatte Beele nicht bemerkt, die hinter ihr aufgetaucht war. »Ich kann aus verdorbenen Nahrungsmitteln keine schmackhafte Speise zubereiten. Ich weiß nicht, warum sie das nicht versteht.«

»Sie ist es nicht anders gewohnt.« Beele zuckte mit den Schultern.

»Aber sie hatte doch Geld, um die Sachen kaufen zu können.«

»Lis kann nicht alles für sich behalten, sie muss davon Abgaben leisten.«

»Abgaben? Wofür?« Mia vermochte sich darunter nichts vorzustellen.

»In regelmäßigen Abständen taucht Bölinger hier auf. Er ist der König der Unterwelt. Wir alle müssen ihm ein Schutzgeld bezahlen. Wenn wir es nicht tun, wird er uns verpfeifen. Im schlimmsten Fall sogar töten, so, wie er es mit Helene getan hat.«

Mia erinnerte sich, was Lis über den König gesagt hatte. »Helene ist durch seine Hand gestorben?« Übelkeit breitete sich in ihrem Leib aus. »Warum wehrt ihr euch denn nicht gegen ihn? Ihr seid doch genug Leute hier unten.«

Beeles Augen wurden stumpf. »Er ist stark und geldgierig. Hat genügend Männer, die ihm den Speichel lecken. Dagegen kommen die Leute hier unten nicht an.« Sie erzählte, wie Bölinger die Bettler und Diebe hatte niedermetzeln lassen.

»O Gott, ist das schrecklich!« Angst schnürte Mias Brust zusammen. »Ich habe Lis unrecht getan. Wie kann ich das nur wiedergutmachen?«

»Du hast es nicht anders gewusst. Sie wird sich wieder beruhigen, und dann kannst du sie um Verzeihung bitten.« Beele griff nach Mias Hand. »Und nun komm, die anderen warten. Vielleicht lässt sich ja etwas aus den Erbsen machen.«

Mia weichte die Erbsen in Wasser ein. Dabei musste sie ununterbrochen daran denken, was Beele ihr von Bölinger erzählt hatte. Es durfte doch nicht sein, dass er hier unten ungeschoren sein Unwesen trieb!

»Die Butter scheint ganz passabel zu sein.« Die Rattenfengersche roch daran und reichte sie ihr. »Obwohl, ich hätte auch nichts dagegen, wenn du aus dem Fleisch noch eine Brühe kochst. Gut gesalzen schmeckt man nichts mehr von der Fäulnis.«

»Nein, das mache ich nicht. Ich will nicht dafür verantwortlich sein, wenn ihr euch mit Leibkrämpfen rumplagt.« Mias Gedanken kehrten zurück zu Lis, die immer noch nicht aufgetaucht war. Vielleicht wusste Adrian ja, wo sie sein könnte.

Als hätte sie ihn mit ihren Gedanken herbeigerufen, stand er plötzlich neben ihr.

»Entschuldige, aber ich kann heute Abend nicht bei dem Essen dabei sein. Die Geschäfte rufen.«

Mia nahm den kalten Glanz in seinen Augen wahr. »Das Mahl wird sowieso spärlich ausfallen.« Sie wischte sich die Hände an ihren Röcken ab. »Und das nur, weil dieser Bölinger sich hier unten herumtreibt und den Leuten das Geld abknöpft.«

Adrian kniff die Augen zusammen. »Komm bloß nicht auf den Gedanken, dich mit ihm anzulegen. Er wird dich töten, deshalb halte dich zurück. Hast du mich verstanden?« Seine Stimme bebte vor Zorn.

»Ach ja?« Mia stemmte die Hände in die Hüften. »Ich hatte nicht vor, mich mit ihm anzulegen. Was sollte ich schon gegen ihn ausrichten können? Aber was ist mit dir? Du bist doch angeblich ein einflussreicher Kaufmann. Warum unternimmst du nichts gegen ihn?« Die Hitze stieg ihr in die Wangen angesichts der Ungerechtigkeit, die hier unten herrschte. Und nicht nur deswegen. Sie hatte es satt, nicht zu wissen, was Adrian wirklich trieb.

»Das hat seine Gründe, die du nicht kennen musst.«

Adrians Mundwinkel zuckten. Er klappte den Kragen seines Mantels hoch und ließ sie stehen.

Was bildete sich dieser Kerl eigentlich ein? Sie schaute ihm fassungslos nach, während er an den Bettlern vorbeischritt. Bei dem Anblick, wie er sich das Haar zurückstrich, zog sich ihr Herz schmerzhaft zusammen.

Mia rührte die Erbsen in dem dreibeinigen Kessel über dem Feuer. Es war mittlerweile später Abend geworden, und Lis hatte sich immer noch nicht blicken lassen. Mia begann, sich Sorgen zu machen. Hoffentlich hatten die Klocken sie nicht aufgegriffen! Ihre Wut gegenüber Adrian war verraucht. Stattdessen versuchte sie, sich abzulenken, und dachte an den warmen Druck seiner Hand, seine bernsteinfarbenen Augen, hinter denen sich ein Geheimnis zu verbergen schien. Wieder breitete sich dieses Kribbeln in ihrem Bauch aus. Angenehm, und doch auch schmerzhaft.

Die Rattenfengersche reichte ihr ein Haartuch, durch das sie die Erbsen in einen kleineren Kessel strich. Sie gab die Butter dazu und würzte mit Salz und Petersilie. Mehr konnte sie den Frauen heute Abend nicht anbieten. Sie blickte die Gänge entlang in der Hoffnung, Lis würde dort auftauchen.

»Sie kommt schon wieder. Nimm es dir nicht so zu Herzen.« Die Rattenfengersche nahm die hölzerne Schüssel entgegen, die Mia ihr reichte. »Iss lieber auch etwas.«

Mia schüttelte den Kopf. Sie verspürte keinen Hunger. Der Blick der Rattenfengerschen schweifte zu Beele, die die Schale unangerührt weggestellt und sich unter ihre Decken verkrochen hatte. Ihre Zähne klapperten unaufhörlich aufeinander.

»Was ist mit ihr? Hat sie Fieber?«

Die Rattenfengersche presste die Lippen aufeinander. »Es sind die Franzosenpocken. Vor wenigen Wochen hat sie ein Geschwür an ihrer Scham entdeckt.«

»Ist das eine schlimme Krankheit?« Mia hatte schon davon gehört, konnte sich aber nicht viel darunter vorstellen. Sie wusste nur, dass man sich durch Unzucht ansteckte.

Die Rattenfengersche zuckte mit den Schultern. »Es sind wohl schon Leute daran gestorben, wenn auch meist erst nach vielen Jahren. Ich denke, ich bringe sie zum Badstüber. Er hat auf seinem Boden ein Krankenzimmer eingerichtet, und ich habe die Leute von seiner erfolgreichen Kur reden hören. Ich hoffe nur, er behandelt auch eine Hure.« Die Rattenfengersche begab sich zu Beele, hockte sich neben sie und strich ihr das Haar aus der Stirn. Dann half sie ihr auf die Beine und wickelte sie in eine Decke.

»Soll ich mitkommen?«

»Nein, bleib du lieber hier. Es wird schon schwer genug für uns beide sein, unbemerkt durch die Gassen zu kommen.«

Nachdem die beiden Huren umständlich die Leiter hochgestiegen waren, erfüllte Mia eine unsägliche Leere. Sie sorgte sich nicht nur um Lis und um Beele, auch Adrians plötzlich wieder abweisendes Verhalten machte ihr schwer zu schaffen. Mia hob die Schalen auf und begab sich in den Gang, in dem die kranken Bettler herumlungerten, um wenigstens sie mit der Speise zu erfreuen.

Gernot Bretzen holte tief Luft. Die ungehörigen Sätze, die Anna von Brandenburg geäußert hatte, klangen wie Hohn in seinen Ohren. Er nahm das Sehglas von der Nase und rieb sich mit den Zeigefingern über die Augen. Antonie und er sollten Unzucht miteinander getrieben haben? Bretzen konnte sich beim besten Willen nicht vorstellen, wie dieses Weib hier auf solch ungehörige Gedanken kam. Er hob den Blick und schaute Anna tief in die blauen Augen. »Eure Hoheit, soll sich alles wiederholen, was sich zu Jacobes Zeiten zugetragen hat? Ist es das, was Ihr wollt?«

»Nein, gewiss nicht«, entgegnete Anna kühl. »Aber es ist schon bedenklich, dass Antonie vom Schloss flieht, nachdem ich sie mit meiner Vermutung konfrontiert habe. Niemand weiß, wo sie sich aufhält. Vielleicht könnt Ihr dazu etwas sagen.«

»Ihr habt Antonie mit diesen haltlosen Beschuldigungen konfrontiert? Das ist nicht Euer Ernst! Ihr streut Gerüchte, von denen Antonies Schicksal abhängen kann. Warum nur?« Bretzen sah Anna ungläubig an. Nicht nur das Schicksal der Herzogin hing davon ab, auch seines. Der Kaiser würde ihn seines Amtes entheben, ohne sich weitere Rechtfertigungen anzuhören. Und das war nicht die einzige Strafe, die ihn erwartete.

Anna zuckte nur mit den Schultern und spielte mit einer Perle an ihrem Ärmel. »Ich habe den Blick für die Wahrheit, das könnt Ihr mir glauben. Er hat mich noch nie getrogen. Dass Ihr es abstreitet, wundert mich nicht. Ich habe nichts anderes erwartet.« Sie hob hochnäsig die Augenbrauen.

»Was wollt Ihr? Vielleicht verhindern, dass der Herzog doch noch einen Nachfolger zeugt?« Bretzen erhob sich von seinem Stuhl und stützte die Hände auf das Schreibpult. Sein Blick schweifte über Annas gewölbten Leib, hinauf zu ihren kalten Augen.

Anna schüttelte abfällig den Kopf. »Er wird keinen Sohn mehr zeugen. Habt Ihr seine Geisteskrankheit noch nicht bemerkt, die heftiger als je zuvor wieder aufgekeimt ist? Noch nicht einmal Antonies Verschwinden nimmt er wahr. Doch nun verratet mir, wo Euer Liebesnest ist, in dem sich Antonie aufhält. Ansonsten werde ich den Kaiser von dem Ehebruch unterrichten.«

Bretzen schluckte gegen den Kloß in seinem Hals. Dieses Weib war zu allem fähig, das wusste er. Doch wie sollte er nur seine Unschuld beweisen, solange Antonie unauffindbar war?

Die ganze Nacht hatte Adrian kein Auge zugetan. Sein Zeitgefühl sagte ihm, dass über Köln bereits der Morgen grauen musste. Unentwegt dachte er an Mias Worte. Mit ihrer Frage, warum er nichts gegen Bölinger unternahm, hatte sie den wunden Punkt in seinem Herzen getroffen. Tatenlos zuzusehen, wie Bölinger hier unten sein Unwesen trieb und er, Adrian, in seinem Versteck davon verschont blieb, entsprach nicht dem Bild eines Helden. Er erhob sich von seinem Lager und schaute zu Will. Sein blonder Schopf ragte aus den Decken, in die er sich zur Nacht gehüllt hatte. Wenn Adrian ihn nicht weckte, würde er wohl bis zum Nachmittag schlafen. Doch diesmal täuschte er sich. Als er mit dem Schüreisen im Feuer stocherte, gab Will ein Grunzen von sich, drehte sich zu ihm um und blinzelte in die Flammen.

»Gibt es irgendetwas zu beißen?« Will schälte sich aus den Decken und richtete sich auf.

»Es ist noch etwas Brot da.« Adrian wäre es lieber gewesen, Will hätte ihn noch eine Weile in Ruhe gelassen, damit er seine Gedanken ordnen konnte.

»Nur Brot? Was ist mit dem Schinken?« Sein Kumpan reckte sich.

»Den hast du gestern Abend verputzt, als du aus der Schenke kamst. Schon vergessen?«

Will hielt sich den Kopf. »Deshalb brummt mein Schädel so! Ich kann mich an nichts mehr erinnern. Außer an die Schenkel der prallen Idtgen. Was für ein Weib!« Er griff sich in den Schritt und verdrehte verzückt die Augen.

»Du meinst doch nicht etwa Burcharts Tochter?« Adrian verzog die Mundwinkel.

Auf Wills Lippen lag ein schiefes Grinsen. »Sie weiß, wie sie einen Mann um den Verstand bringt.«

»Und Burchart weiß, wie er dich um deinen Kopf bringt. Als Henker ist dies sein tägliches Brot. Und er ist sehr auf die Jungfräulichkeit seiner Tochter bedacht.«

»Warum auch immer … Er wird sie ja doch nie mit einem ehrbaren Mann verheiraten können.« Will fuhr sich mit der Zunge über die Lippen.

Adrian stocherte weiter in den glühenden Holzscheiten. »Mit dir wird er sie garantiert auch nicht verheiraten.«

»Wer sagt denn, dass ich das überhaupt will? Ich binde mich nicht an ein Weib. Der Herrgott hat zu viele schöne Frauen geschaffen, als dass ich nur bei einer bleiben wollte.« Will suchte nach dem Brotkanten. Als er ihn gefunden hatte, brach er ein Stück ab und reichte es Adrian. »Schade, dass aus dem Mahl, das Mia kochen wollte, nichts geworden ist. Ich hätte nichts dagegen gehabt, mir mal wieder so richtig den Bauch vollzuschlagen.«

Adrian biss die Zähne zusammen und sog tief den Atem durch die Nasenlöcher. »Sie gehört nicht hierher«, zischte er.

»Wer will das schon von sich behaupten?« Will kaute auf dem Brotkanten. »Für eine Köchin ist sie übrigens etwas mager, findest du nicht? Vielleicht ist es ja ein Lügenmärchen, und sie hat nie auf Schloss Jülich gekocht. Bestimmt war sie nur eine einfache Magd.«

Adrian schwieg. Bei dem Gedanken an Mias wohlgeformte Hüften zog sich sein Unterleib zusammen. Er fand sie auf keinen Fall zu mager. Um seine trockene Kehle zu befeuchten, nahm er einen Schluck Bier.

»Warum bist du so schweigsam?« Will griff nach seinem Hemd und zog es an. »Weißt du was? Deine Laune ist nicht zum Aushalten. Ich vertrete mir ein wenig die Beine.«

Adrian verschloss hinter Will den Zugang mit den Steinen und widmete sich dann seiner Arbeit. Er war froh, allein zu sein. Die Zweifel seines Kumpans an Mias Herkunft konnte er nicht teilen. Das war dummes Geschwätz. Sie war kein Mädchen, das log. Er betrachtete den Hammer in seinen Händen und schleuderte ihn dann unvermittelt durch das Versteck. Rastlos wanderte er auf und ab. Er hatte ein furchtbar schlechtes Gewissen, weil er sie am Abend zuvor so angefahren hatte. Er war derjenige, der Lügenmärchen auftischte, indem er ihr erzählte, er sei ein Kaufmann. Ja, ihre Worte waren rechtens gewesen. Ein Feigling war er, der nur an sein eigenes Leben dachte, während andere mit dem Tod bezahlen mussten.

Adrian schlug mit der Faust gegen das Gemäuer. Woher nahm er das Recht, Mia so zu behandeln? Das hatte sie nicht verdient! Auch wenn er sich von ihr fernhalten musste, um nicht selbst in Schwierigkeiten zu gelangen, hieß das nicht, dass er sie wie Dreck behandeln durfte.

Er beschloss, sich bei ihr für sein Verhalten zu entschuldigen.

Wills gedämpfte Stimme hallte durch den Gang. Adrian hielt inne und presste den Rücken gegen die Wand. Als er vernahm, dass es Mia war, mit der Will sprach, glaubte er seinen Ohren nicht zu trauen. Was hatte Will mit Mia zu schaffen? Er würde ihr doch nicht etwa verraten, was sie hier unten wirklich trieben? Adrian schlich näher heran, um die Worte besser verstehen zu können, und warf einen vorsichtigen Blick um die Biegung. Will stützte sich mit der Hand an der Wand ab, an der Mia mit dem Rücken lehnte. Sein Gesicht war ihrem sehr nahe. Viel zu nahe, in Adrians Augen.

»Und du musstest wirklich von Schloss Jülich flüchten?«, fragte Will mit rauer Stimme.

Mia nickte und blickte dabei zu Boden.

»Erzählst du mir, warum?« Er strich ihr eine Locke aus der Stirn.

Mia drehte den Kopf zur Seite. »Bitte, ich möchte nicht darüber reden. Hattest du nicht gesagt, du müsstest mir etwas von Adrian ausrichten?« Ihre Augen funkelten im Schein der Fackeln.

»Es muss wohl etwas Schreckliches geschehen sein. Etwas, was dich sehr verletzt hat.« Will ließ nicht locker. Er griff nach ihrer Hand. Mia wollte sie fortziehen, doch er hielt ihr Handgelenk fest umschlossen. »Erzähle mir davon.«

»Lass mich los!«, keifte Mia.

Adrian hatte genug gesehen. Er preschte hervor und packte Will am Kragen. »Was fällt dir ein, sie zu bedrängen?« Brutal drückte er Will mit dem Rücken an die Wand.

Sein Kumpan sah ihn mit weit aufgerissenen Augen erstaunt an, doch dann griff er nach Adrians Arm, um sich zu befreien. »Was ist denn in dich gefahren? Das Mädchen interessiert dich doch nicht. Warum lässt du dann nicht wenigstens mir das Vergnügen?«, fauchte er.

»Merkst du es nicht? Sie hat kein Interesse an dir.« Adrian verstärkte seinen Griff um Wills Kragen. »Willst du sie etwa mit Gewalt nehmen?« Allein die Vorstellung raubte Adrian den Verstand.

»Das wäre nicht nötig gewesen. Ich hätte sie mir auch so zu Willen gemacht. Außerdem wird es nicht mehr lange dauern, und sie verdient ihr Geld genau wie die anderen mit Hurerei. Da kommt es auf das eine Mal mit mir auch nicht an«, sagte Will höhnisch.

In Adrians Ohren rauschte das Blut. Seine Faust schnellte hervor, und er rammte sie mit voller Wucht in Wills Gesicht. Sein Kumpan sank röchelnd auf die Knie.

»Wag es nicht noch einmal, sie zu bedrängen.« Adrian knetete seine Faust. »Sonst lernst du mich richtig kennen!« Er warf einen Blick zu Mia. Sie starrte ihn mit offenem Mund an. Dann raffte sie ihre Röcke und rannte davon.

Als Adrian am Abend in das Versteck zurückkehrte, saß Will mit einem Krug Bier auf seinem Lager und blickte ihn mit blutunterlaufenen Augen stumm an. Adrian drehte ihm den Rücken zu, entledigte sich seines Mantels und zog die Stiefel aus.

»Sie ist dir also doch nicht egal?«, lallte Will.

»Du hast kein Recht, dich an ihr zu vergehen. Niemand hat das«, knurrte Adrian.

»Sie ist nicht besser als die anderen hier unten auch.

Glaubst du wirklich, sie wird irgendwann einen ehrbaren Mann finden?« Will lachte hämisch auf.

Adrian musste sich beherrschen, um nicht erneut auf ihn loszugehen. »Halt einfach dein Maul, und lass in Zukunft die Finger von ihr. Verstanden?« Er rieb sich mit den Fingerspitzen die schmerzenden Schläfen. Dann hob er den Hammer auf, den er am Morgen durch das Versteck geschleudert hatte. Er sollte sich an die Arbeit begeben. Vielleicht half ihm dies, auf andere Gedanken zu kommen.

Am Morgen erwachte Mia mit dem schon vertrauten Ziehen im Bauch, das sie wieder an ihren Kummer erinnerte. Erst als die anderen Huren in der Nacht in tiefem Schlaf gelegen hatten, waren auch ihr die Augen zugefallen. Sie hatte von Walther und Ännchen geträumt. Gemeinsam hatten sie beim Kochen ein Lied gesungen. Die Strahlen der Sonne hatten die Schlossküche erhellt, und der Duft von ausgelassenem Speck und gebratenen Zwiebeln war in ihre Nase gekrochen. Doch nun saß sie wieder im dämmrigen Licht der Fackeln und atmete die schwere Luft der Unterwelt ein. Nicht nur die Sorge um Lis nagte an ihrem Herzen, auch die Auseinandersetzung zwischen Will und Adrian brachte sie ins Grübeln. Warum war Adrian bloß so aus der Haut gefahren? Er kümmerte sich doch sonst auch nicht um sie. Diesen Will hätte sie schon selbst in die Schranken weisen können. Sie glaubte nicht, dass er ihr gewaltsam zu nahe gekommen wäre, schließlich hatten sich die Huren ganz in der Nähe aufgehalten, und sie hätte um Hilfe schreien können. Mia erhob sich von ihrem Lager und kämmte sich mit den Fingern die Locken. Es hatte keinen Sinn, länger zu grübeln. Adrian konnte ihr gestohlen bleiben.

Wichtig war, dass Lis wieder auftauchte. Sie würde es sich nie verzeihen, wenn ihr etwas zugestoßen war. Hier weiter untätig zu sitzen brachte sie noch um den Verstand. Sie musste unbedingt etwas unternehmen. Neben ihr lag die Markgräfin noch tief schlafend. Mia rüttelte sanft an ihrer Schulter. »Wach auf, ich muss dich etwas fragen«, flüsterte sie.

Die Markgräfin gab ein leises Brummen von sich.

»Bitte, wach auf! Es ist wichtig.« Mia strich mit den Fingerspitzen über ihre Wange.

Die Markgräfin blinzelte kurz. Dann zog sie die Felldecke über ihre Schulter und drehte sich von Mia fort. »Lass mich schlafen«, knurrte sie.

Es hatte keinen Zweck. Mia versuchte es bei der Rattenfengerschen. Als sich Mia neben sie kniete, schlug sie die Lider auf.

»Was ist los, Mädchen?«, krächzte sie.

»Lis ist immer noch nicht zurückgekehrt. Vielleicht ist sie ja beim Bettelspeter am Weyerstraßenwall.«

Die Rattenfengersche rieb sich den Schlaf aus den Augen. »Beim Bettelspeter? Könnte gut sein.«

»Ich weiß nicht, wo sein Haus ist. Sagst du mir, wo ich es finde?« Mia faltete die Hände vor den Lippen.

»Ich bringe dich hin.« Die Rattenfengersche stand von ihrem Lager auf. »Aber du musst warten, bis ich mich fertig gemacht habe. Ich bin nicht mehr die Jüngste, und mein Anstrich dauert etwas.«

»Ich bereite in der Zwischenzeit das Frühmahl vor.« Mia sprang auf und füllte Wasser in den Kessel, um einen Getreidebrei zu kochen.

Sie rührte die Hirse und atmete den Duft ein. Trotz aller Sorgen verspürte sie Hunger. Ein röchelnder Husten, der einen nachfolgenden Auswurf ankündigte, durchbrach die Stille in den Gängen. Mia hob den Blick und erblickte einen Mann mit einer Augenklappe, der vor seine Stiefel spie. Vor Schreck ließ sie den Kochlöffel fallen.

Beide Daumen in den Hosenbund gesteckt, kam der Mann auf sie zu. Dabei lag ein breites Grinsen auf seinem pockennarbigen Gesicht. »Wen haben wir denn da?«

Mia erstarrte beim Klang seiner spöttischen Stimme.

»Dich kenne ich noch gar nicht, mein Täubchen. So etwas Hübsches wie du entgeht mir doch sonst nicht!« Er griff nach ihrem Po und drückte zu.

Mia erwachte aus ihrer Starre. »Was soll das?«, rief sie und schlug seine Hand fort.

Mit einem festen Griff umklammerte er ihren Oberarm und zog sie zu sich hin. »Du schlägst nach mir?«, raunte er.

Sein biergeschwängerter Atem verursachte Mia einen Würgereiz. Sie versuchte, sich aus dem Griff zu befreien. Doch seine Finger umklammerten sie nur noch fester.

»Wer bist du, und wo kommst du her? Los, sag es mir!«

»Warum sollte ich dir Rechenschaft schuldig sein?«

Der Mann hob eine Augenbraue und lächelte schief. »Warum? Das kann ich dir sagen, meine Schöne. Weil das Geld, das du von deinen Freiern bekommst, mir zusteht.«

Da dämmerte es Mia, wer vor ihr stand. Dieser widerliche Kerl konnte nur Bölinger sein. Angst schnürte ihr die Kehle zu.

»Lass sie in Ruhe. Sie ist keine Hure«, schnaubte die Rattenfengersche.

Ein heiseres Lachen kam aus Bölingers Kehle. »Dann ist sie es *noch* nicht.«

»Sie wird nicht lange bleiben. Bald schon wird sie eine Anstellung als Magd finden«, sagte die Rattenfengersche, schnürte sich das Mieder und stellte sich neben Mia.

»Als Magd? Welche Verschwendung! Sie ist ein unverbrauchtes Täubchen, ein willkommener Happen für die Männer, die die Franzosenkrankheit fürchten«, bemerkte Bölinger grinsend.

Mia spürte, wie ihre Knie weich wurden. »Niemals«, zischte sie.

Bölingers Hand landete klatschend auf ihrer Wange. Der Schlag raubte ihr für kurze Zeit den Atem.

»Frag die Huren, was geschieht, wenn du versuchst, dich mir zu widersetzen. Na los, mach schon.« Bölinger fasste sie an den Schultern und riss sie unwirsch herum, damit sie zu den anderen Frauen schaute, die mittlerweile alle aus ihren Decken gekrochen waren. Die Augen vor Schreck geweitet, drückten sie sich gegen das Gemäuer.

»Sagt es ihr!«

Seine Finger krallten sich in Mias Schultern. In ihren Augen brannten Tränen der Angst. Sie versuchte, den Kloß in ihrem Hals hinunterzuschlucken, doch er saß fest wie ein Stein. Die Frauen brauchten nichts zu sagen, denn die tränennassen Wangen der Markgräfin verrieten, dass er Helenes grausamen Tod meinte. Bölinger ließ Mia los und schritt auf die Huren zu. »Nur weil ich es gestern Abend nicht mehr geschafft habe, die Abgaben zu kassieren, braucht ihr euch nicht einzubilden, ihr müsstet nichts zahlen.« Er riss einen Hut von der Leine und schmiss ihn der Rattenfengerschen vor die Füße. »Na los, macht schon. Her mit dem Geld!«

Die Huren wühlten in ihren Kleidern und zogen die Münzen hervor.

Nachdem Bölinger sie in seiner Geldkatze verstaut

hatte, griff er in Mias Haar und zog ihren Kopf nahe an sein Gesicht. »So, mein Täubchen, ich bringe dich nun zur Salzgasse, damit du dort deine Arbeit aufnehmen kannst.« Er verstärkte den Griff und zerrte sie hinter sich her bis zur Leiter.

Starr vor Angst, er würde sie töten, kletterte Mia vor ihm her. Doch als Bölinger sie durch die Gassen schob, hob sie stolz den Kopf. Über das, was sie in den nächsten Stunden erwartete, mochte sie nicht nachdenken.

In der Salzgasse reihten sich die Häuschen traufseitig aneinander. In Lumpen gekleidete Männer saßen in den Fenstern und betrachteten einen Spielmannszug, der gerade vorbeizog. Der schiefe Klang der Flöten hallte durch die Gasse, und eine Handvoll junger Mädchen drehte sich unbeschwert im Kreis. Bölinger stieß Mia in ein Wirtshaus. Es schien, als wären die wenigen Gäste in dieser Schenke noch übriggebliebene Gestalten vom Vorabend. Ihre verfilzten Haarschöpfe lagen auf der Tischplatte, hier und da in ihrem eigenen Erbrochenen. Mia atmete durch den Mund. Übelkeit stieg in ihr auf.

Bölinger ließ sie stehen und ging zur Theke, wo die Wirtsfrau mit missmutigem Gesichtsausdruck Bierkrüge abtrocknete. Nachdem Bölinger etwas in ihr Ohr geflüstert hatte, hob sie den Blick aus den mit roten Äderchen durchzogenen Augen und musterte Mia. Ihre Lippen, die ausgedorrten Datteln glichen, verzogen sich grinsend. Sie legte das fleckige Tuch auf den Tresen und winkte Mia mit ihrem Zeigefinger zu sich. Mias Beine zitterten. Sie versuchte zu schlucken, doch ihre Mundhöhle war staubtrocken. Sie wusste genau, was diese Wirtsfrau vorhatte, es gab keinen Zweifel daran. Sie war eine dieser Frauen, vor denen Lis sie gewarnt hatte. Eine Kupplerin.

Plötzlich flog hinter ihr die Tür auf. Ein eisiger Wind fegte in die Schankstube und ließ Mia schaudern.

Die Wirtin blickte zornig zur Tür. »Wie oft habe ich den Nichtsnutz, der sich mein Gatte nennt, schon gebeten, den Riegel zu reparieren«, keifte sie und ging kopfschüttelnd an Mia vorbei, um die Tür wieder zu schließen. Dann griff sie nach Mias Arm. »Ich bringe dich in die Dachkammer. Bald schon wird der erste Freier hier sein. Die wöchentliche Miete beträgt vierzehn Albus, dafür darfst du hier aber auch nächtigen.«

»Das ist ein bisschen viel, Trin. Schließlich bekomme ich auch noch meinen Anteil. Sagen wir die Hälfte.« Bölinger hob eine Augenbraue. »Frischfleisch gibt es nicht alle Tage.« Er zwinkerte. »Wer weiß, wenn du ihr gute Einnahmen verschaffst, kommen wir vielleicht noch öfter ins Geschäft.«

Trin presste die Lippen aufeinander. »Du hast recht. Die Freier werden gut zahlen, da bin ich mir sicher. Wenn du mir also versprichst, noch mehr jungfräuliche Täubchen zu bringen, werde ich vorerst nur die Hälfte der Miete nehmen. Aber im Voraus.« Sie öffnete die Handfläche und hielt sie Mia hin.

Mia starrte auf die schmutzverkrustete Hand. »Ich werde hier nicht bleiben. Nicht für eine Stunde, geschweige denn für eine Nacht. Ich bin keine Hure! Und nun lasst mich gehen.« Sie wusste selbst nicht, woher sie die Kraft nahm, diese Worte auszusprechen. Doch lieber wollte sie sterben, als sich in dieser Kaschemme von Männern benutzen zu lassen.

»Hau ab, in deine Kammer!« Bölinger versetzte ihr einen Tritt, der sie taumeln ließ. Doch Mia rappelte sich wieder auf und versuchte, sich auf ihren Beinen zu halten.

Bölinger öffnete den Gurt an seinem Hosenbund. »Du willst nicht hören? Dann zeige ich dir, wie du es den Männern besorgen musst, damit sie reichlich zahlen.«

Trin schob sich zwischen Mia und Bölinger. »Weißt du eigentlich, was der Freier zahlt, der ihr die Unschuld rauben darf? Sei nicht so dumm! Deine Triebe kannst du später noch bei ihr ausleben. Ich habe mehr als einen Kunden an der Hand, der nur darauf wartet, zwischen Schenkeln zu liegen, an denen jungfräuliches Blut hinabläuft.« Sie griff Mia an den Po und drückte zu. »Keine Sorge, das bekommen wir schon hin, Mädchen.«

7. Kapitel

Aus den Augenwinkeln beobachtete Adrian, wie Will sich das Hemd überzog. Er bereute es kein bisschen, ihm das blaue Auge verpasst zu haben. Hauptsache er ließ die Finger von Mia. Seine gerechte Strafe hatte er nun bekommen, weitere Worte waren nicht nötig, und das wusste Will genau. Und sollte er sich Mia noch einmal nähern, würde Adrian ihn aus dem Versteck werfen. Daran änderte auch die Tatsache nichts, dass Will ihm so nahe wie ein Bruder war.

Jemand machte sich an den Steinen beim Eingang zu schaffen. Adrian strich sich fahrig das Haar aus der Stirn. »Erwartest du jemanden?«

Will zuckte mit den Schultern. »Ich bestimmt nicht. Du weißt doch, ich würde niemandem unser Versteck verraten.« Er tastete mit dem Zeigefinger über sein geschwollenes Auge.

»Dann wollen wir doch mal sehen, wer es wagt, uns aufzusuchen.« Adrian griff nach der Faustbüchse, die er am gestrigen Abend erstanden hatte. Die Pistole gab ihm die Sicherheit, die Bewohner der Unterwelt künftig vor Bölingers Übergriffen schützen zu können. Nicht noch einmal wollte er zusehen müssen, wie der König jemanden zu Tode prügelte und er selbst wie ein feiger Hund den Schwanz einzog, nur um seine eigene Haut zu retten.

Er räumte die Steine aus dem Zugang, um den Eindringling in Augenschein zu nehmen. Lis' gelb-blau gestreifte Haube tauchte in dem Loch auf. Erleichtert atmete Adrian aus und legte die Pistole zurück hinter den Steinquader. Dann griff er nach Lis' Arm, um sie in das Versteck zu ziehen.

Lis presste die Hand auf die Brust und keuchte, als wäre der Teufel persönlich hinter ihr her. »Bölinger …« Sie schnappte nach Luft. »Er hat Mia verschleppt, damit sie sich als Hure verdingt!«

Adrian glaubte, seinen Ohren nicht zu trauen. Ein eiserner Ring legte sich um seine Brust und nahm ihm die Luft zum Atmen. Ohne zu zögern, griff er nach der Faustbüchse, band sie an seinen Gürtel und zog sich den Mantel über.

»Ich kann mir vorstellen, wo er sie hingeschleppt hat. Doch wenn ich hingehe, um sie zu holen, wird er sie und mich töten.« Lis' Augen spiegelten Todesangst wider.

Adrian griff in einen Spalt zwischen den Steinen und holte eine Handvoll Münzen heraus, die er in seiner Geldkatze verstaute. »Dir und Mia wird nichts geschehen, dafür sorge ich.«

»Wo willst du hin?« Will nahm ebenfalls seinen Mantel.

»Zu Bölinger. Ich werde ihm ein Geschäft vorschlagen.«

»Aber du weißt doch gar nicht, wo er sich aufhält.«

»Ich werde ihn schon finden. Bleib du hier, ich regele das allein.« Nichts hätte Adrian von seinem Vorhaben abhalten können.

In Wills Augen spiegelte sich Erleichterung wider. Er legte den Mantel zurück an seinen Platz. »Was hast du mit den Münzen vor?«

Adrian kniff die Augen zusammen. »Stell keine Fragen, ich weiß, was ich tue«, zischte er.

»Mich kannst du nicht zwingen, hierzubleiben, Jung. Das Mädchen braucht mich.« Lis folgte ihm auf dem Fuß.

Im Audienzzimmer auf Schloss Düsseldorf herrschte eine angespannte Stimmung. Philipp Ludwig von Pfalz-Neuburg zupfte nervös an seinem Bart. Sein Sohn Wolfgang hingegen hatte die Beine von sich gestreckt und lümmelte sich auf dem Stuhl vor dem ausladenden Sitzungstisch. Durch die hohen Fenster fielen die Sonnenstrahlen und ließen das Haar der Kurfürstin von Brandenburg golden leuchten. Ihr Gemahl Sigismund glänzte wieder einmal durch Abwesenheit, wahrscheinlich widmete er sich wie so oft den leiblichen Freuden.

Bretzen spitzte die Feder und tauchte sie in das Tintenfass. Er spürte, wie der Blick der Kurfürstin auf ihm ruhte. Auch wenn es keinen Grund gab, dass er ein schlechtes Gewissen haben musste, vermied er es, ihr in die Augen zu schauen. Seit den letzten Anschuldigungen, in denen Anna von Brandenburg ihn der Unkeuschheit mit der Herzogin bezichtigt hatte, rechnete er täglich mit einem Schreiben aus Prag.

Bretzen konnte sich nicht erklären, warum die Erbstreiter wieder einmal beim Landtag anwesend waren, obwohl seines Wissens niemand sie eingeladen hatte. Nichtsdestotrotz musste er nun die Veranstaltung eröffnen. Er legte den Federkiel zur Seite und erhob sich. Nach der Begrüßung der Anwesenden begann er ohne Umschweife, das erste anstehende Thema zu erörtern.

»Wir sind aus folgendem Grunde hier zusammengetroffen: Die Herzogin von Jülich-Kleve-Berg hat die

Zitadelle verlassen, und niemand weiß, wo sie sich derzeit aufhält.«

Kurfürstin Anna musterte Bretzen mit erhobenen Augenbrauen. Daraufhin verkniff er sich eine Bemerkung über Antonies erbärmlichen Zustand bei ihrer Abreise. Anna würde Fragen stellen, die ihn in die Enge treiben konnten, und dies musste er unbedingt in dieser Versammlung vermeiden, auch wenn sich die Kurfürstin im Unrecht befand.

Anna erhob sich, um unaufgefordert das Wort zu ergreifen. »Es ist kein gutes Zeichen, wenn die Mitregentin das Land verlässt. Welch besseren Beweis brauchen wir, dass die Geisteskrankheit des Herzogs wieder aufgekeimt ist? Oder ist Euch ein anderer Grund für Antonies Flucht bekannt, verehrter Landrat?«

Bretzen spürte, wie ihm der Schweiß im Nacken ausbrach. Natürlich gab es keinen anderen Grund, er schüttelte verneinend den Kopf. War es wirklich so offensichtlich gewesen, wie sehr er die Herzogin begehrte? Doch dies beruhte keinesfalls auf Gegenseitigkeit. Wie kam Anna nur darauf? Nun, im Grunde brauchte er sich das nicht zu fragen. Jacobe wurde damals auch durch eine Intrige ein Ehebruch vorgeworfen, um sie in Haft nehmen zu können.

»Mir ist es schleierhaft, warum die Landstände Johann noch nicht nach Düsseldorf geholt haben. Sollte er in seinem Zustand nicht unter Aufsicht stehen?« Anna ließ sich wieder auf ihrem Stuhl nieder.

»Dazu bedarf es eines kaiserlichen Befehls, das dürfte Euch bekannt sein, Eure Hoheit.«

»Nicht in einer Notlage, da vertraut Kaiser Rudolf ganz auf die Landstände, und das dürfte Euch bekannt sein, Marschall Bretzen«, konterte die Kurfürstin.

»Die Herzogin wird bestimmt bald zurückkehren. Wir sollten noch eine Weile abwarten, ehe wir überstürzt ein Schreiben an den Kaiser senden.« Bretzen richtete den Blick auf die anwesenden Landstände, die zur Bestätigung nickten. Auch sie wussten, wie es um das Herzogtum bestellt war, wenn unter den Beteiligten endgültig der Erbfolgestreit ausbrechen würde.

»Dann wartet Ihr ruhig noch ein Weilchen. Ich jedoch nicht. Noch heute wird ein Bote nach Prag reiten. Wer weiß, was sonst noch geschieht – außer dass der Herzog in seiner Zitadelle verwahrlost.« Anna von Brandenburg reckte das Kinn, ließ sich von einem Diener den Mantel reichen und verließ das Audienzzimmer.

Bretzen räusperte sich kurz und widmete sich dann dem zweiten Tagespunkt. »Wie die Anwesenden wissen, ist ein Giftanschlag auf den Herzog verübt worden. Der Täter konnte weiterhin noch nicht ausfindig gemacht werden.« Bretzen warf den Pfalz-Neuburgern einen eindringlichen Blick zu. Doch Vater und Sohn zuckten nur mit den Schultern. Auf ihren Gesichtern lag ein Ausdruck der Langeweile.

Mia schaute sich in der Kammer unter dem Dach um. Spinnweben überzogen die maroden Holzbalken. Das kleine Fenster mit der verdreckten Glasscheibe ließ sich nur schwer öffnen. Fahles Licht fiel auf die Bettstatt, deren Tücher unzählige Flecken in allen erdenklichen Farben zierten. Übelkeit stieg in ihr auf. Sie schluckte hart, um sich nicht auf die Holzdielen zu erbrechen.

Dann stellte sie sich an das Fenster, sog die Luft ein und schaute auf die Gasse. Bölinger verließ gerade die Schenke und verschwand zwischen den Häusern. Der eiserne Ring, der ihr den Brustkorb einengte, löste sich ein wenig. Die Kupplerin war ein altes Weib. Es durfte ein Leichtes sein, an ihr vorbeizukommen und von hier zu verschwinden.

Auf Zehenspitzen schlich Mia die Stiege hinab. Gedämpfte Stimmen drangen aus der Schenke. Der Duft von gebratenem Fleisch stieg ihr in die Nase und weckte die Sehnsucht nach der Schlossküche. Auf der untersten Sprosse der Stiege schloss Mia die Augen und schwelgte für einen Augenblick in Erinnerungen. Da drückte etwas Spitzes gegen ihre Rippen, und sie riss die Augen auf. Vor ihr stand Trin und sah sie mit einem grimmigen Gesichtsausdruck an. In der Hand hielt sie ein Messer.

»Wo willst du hin? Doch nicht etwa davonlaufen?« Sie bohrte die Klinge etwas fester in Mias Rippen. »Das wäre dein Tod, das weißt du doch.«

Mias Kehle schnürte sich zu. Sie glaubte Trin jedes Wort. Die Alte würde nicht einmal mit der Wimper zucken, wenn sie zustieß. »Nein, nein. Ich wollte nur sehen, ob ich in der Küche helfen kann.«

Trin kniff die Augen zusammen. »Du sollst oben auf deinen Freier warten. Deine Hilfe brauche ich nicht.«

»Ich habe in der Schlossküche des Herzogs von Jülich gekocht. Glaub mir, wenn ich in deiner Küche stehe, verdoppelt sich die Anzahl deiner Gäste.«

»Pah, du Aufschneiderin!« Trin stemmte die Hände in die Hüften und neigte den Kopf zur Seite. »Aber vielleicht hast du ja recht. Gisbert lässt ziemlich lange auf sich warten. Das verstehe ich nicht, wo er doch schon seit Zeiten danach giert, eine Jungfrau zu besteigen. Weißt du was? Es kann nicht schaden, wenn du dich in der Küche nützlich machst. Mein Kreuz schmerzt heute so sehr, dass ich schon froh bin, etwas Hilfe zu haben.«

Mia nickte brav. Sie hätte alles getan, um der schäbigen Kammer zu entkommen. Bei der Küchenarbeit würde ihr schon etwas einfallen, wie sie aus der Schenke fliehen konnte.

Verbeulte Kessel, in denen Essenreste klebten, stapelten sich in dem Spülstein. Über der Feuerstelle brutzelte eine halbe Sau am Spieß. Die Enge der Küche ließ es kaum zu, dass sich zwei Leute darin aufhielten, ohne sich dabei gegenseitig auf die Füße zu treten.

»Du kannst den Abwasch machen«, befahl Trin in einem schroffen Ton.

Mia krempelte sich die Ärmel hoch und goss Wasser aus dem Eimer über die Kessel. Ihr Blick fiel auf den gemauerten Ofen an der Wand, und sofort war die Sehnsucht wieder da. Das Ziehen in ihrem Herzen verdrängte den Gedanken an Flucht. »Trin, hast du deinen Gästen schon einmal eine Salbeitorte aufgetischt?«

»Eine was?« Trin lachte hämisch. »Glaub mir, Mädchen, so etwas Feines sind die Gaumen der Säufer hier nicht gewohnt.«

»Du solltest es versuchen. Diese Torte ist einfach herzustellen. Und die Zutaten hast du bestimmt da.«

Trin warf einen Blick in die Schankstube. »Ich weiß nicht …« Sie rieb sich mit dem Finger über die knollige Nase. »Na gut. Sieh nach, ob du findest, was du brauchst. Aber wenn Gisbert kommt, gehst du mit ihm in die Kammer. Hast du mich verstanden?« Trin setzte sich auf einen Schemel und blockierte damit den Ausgang. Die Arme vor der Brust verschränkt, umklammerten ihre Finger weiterhin den Griff des Messers. Mit Argusaugen beobachtete sie jeden Handgriff, den Mia tat.

An Flucht war nicht zu denken, wenn Mia nicht etwas einfiel, womit sie Trin von dem Schemel bewegen konnte. Also verquirlte sie fünf Eier und knetete sie anschließend mit Mehl und gemahlenen Mandeln zu einem geschmeidigen Teig. Sie hatte alle Zutaten gefunden, außer der wichtigsten. »Sag Trin, wo steht der Salbei?« Mia wischte sich die Hände an einem Tuch ab, das schon lange nicht mehr mit Seifenlauge in Berührung gekommen war.

Trin schob die Unterlippe vor. »Wenn, dann hab ich nur getrockneten. In der Vorratskammer auf dem obersten Regal müsste noch etwas in einem der Tiegel sein.«

»Dort habe ich nichts gefunden. Könntest du nicht bitte nachsehen?«

Trin hob eine ihrer grauen Augenbrauen. »Mädchen, für wie dumm hältst du mich? In der Zeit machst du dich aus dem Staub. Nein, nicht mit mir. Such gefälligst selbst danach.«

Trin war gewiefter, als Mia es ihr zugetraut hätte. Und in der Schankstube brauchte sie leider auch nicht zu helfen, da mittlerweile ihr Gemahl aus seinem Rausch erwacht war und dort mit seinen stämmigen Armen kräftig zupackte.

Ein kleiner Junge tauchte hinter Trin auf. Verlegen zupfte er am Saum seines zerlumpten Hemdes. Sein Atem ging rasch, als wäre er den Weg zu der Schankstube gelaufen.

Trin drehte sich zu ihm um. »Und, Füssjen? Hast du Gisbert gefunden?«

Der Junge nickte, wobei die roten Zotteln auf seinem Kopf zitterten. »Ja, am Fischmarkt. Er baut nur noch seinen Stand ab, und dann kommt er.«

Mia schloss die Augen. Sie musste hier weg. Irgendwie, bevor dieser Kerl auftauchte. Sie schaute zu Trin.

Die Alte grinste sie mit ihren schwarzen Zahnstummeln an. »Siehst du, Mädchen. Ich wusste es doch. Gib dem Jungen einen Kanten Brot, den hat sich der kleine Fuss verdient.«

In Mias Nacken brach der Schweiß aus. Ihre Knie zitterten so sehr, dass sie sich kaum noch auf den Beinen halten konnte. Wenn sie die Alte mit dem Schemel umstieß, hätte sie schneller das Messer im Bauch, als sie denken konnte. Sie stützte sich mit der Hand auf dem Spülstein ab. In ihrem Kopf kreisten die Gedanken. Sie musste hier raus, flehte zu Gott, er solle die Alte tot umfallen lassen. Doch der Herr schien sie nicht zu hören, denn die Wirtin saß weiterhin munter auf ihrem Schemel. »He, das Füssjen wartet auf seine Belohnung!«, keifte sie.

Mia brach mit zittrigen Fingern einen Kanten Brot ab und gab ihn dem Jungen. Dieser strahlte sie dankbar an und lief davon.

Trin griff nach Mias Arm. »Nun stell dich nicht an wie eine Heilige, und mach ein anderes Gesicht. Gisbert wird schnell fertig sein, wenn du dich still verhältst. Schließlich hat er den Sabber schon am Kinn herunterlaufen, wenn er das Wort Jungfrau nur hört. Und wehe, ich höre Klagen, dann kannst du dich auf etwas gefasst machen.«

Mia würgte. Der säuerliche Geschmack auf ihrer Zunge verstärkte ihre Übelkeit. Sie griff nach einem Eimer und erbrach sich darin.

»Pah, du machst ein Gedöns wegen ein paar Stößen. In deinem Leben werden noch mehr Kerle über dich rutschen, als du zählen kannst.«

Mia wischte sich die Tränen aus den Augen und zog die Nase hoch. Die Stimme der Alten stach wie tausend Nadeln in ihren Ohren. Sie wünschte sich zurück nach

Jülich, in die Schlossküche. Und warum nur hatte sie Walthers Rat nicht befolgt und war zu seinem Bruder gegangen?

Ännchen stürmte in die Schlossküche. Außer Atem ließ sie sich auf den Schemel vor dem Herd fallen und schnappte nach Luft. Walther verdrehte die Augen. Seit Mia nicht mehr da war, jagte Ännchen Tag für Tag den höfischen Neuigkeiten hinterher. In der Küche wussten die Bediensteten mittlerweile alles. Der Herzog verließ sein Gemach nicht mehr, seit Antonie spurlos verschwunden war. Mittlerweile sollte ihn sogar das Ungeziefer plagen. Hin und wieder, so munkelten die Bediensteten, warf er das Mobiliar durch sein Gemach. Der Schlosszimmermann hatte in der letzten Zeit viel zu arbeiten. An die Nacht, als er dem Herzog in einer Ritterrüstung begegnet war, wollte Walther gar nicht denken.

Doch nun musste die Neuigkeit wirklich wichtig sein, denn Ännchens Pausbacken hatten die Farbe von Klatschmohn angenommen. Und das taten sie nur, wenn sie kurz vor dem Ableben stand, weil ihr Herz nicht mehr den richtigen Schlag fand. So behauptete sie es zumindest.

»Ein neuer Giftanschlag«, prustete sie. »Der Herzog liegt wieder darnieder! Es steht nicht gut um ihn.«

Walther legte das Messer aus der Hand. »Ein neuer Giftanschlag? Wer kann denn nun noch dem Herzog nach dem Leben trachten, wenn nicht Antonie?«

Ännchen schnappte sich ein Küchentuch und fächerte sich damit Luft zu. »Feinde hat er doch genug. Denk nur an den Erbstreit. Hauptsächlich sind es doch die Pfalz-Neuburger, die nicht mehr warten können, bis er ohne Nachfolger ablebt.«

»Dann hätten sie im Augenblick wohl am wenigsten Grund, ihn unter die Erde zu bringen. Ein Nachfolger ist doch wirklich nicht in Sicht. Und ein Mord ist eben ein Mord, das wissen die hohen Herren auch, ob katholisch oder protestantisch.« Walther schüttelte den Kopf. »Ich brauche frische Luft. Das setzt mir alles mächtig zu.«

Die Strahlen der Sonne blendeten Walther. Seine Augen irrten durch den Schlosshof. In Gedanken sah er den Herzog in seinem Bett liegen. Mit dem Tod kämpfen. Was geschah bloß in diesen Mauern? Sein Blick schweifte zum Nordtor. Als er einen Schatten vorbeihuschen sah, erstarrte er. Die Silhouette kannte er nur zu gut. Walther konnte nicht glauben, wen er dort sah. Doch ehe er über die Tauglichkeit seiner Sinne nachdenken konnte, setzte er zum Spurt an, so gut es seine alten Knochen zuließen. Er musste wissen, ob ihm seine Augen einen Streich gespielt hatten oder ob es die Gestalt in Wirklichkeit gab.

In seinem Kopf tobten die Gedanken. Wenn es wirklich derjenige gewesen war, den er zu sehen geglaubt hatte, dann wurde ihm einiges klar. Dann wusste er, wer hier auf dem Schloss sein Unwesen trieb. Dieser verdammte … Im Torbogen hielt er inne. Schritte näherten sich. Walther packte zu.

Zwischen seinen Händen hielt er einen dürren Hals. Aus dem Gesicht darüber quollen himmelblaue Augen hervor. Rutgers Augen. Und als hätte dieser in Walthers Händen nicht schon genügend Ärger, grinste er, wie es ein Geistesschwacher in diesem Augenblick nicht besser hätte tun können.

»Was machst du wieder hier?«, schrie Walther.

Rutger ruderte mit den Armen und rang dabei nach Luft. Walther begriff, dass der Junge in dieser Position keinen Laut von sich geben konnte. Er ließ von ihm ab, woraufhin Rutger mit dem Hinterteil zuerst auf den Boden fiel. Walther stellte ihm den Fuß auf den Bauch. »Hatte ich dich nicht für immer vertrieben, du Missgeburt? Was machst du in Gottes Namen hier?«

»Ich, ich …«, krächzte Rutger und fasste sich an den Hals. »Ich habe nur einen Freund besucht.«

»Das kauf ich dir nicht ab.« Walther beugte sich zu ihm hinunter und riss an seinem Ohr.

Rutger jaulte wie ein junger Hund. Aus dem Ledersäckchen an seinem Hosenbund rollte eine kleine Flasche, die einen Rest grüne Flüssigkeit beinhaltete.

Walther begriff sofort, was es sein musste. Er schnappte sich das Fläschchen und zog mit den Zähnen den Korken ab. Dann griff er Rutger in den Nacken und hielt es an seinen Mund. »Trink das, Mistkerl!«

Rutger presste die Lippen aufeinander und starrte auf die Flasche. Er versuchte, den Kopf abzuwenden, doch Walther hielt ihn fest im Griff. »Du willst nicht trinken? Warum wundert mich das nicht?« Der Koch schleuderte den jungen Mann zu Boden. »Ich denke, der Herzog wird erleichtert sein, endlich den Giftmörder gefunden zu haben.« Er riss Rutger am Arm hoch und schleifte ihn über den Innenhof bis zu dem Treppenaufgang, der zu den herzoglichen Gemächern führte. Rutger ließ es wimmernd über sich ergehen, dass Walther ihn zu Oberst Muller bringen wollte. Ohne Gegenwehr schritt er die Stiegen hinauf.

Walthers Zorn steigerte sich ins Unermessliche, als ihm bewusst wurde, dass dieser Kerl Mias Verschwinden zu verantworten hatte. Der Tritt in den Hintern des ehemaligen Küchenjungen spiegelte seinen Unmut und die Trauer darüber wider. Er hätte ihn töten können, doch dafür war der Henker zuständig. Nur eines musste Rutger ihm noch beantworten. Walther fasste ihn am Kragen und zog ihn nahe vor sein Gesicht.

»Warum hast du dem Herzog das Gift untergerührt? Warum?«, schrie er.

Rutger zitterte am ganzen Leib und glotzte ihn nur schweigend an.

»Antworte, du Missgeburt! Sonst drehe ich dir hier auf der Stelle den Hals um!« Walther konnte sich kaum noch beherrschen. Sein Geschrei blieb nicht ungehört, und die Wachen, die vor dem Gemach des Herzogs postierten, eilten herbei.

Walther drehte sich zu ihnen um. »Das ist der Kerl, der den Herzog vergiftet hat. Er schuldet mir noch eine Antwort, danach könnt Ihr ihn dem Oberst übergeben«, raunte er.

Die zwei hochgewachsenen Männer rissen die Augen auf und zückten ihre Dolche. Einer von ihnen drückte Rutger die Klinge an die Kehle. »Antworte dem Küchenmeister«, drängte er barsch.

Rutger begann zu wimmern wie ein kleines Kind. »Ich wollte Euch damit eins auswischen. Als Rache für die Prügel, die ich einstecken musste. Es sollte so aussehen, als hättet Ihr oder diese Mia den Herzog vergiftet«, schluchzte er.

Walther glaubte, sich verhört zu haben. »Das kann nicht sein. Die Tat kann nicht allein auf deine Kappe gehen, dafür bist du viel zu dumm. Wer ist dein Auftraggeber? Sag es mir!«

»Niemand, ich schwöre.« Rutger schluckte, und sein Adamsapfel drückte sich gegen die Klinge.

»Der Herzog hat einen Vorkoster. Wie ist es dir gelungen, ihm keinen Schaden zuzufügen?«

»Er steckt mit mir unter einer Decke. Ich habe ihn in meine Pläne eingeweiht. Er hat, wie viele andere auf dem Schloss, einen guten Grund, den Herzog lieber tot als lebendig zu sehen«, flüsterte er kaum hörbar.

»Was für einen Grund?« Walther spie die Worte förmlich aus.

»Er ist Protestant«, keuchte Rutger.

Walther konnte es nicht fassen. Wegen solcher Kreaturen hatte seine unschuldige Mia verschwinden müssen. Nur weil sie zu feige waren, offen für ihre Überzeugung zu kämpfen. Er ballte die Faust, holte tief Luft und stieß sie Rutger ins Gesicht. Der ehemalige Küchenjunge sackte in sich zusammen. Walther schaute noch einmal verächtlich auf ihn hinab, dann drehte er sich um und stürmte die Stiegen hinunter.

Im Innenhof verließ Walther die Kraft, und er sank auf die Knie. Dieser Mistkerl! Hätte er es nur beim ersten Giftanschlag schon gewusst, er hätte ihn zu Tode geprügelt. Und das arme Mädchen würde noch in seiner Küche arbeiten.

Adrian achtete nicht darauf, ob Lis mit ihm Schritt halten konnte, als sie die Spielmannsgasse entlangliefen. Seine Gedanken galten nur Mia. Zähneknirschend kniff er die Augen zusammen. Alles würde er dafür tun, sie aus Bölingers Fängen zu befreien! Sein Herz krampfte sich zusammen. Der Gedanke, wie sich andere Männer über sie hermachten, brachte ihn schier um den Verstand.

Vor einem zweigeschossigen Haus blieb er stehen. Eine Magd stand auf einer Leiter und wischte über die Holzläden an den Fenstern.

»Frau, du kannst mir bestimmt sagen, wo ich Bölinger finde!«, rief Adrian zu ihr hinauf.

Die Magd hielt in ihrem Putzen inne. »Den Einäugigen?«

Adrian nickte. »Ja, richtig. Genau den.«

Sie zeigte mit dem Lappen auf ein Haus am Ende der Spielmannsgasse. »Das mit dem Stufengiebeldach dort drüben. Da wohnt er.«

Adrian pochte so heftig an die windschiefe Tür, dass sie aufsprang. Er wartete nicht darauf, ob ihm jemand Einlass gewährte, sondern stürmte mit gestrafften Schultern in das Haus. Die Holzdielen knarrten unter seinen schweren Schritten. Wegen des schmutzigen Pergaments vor den Fenstern hatte das Tageslicht Mühe, den Raum zu erhellen, der offenbar als Kochstelle diente. Hier unten war keine Spur von Bölinger. Adrian zog den Kopf ein und klomm die Stiegen hinauf. Bestimmt lag Bölinger in seinem Bett. Ein Schnarchen hallte durch den Raum und gab ihm in seiner Vermutung recht.

»He, wach auf! Ich habe dir ein Geschäft anzubieten.«

Bölinger fuhr hoch. Mit einem Satz stand er vor Adrian. »Du wagst es, in mein Haus einzudringen?« Er rieb sich mit dem Zeigefinger das Auge unter der Klappe. »Bist du nicht der Kaufmann?«

»Richtig.«

»Was willst du von mir?«

Adrian band die Geldkatze von seinem Gürtel und schüttete die Goldmünzen auf den kleinen Tisch neben dem Bett. »Das Lockenköpfchen. Und zwar für mich allein.«

Bölingers Auge weitete sich, und er stierte auf die glänzenden Münzen. Er griff danach und ließ sie klimpernd durch seine Finger gleiten. »Das ist verdammt viel Geld für ein Weib.«

»Das Gold gehört dir. Dafür lässt du das Mädchen bei mir bleiben, solange es mich nach ihm gelüstet. Kein anderer Mann darf es in der Zeit anfassen. Verstanden?« Adrian blickte ihn eindringlich an.

»Sagen wir, für eine Woche. Wenn du dann noch Verlangen nach ihr hast, wird die doppelte Summe fällig.«

»Du bist ein Halsabschneider. Aber wir werden sehen. Wo ist sie?«

»Im Bock in der Salzgasse.« Bölinger spie auf den Boden. »Ich schätze, sie wird ihre Unschuld schon verloren haben. Es gibt genügend sabbernde Kerle, die dafür ihr ganzes Vermögen hinlegen. Sag ihr, sie soll meine Abgabe von zwei Dritteln ihres Verdienstes bei Trin hinterlegen.« Bölinger verschränkte die Finger ineinander, bis die Gelenke knackten.

Adrian legte die Hand an die Pistole. Doch dann verwarf er den Gedanken, diesen miesen Hund abzuknallen. Er sollte sich die Munition für den Kerl aufbewahren, der Mia entehrt hatte.

Als der Freier am späten Nachmittag immer noch nicht aufgetaucht war, hegte Mia die Hoffnung, dass er vielleicht gar nicht mehr kam. Doch dann räusperte sich ein Herr mit schütterem grauen Haar hinter Trin. Diese sprang von ihrem Schemel auf und begrüßte ihn mit einem breiten Grinsen. Mia blickte zu dem kleinen Fenster über sich. Sie wünschte, sie hätte Flügel, um einfach davonfliegen zu können.

Mias Körper erstarrte. Der Gestank von Fisch überlagerte die Gerüche, die die Kammer verströmte. Gisbert hatte gesagt, sie solle sich angezogen auf die Bettstatt legen, und sie war seinen Worten gefolgt. Doch selbst mit ihren wollenen Röcken und dem Hemd, das sie trug, fühlte sie sich entblößt. Sie spürte ihr Herz bis zum Hals schlagen, und ihr Atem wollte sich gar nicht mehr beruhigen.

Mit dem Rücken zu ihr entledigte sich Gisbert umständlich seiner Beinkleider. Sein Po hing schlaff in Falten hinab. Mia hatte noch nie das Geschlecht eines Mannes gesehen und fürchtete sich vor dem Anblick, wenn er sich zu ihr hindrehte. Plötzlich flog die Tür auf, und ein Schuss folgte. Von dem Gebälk an der Decke rieselten Staub und Holzfasern. Mias Herzschlag setzte für einen Augenblick aus.

Adrian stand in der Tür. Aus der Faustbüchse in seiner Hand stieg eine Rauchfahne empor. Seine Schultern füllten den Eingang zu der schäbigen Kammer. Mia schloss die Augen und schickte ein Stoßgebet zum Himmel, in dem sie den Allmächtigen bat, dies keinen Traum sein zu lassen. Nur langsam öffnete sie die Augen wieder und schaute zu Gisbert. Er hatte die Arme in die Höhe gereckt und presste sich mit dem Rücken gegen die Wand. Seine wässrigen Augen quollen hervor, und die Lippen hatte er zu einem Schrei geöffnet. Das entblößte Geschlechtsteil schrumpfte in sich zusammen. Mia sprang von der Pritsche. Unter Adrians Armbeuge kroch Lis hervor. Mit einem Satz war die alte Freundin bei ihr und nahm sie in ihre Arme. All die Anspannung löste sich, und heftige Schluchzer schüttelten Mias Leib.

Lis strich über ihr Haar und wiegte sie in ihren Armen. »Alles ist gut, mein Kind. Wir sind da und nehmen dich mit.«

Mia presste den Kopf an ihre Brust. »Wo warst du?«

»Das spielt keine Rolle mehr, Mädchen. Komm, wir gehen.« Lis schob sie sanft von sich und griff nach ihrer Hand.

Adrian trat wortlos zur Seite und gewährte den beiden Frauen Durchlass. Mia glaubte, Tränen in seinen Augen schimmern zu sehen.

Unten an der Stiege wartete Trin auf sie. Ihr Gekeife hallte durch das ganze Haus.

Lis baute sich vor ihr auf. »Was willst du, Trin? Das Mädchen hat einen Freier gefunden, der besser zahlt als dieser stinkende Fisch dort oben. Bölinger weiß Bescheid, also hör auf, solch ein Theater zu machen.«

»Ich bekomme noch die Miete für einen Tag«, zischte Trin.

»Lass sie dir von dem Freier dort oben geben. Als Lohn für seine Vorfreude, und dann besorg ihm eine andere Jungfrau.«

Über die Kölner Gassen hatte sich die Abenddämmerung gelegt. Mia hakte sich bei Lis unter, und gemeinsam liefen sie hinter Adrian her. Seit sie die Schenke verlassen hatten, hatte er noch kein Wort mit ihr gewechselt. Allmählich begann Mia zu begreifen, was geschehen war. Die Erleichterung wich einer neuen Angst, die ihr Schauer über den Rücken trieb. »Was ist mit Bölinger? Er wird mich töten, wenn er erfährt, dass ich nicht mehr bei der Kupplerin bin.«

»Das wird nicht geschehen. Adrian hat ein Geschäft mit ihm ausgehandelt.«

Mia blieb stehen und schaute ihm nach. Ohne Rücksicht, ob sie ihm folgten, bog er in die nächste Gasse und verschwand aus ihrem Blickfeld. »Was soll das heißen, Lis?«

»Er hat dich freigekauft. Hat ihn ziemlich viel Gold gekostet. Bölingers Habgier müsste damit jedoch fürs Erste gestillt sein.« Lis zog sie am Arm weiter.

Mia riss sich von ihr los und holte Adrian auf dem Domplatz ein. »Du musst mit mir reden! Lis hat gesagt, du hast mich freigekauft. Was soll das bedeuten? Muss ich dir nun immer zu Willen sein?«, fuhr sie ihn an.

Adrians Augen verdunkelten sich. »Keine Sorge. Ich habe nicht die Absicht, das Bett mit dir zu teilen.« Er wandte sich ab und ließ sie stehen.

Mia folgte ihm, hielt ihn am Arm fest und grub die Fingernägel in den Stoff seines Mantels. »Warum hast du das getan? Warum liegt dir so viel daran, dass ich mich nicht als Hure verdinge? Ich verstehe das alles nicht!« Sie packte noch fester zu.

Adrian hielt inne. Er schloss die Augen und sog tief den Atem durch die Nase ein. Es kam Mia wie eine Ewigkeit vor, bis er sie endlich anschaute.

»Du fragst zu viel. Ich habe Bölinger bezahlt, und du bist wieder frei. Sonst nichts.«

Mia sah ihm tief in die Augen, die ihr verrieten, dass hinter seinen Worten noch mehr verborgen war.

Doch Adrian wich ihrem Blick aus und schaute über sie hinweg. »Lass gut sein Mädchen. Du bist mir nichts schuldig.«

»Aber …«

»Aber was? Habe ich nicht gesagt, es ist gut?« Seine Stimme verschärfte sich. Er riss den Arm aus ihrem Griff und ließ sie erneut stehen.

Lis legte ihr die Hand auf die Schulter. »Mach dir keine Sorgen, er ist ein guter Junge. Er wird deinen Körper niemals besitzen wollen. Dafür lege ich meine Hand ins Feuer.«

Mia schluckte. In ihrem Herzen breitete sich Bedauern aus, und das erschreckte sie.

Johann richtete sich aus den Kissen auf. Kraftlos stützte er sich auf die Ellbogen, um zu sehen, wer ihn aufsuchte. Der Hofjurist betrat das Gemach und blickte Johann mit seinem Dackelblick an. Johann schluckte gegen den säuerlichen Geschmack in seiner Kehle. Der Leibarzt hatte ihm doch äußerste Ruhe verordnet. Dies müsste auch dem Hofjuristen bekannt sein. Das erste Mal seit zwei Tagen, die seit dem Giftanschlag vergangen waren, spuckte Johann keine Galle mehr. Die Dosis des Giftes war zwar nicht so hoch gewesen wie beim letzten Mal, hätte ihn jedoch genauso töten können. Doch er war von der Natur eines Ochsen, wie sein Leibarzt ihm bestätigte.

Der Hofjurist räusperte sich ungeduldig, doch er musste warten, bis Johann ihn aufforderte zu reden. Wie es schien, behagte ihm dies nicht sonderlich. Warum auch? Wo doch niemand mehr in diesem Schloss Johann mit Respekt begegnete, seit die Landstände ihm endgültig die Regierungsgeschäfte abgenommen hatten. Aber selbst das vermochte ihm den Lebenswillen nicht zu rauben. Nicht bevor er Mia gefunden und mit ihr einen Sohn gezeugt hatte.

Der Hofjurist räusperte sich erneut.

»Nehmt Platz, und tragt mir Euer Anliegen vor, Gumprecht.«

Der Mann schob einen Stuhl an das Bett und ließ sich darauf nieder. Seine schwarze Robe wies auf der Brust die Reste des Mittagessens auf. Bei diesem Anblick verspürte Johann erneut Übelkeit in sich aufsteigen.

»Eure Hoheit, es ist uns gelungen, den Übeltäter aufzuspüren, der Euch das Gift in die Speise gerührt hat«, verkündete Gumprecht feierlich.

Johann hielt den Atem an und kniff die Augen zusammen. »Wer ist es gewesen?«, zischte er.

»Ein ehemaliger Küchenjunge, der sich an seinem Meister für die erhaltenen Prügel rächen wollte.«

Johann legte die Stirn in Falten. Das konnte nicht sein. Nie und nimmer! Jemand anderes musste dahinterstecken. Seinen Vorkoster hatten sie bereits in den Kerker geworfen, doch bisher hatte er, trotz der Folter, keinen Mittäter genannt. Warum sollte er für einen dummen Küchenjungen solche Qualen über sich ergehen lassen? Nein, das passte nicht. Irgendjemand schlich noch hier im Schloss herum und wartete nur auf die nächste Gelegenheit, ihn vor das Jüngste Gericht schicken zu können. Wem in der Zitadelle konnte er noch vertrauen?

Tasso, der sich vor dem Kamin zusammengerollt hatte, hob den Kopf und schmachtete Johann mit seinem treuen Blick an, als hätte er seine Gedanken gelesen. Das Tier war sein letzter Vertrauter. Der Gedanke, der ihm unvermittelt durch den Kopf ging, versetzte ihm einen Stich ins Herz. Aber es musste sein. Tasso würde in Zukunft alles vorkosten müssen. Sein treuer Freund hatte eine gute Nase und würde gewiss niemals etwas fressen, das ihm den Tod brachte.

»Er wird eine gerechte Strafe bekommen, Eure Hoheit.« Der Hofjurist faltete die Hände in den Schoß.

Mit zusammengepressten Lippen sah Johann ihn an. Dieser Rechtsverdreher steckte doch bestimmt mit den Verschwörern unter einer Decke. Sein scheinheiliges Getue stank zum Himmel. Mit ganzer Kraft rappelte sich Johann auf und setzte sich auf die Bettdecke. Lange nicht verspürte Lebenssäfte wallten in ihm hoch. Er ballte die Faust und schlug neben sich auf das Laken. »Ein Küchenjunge, wer soll das glauben? Verschwindet vom Schloss, Gumprecht.« Er schnappte nach Luft.

Der Hofjurist riss die Dackelaugen auf und sah ihn an,

als hätte er Satan persönlich vor sich stehen. »Aber, Eure Hoheit … Wie könnt Ihr …?«

Johann sah zu Tasso und pfiff durch die Zähne. Der Hund verstand. Mit einem Satz stand er vor Gumprecht und verbiss sich knurrend in den Saum seiner Robe. Dem Hofjuristen war jegliche Farbe aus dem Gesicht gewichen. Angstschweiß perlte von seinen Schläfen.

»Tasso, Fuß!« Johanns treuer Gefährte ließ von der Robe ab. »Ihr wolltet doch das Schloss verlassen. Wenn ich mich nicht irre, für immer.« Johann hob eine Augenbraue.

Gumprecht sprang von dem Stuhl und eilte zur Tür. Noch bevor er die Klinke drücken konnte, warf Johann Tasso einen Blick zu. Der Hund hechtete hinter dem Hofjuristen her und verbiss sich in seinem Allerwertesten. Johann genoss noch einmal den Anblick, dann pfiff er Tasso wieder zurück. Die Hand an seinem Hinterteil, rannte Gumprecht aus dem Gemach.

Johann brach in schallendes Gelächter aus. Er spürte, wie Kraft in seine Glieder zurückkehrte und mit ihr die Sehnsucht nach Mia.

Noch leicht benommen stieg er aus dem Bett und hielt sich am Pfosten fest. Obwohl der Boden unter ihm schwankte, wagte er sich auf bloßen Füßen die paar Schritte bis zum Lehnstuhl vor dem Kamin. Dort ließ er sich schwer atmend nieder. Tasso folgte ihm und legte sich zu seinen Füßen. Johann strich mit der Hand das Linnen seines Nachtgewandes glatt und starrte in die Flammen, bis sich Mias Antlitz davorschob. Die schwarzen Locken, die sich keck aus der Haube kringelten. In ihren Augen ein Feuer der Leidenschaft, wenn sie mit ihrer sanften Stimme von ihren Kochkünsten erzählte. Johann sah sie wahrhaftig vor sich stehen und streckte den Arm aus, um nach ihrer Hand zu greifen. Als er ins Leere tastete, schossen ihm Tränen in die Augen. Ein Schluchzer stieg aus seiner Kehle auf, und er schrie ihren Namen und verfiel in ein Wehklagen.

Da flog die Tür auf, und sein Leibarzt eilte herbei. Er führte Johann zum Bett, deckte ihn zu und flößte ihm mit einem Löffel etwas Mohnsaft ein, den der Herzog jedoch sofort wieder ausspuckte. »Du willst mich vergiften, ich weiß es! Alle hier wollen das«, rief er und verengte die Augen zu Schlitzen. »Raus, du Quacksalber! Ich will dich nie wiedersehen.« Er riss dem Arzt die Flasche Mohnsaft aus der Hand und schleuderte sie zu Boden.

Der Mann strich sich das graue Haar aus der Stirn und verließ erhobenen Hauptes das Gemach.

Johann rappelte sich erneut aus dem Bett auf, torkelte zum Fenster und öffnete es. Die kalte Luft strömte in seine Lungen. Er blickte über den Wall hinweg und schrie aus vollstem Herzen Mias Namen.

Seit drei Tagen hockte Mia nun in der Unterwelt, versteckt in einem geheimen Gang, den die wenigsten der Diebe und Bettler kannten und den selbst Bölinger noch nie betreten hatte. Lis hatte ihr geraten, sich dort aufzuhalten, wenn sie und die Huren am Tage unterwegs waren. Abends kroch sie dann mit ihren Decken zu ihnen. Doch mittlerweile hielt sie es hier unten nicht mehr aus. Sie musste wissen, ob draußen die Sonne schien, ob vielleicht schon der Frühling Einzug gehalten hatte. Adrian hatte sie seit dem Tag nicht mehr gesehen, als er sie aus Bölingers Fängen freigekauft hatte. Es verging keine Stunde, in der sie nicht an ihn dachte. Sie hätte so sehr seinen Rat gebraucht, hätte gern gewusst, für wie lange sie sich noch verstecken musste. Sie lehnte den Rücken gegen das Gemäuer, durch das die Kälte in ihren Leib strömte. Ihr Herz krampfte sich zusammen, wie jedes Mal, wenn sie an Adrian dachte. Mia erhob sich, klopfte sich die Röcke aus und fuhr mit den Fingern durch ihre Locken. Sie brauchte Klarheit über sein Verhalten, und dann würde sie aus der Unterwelt verschwinden und wieder richtige Luft atmen. An der Gabelung schaute sie in den dunklen Gang, den Adrian immer entlangschritt. Sie nahm eine der Fackeln von der Wand und wagte sich einen Schritt vor. Ihr Herz hämmerte gegen die Brust.

Der Gang war enger als die anderen. Zaghaft setzte Mia den anderen Fuß vor. Plötzlich legte sich eine Hand auf ihre Schulter, und sie zuckte mit einem Aufschrei zusammen.

»Hatte ich dich nicht gewarnt, niemals diesen Gang zu betreten?«

Mia drehte sich um und schaute in Lis' Augen, in denen die Enttäuschung geschrieben stand.

»Weißt du, zu stehlen oder zu betrügen ist keine schöne Sache. Sagen wir, es ist ein Verbrechen. Das wissen wir alle. Aber das Vertrauen von jemandem unserer Gesellschaft hier zu missbrauchen, das ist etwas, das brächte ich nie fertig.« Lis kniff die Augen zusammen. »Jeder hier unten hält sich an den Befehl, Adrian nicht zu folgen. Und dann kommst du, schnappst dir die Fackel und willst den Gang entlangmarschieren. Einfach so.«

»Nein, Lis, nicht einfach so. Seit drei Tagen hocke ich nun in dem einsamen Abschnitt und starre die Mauersteine an. Soll ich bis an mein Ende so weiterleben? Außerdem, von welchem Vertrauen sprichst du? Dir vertraut er, mir nicht. Du darfst ihn ja in seinem Versteck aufsuchen.«

Lis zuckte mit den Schultern. »Du wolltest doch gehen? Also los. Aber hinauf in die Gassen geht es in diese Richtung.« Sie zeigte mit dem Daumen hinter sich.

Mia schob sich an ihr vorbei. In ihren Augen brannten Tränen, die sie mit dem Handrücken fortwischte. Gesenkten Hauptes lief sie den Gang entlang, in dem gähnende Leere herrschte. Selbst die kranken Bettler waren ausgeflogen. Nur die schmuddeligen Decken und der verstreute Unrat zeugten davon, dass hier unten Menschen lebten. In Mia keimte das Verlangen auf, sich zu waschen und ihre Kleider zu reinigen, um damit das Leben in der Unterwelt endgültig hinter sich zu lassen.

Sie stieg die Leiter hinauf und fragte sich dabei, wo Adrian wohl seine Sachen waschen ließ. Sein Hemd war immer so rein wie die Blüten der Apfelbäume im Frühling. Jedes Mal, wenn sie ihm begegnete, verströmte er den Duft von Seife.

In den Gassen herrschte reges Treiben. Mia glaubte, ihren Augen nicht zu trauen. Junge Burschen hatten sich Masken aufgesetzt. Mit überlangen Nasen, großen Ohren und Tierfratzen liefen sie den Mädchen hinterher. Fingen sie ein, hielten sie fest und ließen sie dann wieder laufen. Es musste Vastelabend sein, der Tag vor Aschermittwoch. In jedem Jahr wurde auf Schloss Jülich an diesem Tag im Kronsaal ein Maskenball veranstaltet. Dieses Jahr würde er wohl ausfallen, wegen der Geldnot, in der der Herzog gehalten wurde.

Die Burschen liefen auch auf Mia zu, doch ihr stand nicht der Sinn nach Scherzen. Sie schlug eine andere Richtung ein und wäre am liebsten wieder durch das Loch in die Unterwelt verschwunden. Stattdessen eilte sie in Richtung Aldemarkt. Die Burschen nahmen es wohl als Aufforderung, ihr zu folgen. Sie spurteten hinter ihr her und hielten sie am Arm fest.

»Lasst das!«, rief Mia und schlug um sich. Ihr Gesicht verzerrte sich vor Kummer. Als die Burschen dies sahen, ließen sie von ihr ab und liefen wieder zurück in die Gasse. Mia zog die Nase hoch und schaute sich um. Die Gaffeln führten auf einer Bühne ein Schauspiel auf, dem die maskierte Menge johlend und klatschend zusah. Mias Blick fiel auf einen Mann, der sich die Maske abnahm, um sich an der Nase zu kratzen. Ihr Herzschlag beschleunigte sich, als sie die Augenklappe sah. Bölingers Blick traf sie wie ein Giftpfeil. Unfähig, sich zu rühren, blieb sie auf der Stelle stehen, obwohl ihr Verstand ihr riet davonzulaufen. Der König der Unterwelt kam auf sie zu. Endlich konnte sie sich dazu durchringen, sich umzudrehen und wegzulaufen. Doch es war bereits zu spät. Bölinger hielt sie am Arm fest.

»Solltest du nicht bei deinem Freier sein und ihm das Bett wärmen, mein Täubchen?«

»Das geht dich nichts an!«, keifte sie und versuchte, sich seinem Griff zu entziehen.

»Und ob mich das etwas angeht.« Seine Stimme nahm einen scharfen Ton an, der ihr verriet, dass er nicht zu Späßen aufgelegt war.

Sie schloss die Augen und sog tief den Atem ein. »Ich habe mir nur kurz die Beine vertreten. Adrian wartet auf mich. Lass mich gehen.«

»Wenn es so wäre, hättest du doch nicht vor mir die Flucht ergreifen müssen.« Bölinger hob eine Augenbraue. »Weißt du was? Müßiggang darf nicht sein. In der Zeit, wenn Adrian dich nicht benötigt, kannst du auch Geld verdienen. Selbst wenn der Vastelabend den Jesuiten ein Dorn im Auge ist, ihre Studenten treiben es dafür umso heftiger, und das am liebsten mit den Frauen. An diesem Tag fehlt es an Huren. Also komm, ich bringe dich in die Nähe des Tricoronatums. Ist nur ein kleiner Fußmarsch. Unterwegs kannst du mir ja von deinem Kaufmann erzählen.«

Mia sah sich auf dem Marktplatz um. Doch dieses Mal fehlte jede Spur einer rettenden Hand. Sie hatte alles aufs Spiel gesetzt und hätte sich dafür selbst ohrfeigen können.

Bölinger zog sie fort. Mia wusste, jede Gegenwehr konnte in einem Fiasko enden, das sie das Leben kosten würde. Deshalb ließ sie sich von ihm am Arm durch die Gassen zerren.

»Es ist ungewöhnlich, welch hohen Preis der Kaufmann für dich bezahlt hat. Erzähl mal, Täubchen, wie besorgst du es ihm denn?« Bölinger wischte sich mit dem Handrücken den Geifer von den Mundwinkeln.

Einen Teufel würde sie tun und dem widerlichen Kerl antworten! Sie taumelte neben ihm her und wich dem Blick des einen gesunden Auges aus.

»Willst mir wohl nicht antworten. Macht auch nichts. Hauptsache, die Münzen klingen, egal, wie du es anstellst. Ansonsten weißt du ja, was dir blüht!« Sein Griff verstärkte sich schmerzhaft.

Sie gingen durch die Trankgasse bis zur Marzellenstraße, wo sich das Jesuitengymnasium befand. Aber Bölinger zog Mia noch weiter, vorbei an einer kleinen Kirche in eine verwinkelte Gasse. Am Ende einer mannshohen Mauer befand sich ein versteckter Platz, wo bereits einige Frauen auf Kundschaft warteten. Sie hockten auf einer Steintreppe und beäugten Mia misstrauisch.

Bölinger führte Mia zu den anderen. »Sie ist eine von euch, also behandelt sie anständig. Ihr wisst genau, wie sehr ihr heute noch schuften müsst, um all die Studenten zu bedienen, die schon während des Unterrichts von euren Schenkeln träumen. Da könnt ihr Verstärkung gut gebrauchen.« Er schubste Mia zu der Treppe.

»Komm, setz dich erst einmal, du siehst ja aus wie eine Maus, die in die Fänge der Katze geraten ist.« Eine der Huren klopfte mit der Hand auf die Stufe.

Mia zitterte am ganzen Körper. Kraftlos ließ sie sich auf der Steintreppe nieder. Sie wollte den Frauen sagen, dass sie keine von ihnen war, doch stattdessen schwieg sie. Was hätte es ihr gebracht? Ein hämisches Grinsen, mehr nicht.

Sie starrte auf die Mauer und biss sich auf die Unterlippe. Nun vermochte auch Adrian ihr nicht mehr zu helfen. Sie hätte davonlaufen können, doch ihr fehlte die Kraft dazu. Und selbst wenn sie es tat, Bölinger würde sie immer wieder finden, solange sie in dieser Stadt blieb. Um ihm zu entkommen, musste sie Köln verlassen. Sie schmeckte das Blut aus ihrer Unterlippe auf der Zunge und wischte sich mit dem Handrücken über den Mund. Die Frau neben ihr beachtete sie nicht mehr. Sie schwatzte und lachte mit einer anderen Hure. Wo nahm sie nur die Heiterkeit her?

Die Sonne bahnte sich einen Weg durch die Wolkendecke und blendete Mias Augen. Sie kniff die Lider zusammen. Ein Mann, gekleidet in eine schwarze Soutane, näherte sich der Treppe. Die Huren ringsum stöhnten genervt auf.

»Was will der denn schon wieder hier?« Eine Frau verdrehte die Augen und schob die Hände in ihre taubenblauen Röcke.

»Uns wieder einmal davonjagen. Was denkst du denn?«, raunte eine andere.

Mia schluckte schwer. Vielleicht sollte sie sich dem Jesuiten anvertrauen und ihn um Hilfe bitten. Doch dann sah sie den bösen Blick in seinen grauen Augen und bekam es mit der Angst zu tun.

Der Mann drohte mit der geballten Faust gen Himmel. »Wie oft muss ich es euch noch sagen? Ihr sollt von hier verschwinden. Augenblicklich!«

Die Huren blickten ihn gelangweilt an.

»Wenn ihr nicht sofort eure Beine in die Hand nehmt, rufe ich die Klocken!«, keifte er.

Die erste Hure erhob sich, strich ihre Röcke glatt und stahl sich davon. Mia folgte ihr mit den anderen. Erst auf der Marzellenstraße blieb sie zurück und schaute dem Grüppchen nach, das in der nächsten Gasse verschwand. Gedankenverloren blickte sie zum Himmel. Im nächsten Moment stieß jemand sie in den Rücken. Mia fuhr herum und blickte in Bölingers verärgertes Gesicht.

»Ich dachte mir schon, dass du versuchen würdest abzuhauen.« Er verzog das Auge zu einem engen Schlitz.

»Der Jesuit … Er hat uns davongejagt«, stammelte Mia.

»Ach, ist das wahr? Und da weißt du dir nicht zu helfen? Was glaubst du, was die anderen Huren nun treiben? Sie haben sich bestimmt nicht zur Ruhe begeben. Und das wirst du auch nicht tun.« Er griff nach ihrem Oberarm. »Los, komm! Wir gehen zum Hafen. Am Stapelhaus gibt es auch noch genügend Freier, die bedient werden wollen.« Seine Finger bohrten sich durch ihren Umhang. Mit einem Ruck zog er sie fort.

Die Luft roch nach Holz, Fisch und abgestandenem Wasser. Männer rollten Fässer über eine Planke von einem bauchigen Schiff an Land. Dabei schäkerten sie mit den grellgeschminkten Frauen, die in einem Grüppchen neben dem Warenhaus zusammenstanden. Zwischen schweren Holzkisten, gebündelten Flachsballen und Fässern tollten Hunde umher. Treidelpferde wieherten, sie standen an Pflöcken, an denen die Burschen sie angebunden hatten, um sich bei einem Umtrunk zu stärken. Hier und da kreuzte ein maskiertes Gesicht den Treidelpfad. Doch die ausgelassene Stimmung, wie sie in den Gassen herrschte, fehlte.

Bölinger stieß Mia mit dem Ellbogen in die Rippen. »Hier wird dich kein Pfaffe vertreiben. Also, denk an den Klang der Münzen.« Er warf ihr einen scharfen Blick zu.

In der Hoffnung, ein bekanntes Gesicht zu entdecken, sah Mia zu den Huren. Ihr Herzschlag beschleunigte sich, als sie Entgins grünen Hut mit der Strohblume erkannte. Nun sah auch sie zu ihr herüber. Mia quälte sich ein Lächeln ab und lief auf sie zu.

»Ich kann das alles nicht«, flüsterte sie und ließ sich mit einem Schluchzer in Entgins Arme fallen. »Ich schaffe es nicht. Ich kann nicht als Hure arbeiten.«

Entgin strich ihr das Haar aus der Stirn, und Mia spürte die Kühle ihrer Fingerspitzen. »Jede von uns hat beim ersten Mal die gleiche Angst gehabt wie du, glaube mir. Aber es wird besser, mit jedem Mal.«

Mia schloss die Augen. Über ihre Wangen rannen heiß die Tränen. »Das kann ich mir nicht vorstellen.« Sie hob den Blick und schluckte gegen den Kloß in ihrem Hals. »Bölinger kann mich nicht zwingen, meinen Körper Männern anzubieten. Adrian hat mich schließlich freigekauft. Das darf er nicht.«

Entgin lachte verbittert auf. »Glaubst du wirklich, Bölinger interessiert es, was er darf, oder nicht? Ich hatte dich für klüger gehalten.«

Mia wand sich aus ihrem Arm. Die Hure hatte recht.

Was redete sie sich eigentlich die ganze Zeit ein? Doch niemals würde sie sich mit diesem Schicksal abfinden. Sie wollte wieder kochen, dafür lebte sie. Das vertraute Ziehen fuhr durch ihren Leib, gefolgt von einem heftigen Herzschlag.

»Das ist nicht mein Leben, Entgin.« Mia zog sich die Kapuze über die Locken und reckte das Kinn vor.

»Was hast du vor? Bölinger wird dich töten. Denk nur an Helene.« Entgin stieß schwer den Atem aus.

»Ich bin nicht Helene. Und Bölinger kann mir nichts mehr anhaben, wenn ich ihm nicht in der nächsten Stunde über den Weg laufe.« Sie raffte ihre Röcke, lief den Treidelpfad entlang und verließ den Kai durch die Pforte, hinter der die Mühlengasse zum Aldemarkt führte. Woher sie den Mut nahm, konnte sie sich selbst nicht erklären.

8. Kapitel

Walther vergewisserte sich mit einem prüfenden Blick, ob sich kein Fleck auf seinem weißen Hemd zeigte. Zum wiederholten Male strich er sich mit der Hand über das graue Haar und verließ dann die Schlossküche. Der Herzog hatte ihn zu sich rufen lassen, und Walther vermutete, dass er sich bei ihm bedanken wollte. Schließlich hatte er den Täter gefunden, der dem Herzog nach dem Leben trachtete.

Vor dem Gemach hatten sich zwei Wachsoldaten postiert. Als sie Walther sahen, traten sie zur Seite und gewährten ihm Einlass. Ein Zeichen, dass er bereits erwartet wurde.

Der Herzog kauerte, gekleidet in einen rubinroten Schlafrock, auf seinem Lehnstuhl. Er hatte das Kinn auf die Handfläche gestützt und starrte in den kalten Kamin. Selbst als sich Walther ihm näherte, hob er nicht den Blick.

»Solange mein armes Mädchen dort draußen frieren muss, wird in diesem Kamin kein Feuer mehr lodern. Sie finden sie einfach nicht. Es ist nicht zu glauben.« Der Herzog schnalzte leise mit der Zunge und schüttelte dabei den Kopf.

»Ihr habt mich rufen lassen, Eure Hoheit.« Walther wusste nicht, ob der Herzog ihn überhaupt schon zur Kenntnis genommen hatte.

»Ich? Ach ja. Setze dich, Koch.« Johann richtete sich auf, als säße er auf einem Thron, und zeigte mit dem Finger auf den Tisch unterm Fenster.

Walther wusste nicht recht, was er tun sollte. Der Tisch mit den drei Stühlen stand gut zehn Schritte von dem Kamin entfernt. Wie sollte er so eine Unterhaltung mit dem Herzog führen können? Ihn fröstelte es. Nach einem kurzen Zögern hob er einen Stuhl hoch, trug ihn zum Kamin und ließ sich darauf nieder.

Der Herzog wandte den Kopf zu ihm und sah mit glasigen Augen durch ihn hindurch. »Es ist nicht zu fassen, wie sehr man mir nach dem Leben trachtet. Jemand hat mir Gift ins Essen gerührt. Wusstest du das?« Sein Blick festigte sich, und er sah Walther in die Augen.

»Ja, Eure Hoheit. Ich selbst habe den Täter überführt.«

»Ach, und? Wer ist es?« Der Herzog hob erstaunt die Augenbrauen.

»Mein ehemaliger Küchenjunge, Eure Hoheit.« Walther vermochte nicht nachzuvollziehen, warum der Herzog das nicht wusste. Warum hatte der Hofjurist ihm nicht davon berichtet? Er schüttelte den Kopf. »Wenn ich das alles vorher gewusst hätte, wäre diese Ratte schon längst unter meinen Händen verreckt.«

Der Herzog legte den Kopf in den Nacken, riss den Mund auf und verfiel in schallendes Gelächter, das ihm die Tränen in die Augen trieb.

Walther wusste nicht, was er davon halten sollte. Er sah sich ratlos in dem Gemach um und knetete die Hände in seinem Schoß.

Der Herzog schien sich wieder zu beruhigen. Er schaute zu Walther und wischte sich die Tränen von den Wangen. »Ein Küchenjunge. Ein kleiner dummer Küchenjunge. Sag, Koch, das glaubst du doch selbst nicht«, kicherte er wie eine alberne Magd.

Walther konnte ihm nicht ganz folgen. Was wollte der Herzog damit ausdrücken? Als sein Lachen endgültig verstummte, breitete sich eine bedrückende Stille in dem Gemach aus. Der Wind stieß eines der Fenster auf. Quietschend schaukelte es in seiner Angel.

»Hinter den Giftanschlägen steckt mehr als ein dummer Jungenstreich«, flüsterte der Herzog plötzlich heiser. Er erhob sich, schlurfte in seinen Filzpantoffeln zum Fenster und schloss es. Mit einem abwesenden Gesichtsausdruck starrte er durch die Bleiverglasung. »Dein Fraß schmeckt mir nicht, Koch. Ich gebe dir noch eine Woche. Sollte sich bis dahin nichts daran ändern, kannst du dir eine neue Anstellung suchen.«

Walther glaubte, sich verhört zu haben. Vom schwindenden Verstand des Herzogs wusste im Schloss selbst die dümmste Magd. Doch dass er es in seiner Geistesschwäche nun auf ihn abgesehen hatte, begriff Walther nicht. Noch nie hatte der Herzog seine Speisen beanstandet, und dazu hatte es auch in all der Zeit, die er am Hof war, keinen Grund gegeben. In Walther stieg Wut hoch. Er holte tief Luft, um sie im Zaum zu halten.

»Lass mich nun alleine, Koch.« Der Herzog machte eine ungeduldige Handbewegung.

Walther stand auf und verbeugte sich in seine Richtung. Beim Hinausgehen beobachtete er aus dem Augenwinkel, wie der Herzog mit der flachen Hand gegen die Glasscheibe schlug. Sein Wimmern hallte durch das Gemach. Das Geheul, das folgte, glich dem eines geschlagenen Kindes.

Ännchen stellte einen Krug Bier vor Walther auf den Tisch und ließ sich seufzend auf dem Stuhl zu seiner Rechten nieder. »Ich weiß, Walther, Ihr gebt mir noch immer die Schuld an allem Unglück. Und ich verstehe Euch auch. Doch wollt Ihr es mir immer noch nachtragen? Ich habe es nicht besser gewusst, glaubt mir.« Sie schneuzte sich in ihren Rock.

Walther straffte die Schultern. Er wusste genau, der Stachel der Enttäuschung über ihren Neffen steckte tief in Ännchens Herzen. Er konnte sich nicht erklären, warum, aber er fühlte mit einem Mal Mitleid mit ihr, obwohl sie Mia mit ihrem Gerede vom Schloss vertrieben hatte. Walther schüttelte den Kopf, in der Hoffnung, damit diese gnädige Stimmung loszuwerden. »Das ist es nicht allein. Der Herzog will mich fortschicken, da ihm meine Speisen nicht mehr munden. Außerdem glaubt er nicht, dass Rutger ihn vergiften wollte.«

»Was sagt Ihr da? Das kann doch nicht sein.« Ännchen rückte sich die Haube zurecht. »Hat er etwa *Euch* in Verdacht?«, raunte sie.

»Nein, aber er ist vollkommen dem Wahnsinn verfallen. Wer weiß, was noch auf uns zukommt …«

»Ja, das hat sich schon herumgesprochen. Aber richtig vorstellen kann ich es mir nicht. Wie verhält er sich denn?«

Walther erzählte ihr alle Einzelheiten seines Besuchs und redete sich dabei den Kummer von der Seele. Doch die Angst vor der ungewissen Zukunft blieb.

Plötzlich klopfte es an eines der Fenster. Ein Bote winkte Walther mit einem Brief in der Hand zu. Das konnte nur die langersehnte Nachricht seines Bruders aus Aachen sein! Walther lief zum Fenster und öffnete es. Mit einem Ruck riss er das Siegel des Briefes auf und las die krakeligen Zeilen. Doch was sein Bruder schrieb, nahm ihm den letzten Mut. Kraftlos ließ er den Brief sinken und schaute durch das Fenster.

»Walther, was ist los? Was steht in dem Brief? Geht es um Mia?« Ännchen rüttelte an seinem Arm.

»Sie ist immer noch nicht in Aachen angekommen«, hauchte er kaum hörbar.

»Grundgütiger!« Ännchen rang die Hände. »Dem Kind muss unterwegs etwas zugestoßen sein! Nimmt denn das Unglück überhaupt kein Ende?«

Mias Herz klopfte wild in ihrer Brust, als sie die Stiegen hinabkletterte. Auf dem Weg zur Unterwelt hatte sie weder nach links noch nach rechts geschaut und ganz auf Gott vertraut, dass Bölinger nicht an der nächsten Ecke auf sie wartete. Obwohl sie den Weg unbeschadet überstanden hatte, wollte sich ihr Herz dennoch nicht beruhigen. Im Gegenteil, es überschlug sich bei dem Gedanken an das, was ihr nun bevorstand.

Sie reckte das Kinn vor und lief die Gänge entlang. Alle waren ausgeflogen. Selbst die Kranken und Gebrechlichen ließen es sich an diesem Tag nicht nehmen, sich unter das Volk zu mischen, waren die Bürger am Vastelabend doch besonders freigiebig.

Vor der Biegung, an der der Gang zu Adrians Versteck abging, hielt sie inne. Sie legte die Hand auf die Brust und atmete tief ein. Für einen Augenblick schloss sie die Augen, um Mut zu fassen. Dann griff sie nach einer der Fackeln an den Wänden und lief mit zittrigen Knien den Gang entlang. Nach etwa einhundert Schritten endete dieser. Mia stand vor einer Wand aus Erde und Steinbrocken. Fassungslos drehte sie sich um und blickte zurück. Wo in Gottes Namen hielt sich Adrian hier versteckt? Es konnte nur einen geheimen Zugang irgendwohin geben. Mia ging ein Stück zurück und nahm rechts und links von sich das Mauerwerk in Augenschein. Ein Klopfen durchbrach plötzlich die Stille, als würde ein Hammer auf Metall schlagen. Sie hielt den Atem an und folgte auf leisen Sohlen dem Klang der Schläge. Dann entdeckte sie in dem Mauerwerk eine Stelle, an der Steine eingelassen waren, die viel kleiner als die Tuffblöcke waren. Sie fuhr mit der Hand darüber und stellte fest, dass sie nur lose aufeinanderlagen. Mia machte sich an den Steinen zu schaffen und räumte einen nach dem anderen fort. Vor ihr eröffnete sich ein Loch in dem Gemäuer, das von ihrer Hüfte bis zum Kopf reichte. Sie kroch hindurch und stieß erneut auf eine Wand aus losen Steinen. Das Schlagen des Hammers wurde lauter.

Nach und nach räumte sie sich den Weg frei. Durch die letzten Brocken schimmerte der Schein einer Feuerstelle. Doch als sie diese beiseitegeschafft hatte, schaute sie in den Lauf einer Feuerbüchse. Ein Aufschrei entwich ihrer Kehle.

»Du?« Adrian blickte sie mit großen Augen an und ließ die Waffe in seiner Hand sinken.

Mia schlug das Herz bis zum Hals. Adrian wandte sich von ihr ab und ließ sich umständlich auf einem Steinquader nieder. Sie hatte erwartet, dass er wütend war, weil sie ungebeten hier auftauchte, dass er sie anschrie und ihr Vorwürfe über missbrauchtes Vertrauen machte. Doch er stützte nur das Kinn auf die Handflächen und starrte schweigend an das Mauerwerk. Sein Verhalten irritierte Mia. Sie kletterte aus dem Zugang und stellte sich auf die Beine, die so wackelig waren, als stünde sie auf einem Floß. In einem mannshohen Ofen, aus Stein gemauert, loderte ein Feuer. Mias Blick fiel auf die Goldstücke, die sich daneben häuften.

»Das sind Schrötlinge. Ich muss sie nur noch prägen«, sagte Adrian.

»Du fälschst Münzen?« Sie drehte sich zu ihm um.

In seinen bernsteinfarbenen Augen spiegelte sich der Schein des Feuers wider. Eine unheimliche Stille breitete sich in dem Gewölbe aus, die nur von dem Knistern der brennenden Holzscheite durchbrochen wurde.

Adrian stützte die Ellbogen auf seine Oberschenkel, verschränkte die Finger ineinander und sah Mia schweigend an. Unter seinem weißen Hemd zeichneten sich die Muskeln ab. Er wirkte so stark und doch zerbrechlich! Das Bild von dem Kaufmann, der in seinem schwarzen Mantel an ihr vorbeistolziert war, verblasste in ihrem Gedächtnis. Vor ihr saß ein Mann, der ein Sonderverbrechen beging. Mia konnte den Blick nicht von seinen Augen wenden, in denen Traurigkeit geschrieben stand.

In ihrem Hals hatte sich ein Kloß gebildet. Am liebsten wäre sie wieder durch den Zugang geklettert und fortgelaufen, weil sie sich schämte, unaufgefordert in sein Versteck eingedrungen zu sein.

»Warum bist du hier?«, brach Adrian das Schweigen.

Mia senkte den Blick. »Bölinger zwingt mich weiterhin, meinen Körper zu verkaufen. Er hat mich zum Hafen gebracht, aber ich bin geflohen. Ich weiß nicht mehr, wo ich sicher vor ihm bin. Noch nie habe ich solch eine Angst vor einem Menschen gehabt. Was soll ich bloß tun? Niemals wäre ich hierhergekommen, wenn es einen anderen Ausweg gegeben hätte, glaube mir.« Sie kämpfte mit den Tränen.

»Es war richtig, dass du hergekommen bist«, stieß

Adrian hervor. »Hier bist du in Sicherheit.« Mit gesenktem Haupt betrachtete er seine Fingernägel.

Mia setzte sich auf einen der Steinquader und sah sich erneut um. Das Feuer in dem Ofen spendete eine behagliche Wärme und tauchte das Versteck in ein orangefarbenes Licht. Sie schaute auf Adrians und Wills Lager. Die Decken und Felle waren zerwühlt, jedoch sauber. Gegenüber befanden sich zwei einfache Truhen, aus Kiefernholz gezimmert, in denen die beiden wohl ihre Habseligkeiten aufbewahrten.

»Wie bist du dazu gekommen, Münzen zu fälschen?« Mia schaute nun wieder zu Adrian.

Er hob kurz den Blick, senkte ihn dann aber wieder. »Es ist ein Erbe.«

»Von deinem Vater?«

»Nein.« Adrian schüttelte leicht den Kopf. Der Klang seiner Stimme verriet, dass er nicht darüber reden wollte.

Mia fragte nicht weiter nach, sondern saß ihm schweigend gegenüber. Sein trauriger Anblick zerriss ihr fast das Herz. Sie verspürte den Drang aufzustehen, ihn in den Arm zu nehmen und zu trösten, auch wenn sie nicht wusste, was ihn bedrückte. Doch sie tat es nicht, denn viel zu groß war ihre Angst, Adrian würde sie von sich stoßen.

Als hätte er ihre Gedanken gelesen, klopfte Adrian mit der flachen Hand auf seinen Oberschenkel. »Komm her«, flüsterte er.

Zögernd folgte Mia seiner Aufforderung. Das Herz hämmerte unerträglich in ihrer Brust. Sie ließ es geschehen, dass Adrian ihre Hand nahm und sie auf seinen Schoß zog.

Er legte den Arm um ihre Schulter. »Solange du hier

bei mir bist, brauchst du dich nicht zu fürchten«, flüsterte er in ihr Ohr.

Mia bettete die Wange an seine Brust. Während sie seinem Herzschlag lauschte, empfand sie eine nie gekannte Geborgenheit. Die Furcht vor Bölinger sowie alle Sorgen der letzten Tage fielen von ihr ab. Sie atmete Adrians Duft ein, schloss die Augen und wünschte sich, die Zeit würde stehenbleiben.

Er strich ihr das Haar aus der Stirn. Die Wärme seiner Fingerspitzen tat wohl auf ihrer Haut und jagte ihr einen Schauer über den Rücken. Sie öffnete die Augen und starrte in die Flammen des Ofens.

»Kann ich bei dir bleiben?« Der Gedanke, er würde sie wieder fortschicken, versetzte ihr einen Stich, der kaum zu ertragen war.

Ohne eine Antwort zu geben, berührte Adrian ihr Haar mit seinen Lippen.

Sie drückte sich fester in seinen Arm. Seine Wärme strömte bis in den letzten Winkel ihres Herzens, umhüllte ihre Seele, bis die allerletzte Anspannung von ihr fiel.

Adrian hob mit dem Finger ihr Kinn und blickte ihr tief in die Augen. »Was geschehen ist, tut mir leid«, flüsterte er.

»Es ist nicht deine Schuld. Ich hätte auf Walther hören und nach Aachen zu seinem Bruder fliehen sollen. Doch ich musste ja so töricht sein und nach Köln gehen.«

»Ich finde das ganz und gar nicht töricht.«

»Was denn sonst? Hältst du es etwa für klug, was ich getan habe?« Mia hob den Kopf

»Nein, für klug nicht, eher für mutig.« Er lächelte.

Mia hatte ihr Handeln noch nie in diesem Licht betrachtet. Adrians Worte erfüllten sie mit Stolz.

Seine Lippen näherten sich ihren. Sie schloss die Augen. Warm und leicht, wie der Flügelschlag eines Schmetterlings, streifte sein Kuss sie. Dann versank sie in seinem Kuss und vergaß die Welt um sich herum. In ihren Adern pulsierte das Blut wie eine Brandung, deren Wellen gegen die Klippen schlugen.

Viel zu schnell war es vorüber. Mia hob die Lider und blickte in seine Augen, die unendliche Traurigkeit widerspiegelten. Er strich ihr mit dem Handrücken über die Wange, richtete den Blick zur Decke und atmete schwer aus. Mia griff nach seiner Hand und berührte mit den Lippen seine Fingerspitzen.

»Das, was ich im Augenblick spüre, habe ich noch nie für eine Frau empfunden«, flüsterte er.

Seine Worte wirkten wie ein Zaubertrank. Mit einem Mal fühlte sie sich so schön und begehrenswert wie noch nie zuvor in ihrem Leben. In ihr wuchs plötzlich eine Kraft, mit der sie jedes Hindernis, das ihr im Weg stand, hätte bewältigen können. Zum ersten Mal, seit sie in dieser Stadt war, hatte sie das Empfinden, sie besäße ein Heim.

»Woran denkst du?« Adrian riss sie aus ihren Gedanken. Mit der Fingerspitze umkreiste er den Knöchel ihres Handgelenkes.

»Dass ich mich vor nichts mehr fürchten muss, solange du bei mir bist.«

Adrian schaute betreten zur Seite. »Nein, Mia, das ist falsch. Ich wandele mit meinem Handwerk auf einem schmalen Grat. An den nächsten Morgen denke ich nicht. Ich bin nur am Ende eines jeden Tages dankbar, dass ich noch nicht im Turm sitze. Allein der Gedanke, du könntest in die Sache mit hineingezogen werden, schnürt mir die Kehle zu.«

Sie strich über seine Wange. »Sag so etwas nicht. Du

bist schlau genug, dich nicht erwischen zu lassen. Und wer soll dich hier unten schon finden?«

Adrian lachte heiser auf. »Ja, wer außer dir?« Er presste die Lippen aufeinander und starrte durch sie hindurch.

»Bist du derzeit in Gefahr?« Mia merkte, dass sie Angst um ihn hatte.

»Nein«, stieß er leise aus und umfasste ihr Gesicht mit beiden Händen.

Erneut versanken sie in einem Kuss. Ohne seine Lippen von ihren zu nehmen, hob Adrian sie auf den Arm und trug sie zu den Fellen neben dem Ofen. Dort bettete er sie sanft auf sein Lager und kniete sich vor sie. Als sie sich in seinem Blick verlor, ging ein Ziehen durch ihren Leib, das fast schon schmerzte.

»Ich werde über dich wachen, während du schläfst.« Er zog ihr das Fell über die Schultern.

Mia umklammerte seine Hand. »Mir ist so kalt, Adrian.«

»Warte, ich hole noch eine Decke.« Adrian wollte sich erheben, doch sie hielt ihn fest. »Nein, das wird nicht helfen. Ich brauche *deine* Wärme. Leg dich zu mir.« Die Vorstellung, ihn ganz nahe zu spüren, raubte ihr den Atem.

Adrian starrte sie mit gekräuselter Stirn an. »Nein, Mia. Das geht nicht.«

»Warum nicht?«

»Weil … weil es nicht geht.«

»Das ist keine Antwort.« Sie richtete sich auf und stützte sich auf die Ellbogen. »Erscheint es dir wirklich so unmöglich, dich neben mich zu legen?«

»Verdammt, Mia. Was verlangst du von mir? Glaubst du, es würde mich kaltlassen, wenn ich neben dir liege?« Er strich sich fahrig das Haar aus der Stirn.

Mia schlug das Fell zur Seite. »Was geschehen soll, wird geschehen.« Sie konnte keinen klaren Gedanken mehr fassen. Die Sehnsucht nach seiner Nähe versetzte sie geradezu in einen Rausch.

Ohne ein weiteres Wort schlüpfte Adrian neben sie und ließ sich von ihr die Decke über die Beine legen. Mia presste ihren Kopf an seine Brust und lauschte seinem schweren Atem. Er nahm sie in den Arm und fuhr mit den Fingern über ihren Rücken. Mit geschlossenen Augen genoss Mia den Schauer, der ihr durch den Leib wanderte. Seine Lippen liebkosten ihre Stirn, ihre Wangen, bis er sie endlich auf den Mund küsste, erst ganz sanft, dann immer fordernder. Mia schlang die Arme um seinen Hals und presste sich an ihn. Sie musste ihn spüren, ihm so nahe wie möglich sein. Seine Haut liebkosen, ihn für immer festhalten.

Plötzlich hielt er inne, zog den Arm unter ihr zurück, starrte an die Decke und stöhnte auf. »Ich darf das nicht«, keuchte er.

»Bitte, nimm mich wieder in den Arm.« Kälte umfing sie, und der Gedanke, ihn nicht mehr spüren zu dürfen, erschien ihr unerträglich. »Gib mir deine Wärme.«

Adrian drehte sich zu ihr um, stützte den Kopf in seine Handfläche und lächelte sie gequält an. Mit der freien Hand griff er nach einem Fell und deckte sie damit bis unter das Kinn zu. »Reicht das so?« Seine Finger zitterten.

»Nein.« Sie schlang ihren Arm um seinen Hals und zog ihn zu sich. »Küss mich«, hauchte sie.

Er fuhr mit den Fingerspitzen ihre Lippen nach. »Du machst es mir schwer, mich zu beherrschen, weißt du das?«

Sie öffnete den Mund und biss ihm zärtlich in den

Finger. Kurz darauf spürte sie endlich seine Lippen. Dabei wanderten seine Hände unter das Fell und lösten die Schnüre ihres Mieders. Kaum spürbar streichelte er über ihre Brust. Ein Beben nach dem anderen jagte durch ihren Leib. Mia hielt den Atem an, um seine zarten Berührungen ganz und gar zu verspüren. Adrian beugte sich über sie und liebkoste mit seinen Küssen ihre Brustwarzen. Ein leises Stöhnen kam aus ihrer Kehle. Er schob die Hand unter ihre Röcke. Als sie seine Finger an der Innenseite ihrer Schenkel spürte, erzitterte sie am ganzen Leib. Adrian ließ kurz von ihr ab und zog sich das Hemd über den Kopf. Mia betrachtete seine Brust und berührte sie zaghaft mit den Fingerspitzen. Nachdem Adrian ihr erneut tief in die Augen geblickt hatte, streifte er ihr das Mieder ab. Von der Schulter bis hinab zu ihrem Bauch bedeckte er ihre Haut mit seinen Küssen und schob dabei ihre Röcke hinunter. Wie Gott sie geschaffen hatte, lag Mia nun vor ihm und genoss seinen verklärten Blick, den er über ihren Leib wandern ließ.

»Du bist schöner, als ich es mir je vorgestellt habe«, sagte Adrian mit einem Aufstöhnen.

Eine Haarsträhne hatte sich in seinen Wimpern verfangen. Mia strich sie ihm aus der Stirn, schlang ihre Arme um seinen Hals und zog ihn zu sich hin. Tief atmete sie seinen Duft ein, der das Feuer in ihrem Schoß schürte. Ihre Lippen fanden zueinander, während seine Hände sanft über ihre Haut glitten. In ihrem Unterleib pochte ein Sehnen, das sie noch nie in ihrem Leben gespürt hatte.

Fordernd spielten ihre Münder miteinander, und Mias Verlangen, Adrian ganz tief in sich zu spüren, schmerzte beinahe. Sie drängte sich an seinen Leib. Als hätte er ihre Gedanken gelesen, bedeckte er ihren Körper mit seinem und verlagerte sein Gewicht auf die Ellbogen. Sein rascher Atem streifte ihre Wange, während er sich mit einer Hand seiner Beinkleider entledigte. Dann schloss er die Augen, liebkoste ihre Lippen und ihre Brustwarzen, die sich daraufhin hart und fordernd aufrichteten. Mia glaubte, die Besinnung zu verlieren. Seine Hand strich weiter hinab und spielte mit dem Haar ihrer Scham. Ein tiefer Seufzer entfuhr ihrer Kehle. Das schmerzhafte Sehnen in ihrem Unterleib wurde nur noch heftiger. Sie spreizte die Beine, woraufhin ein verführerisches Lächeln Adrians Lippen umspielte. Doch statt sie dort zu streicheln, wo ihr Verlangen brannte, strich er mit der Fingerkuppe hinauf zu ihrem Bauchnabel, beugte sich darüber und ließ seine Zunge die Vertiefung liebkosen. Mia sog zischend den Atem ein, als er weiter hinabwanderte. Seine Lippen berührten ihre Scham. Sie vergrub die Finger in seinem Haar und stöhnte auf. Um sie herum drehte sich das Gemäuer, und ihr Atem beschleunigte sich. Was machte Adrian bloß mit ihr? Wie konnte er diese süßen Schmerzen in ihr auslösen, die ihren Leib fast zum Zerspringen brachten? Er durfte nicht aufhören, nie! Doch Adrian ließ von ihr ab, kam langsam wieder hoch, bis sich ihre Lippen trafen. Dabei strich er sanft über die Innenseite ihrer Schenkel. Mia wollte eins mit ihm werden, bis sein Blut durch ihre Adern floss …

Langsam tastete sich sein Finger jetzt zu ihrer Scham und glitt in ihre Mitte. Mia schrie leise auf. Das Pochen und Ziehen loderte zu einem Feuer auf, das sie zu verbrennen schien. Er zog den Finger zurück, blickte ihr prüfend in die Augen und legte dann seinen Unterleib auf ihren. Die Spitze seiner harten Männlichkeit berührte sie an ihrer empfindlichsten Stelle. Als er langsam in sie eindrang, vergaß sie zu atmen. Dann stieß er auf den

Widerstand ihrer Jungfernschaft und hielt kurz inne, um ihre Lippen mit seinen zu verschließen. Adrians rascher Atem verriet seine Begierde, und er schob sich tief in sie hinein. Mia riss die Augen auf. Ein stechender Schmerz fuhr durch ihren Unterleib, ehe sein pulsierender Schaft sie vollkommen ausfüllte. Adrian liebkoste ihr Gesicht mit seinen weichen Lippen, hauchte leise ihren Namen, bevor sich ihre Münder wieder trafen. Näher konnte sie ihm nicht sein. Tränen der Glückseligkeit rannen über ihre Wangen.

Langsam begann Adrian, sich auf ihr zu bewegen. Der Schmerz ließ nach, und eine wohlige Wärme durchströmte Mia. Adrians heißer Atem streichelte ihre Wangen, seine Lippen liebkosten ihr Ohr. Das Verlangen nach Erfüllung kehrte zurück. Sie klammerte sich an ihn, als wollte sie ihn nie wieder loslassen. Eine Woge nach der anderen trug sie hinfort an einen nie gekannten Ort. Sein Duft, seine Wärme, all dies war so nahe! Adrian bewegte sich nun schneller. Keuchend stützte er sich auf seine Hände, stieß seine Männlichkeit fest in sie hinein, bäumte seinen Oberkörper auf. Seine Augen waren fest geschlossen und das Gesicht verzerrt, als ein rauer Schrei seine Kehle verließ. Schwer atmend sank er auf ihr zusammen und küsste ihr die Tränen von den Wangen. Mia presste sich an ihn. Nie hatte sie bisher solch eine schmerzende Glückseligkeit erfahren. Adrian schenkte ihr ein Lächeln und ließ von ihr ab. Als er auf dem Rücken liegend das Gemäuer über ihnen anstarrte, strich sie ihm mit zittrigen Fingern das Haar aus der Stirn. Ihr Leib sehnte sich mehr denn je nach Erfüllung. Wie sollte sie dieses Verlangen nur stillen? Als hätte er ihre Gedanken gelesen, wandte Adrian ihr den Blick zu. In seinen Augen lag ein Glanz, der Mia verriet, dass er sie nicht in diesem Zustand lassen würde. Langsam tasteten sich seine Hände wieder hinab. Mit dem Finger strich er immer wieder über eine Stelle zwischen ihrer Scham, von der sie bisher nicht wusste, dass sie ihr solche Lust verschaffen konnte. Mia stöhnte auf, klammerte sich an Adrian und ließ sich in einen Strudel hinabziehen, der sich immer schneller um sie zu drehen begann. Bebend entlud sich ihre Lust, bis sie in tausend Farben verglomm.

Dann wurde alles langsam blasser, und Mias Gedanken begannen zu kreisen. Was war geschehen? Wie konnte Adrian nur solch ein Verlangen in ihr auslösen? Sie in diesen Rausch versetzen, der ihr die Besinnung genommen hatte? Mit einem Mal hüllte tiefste Zufriedenheit sie ein. Er hatte sie zur Frau gemacht. Sie schmiegte sich in seinen Arm, atmete seinen Duft ein und genoss die Liebe, die ihr Herz zu geben vermochte.

Mia stützte sich auf ihren Ellbogen und beobachtete, wie sich Adrians Brustkorb hob und senkte. Er lag noch in tiefem Schlaf, und sie nutzte die Gelegenheit, sein Gesicht zu studieren. Sanft fuhr sie mit den Fingerspitzen über seine fein geschwungenen Augenbrauen. Seine Lider mit den schwarzen dichten Wimpern zuckten kurz, doch er erwachte nicht.

Die letzten Stunden hatten sich in Mias Herz gebrannt. Niemals mehr wollte sie auf Adrians Zärtlichkeit verzichten, denn sie hatte die Liebe kennengelernt. Ein Lächeln huschte über ihre Lippen. Sie setzte sich auf und reckte die Arme. Lange hatte sie nicht mehr so gut geschlafen. Leise verließ sie das Lager und zog sich Röcke und Mieder über. Sie dachte an den Zauber der vergangenen Nacht. Adrians Zärtlichkeit hatte ihr nie gekannte Wonnen geschenkt, und sie wollte ihm etwas davon wiedergeben. Wenn seine Vorräte es zuließen, würde sie ihn mit einem Frühmahl überraschen. Mia ließ den Blick noch einmal über sein Gesicht schweifen, das aus den Fellen hervorlugte. Ihr Herz drohte vor lauter Glück zu zerplatzen.

In einer Nische zwischen zwei Steinquadern fand sie ein Stück Speck, Eier und einen Kanten Brot. Sie sah zu dem Ofen, in dem das Feuer erloschen war. Alles hätte sie gedacht, aber nicht, dass Adrian Münzen fälschte. Dabei war es nicht das Verbrechen, das ihr Angst bereitete, sondern die Gefahr, in die sich Adrian damit begab. Sie verstand nun endlich, warum er es selbst vor ihr geheim halten wollte.

Neben dem Ofen hing eine Pfanne. Mia griff danach, entfachte ein Feuer und ließ die Pfanne auf der eisernen Platte darüber heiß werden. In der Zwischenzeit schnitt sie den Speck in kleine Würfel, verquirlte die Eier und gab alles in die Pfanne. Kurz darauf waberte ein köstlicher Duft durch das Versteck, der auch Adrian erwachen ließ. Er blinzelte in das Feuer, schälte sich aus den Fellen und strich sich das Haar aus der Stirn. Mia ließ den Blick über seinen entblößten Körper gleiten. In ihrem Bauch breitete sich ein Kribbeln aus, das bis hinab zu ihren Schenkeln zog. Hätte er sie in diesem Augenblick in den Arm genommen, sie hätte das Frühmahl vergessen. Mia schenkte ihm ein Lächeln und wandte sich dann wieder der Pfanne zu, damit die Eier nicht anbrannten. Schweigend wartete sie auf ein Wort von ihm, doch Adrian blieb stumm. Sie nahm die Pfanne vom Feuer, drehte sich wieder zu ihm um und sah, wie er sich seine Beinkleider und das Hemd überzog. Warum nur sagte er nichts? Mia ging zu ihm und legte die Hand auf seinen Arm.

Adrian schüttelte sie ab. »Wir müssen die letzte Nacht vergessen. Ich hätte das nicht tun dürfen, es war ein Fehler«, murmelte er mit leiser Stimme, ohne sie dabei anzublicken.

»Was sagst du da? Ich verstehe dich nicht. Warum sollen wir die Nacht vergessen? Adrian, es war wunderschön in deinen Armen!« Mias Herzschlag stockte. Wie konnte er nur den Zauber der letzten Nacht nicht mit ihr teilen wollen?

Er holte tief Luft. »Ich habe dich entehrt, verstehst du? Das war nicht richtig, ich hätte mich nicht auf dich einlassen dürfen. In dem Augenblick, als du in meinem Arm lagst, habe ich nur an mich gedacht. Wenn ich könnte, würde ich es rückgängig machen.«

In Mias Augen brannten Tränen. Er hatte ihr kein Unrecht getan. Sie hatte es doch auch gewollt, mit jeder Faser ihres Körpers. Wie konnte er nur so etwas sagen?

Sie umfasste sein Handgelenk. »Adrian, es war die schönste Nacht meines Lebens. Ich bin nicht entehrt, im Gegenteil, du hast mich zu einer Frau gemacht, die nun weiß, wie sich die Liebe anfühlt.« Ihre Stimme zitterte.

Doch er riss seine Hand fort und band die Schnüre der Hose zu. »Was willst du mit mir? Sieh dich um! Du bist in die Höhle eines Verbrechers geraten.«

»Du wirst deine Gründe haben, warum du Münzen fälschst. Es stört mich nicht. Adrian, was bin ich schon? Wenn du mich nicht freigekauft hättest, wäre ich genau so eine Hure wie die anderen Frauen hier unten.«

»Du hättest dir schon zu helfen gewusst.« Adrian griff nach seinem Mantel. Sein Blick streifte den ihren kurz. »Es ist besser, du versteckst dich hier noch eine Weile vor Bölinger. Vor Will brauchst du dich nicht zu fürchten, er ist für ein paar Tage fort.« Adrian räumte die Steine aus dem Zugang.

»Wo willst du denn hin? Adrian, bitte bleib hier!« Er durfte sie nicht einfach zurücklassen und gehen! Sie musste ihn von seinem Irrtum abbringen.

»Du wirst bereits schlafen, wenn ich zurückkomme.« In seiner Stimme lag eine Kälte, bei der sich ihr die Nackenhaare aufstellten. »Nein, Adrian. Bitte bleib. Das ist alles nicht wahr«, sagte sie schluchzend.

»Was soll daran nicht wahr sein? Dass ich ein Verbrecher bin? Du bist doch nicht dumm, Mia. Dieses Leben hier will ich niemals mit einer Frau teilen.« Er wandte sich endgültig von ihr ab, räumte den Zugang frei und verschwand.

Mias Herz schmerzte so sehr, als hätte Adrian es in zwei Stücke gerissen. Sie legte sich auf die Schlafstätte, drückte das Gesicht in die Felle und atmete seinen Duft ein. Ein Weinkrampf schüttelte sie. Wie sollte sie diesen Schmerz aushalten? Sie hatte geglaubt, die Liebe gefunden zu haben, hatte dieses wunderbare Gefühl erlebt – das sich nun mit einem Schlag in einen unerträglichen Schmerz verwandelte.

Nach einer Weile rappelte sie sich wieder auf, presste die Lippen aufeinander und wischte sich mit dem Handrücken über die Wangen. Sie würde warten, bis Adrian zurückkam. Und dann musste er mit ihr reden. Ungeduldig schaute sie auf den Gang in dem Gemäuer.

Die Zeit des Wartens kam Mia wie eine Ewigkeit vor. Sie verspürte keinen Hunger, keinen Durst und auch keine Müdigkeit. Nur dieses schmerzhafte Sehnen in ihrer Brust begleitete sie in jeder Sekunde, in der sie auf den Zugang starrte.

Plötzlich hörte sie ein Kratzen an dem Gemäuer und hielt den Atem an. Ihr Herz hämmerte wild. Kurz darauf tauchte Adrian auf und befreite seinen Mantel vom Staub. Er schaute sie kurz an und begrüßte sie mit einem gequälten Lächeln. Dann ging er zu dem Ofen, nahm die Pfanne mit den kalten Eiern und setzte sich auf einen Steinquader. Während er aß, würdigte er Mia keines Blickes. Sie glaubte, den Verstand zu verlieren. Er benahm sich, als wäre sie überhaupt nicht da! Mia versuchte, die Fassung zu bewahren. Was dachte er sich bloß? Langsam löste Wut die Traurigkeit in ihr ab.

Sie stemmte die Hände in die Hüften und kniff die Augen zusammen. »Was soll das, Adrian? Bin ich dir wirklich nur eine Nacht wert? Du benutzt mich erst und lässt mich dann fallen wie einen heißen Stein?« Ihre Augen blitzten ihn an.

Er schluckte den letzten Bissen hinunter, stellte die Pfanne neben sich und fuhr mit der Hand über den schwarzen Bartschatten auf seinem Kinn. »Mia, ich habe es dir doch schon erklärt. Ich kann und will mein Leben keiner Frau zumuten.«

»Das wusstest du doch vorher auch schon! Warum hast du dich dann zu mir gelegt?«

Adrian erhob sich. Er ging zu der Mauer neben dem Ofen, stützte sich mit einer Hand an der Wand ab und ließ den Kopf hängen.

Mia stieß schwer den Atem aus. »Ich bin dir wirklich nur eine Nacht wert gewesen. So ist es und nicht anders.« In ihrem Hals hatte sich ein Kloß gebildet.

»Nein, so …« Adrian hielt inne. Dann schlug er mit der flachen Hand gegen das Gemäuer und drehte sich zu ihr um. Seine Augen funkelten zornig. »Verdammt, du hast recht! Genau so ist es. Ich habe dich nur benutzt, um mein Verlangen zu stillen. Weißt du was? Ich hätte zu einer Hure gehen sollen, doch stattdessen habe ich dir die Unschuld genommen, ohne weiter darüber nachzudenken.« Er presste die Lippen aufeinander.

Sein Gesicht verschwamm hinter dem Schleier aus Tränen, die sich in Mias Augen gebildet hatten. Sie schloss die Lider und atmete gegen den Schmerz in ihrem Herzen. Seine Worte sagten etwas anderes als seine Augen, doch was nutzte es ihr? Er hatte einen Schutzwall um sich errichtet, den sie nicht zu durchbrechen vermochte. Hatte ihr unmissverständlich klargemacht, dass es für sie keinen Platz in seinem Leben gab.

Sie senkte den Kopf. Es hatte keinen Zweck mehr hierzubleiben. Um seine Liebe betteln wollte sie nicht. Sie griff nach ihrem Umhang und zog ihn über.

»Wo willst du hin? Du kannst nicht hinauf in die Gassen. Bölinger sucht dich überall.«

Mia zog die Nase hoch. »Und wenn schon. Was kümmert es dich?« Sie klemmte ihr Bündel unter den Arm und kletterte durch das Loch, um die Unterwelt endgültig zu verlassen.

Adrian war mit einem Satz bei ihr und griff nach ihrem Bein. Sie fuhr herum und funkelte ihn böse an. »Lass mich«, fauchte sie.

Er ließ sie ruckartig los, als hätte er sich an ihr verbrannt.

Während sie durch die Gänge lief, spürte sie noch überdeutlich den Druck seiner Hand auf ihrer Wade. Blinde Wut trieb sie voran. Es musste tiefe Nacht sein, denn die Huren schliefen bereits. Als sie Lis' graue Zotteln zwischen den Decken sah, krampfte sich ihr Herz zusammen.

Mia hüllte sich in den Schutz der Dunkelheit und lief die Mühlengasse hinab zum Rhein. Sie wollte sich auf einem der Schiffe verstecken, die zu den Niederlanden fuhren. Plötzlich hielt sie inne. Vor dem Turm neben dem Warenhaus schritt ein Wachsoldat auf und ab. Daran hatte sie nicht gedacht. An ihm kam sie wohl nicht vorbei. Das bedeutete, dass sie bis zum Morgen in der Stadt bleiben musste. Mia schlich den Wall entlang und kauerte sich in einen der zugemauerten Rundbögen. Kurz bevor der Morgen graute, übermannte sie der Schlaf.

Ein Page in abgewetzten Hosen führte Marschall Gernot Bretzen in das Audienzzimmer des Herzogs und bat ihn, dort zu warten, bis Johann seinen Mittagsschlaf beendet hatte. Bretzen ließ sich auf einem der Stühle nieder, die um den ausladenden Tisch standen. Gedankenverloren fuhr er mit dem Finger über die Platte und hinterließ einen Streifen in der Staubschicht. Er wusste, dem Herzog fehlte das Geld für genügend Dienstpersonal. Vielleicht sollte er dies noch einmal bei der nächsten Sitzung der Landstände ansprechen. Denn wie er sich bereits des Öfteren überzeugen konnte, neigte der Herzog nicht zur Verschwendungssucht. Doch es durfte schwer sein, die anderen Räte davon zu überzeugen. Johann von Jülich-Kleve-Berg war in ihren Augen seit Antonies Verschwinden keine Investitionen mehr wert. Bei dem Gedanken an die Herzogin strich sich Bretzen besorgt über das Kinn.

Die Tür öffnete sich, und der Herzog trat ein. Seine Augen lagen in tiefen Höhlen. Eine weiße Strähne durchzog sein schwarzes Haar, die in den letzten Tagen wohl aus Sorge entstanden sein musste. Müde ließ er sich auf dem Audienzstuhl nieder.

»Ihr habt um ein Gespräch gebeten. Tragt mir Euer Anliegen vor, Bretzen.«

Der Marschall straffte die Schultern. »Das Verschwinden Eurer Gemahlin sorgt für Aufruhr im Lande. Wisst Ihr immer noch nicht, wo sie sich aufhält? Gab es irgendwelche Vorfälle, die sie zur Flucht getrieben haben?«

Der Herzog blickte abwesend auf seine Hände, die gefaltet in seinem Schoß lagen, und zuckte mit den Schultern. »Nein, ich weiß es nicht. Doch dies ist auch nicht meine größte Sorge.«

»Was soll das heißen? Gibt es weitere bedauerliche Vorfälle, abgesehen von dem letzten Giftanschlag?«

Der Herzog presste die Lippen aufeinander. »Der Küchenjunge allein kann es nicht gewesen sein. Es muss jemand anderes dahinterstecken«, wimmerte er.

»Warum zieht Ihr nicht zurück auf Schloss Düsseldorf?«

»Nein!« Johann riss die Augen auf. »Ich muss hier auf die Mutter meines künftigen Sohnes warten.«

»Antonie wird Euch auch auf Schloss Düsseldorf finden«, versuchte Bretzen, ihn zu beschwichtigen. Doch tief im Herzen wusste er genau, die Herzogin würde nicht mehr zurückkehren, solange Johann noch unter den Lebenden weilte.

»Ihr versteht nichts«, zischte der Herzog. »Rein gar nichts.« Er erhob sich, ging zu Bretzen und schlug mit der flachen Hand auf die Tischplatte. Dann verließ er ohne ein weiteres Wort das Audienzzimmer.

Bretzen beobachtete die aufgewirbelten Staubteilchen, die in der einfallenden Sonne tanzten. Gleich nach seiner Ankunft in Düsseldorf würde er dem Kaiser eine Botschaft schicken, in der er um den Befehl zur Inhaftierung des Herzogs bat.

Mia schreckte auf. Karren rumpelten an ihr vorbei, gezogen von übelgelaunten Knechten. Von der Mauer hallte Hundegebell wider, gefolgt von weibischem Gekeife. Sie rieb sich die Augen und musste sich erst wieder in Erinnerung rufen, wo sie sich befand. Zwei Knaben in zerrissenen Sackkleidern standen vor ihr. Die Jungen glichen sich wie ein Ei dem anderen. Rote verfilzte Zotteln standen von ihren Köpfen ab. Ihre froschgrünen Augenpaare musterten Mia, bevor sie sich kichernd die Hände vor den Mund schlugen und auf ihren nackten Füßen davonrannten. Traurig sah sie den Knaben nach und beneidete sie um die Unbeschwertheit, mit der sie durch den Tag liefen. Hoffnungslosigkeit legte sich wie ein schwarzes Tuch auf ihre Seele. Die Gewissheit, niemals mehr in Adrians Armen liegen zu dürfen, nahm ihr schier die Luft zum Atmen. All ihre Träume waren so sinnlos! Eine eigene Schenke, am Hofe Frankreichs zu kochen … Nichts davon interessierte sie noch. Sie wusste nichts mehr mit ihrem Leben anzufangen. Wie konnte es sein, dass sie nach nur einer Nacht mit Adrian alles in einem anderen Licht sah? Wie konnte er bloß so ihre Gedanken beherrschen, ihr die Freude an ihrer Berufung und, noch schlimmer, am Leben nehmen? Ein Münzfälscher, ein Verbrecher, der sich verstecken musste, genau das war er! Nicht wert, ihm nachzuweinen, versuchte sie, sich einzureden, doch ihr Herz sagte etwas anderes. Etwas, das sie glaubte, nie verschmerzen zu können.

Die Sonne blinzelte durch die Wolken. Für einen frühen Märztag war dieser Morgen ungewöhnlich warm. So, als wollte sich der Frühling mit aller Gewalt anmelden und ihr auf seine Weise mit Hohn begegnen. Es sollte regnen und der Himmel mit düsteren Wolken verhangen sein, so wie ihre Seele. Mia drückte den Rücken gegen den Mauerbogen. Die Leute, die an ihr vorbeiliefen, beachteten sie nicht. Ihr Schwatzen und Lachen schmerzte in Mias Ohren. Warum nur konnte sie nicht auch einfach glücklich sein? Wissen, wohin man gehen musste? Menschen um sich haben, die sie liebten. Mia vergrub das Gesicht in ihrer Armbeuge und ließ den Tränen freien Lauf. Ihr fehlte die Kraft, sich zu erheben. Wo sollte sie auch hin? Es gab keinen Platz auf dieser Welt, an dem sie mit offenen Armen empfangen wurde. Sie war dazu verdammt, ein Leben als Herumtreiberin zu führen. Immer auf der Flucht vor den Männern des Herzogs, vor Bölinger und nicht zuletzt vor ihren Gefühlen. Wie sollte sie das bloß durchstehen?

Sie griff in ihr Bündel und holte den Taler hervor, den Walther ihr gegeben hatte. Geld hatte sie verdienen wollen, um eine Schenke zu eröffnen. Sie lachte höhnisch auf. Die Erkenntnis über ihre eigene Torheit bewirkte, dass sich ihre Gedärme zusammenkrampften.

»He, Weib, schau mich an.«

Eine tiefe Stimme riss sie aus den Gedanken. Sie spürte etwas ihren Rücken streifen und blickte auf. Das Sonnenlicht stach in ihre Augen, so dass sie ihre Hand schützend vor sie hielt. Als sie sich an die Helligkeit gewöhnt hatte, ließ sie vor Schreck den Taler aus der Hand fallen, denn das Wappen auf der Uniform des Mannes zeigte den schwarzen Löwen auf gelbem Hintergrund. Ein Soldat des Herzogs von Jülich positionierte sich breitbeinig vor ihr. Hinter ihm schnaubte leise seine Fuchsstute. Noch bevor der Soldat erneut den Mund aufmachte, erhob sich Mia, klemmte ihr Bündel unter den Arm und sah ihn resigniert an. Sie versuchte gar nicht erst, sich zu verstellen oder davonzurennen. Sollte er sie doch mitnehmen und in den Kerker werfen. Dann brauchte sie sich wenigstens keine Gedanken mehr zu machen, wie ihr weiterer Weg aussehen würde.

Da hörte sie, wie jemand ihren Namen rief.

Lis kam die Gasse entlanggestürmt und stieß den Soldaten todesmutig zur Seite. Dieser packte sie am Arm und schleuderte sie zurück, woraufhin sie mit ihrem Hinterteil auf dem Boden landete. »Mia, was will der Mann von dir?«, rief Lis und rappelte sich wieder auf.

»Er nimmt mich mit zurück nach Jülich, Lis. Doch mach dir keine Sorgen, ich komme schon zurecht.« Mias Kehle schnürte sich zusammen, als sie in Lis' besorgte Augen sah.

»Er nimmt dich nicht mit.« Lis war mit einem Satz wieder bei dem Soldaten und versuchte, Mia aus seinem Griff zu reißen. »Lass sie sofort los, du Hurensohn! Sie ist unschuldig.«

Der Soldat rammte Lis den Ellenbogen in den Brustkorb, woraufhin die alte Frau zusammenbrach.

»Nein, Lis!«, schrie Mia auf und wollte zu ihr, doch der Soldat griff nach ihrem Arm und führte sie zu der Fuchsstute. »Entweder kommst du freiwillig mit, oder ich lege dir Fesseln an«, raunte er in ihr Ohr.

Resigniert blickte Mia noch einmal über ihre Schulter. Lis hatte sich wieder aufgerappelt und sah sie mit großen Augen an.

»Sag Adrian, dass ich ihn liebe. Es ist mir egal, was er tut oder was er ist.«

Lis nickte mit feuchten Augen. »Das werde ich tun, verlass dich darauf.«

Schnell wandte Mia den Blick von Lis ab, damit ihre Freundin nicht die Tränen in ihren Augen bemerkte.

Der Soldat half ihr auf das Pferd. Wenigstens brauchte sie in seiner Begleitung keine Angst vor Bölinger zu haben. Sie lachte leise über den Gedanken und hielt dabei den Blick fest auf die rostrote Mähne der Stute gerichtet.

9. Kapitel

Johann tanzte zu der Melodie in seinem Kopf. Eins, zwei … Eins, zwei … Seine Füße bewegten sich in einem Takt, den nur er hören konnte. Im Einklang mit dem Schlag seines Herzens, das in freudiger Erregung durch seinen Brustkorb hüpfte, schwebte er auf einer unsichtbaren Wolke durch das Gemach.

Befremden lag in dem Blick von Kommandant Muller, der immer noch im Türrahmen stand und ihn mit seinen Glotzaugen anstarrte. Doch das kümmerte Johann nicht, denn das Leben war wunderbar. So wie ein lauer Frühlingswind, der den Duft von Blüten mit sich trug. Nein, besser: wie … Er hielt kurz inne und gab Muller mit einer Handbewegung zu verstehen, er solle verschwinden. Der Kerl hinderte ihn nur daran, seine Freude ungehindert ausleben zu können. Worte zu finden, die seinen Gefühlszustand angemessen beschrieben.

Nachdem Kommandant Muller das Gemach verlassen hatte, drehte sich Johann um seine eigene Achse und riss die Hände empor. »Gott, ich danke dir, dass du meine Gebete erhört hast!« Er hielt inne und rieb sich mit der Fingerspitze über die Nase. Mia sollte auf keinen Fall in ihrer schäbigen Kammer schlafen. Das wurde ihr nicht gerecht. Doch was wäre, wenn sie wieder davonliefe? Nein, das durfte nicht geschehen, das würde er nie und nimmer überleben.

Jemand räusperte sich. Johann drehte sich um und sah zur Tür. Kommandant Muller stand erneut dort.

»Was willst du schon wieder?«, raunzte Johann.

»Sollen wir das Mädchen in den Schlosskerker sperren, Eure Hoheit?«

»Wie bitte?« Johann glaubte, sich verhört zu haben. Wie konnte Muller nur auf den Gedanken kommen, seine Mia gehöre in den Kerker? Der Kerl musste bestraft werden. »Du bist aus dem Dienst entlassen.« Fassungslos schüttelte er den Kopf.

Muller fielen fast die Augen aus den Höhlen. »Aber, Eure Hoheit. Was …«

»Scher dich fort. Sehe ich dich noch einmal auf dem Schloss, wirst *du* im Kerker landen.« Johann trat ans Fenster und schob den Brokatvorhang zur Seite. Sein Herz drohte vor Freude zu zerplatzen. Unten auf dem Hof stand seine Mia mit gesenktem Kopf neben dem Gaul des Kommandanten. Schlecht sah es aus, das arme Kind. Die Kleider ungewaschen und das Gesicht schmutzig. Doch ihre Locken unverkennbar wie eh und je. Er stürmte zur Tür hinaus und lief, zwei Stufen auf einmal nehmend, die Treppen hinunter.

»Mia, meine Mia!«, rief er aus und fiel vor ihr auf die Knie, er versenkte sein Gesicht in ihre Röcke und weinte Freudentränen. Dann erhob er sich wieder, fasste nach ihrer Hand und zog sie ins Schlossgebäude. »Komm, mein Kind. Die schlechten Zeiten liegen hinter dir. Von nun an wird es dir an nichts fehlen.« Er würde ihr den Himmel auf Erden bereiten. Und welcher Ort war dafür besser als das Gemach seiner Gattin? Johann grub die Fingernägel in ihre Handfläche.

»Ihr tut mir weh.« Mia versuchte, die Hand aus seiner zu ziehen.

»Mädchen, das wollte ich nicht.« Er lockerte seinen Griff und küsste ihren Handrücken. Mit der Mutter seines Nachfolgers musste er behutsam umgehen, sie behandeln wie ein rohes Ei.

»Warum habt Ihr nach mir suchen lassen? Wollt Ihr mich dem Richter vorführen? Ich habe Euch nicht das Gift ins Essen gerührt, glaubt mir, Eure Hoheit.«

»Aber, aber, mein Kind, wer sagt denn so etwas?« Er blieb stehen und tätschelte ihre Hand. Dann riss er sie an sich und herzte sie. Immer und immer wieder drückte er seine Lippen in ihre Locken. Doch Mia wand sich aus seinem Arm und sah ihn verängstigt an. Das brachte ihn kurz zur Besinnung. Er schaute an der Fassade hoch, ob nicht irgendjemand hinter den Fenstern stand und ihn beobachtete. Doch kein vorwitziger Kopf äugte durch die Glasscheiben. Erleichtert stieß er den Atem aus. Er musste Mia so schnell wie möglich in das Gemach führen. Deshalb ergriff er ihre Hand und zog sie hinter sich her. »Komm, mein Kind, es bedarf der Eile!«

Plötzlich schoss ihm ein Gedanke durch den Kopf. Er würde Muller noch brauchen! Johann wandte den Blick zum Tor und sah, wie der Kommandant gerade auf sein Pferd stieg. Mit einem schrillen Pfiff durch die Zähne zitierte Johann ihn zu sich.

»Eure Hoheit?« Kommandant Muller senkte betreten das Haupt.

»Ich habe es mir anders überlegt. Du wirst bleiben.«

»Aber …«

»Keine Widerrede! Geh, und kommandiere die Stadtsoldaten von Jülich in die Zitadelle.«

»Die Männer wollen bezahlt werden, Eure Hoheit.«

»Das werden sie doch bisher auch. Die Landstände sorgen für ihren Lohn.«

»Ja, aber um die Stadtmauer zu bewachen.« Kommandant Muller presste die Lippen aufeinander.

»Ich werde sie reichlich entlohnen. Bring sie her, Muller.«

Johann wandte sich von dem Kommandanten ab und schob Mia hastig in die Halle des Schlosses.

Außer Atem schloss Johann die Tür hinter sich und schaute sich in dem Gemach seiner Gattin um. »Hier wird es dir gutgehen und an nichts fehlen.« Nach Antonies Abreise hatte sich in dem Raum nichts geändert. Die rostroten Brokatvorhänge waren vor die Fenster gezogen und sperrten das Sonnenlicht aus. Johann strich mit der Hand über den Brokat. Die Fenster sollten verschlossen bleiben, denn niemand durfte von Mias Anwesenheit in der Zitadelle wissen. Das Gerede würde bis in die Küche dringen, und wie er diesen Koch einschätzte, würde er Fragen stellen. Er fasste Mia an den Schultern und führte sie zum Bett.

»Die Reise hat dich bestimmt angestrengt. Leg dich erst einmal hin. Oder hast du Hunger? Ich hole dir etwas aus der Küche.«

Mia schüttelte den Kopf. »Nein, ich will nichts. Wieso darf ich nicht in meine Kammer? Und wieso wollt Ihr selbst das Essen aus der Küche holen? Dafür gibt es doch Bedienstete.«

»Sie brauchen nicht zu wissen, dass du hier bist«, zischte Johann und sog den Atem durch die Zähne. Sie gehörte ihm. Ihm ganz allein! Und bald, bald würde sie ihm seinen langersehnten Sohn gebären. Ein freudiges Ziehen fuhr durch seinen Leib. Vor seinem geistigen Auge sah er die langen Gesichter der Landesherren im Heiligen Römischen Reich deutscher Nation. Seiner Kehle entfuhr ein leises Lachen, das sich zu einem herzhaften Anfall steigerte. Sein Bauch schmerzte, so sehr schüttelte ihn das Lachen. Doch plötzlich hielt er inne. Mia schaute ihn mit großen Augen an.

»Alles wird gut, mein Kind.« Er seufzte einmal tief auf. »Leg dich hin, und ruhe dich aus. Später werde ich dir etwas zu essen bringen.« Er klopfte mit der Handfläche auf die Decke.

Sie widersprach ihm nicht und legte sich auf die Bettstatt. Mit einem zufriedenen Lächeln zog Johann ihr die Decke bis zu den Schultern, strich ihr mit dem Handrücken über die Wangen und verließ danach das Gemach.

Kurz vor den Stiegen hielt er inne. Sie könnte versuchen zu fliehen, schoss es ihm durch den Kopf. Er drehte sich auf dem Absatz um und stieß die Tür wieder auf. Der Schlüssel steckte von innen. Johann zog ihn wieder ab und verschloss die Tür von außen. Erleichtert schritt er die Stufen hinab.

Knarzend öffnete sich die Tür des Kellers im Nordtor. Johann leuchtete mit seiner Fackel in die Finsternis und schritt das Gemäuer ab. Als er den losen Stein im Mauerwerk erspähte, grinste er zufrieden. Er zog ihn hervor und vergewisserte sich, dass die kleine Schatulle mit den Goldstücken noch an ihrem Platz war. Tiefste Zufriedenheit erfüllte ihn, als er mit den Fingern über die geschnitzten Ornamente fuhr. Mit seinem einzigen Besitz, den er im letzten Augenblick vor den Landständen gerettet hatte, würde er die Soldaten bezahlen können, die seine Zitadelle bewachen mussten.

Mia starrte gegen den rostfarbenen Baldachin. Es fiel ihr schwer zu begreifen, was hier geschah. Der Herzog hatte offensichtlich vollkommen den Verstand verloren. Warum nur durfte keiner der Bediensteten von ihrer Anwesenheit wissen, wenn er sie für unschuldig befand? Sie sehnte sich so sehr danach, Walther und Ännchen wiederzusehen! Mia schüttelte die Locken, erhob sich vom Bett und ging zum Fenster. Der Brokatvorhang ließ sich nur schwer zurückschieben. Mia schaute durch die matten Scheiben auf die Mauern der Zitadelle und schluckte gegen den Kloß in ihrem Hals. Die Erkenntnis über die Unsinnigkeit dessen, was in den letzten Wochen geschehen war, ließ ihr das Blut in den Adern gefrieren. Fassungslos schüttelte sie den Kopf. All das war nicht nötig gewesen. Wenn die Herzogin sie nicht verdächtigt hätte, würde sie noch ihr altes Leben führen, wie es ihr nun wohl nie wieder möglich sein würde. Sie war nicht mehr die alte Mia. Sie rechnete nach, wie lange sie ungefähr fort gewesen sein musste. Erstaunt stellte sie fest, dass es nicht mehr als ein Monat gewesen sein konnte. Doch das Schloss kam ihr so fremd vor. Es schien, als läge die Zeit in der Schlossküche Ewigkeiten zurück.

Ihr entwich ein tiefer Seufzer. Vielleicht konnte sie Adrian ja doch irgendwann vergessen und wieder so leben wie bisher. Würde es irgendwann einmal nicht mehr so schmerzen, wenn sie an ihn dachte? Sie wünschte es sich, denn dann brauchte sie ihn nicht zu vergessen, konnte die schönen Stunden in seinen Armen für immer in Erinnerung behalten.

Das Knirschen eines Schlüssels im Türschloss vertrieb ihre Gedanken und holte sie zurück in die Wirklichkeit. Ein Tablett in den Händen haltend, schob der Herzog mit dem Fuß die Tür auf. Auf seinem Gesicht lag ein glückseliges Lächeln. Mias ungutes Gefühl ihm gegenüber stellte sich wieder ein. Sie vermochte sich beim besten Willen nicht zu erklären, was er mit ihr vorhatte. Um des Kochens willen brauchte er sie wahrhaftig nicht in das Gemach seiner Gemahlin zu sperren.

Der Herzog stellte das Tablett auf den Mahagonitisch, zog einen Stuhl darunter hervor und wies Mia mit einer Handbewegung an, darauf Platz zu nehmen. Ihre Beine wogen schwer wie Blei, als sie zu dem Tisch ging. Sie wollte nicht mehr darüber nachdenken, was sie erwartete, denn mit einem Mal fehlte ihr die Kraft dazu. Große Müdigkeit überfiel sie. Sie setzte sich auf den Stuhl und rieb sich mit Daumen und Zeigefinger über die Augen. Als sie die Lider wieder hob, hatte sich der Herzog ihr gegenüber niedergelassen. Mit seitlich geneigtem Haupt musterte er sie eingehend. Mia wandte den Blick von ihm ab und starrte auf die Speisen. Auf dem Teller lagen zwei Hühnerschlegel sowie ein Kanten weißes Brot. Der Duft stieg ihr in die Nase und verriet, dass es vor höchstens einer Stunde aus dem Ofen gekommen sein konnte. Daneben lagen in einer Holzschale getrocknete Datteln, Aprikosen und Apfelringe. Sie griff nach dem Becher Milch und nahm einen kleinen Schluck.

»Nicht nur trinken. Du musst auch essen, mein Mädchen, damit deine Wangen wieder rosig werden.« Der Herzog erhob sich, beugte sich über den Tisch und strich ihr mit dem Handrücken über das Gesicht.

Mia ließ es teilnahmslos geschehen. Um den Herzog nicht zu verärgern, griff sie nach dem Hühnerschlegel und biss hinein. Gewürzt mit Honig und Rosmarin, trug die Speise Walthers Handschrift. Die Sehnsucht nach der Küche trieb ihr die Tränen in die Augen, und der Kloß in ihrem Hals hinderte sie daran, einen weiteren Bissen zu nehmen. Sie legte den Schlegel zurück auf den Teller und wischte sich die Finger an ihren Röcken ab. »Verzeiht, Eure Hoheit, ich bekomme vor lauter Müdigkeit keinen Bissen hinunter.«

»In deinen Augen schimmern Tränen, mein Mädchen. Was ist geschehen?«

Sie senkte den Blick und schüttelte leicht den Kopf. »Nichts, Eure Hoheit. Es ist nur so …« Sie hielt kurz inne, bevor sie dem Herzog fest in die Augen schaute. »Ich sehne mich zurück an den Herd in der Schlossküche. Wann darf ich wieder meinen Dienst antreten?«

»Bald, sehr bald. Doch erst ruhst du dich etwas aus.« Er erhob sich, ging zu der Bettstatt und schüttelte die Kissen auf. Plötzlich ließ er alles fallen, verneigte sich vor einem unsichtbaren Gegenüber und führte einen Tanzschritt aus. Er drehte sich immer schneller im Kreis und lachte dabei wie ein albernes Kind. Dann blieb er stehen, begab sich schwankend vom Schwindel zu Mia und fiel auf die Knie. Der Herzog legte den Kopf in ihren Schoß und zog die Nase hoch. »Das Leben ist schön, so schön«, murmelte er und hob den Blick. In seinen dunklen Augen lag ein matter Glanz. »Gott hat dich zurückgebracht. Ich lasse dich nie wieder gehen.«

Der Kreis hatte sich geschlossen. Sie war die Gefangene des Herzogs. Damals hatte die hastige Flucht sie von ihm fortgebracht, doch diesmal würde sie sich, selbst wenn sich die Gelegenheit bot, nicht trauen, das Schloss zu verlassen. Hier in diesen Mauern fühlte sie sich sicher, konnte ihre Wunden lecken und die Erinnerung verblassen lassen, bis sie nicht mehr schmerzte.

Der Herzog erhob sich von den Knien und strich sein Wams glatt. Dann hielt er Mia seine offene Hand hin. »Leg dich wieder hin. Später kehre ich zurück und sehe nach dir.«

Mia griff nach seiner Hand und ließ sich von ihm zum

Bett führen. Sie verspürte keine Furcht vor dem Herzog, nur dieses ungute Gefühl wollte nicht weichen. Sie musste erreichen, wenigstens das Gemach verlassen zu können, um Walther und Ännchen zu sagen, dass sie wieder zurück war. Später, wenn sie geschlafen hatte, würde sie darüber nachdenken. Mit Sicherheit gab es einen Weg.

Mit einem Hammer schlug Adrian den Schrötling in den Stempel. Danach nahm er die Münze zwischen Zeigefinger und Daumen und betrachtete sie. Die Goldlegierung der venezianischen Zecchine glitzerte in dem dämmrigen Schein der Fackeln, die das Versteck erhellten. Heinrich von Lothringen würde mit ihm zufrieden sein. Die Mütze des knienden Dogen hätte etwas spitzer sein können, doch er war sich sicher, dies würde niemandem auffallen. Wichtig war das Gewicht, und das kam der echten Zecchine nahezu gleich. Bei Anbruch der Dunkelheit wollte er einem Boten die ersten fünfhundert Münzen übergeben.

Adrian stapelte die Zecchinen zu je zehn Stück auf dem staubigen Boden. Zwei Stück fehlten ihm noch, stellte er am Ende fest. Verzweifelt schaute er zum Zugang. Will war seit gestern Abend nicht mehr aufgetaucht. Wahrscheinlich schlief er irgendwo in den Gassen seinen Rausch aus. Adrian ärgerte sich über Wills Unzuverlässigkeit, doch noch mehr ärgerte er sich darüber, niemanden zu haben, der ihn von seinen trüben Gedanken ablenkte. Er schlug mit dem Hammer etwas zu kräftig auf den Schrötling, woraufhin dieser aussah, als wäre er unter die Hufe eines Schlachtrosses geraten. Missmutig schleuderte Adrian den Hammer durch das Versteck, setzte sich auf einen der Steinquader und rieb sich mit den Händen durch das Gesicht.

Mia gehen zu lassen war ein Fehler gewesen, der größte seines Lebens. Kein Narr in ganz Köln war so dumm wie er. Er schlug sich mit der Faust auf den Oberschenkel. Er hatte fest damit gerechnet, sie würde zurückkehren, doch ihr Aufbruch war bereits zwei Tage her, und die Hoffnung hatte sich in Sorge umgewandelt. Wenn ihr etwas zugestoßen war, würde er sich dies nie verzeihen.

Er schaute auf seine Hand und dachte daran, wie er seine Finger in ihren Locken vergraben hatte. Noch nie hatte er für eine Frau so tiefe Zuneigung empfunden. Hätte er sie doch aufgehalten, mit ihr sein Leben geteilt! Vielleicht hätte sich irgendwann eine Gelegenheit ergeben, dem Verbrecherdasein zu entkommen, um ihr ein besseres Leben bieten zu können – damit sie für immer bei ihm bliebe. Er dachte an die Streitereien seiner Eltern, als er noch ein kleiner Junge war. Seine Mutter hatte dem Vater immer die Schande vorgehalten, ihn einen Nichtsnutz geschimpft, wenn sie wieder einmal Hunger litten.

Adrian erhob sich und durchmaß das Versteck mit großen Schritten. Wenn er heute Abend dem Boten die Zecchinen übergeben hatte, würde er nach Mia suchen.

Wills heiserer Husten drang aus dem Zugang. Adrian richtete sich auf, als sein Kumpan endlich vor ihm stand.

»Damit unbemerkt durch die Gänge zu kommen, dürfte ein Problem sein.« Will schob sich die Kappe aus der Stirn, zeigte auf die Münzen und blies die Wangen auf. »Du weißt doch, wie neugierig das Gesindel ist.«

»Am besten verlassen wir die Unterwelt jetzt, da die Buben in den Gassen unterwegs sind, und warten an einem sicheren Ort, bis es dunkel wird.«

»An einem sicheren Ort?« Will zog die Augenbrauen

hoch. »Bölinger hat herausgefunden, dass du ihn mit Falschgeld bezahlt hast.«

Adrian riss die Augen auf. »Woher weißt du das?«

»In den Wirtshäusern redet man über nichts anderes. Er sucht die ganze Stadt nach dir ab.«

Adrian bückte sich und packte die Münzen in einen Jutesack. Er nahm es gern auf sich, dass Bölinger nach ihm suchte. So würde er wenigstens Mia in Frieden lassen.

»Es ist zu riskant, am helllichten Tage aufzubrechen.« Will presste die Lippen aufeinander.

»Dass die Buben hier unten auf dumme Gedanken kommen, auch. Wir halten uns bis zum Einbruch der Dunkelheit irgendwo auf, wo uns Bölinger nicht findet.«

»Adrian, denk mal scharf nach. Gibt es in Köln denn einen Platz, der vor ihm sicher ist?«

»Wahrscheinlich nur der Kirchhof. Und auch nur, wenn du dort unter der Erde liegst.« Adrian griff nach dem Sack.

»Wo willst du denn jetzt hin?«

»Verlass dich auf mich. Ich kenne einen Ort, an den unser selbst ernannter König bestimmt nicht kommt.«

Das Knarzen der Pforte hallte von den Fenstern des Oberchores wider. Adrian schritt, gefolgt von den Blicken der steinernen Apostel, durch das Petersportal. Auf einer der Holzbänke vor dem Altar nahm er Platz, stellte den Sack vor seine Füße und atmete den Duft von Weihrauch ein.

Will, der sich neben ihm niedergelassen hatte, starrte ihn ungläubig an. »Du willst bis zum Abend hier im Dom warten?«

Adrian lehnte sich zurück und verschränkte die Hände

in seinem Schoß. »Ich glaube, das ist der letzte Ort, an dem Bölinger sich blicken lässt.«

Die Pretiosaglocke begann zu schlagen. Erst zaghaft, dann immer heftiger. Als die Glockenklänge am lautesten anschwollen, traten die Brüder der Alexianer durch das Portal. Die Hände in den Ärmeln ihrer braunen Kutten verborgen, schritten sie von einem monotonen Gesang begleitet, zum Altar.

Will rutschte tiefer in die Bank. »Auch das noch«, stöhnte er.

»Immer noch besser als Bölinger«, flüsterte Adrian. Er konnte sich nicht erinnern, wann er das letzte Mal eine Messe besucht hatte. Fasziniert beobachtete er, wie die Mönche den Gottesdienst zelebrierten.

Als Adrian und Will den Dom verließen, hatte sich über die Kölner Gassen der Schatten der Dunkelheit gelegt. Eilenden Schrittes liefen sie den Eigelstein entlang und bogen in die Weidengasse, um kurz darauf durch die Kahlenhäuser Pforte die Stadt zu verlassen. Nach einem kurzen Fußmarsch fanden sie sich auf jenem Acker wieder, wo sie Helene verbrannt hatten. Der volle Mond versilberte die Gegend.

Unter dem ausladenden Geäst einer Eiche wartete ein Reiter. Sein Pferd scharrte ungeduldig mit den Hufen. Als er Will und Adrian auf sich zukommen sah, sprang er aus dem Sattel. Der Wind frischte auf und heulte wie ein Wolf. Festen Schrittes näherte sich Adrian dem Boten, doch dieser Acker vor der Stadtmauer bereitete ihm Unbehagen. Nicht nur Helenes Gebeine, auch die von vielen anderen Gesetzlosen lagen hier verstreut. Der Rat der Stadt Köln wusste offiziell nichts davon. Doch die Bauern auf den Märkten erzählten von den Seelen, die aus Nebelschwaden aufstiegen und über den Acker schwebten – auf der Flucht vor dem Fegefeuer.

Adrian schüttelte sich bei dem Gedanken. Er mochte nicht an den Tod denken. Auch für sein Seelenheil würde niemals ein Priester beten, dessen war er sich sicher. Er schob den Gedanken zur Seite. Noch lebte er, und daran sollte sich so schnell auch nichts ändern.

Er setzte den Sack vor dem Boten ab. Der Gesandte des Herzogs von Lothringen trug ein rotes Wams und blaue Kniebundhosen – die Uniform der neapolitanischen Soldaten, die für die spanischen Truppen kämpften. So fiel er in dem Land um Köln wohl am wenigsten auf.

»Nun seht schon nach, ob ich ihn nicht mit Steinen gefüllt habe.« Adrian stieß mit der Fußspitze gegen den Jutesack. Dabei sah er dem Boten fest in die Augen.

Der Gesandte bückte sich und entknotete die Kordel, die Adrian um den Sack gebunden hatte. Dann griff er hinein und holte eine Handvoll Zecchinen hervor. Er betrachtete sie kurz und ließ sie zurück in den Sack gleiten. Das Klimpern der Münzen durchbrach die Stille. Der Bote schaute auf und nickte zufrieden. Ohne ein Wort zu verlieren, drehte er sich um, holte einen schweren Sack aus der Satteltasche und überreichte ihn Adrian. »Das Gold. Bis zum nächsten Vollmond weitere fünfhundert Zecchinen. Übergabe hier.«

»Und was ist mit meinem Lohn?« Adrian kniff die Augen zusammen.

»Ja, genau, was ist mit unserem Lohn?«, mischte sich Will ein und rieb dabei Zeigefinger und Daumen aneinander.

Der Bote griff mit starrer Miene unter sein Wams, holte eine prall gefüllte Geldkatze hervor und reichte sie Adrian. Dann band er den Sack mit den Zecchinen an seinen Sattel, bestieg das Pferd und verschwand in der Dunkelheit.

In den Gassen der Stadt verabschiedete sich Will, um ein Wirtshaus aufzusuchen. Adrian sah ihm nach, wie er hinter der nächsten Häuserecke verschwand, und schaute sich dann ratlos um. Wo zum Henker hielt sich Mia nur auf? Die Einzige, die das wissen konnte, war Lis.

Adrian brachte das Gold in das Versteck in der Unterwelt und begab sich anschließend zum Weyerstraßenwall.

Vor einem der traufseitigen Häuser blieb Adrian stehen und trommelte mit der Faust gegen die maroden Planken der Tür, die sich daraufhin quietschend öffnete. Bettelspeter schaute ihn mit schlaftrunkenen Augen an und kratzte sich das verlauste Haar. »Bist du der Tod? So schwarz, wie du gekleidet bist, könnte das gut der Fall sein.«

»Ist Lis bei dir?« Adrian schaute über Bettelspeters Kopf hinweg in die Dunkelheit des Hauses.

»Ja, aber sie schläft. Und wenn sie erst einmal das Land der Träume betreten hat, bekommen sie keine zehn Pferde mehr wach.«

»Das ist nicht wahr. Was erzählst du da, du Lump?«, krächzte eine Stimme aus der Dunkelheit.

»Lis, du musst mir helfen, Mia zu finden!«, rief Adrian über Bettelspeters Kopf hinweg.

Lis schob sich in ihrem Nachthemd an Bettelspeter vorbei. Ihre nackten Zehen krümmten sich wie die Krallen einer Krähe. »Mia ist nicht mehr da. Die Männer des Herzogs haben sie geholt.«

»Was? Was redest du da? Die Männer des Herzogs? Aber …« Adrian starrte sie ungläubig an. »Wann soll das gewesen sein? Und warum hast du mir nicht Bescheid gesagt?«

Lis versuchte, mit der Hand ihr wirres Haar zu glätten. »Ich hab dich überall gesucht. Doch du warst unauffindbar. Außerdem war es eh längst zu spät. Aber ich soll dir etwas ausrichten.« Sie kniff die Augen zusammen.

»Was?« In Adrians Ohren rauschte das Blut. »Was sollst du mir ausrichten? Nun rede schon, Lis!«

Sie warf einen kurzen Blick zu Bettelspeter. »Willst du nicht wieder ins Bett gehen?«

Wortlos schlurfte er zurück ins Innere des Hauses.

»Sie liebt dich, du Dummkopf. Ihr ist es egal, ob du ein Münzfälscher oder ein ehrlicher Kaufmann bist«, flüsterte Lis.

»Ich kann mein Leben keiner Frau zumuten. Es ist zu gefährlich.« Adrian richtete den Blick zu Boden, um Lis nicht in die Augen schauen zu müssen. Er hasste sich langsam für diesen Satz, der nicht wahrer wurde, nur weil er ihn ständig wiederholte.

Lis stemmte die Hände in die Hüften. »Aber um ihr die Unschuld zu nehmen, war sie dir nicht zu schade. Und bevor du fragst, nein, sie hat es mir nicht erzählt. Ich konnte es in ihren Augen lesen. Aber nun ist es zu spät, verstehst du?«

Adrian trat hastig einen Schritt zurück, drehte sich um und eilte die Straße hinunter. Er hatte verstanden. Mehr, als ihm lieb war. Um sein Herz klammerte sich die eiserne Faust der Angst.

Mia erwachte aus einem tiefen Schlaf. Sie kroch aus dem Bett, lief zu den Fenstern und schob die Brokatvorhänge zur Seite. Ihr Blick schweifte über die Mauern der Zitadelle, wo im Osten der Morgen den Himmel zartrot färbte. Unwillkürlich kehrte die Erinnerung an Köln zurück. Ob Adrian noch schlief? Sie stellte sich vor, wie er zwischen den Fellen in dem Versteck lag. Sie schlüpfte wieder ins Bett, zog sich die Decke bis zur Nase und träumte sich zurück in seine Arme. In Gedanken atmete sie seinen Duft ein und genoss das Flattern in ihrem Bauch. Doch einen Augenblick später verwandelte sich das wohlige Gefühl in ein schmerzhaftes Sehnen.

Sie hielt es zwischen den Kissen nicht mehr aus und schlug die Decke zurück. Wenn sie den ganzen Tag in dem Gemach bleiben musste, würde sie den Verstand verlieren. Sie brauchte unbedingt Ablenkung, sonst beherrschte Adrian ununterbrochen ihre Gedanken.

Mia drückte auf die Klinke, doch wie erwartet war die Tür verschlossen. Der Herzog hielt sie wie eine Gefangene, dabei musste sie doch dringend mit Ännchen oder Walther sprechen! Die Schlossküche befand sich im Westflügel. Dorthin führte nur der Weg über den Schlossinnenhof. Ein tiefer Seufzer entfuhr ihr. Das Gemach lag im Obergeschoss, eine Flucht durch das Fenster war ausgeschlossen.

Mia riss die Fenster auf und sog die klare Morgenluft ein. Dann betrachtete sie eine Birke, deren kahle Krone bis zum ersten Obergeschoss reichte. Die Äste würden sie auffangen, wenn sie sprang. Danach konnte sie sich an ihnen hinabhangeln, bis sie festen Boden unter den Füßen hatte. Mia schaute über ihre Schulter zur Tür und horchte in die Stille. Es waren keine Schritte zu hören. Also kletterte sie auf das Fenstersims und sprang ohne zu zögern in die Birke. Die Zweige zerkratzen ihr das Gesicht, verfingen sich in ihrem Haar und zerrissen ihr die Röcke. Mia schrie vor Schmerz auf. Im weiteren Fall griff sie nach einem Ast und hielt ihn fest umschlossen.

Ein Fenster öffnete sich, und der Herzog starrte mit weit aufgerissenen Augen zu ihr herüber. »Was in Gottes Namen …? Mia! Was tust du da?« Er verschwand von dem Fenster, schneller, als er es aufgerissen hatte.

Sie musste springen, bevor der Herzog erschien! Für einen Augenblick senkte sie die Lider, atmete tief durch und ließ dann den Ast los. Als sie auf dem harten Boden aufschlug, fuhr ihr ein stechender Schmerz von den Beinen bis ins Rückgrat. Sie biss auf die Zähne, um einen weiteren Schrei zu unterdrücken. Es würde nicht mehr lange dauern, und der Herzog stand vor ihr. Mia versuchte, sich zu erheben, doch der Schmerz trieb ihr die Tränen in die Augen.

»Mia! Ist dir etwas geschehen?« Der Herzog eilte mit hochrotem Kopf auf sie zu. Als er vor ihr stand, seufzte er erleichtert auf. »Dem Himmel sei Dank! Du hättest dir bei dem Sturz das Genick brechen können.« Er kniete sich hin, griff nach ihrer Hand und benetzte sie mit seinen feuchten Küssen.

Mia rieb sich mit der Handfläche über das Schienbein und verzog das Gesicht.

»Deine Beine! Hoffentlich sind sie nicht gebrochen. Komm, du musst versuchen aufzustehen.« Der Herzog griff nach ihrem Arm und zog sie hoch.

Wider Erwarten schaffte Mia es stehen zu bleiben. Der Schmerz raubte ihr zwar den Atem, doch sie knickte nicht weg. Es war also nichts gebrochen. Zaghaft setzte sie einen Fuß vor den anderen und stellte erleichtert fest, dass es ging. An das Bett gefesselt zu sein, wäre für sie im Augenblick das Schlimmste gewesen, was hätte passieren können.

Vor der Treppe hob der Herzog sie hoch und trug sie die Stufen hinauf. Hier in diesem Flügel, in dem die herzoglichen Gemächer lagen, war nichts von der Geschäftigkeit zu spüren, die zu dieser Zeit schon in den Wirtschaftsgebäuden herrschte. Keine Menschenseele begegnete ihnen. Mia stellte sich die Gesichter der Schlossbewohner vor, wenn sie sahen, wie der Herzog ein Küchenmädchen auf seinen Armen trug. Wenn ihre Beine nicht so schmerzen würden, hätte sie dies nie zugelassen. Aber warum sollte er sie nicht tragen? Vielleicht konnte sie damit ein Stück seines Vertrauens zurückgewinnen. Sie musste ihm eine Lügengeschichte auftischen, die ihren Fenstersturz erklärte.

Sein sehniger Oberarm drückte gegen ihr Rückgrat. Vor der Tür zum Gemach der Herzogin setzte er sie außer Atem auf die Beine, schloss auf, drückte die Klinke hinab und führte Mia am Arm zu dem Bett.

»Leg dich hin.« Seine Stimme hatte einen schroffen Ton angenommen, der sie nichts Gutes ahnen ließ.

Selbst wenn ihre Beine nicht so geschmerzt hätten, hätte sie es nicht gewagt, ihm zu widersprechen. Gehorsam legte sie sich auf die Bettstatt und ließ sich von ihm zudecken. Seine Lippen waren aufeinandergepresst, als hätte er einen Löffel Essig zu sich genommen. Er setzte sich zu ihr und blickte sie stumm an. In seinen Augen glänzten Tränen, sie perlten über seine Wimpern und bildeten dunkle Flecken auf der seidenen Bettwäsche. Als er sie wahrnahm, legte er die Wange darauf und begann zu schluchzen wie ein kleines Kind. Mia spürte die Schwere seines Kopfes auf ihrer Brust und wagte kaum zu atmen.

»Du hättest sterben können«, sagte der Herzog weinend. »Tot sein! Was hätte ich dann getan? Es wäre auch mein Tod gewesen.« Er hob den Kopf und blickte sie an. »Das darfst du nie wieder tun. Verstehst du?«

Mia nickte, obwohl sie genau wusste, sie würde es wieder versuchen, wenn er sie nicht in die Küche ließ. »Bitte lasst mich doch wieder an den Herd. Ich würde so gern für Euch kochen.«

Der Herzog hob eine seiner Augenbrauen und fuhr sich mit der Zunge über die Lippen. »Du wirst wieder kochen, das verspreche ich dir. Die Küche wird dir ganz allein gehören. Und dann kochst du nur für mich.« Er griff nach ihrer Hand und hauchte einen Kuss darauf.

Mia wollte sich nicht ausmalen, was er vorhatte. Sie schwor sich, von diesem Augenblick an den Mund zu halten. Denn jede Bitte von ihr konnte bei ihm eine unberechenbare Reaktion hervorrufen.

Dem Herzog entfuhr ein tiefer Seufzer. Er erhob sich, ging zu dem Fenster und beugte sich hinaus. »Heute noch werde ich die Birke fällen lassen«, sagte er zähneknirschend. Nachdem er das Fenster verschlossen hatte, strich er sich fahrig über das Haar und schaute mit zusammengekniffenen Augen zu Mia herüber. »Wie konntest du das nur tun?«, zischte er. »Du hast das Leben meines Sohnes gefährdet!«

Mia glaubte, sich verhört zu haben. Was hatte sein Sohn, den es gar nicht gab, mit ihrem Fenstersprung zu schaffen? Allmählich dämmerte es ihr. Sie schloss die Augen und betete zu Gott, er möge all dies nur einen bösen Traum sein lassen.

Plötzlich riss der Herzog ihr die Decke vom Leib und zerrte sie aus dem Bett. »Von dir hängt die Zukunft des Jülicher Landes ab, und du springst einfach aus dem Fenster! Weißt du eigentlich, was es mich für Mühen gekostet hat, dich zu finden?« Seine Hand klatschte auf ihre Wange.

Mia taumelte, doch es gelang ihr, Halt zu finden. Die

Lippen des Herzogs bebten, und seine Augen verdunkelten sich.

»Bitte glaubt mir, Eure Hoheit. Es wird nicht wieder vorkommen«, wimmerte sie. »Ich werde alles tun, was Ihr von mir verlangt.« Mia kniete sich hin und versuchte, den Schmerz in ihren Beinen zu ignorieren. Übelkeit überfiel sie. Sie senkte den Kopf, schloss die Augen und schluckte gegen den Würgereiz in ihrer Kehle. Ein Knall ließ sie zusammenzucken. Sie riss die Augen rasch wieder auf. Der Herzog hatte einen Stuhl gegen die Wand geschleudert. Mia zitterte am ganzen Leib.

Mit langen Schritten kam der Herzog auf sie zu und trat ihr mit solch einer Wucht in die Rippen, dass sie mit dem Kopf gegen das Bettgestell flog. Um sie herum versank das Gemach in Dunkelheit.

Schneutzenbeutel hatte den Kopf gegen die Wand gelehnt und starrte in das dämmrige Licht der Kanäle. Aus seiner zertrümmerten Nase lief das Blut über Lippen und Kinn.

Adrian beugte sich zu ihm hinab und legte ihm die Hand auf die Schulter. »Was ist geschehen? War Bölinger wieder hier?«

Der Bettler nicke zur Antwort leicht. Dabei starrte er durch Adrian hindurch.

»Ist es nur die Nase?« Adrian riss ein Stück von seinem Hemd ab und wischte dem Bettler damit das Blut fort.

Stöhnend sackte Schneutzenbeutel vornüber zusammen. Adrian fasste nach seinen Schultern, um ihn aufzufangen, doch unter seinen Händen erschlaffte der Leib des Bettlers. Adrian bettete ihn auf die löchrige Decke und schloss ihm die Augen. Eine kalte Faust drückte ihm den Magen zusammen. Er erhob sich und lief mit zittrigen Beinen den Gang entlang. Ihn überfiel eine böse Vorahnung, doch er hatte sich geschworen, nie mehr davonzulaufen und sich zu verstecken.

Die Steine waren aus dem Zugang geräumt. Mit den schlimmsten Befürchtungen kroch Adrian in sein Versteck. Bölingers Schatten flackerte an der Wand. Der König der Unterwelt saß auf einem der Steinquader und pulte mit der Spitze seines Dolches den Dreck unter den Fingernägeln hervor. Adrian tastete nach dem Griff der Feuerbüchse unter seinem Hemd und stellte entsetzt fest, dass er sie zum ersten Mal seit Tagen nicht bei sich trug. Ein Schauer lief ihm heiß und kalt über den Rücken.

»Du hast mich mit Falschgeld bezahlt. Das war keine gute Idee, Kaufmann.« Bölinger hob den Blick aus dem gesunden Auge und runzelte die Stirn. Dann schnalzte er mit der Zunge. »Hast du mich wirklich für so dumm gehalten?«

Adrian reckte das Kinn vor. »Was willst du? Mich umbringen? Dann komm und versuch es.«

Bölinger erhob sich von dem Stein und presste die Lippen aufeinander. Er betrachtete den Dolch in seiner Hand und fuhr mit dem Daumen über die Klinge. »Das Teil hier hat mir immer gute Dienste geleistet. Das letzte Mal bei einem verlausten Bettler, ist noch gar nicht so lange her«, sagte er grinsend. »Der Flohsack wollte doch partout nicht verraten, wo du dich versteckt hältst.« Ein verächtliches Schnauben entfuhr ihm. »Ist er schon krepiert?«

»Du Dreckskerl«, stieß Adrian hervor. In seinen Adern pulsierte das Blut. Blindlings stürzte er auf Bölinger zu, griff mit der Hand an dessen Kehle und drückte zu. Bölinger rammte ihm das Messer in die Schulter, doch Adrian ignorierte den Schmerz. Er wehrte mit aller

Kraft Bölingers Hand, in der er den Dolch hielt, ab und schob sie zur Seite. Bölinger hielt dagegen, versuchte, sich aus Adrians Griff zu befreien. Immer näher kam die Klinge … Da hob Adrian die Faust und rammte sie in Bölingers Magengrube. Die Augen des Königs quollen hervor, und er krümmte sich schnaubend vor Schmerz. Adrian nutzte die Gelegenheit und stieß ihm das Knie unter das Kinn. Der Dolch fiel zu Boden und Bölinger sackte in sich zusammen. Adrian ließ sein Handgelenk los. Für einen Augenblick starrte er auf den bewusstlosen König und verließ dann das Versteck.

In der Gasse hielt Adrian inne und lehnte sich mit dem Rücken gegen eine Hauswand. Am ganzen Leib zitternd schnappte er nach Luft. Das Ziehen in seiner Schulter erinnerte ihn an die Wunde. Er tastete mit den Fingern danach und spürte das feuchte, klebrige Blut. Er musste aus der Stadt verschwinden, und zwar so schnell wie möglich! Warum bloß hatte er dieses Dreckschwein nicht umgebracht? Adrian fuhr sich mit der Hand durch das Haar. Es wäre ein Leichtes gewesen, ihm den Dolch ins Herz zu rammen. Doch nun war es zu spät, er hatte wieder einmal versagt. Wo trieb sich Will nur rum? Er musste ihn warnen, doch er wusste beim besten Willen nicht, wo sich sein Kumpan aufhielt. Wahrscheinlich lag er wieder einmal zwischen den Schenkeln einer Magd. Doch um nach ihm zu suchen, blieb keine Zeit mehr. Wenn Bölinger das Bewusstsein wiedererlangte, war er in keinem Winkel der Stadt mehr vor ihm sicher.

Adrian suchte das Haus von Bettelspeter auf. Nachdem sich die Tür geöffnet hatte, sah Lis ihn mit großen Augen an und bat ihn einzutreten. Adrian ließ sich auf dem einzigen Stuhl in der kärglich eingerichteten Wohnstube nieder. In seiner Schulter klopfte der Schmerz. Lis tauchte ein Tuch in den Kessel, der an einer Kette über der Feuerstelle hing.

»Was ist passiert, Jung?« Sie zog den Riss in dem Hemd auseinander und drückte das dampfende Tuch auf die Wunde. »Du bist auf Bölinger gestoßen, hab ich recht?«

Die Hitze auf der Wunde entfachte einen unerträglichen Schmerz in Adrians Schulter. Er biss die Zähne zusammen.

»Weinbrand ist leider nicht da. Aber wenn ich dir den darauf getan hätte, hättest du wahrscheinlich das Bewusstsein verloren, so wie du dich anstellst.« Lis schaute auf das Tuch. »Die Blutung wird weniger. Ist wohl nicht so tief.«

»Ich muss die Stadt verlassen.«

»Das wird wohl das Beste sein.« Lis ließ sich auf dem Schemel neben der Feuerstelle nieder.

»Er hat Schneutzenbeutel mit seinem Dolch zum Reden gebracht. Ich bin in dem Versteck nicht mehr sicher.«

»Verdammter Mist. Und was ist mit Schneutzenbeutel?«

»Er ist tot«, stieß Adrian aus, erhob sich von dem Stuhl und ging zu einem Regal, auf dem einige Krüge standen. Adrian schaute hinein, fand einen, der mit Bier gefüllt war, und leerte ihn mit einem Zug. »Ich muss Will warnen, weiß aber nicht, wo er sich gerade aufhält.«

»Was ist mit Bölinger? Warum hast du ihn nicht getötet?«

Adrian schleuderte den Krug durch die Stube. »Weil ich ein verdammter Schwachkopf bin!« Er trat gegen einen Holzeimer, der daraufhin in zwei Teile zerbrach. »Ich bin eine feige Ratte, verstehst du? Mir fehlt zu allem der Mut.«

»Weißt du was, Adrian? Hör auf, dich selbst zu bedauern. Sieh lieber zu, dass du aus der Stadt verschwindest, bevor Bölinger dich findet.« Lis griff nach ihrem Umhang. »Ich gehe in die Kanäle, um Will zu warnen, wenn er dort auftaucht.«

»Sag ihm, ich komme zurück, wenn Gras über die Sache gewachsen ist.«

»Wo willst du überhaupt hin?« Lis hielt ihm die Tür auf.

»Das weiß ich noch nicht genau. Ich denke, ich schlage den Weg in Richtung Jülich ein.«

Lis hob die Augenbrauen. »Jülich? Warum wundert mich das jetzt nicht?«, sagte sie grinsend. »Soll ich dich noch ein Stück bis zur Stadtmauer begleiten?«

»Nein, geh du lieber und warte auf Will.« Adrian wusste genau, Lis hätte unterwegs unermüdlich auf ihn eingeredet, was er zu tun hätte, um Mia zu befreien. Doch das brauchte er nicht.

Durch einen schmalen Spalt zwischen den Brokatvorhängen bahnte sich ein Sonnenstrahl seinen Weg. Staubkörner tanzten in seinem Licht, bevor sie sich auf den dunklen Möbeln und den Holzdielen des Gemaches niederließen. Der Sonnenstrahl stach in Mias Augen und verstärkte den Schmerz, der gegen ihre Schläfen hämmerte. Sie versuchte, sich zu erinnern, was geschehen war. Ins Bett war sie nicht selbst gestiegen, dessen war sie sich sicher. Nur zögernd stellten sich die Bilder wieder ein. Der Tritt des Herzogs war das Letzte, woran sie sich erinnern konnte. Ihr Leib begann zu zittern. Der Herzog würde nicht zögern, sie zu töten, wenn sie sich gegen ihn stellte.

»Lieber Gott«, betete sie leise. »Bitte halte deine schützende Hand über mich. Gib mir Kraft, all das durchzustehen.« Sie richtete sich auf den Ellbogen auf und starrte zur Tür. Ein letzter Schluchzer verließ ihre Kehle. Dann kroch Mia aus dem Bett und dankte Gott, dass wenigstens ihre Beine nicht mehr so schmerzten. Sie konnte aus eigener Kraft laufen, davonrennen, wenn es eine Gelegenheit dazu gab. Fast hätte sie über ihren Gedanken gelacht, so abwegig war er.

Plötzlich hörte sie draußen Sägegeräusche. Sie lief zum Fenster und schob den Vorhang zur Seite. Zwei Männer bearbeiteten den Stamm der Birke, die sich nach einer Weile zur Seite neigte und auf dem Boden aufschlug. Mia starrte auf die Baumkrone, die tot am Boden lag, sich nie wieder im Wind wiegen würde. Es gab kein Entkommen mehr, ohne es mit dem Leben zu bezahlen. Sie musste sich mit ihrem Schicksal abfinden, gute Miene zum bösen Spiel machen, wenn der Herzog sie wieder aufsuchte. Das war wohl die einzige Möglichkeit. Mia setzte sich auf die Bettkante und faltete die Hände in ihren Schoß. Er sehnte sich nach einem Nachkommen und setzte dabei alle Hoffnung auf sie. Ihr Magen drehte sich bei dem Gedanken um, mit dem Herzog das Bett teilen zu müssen. Doch diesmal gab es keinen Retter, kein Entkommen und kein Verstecken, selbst wenn es ihr gelang, den großen Überbauschrank mit den Ornamenten des herzoglichen Wappens vor die Tür zu schieben. Das Schicksal ließ sich nicht auf Dauer abwenden, irgendwann schlug es unbarmherzig zu. Doch sich damit abzufinden entsprach nicht ihrer Natur. Es musste ihr gelingen, den Herzog bei Laune zu halten, ihn bei seinem Vorhaben noch hinzuhalten.

Leise drehte sich der Schlüssel im Schloss. Die Tür öffnete sich einen Spalt, und der Kopf mit dem schwarzen geölten Haar des Herzogs lugte hervor. Sein Blick glich dem seines Jagdhundes. Zögernd trat er ein und schloss sachte die Tür hinter sich. Dann fiel er auf die Knie und senkte das Haupt.

»Liebe Mia, meine geliebte Mia«, wisperte er weinerlich. »Verzeih mir, das habe ich nicht gewollt.« Er rutschte auf den Knien zu ihr, umklammerte ihre Beine und legte den Kopf in ihren Schoß. »Du bist das Kostbarste, was ich habe. Wie konnte ich nur meinem Juwel Schmerzen zufügen? Das hast du nicht verdient. Wenn du mir nicht verzeihst, stürze ich mich aus dem Fenster.«

Mia kniff die Augen zusammen und starrte auf das geölte Haar. Er würde sich aus dem Fenster stürzen? Sollte er doch, denn es bedeutete das Ende all ihrer Sorgen. Sie spielte mit dem Gedanken, stur zu bleiben, bis er seine Drohung wahrmachen würde. Doch dann spürte sie, wie er die Fingernägel in ihre Röcke krallte. Er hob den Kopf, spitzte die Lippen und verdrehte die Augen. Der Blick eines Irren traf sie. Nein, dieser Mann stürzte sich niemals aus dem Fenster, eher fiel die Sonne vom Himmel!

»Ich verzeihe Euch, Eure Hoheit«, stieß sie mit fester Stimme aus. Ihr Herz stolperte, als wollte es sich weigern, dieses Spiel mitzuspielen. Mia atmete tief ein, um es zu beruhigen.

»Du verzeihst mir? Oh Mia, ich werde dir jeden Wunsch von den Augen ablesen!« Johann erhob sich und sprang wie ein Frosch durch das Gemach.

Mia schüttelte ungläubig den Kopf. Mit welch krankem Geist hatte sie es hier zu tun? Wie konnte Gott sie nur so strafen? Sie seufzte. »Ihr sagtet, Ihr würdet mir jeden Wunsch von den Augen ablesen?«

Der Herzog hielt in seinen Freudensprüngen inne,

eilte auf sie zu und umfasste ihre Hand. »Jeden, meine Liebe.« Er drückte seine Lippen auf ihre Finger. »Du willst doch wieder kochen, das habe ich nicht vergessen. Es ist auch das, wonach ich mich sehne – die wahre Lust wieder zu spüren. Du glaubst gar nicht, wie sehr ich die Freuden des Paradieses vermisst habe. Wenn ich deine Speisen genieße, wandle ich durch einen Lustgarten.« Er küsste jeden einzelnen ihrer Finger.

Mia schluckte und sah ihn ungläubig an. Wollte er sie wirklich in die Küche lassen? Sie konnte nicht glauben, was er gerade gesagt hatte. Traute sich nicht, Freude zu verspüren. Sie senkte den Blick. Eine Frage brannte ihr auf den Lippen, die sie nicht zurückhalten konnte. »*Wann* darf ich denn wieder für Euch kochen, Eure Hoheit?« Sie biss sich auf die Zunge und hoffte, ihn mit ihrer Ungeduld nicht verärgert zu haben.

Der Herzog hob den Blick und kniff die Augen zusammen. Seine Nasenflügel blähten sich, und er gab einen grunzenden Laut von sich. »Erst einmal musst du wieder richtig zu Kräften kommen, meine Liebe. Leg dich hin.« Er schlug die Bettdecke zurück.

Mia gehorchte, doch anstatt sie zuzudecken, rollte sich der Herzog neben sie auf die Bettstatt. Dann zog er die Decke über sie beide und schmiegte seinen Kopf an ihre Schulter. Mia hielt den Atem an und starrte gegen den Baldachin. Der Herzog stieß tiefe Seufzer aus, die sich kurz darauf in ein Wimmern verwandelten. Mia wagte nicht, sich zu bewegen. Das Haar des Herzogs verströmte den herben Duft von Zedernholz, und die Nässe seiner Tränen durchdrang das Leinen ihres Hemdes. Ihr wurde schlecht, und sie schluckte, um sich nicht übergeben zu müssen. Alles, nur das nicht, betete sie. Der Herzog zog die Nase hoch und wischte sich mit dem Handrücken darüber. Dann drückte er seinen Leib fester an sie und legte ein Bein auf ihre Oberschenkel. An der Hüfte spürte Mia, wie sich seine Männlichkeit verhärtete. Sie wagte nicht mehr zu atmen. Der Herzog legte die Hand auf ihre Brust. Sein Wimmern verstummte, und er presste den Kopf tiefer in das Kissen. Mia hielt den Blick starr auf den Baldachin gerichtet.

Walther griff sich an die Kehle. Er versuchte, nach Luft zu schnappen, kämpfte mit aller Macht, wieder Atem in seine Lungen zu bringen, und stieß dabei auf Widerstand. Luft, er brauchte Luft! Nichts mehr als Luft! Gott im Himmel! Die Schlossküche verschwamm vor seinen Augen, begann, sich zu drehen. Statt Gott starrte er Gevatter Tod ins Gesicht. Seine Augäpfel drückten sich aus den Höhlen. Er wollte atmen, nur atmen! Noch nicht sterben, nicht jetzt! Wieder riss er den Mund auf. Er wollte nicht mit dem Leben abschließen, er wollte Luft.

Ein Schlag auf den Rücken ließ ihn nach vorne taumeln. Im hohen Bogen verließ ein Hühnerknochen seinen Hals und landete auf der Arbeitsplatte. Walther sog die Luft wie durch eine Flöte ein. Von seiner Stirn perlte der Schweiß. Er fiel auf die Knie. Viel zu spärlich floss der Atem in seine Lungen. Er brauchte mehr, viel mehr, um weiter am Leben zu bleiben! Ein Hustenanfall überfiel ihn, als wollte sich sein Inneres nach außen stülpen.

Da strich eine Hand über seinen Rücken, klopfte leicht mit den Fingern über die Lungenflügel und rieb dann wieder über sein Rückgrat.

»Versucht, langsam und in tiefen Zügen zu atmen.«

Ännchens Stimme erreichte ihn. Wie sollte er langsam atmen? Er brauchte Luft! Luft, um nicht mit Gevatter Tod gehen zu müssen. Und wie durch ein Wunder drang der Atem wieder in seine Lungen. Walther schwor sich, nie wieder ein Stück Hühnerfleisch zu essen. Der Kampf gegen den Erstickungstod hatte ihn so viel Kraft gekostet, als wäre er von Jülich nach Aachen gerannt. In Schweiß gebadet, ließ er sich auf dem Schemel nieder und lehnte den Rücken gegen das kühle Mauerwerk.

Ännchen drückte ihm einen Krug Bier in die Hand. »Ihr habt mir einen ganz schönen Schrecken eingejagt, wisst Ihr das?«

»Nicht nur dir, Ännchen. Ich war noch nie dem Tod so nahe.«

»Geht es denn wieder?«

Walther nickte.

»Dann kann ich Euch ja von den neuesten Begebenheiten auf dem Schloss berichten.«

Er verzog den Mund und kräuselte die Stirn, doch das sah Ännchen nicht, denn sie eilte bereits davon, um einen zweiten Schemel zu holen.

Wie eine Matrone ließ sie sich darauf nieder, verschränkte die Arme vor der Brust und begann. »Ihr werdet nicht glauben, was mir zu Ohren gekommen ist! Ich kann es ja selbst kaum glauben, doch es muss etwas Wahres daran sein, denn die Quelle, von der ich es erfahren habe, ist absolut glaubwürdig.« Sie presste die Lippen aufeinander.

Walther wusste genau, sie wartete auf seine Aufforderung weiterzusprechen. Und er durfte sein Desinteresse nicht zeigen, er musste dieses Spiel mitspielen, ansonsten würde sich die Inszenierung bis in die Ewigkeit hinziehen. Er riss also die Augen auf. »Was denn? Spann mich nicht auf die Folter, Ännchen. Ich kann es kaum erwarten, es zu erfahren.«

Ännchen kniff die Lider zusammen. »Ich weiß genau, das ist nicht Euer Ernst«, fauchte sie. »Es interessiert Euch nicht im Geringsten, was sich auf dem Schloss zuträgt.« Sie blickte zur Seite und schob die Unterlippe vor.

»Ännchen, bitte. Ich muss wieder an die Arbeit, und du auch. Also erzähl endlich.« Er betrachtete seine Fingernägel. Die hohe Kunst der Schauspielerei lag ihm nicht. Und Geduld hatte er schon gar nicht, auch nicht gegenüber seiner Lebensretterin.

Ännchen rieb sich mit den Fingerknöcheln die Augen. »Obwohl, ich weiß nicht ... Glauben kann ich es ja nicht. Aber ...«

»Ännchen!«, raunte Walther.

»Ja, ja, schon gut. Ich erzähle es Euch.« Sie holte ein Tuch aus ihrer Schürzentasche und schneuzte sich die Nase. »Es wird ... Ach Gott, nein, ist das furchtbar.« Sie fächerte sich mit der Hand Luft zu, hielt dann aber inne und schaute Walther eindringlich an. »Wie lange ist es her, dass die Herzogin das Schloss verlassen hat?«

Walther zuckte mit den Schultern. »Einen Monat ungefähr. Kurz, nachdem Mia geflüchtet ist«, fügte er seufzend hinzu. Ein Stich fuhr durch sein Herz. Die Ungewissheit um Mias Verbleib brachte ihn immer noch fast um den Verstand. Er musste den Herzog unbedingt um ein paar freie Tage bitten, damit er sie suchen konnte. Selbst wenn es ihn seine Anstellung kostete.

»Genau, Walther. Es war Mitte Februar, nicht einmal einen Monat ist es her. Und soll ich Euch etwas verraten?«

Er verdrehte die Augen. »Ännchen, das willst du schon die ganze Zeit. Verrate es mir jetzt, oder lass es bleiben. Ich muss wieder an die Arbeit.«

»Der Herzog hat eine Geliebte! Sie wohnt in dem

Gemach seiner Gattin«, schoss es pfeilschnell aus ihrem Mund.

»Ja, und?« Walther zog die Schultern hoch. »Was ist daran so ungewöhnlich? Du hältst mich doch nicht etwa wegen solch einer Nichtigkeit von der Arbeit ab?« Er hatte geahnt, dass bei Ännchens Neuigkeiten nichts Spektakuläres herauskommen würde, doch diese Nichtigkeit übertraf noch den Klatsch, den sie bisher verbreitet hatte.

»Er hält sie wie eine Gefangene. Nicht einmal die Zimmermädchen dürfen hinein. Ab und an hört man sie weinen. Aber das Schlimmste ist, sie ist aus dem Fenster gesprungen. Das hat mir der neue Zimmermann erzählt. Anschließend musste er die Birke fällen. Gott, das arme Ding! Ich möchte nicht in ihrer Haut stecken.«

»Das tust du auch nicht.« Walther hatte die Nase voll von Ännchens Getratsche. Er trottete zum Herd und rührte in der Hühnersuppe.

»Sie soll noch sehr jung sein. Doch niemand anderes als der Zimmermann hat sie gesehen.«

»Das ist kein Wunder, es sind ja kaum noch Bedienstete auf dem Schloss. Wem sollten sie auch dienen, seit der Rat des Herzogs ausgezogen ist? Sonst bekommst du alles mit, doch wie das Schloss nach und nach verfällt, bemerkst du nicht. Aber so sind die Weibsbilder eben. Haben kein Auge und kein Ohr für das Wesentliche.«

Ännchen schob beleidigt die Unterlippe vor. Ohne ein Wort der Verteidigung erhob sie sich von dem Schemel und begab sich an den Spülstein.

Mia wusste nicht, wie lange sie schon so dalag. Den Blick immer noch starr nach oben gerichtet, wagte sie es nicht, sich zu bewegen. Der flache Atem des Herzogs verriet ihr, dass er eingeschlafen war. Er hatte sie nicht weiter angefasst, sie nicht zum Beischlaf gezwungen. Doch, was würde geschehen, wenn er wieder erwachte? Seine Männlichkeit war erschlafft, das spürte sie. Tränen des Ekels traten ihr in die Augen.

Plötzlich atmete der Herzog tief ein, hob den Kopf und sah Mia mit einem verklärten Blick an. Dann sprang er aus dem Bett, kniete sich davor und stützte das Kinn in seine Handflächen. »Im Traum ist mir der Herrgott begegnet«, stieß er heiser hervor. »Er sagte, bald schon sei es an der Zeit, meinen Sohn zu zeugen.«

Mias Leib krampfte sich zusammen. Das konnte Gott nicht gesagt haben, niemals! Es musste der Teufel gewesen sein, der dem Herzog dies geflüstert hatte.

Er erhob sich und glättete mit der Hand sein Haar. »Auch du wirst deine Freude daran haben, glaube mir, Mia.« Er schritt zur Tür und verließ das Gemach.

Die Gedanken wirbelten wild durch Mias Kopf. Sie sprang aus dem Bett, eilte zum Fenster und riss es auf. Tränen der Angst rannen über ihre Wangen.

10. Kapitel

Obwohl seine Füße von dem Marsch schmerzten, beschleunigte Adrian seinen Schritt. Unentwegt musste er an Mia denken und versuchte, das Bild, wie sie im Kerker saß, zu verdrängen. Doch es gelang ihm nicht. Zum wiederholten Male überschüttete er sich mit Selbstvorwürfen.

Vor ihm erhoben sich die Mauern der Festung Jülich. Sein Herz pumpte wild das Blut durch die Adern. Er wusste nicht, wie er Mia aus dem Kerker holen sollte. In der Hoffnung, die Herzogin hätte ein offenes Ohr für ihn, lief er auf die Mauern zu. Die Sache war kritisch, das wusste er. Denn ihr Bruder würde nicht erfreut sein, wenn er von den Vorfällen mit Bölinger erfuhr. Doch er musste Mia helfen. Für einen Augenblick schloss er die Lider, dann setzte er seinen Weg fort. Bei der Entscheidung, nach Jülich zu gehen, war er seinem Herzen gefolgt, endlich einmal. Gleichgültig, was dabei herauskam.

Nachdem Adrian das Kölntor passiert hatte, ging er die alte Römerstraße entlang. In der Stadt Jülich herrschte eine bedrückende Stille. Die meisten Läden der Steinhäuser waren verschlossen. Nur wenige Bürger begegneten ihm auf der breiten Straße, die zum Schloss führte. Die Blicke gesenkt, eilten sie an ihm vorbei. Adrian hielt einen von ihnen an und fragte, warum die Stadt so ausgestorben wirkte. Doch der Mann ließ ihn stehen, ohne ihm eine Antwort zu geben, und eilte weiter. Als Adrian auf dem Marktplatz angekommen war, schaute er sich verwundert um. Auch hier war alles menschenleer. Nur ein einziger Händler bot im Schatten der Probsteikirche seine Waren feil. Adrian ging zu dem Karren, in dem sich minderwertiger Kram in einem wilden Durcheinander türmte. Eine Schar Tauben stob auf. Der Händler griff nach einer Scheuerbürste und hielt sie Adrian entgegen. Doch er winkte nur ab.

»Die Geschäfte laufen schlecht in diesen Tagen. Habt Mitleid mit einem armen Krämer, und kauft mir wenigstens eine Kleinigkeit ab, damit ich zu Hause die hungrigen Mäuler meiner Kinder stopfen kann«, bettelte der Händler und wischte sich mit dem Handrücken einen Tropfen von der Knollennase.

»Ich habe keinen Bedarf«, entgegnete Adrian. »Doch sag, was ist hier los? Warum verstecken sich die Bürger der Stadt Jülich in ihren Häusern?«

»Die Soldaten des Herzogs bewachen nur noch das Schloss. Deshalb gehen die Männer der niederländischen Truppen hier immer wieder ein und aus. Die Bürger fürchten eine Belagerung.« Er zuckte mit den Schultern und legte die Bürste zurück in den Karren. »Aber ich kann nicht daheimbleiben und zusehen, wie meine Kinder hungern.«

Gern hätte Adrian ihm ein paar Münzen gegeben, doch er musste sparsam sein. Wer wusste schon, wie lange er mit dem wenigen Geld, das er noch besaß, auszukommen hatte? Er warf dem Krämer einen mitleidigen Blick zu und verließ den Marktplatz in Richtung Schloss.

Vor dem Tor zum Schlossinnenhof kreuzten die Wachen die Lanzen. Adrian gab sich wieder als Kaufmann aus, bat um eine Audienz bei der Herzogin – und erfuhr, dass sie vor geraumer Zeit mit unbekanntem Ziel abgereist sei. Adrian glaubte, nicht recht zu hören. Er musste unbedingt den Herzog aufsuchen, um ihn nach dem Verbleib seiner Gattin zu fragen! Der Wachmann begleitete ihn in das Schloss und kündigte seinen Besuch beim Herzog an, der ihn erstaunlicherweise empfing.

Als Adrian das Arbeitszimmer betrat, beäugte der Herzog von Jülich ihn mit Misstrauen. Er saß hinter seinem Schreibpult aus Mahagoniholz und trommelte mit den Fingern auf die Tischplatte. Adrian verbeugte sich vor ihm. Dann wartete er darauf, dass der Herzog ihm einen Platz anbot. Doch dies geschah nicht.

»Rede«, raunzte der Herzog unwirsch.

»Eure Hoheit, ich bin zum Schloss gekommen, um mit Eurer Gemahlin in einer geschäftlichen Angelegenheit zu sprechen. Doch man sagte mir, sie sei verreist. Es wäre sehr freundlich von Euch, wenn Ihr mir ihren Aufenthaltsort verraten würdet.«

Der Herzog kniff die Augen zusammen und musterte Adrian von Kopf bis Fuß. »Warum sollte ich einem Dahergelaufenen erzählen, wo sich meine Gemahlin aufhält? Was bist du? Ein Vagabund?«

»Nein, Eure Hoheit. Ich stehe in geschäftlicher Verbindung mit Heinrich von Lothringen. Sie muss ihm eine Nachricht übermitteln, die ich nicht durch einen offiziellen Boten überbringen lassen kann.«

»Dann kann es sich nur um krumme Geschäfte handeln.« Der Herzog rieb sich mit der Hand über den schwarzen Bart. »Oder täusche ich mich?«

»Ja, Ihr täuscht Euch, Eure Hoheit.« Adrian sah ihm fest in die Augen. »Es sind ehrliche Geschäfte. Ich bin Kaufmann und handele mit feinen Stoffen aus dem Orient.«

Der Herzog lachte laut auf. »Nie und nimmer! Das

steht in deinem Blick geschrieben.« Plötzlich hielt er inne, und seine Miene verfinsterte sich. Zwischen seinen Augenbrauen hatte sich eine steile Falte gebildet. »Für wie dumm hältst du mich? Ich weiß genau, der hässliche Vogel, der sich mein Schwager nennt, macht keine ehrlichen Geschäfte.«

»Verratet Ihr mir den Aufenthaltsort Eurer Gemahlin?« Auf eine Antwort wartend, starrte Adrian den Herzog an.

»Nein. Ich werde dir nicht verraten, wo sich meine Gemahlin aufhält. Und nun verschwinde. Ich habe Besseres zu tun, als mich mit dem Gesinde meines Schwagers abzugeben.«

Adrian verstand. Ohne ein Wort des Abschieds verließ er das Arbeitszimmer und stieg die Treppe hinunter.

Die Schritte auf dem Flur ließen Mia aus dem Kissen hochschrecken. Sie richtete sich auf und starrte zur Tür. Das Versprechen des Herzogs, sie wieder in der Küche arbeiten zu lassen, war offenbar an sein anderes schreckliches Vorhaben geknüpft. Sie wusste nicht, welchen Zeitpunkt er für die Zeugung seines Sohnes in Betracht gezogen hatte. Heute? Morgen – oder vielleicht übermorgen? Mia betete, er würde sie vorher noch in die Küche lassen. Der Gedanke, dass Ännchen und Walther ihr zur Seite standen, ließ sie etwas Mut schöpfen.

Als sich die Tür öffnete, rüttelte ein Windstoß an dem Brokatvorhang. Der Herzog ging zum Fenster und verschloss es schweigend. Dann griff er nach einem Stuhl und setzte sich zu Mia ans Bett. Zaghaft griff er nach ihrer Hand.

»Meine liebe Mia, ich vermisse die Speisen, die deine Hände zubereitet haben.«

Mia vermochte Aufrichtigkeit in seinem Blick zu lesen. Doch sie wusste auch, wie schnell sich dieser Zustand ändern konnte. Dazu bedurfte es nur eines unbedachten Wortes. Deshalb schwieg sie und sah ihn nur fragend an.

»Es sind noch einige Vorbereitungen zu treffen, bevor ich dich wieder in die Küche lasse. Aber glaube mir, sie werden nicht lange dauern.« Der Herzog hauchte ihr einen Kuss auf den Handrücken und erhob sich von dem Stuhl.

Nachdem die Tür wieder verschlossen war, atmete Mia erleichtert auf. Er hatte die Zeugung seines Sohnes nicht mehr erwähnt. Sollte sein Vorhaben vielleicht doch nur einem Wahnanfall entsprungen sein? Wenn sie Glück hatte, erinnerte er sich gar nicht mehr daran. Mia schöpfte Mut und stand auf.

Ihre Beine schmerzten immer noch, doch sie konnte stehen, auch längere Zeit. Mit einem Ruck riss sie das Fenster wieder auf und ließ die Strahlen der Morgensonne ihr Gesicht streicheln. Der Duft des Frühlings weckte die Lebensgeister in ihr, doch der Blick auf das Jülicher Land rief die Gedanken an Adrian in ihr Gedächtnis. Reichte es nicht, wenn die Ängste vor dem Herzog sie quälten? Musste sich Adrian auch immer noch dazwischenschieben?

Ihr Blick fiel auf den Baumstumpf, der kein Leben mehr in sich trug. Trostlos ragte er aus dem erdigen Boden. Zwischen den Mauern hielt sich keine Menschenseele auf, niemand, den Mia hätte um Hilfe bitten können. Läge das Fenster zum Schlossinnenhof, hätte sie auf sich aufmerksam machen können. Doch hier wirkte alles wie ausgestorben. Nur Mauern, die sie umschlossen, und der weite Acker dahinter, den die frühen

Halme des Weizens in einen grünen Teppich verwandelt hatten.

Gedankenverloren blickte sich Adrian im Schlossinnenhof um. Sein Augenmerk fiel auf die Butzenfenster der Küche. Wie von Geisterhand geführt, setzte er einen Fuß vor den anderen. Je mehr er sich der weißgetünchten Holztür näherte, desto heftiger schlug sein Herz in der Brust. Er musste sich dort nach Mia umhören, bestimmt wussten die Bediensteten, wo die Männer des Herzogs sie gefangen hielten. Mit zittriger Hand drückte er die Klinke hinunter. Sein Mund war ganz trocken, und die Zunge klebte ihm am Gaumen. Die Bediensteten werkelten an den Kesseln und bemerkten seine Anwesenheit nicht – bis auf die Magd, die sich ihm bei seinem ersten Besuch als Ännchen vorgestellt hatte.

Sie wischte die Hände an der Schürze ab und näherte sich ihm mit einem freundlichen Lächeln. »Ihr seid doch der Kaufmann, den Mia damals mit in die Küche gebracht hat. Wolltet Ihr wieder die Herzogin aufsuchen?«

Adrian nickte. »Leider habe ich erfahren, dass sie nicht mehr hier ist.« Er ließ den Blick durch die Küche schweifen. Fragend schaute er der Küchenmagd ins Gesicht. »Wo ist Mia? Hat jemand von euch gehört, wo die Männer des Herzogs sie hingebracht haben?«

Ännchen riss die Augen auf, als stünde ein Geist vor ihr. »Walther!«, kreischte sie, ohne den Blick von Adrian zu wenden. Aus ihrem Gesicht war jegliche Farbe gewichen.

Der Küchenmeister ließ den Löffel in den Kessel fallen und kam zu ihnen geeilt. »Was ist los, Ännchen? Was will dieser Mann hier?«

»Ich suche nach Mia.«

»Er … er behauptet, die Männer des Herzogs hätten sie wieder hierhergebracht.«

Walther schüttelte verständnislos den Kopf. »Wo ist sie gewesen?«

»Sie war in Köln. Doch sie müsste längst hier sein. Es ist schon ein paar Tage her, seit die Männer sie geholt haben.« Adrian kam fast um vor Sorge. Wo, verdammt noch mal, war Mia? Was hatte der Herzog mit ihr angestellt?

»Sie war in Köln? Wie zum Henker ist sie dort hingekommen? Sie sollte doch zu meinem Bruder nach Aachen gehen. Und wo ist sie jetzt?«

Ännchen schrie auf und schlug sich die Hand vor den Mund.

»Was ist los, Ännchen?« Walther griff nach ihrem Arm.

»Die neue Geliebte des Herzogs! Grundgütiger, es … es ist Mia. Er hält sie gefangen!«, brach es aus ihr heraus.

In dem Moment betrat der neue Zimmermann die Küche. In der einen Hand einen Hammer und in der anderen einen Korb haltend, begab er sich zu den Fenstern. Mit tiefer Stimme scheuchte er die Bediensteten zur Seite und begann, Riegel und Schlösser an den Läden zu befestigen.

Walther und Adrian drängten wieder näher zu ihm. »Was machst du da?«, wollte Walther wissen.

Der Zimmermann drehte sich um. Zwischen seinen Zähnen steckte ein Nagel, den er auf den Boden spie. »Anordnung vom Herzog«, stieß er aus.

»Hat er einen Grund dafür genannt?«

Der Zimmermann schüttelte den Kopf. »Mir doch nicht. Aber vielleicht hängt es mit dem Mädchen zusammen, das aus dem Fenster des Gemaches seiner Gemahlin gesprungen ist.«

»Hast du das Mädchen gesehen?«

»Ja, einmal, als sie am Fenster stand.« Der Zimmermann setzte erneut den Hammer an.

Adrian trat einen Schritt vor. »Wie sah sie aus? Wie geht es ihr? Ist sie verletzt?« Ein eiserner Ring der Angst zwängte seine Brust ein.

»Nein, sie scheint nicht sonderlich verletzt gewesen zu sein. Die Birke hat wohl ihren Sprung abgemildert.«

»Verdammt noch mal, sag mir, wie sie ausgesehen hat! Hatte sie dunkle Locken, die ihr bis zur Schulter reichen?«

Der Zimmermann grinste. »Ja dunkle Locken. Verdammt hübsch, die Kleine. Ich hoffe, sie springt nicht noch einmal. Jetzt, da die Birke weg ist.«

Adrian presste die Lippen aufeinander. Er musste zu ihr! Der Herzog hielt sie gegen ihren Willen fest, aus welchem Grund auch immer. Und nun wurde auch noch die Schlossküche zu einem Gefängnis umfunktioniert. Dahinter konnte nichts Gutes stecken.

Johann rieb sich freudig die Hände. Er hatte nicht lange grübeln müssen, bis ihm dieser Einfall gekommen war. Er wies den Diener an, nach Kommandant Muller zu rufen, und setzte sich dann mit einem zufriedenen Lächeln auf den Lippen in den Lehnsessel vor den Kamin. Er war ein gütiger Herrscher, das bewies er immer wieder. Nun stellte er auch noch die Mutter seines Nachfolgers zufrieden und verknüpfte dies mit seinen eigenen Bedürfnissen. Wie gut, dass sein Geschlecht nun nicht aussterben würde! Er betrachtete seine Fingernägel und lachte schallend auf. Wäre das nicht eine Schande für das Jülicher Land gewesen?

Es klopfte an der Tür, und Muller trat ein.

Johann erhob sich. »Du wirst mit fünf weiteren Soldaten die Bediensteten aus der Küche jagen. Bringt sie auf den Acker hinter dem Wall, wenn es sein muss mit Gewalt. In einer Stunde will ich die Leute dort wissen«, befahl er in einem schroffen Ton.

»Zu Befehl, Eure Hoheit.« Ohne nach den Gründen zu fragen, verbeugte sich Muller.

Nachdem er das Gemach wieder verlassen hatte, setzte sich Johann wieder in seinen Lehnstuhl und zündete sich eine Pfeife an. Während er den Rauch in kleinen Wölkchen aus seinem Mund stieß, fuhr ein freudiges Ziehen durch seine Bauchhöhle. Er schloss die Augen und stellte sich vor, wie er mit Mia durch die Schlossküche tanzte.

Von unten drang Stimmengemurmel zu ihrem Fenster hinauf. Mia schob eilig den Brokatvorhang zur Seite. Mit Waffengewalt wurden die Bediensteten aus der Küche durch das hintere Tor der Zitadelle gedrängt. Unter ihnen erkannte sie Walther, dann sah sie Ännchen – und auch Adrian! Ein spitzer Schrei entfuhr ihrer Kehle. Dies musste ein böser Traum sein! Lieber Gott, lass es nicht wahr sein, betete sie panisch.

Walther drehte sich um. Doch der Soldat ließ nicht zu, dass er stehen blieb, und bohrte ihm die Spitze des Säbels in den Rücken.

Was hatte all dies zu bedeuten? Mia fasste sich an den Hals. Was hatte der Herzog vor? In ihren Ohren rauschte das Blut, und die Mauern verschwammen vor ihren Augen.

»Ihr müsst mich hier rausholen!«, schrie sie. »Ihr dürft mich nicht zurücklassen.« Sie umklammerte mit den Fingern den Fensterrahmen. Die Beine gaben unter ihr nach. »Nehmt mich mit! Walther! Bitte!« Ein Weinkrampf schüttelte sie.

Adrian blieb stehen, schaute hinauf und versuchte, den Soldaten zur Seite zu schieben. Doch sofort war ein weiterer zur Stelle und hielt ihm die Spitze des Säbels an den Hals. Adrian blieb keine andere Möglichkeit, als weiterzugehen, wenn er nicht sterben wollte.

»Nein, lasst mich nicht allein!«, wimmerte Mia. Sie griff nach dem Brokatvorhang und krallte ihre Fingernägel hinein. Langsam ließ sie sich an dem Gemäuer neben dem Fenster hinabrutschen. Stille breitete sich um sie herum aus, die nur von ihren Schluchzern unterbrochen wurde.

Adrian schlug mit der Faust gegen die Mauer der Zitadelle. In seinen Ohren hallten Mias hilflose Schreie wider. Noch nie in seinem Leben hatte er jemals solch eine Angst um einen Menschen ausgestanden. Was hatte der Herzog mit Mia vor? Sein Gefühl verriet ihm, es würde das Schlimmste sein, was ihr widerfahren konnte. Er musste ins Schloss, egal wie.

»Walther, was ist hier los? Was hat der Herzog vor? Sagt es mir!«, schrie Adrian außer sich vor Sorge.

Walther schüttelte den Kopf. In seinen Augen stand das Entsetzen geschrieben. »Ich weiß es beim besten Willen nicht. Allmächtiger, steh Mia bei!«, stieß er mit bebender Stimme aus.

Um sie herum flüchteten die letzten verbliebenen Bediensteten wie Ratten über den Acker. Ihre Gesichter verrieten, wie froh sie waren, die Zitadelle verlassen zu können, fortzulaufen von ihrem wahnsinnigen Herzog.

Ännchen schlug sich die Hände vor den Mund. Mit weit aufgerissenen Augen starrte sie auf die Soldaten, an denen es kein Vorbeikommen gab. Die Lanzen gekreuzt, bewachten sie das verschlossene Tor der Zitadelle.

»Wir müssen versuchen, durch ein anderes Tor ins Schloss zurückzukommen.« Adrian schaute sich hilfesuchend um.

Walther schüttelte den Kopf. »Es werden alle bewacht sein. Der Herzog wird nur von seinem Wahn geleitet.«

»Egal, ich muss einen Zugang finden.« Für Adrian war es unvorstellbar, einfach aufzugeben. Er konnte Mia doch nicht in den Händen des Herzogs lassen! Sein Leib zitterte vor Zorn bei dem Gedanken, was der Herrscher ihr antun konnte.

»Das ist die sicherste Bastion nördlich der Alpen«, raunte Walther.

»Ich habe gewusst, dass es so kommen würde.« Ännchen schneuzte sich in ihre Schürze.

»Was hast du?« Walther starrte sie ungläubig an. »Ännchen, was weißt du über den Herzog?« Er packte sie am Arm und schüttelte sie.

»Er ist Mia zu nahe gekommen, das hat sie mir anvertraut«, schluchzte Ännchen.

»Er ist was?« Adrian schob sich zwischen Walther und Ännchen.

»Es war ihr so unangenehm, und sie schämte sich, darüber zu sprechen.«

»Das glaube ich nicht.« Nun drängte Walther Adrian zur Seite. »Das hätte sie mir erzählt.«

»Sie hat Euch viel erzählt, aber nicht alles.« Ännchen zog die Nase hoch und wischte sich mit dem Zipfel ihrer Schürze über die rotgeweinten Augen. »Manche Sachen berühren so sehr das Schamgefühl, dass man nur mit einer Frau darüber sprechen kann.«

Adrian mochte nicht glauben, was er gerade gehört hatte. Das war nicht die Mia, die er kannte. Sie hätte sich niemals vom Herzog anfassen lassen. »Wie weit ist er gegangen?«, stieß er mit kehliger Stimme aus.

»Er hat den Kopf in ihren Schoß gelegt und ihr seine Sorgen und Nöte anvertraut. Die Herzogin war schrecklich eifersüchtig und hat sie als Hure bezeichnet. Mia hat sehr darunter gelitten.« Wieder liefen Ännchen die Tränen über die Wangen.

»Das … das versteh ich alles nicht«, stammelte Walther. Seine Augen irrten zwischen Ännchen und Adrian hin und her.

»Deshalb habe ich auch das meinige dazugetan, dass sie fliehen musste. Es war die einzige Gelegenheit, sie vor dem Herzog zu schützen.«

»Du meinst, die Herzogin hat nie den Verdacht geäußert, Mia hätte den Herzog vergiftet?« Walther schüttelte ungläubig den Kopf.

»Doch, das hat sie, aber der Herzog hat ihr keine Beachtung geschenkt. Er selbst glaubte niemals, Mia hätte ihm das Gift untergerührt. Es bestand für Mia zu keiner Zeit die Gefahr, im Kerker zu landen.« Ännchen senkte den Kopf. »Ich habe es nur gut gemeint mit dem Kind. Sie ist doch wie eine Tochter für mich.«

»Du hättest mit mir darüber reden müssen! Wir hätten eine andere Lösung gefunden.« Walther fasste sie am Arm.

»Was denn für eine? Ihr seht doch, was geschehen ist.« Ännchen hob die Stimme, und in ihren Augen funkelte der Zorn. »All dies wäre schon viel früher geschehen, wenn Mia nicht geflüchtet wäre. Walther, der Herzog ist dem Wahnsinn verfallen!«

»Ich weiß. Und wäre Mia nach Aachen zu meinem

Bruder gegangen, bestünde nun keine Gefahr. Aber was nutzt es? Wir müssen sehen, wie wir sie aus dem Schloss holen.«

Adrian presste die Lippen aufeinander. »Ich werde die Mauer abgehen. Vielleicht findet sich doch noch eine Möglichkeit hineinzugelangen.«

Walther legte ihm fest die Hand auf die Schulter. »Was hast du mit Mia zu schaffen gehabt?«

»Nichts. Wir sind nur in Köln miteinander bekannt geworden.« Adrian senkte den Blick.

»Sollte ich herausfinden, dass du sie angefasst hast, bringe ich dich um.«

»Ihr benehmt Euch, als wäret Ihr Mias Vormund.« Adrian verspürte keine Furcht vor der Rache des alternden Kochs. Er musste Mia aus den Fängen des Herzogs befreien, das war das Einzige, was in diesem Augenblick zählte.

»Ich habe sie großgezogen«, erwiderte Walther mit erstickter Stimme.

»Was habt Ihr getan, Eure Hoheit?«, wimmerte Mia. Sie saß zusammengekauert auf den Holzdielen vor dem Fenster. Die Arme um die Beine geschlungen, sah sie zu dem Herzog hinauf.

»Was meinst du, meine liebste Mia?« Der Herzog kniete sich vor sie und strich ihr über das Haar.

»Die Bediensteten … sie sind alle fort!« Mia zitterte am ganzen Leib bei dem Gedanken, mit diesem Wahnsinnigen allein im Schloss zu sein.

»Ja, und das ist auch gut so. Denn nun kannst du in der Küche für mich kochen. Du ganz allein.« Der Herzog erhob sich, griff nach ihrem Arm und zog sie hoch.

Mia versuchte, sich gegen seine Kraft zu stemmen. So

wollte sie nicht in die Küche! Wie sollte sie denn mit dieser Angst im Herzen kochen können?

»Nun komm schon. Ich habe einen unbändigen Appetit, und es ist doch auch dein Wunsch gewesen, wieder für mich kochen zu dürfen.« Der Herzog riss unwirsch an ihrem Arm.

»Aber was ist mit den anderen? Warum habt Ihr sie vom Schloss gejagt?« Sie wusste, dass es klüger war, den Mund zu halten und mit ihm zu gehen. Doch erst musste sie wissen, was er im Sinn hatte.

»Die Küche gehört nur dir, meine liebste Leibköchin. Du kannst dich dort entfalten, niemand wird dir auf die Finger schauen«, erwiderte der Herzog mit honigsüßer Stimme.

Mia verließ die Kraft, weiter gegen den Herzog zu kämpfen. Sie ließ sich von ihm aus dem Gemach führen.

Die dampfenden Kessel und der Duft von brodelnder Fleischbrühe gaukelten jene Harmonie vor, die jäh durch das Vertreiben der Bediensteten durchbrochen worden war. Erst beim zweiten Blick fielen Mia die Schlösser an den Fenstern auf. Dann sah sie die Kette auf dem Boden liegen. Das eine Ende war an einem eisernen Ring in der Wand befestigt, das andere lag auf den Steinfliesen vor dem Herd. Der Herzog holte ein Schloss hervor, bückte sich nach dem Ende der Kette und legte es um Mias Fuß. Das kalte Eisen drückte gegen ihren Fußknöchel. Mit einer einzigen Bewegung drehte der Herzog den Schlüssel in dem knirschenden Schloss. Dann blickte er mit tränenschimmernden Augen zu ihr hinauf.

»Es schneidet mir ins Herz, glaube mir, meine Liebe, aber ich muss es tun. In deinem Gesicht steht geschrieben, dass du nicht glücklich darüber bist, hier bei mir zu sein. Noch nicht, aber das wird sich bald ändern, dafür werde ich sorgen.« Er setzte ein gequältes Lächeln auf.

Mia atmete tief ein. Niemals würde dies geschehen.

Der Herzog erhob sich von den Knien, strich sich die Beinkleider glatt und seufzte. »Ich lasse dich nun in Ruhe, damit du dich auf die Zubereitung der Speisen konzentrieren kannst.« Kurz darauf war der Herzog zur Tür hinaus.

Auf dem Schneidebrett lag neben einem Messer eine Karotte, die zur Hälfte in dünne Scheiben geschnitten war, dahinter ihr aufgeschlagenes Kochbuch. Der Herzog musste es dorthin gelegt haben, kurz bevor er sie aus dem Gemach geholt hatte. Alles in ihr sträubte sich dagegen, einen Blick hineinzuwerfen, geschweige denn eine Mahlzeit daraus zuzubereiten. Ihr Blick irrte durch die Schlossküche. Unvermittelt liefen die Jahre, die sie hier verbracht hatte, vor ihrem inneren Auge ab. Sie hörte Walthers seltenes Lachen, tief aus seiner Brust kommend, und Ännchens spitzen Aufschrei, wenn sich einer der jungen Gehilfen wieder einmal am Feuer verbrannt hatte. Mia sank auf die Knie, legte die Hände in ihren Schoß und weinte bitterlich.

Nach einer Weile erhob sie sich, wischte sich mit dem Ärmel die Nässe von den Wangen und schnitt den Rest der Karotte in hauchdünne Scheiben. Sie mochte nicht mehr daran denken, was geschehen würde. Alles lag von nun an in Gottes Hand.

Die Kette rasselte über die Fliesen, als sie zum Ofen ging, um eine Pfanne aufzusetzen. Nur schwerlich gelang es ihr, einen Fuß vor den anderen zu setzen. Sie versuchte, es zu ignorieren und sich vorzustellen, alles wäre beim Alten. Walther war unterwegs, um Gewürze zu besorgen. Ännchen im Schlossgarten auf Kräutersuche. Ja, so konnte es sein, wenn sie nur fest daran glaubte. In der Pfanne zerlief das Schmalz, und Mia gab die Karottenscheiben dazu. Mit starrem Blick beobachtete sie, wie diese eine bräunliche Färbung annahmen. Dann färbten sich die Ränder schwarz. Als die Scheiben verkohlt waren, nahm sie die Pfanne vom Herd und legte sie in den Spülstein. Dann ließ sie sich auf einem Schemel nieder und starrte aus dem Fenster. Über den Schlossinnenhof kam der Herzog auf die Küche zu. Sein Haar glänzte blauschwarz in der Sonne.

Adrian und Walther hatten die Zitadelle einmal umrundet und festgestellt, dass es unmöglich war, in die Festung einzudringen. Selbst durch die Stadt gab es keine Möglichkeit. Alle Tore waren verschlossen und auf den Mauern Soldaten postiert. Der Herzog hatte sich und Mia von der Außenwelt abgeschottet. Adrian glaubte, den Verstand zu verlieren. Es riss ihm schier das Herz aus der Brust, Mia bei dem wahnsinnigen Herzog zu wissen. Warum nur hatte er sie gehen lassen? Warum hatte er sie nicht zurückgehalten?

»Es gibt keine Möglichkeit, zu Mia zu gelangen. Ich sehe es an Euren Gesichtern.« Ännchen sank kraftlos in sich zusammen.

Adrian und Walther griffen unter ihre Arme und setzten sie auf einen Mauervorsprung. In Ännchens Blick lag die flehende Bitte, ihre Ziehtochter zu befreien. Doch dazu bräuchten sie ein Heer von Soldaten.

Mia schaute müde auf, als sich die Tür der Schlossküche öffnete.

Der Herzog ließ den Blick durch den Raum schweifen, schritt zum Herd und betrachtete die verkohlten Karotten. »Wo sind die Speisen, die du zubereiten wolltest?« Er hob den Deckel eines Kessels, aus dem es dampfte. »Die Fleischbrühe ist verkocht. Mia, was soll das?« Seine Stimme war scharf geworden. Er packte Mia am Arm und zog sie von dem Schemel hoch. »Du kochst jetzt augenblicklich etwas, was meinen Gaumen verwöhnt. Und ich sehe dir dabei zu.« Er schob sie zu der Arbeitsplatte unter dem Fenster und drückte ihr eine Fenchelknolle in die Hand. »Zaubere etwas daraus. Vielleicht eine Pastete. Ich weiß, du kannst das.«

Der Herzog irrte sich. Sie vermochte nicht zu kochen, wenn sie seinen Blick in ihrem Rücken spürte. Auf ihrer Stirn bildeten sich Schweißperlen. Sie konnte den Fenchel in Scheiben schneiden, ihn in Schmalz dünsten und dann gewürfelten Speck dazugeben – mehr fiel ihr in diesem Augenblick nicht ein. Mit zitterigen Händen schnitt sie den Fenchel in Scheiben und musste dabei aufpassen, dass sich die Klinge des Messers nicht in ihrem Zeigefinger vergrub. Der heiße Atem des Herzogs drang in ihr Ohr. Seine Hand legte sich auf ihre Hüfte, grub sich in das Linnen ihrer Röcke. Sein Keuchen ließ sie schaudern.

»Es wird meinen Gaumen verzaubern«, hauchte er.

Mia schloss die Augen und versuchte, so flach wie möglich zu atmen. Der Herzog drückte sich an sie und rieb seine Männlichkeit an ihr. Die Klinge rutschte ab und schnitt ihr in den Zeigefinger. In einem Rinnsal tropfte das Blut auf die Fenchelscheiben.

»Mädchen, was machst du?« Der Herzog griff nach ihrem Finger und steckte ihn in seinen Mund. Seine Zunge umspielte die Wunde. Dann saugte er das Blut aus dem Schnitt. Mia spürte, dass sein Geschlecht noch härter wurde. »Der Augenblick ist gekommen«, stöhnte er. »Gott hat es mir geflüstert. Er will, dass heute noch mein Sohn gezeugt wird.« Johann verdrehte die Augen und richtete dann den Blick selig auf die Deckenbalken der Schlossküche. Seine Hände tasteten sich unter Mias Röcke vor, hinauf zu ihren Oberschenkeln.

»Nein, bitte nicht«, sagte Mia mit einem Aufschluchzen. Die Kette umschloss kalt ihren Fußknöchel.

»Wenn du dich weigerst, werde ich dich töten. Nichts kann mich von meinem Vorhaben abhalten.« Ein heiseres Lachen kam aus seiner Kehle. Seine Finger strichen über ihre Scham, und sein Atem beschleunigte sich.

Abrupt griff Mia nach dem Messer. Ihre Hand umklammerte fest das kalte Metall. Sie schloss die Augen und atmete tief ein. Der Geruch von Zedernholz ließ sie würgen. Plötzlich wandte sich der Herzog von ihr ab, setzte sich an den Küchentisch und legte die Hände auf die Holzplatte.

»Nun fang schon mit der Zubereitung der Speisen an, ich kann es nicht mehr erwarten.«

In seinem Herzen tobte ein unbändiger Sturm. Verzweifelt schaute Adrian auf die Mauer, hätte sich am liebsten mit den Händen einen Weg durch das Gestein gegraben. Mia war in höchster Gefahr! Er musste unbedingt zu ihr, bevor es zu spät war. Vor seinen Augen zitterte eine Haarsträhne. Er straffte die Schultern und preschte auf einen der Soldaten zu.

Walther lief hinter ihm her. »Nicht, Adrian. Nicht!« Der Koch fasste ihn am Arm, doch Adrian riss sich los und baute sich vor dem Soldaten auf. Blitzschnell richtete dieser die Lanze auf Adrians Brust und stieß ihn mit der Spitze zurück.

»Adrian, bitte. Es nutzt nichts – ein Stoß, und du liegst tot am Boden.« Walther griff erneut nach seinem Arm. Seine Worte rauschten in Adrians Ohren.

»In dem Bewusstsein, nicht für Mia gekämpft zu haben, kann ich nicht leben«, schnaubte er.

»Das ist ehrenhaft, doch mit deinem Tod ist ihr nicht gedient!«

Adrian ließ sich auf die Knie fallen. In seinen Augen brannten Tränen des Zorns und der Verzweiflung. Es war seine alleinige Schuld, dass Mia in Gefahr war. Eine Gefahr, die sie das Leben kosten konnte. Er stieß einen tiefen Laut aus und schlug mit einer Faust gegen das Gemäuer, so lange, bis ihm das Blut über den Unterarm lief. Ännchens Schluchzen nahm er nur wie durch eine Nebelwand wahr. Der Soldat trat ein paar Schritte zurück, behielt ihn aber im Auge. Warum bloß hatte er seine Faustbüchse vergessen? Mit ihr hätte er den Mann vor sich mühelos töten können. Und nicht nur ihn, alle anderen genauso. Bis der Weg frei war. Sollte Mia etwas zustoßen, wollte er ihr in den Tod folgen, das schwor er sich in diesem Augenblick, und nie zuvor war es ihm mit einem Entschluss ernster gewesen.

»Ich verstehe das alles nicht.« Walther rang unruhig die Hände. »Wie kann der Herzog noch so viel Gewalt über die Soldaten haben? Und wo sind die Landstände? Hieß es nicht, sie würden ihn im Auge behalten?«

Auch Ännchen schüttelte fassungslos den Kopf. »Sie haben ihn schon aufgegeben. Die Soldaten sollten ihn bewachen, doch wer weiß, welchen Schwachkopf die Landstände als Kommandant dafür eingesetzt haben.«

»Jemand muss sie in Kenntnis setzen. Das ist die einzige Möglichkeit, Mia dort rauszuholen«, schnaubte Walther.

Adrian schaute ihn fassungslos an. »So viel Zeit haben wir nicht. Bis einer von ihnen aus Düsseldorf hier eintrifft, können Tage vergehen.« Verzweifelt schaute er zum Nordturm.

Mia spürte die Blicke des Herzogs in ihrem Rücken. Sie betrachtete die Klinge des Messers, das in ihrer Hand bebte. Der Speck musste klein gewürfelt werden, doch sie würde sich einen Finger dabei abschneiden, so sehr zitterte sie. Wieder verschleierten die Tränen ihren Blick. Der Herzog trommelte ungeduldig mit den Fingern auf die Tischplatte. Dabei sang er leise ein Lied, das von einem kleinen König handelte. Von den Fußsohlen bis zum Scheitel verkrampfte sich Mias Leib. Er sang von seinem Sohn! Sie wusste, wenn er heute nicht seinen Willen bekam, würde er sie töten.

Mit dem Schneidebrett in der Hand ging Mia zum Herd. Die Kette rasselte an ihrem Fuß und wog so schwer wie das Leid in ihrem Herzen.

Über dem Feuer gab sie den Speck in die Pfanne. Dabei sah sie aus den Augenwinkeln, wie der Blick des Herzogs ihr folgte. Auf seinen Lippen lag das Lächeln eines zufriedenen Mannes. Das Brett fiel ihr aus der zitternden Hand. Sie hob es auf, ging zurück zu der Arbeitsplatte und stützte sich mit den Handballen darauf ab. Mia versuchte, gegen ihre Angst zu atmen, doch ihre weichen Knie konnten sie nicht mehr halten. Sie sackte zusammen und fiel benommen auf die Steinfliesen. Um sie herum versank die Schlossküche in Dunkelheit.

»Mia, wach auf, mein Mädchen«. Der Herzog wiegte sie in seinem Arm.

Sie hob die Lider und schaute in sein besorgtes Gesicht. Der Geruch von verbranntem Speck stieg in ihre Nase. Mit einem Mal war sie hellwach, zog sich an der Arbeitsplatte hoch und schwankte zum Herd. In der Pfanne brutzelten schwarze Stückchen vor sich hin.

»Verzeiht, Eure Hoheit«, schluchzte sie und wischte sich mit dem Ärmel über die Nase.

Wider Erwarten blieb der Herzog ruhig. »Ich kann deine Aufregung verstehen. Auch für dich ist es ein besonderer Augenblick. Welche Frau ist schon in der glücklichen Lage, den zukünftigen Herrscher des Jülichen Landes in ihrem Leib zu empfangen?«, flüsterte er mit sanfter Stimme und strich ihr mit dem Daumen die Locken aus der Stirn.

Sie musste sich ganz ruhig verhalten, damit der Herzog es ebenfalls blieb. Nur mit der Zubereitung eines Mahls vermochte sie den Zeitpunkt seines Vorhabens hinauszuzögern. Bestimmt würden bald Walther und Adrian zur Tür hereinstürmen, um sie zu befreien. Sie hatten ihre Schreie gehört, das wusste sie genau. Warum nur ließen sie so lange auf sich warten?

Sie ging wieder zu der Arbeitsplatte und blätterte langsam durch die Seiten des Kochbuchs. »Ich werde Euch ein köstliches Mahl zubereiten, Eure Hoheit. Die Umstände verlangen eine festliche Speise. Man sagt, die Speisen, die man vor der Zeugung zu sich nimmt, haben Einfluss auf das Geschlecht des Kindes.« Mia versuchte, das Zittern in ihrer Stimme zu unterdrücken.

»Wirklich? Das wusste ich nicht. Obwohl – ich weiß genau, ich werde einen Sohn mit dir zeugen. Die Stimme Gottes hat es mir gesagt.« Er schloss die Augen. »Noch nie hat sie mir so wohlgesonnen geklungen«, hauchte er und legte das Kinn auf seine Hände.

»Dabei war es seine Vorsehung, dass ich für Euch koche, davon bin ich überzeugt. Warum hätte er sonst eine Köchin als Mutter Eures Sohnes ausgesucht?« Nach diesen Worten wunderte sich Mia selbst über die Ruhe, die sie behielt, obwohl die Buchstaben in dem Kochbuch immer wieder vor ihren Augen verschwammen.

»Du bist ein kluges Mädchen.« Der Herzog zwinkerte ihr zu und begab sich zurück an den Tisch. Erneut sang er leise das Lied vom Königssohn. Die schiefen Töne, die er von sich gab, schmerzten in Mias Ohren. Doch sie versuchte, sie nicht mehr wahrzunehmen, sich auf die Rezepte in dem Kochbuch zu konzentrieren. Sie wusste beim besten Willen nicht, welche Speisen zur Zeugung eines Sohnes empfohlen wurden, doch das spielte keine Rolle, denn es sollte nicht so weit kommen. Sie musste den Herzog nur hinhalten. Er verhielt sich ruhig, und solange er das tat, blieb ihr Zeit.

Mias Blick fiel auf den halben Hammel, der am Ende der Arbeitsplatte in seinem Blut lag. Kurz vor der Vertreibung der Bediensteten hatte der Fleischkoch mit der Zerteilung begonnen. Ihre Hände wurden ruhiger. Sie blätterte die Seiten des Kochbuches um und fand ein Rezept für die Zubereitung eines gefüllten Hammelmagens.

Umgeben von einer Nebelwand, die sie sich zu ihrem Schutz aufgebaut hatte, wusch sie den Magen aus, schmeckte die Füllung aus Eidottern, Speck, Zwiebeln und grünen Kräutern ab. Gelb konnte sie die Masse nicht färben, denn dazu fehlte ihr der kostbare Safran. In immer kürzer werdenden Abständen schweifte ihr Blick zur Tür.

Die Masse, die sie umrührte, war noch zu weich, sie würde beim Anrichten auseinanderfallen. Um sie fester zu machen, gab Mia noch eine Handvoll geriebenen

Weck darunter. Mit jeder Minute, die verstrich, fiel es ihr schwerer, sich auf das Rezept zu konzentrieren. Sie setzte eine Rinderbrühe auf, füllte den Magen und gab ihn in den Kessel. Der ununterbrochene Singsang des Herzogs trieb sie schier in den Wahnsinn. Die Ruhe, die sie bewahren wollte, schwand langsam dahin. Sie starrte in die blubbernde Brühe, nahm das Aroma wahr. Eigentlich roch die Komposition aus Kräutern, Speck und Zwiebeln gut, appetitanregend. Doch in Mia stieg Übelkeit auf.

»Dauert es noch sehr lange?« Die Stimme des Herzogs fuhr ihr durch Mark und Bein.

»Nein, nein, Eure Hoheit.« Viel zu früh nahm Mia den Magen aus der Brühe und steckte ihn auf einen Spieß. Über dem Feuer briet sie ihn, bis er von allen Seiten braun war. Die Zubereitung wich von Rumpolts Rezept ab, denn darin stand beschrieben, er solle auf ein Rost gelegt werden. Doch dort lag bereits ein verkohlter Hasenbraten. Mit zittrigen Fingern goss sie geschmolzene Butter über den Magen, nahm ihn von der Feuerstelle und legte ihn auf die Arbeitsplatte. Dort richtete sie ihn auf einer silbernen Platte an, rieb etwas Parmesan und streute ihn darüber.

»Das duftet wundervoll.« Der Herzog schloss die Augen und sog tief den Atem durch seine geweiteten Nasenflügel ein.

Mia deckte den Tisch mit einem Messer, einem Löffel und einem silbernen Teller. Dann fiel ihr ein, dass der Wein fehlte. Sie holte den Weißen aus der Kammer und goss ihn in einen Glaspokal. Zu guter Letzt stellte sie die Platte mit dem geschnittenen Hammelmagen vor den Herzog.

»Die Vorspeise, Eure Hoheit.« Entgegen der Gewohnheit, alle Gerichte auf einmal zu servieren, hatte sie beschlossen, eines nach dem anderen aufzutischen, damit ihr noch genügend Zeit blieb. Wenn es die Geduld des Herzogs zuließ, bereitete sie vielleicht noch einen Zwischengang aus Salat zu.

Ihr Blick wanderte zu dem Fenster, hinter dem sich die Nachmittagssonne gen Westen neigte. Bis zum späten Abend würde sie den Herzog hinhalten können. Und vielleicht überfiel ihn dann eine bleierne Müdigkeit, die ihn in einen tiefen Schlaf sinken ließ. Mia klammerte sich mit aller Gewalt an diesen Hoffnungsschimmer und gab zwei Scheiben Hammelmagen auf den Teller. In Gedanken versuchte sie, sich auf die Hauptspeise zu konzentrieren, als sich plötzlich die Finger des Herzogs um ihr Handgelenk schlossen.

»Du musst auch hungrig sein, Mädchen. Setz dich zu mir und iss mit. Deine Hüften sind noch zu schmal, um einen strammen Knaben austragen zu können.« Sein Blick schweifte über ihren Leib.

Allein der Gedanke, sich einen Bissen in den Mund zu stecken, ließ ihren Magen zusammenkrampfen. Doch mit dem Herzog zu speisen, schenkte ihr Zeit. Zeit, die sie benötigte, bis … Ihr Blick wanderte erneut zur Tür. Sie ließ sich von dem Herzog auf den Stuhl ziehen. Er erhob sich, um einen weiteren Teller zu holen.

Langsam kaute Mia den Bissen in ihrem Mund. Sie versuchte zu schlucken, doch es gelang ihr nicht. Ihr Magen weigerte sich strikt, den Brei in sich aufzunehmen. Ihre Kehle verschloss sich. Der Herzog jedoch senkte die Lider und schob sich einen weiteren Bissen zwischen die Zähne. Mia nutzte den Augenblick und spie den gefüllten Hammelmagen zurück auf den Teller.

Der Herzog gab ein verzücktes Stöhnen von sich, legte

den Kopf in den Nacken und öffnete die Augen wieder. »Köstlich«, flüsterte er. »Einfach nur köstlich.« Er schob seinen Unterleib ein wenig vor. In seinem Schritt wölbten sich die Beinkleider. »Die Komposition der Kräuter, einfach ein Genuss.« Er fuhr sich mit der Zunge über die Lippen, beugte sich vor und nahm erneut einen Bissen. Nachdem er diesen hinuntergeschluckt hatte, legte er den Löffel neben den Teller und sah Mia mit einem verzückten Blick in die Augen. Dann klopfte er mit der Handfläche auf seinen Oberschenkel. »Setz dich zu mir, meine Liebe.«

Mia erhob sich schwerfällig von ihrem Stuhl. Sie versuchte, nicht auf den Schritt des Herzogs zu schauen, sondern wandte den Blick zur Arbeitsplatte. Im Schein der späten Nachmittagssonne blitzte die Klinge des Messers auf. »Ich muss mich um die Hauptspeise kümmern«, stieß sie heiser aus.

»Dazu wirst du noch genügend Zeit haben«, raunte der Herzog. »Komm erst einmal zu mir.« In seinem Blick lag Wahnsinn.

So schnell es die Fesseln zuließen, begab sich Mia zu der Arbeitsplatte.

Der Herzog erhob sich von seinem Stuhl und näherte sich ihr mit dem Gang einer Katze. »Es ist so weit, ich kann nicht mehr an mich halten. In meinen Lenden pocht der Samen.« Seine Hand schob sich unter ihre Röcke.

Die Schlossküche begann, sich um Mia zu drehen. Vor ihr lag das Messer mit der funkelnden Klinge. Sie griff danach. An ihrem Bein tasteten sich die Finger des Herzogs hinauf zu ihrer Scham. Mit sanfter Gewalt drückte er ihre Schenkel auseinander. Mias Unterleib versteifte sich.

»Wenn du dich weigerst, meinen Samen in dich aufzunehmen, töte ich erst dich und dann mich.« Seine Hand schnellte vor und riss ihr das Messer aus der Hand.

Die Klinge drückte sich an ihre Kehle. Der Herzog rieb keuchend seine Männlichkeit an ihrem Po. Mit der freien Hand schob er ihre Röcke hoch.

In Mias Augen brannten Tränen. »Bitte nicht, nein«, wimmerte sie. Vor ihren Augen verschwammen die Fenster der Schlossküche.

Der Stoß in ihren Unterleib zerriss ihre Scham. Mias spitzer Schrei hallte von den Mauern der Küche wider.

Der Herzog legte seufzend den Kopf an ihren Rücken. Der Druck der Klinge lastete immer noch auf ihrer Kehle, jederzeit bereit, ihr den Hals zu durchtrennen. Langsam bewegte sich der Herzog in ihr. Mia biss sich schluchzend auf die Fingerknöchel. In ihrem Herzen tobte Todesangst. Die Stöße des Herzogs wurden heftiger, sein keuchender Atem drang an ihr Ohr. In dem Moment breitete sich gnädige Leere in ihr aus und nahm ihr die Angst. Kaum noch spürte sie den Schmerz zwischen ihren Beinen. Sie dachte nicht mehr, fühlte nicht mehr, sondern starrte nur auf die Fenster, hinter denen die Sonne rot versank. Erst der tiefe Aufschrei des Herzogs und sein Zittern rissen sie zurück in die Wirklichkeit. Sein Leib lehnte sich schlaff an sie, das kalte Metall löste sich von ihrem Hals. Mit einem dumpfen Geräusch fiel das Messer auf die Arbeitsplatte. Mia griff danach. Schloss die Hand um den Griff. Nie hatte es so schwer gewogen. Nebel verschleierte ihren Blick, doch ihre Gedanken waren wieder hellwach. Sie versteifte den Rücken, woraufhin das erschlaffte Geschlecht des Herzogs aus ihrer Scham glitt. Kraftlos sank der Herrscher auf die Knie.

Mia drehte sich zu ihm um. Auf seinen Lippen lag ein

glückseliges Lächeln. Doch dann blickte er auf das Messer in ihrer Hand, und seine Augen weiteten sich. Mia hob den Arm und holte aus. Als sich die Klinge in seine Brust bohrte, riss der Herzog den Mund zu einem Schrei auf, doch der Laut erstickte. Seine Augen quollen hervor. Auf seinem Hemd bildete sich ein hellroter Fleck, verdunkelte sich, franste aus. Seine Fingernägel krallten sich schmerzhaft in ihre Beine. Mia versuchte, seine Hände abzuschütteln, doch es gelang ihr nicht. Sie tastete nach den Fingern, löste sie einzeln, bis der Herzog endgültig zu Boden sank.

Mia dachte nicht lange nach und griff nach dem Schlüssel in der Tasche seines Wamses. Mit zitternden Händen öffnete sie das Schloss ihrer Fußfessel und spürte dabei, wie der Samen des Herzogs warm aus ihrer Scham rann. Sie versuchte, nicht daran zu denken, was sich in ihrem Unterleib zutrug. Sie würde kein Kind von dieser Bestie empfangen. Niemals!

Vor der Tür zur Küche hörte sie plötzlich die Schritte eines Mannes, der dort auf und ab marschierte. Der Herzog hatte eine Wache dort postiert. An ihr kam sie unmöglich vorbei.

Hilflos schaute sie sich in der Küche um. Ihr Blick fiel auf die Tür der Abstellkammer neben dem Spülstein. Sie öffnete sie und sah sich um. Im Boden unter einem schiefen Regal war eine eiserne Klappe eingelassen. Mia räumte das Regal zur Seite und strich mit der Hand über das rostige Metall der Klappe. Darunter lag ein versteckter Gang, in dem sie sich als Kind einmal vor Walther versteckt hatte, nachdem sie in der Küche Unfug getrieben hatte. Damals ließ sich die Klappe leicht öffnen. Sie schob den Riegel zur Seite, zog an dem Griff und starrte in das schwarze Loch. Ihr Atem beschleunigte sich.

Ohne eine Fackel konnte sie nicht hinuntersteigen. Mia überfiel eine Angst vor der Schwärze des Ganges, die sie als Kind nicht verspürt hatte.

Sie versuchte, nicht auf den Leib des Herzogs zu schauen, der wie ein zusammengerolltes Tier vor der Arbeitsplatte lag. Als ihm ein kaum hörbares Stöhnen entwich, fiel Mia vor Schreck die Öllampe, die sie gerade erst ergriffen hatte, aus der Hand und zerbrach auf den Steinfliesen in zwei Teile. Panisch suchte sie mit den Augen nach einer weiteren Lampe. Der Herzog war nicht tot, nur schwer verwundet. Ihr Herz stolperte in ihrer Brust.

Auf der Arbeitsplatte unter dem Fenster stand eine zweite Lampe, doch um zu ihr zu gelangen, musste sie ganz nahe an den Leib des Herzogs treten. Sie schloss für einen Augenblick die Lider und atmete tief ein, um Kraft und Mut zu schöpfen. Dann näherte sie sich auf Zehenspitzen dem Herzog. Als sie dicht bei ihm stand, schnellte seine Hand hervor und umfasste ihr Fußgelenk. Mia schrie auf. Sie griff hastig nach der Lampe, trat mit dem anderen Fuß auf den Arm des Herzogs und zog das Bein aus seinem Griff. Mit weichen Knien lief sie zum Herdfeuer und entzündete den Docht, bevor sie durch die Luke in der Abstellkammer in den geheimen Gang hinabstieg. Die Spinnweben an dem Gemäuer schaukelten im Windzug ihrer Schritte, verfingen sich in ihren Haaren und ihrer Kleidung. Der Geruch von Moder legte sich auf ihre Lungen und erschwerte ihr das Atmen. Mia wusste nicht, wo der Gang hinführte. Als Kind war sie nicht weit gegangen, hatte sich nur im ersten Abschnitt in vollkommener Finsternis versteckt.

Genau diese lag nun vor ihr. Sie stolperte über einen Steinbrocken, fing sich wieder und hielt die Lampe fest in ihren Händen, damit sie nicht auch noch zu Boden fiel. Vorsichtig setzte sie einen Fuß vor den anderen, den Blick fest auf das Dunkle vor ihr gerichtet. Nach unzähligen weiteren Schritten sah sie endlich einen schwachen Lichtstrahl.

Sie hatte es geschafft, auch wenn sie nicht wusste, wohin dieser Gang sie geführt hatte.

Mia lugte aus dem Spalt in der Mauer und atmete erleichtert die kühle Luft ein. Nachdem sich ihre Augen an die Helligkeit gewöhnt hatten, sah sie den Wassergraben unter sich, der sie von dem gepflasterten Weg dahinter trennte. Nur wenn sie durch das moosgrüne Wasser schwamm, konnte sie dort hingelangen.

Sie zögerte nicht lange und sprang. Die Kälte ließ ihre Arme und Beine im Nu taub werden. Wie ein Hund paddelte sie durch das modrige Wasser und presste dabei die Lippen zusammen. Als sie endlich das Ufer erreicht hatte, kroch sie keuchend das schlammige Gefälle hinauf, überquerte den Weg und lief mit letzter Kraft über den Acker bis zu einem Busch. Versteckt hinter dem kargen Grün, betete sie zu Gott, dass keiner der Soldaten sie gesehen hatte. Nach einer kurzen Zeit lugte sie vorsichtig hervor – und erblickte Adrian, Walther und Ännchen, die die Mauer entlangschlichen. Es fiel Mia schwer, sich zurückhalten, doch sie durfte ihnen nicht entgegenlaufen. Viel zu groß war die Gefahr, von einem Soldaten entdeckt zu werden. Mia unterdrückte den Zwang, nach ihnen zu rufen, und sah ihnen sehnsüchtig nach. Vor Kälte schlugen ihr die Zähne aufeinander, und ihr ganzer Leib zitterte. Die nassen Röcke wogen schwer, und in ihrem Unterleib brannte ein grausames Feuer. Mia wrang den Saum aus und starrte auf die Pfütze, die sich vor ihr gebildet hatte. In Gedanken legte sie ein schwarzes Tuch über die Pein in ihrer Seele.

Adrian verlangsamte den Schritt. Eine unsichtbare Kraft zog ihn zurück zu dem Stück Mauer, das er gerade hinter sich gelassen hatte.

»Was ist? Warum gehst du wieder in die andere Richtung?«, rief Walther hinter ihm her.

Adrian gab keine Antwort und ließ den Blick über den Acker schweifen. Zwischen den Ästen eines Busches blitzte etwas Weißes auf. Er kniff die Lider zusammen. Mias schwarze Locken lugten kurz hervor, doch dann verschwanden sie wieder. Wurde er jetzt schon von Trugbildern gepeinigt? Er rieb sich mit den Fingerknöcheln über die Augen. Wie sollte sie da hingekommen sein?

So schnell er konnte, lief Adrian über den Acker zu dem Busch. Dort angekommen, schaute er fassungslos auf Mia, die bibbernd hinter dem Geäst kauerte. Die nassen Locken umrahmten ihr blasses Gesicht, und die bläulichen Lippen pressten sich fest aufeinander.

»Dem Himmel sei Dank!«, rief er, zog seinen Mantel aus und legte ihn um ihre Schultern.

Ännchen und Walther waren ihm gefolgt und starrten Mia nun mit offenen Mündern an. »Kind, wie kommst du hierher? Was ist …«, begann Ännchen aufgeregt. Doch Adrian unterbrach sie. »Wir müssen sie in den Wald bringen, doch die Soldaten dürfen uns dabei nicht sehen.« Er deutete auf die Baumgruppe am Rande des Ackers.

»Das ist unmöglich«, stieß Walther aus. »Sie haben genau beobachtet, wie wir über den Acker gelaufen sind. Es wäre klüger, wir laufen erst einmal zu dritt in den Wald. Damit täuschen wir vor, unser Vorhaben aufgegeben zu haben. Bald schon wird ihr Interesse, das Land zu bewachen, nachlassen, spätestens nach Einbruch der Dunkelheit.«

Adrian strich Mia die nassen Locken aus der Stirn. »Walther hat recht. Aber zieh die nassen Sachen aus. Ich lasse dir meinen Mantel hier.« Es fiel ihm unendlich schwer, Mia erneut allein zu lassen.

11. Kapitel

Langsam legte sich die Dämmerung über den Acker. Mia kuschelte sich in Adrians Mantel. Er roch nach ihm. Bald würde er sie holen kommen. Der Gedanke, Adrian in der Nähe zu wissen, vertrieb die Erinnerung an die letzten qualvollen Stunden, die sie in den Fängen des Herzogs verbracht hatte.

Hinter dem westlichen Schlossturm versank die Sonne, und mit ihr verging die Milde des Tages. Mia schob das Kinn tiefer in den Kragen des Mantels und wartete mit geschlossenen Augen auf Adrians Schritte.

Eine Hand rüttelte sanft an ihrer Schulter. Sie öffnete die Lider und schaute in samtbraune Augen. Ringsum war es dunkel, also musste sie wohl der Schlaf übermannt haben. Mia tastete nach Adrians Hand und drückte sie, um sich zu vergewissern, dass sie nicht träumte. Wortlos hob er sie auf seine Arme. Die Wange an seine Brust gelegt, lauschte sie seinem Herzschlag, der mit ihrem im Einklang pochte. Bis ans Ende der Welt hätte sie sich von ihm über den Acker tragen lassen. Seine Wärme zu spüren vermittelte ihr eine nie gekannte Geborgenheit.

»Warum bist du hier?«, hauchte sie.

»Ich bin vor Bölinger geflohen. Er hat herausgefunden, dass ich ihn mit gefälschten Münzen bezahlt habe.«

Ein Seufzer entfuhr ihrer Kehle. Hatte sie doch tief im Innersten gehofft, er wäre wegen ihr nach Jülich gekommen … um sie wiederzusehen und sie vielleicht nach Köln zurückzuholen, in sein Versteck. Enttäuscht presste sie die Lippen aufeinander.

»Ich wollte die Herzogin aufsuchen, um sie um Hilfe zu bitten, doch wie ich gehört habe, hat sie schon vor längerer Zeit das Schloss verlassen.« Adrian starrte vor sich in die Dunkelheit.

Mia schluckte. Warum nur fragte er sie nicht, was geschehen war? Sie schlug mit der Hand auf seinen Rücken und versteifte die Beine. »Lass mich runter. Ich kann allein gehen«, sagte sie mürrisch.

»Natürlich kannst du das«, erwiderte Adrian. Als ihre Füße den Boden berührten, ließ er sie los.

Sie zog seinen Mantel enger um die Schultern, riss ihm das nasse Bündel Kleider aus der Hand und setzte den Weg fort.

»In Wahrheit wusste ich jedoch, die Herzogin würde mir nicht helfen. Es war allein die Sorge um dich, die mich dennoch hierhergezogen hat. Wenn dir etwas zugestoßen wäre, hätte ich mich am nächsten Baum erhängt! Ich wollte dir helfen, doch es gab keine Möglichkeit, in das Schloss zu gelangen.«

Mia stockte der Atem. Sie blieb stehen, griff nach seiner Hand und schaute ihm tief in die Augen. »Du hast mir weh getan, Adrian.«

»Ich wünschte, ich könnte es rückgängig machen.« Er senkte den Blick.

Mia entging nicht, wie die Muskeln seines Kiefers zuckten.

»Ich wollte dir ein Leben an meiner Seite nicht zumuten. Und selbst in diesem Augenblick kann ich dir nichts bieten.«

Sie legte den Finger auf seine Lippen. »Doch, das

kannst du. Ich will nichts mehr, als dich bei mir zu haben. Es reicht mir, wenn dein Mantel mich wärmt. Wenn ich weiß, du bist da, du beschützt mich. Mehr will ich nicht. Alles andere ergibt sich von selbst.«

»Vergiss nicht, ich bin ein Verbrecher.« Seine Stimme nahm einen rauen Ton an.

»Und ich? Ich habe dem Herzog ein Messer in die Brust gerammt.« Die Erinnerung an die letzten grausamen Stunden, in denen der Herzog seinen Samen in sie ergossen hatte, kehrte zurück. Ihre Lippen begannen zu beben, als sie daran dachte. Wie sollte sie je wieder mit Adrian zusammen sein können? Aus ihren Augen quollen Tränen, die ihr unaufhaltsam über die Wangen rollten.

»Mia, was ist geschehen?« Adrian sah sie erschrocken an.

»Der Herzog hat mich geschändet«, stieß sie hervor. Nach diesen Worten jagte ein Schauer nach dem anderen über ihren Rücken. »Halt mich fest«, schluchzte sie.

Adrian schloss die Arme um sie und vergrub sein Gesicht in ihren Locken. »Ich werde dich rächen, glaube mir«, erwiderte er mit bebender Stimme.

»Er ist bestimmt schon tot«, flüsterte sie und war sich nicht mehr sicher, ob sich seine Hand vor ihrer Flucht wirklich um ihre Fesseln geschlossen hatte. Vielleicht hatte sie sich dies in ihrer Angst nur eingebildet! Der Herzog musste tot sein, denn mit einem Messer in der Brust konnte niemand überleben. Sie war eine Mörderin!

Adrian hob mit dem Zeigefinger ihr Kinn an, und ihre Blicke verschmolzen. »Ich bin bei dir«, flüsterte er. Seine Lippen näherten sich ihren Wangen und küssten die Tränen fort.

Mia schob Adrian von sich. »Aber verstehst du nicht? Er hat mich geschändet, seinen Samen in mich ergossen. Was willst du noch mit mir?« Es war undenkbar, noch einmal mit Adrian beisammenliegen zu können wie in der Unterwelt. Ihr eigener Leib widerte sie an, und Adrian musste es nicht anders ergehen.

»Vergiss nicht, wo ich herkomme. Es steht mir nicht zu, dich zu verurteilen. Schon gar nicht für das, was dir zugestoßen ist. Der Herzog hat dich mit Gewalt genommen. Nur sein Tod schützt ihn vor meiner Rache.« Adrian ballte die Faust und stieß sie gen Himmel.

Mia sah ihn ungläubig an. Seine Worte sollten Balsam für ihre Seele sein, doch sie verfehlten ihre Wirkung. Ihr Herz hatte sich verschlossen, fühlte keine Liebe mehr und auch keinen Hass.

»Ännchen und Walther warten voller Sorge auf dich«, flüsterte Adrian.

»Nur durch meine Schuld sind sie in Schwierigkeiten geraten.«

»Sag so etwas nicht. Denn das stimmt nicht, das weißt du genau.« Adrian griff nach Mias Hand. Ihre Finger verschränkten sich ineinander. »Lass uns gehen, sonst suchen sie uns noch.«

Mia presste die Lippen aufeinander und drückte seine Hand. »Adrian, bitte erwähne nicht, was geschehen ist. Sie müssen nicht wissen, dass der Herzog mich geschändet hat.«

In Adrians Augen schimmerten Tränen, als er nickte.

Zweige knackten unter ihren Füßen. Irgendwo in einer Baumkrone schrie ein Käuzchen. Nach einigen Schritten erreichten sie eine Lichtung, die vom milchigen Licht des zunehmenden Mondes erhellt wurde. Walther und Ännchen saßen an einem Feuer, dessen Funken in den

Himmel sprühten. Als sie Mia sahen, sprangen sie gleichzeitig hoch und liefen auf sie zu. Ännchen umarmte sie innig. Der vertraute Geruch von Speck, Zwiebeln und Steckrüben trieb Mia die Tränen in die Augen.

»Dem Herrgott sei Dank! Du bist wohlbehalten.« Ännchen zog die Nase hoch.

Mia löste sich von ihr und schaute zu Walther. Auch seine Augen schimmerten feucht, doch seine blaue Iris hatte sich verdunkelt und glich fast dem Nachthimmel über ihnen. »Ich bin beinahe verrückt geworden vor Sorge. Warum nur bist du nicht zu meinem Bruder nach Aachen gereist?«

»Ich war enttäuscht und verletzt, weil Ihr mich fortgeschickt habt, anstatt zu mir zu stehen. Euer Bruder ist mir fremd, vielleicht hätte ich bei ihm nicht kochen dürfen. Deshalb bin ich nach Köln gegangen, um dort als Köchin zu arbeiten.« Mia senkte den Blick. Ihre Ohren glühten. Walther würde wissen wollen, was geschehen war.

»Kommt, wir setzen uns erst einmal an das Feuer, die Nacht ist empfindlich kühl«, ergriff Adrian das Wort.

Kurz darauf berichtete Mia ihnen ohne Gefühlsregung, wie sie den Herzog niedergestochen hatte. Sie erzählte, dass Johann sie eingesperrt und bedrängt hatte, jedoch nicht von dem Akt, bei dem er sie mit Gewalt genommen hatte.

Walther stocherte mit einem Ast in der Glut. Die Holzscheite zischten und loderten durch einen Windzug wieder auf. Der Gesichtsausdruck des Kochs ähnelte einer Maske.

Mia spürte Ännchens Arm um sich. Die Küchenmagd strich ihr sanft über die Wangen. »Du armes Mädchen, was hast du mitmachen müssen«, murmelte sie.

Dann herrschte eine bedrückte Stille. Walther hatte immer noch nicht den Blick gehoben.

Adrian räusperte sich. »Das Haus, in dem Mia in Köln Arbeit als Köchin gefunden hatte, ist abgebrannt. Es war ein angesehener Haushalt. Die Herrschaften kamen beide bei dem Unglück ums Leben. Jener Tag war für Köln schwärzer als die Rauchwolken, die in den Himmel gestiegen sind.« Er stieß schwer den Atem aus.

Mia dankte Adrian in diesem Augenblick von ganzem Herzen, denn er hatte es geschafft, dass sich Walther ihnen zuwandte.

»Du bist doch auch Kaufmann. Hattest du mit den Herrschaften geschäftlich zu tun?« Walthers Stimme klang müde.

Mia richtete die Augen fest auf Adrian.

»Nein.« Er starrte in die Flammen. Unter seinem dunklen Bartschatten hüpfte der Kehlkopf auf und ab.

Mia hielt den Atem an. Walther durfte auf keinen Fall erfahren, was Adrian wirklich trieb.

Adrian lenkte vom Thema ab. »Ich werde mit Mia in die Bretagne fliehen. Der Herzog von Lothringen hat dort einen Landsitz. Er wird uns gewiss aufnehmen.«

Mia wusste nicht, was sie denken sollte, und starrte Adrian mit offenem Mund an.

»Was hast du mit dem Bruder der Herzogin zu schaffen?«, knurrte Walther.

»Geschäftliche Beziehungen.«

Wieder breitete sich Stille unter ihnen aus, die nur vom Knistern des Feuers unterbrochen wurde. Durch die milchigen Wolken schob sich das Licht des Mondes und versilberte die kahlen Wipfel der Hainbuchen.

»Der Herzog konnte ihn nicht ausstehen, und wie ich gehört habe, beruhte das auf Gegenseitigkeit. Warum sollte er Mia mit offenen Armen aufnehmen?«, wandte Walther ein.

»Er muss ja nichts von ihrer Herkunft wissen – falls sie ihm noch nicht begegnet ist.«

»Ich habe ihn nie zu Gesicht bekommen.« Mia fiel es schwer, sich zu erinnern, ob es wirklich so war.

»Ich komme mit. Noch einmal lasse ich Mia nicht allein ziehen. Und schon gar nicht mit einem dahergelaufenen Kerl, den ich nicht kenne«, entgegnete Walther mit fester Stimme. In seinen Augen spiegelten sich die Flammen des Feuers wider.

»Ich bin ihm schon begegnet«, meldete sich Ännchen zu Wort. »Aber ich hätte euch sowieso nicht begleitet.«

Mia sah sie traurig an. »Warum nicht? Du musst mitkommen. Wo willst du denn sonst hin?«

»Ich gehe zu meiner Base nach Düsseldorf. Sie wird mich gern aufnehmen.«

Die Gischt des Meeres schoss mit einem Tosen an den Felsen hinauf. Antonie atmete die salzige Luft ein und richtete den Blick in die Ferne. Auf den Wogen des Atlantiks brach sich das Sonnenlicht und ließ die Wellen glänzen. Fröstelnd durch den auffrischenden Wind, rieb sich Antonie über die Arme, zog ihren Umhang aus rosenroter Seide enger und stieg den kleinen Pfad hinauf, der zum Landhaus ihres Bruders führte. Die gelbe Fassade des zweistöckigen Gebäudes leuchtete in der Sonne. Doch selbst das warme Licht konnte Antonies Gemüt nicht erhellen.

Die Schmach, mit der ihr Gatte sie überschüttet hatte, nagte immer noch an ihrer Seele, ließ sie die Freuden des Lebens nicht mehr sehen. Sie stieg die Stufen hinauf in das oberste Stockwerk und begab sich in ihr Gemach.

Dort zog sie die seidenen Vorhänge vor das Fenster, streifte den Umhang von ihren Schultern und legte sich auf das Bett.

Kurz darauf klopfte es an ihrer Tür, und ihr Bruder trat ein. In der Hand hielt er einen tönernen Krug, den er auf den Tisch aus Zedernholz stellte. Mit einem Lächeln auf den Lippen ließ sich Heinrich auf der Bettkante nieder.

»Ihr solltet nicht immerzu den Tag im Bett verbringen und dabei über das Geschehene grübeln, liebste Antonie.«

»Es fällt mir schwer zu verschmerzen, was geschehen ist. Ach, Heinrich, wie soll ich nur darüber hinwegkommen? Warum zog Johann eine Küchenmagd meiner Person vor? So etwas hätte nie geschehen dürfen!« Antonie wischte sich eine Träne aus den Augenwinkeln.

»Es liegt nicht an Euch, Schwester. Euer Gemahl ist dem Wahnsinn verfallen, das erklärt doch alles. Ihr solltet ihn vergessen.« Er erhob sich und goss aus dem Krug roten Wein in zwei Glaspokale. »Kommt, steht auf, und genießt mit mir diesen wunderbaren Wein.« Er zog die Vorhänge zur Seite und ließ das Sonnenlicht wieder in das Gemach. »Ihr werdet sehen, er wird Eure dunklen Gedanken vertreiben.«

Antonie kroch aus dem Bett und setzte sich an den Tisch. Mit den Zeigefingern rieb sie sich über die Schläfen, in denen der Schmerz hämmerte. »Können wir die Vorhänge nicht wieder schließen?«

»Nein, meine Liebe. Die Sonne meint es gut mit uns, und wir sollten sie nicht aussperren.« Heinrich reichte ihr den Pokal. »Hier, trinkt. Es ist ein ausgezeichneter Tropfen.«

Sie nahm einen tiefen Schluck. Das fruchtig herbe Aroma umspielte ihre Zunge. »Ihr solltet in Lothringen sein und dort Euren Pflichten als neuer Herzog nachgehen. Außerdem braucht Euch Margarita.«

»Nein, sie braucht mich nicht, denn seit der Geburt von Nicole hat sie nur noch Augen für unser erstgeborenes Kind. Wir haben schon lange nicht mehr das Bett miteinander geteilt. Aber es verletzt mich nicht.« Heinrich malte mit dem Finger die Holzfaserung auf dem Tisch nach. »Ich weiß auch nicht, warum, aber der Gedanke an ihre entblößte Gestalt raubt mir die Lust. Vielleicht liegt es daran, dass ich gesehen habe, wie sich ihr Leib unter der Last des Kindes gewölbt hat.«

Ein Stich fuhr durch Antonies Herz. Noch nie hatte ihr Bruder solche Einzelheiten aus seinem Liebesleben offenbart. »Ich wünschte, ich könnte Euch einen Rat geben. Doch ich kann es leider nicht.« Sie nahm einen weiteren Schluck.

»Das braucht Ihr auch nicht, liebste Schwester. Ich bin froh, dass Ihr bei mir seid. Das genügt mir.« Er griff nach ihrer Hand und hauchte einen Kuss darauf.

Antonie spürte, wie ihr der Wein in den Kopf stieg. Dazu hatten Heinrichs Worte ihre Wirkung nicht verfehlt. Eine wohlige Wärme breitete sich in ihrem Herzen aus und vertrieb die finsteren Gedanken. Wenigstens hatte ihren Leib keine Schwangerschaft verunstaltet! Sie leerte das Glas und hielt es Heinrich hin, damit er nachschenken konnte. »Liebt Ihr Margarita?«

Heinrich zuckte mit den Schultern und griff nach dem Krug. »Lieben?« Er zog die Stirn in Falten. »Wir verstehen uns gut, das Leben mit ihr ist erträglich. Ich sollte mich glücklich schätzen, und das tue ich auch.«

»Wisst Ihr, dass ich Johann einmal geliebt habe?«

Heinrich hob die Augenbrauen. »Das ist schwer vorstellbar.« Ein Schmunzeln erschien auf seinen Lippen.

»Ja, das sehe ich heute auch so.«

»Und warum trauert Ihr dann noch um ihn?«

Antonie presste die Lippen aufeinander und drehte den Weinpokal zwischen ihren Fingern. Den Blick starr auf die blutrote Flüssigkeit gerichtet, dachte sie über Heinrichs Frage nach, fand jedoch keine befriedigende Antwort. »Diese Küchenmagd hat mein Leben zerstört. Wäre sie nicht gewesen, könnte ich noch an Johanns Seite sein.« Sie atmete schwer aus. »Alles hat mir dieses Weib genommen. Nur wegen ihr hat mich Johann geprügelt.« Plötzlich überwältigte sie die Erleichterung, seinen Ausbrüchen nicht mehr ausgesetzt sein zu müssen. Sie trank erneut von dem Wein.

Heinrich drückte ihre Hand. »Ihr hättet nur die Landstände unterrichten müssen, und er wäre wieder inhaftiert worden.«

»Dann hätte er sich das Leben genommen. Das hat er mir selbst gesagt.«

»Und wenn schon, wäre dies ein Verlust?«, prustete Heinrich leise.

»Ich hätte mich neu verheiraten können«, sagte sie.

»Mit mir.« Auf Heinrichs Augen legte sich ein Glanz.

»Ihr seid albern, wisst Ihr das?« Antonie lachte.

Heinrichs Blick verklärte sich. Er führte ihre Hand zu seinem Mund, schloss die Augen und umkreiste mit der Zunge ihre Fingerspitzen. Antonie hielt den Atem an und lauschte ihrem Herzschlag, der sich beschleunigte. Tränen traten ihr in die Augen, so groß war plötzlich die Sehnsucht, von einem Mann in den Arm genommen und geliebt zu werden. Nur um ihrer selbst willen und nicht, um einen Nachfolger zu zeugen. So lange schon verzehrte sie sich nach ehrlicher Liebe!

Antonie leerte das Glas in einem Zug, und Heinrich

goss ihr unaufgefordert nach. Dann glättete er mit den Fingern sein Haar. Dabei entging ihr nicht, wie sehr seine Hand zitterte. Zum ersten Mal in ihrem Leben sah sie, dass Unsicherheit ihren älteren Bruder überfiel. Ihn, der sie immer beschützt hatte, wenn sie als Kind von anderen geärgert wurde. Der für sie in der Burgküche warmen Kuchen gestohlen hatte, wenn sie wieder einmal ihrer Mutter nachweinte, die sie im Kindbett hatte sterben sehen. Er war so lange für sie da, bis er in den Hugenottenkrieg ziehen musste. Wie sehr hatte sie ihn damals vermisst!

Antonie erhob sich von ihrem Stuhl, umrundete den Tisch und schlang die Arme um seinen Hals. Er schmiegte den Kopf an ihre Brust, in der sich ihr Herz fast überschlug. Seine Hand strich liebevoll über ihren Po. Antonie schloss die Augen und atmete tief ein. In ihrem Schoss breitete sich ein Pochen aus, wie sie es lange schon nicht mehr gespürt hatte.

Sie setzte sich auf Heinrichs Schoß und ließ es geschehen, dass er mit zittrigen Fingern die Schnüre ihres Mieders löste. Als sich ihm ihre entblößten Brüste offenbarten, presste er die Lippen abwechselnd auf die rosigen Warzen und ließ seine Zunge kreisen, bis sie glaubte, ihr Unterleib würde zerspringen. Seine Finger wanderten an ihren Oberschenkeln empor, tasteten nach ihrer Scham und strichen sanft darüber. Sie spreizte die Schenkel, um sich ihm zu öffnen, ihm Einlass zu gewähren. Behutsam strich er mit dem Daumen über die geheime Knospe. Das Sehnen, das durch ihren Unterleib fuhr, raubte ihr fast den Atem.

»Lasst mich nie wieder los, geliebter Bruder«, stöhnte sie leise in sein Ohr und vergrub dabei ihre Finger in seinem Haar.

Er umfasste ihr Gesicht mit beiden Händen, bedeckte ihre Lider mit seinen Küssen und erhob sich mit ihr. Auf seinen Armen trug er sie zum Bett, legte sie darauf nieder und streifte ihr die Kleider ab. Jedes Stück ihrer Haut, das entblößt wurde, begrüßte er mit seinen samtweichen Lippen, bis es keine Stelle mehr an ihrem Leib gab, die er nicht mit seinen Küssen bedeckt hatte. Antonie glaubte, vor Sehnsucht den Verstand zu verlieren. Von Verzweiflung getrieben, klammerte sie sich an ihn. In ihrem Schoß brannte ein Feuer, das nur er zu löschen vermochte.

Den ganzen Tag über hatten sie im Wald hinter dem Acker verharrt. Im Dickicht der Fichten waren sie sicherer aufgehoben als auf dem offenen Gelände. Sie hatten Pläne geschmiedet und einen Hasen über dem Feuer gebraten. Nun lag Mia unter Adrians Mantel, starrte in den Sternenhimmel und lauschte dem Atem der Schlafenden. Die Schande, die der Herzog über sie gebracht hatte, lastete schwer auf ihrem Herzen. Die Körpersäfte des Herzogs hatten sie beschmutzt. Ihr eigener Leib war ihr fremd, widerte sie an. Und was sollte geschehen, wenn sich der Samen des Herzogs wirklich bei ihr eingenistet hatte? Die Nacht mit Adrian hatte keine Folgen gehabt, das wusste sie, weil noch auf dem Weg nach Jülich ihre Blutung eingesetzt hatte. Aber was hatte es mit der Vorsehung des Herzogs auf sich? Was, wenn Gott ihm wirklich die Zeugung seines Sohnes vorhergesagt hatte?

Das Laub raschelte, und Mia sah im Schein des Mondes, wie Walther sich erhob und sich einige Schritte vom Feuer entfernte, an dem auch Ännchen und Adrian schliefen. Er konnte wohl genauso wenig schlafen wie sie. Mia erhob sich ebenfalls, um ihm zu folgen. Mit angezogenen Beinen hatte er sich auf dem Waldboden niedergelassen und betrachtete seine Hände, die gefaltet in seinem Schoß ruhten.

»Könnt Ihr auch nicht schlafen?«, flüsterte Mia und legte die Hand auf seine Schulter.

Ohne den Blick zu heben, schüttelte Walther leicht den Kopf. »Der Gedanke an das, was sich im Schloss zugetragen hat, bringt mich fast um den Verstand. Es wäre meine Pflicht gewesen, dich vor dem Herzog zu schützen, doch ich habe nicht gesehen, in welcher Gefahr du schwebtest. Wie gut, dass es nicht zum Schlimmsten gekommen ist.« Er ließ die Schultern hängen.

Mia setzte sich neben ihn. Nicht nur Walthers Worte irritierten sie, auch sein Tonfall, der so leise und zart klang. Noch nie hatte sie ihn so reden hören. Sie mochte sich nicht ausmalen, wie es wäre, wenn er die ganze Wahrheit wüsste.

»Aber, Walther, Ihr konntet doch nichts davon ahnen«, versuchte sie, ihn zu beschwichtigen.

»Doch, ich hätte es ahnen müssen.« Er hob den Blick, und sie sah Tränen in seinen Augen schimmern.

»Das verstehe ich nicht. Walther, was ist los mit Euch? Ihr macht mir Angst.«

»Ein Vater muss spüren, wenn es seiner Tochter schlechtgeht.« Er schlug mit der Faust auf sein Herz, wobei sich sein Gesicht verzerrte. »Hier, hier drinnen muss er es spüren. Verstehst du?«

Der Wald begann, sich um Mia zu drehen. In ihren Ohren rauschte das Blut. Walthers Gesicht verschwamm hinter dem Tränenschleier in ihren Augen. Sie sprang auf, raffte ihre Röcke und rannte tiefer in das Dickicht. Ein Vater – seine Tochter, hallte es immer wieder in ihrem Kopf. Sie lehnte sich mit dem Rücken an einen

Baumstamm und japste nach Luft. Das konnte nicht sein! Nein, Walther konnte nicht ihr Vater sein! Das sagte er nur so, aus welchem Grund auch immer. Ihre Brust bebte von den Schluchzern, die ihrer Kehle entrannen.

Sie hatte nicht bemerkt, dass Walther mittlerweile neben ihr stand. Die Wärme seiner Hand drang durch Adrians Mantel an ihre Schulter. Mia drehte den Kopf und sah ihm in die Augen.

»Wenn ich könnte, würde ich all die Jahre noch einmal zurückdrehen.« Er senkte den Blick. »Hätte ich dich von Anfang an meine Tochter genannt.«

Mia starrte ihn an. »Warum habt Ihr es verheimlicht?«

»Pauline und ich hatten nur eine kurze Liebschaft. Mir kam es nicht in den Sinn, in dieser einzigen Nacht ein Kind gezeugt zu haben.« Zwischen Walthers grauen Augenbrauen hatte sich eine steile Falte gebildet, und in seinem Blick spiegelte sich ehrlicher Schmerz wider. »Sie hat mir die ganze Zeit verschwiegen, dass sie ein Kind von mir unter ihrem Herzen trägt.«

»Ich verstehe nicht ganz.« Mias Tränen waren versiegt. Neugierde war an die Stelle des Kummers getreten. »Es muss doch zu sehen gewesen sein, wie sich ihr Bauch gewölbt hat.«

Walther stieß einen Seufzer aus. »Pauline war kein zierliches Mädchen, sie hatte ausladende Hüften und einen wohlgenährten Leib. Die Schwangerschaft war ihr nicht anzusehen. Es ist mir unverständlich, warum sie im Kindbett sterben musste.«

»Selbst Ännchen wusste nichts von Eurer Liebschaft? Dabei war sie doch ihre Freundin. Es muss schrecklich für Pauline gewesen sein, die ganze Last allein tragen zu müssen.« Der Schmerz über den Verlust ihrer Mutter übermannte Mia wieder einmal.

»Pauline hat sich sehr geschämt, sich in dieser Nacht ihrer Leidenschaft hingegeben zu haben. Am darauffolgenden Tag habe ich sie gebeten, meine Frau zu werden, doch sie wies mich ab und sprach kein weiteres Wort mehr mit mir. Oft habe ich gesehen, wie sie die Schlosskapelle aufsuchte, um zu beten. Eines Tages stand dann Ännchen mit dir auf dem Arm in der Küche und bat mich, dich dort großziehen zu dürfen. Als sie mir erzählte, dass Pauline bei deiner Geburt gestorben war und vom Vater jegliche Spur fehlte, hatte ich das Gefühl, mir wäre der Boden unter den Füßen fortgerissen worden.«

»Und dann?« Mia schaute Walther fassungslos an.

»Ich brachte es nicht über mich, Ännchen zu sagen, dass ich dein Vater bin. Was sollte ich denn mit dem kleinen Bündel in ihrem Arm anfangen? Ich hatte kein Haus, keine Frau, die deine Amme hätte sein können. Sollte ich dich in meiner Dienstkammer großziehen?« Eine Träne rollte über seine Wangen und verschwand in dem dichten Bart.

»Anders hat Ännchen mich auch nicht großgezogen.« Mia versuchte zu verstehen, doch es gelang ihr nicht. Sie dachte darüber nach, wie es gewesen wäre, wenn sich Walther nach ihrer Geburt zu ihr bekannt hätte. Was wäre anders verlaufen? Er hatte sie immer wie seine Tochter behandelt, all die Jahre, an die sie sich zurückerinnern konnte. Und nun wusste sie auch, warum. Sie legte die Hand auf seinen Unterarm und strich sanft darüber. So, wie sie es damals in der Schlossküche immer getan hatte, wenn sie Walther aufmuntern wollte. Dabei hätte sie selbst etwas Ermutigung gebraucht.

Antonie blinzelte in die Strahlen der Morgensonne, die durch das Fenster ihres Gemaches fielen. Hinter ihrer

Stirn hämmerte der Schmerz, und ihre Zunge fühlte sich an, als wäre sie mit einem Pelz überzogen. Der Wind, der die Vorhänge aufbauschte, brachte das Rauschen des Meeres mit sich. Sie hob den Kopf, griff nach dem Glaspokal auf ihrem Nachttisch und leerte ihn in einem Zug. Der herbe Geschmack des Weins löste einen Würgereiz in ihrer Kehle aus.

Antonie legte sich zurück und steckte die Arme wieder unter die Decke. Mühsam versuchte sie, sich den vergangenen Tag in Erinnerung zu rufen. Heinrich hatte ihr Gesellschaft geleistet, sie hatten Wein getrunken. Und was war dann geschehen? Allmählich löste sich der Schleier des Nebels, und die Erinnerung kehrte zurück. Ihr Hals schnürte sich zu. Sie tastete mit den Fingerspitzen über ihre Lippen, die Heinrich mit seinen bedeckt hatte. Und nicht nur dort hatte er sie geküsst. Sie waren Liebende gewesen, nicht Bruder und Schwester. Was in Gottes Namen hatten sie getan? In Antonies Schoß breitete sich ein Pochen aus, das sich mit ihrem Herzschlag vereinte.

Sie riss die Augen auf und starrte auf die Truhe aus Mahagoniholz, die ihrem Bett gegenüberstand. Sie musste packen, fort von hier! Das durfte nicht noch einmal geschehen. Heinrichs Antlitz zeichnete sich vor ihren Augen ab. Sein Lächeln, das seine vollen Lippen umspielte, das Sehnen in seinem Blick. Sie schloss die Lider und seufzte. Nun träumte sie schon mit offenen Augen. Was war bloß mit ihr geschehen? Ihr Gemahl und diese Küchenmagd hatten sie um den Verstand gebracht!

Antonie erhob sich aus dem Bett. Das Gemach drehte sich um sie, und in ihrem Kopf galoppierte ein Heer von Schlachtrossen. Es bereitete ihr Mühe, einen Fuß vor den anderen zu setzen, ohne dabei das Gleichgewicht zu verlieren. Nur mühsam erreichte sie den Lehnstuhl. Sie ließ sich darauf nieder, stützte ihre Ellbogen auf den Tisch und vergrub das Gesicht in die Handflächen. Heinrichs Liebesschwüre klangen leise in ihren Ohren wider. Ein Sehnen nach seiner Wärme, nach seinen Berührungen breitete sich in ihr aus und brachte ihr Blut in Wallung. Doch das durfte nicht sein, sie durfte nicht diese Art von Liebe ihrem Bruder gegenüber verspüren, eine Liebe, die ihr qualvolle Lust bereitete.

Der Esel gab ein leises Schnauben von sich, als Adrian das Seil an einen Baum band. Mia erhob sich vom Waldboden und eilte zu ihm, um den Karren in Augenschein zu nehmen. Das Gefährt war aus solidem Kiefernholz gezimmert und bot Platz für eine Person und etwas Gepäck. Dazu hatte Adrian ein paar Decken, Kleidung zum Wechseln sowie getrocknetes Fleisch, Brot und Käse besorgt.

Verwundert sah Mia ihn an. »Woher hast du den Karren?«

»Ich habe ihn einem Bauern aus dem Umland abgekauft, damit ihr auf dem Weg nach Frankreich nicht euer Gepäck auf dem Rücken tragen müsst.« Adrian blickte zu Boden und stieß mit der Spitze seines Stiefels gegen einen kleinen Ast.

»Was soll das heißen? Kommst du etwa doch nicht mit?«

Adrian schüttelte den Kopf. »Ich muss noch einmal zurück nach Köln, aber ich komme nach. Das verspreche ich dir.« Er griff nach Mias Hand und drückte sie.

Sie spürte, wie sich ihr Herz zusammenzog. »Aber warum denn?«

»Ich muss wissen, wie es Will geht. Ich kann nicht für immer verschwinden, ohne mich von ihm verabschiedet zu haben. Verstehst du?«

Mia nickte, obwohl sie es nicht einsehen wollte und eine unbändige Angst in ihr aufstieg. »Was, wenn du auf Bölinger triffst? Adrian, glaubst du nicht, dass Will es versteht, wenn du dich nicht von ihm verabschiedest?«

»Ich weiß es nicht, Mia. Aber ich muss mich vergewissern, ob es ihm gutgeht. Ihn vielleicht auch fragen, ob er mitkommen will, schließlich ist er ebenso in Gefahr wie ich.« Adrian senkte die Lider. »Auch wenn wir nicht vom gleichen Blut sind, würde ich ihn dennoch meinen Bruder nennen.«

Mia richtete den Blick auf das weite Feld, das vor ihr lag. Das zarte Grün der Keimlinge leuchtete in der Sonne. Hinter den Ländereien lag ihre ungewisse Zukunft. Sie wusste noch nicht einmal, ob Adrian ihnen wirklich folgen würde. »Aber du kommst doch gewiss nach, oder?«

Adrian lächelte und drückte erneut ihre Hand. »Ich habe einen großen Fehler gemacht, als ich dich gehen ließ. Ich habe mir vorgenommen, ihn nie wieder zu begehen.« Er blickte über ihre Schulter zu der Lagerstatt. Dann ließ er ihre Hand los, umfasste ihr Gesicht und legte seine Lippen auf ihre.

Mias Rücken versteifte sich, und sie drängte Adrian fort. »Nicht, Adrian … Ich kann das nicht«, wisperte sie mit tränenerstickter Stimme.

Adrian presste die Lippen aufeinander und sah sie sorgenvoll an. »Mit der Zeit werden deine Wunden heilen, Mia. Ich stehe zu dir, glaube mir.«

Mia ließ es geschehen, dass er sie in seinen Arm zog.

Sie hoffte, er würde recht behalten. Doch wenn des Herzogs Frucht in ihrem Leib heranreifen sollte, dann konnte auch Adrian ihr nicht mehr helfen. Die Angst davor schnürte ihr die Kehle zu.

»Ich werde euch folgen, so schnell es geht. Vertrau mir. Ich weiß, Walther wird auf dich achtgeben. Wo ist er überhaupt?« Adrians Blick irrte durch den Wald.

»Er begleitet Ännchen ein Stück, bis sie sicher auf der Straße nach Düsseldorf ist.« Mia schluckte gegen den Kloß in ihrem Hals. Der erneute Abschied von Ännchen war ihr sehr schwergefallen.

»Wenn er zurück ist, ist es besser, ihr beide brecht sofort auf. So lange warte ich noch.« Adrian fasste nach ihrer Hand und ging mit ihr zurück in den Wald. »Wie lange ist er denn schon fort?«

»Noch nicht lange. Du müsstest ihn knapp verpasst haben.«

Adrian ließ sich auf einem Baumstamm nieder und zog Mia neben sich. »Dann haben wir ja noch etwas Zeit für uns.« Er legte den Arm um ihre Schultern und umhüllte sie mit seiner Wärme.

Mia atmete seinen vertrauten Duft ein, der den Schmerz in ihrem Herzen nur noch vertiefte. Wie sollte sie je wieder unbeschwert seine Liebe genießen können? Als hätte Adrian ihre Gedanken gelesen, strich er behutsam mit den Fingerspitzen über ihren Unterarm.

»Walther hat mir gestanden, dass er mein Vater ist. All die Jahre in der Schlossküche hat er es mir verschwiegen.« Mia rieb sich über die Arme, als sei ihr plötzlich kalt.

Adrian sah sie erstaunt an. »Auch das noch! Wie hast du es aufgenommen?«

»Ich weiß nicht, ob ich ihm böse sein soll oder nicht. Einerseits bin ich froh, ihn als Vater an meiner Seite zu wissen, doch in meinem Kopf herrscht immer noch solch eine Leere!«

»Ich glaube, das ist alles zu viel für dich. Doch die Reise wird euch zueinanderbringen, da bin ich mir sicher.« Adrian drückte seine Lippen in ihre Locken.

Mia verspürte mit einem Mal Zuversicht. Gott würde sicher nicht wollen, dass der Herzog sie geschwängert hatte. Sie blickte in Adrians Augen.

Er umfasste ihr Gesicht mit beiden Händen. »Alles wird gut werden. Ich liebe dich, Mia«, flüsterte er.

Ein Lächeln huschte über ihre Lippen. Sie zweifelte nicht an der Ehrlichkeit seiner Worte. Mit zittrigen Fingern strich sie ihm das Haar aus der Stirn. »Lass dir nicht allzu lange Zeit in Köln.«

»Nein, bestimmt nicht.«

Mia drückte ihre Wange an seine Brust. »Und pass gut auf dich auf, Adrian.« Der Schlag seines Herzens an ihrem Ohr ließ sie ihre Verbundenheit spüren. Sie griff nach seiner Hand und legte sie auf ihre Brust. »Spürst du es? Unsere Herzen schlagen im Einklang.«

Nach einer Weile lösten sie sich voneinander und lauschten schweigend dem Gesang der Vögel in den Baumwipfeln. Der Gedanke an den bevorstehenden Abschied versetzte Mia einen Stich ins Herz. Seufzend richtete sie den Blick auf Adrians Hände, die auf seinen Oberschenkeln ruhten, und betrachtete die schlanken Finger mit den kurzen Nägeln. Mit ihm gemeinsam würde sie es schaffen, das schreckliche Geschehen zu vergessen. Und vielleicht würde sich auch das Verlangen nach seiner Zärtlichkeit wieder einstellen. Ein tiefer Seufzer kam ihr über die Lippen. Adrian nahm sie in den Arm und drückte sie fest an sich.

»Es ist gut, dass sich Walther zu dir bekannt hat. Weißt

du, manchmal frage ich mich, was aus meiner Mutter geworden ist«, sprach er leise.

»Was ist denn mit ihr geschehen?« Mia löste sich ein wenig von ihm, um ihm ins Gesicht sehen zu können.

Er hielt den Kopf gesenkt und fixierte mit seinem Blick einen Ast, der von ihnen auf dem Boden lag. »Sie ist vom einen auf den anderen Tag verschwunden.«

»Warum?«, fragte Mia vorsichtig nach.

»Ich weiß es nicht genau.« Adrian zuckte kaum merklich mit den Schultern. »Früher besaßen meine Eltern in Deutz eine Backstube. Doch sie wurde kurz nach meiner Geburt im Truchsessischen Krieg zerstört. Danach zogen wir völlig mittellos in einen Verschlag vor den Kölner Mauern.«

»Was geschah dann?«

»Mein Vater fand keine Arbeit mehr und ernährte uns durch Diebstähle. Ich erinnere mich noch sehr gut daran, wie sich Mutter mit ihm gestritten hat. Ihre Worte klingen noch in meinen Ohren: *Ich schäme mich für dich.* Immer wieder warf sie ihm vor, mit einem Sünder zusammenzuleben. Als ich dann ungefähr sieben Jahre alt war, ist sie einfach verschwunden. Und was machte mein Vater? Ertränkte seinen Kummer im Wein.«

»Und du? Du musst deine Mutter doch unsäglich vermisst haben.«

»Ja, das habe ich, so sehr, dass ich den Hunger in meinem Bauch nicht mehr fühlte.«

Mia zog ihn voller Mitleid an sich.

»Irgendwann wurde ich dann wohl immer schwächer, und mein Vater besann sich. Er ging wieder auf Diebeszüge, damit wir etwas zu essen hatten. Doch er war unvorsichtig. Als er in einer Schenke aus den Taschen der Gäste das Geld entwendete, schnappte ihn der Wirt, wie ich später erfahren habe.« Ein tiefer Seufzer entfuhr Adrian. »Nun kam mein Vater auch nicht mehr heim, und ich wusste nicht, warum.«

»Was hast du dann gemacht?«

»Mich in eine Ecke der Hütte gesetzt und Löcher in die Luft gestarrt. Glaube ich zumindest, weil ich mich an die Zeit nicht mehr richtig erinnern kann. Ich weiß nur noch, dass ich irgendwann ein Feuer entfachen wollte, weil mir so kalt war.«

Mia konnte sich schon denken, was dann geschah. »Die Hütte ging in Flammen auf, habe ich recht?«

»Ja, und ich flüchtete in die Stadt.« Adrians Atem beschleunigte sich. »Ein Zug von Menschen befand sich auf der Straße in Richtung Aachen, und ich reihte mich ein, weil ich hoffte, unter ihnen meinen Vater zu finden. Ich folgte den anderen, bis ich mich an der Hinrichtungsstätte auf Melaten wiederfand.«

Mia war entsetzt. Sie traute sich kaum zu atmen.

»Mein Vater … er kniete vor einem Holzbock und hatte seine Hand daraufgelegt.«

»Scht, du musst nicht weitererzählen«, flüsterte Mia.

Adrian hob den Kopf und schaute sie mit verschleierten Augen an. »Nachdem der Henker ihm die Hand abgehackt hatte, erblickte Vater mich in der Menschenmenge. Wenigstens glaube ich, dass er mich gesehen hat. Dann brachten sie ihn zurück in den Turm, wo er kurze Zeit später an Wundfraß starb.«

»Oh, Adrian, wie fürchterlich«, stieß Mia aus.

Adrian erhob sich und schaute in den Himmel, an dem sich die Sonne durch die Wolken gekämpft hatte. »In der Zeit, als ich mich als Betteljunge durch die Gassen geschlagen habe, schwor ich mir, später ein ehrbares Leben zu führen. Ich klammerte mich an die Hoffnung, dadurch würde Mutter irgendwann zurückkehren. Jeden Abend, wenn ich auf meinem Lager in den Rundbögen der Stadtmauer lag, dachte ich an sie, träumte von ihrer Umarmung und sehnte mich danach, wieder ihren Duft einatmen zu können.« Adrian drehte sich zu Mia um und blickte ihr tief in die Augen. »Doch wie du siehst, ist nie ein ehrbarer Mann aus mir geworden.« Er zuckte resigniert mit den Schultern. Dann setzte er sich wieder neben sie und griff nach ihrer Hand. »Aber die Angst, wieder wegen der Schande von einem geliebten Menschen verlassen zu werden, hat sich in mein Herz gebrannt.« Er seufzte tief. »Verstehst du nun, warum ich dich nicht an mich heranlassen wollte?«

Mia strich ihm über die Wange und nickte. »Nie würde ich dich deswegen verlassen, glaube mir. Aber wie bist du zum Münzfälschen gekommen?«

Adrian seufzte. »Ich muss damals ungefähr siebzehn Jahre alt gewesen sein, als Will und ich uns wieder einmal auf unseren nächtlichen Streifzug begeben hatten. Wir liefen den Treidelpfad entlang, um vielleicht etwas Essbares zu finden, das beim Entladen der Schiffe aus den Kisten gefallen war. Dann entdeckten wir einen alten Mann, der vor einem der Radkräne kauerte. In der einen Hand hielt er einen Jutesack, mit der anderen griff er sich ans Herz. Durch seine blauen Lippen stieß er leise den Atem aus. Mit letzter Kraft wies er uns an, den Sack zum Bayentor zu bringen, wo ein Bote zu Pferd wartete. Nach diesen Worten sackte der Alte tot zusammen.«

»Was befand sich in dem Sack?« Mia drückte sich an Adrian und lauschte seinem Herzschlag, der sich allmählich wieder beruhigte.

»Gefälschte Münzen. Du kannst mir glauben, die Verlockung war groß, sie zu nehmen und für eine gewisse Zeit ein gutes Leben zu führen.«

»Aber das habt ihr nicht getan. Stattdessen habt ihr das Erbe des alten Mannes angetreten.«

Adrian nickte. »So ist dann aus mir jemand geworden, der ein Sonderverbrechen begeht.«

»Ach, Adrian, gehe nicht zu hart mit dir ins Gericht. Du hast so viel Hunger leiden müssen! Und wem hast du schon geschadet?«

»Es ist endgültig vorbei damit, das habe ich mir geschworen, auch wenn ich die Vergangenheit nicht auslöschen kann.« Sein Blick folgte einem Rotkehlchen, das über den Waldboden hüpfte und pfeilschnell einen Wurm aus der Erde pickte.

»Adrian?«

»Ja?«

»Halte mich noch einmal, bevor Walther zurückkommt.« Mia schmiegte sich in seinen Arm. Sie spürte, dass sich die Verbundenheit zwischen ihm und ihr noch weiter vertieft hatte. Nach einem kurzen Augenblick öffnete sie die Augen und sah, wie Walthers Silhouette im Dickicht verschwand. Rasch ließ sie von Adrian ab. Wie lange mochte er schon da gestanden haben? Hatte er sie etwa belauscht?

Noch bevor die Sonne sich gen Westen neigte, standen Mia, Walther und Adrian vor dem Eselskarren, um sich voneinander zu verabschieden. Walther verhielt sich, als hätte er nichts gehört oder gesehen. Doch dies behagte Mia ganz und gar nicht. Es war schwer vorstellbar, dass er wortlos hinnehmen würde, was er erfahren hatte. Adrian überreichte ihnen noch ein paar Münzen und schlug dann die Richtung ein, in der die Straße nach Köln lag.

Walther und Mia sahen hinter ihm her, bis er als kleiner Punkt in der Ferne verschwunden war. Dann begaben sie sich auf die Straße nach Aachen, um von dort ihre Frankreichreise anzutreten.

Obwohl ihr die Sonne ins Gesicht schien, fror Antonie, denn ihr Herz befand sich unter einer Eisschicht, die auch die Wärme der Bretagne nicht zum Schmelzen bringen konnte. Sie hatte sich auf der gusseisernen Bank vor dem Landhaus niedergelassen und blickte auf das Meer, wo sich weit draußen die Wogen aufbäumten und in weißen Schaumkronen niedergingen. In der Hand hielt sie einen Pokal, der mit rotem Wein aus Bordeaux gefüllt war. Mit allen Mitteln wollte sie Unbeschwertheit herbeirufen, aber ihre Gedanken blieben weiterhin grau und düster. Woran sollte sie auch fröhlich denken? Was vermochte sie aufzuhellen? Es gab nichts Schönes mehr in ihrem Leben. Sie nahm einen tiefen Schluck aus dem Glas. Das Aroma von sonnengereiften Trauben kitzelte ihre Zunge. Doch zum Genuss wollte sie den Wein nicht trinken. Er sollte ihre Schwermut vertreiben und wenigstens ein wenig Lebensfreude herbeiführen.

Antonie leerte den Pokal und ließ seufzend die Hand sinken. Neben ihr stand der tönerne Krug, aus dem sie sich nachgoss. Die Sonne wurde wärmer und ihre Gedanken heller. Sie dachte an den Liebesakt mit ihrem Bruder, und ein lüsternes Kichern entfuhr ihr. Erneut setzte sie die Lippen an den Pokal und leerte ihn mit einem Zug. Nachdem sie aufgestoßen hatte, blickte sie auf und erkannte, dass ihr Bruder vor ihr stand.

»Gesellt Euch zu mir, liebster Heinrich.« Sie klopfte mit der flachen Hand auf den Platz neben sich.

»Worüber sinniert Ihr, Schwesterherz? Doch nicht

etwa immer noch über Euren Gemahl und seine Gespielin?« Heinrich ließ sich nieder, griff nach ihrer Hand und küsste die Fingerspitzen. In seinem haselnussbraunen Haar brach sich das Sonnenlicht.

Antonie schloss die Augen und genoss das Pochen in ihrem Schoß, das seine Liebkosung hervorrief.

Heinrich ließ von ihren Fingern ab und füllte den Pokal in ihrer Hand. »Trinkt, meine Liebe, und erzählt mir von Eurem Kummer.« Es schien, als würden seine Augen das Innerste ihrer Seele erkunden wollen.

Antonie seufzte schwer, nahm einen großen Schluck und fuhr anschließend mit der flachen Hand über das gewellte Haar ihres Bruders. »Ich hätte sie töten sollen. Vielleicht würde es mir dann bessergehen. Sie nur aus dem Schloss zu treiben war nicht genug. Nur nach ihrem Tod hätte Johann sie für immer verloren gewusst.«

»Scht, sagt so etwas nicht. Seid lieber froh, hier bei mir zu sein. Johann und dieses Mädchen sind weit fort.« Heinrich ließ sich vor Antonie nieder. Unter seinen Knien knirschte der Kiesel. Erneut griff er nach ihrer Hand und legte sie auf seine Brust. »Hört Ihr mein Herz schlagen, Schwester?«

Antonie leerte den Pokal. Ihr Blick haftete auf seinen Lidern, die er niedergeschlagen hatte. »Wenn sich mir die Gelegenheit bietet, werde ich sie töten«, stieß sie heiser hervor.

Heinrich schlug die Augen auf und sah sie beschwichtigend an. »Die Gedanken an einen Mord stehen Euch nicht, Antonie. Dazu seid Ihr zu schön.« Er schob ihr die Röcke bis zur Hüfte hoch und vergrub sein Gesicht in ihrer Scham.

Antonie stockte der Atem, als sie spürte, wie seine

Zunge ihre Knospe der Lust liebkoste. Fast schmerzhaft richteten sich ihre Brustwarzen auf und drängten gegen das enge Mieder. Durch ihren Schoß zog die Sehnsucht, Heinrichs Manneskraft in sich zu spüren, auf den Wogen des Liebesspiels ihren Kummer zu vergessen. Sie warf den Kopf in den Nacken. Der leere Weinpokal rutschte aus ihrer Hand und fiel in den Kies.

Heinrich ließ von ihrer Scham ab, richtete sich vor ihr auf und entledigte sich seiner Beinkleider. Sein Geschlecht reckte sich ihr entgegen, lechzte nach einer Berührung von ihr. Antonie beugte sich vor, umfasste seinen Schaft mit ihrer Hand und ließ ihre Zunge damit spielen. Sie spürte, wie seine Adern unter ihren Fingern pulsierten. Jede Faser ihres Körpers schrie danach, von ihm ausgefüllt zu werden. Sie ließ ihn los. Ihre Lippen umspielte ein Lächeln der Glückseligkeit. Mit gespreizten Beinen drückte sie sich in die Bank.

»Liebt mich, Bruder. Mit Eurer ganzen Kraft.« Die Worte, die sie leise aussprach, erregten sie mehr als alles andere. Sie löste die Schnüre ihres Mieders und hielt ihm ihre Brust entgegen, um sie von ihm liebkosen zu lassen. Heinrich beugte sich vor und saugte sanft an ihren Brustwarzen. In raschen Abständen stieß Antonie den Atem aus, umgriff seinen Po und drängte sein Geschlecht zwischen ihre Schenkel. Geliebt – sie wollte geliebt werden! Nach wenigen Stößen schrie sie den Höhepunkt ihrer Erregung hinaus über das weite Meer.

Der Bote wartete bereits auf dem Treidelpfad kurz vor dem Bayenturm. Gehüllt in den Mantel der Dunkelheit schritt Adrian auf den Reiter zu. Das modrige Rheinwasser schwappte gegen den Kai, und die Aaken schaukelten im Frühlingswind.

»Wo ist die Ware?« Die tiefe Stimme des Boten drang heiser in die Nacht.

»Richte dem Herzog von Lothringen aus, Gäste werden auf seinem Landsitz eintreffen. Er möge meinen Freunden, einem Vater mit seiner Tochter, mit Wohlwollen begegnen. Ich werde ihnen folgen und ihm nach meinem Eintreffen die Münzen selbst übergeben«, sagte Adrian und wunderte sich über seine eigene Kühnheit. Es gab keine Zecchinen, und es würde auch nie wieder welche geben. Ohne auf die Antwort des Boten zu warten, begab sich Adrian zu den unterirdischen Gängen.

Er atmete den vertrauten Geruch von ungewaschenen Leibern ein und schritt durch die Kanäle. Hier und da ertönte ein leises Grunzen oder ein Murmeln, das wohl wirren Träumen entsprang. Auf dem Weg zu seinem Versteck mochte sich Adrian nicht ausmalen, was er dort vorfinden würde.

Mit zittrigen Händen räumte er die Steine aus dem Zugang und kletterte hinein. Der warme Schein von Feuer erhellte das Versteck, und der Duft von Bohnen und Speck umhüllte ihn. Er wand sich aus dem Zugang – und blickte in Lis' verweinte Augen. In ihrer Armbeuge lag Wills Kopf, und sie fütterte ihn mit dem Bohneneintopf. Sein Gesicht war bis zu Unkenntlichkeit zugeschwollen, die Augen nur noch violette Wülste. Mit einem schnalzenden Laut schluckte er die Bohnen, ohne Adrians Anwesenheit zu bemerken. Adrian kniete sich neben ihn. Er griff nach seiner Hand, die schlaff wie die eines Toten neben seinem Leib lag.

»Was ist geschehen?«, krächzte Adrian und versuchte, gegen die Trockenheit in seiner Kehle zu schlucken.

»Ich kam zu spät. Will war vor mir hier. Ich weiß nicht, was geschehen ist, doch ich fand ihn mehr tot als lebendig vor.« Lis tauchte den Löffel in die hölzerne Schale und schob ihn dann erneut zwischen Wills Lippen. »Seit dem Abend schon versuche ich, den Eintopf in ihn hineinzubekommen. Es ist das Erste, was er seit dem Vorfall zu sich nimmt.«

Adrian fuhr sich mit den Händen durch das Gesicht. »Das alles wäre nicht geschehen, wenn ich Bölinger getötet hätte.«

Will schnappte röchelnd nach Luft und warf den Kopf hin und her. Ein Hustenanfall überfiel ihn. Die hölzerne Schale flog zu Boden, und die Bohnen verteilten sich vor Adrians Stiefel. Wilde Zuckungen fuhren durch Wills Körper. Adrian griff nach seinen Schultern und zog ihn an seine Brust. Kurz darauf erschlaffte der Leib des Freundes in seinen Armen.

»Es scheint, als hätte er auf dich gewartet«, wisperte Lis mit tränenerstickter Stimme.

Adrian schluckte hart und presste Wills Leichnam fest an sich. Eine eiserne Faust schien ihm das Herz aus dem Leib zu reißen. Er hatte seinen Freund für immer verloren.

Nach einer Weile erhob sich Lis und legte Adrian die Hand auf die Schulter. »Es ist an der Zeit, ihn zu begraben, Jung.«

Adrian vernahm die Worte wie durch einen Nebelschleier. Doch er folgte Lis und trug seinen toten Freund aus der Unterwelt hin zu seiner letzten Ruhestätte.

Nachdem Adrian Will auf dem Acker hinter der Kahlenhauser Pforte beerdigt hatte, schritten er und Lis schweigend zurück in die Gassen der Stadt Köln. Im Osten bildete sich ein rötlicher Schweif am Himmel, und der Nachtwächter blies die Flamme seiner Laterne aus.

Lis griff nach Adrians Hand und drückte sie. »Jung, mach dir das Herz nicht schwer. Es kommt immer, wie es kommen muss.«

»Hätte ich Bölinger getötet, wäre es nicht so gekommen«, widersprach Adrian.

»Hätte, hätte … Du kannst das, was geschehen ist, nicht mehr rückgängig machen. Nur lernen kannst du daraus.«

»Ich vermag es zwar nicht mehr rückgängig zu machen, doch rächen kann ich es.« Adrian spürte, wie seine Kiefermuskeln zuckten.

Lis riss die Augen auf. »Was hast du vor? Sieh besser zu, dass du aus Köln verschwindest und zu Mia kommst. Du bringst dich nur in Gefahr und machst das Mädchen endgültig unglücklich, wenn du getötet wirst. Denkst du vielleicht mal daran statt immer nur an die Fehler, die du in der Vergangenheit gemacht hast?«

Doch auch wenn Lis noch so mit Engelszungen auf ihn einredete, sie vermochte nicht, ihn von seinem Vorhaben abzuhalten. Er musste zurück in das Versteck, um die Faustbüchse zu holen. Daran konnte ihn auch ihr flehender Blick nicht hindern. Er nahm Lis in den Arm, drückte sie an seine Brust und strich ihr zum Abschied über den Kopf.

Adrian wog die Faustwaffe in seinen Händen, überprüfte die Munition und schaute sich ein letztes Mal in dem Versteck um. Das Feuer war erloschen, und der Geruch der kalten Asche stieg ihm unangenehm in die Nase. An der Wand spendete eine letzte brennende Fackel ein dämmriges Licht. Die Felle, in denen Will gestorben war, lagen zerwühlt auf dem Boden. Adrian hob sie auf und drückte seine Nase hinein. Der Geruch seines Freundes sowie die verbliebene Wärme schürten Adrians Rachegelüste erneut. Seine Finger krallten sich in das Fell. Nie wieder wollte er die Mauern von Köln als Feigling hinter sich lassen. Eher würde er sterben! Er faltete die Felle zusammen und klemmte sie sich unter den Arm. Hier in diesem Loch konnte sie niemand mehr gebrauchen.

Nachdem er aus dem Zugang geklettert war, eilte er den Gang entlang und legte die Felle über einen Bettler, der im Schlaf vor Kälte zitternd die Zähne aufeinanderschlug.

Auch wenn es schon Vormittag war, musste Bölinger um diese Zeit noch schlafen, schließlich war er jemand, der sich die Nächte in Wirtshäusern um die Ohren schlug. Daher suchte Adrian sein Haus auf und beförderte mit einem Triff die windschiefe Tür aus den Angeln. Ein säuerlicher Geruch schlug ihm aus der Behausung entgegen. In einer Ecke neben der Feuerstelle stapelte sich Geschirr, an dem Essensreste klebten. An der Wand vor ihm trocknete ein Urinfleck. Adrian wandte angewidert den Blick ab und spie auf den Boden. Diese Kaschemme passte genau zu ihrem Besitzer, dessen letztes Stündlein jetzt geschlagen hatte. *Es kommt, wie es kommen muss.* Lis Worte hallten in seinen Ohren wider. O ja, sie sollte recht behalten! Adrians Hand umklammerte die Faustbüchse. Plötzlich spürte er einen Hieb auf seiner Schulter und taumelte. Noch bevor er sich fangen konnte, schlug etwas auf seinen Kopf. Bölingers Behausung versank in Schwärze. *Es kommt, wie es kommen muss* – das waren die letzten Worte, die ihm durch den Kopf gingen.

12. Kapitel

Der Eselskarren rumpelte über die Felder Walloniens. Mia hatte es längst nicht mehr auf dem Gefährt gehalten. Nachdem sie in der Ferne die Stadtmauern der bischöflichen Stadt Lüttich erblickt hatte, war sie hinabgesprungen und versteckte nun ihre Locken unter einer Haube.

Die Luft war rauchgeschwängert, was von Wärme und glimmenden Kochstellen zeugte. Walther hatte vorgeschlagen, die Stadt zu umgehen, doch davon hielt Mia überhaupt nichts. Wer sollte sie schon in Lüttich erkennen? Aufgeregt schritt sie neben dem Karren her.

»Mia, ich habe kein gutes Gefühl dabei, wenn wir in Lüttich einkehren.« Walther zog die Stirn kraus.

»Ach was«, winkte Mia ab. Zum ersten Mal seit langer Zeit fühlte sie sich beschwingt, und mit jedem Schritt verblasste die schreckliche Erinnerung an den Herzog ein wenig mehr. Mia zog die Schuhe aus und grub ihre Zehen in den Staub des Ackers.

»Seht Walther, wie warm die Erde schon ist!« Sie hob den Blick gen Himmel. Bauschige Wolken zogen an der Sonne vorbei. »Heute ist ein richtig schöner Märztag. Findet Ihr nicht?«

»Es regnet nicht, das ist das einzig Gute an diesem Tag«, knurrte Walther, den Blick in die Ferne gerichtet. »Was, wenn der Herzog tot ist? Denke daran, dich wird man nicht nur in den Stadtmauern von Jülich suchen!«

Mias Herz zog sich zusammen. Warum nur musste Walther sie daran erinnern? Sie versuchte doch gerade zu vergessen, was geschehen war! Müde ließ sie sich auf einem Baumstumpf nieder und schaute sehnsüchtig zu den Stadtmauern. »Als ich aus dem Schloss geflüchtet bin, lebte er noch. Vielleicht bin ich ja gar keine Mörderin. Was meint Ihr, Walther?« Sie schaute ihn flehend an.

»Woher soll ich das wissen?« Er zuckte mit den Schultern.

Mia blickte erneut in den Himmel, an dem sich nun eine einzelne dunkle Wolke vor die Sonne geschoben hatte. Der Wind frischte auf, und sie rieb sich über die Arme. »Glaubt Ihr, Gott vergibt mir?«

Walther setzte sich neben sie und legte den Arm um ihre Schulter. »Es war Notwehr. Sorge dich nicht, mein Mädchen. Wenn auch nicht die Richter, doch der Herrgott weiß es.«

Sie legte den Kopf an seine Brust und spürte zum ersten Mal in ihrem Leben die Geborgenheit in den Armen eines Vaters, den Trost, den er ihr mit seiner Wärme schenkte. Sie konnte nicht vor den Tatsachen davonlaufen, sondern nur versuchen, damit fertig zu werden und die Schuldgefühle nicht überhandnehmen zu lassen.

Ein Bussard stürzte sich vom Himmel. Als er wieder aus dem Acker emporstieg, sah Mia eine Maus in seinem Schnabel zappeln. Ich *musste* mich verteidigen, kam es ihr in den Sinn. Hätte sie den Herzog nicht niedergestochen, hätte er sie weiterhin in seiner Gewalt gehalten. Er trug selbst die Schuld, denn nie und nimmer würde sie einen Menschen grundlos töten.

Mia atmete tief ein und richtete den Blick wieder auf die Stadtmauer. »Ihr habt recht, lasst uns Lüttich umgehen. Es ist besser so, denn es liegt viel zu nahe bei Jülich.« Auf ihrer Reise warteten noch viele Städte, in deren Mauern die Gefahr, erkannt zu werden, nicht mehr gegeben war. Mia schloss die Lider und versuchte, sich das Treiben in Paris vorzustellen. Doch es gelang ihr nicht. Immer wieder schoben sich die Zitadelle Jülich und die Kölner Gassen davor. Und letztendlich Adrian, wie er die Gänge in der Unterwelt entlangschritt. Sie seufzte und öffnete die Augen wieder. Walther sah sie mit einem nachdenklichen Gesichtsausdruck an.

Mia schenkte ihm ein gequältes Lächeln und erhob sich von dem Baumstamm. »Lasst uns weiterziehen, Walther. Wir haben noch einen langen Weg vor uns.«

Doch anstatt sich zu erheben, kniff ihr Vater die Augen zusammen und neigte den Kopf zur Seite. »Was hat es mit diesem Adrian auf sich?«, knurrte er.

Mia spürte, wie ihr die Röte in die Wangen stieg. »Was meint Ihr?«

»Du weißt genau, was ich meine.« Walthers Kiefermuskeln zuckten.

»Ja, ich liebe ihn. Ist es das, was Ihr hören wollt?« In Mias Ohren klopfte ihr Herzschlag. Nun würde sich herausstellen, was ihr Vater im Wald erlauscht hatte.

Walther sprang von dem Baumstamm auf und griff nach ihrem Handgelenk. »Er ist ein Vagabund. Ich will meine Tochter nicht mit einem dahergelaufenen Kerl zusammen wissen. Hast du mich verstanden?«, zischte er. Der Griff um ihr Handgelenk verstärkte sich.

»Warum? Glaubt Ihr etwa, ich sei etwas Besseres?« Mia versuchte, ihre Hand fortzuziehen, doch vergeblich. Seine Finger gruben sich in ihre Haut, und in seinen

Augen funkelte der Zorn. »Ja, du hast ein besseres Leben verdient als das an der Seite eines Verbrechers. Und ich werde bestimmt nicht zulassen, dass du solch ein Leben führst.«

Mia spürte, wie ihr Tränen der Wut in die Augen stiegen. »Glaubt Ihr wirklich, es ist nach all den Jahren der Verleugnung Euer Recht, mir vorzuschreiben, was ein gutes Leben für mich ist?« Ihre Stimme zitterte, als sie diese Worte ausstieß. Sie wusste genau, wie sehr sie Walther mit diesem Vorwurf getroffen hatte. Und er bestätigte es ihr, indem er aufsprang, nach dem Seil griff und den Esel unwirsch hinter sich herzog.

Antonie verlor für einen Augenblick das Gleichgewicht, doch dann fing sie sich wieder und stützte sich auf die Tischplatte in ihrem Gemach. Sie schaute auf das Gemälde an der Wand. Die Möwen schaukelten im Wind. Und nicht nur sie, auch das Meer, über dem sie kreisten, schwankte. Der Leuchtturm war zweimal zu sehen. Antonie kniff ein Auge zusammen, doch dies half auch nicht, den zweiten Leuchtturm wieder verschwinden zu lassen. Sie stieß auf und schmeckte die Säure ihres Magens. Ihr war leicht zumute, und das Gefühl der Trauer war gewichen. Nur welcher Gemütszustand es verdrängt hatte, konnte sie nicht feststellen.

Sie ließ sich auf den Stuhl fallen und verfehlte beinahe die Sitzfläche. Ihre Finger krallten sich in die Tischplatte. Zorn, ja, es war Zorn, der die Trauer verdrängt hatte. Sie spürte eine unbändige Wut in sich aufsteigen. Ihr Hals schnürte sich zu, sie brauchte unbedingt frische Luft! Antonie verließ das Zimmer und torkelte die Treppe hinunter. Auf der Veranda atmete sie tief die Seeluft ein und schmeckte das Salz auf ihren Lippen. Die Wellen des Atlantiks verschwammen vor ihren Augen, und in ihren Ohren schmerzte das Kreischen der Möwen. Sie stützte sich auf die Balustrade und senkte den Blick zu ihren Füßen. Das feine Schweinsleder an der Schuhspitze war abgewetzt. Mit einem Mal schämte sie sich dafür. Sie ging in die Hocke, ließ sich auf der Stufe nieder und blieb dort trübselig sitzen, bis sich ihr Bruder näherte. Als sie versuchte aufzustehen, verlor sie das Gleichgewicht und plumpste zurück auf ihren Hintern.

Heinrich zog sie am Arm hoch. »Was ist los, Schwester? Geht es Euch nicht gut?« Seine warme Stimme drang bis in ihr Herz.

Sie schüttelte den Kopf. »Nein, Heinrich, es geht mir nicht gut.« Ihre Zunge wog schwer in ihrem Mund. »Aber das wisst Ihr doch.«

Heinrich griff nach ihrer Hand und drückte sie. »Ich denke, eine Abwechslung könnte Euch guttun.«

»Abwechslung?« Antonie sah ihn erstaunt an.

»Ja, meine Liebe. Es werden Gäste eintreffen. Freunde eines alten Bekannten suchen Unterschlupf auf ihrer Reise, ein Vater mit seiner Tochter. Ich glaube, es ist gut, wenn Ihr ein weibliches Wesen um Euch habt. Ihr könntet euch über Dinge austauschen, die Frauen gern bereden«, ergänzte er mit einem Zwinkern.

Antonie sprang auf, als hätte sie auf einem Igel gesessen. »Es werden Gäste eintreffen? Das ist nicht Euer Ernst«, zischte sie. »Habt Ihr vergessen, dass ich mich hier verstecke? Sie könnten mich erkennen und dann an Johann verraten. Woher kommen sie?«

»Aus Köln«, antwortete Heinrich kleinlaut, »das ist doch weit genug von Jülich entfernt.«

»Weit genug?«, schrie Antonie. »Ein Katzensprung von Jülich aus! Wisst Ihr eigentlich, wie oft ich schon nach Köln gereist bin?« Sie fasste sich an die Stirn, als erwartete sie jeden Augenblick einen Ohnmachtsanfall.

Heinrich legte beschwichtigend die Hand auf ihre Schulter. »Schwester, bitte. Was sollte ihnen daran gelegen sein, Euch zu verraten? Und überhaupt, wenn es Johann daran läge, Euch zu finden, hätte er längst dieses Haus hier aufgesucht. Oder habt Ihr vergessen, dass Ihr bereits mit ihm hier zu Besuch gewesen seid?« Er zog die Augenbrauen hoch.

In Antonies Adern brodelte das Blut. »Danke, Bruder, das waren genau die Worte, die ich in diesem Augenblick hören wollte.« Sie drehte sich auf dem Absatz um und stürmte die Stufen hinauf in ihr Zimmer. Oben angekommen, streifte sie die Schuhe von den Füßen und warf sich bäuchlings auf das Bett. Wie konnte Heinrich ihr das nur antun? Was dachte er sich? Sah er denn nicht ihren Kummer, ihre Angst? Sie hob den Kopf und sah zur Tür, die sich leise öffnete.

Ihr Bruder schob den Kopf durch den Spalt. »Darf ich eintreten?«, flüsterte er. Sein Blick schlich sich in ihr Herz.

Antonie konnte nicht hart bleiben, wenn ihr Bruder sie so ansah. Schließlich war er doch der Einzige, der ihr beistand, sie nicht im Stich ließ wie all ihre anderen Geschwister. Sie richtete sich auf, wischte sich mit dem Handrücken die Tränen von den Wangen und nickte. Heinrich stieß erleichtert den Atem aus. Mit langen Schritten begab er sich zu ihr und setzte sich neben sie auf das Bett. Dann legte er den Arm um ihre Schulter und zog ihren Kopf an seine Brust.

»Ihr wisst doch, ich würde Euch niemals in Gefahr bringen. Und die Gäste werden Euch nicht verraten, falls sie Euch erkennen. Glaubt mir, denn der Mann, der sie zu mir geschickt hat, ist selbst nicht ohne Fehl und Tadel.

»Wie meint Ihr das? Ist es der Münzfälscher?« Antonie zog die Nase hoch.

Heinrich senkte den Blick. »Ja, und es sind Freunde von ihm.«

Antonie erhob sich und goss Wein nach. Das Zimmer begann, sich um sie zu drehen. Mit einem Mal überfiel sie eine Heidenangst um ihren Bruder, ihr wurde bewusst, in welcher Gefahr er durch die Hehlerei schwebte. Wenn nicht die Richter, so würde Gott ihn strafen. Das Fegefeuer war ihm gewiss. Obwohl sie schon lange von den Münzen wusste, hatte sie sich nie Gedanken über die Schwere der Straftat und die Konsequenzen gemacht. Sie durfte ihren Bruder doch niemals verlieren! Schluchzend warf sie den Kopf in den Nacken.

Am Fuße der Ardennen angekommen, schritten Mia und Walther nunmehr seit vier Tagen schweigend nebeneinanderher. Nieselregen durchnässte ihre Kleider, und der wolkenverhangene Himmel drückte schwer auf Mias Gemüt. Nach ihrem Streit vor Lüttich hatte sie sich geschworen, kein Wort mehr zu verlieren, wenn Walther seine Einstellung Adrian gegenüber nicht änderte. Doch auch er war stur geblieben und redete nur das Nötigste mit ihr. Mia wollte das Thema Adrian nicht mehr anschneiden, doch inzwischen hielt sie es nicht mehr aus, mit Walther so gar nicht zu sprechen. Schließlich wagte sie doch, ihm einen versöhnlichen Blick zuzuwerfen. Ihr Vater zog eine Augenbraue hoch, seine Mundwinkel zuckten kurz, und dann lächelte er.

Mia fiel ein Stein vom Herzen. »Seht, Walther, eine

Stadt!« Sie zeigte auf die Dächer und Kirchturmspitzen in dem Tal vor ihnen.

Walther kramte die Landkarte hervor und studierte sie. »Das muss Namur sein«, brummte er.

»Lasst uns dort einkehren. Wir sind doch nun weit genug von Jülich entfernt.«

»Du hast recht. Vor allen Dingen können wir dort eine anständige Mahlzeit zu uns nehmen.«

Mia freute sich sehr, denn sie konnte es kaum erwarten, wieder unter Menschen zu sein.

Im Hafen an der Maas herrschte reges Treiben. Ein Schiff wurde entladen, und riesige Fässer wurden auf Karren gehievt. Den Hafenarbeitern rann der Regen aus dem Haar und durchnässte ihre Kleidung. Mia zog sich die Kapuze ihres Umhangs ins Gesicht.

»Na los, es wird Zeit, ins Trockene zu kommen.« Walther steuerte ein Wirtshaus an.

In der Schenke saßen einige Männer bei Tisch. Ihre Kleidung war aus den besten Stoffen geschneidert, und sie unterhielten sich mit gedämpften Stimmen. Mia war froh, nicht in solch einer Kaschemme einkehren zu müssen, wie es sie in Köln gegeben hatte. Der Duft von kross gebratenem Fleisch stieg ihr in die Nase und ließ ihren Bauch grummeln. Unter einem der Butzenfenster erspähte sie einen freien Tisch und zog Walther an der Hand dort hin.

Nachdem sie ihren Hunger gestillt hatte, lehnte sich Mia in dem Stuhl zurück und schaute aus dem Fenster, an dessen Scheiben Regentropfen hinunterperlten. Auf der Maas schaukelte ein Holzkahn mit einer Fischladung flussabwärts. Mia musste an den Rhein in Köln denken. Wie es wohl Adrian erging? Bei dem Gedanken, er könnte Bölinger begegnet sein, krampfte sich ihr Herz zusammen. Ein tiefer Seufzer verließ ihre Kehle, und sie betete zu Gott, Adrian möge bald wieder heil vor ihr stehen.

Antonie wies die Dienstmagd mit schroffem Ton an, die Gästezimmer herzurichten. Nachdem das Mädchen, leise wie ein Mäuschen, die Tür hinter sich geschlossen hatte, griff Antonie nach dem Krug und goss sich Wein nach. In der Hoffnung, ihren Gram damit zu vertreiben, nahm sie einen tiefen Schluck und trat ans Fenster. Die Morgensonne schien von einem tiefblauen Himmel, und ein lauer Wind bauschte die Vorhänge auf, der jedoch nicht ihre Trübsinnigkeit vertreiben konnte. Alles hätte sie dafür gegeben, wieder einmal unbeschwert und glücklich zu sein! Sie sehnte sich nach den Armen ihres Bruders, in denen sie ihren Kummer immer wieder vergessen konnte.

Als hätte sie ihn mit ihren Gedanken herbeigerufen, sah sie, wie er unten vor dem Haus den Pfad in Richtung Atlantik einschlug. Antonie trank noch einen kräftigen Schluck und beschloss, ihm zu folgen.

Heinrich saß im Sand und hielt den Blick auf das Meer gerichtet. In seinem Haar spiegelte sich die Sonne wider. Nur zu bestimmten Anlässen rieb er es mit Öl ein, doch hier in St. Nazaire hatte Antonie dies bis zum heutigen Tag noch nicht erlebt. Auch nicht, dass er ein mit goldenem Brokat besticktes Wams trug … Sie ließ sich neben ihm nieder und griff nach seiner Hand. Seine rotgeränderten Augen verrieten eine schlaflose Nacht.

»Wo seid Ihr gewesen, Bruder? Wie ich sehe, muss es eine Festlichkeit gewesen sein, die die ganze Nacht angedauert hat?«

Heinrich straffte die Schultern, ohne sie anzublicken. »Der Vicomte de St. Nazaire hatte mich zu der Hochzeit seiner Tochter eingeladen.«

»Davon habt Ihr mir gar nichts erzählt.«

»Nein, denn ich wollte eigentlich nicht an dem Fest teilnehmen. Doch dann lagt Ihr gestern Abend in tiefem Schlaf, und ich langweilte mich. Also begab ich mich zu dem Anwesen des Vicomte.«

»Aber was wühlt Euch innerlich so auf, dass Ihr nicht den Schlaf nachholen wollt, den Ihr verpasst habt?«

Heinrich senkte den Blick. »Ich habe bei der Hochzeit etwas erfahren. Vor einiger Zeit ist ein weiterer Anschlag auf den Herzog verübt worden, den er jedoch ebenfalls überlebt hat.«

»War es erneut ein Giftanschlag?« Antonie richtete den Blick teilnahmslos auf den Horizont.

»Darüber wurde nicht gesprochen. Wie Ihr Euch vorstellen könnt, war wieder nur der Erbstreit das Thema. Allerdings wird gemunkelt, die Landstände hätten ihn inhaftiert, weil vor kurzem irgendetwas im Schloss vorgefallen ist, das ihn in schwere Irrnis fallen ließ.« Heinrich griff nach Antonies Händen. »Es liegt in Eurer Macht, Ihr könntet nun die Regierungsgeschäfte übernehmen! Denkt doch nur an Eure Beziehung zum Kaiser.«

Antonie schüttelte den Kopf. »Nein, Bruder, um mich mit den Landständen anzulegen, fehlt mir die Kraft. Lasst mich hierbleiben und mich von meiner Seelenpein erholen.«

»So lange Ihr wollt. Es ist auch Euer Zuhause.« Heinrich hauchte einen Kuss auf ihren Handrücken. »Ich verehre Euch, Schwester, so, wie ich es schon immer getan habe, selbst als wir noch jung waren. Ich habe stets mehr für Euch empfunden, als es unter Geschwistern üblich ist.«

Antonie lehnte ihren Kopf gegen seine Schulter. Seine Wärme zu spüren und seinen Worten zu lauschen schenkte ihr Mut. Dass sie keine Trauer wegen Johanns Zustand verspürte, wunderte sie nicht. Viel eher fühlte sie Genugtuung.

Es war ein einfaches Zimmer, in das die Landstände ihn gesperrt hatten. Über dem Bett hing ein schlichtes Holzkreuz, und neben ihm auf dem Nachttisch lag die Bibel, die er, seit er hier auf Schloss Düsseldorf inhaftiert worden war, noch nicht angerührt hatte, fühlte er sich doch von dem allmächtigen Vater im Himmel im Stich gelassen. Er hatte ihm den heißersehnten Nachfolger versprochen, doch wie es schien, hatte Gott ihn zum Narren gehalten. Oder etwa nicht? Johann schaute flehentlich zu dem Kreuz und faltete die Hände. »Herr, gib mir ein Zeichen, ob Mia meinen Sohn unter ihrem Herzen trägt, und bringe sie mir zurück. Was habe ich nur falsch gemacht? Habe ich das Mädchen so verschreckt, dass es Angst bekommen hat? War ich zu ungeduldig?«

Die Wunde in seiner Brust erinnerte ihn an das, was geschehen war. Doch daran trug er die alleinige Schuld. Er war so blind gewesen, hatte nur die Zeugung seines Sohnes im Kopf gehabt und dabei nicht daran gedacht, was für eine schreckliche Angst Mia haben mochte. Sie musste überrumpelt gewesen sein von der Aufgabe, die ihr bevorstand, angefangen bei der Empfängnis. Hatte er denn nicht die Angst in ihren Augen gesehen? Er war so dumm gewesen, einfach nur ein Tölpel! Johann ballte die Faust und schlug sie sich gegen die Stirn. Hätte er doch nur noch einmal die Möglichkeit, es besser zu machen! Wo mochte seine Mia sein? Vielleicht fand sie ja doch irgendwann den Weg zu ihm zurück, würde bei den Landständen vorsprechen, um ihnen zu sagen … Ja, was eigentlich? Er schlug sich erneut gegen die Stirn. Einmal … zweimal – und dann immer öfter. So lange, bis der Schmerz ihm fast den Schädel zerspringen ließ. Johann sank auf die Knie und weinte in seine Handflächen.

Nach einer Weile öffnete sich knarzend die Tür, und er schreckte auf. Sein Herz hämmerte wild in seiner Brust. Nur zögerlich drehte er den Kopf und sah, wie ein Bediensteter der Landstände in den Raum trat. Mit seinen eulenhaften Augen blickte er Johann stumm an.

»Ihr werdet zum Gehör geladen.«

Johann spürte, wie ihm ein warmes Rinnsal über die Braue in die Wimpern lief, und wischte sich mit dem Ärmel über das Auge. Auf dem weißen Linnen zeigte sich ein hellroter Streifen.

Der Bedienstete fesselte ihm die Hände mit einem Seil aus grobem Hanf hinter dem Rücken. Mit einem sanften Stoß wies er Johann an, das Zimmer zu verlassen.

Im Gerichtszimmer des Schlosses saßen drei Herren an einem Pult aus Mahagoniholz. Johann konnte sich nicht erinnern, die Amtsmänner je zuvor gesehen zu haben. Der Gerichtsdiener drückte ihn auf die Anklagebank, von wo aus er den Herren von Angesicht zu Angesicht in die Augen blickte.

Der erste Herr von links strich sich das graue wallende Haar auf den Rücken und räusperte sich. »Johann von Jülich-Kleve-Berg, wir haben Euch erneut ins Gerichtszimmer rufen lassen, weil wir noch einmal Eure Aussage überprüfen müssen. Es gibt Zweifel an dem Wahrheitsgehalt. Die Aussage eines Wächters beinhaltet, dass Ihr an besagtem Tag mit einer jungen Frau in der Küche gewesen seid. Ihr jedoch habt behauptet, allein gewesen zu sein und Euch selbst das Messer in die Brust gerammt zu haben.«

Johann versuchte, sich zu erinnern, doch es gelang ihm mit einem Mal nicht mehr. Schwarzer Nebel war in seinem Kopf. Er presste die Lippen aufeinander und starrte den Landrat stumm an. Dann lichteten sich die Schwaden wieder, und er sah sich mit Mia in der Schlossküche. »Sie hat geweint«, flüsterte er. »Ich habe ihre Tränen gesehen.«

»Wer war sie? Und hat *sie* Euch das Messer in die Brust gerammt?« Der mittlere Herr erhob sich von seinem Lehnstuhl, stützte die Handflächen auf das Pult und stierte Johann aus seinen grauen Falkenaugen an.

»Sie ist die Mutter meines Sohnes. Wie könnt Ihr es wagen zu behaupten, sie hätte mich niedergestochen? Mein Mädchen …« Johann verfiel in ein Wehklagen.

Der Landrat setzte sich wieder, verdrehte die Augen und wartete, bis das Geheul leiser wurde. Dann fuhr er fort: »Auf welche Weise hat sie die Küche verlassen? Durch die Tür wohl kaum, und die Fenster waren noch verriegelt. Gibt es einen Geheimgang, der ins Freie führt?«

Johann schluckte. Er suchte nach der Erinnerung. Mia, sie war verschwunden … ein Geheimgang?

»Nein, nein!«, schrie er. »Es gibt keinen Geheimgang. Gott hat sie geholt. Ich habe ihr Angst eingeflößt, zu viel Angst, da hat der Herr sie zu sich geholt. Ich bin eine Bestie. Er musste sie vor mir schützen.« Johanns Blick irrte zwischen den Landständen hin und her. Er war des Lebens nicht wert. Würde doch der Tod ihn endlich holen!

Der Herr mit dem wallenden Haar kräuselte die Stirn. »Wie glaubwürdig ist die Aussage des Wachmannes? Wie sollte die junge Frau unbemerkt aus der Zitadelle entkommen sein?«, fragte er den mittleren Ratsherrn.

Dieser zuckte mit den Schultern. »Der Wachmann schaut gern zu tief ins Glas, wie mir sein Atem verriet. Doch sagt selbst, wie glaubwürdig ist denn die Aussage unseres Herzogs?« Seine Lippen verzogen sich zu einem spöttischen Lächeln.

Johann sprang auf. »Ich, ich selbst habe mir das Messer in die Brust gerammt!«, zischte er, die Augen zu Schlitzen verengt. »Ich bin es nicht wert zu leben. Versteht Ihr? Sie ist nicht schuld, sie ist nicht schuld!«, fügte er mit schriller Stimme hinzu und tänzelte dabei vor den Landesräten auf und ab. Der Gerichtsdiener drückte ihn wieder in die Bank.

Die Herren sahen einander an und nickten. »Ja, wir verstehen«, erwiderte der Herr mit dem wallenden Haar und erhob sich als Erster. Die anderen taten es ihm gleich. Gemeinsam verließen sie das Gerichtszimmer.

Johann sah ihnen zähneknirschend nach, bis der Gerichtsdiener ihn von der Bank zerrte, um ihn zurück in seinen Arrest zu bringen.

Die Beine waren ihm schwer wie Blei, als er sich zur Nachtruhe legte. Johann richtete den Blick zur Decke und dachte über sein Leben nach, über die Dinge, die er nie erreicht hatte. Traurig musste er feststellen, dass er umsonst gelebt hatte. Plötzlich sprang er aus dem Bett, um nach einer Feder und etwas Papier zu suchen. Er musste Mia eine Nachricht hinterlassen, bevor er für immer die Augen schloss! Doch sosehr er auch suchte, in dem spärlich eingerichteten Zimmer fanden sich keine Schreibutensilien.

Ermattet sank er auf die Holzdielen unter dem Fenster und versuchte, sich die Worte, die er an Mia richten wollte, ins Gedächtnis zu rufen. Doch so angestrengt er auch nachdachte, sie wollten ihm nicht mehr einfallen. Allmählich verließ ihn die Kraft, und er rollte sich wie eine Katze auf dem Fußboden zusammen.

Der Gesang der Vögel vor seinem Fenster war das Letzte, was er vernahm, bevor es für immer dunkel um ihn herum wurde.

Heinrich von Lothringen hielt den Kopf gesenkt, als er Antonie das Schreiben des Kaisers überreichte. Ein Eilbote hatte es auf schnellstem Wege nach St. Nazaire gebracht.

In Antonies Leib krampften sich die Eingeweide zusammen. Eine unheimliche Ahnung überfiel sie, als sie das Schreiben mit zittrigen Händen entgegennahm. Die Buchstaben verschwammen vor ihren Augen. Nachdem sie den Inhalt überflogen hatte, sank sie kraftlos in den Lehnsessel vor dem Kamin.

Ihr Bruder kniete sich neben sie und umfasste stumm ihre Hände.

In Antonies Kopf kreisten die Gedanken wie wild, und sie atmete schwer aus. »Es kommt alles so plötzlich! Wenn ich geahnt hätte, dass Johann doch so rasch verstirbt, wäre ich in Jülich geblieben und hätte ihm in den letzten Stunden beigestanden.« Tränen verschleierten ihre Augen.

Heinrich nahm ihr das Schreiben aus der Hand. »Bretzen berichtet, Johann sei wieder inhaftiert worden, nachdem er sich selbst mit einem Messer verletzt hatte. Am 25. dieses Monats fanden sie ihn am Morgen leblos in seinem Arrest vor. Er sei eines natürlichen Todes gestorben.«

Antonie spürte eine unsägliche Leere in ihrem Herzen, doch die Trauer blieb aus. Nur wenn sie an den folgenden Erbstreit dachte, drehte sich ihr der Magen um. Nun war es also doch geschehen: Das Geschlecht der Herrscher von Jülich-Kleve-Berg war ausgestorben. Es fiel ihr schwer, dies anzuerkennen. Hier in St. Nazaire war alles so weit fort, so unwirklich! Um den Tod ihres Gemahls wirklich begreifen zu können, musste sie nach Düsseldorf reisen. Auch stand es in ihrer Pflicht als Mitregentin, vor Ort zu sein, wenn die Erbanwärter ihre Ansprüche erhoben.

Heinrich drückte ihr einen Pokal, gefüllt mit Rotwein, in die Hand. »Was gedenkt Ihr nun zu tun, Schwester?«

Nachdem sie einen großen Schluck genommen hatte, teilte sie ihrem Bruder ihr Vorhaben mit.

Seit über sieben Tagen liefen sie nun über die Äcker und durchstreiften Wälder, ohne auf eine größere Ansiedlung gestoßen zu sein. Mia war der Einsamkeit mittlerweile überdrüssig. Obwohl Walther ihr wieder wohlgesonnen war, wechselte er nicht viele Worte mit ihr. Oft hing er seinen Gedanken nach, wenn sie nebeneinander hertrotteten. Und wenn Mia ihn fragte, was ihn beschäftigte, winkte er nur mürrisch ab. Seit dem Streit um Adrian hatten sich seine Falten auf der Stirn Tag für Tag mehr vertieft. Mia wusste genau, was ihn bedrückte. Ihr Vater war immer noch nicht damit einverstanden, dass sie mit Adrian leben wollte. Doch Mia stand nicht der Sinn danach, sich erneut mit ihm darüber zu streiten. Und schon gar nicht, ihm zu erzählen, was Adrian ihr über seine Kindheit anvertraut hatte.

Der einzige Lichtblick war das Wetter gewesen, das sich die letzten Tage über gehalten hatte. Auch wenn die Nächte noch kühl waren, am Morgen ging stets die Sonne an einem wolkenlosen Himmel auf und erwärmte die Luft.

Mia hörte ihren Bauch vor Hunger grummeln und bat Walther, Rast zu machen. Unter einer Baumgruppe setzten sie sich in das weiche Moos und aßen das letzte Trockenfleisch und den Käse, den sie in Namur erstanden hatten. Das Geld, das Adrian ihnen gegeben hatte, war aufgebraucht, wie Walther behauptet hatte. Mia dachte darüber nach, wie es nun weitergehen sollte. St. Nazaire lag noch in weiter Ferne, und wenn sie nicht bald eine Ortschaft fanden, würden sie Hunger leiden müssen.

Als hätte Walther ihre Gedanken gelesen, stieß er einen Seufzer aus. »Wir müssen so bald wie möglich eine Siedlung finden.«

Am Abend erblickten sie in einem Tal die strohgedeckten Dächer mehrerer Höfe, zu denen auch ein Gasthof gehörte. Nachdem sich Walther dort als Koch vorgestellt hatte, erhellte sich die Miene des pausbäckigen Gastwirts. Gerne erklärte er sich bereit, sie für eine Mahlzeit und eine Unterkunft kochen zu lassen. Schwermütig dachte Mia darüber nach, wie einfach es sicherlich für sie in Köln gewesen wäre, wenn sie nur Beinkleider angehabt hätte.

Nachdem der Gastwirt sie mit Proviant versorgt hatte, verließen sie die Ortschaft am nächsten Mittag wieder – und zwar in Richtung Paris. Walther hatte Mia den Vorschlag gemacht, ihr diese Stadt zu zeigen. Unter anderen Umständen wäre sie ihm vor Freude um den Hals gefallen, doch es gab einen Wermutstropfen: Sie hatte immer noch nicht ihre monatliche Blutung bekommen.

Sieben Tage waren Mia und Walther noch weitergewandert, ehe sie endlich zwischen den Weingärten auf dem Montmartre standen. Von einem strahlend blauen Himmel wärmte sie die Sonne, und die Räder der Windmühlen drehten sich gemächlich im lauen Wind. Als sie auf die Dächer der Stadt Paris hinunterblickten, stockte Mia der Atem. Trotz der Unruhe in ihrem Herzen spürte sie Freude in sich aufkeimen. Ein langersehnter Wunsch ging in Erfüllung, endlich lernte sie Paris kennen!

»Ich will den Louvre sehen!«, rief sie freudig erregt aus.

»Immer langsam, meine Liebe«, sagte Walther lächelnd. »Erst einmal werden wir etwas essen.«

Mia verdrehte die Augen. »Das heißt, wir müssen es uns wieder verdienen.«

»Nein, ich habe noch ein wenig Geld übrig. Für ein gutes Mahl müsste es noch reichen.« Walther rieb sich mit der flachen Hand über den Bauch.

»Wie? Ihr habt noch Geld übrig? Ich dachte, es wäre nichts mehr da.« Mia runzelte die Stirn. Sie hatte nicht mitbekommen, wie viel Adrian Walther gegeben hatte, doch jetzt braute sich in ihr Unmut zusammen. »Adrian hat es sehr gut mit uns gemeint«, grummelte sie.

Statt ihr zu antworten, zuckte Walther nur kurz mit den Schultern.

Mia wandte sich beleidigt von ihm ab und richtete den Blick wieder auf die Dächer von Paris.

Besänftigend legte Walther die Hand auf ihre Schulter. »Er ist nicht der richtige Mann für dich.«

Sie fuhr herum. »Ach ja? Warum? Er ist Euch nicht fein genug, aber Ihr seid Euch auch nicht zu fein gewesen, das Geld von ihm zu nehmen.« Mias Gesicht wurde rot vor Zorn.

Walther sah grimmig drein. »Nun hör mir mal gut zu. Es blieb uns nichts anderes übrig. Zurück ins Schloss konnte ich nicht mehr. Außerdem werde ich es ihm zurückzahlen. Ich bin sehr wohl in der Lage, allein für meine Tochter zu sorgen.«

Mia biss sich auf die Zunge, um ihm nicht entgegenzuschleudern, dass ihm dies reichlich spät einfiel.

»Lass uns nicht streiten, mein Kind.« Walthers Stimme hatte einen weichen Klang angenommen. »Wir werden sehen, was die Zeit bringt.«

Mia nickte. Er hatte recht. Es brachte nichts, sich zu ereifern, nicht in ihrer derzeitigen Lage. Außerdem wusste sie, dass Walther sie niemals davon abbringen konnte, ihr Leben mit Adrian zu verbringen. Es würde sich alles schon zu gegebener Zeit regeln.

Nachdem Walther und Mia lange durch die engen Gassen von Paris geschlendert waren, kehrten sie in ein Gasthaus ein. Der Blick durch die hohen Fenster gewährte ihnen die Aussicht auf die Seine und den Louvre. Gewaltige Mauern beschützten die Türme mit den kegelförmigen Dächern. Mia konnte den Blick nicht von dem pompösen Bauwerk wenden. In Gedanken träumte sie sich in die Küche, wo die Köche eifrig in Dampfschwaden werkelten.

Walther strich über ihren Arm und riss sie aus den Gedanken. Auch bei der Wahl des Gasthauses hatte ihr Vater darauf geachtet, dass sie sich in guter Gesellschaft befanden. Mias Blick fiel auf einen Tisch in einem abgelegenen Winkel, an dem ein kleiner, untersetzter Herr mit einer Dame saß. Das Gesicht der Frau konnte Mia nicht erkennen, denn sie hatte ihr den Rücken zugekehrt. Ein cremefarbener breitkrempiger Hut zierte ihren

Kopf, und über ihren Rücken legten sich kupferfarbene Locken. Der Herr beugte sein Haupt mit dem schütteren Haar zu ihr hinüber, um ihr etwas hinter vorgehaltener Hand zuzuraunen. Die Frau lachte so schrill auf, wie es sich für eine feine Dame in Gesellschaft eigentlich nicht ziemte.

Mia glaubte, ihren Ohren nicht zu trauen. Dieses Lachen hörte sich an wie das der Markgräfin. Genau so hatte sie einmal gelacht, als Beele ihr die Einzelheit einer Liebesnacht erzählte, bei der der Freier die außergewöhnlichsten Wünsche hatte.

Ohne Walther zu beachten, erhob sich Mia und trat an den Tisch, um der Dame von Angesicht zu Angesicht in die Augen zu blicken.

Die Frau schaute auf, und vor Erstaunen entfuhr ihr ein spitzer Schrei. »Mia, was machst du denn hier? Ich dachte, du wärest wieder nach Jülich gegangen!«

»Und warum bist *du* hier in Paris?« Mia glaubte zu träumen.

»François, würde es Euch etwas ausmachen, wenn sich meine alte Freundin zu uns setzt?«, wandte sich die Markgräfin an ihren Begleiter.

Der Herr erhob sich und zeigte mit der Hand auf die freien Stühle an dem Tisch. »Nein, natürlich nicht. Setzt Euch.«

Mia sah sich nach Walther um. Mit einer Kopfbewegung forderte sie ihn auf herüberzukommen. Doch ihr Vater hatte einen mürrischen Gesichtsausdruck aufgesetzt, und anstatt ihrer Aufforderung zu folgen, kniff er die Augen zusammen. Er erhob sich, wandte ihr den Rücken zu und verließ das Gasthaus. Mia folgte ihm seufzend auf die Straße.

»Du hast Bekannte getroffen?«, fragte Walther schroff.

Mia nickte. Sie konnte ihm nicht sagen, woher sie die Markgräfin genau kannte, geschweige denn, wer sie war. Dies alles würde Adrians Ansehen bei ihm noch tiefer sinken lassen.

»Das ist schlecht, Mia. Sehr schlecht.« Walther stieß schnaubend den Atem aus. »Du bist auf der Flucht! Hast du das schon vergessen?«

»Aber sie ist eine Freundin aus Köln. Sie würde mich nie verraten.« Mia knetete verlegen die Hände.

»Stell dir nur mal vor, ein Kopfgeld wäre auf dich ausgesetzt. Würde sie dich dann auch nicht verraten?« Walther presste die Lippen aufeinander und schaute seiner Tochter fest in die Augen. »Lass uns von hier verschwinden. Es war ein Fehler, in Paris einzukehren.«

»Nein, Walther, ich muss mit ihr sprechen. Unter vier Augen. Sie weiß vielleicht, ob der Herzog noch am Leben ist und ob ich gesucht werde. Ich muss Klarheit haben, ich kann mich nicht mein Leben lang verstecken.«

Walther atmete tief ein. »Es ist eh zu spät. Nun weiß sie, wo du dich aufhältst.« Er straffte sich. »Wer ist ihr Begleiter?«

Mia zuckte mit den Schultern. »Ich kenne ihn nicht. Walther, bitte, ich muss sie sprechen!« Sie blickte ihren Vater flehend an. Dabei wollte sie die Markgräfin nicht nur nach dem Herzog fragen.

»Lass uns wieder hineingehen.« Walther fasste nach ihrem Arm und schob sie durch die Tür.

Gemeinsam gingen sie zu dem Tisch, an dem die Markgräfin saß. Als sie sich näherten, erhob sie sich und griff nach Mias Händen.

»Es ist so schön, dich wiederzusehen! Darf ich erfahren, wer dein Begleiter ist?«

»Das ist Walther …« – Mia zögerte kurz – »… mein

Vater.« Die Worte hallten in ihren Ohren wider. Es war, als würde ihr erst in diesem Augenblick wirklich bewusst werden, dass Walthers Blut durch ihre Adern floss. Sie sah zu ihm hin, und als sich ihre Blicke trafen, spürte sie eine Liebe durch ihr Herz strömen, die es nur zwischen Vater und Tochter gab.

»Es ist mir eine Ehre, Euch kennenzulernen, Walther.« Die Markgräfin beugte sich ein wenig vor.

Mias Blick wanderte zu dem Herrn an dem Tisch.

Die Markgräfin setzte ein Lächeln auf. »Das ist François, einer der angesehensten Buchdrucker in Paris, und mein Name ist Babette.«

»Babette?« Mia konnte sich nicht erinnern, dass die Markgräfin in der Unterwelt jemals so genannt worden war.

»Ja, meine Liebe.« Die Markgräfin gab ihr mit den Augen zu verstehen, nicht weiter nachzufragen.

Nachdem sie sich einander vorgestellt hatten, nahmen Mia und Walther an dem Tisch Platz. Doch Mia rutschte unruhig auf ihrem Stuhl hin und her, was der Markgräfin nicht entging.

»Ich glaube, du brauchst frische Luft, Liebchen. Du siehst etwas blass aus.« Die Markgräfin erhob sich und forderte Mia mit einer Handbewegung auf, sie vor die Tür zu begleiten.

»Ach, Babette«, seufzte Mia, als sie endlich allein waren, und ließ sich auf einem niedrigen Fenstersims an der Häuserwand nieder. »Du glaubst gar nicht, was alles geschehen ist, seit ich von Köln fortgeholt wurde. Doch um dir alles zu erzählen, ist die Zeit zu kurz. Du musst mir nur sagen, ob du Adrian in Köln gesehen hast, bevor du abgereist bist.«

Babette bekam einen besorgten Gesichtsausdruck und

setzte sich neben Mia. »Nein, denn als ich mit François aus Köln aufbrach, war Adrian in Jülich. Hast du ihn dort nicht getroffen?«

»Doch, aber er wollte zurück nach Köln, um sich von Will zu verabschieden, bevor er uns nach Frankreich folgt.« Mia stieß einen tiefen Seufzer aus.

Babette griff nach ihrer Hand. »Was machst du hier in Paris?«

»Gilt der Zusammenhalt der Unterwelt auch hier?«

Babette nickte mit einem Lächeln auf den Lippen. Sie machte vor ihrem Mund eine Handbewegung, als würde sie einen Schlüssel im Schloss drehen.

Mia erzählte ihr rasch, was geschehen war.

»François hat erwähnt, dass der Herzog inhaftiert und seines Amtes enthoben worden ist. Doch von einem Mordanschlag hat er nichts gesagt.« Babette rückte ihren Hut zurecht. »Wenn die Landstände dies der Bevölkerung mitgeteilt und vielleicht noch ein Kopfgeld auf den Mörder ausgesetzt hätten, dann wüsste François das. Schließlich ist er als Buchdrucker immer auf dem neuesten Stand.«

»Du verrätst es ihm nicht. Bitte, Babette.«

»Hab ich nicht eben mein Mundwerk verschlossen?« Die Markgräfin lächelte und warf den unsichtbaren Schlüssel hinter sich.

»Danke.« Mia spürte, wie sich Erleichterung in ihr ausbreitete. »Doch sag, wie kommt es, dass du mit ihm hierhergereist bist?«

»François war geschäftlich in Köln und nahm meine Dienste in Anspruch. Meine Liebeskünste hatten es ihm so angetan, dass er mir offenbarte, ohne mich nicht mehr leben zu können. Also habe ich ihn nach Frankreich begleitet.« Babette schaute selig drein. »Er war es auch, der mir den Namen Babette gegeben hat, denn er vermochte den Namen Barbara nicht so richtig auszusprechen.«

»Du wohnst bei ihm?« Mia gönnte es ihr von Herzen, dieses neue Leben gefunden zu haben.

»Ja. Seine Frau ist vor zwei Jahren verstorben. Und stell dir vor, er hat um meine Hand angehalten!«

»Oh, Babette.« Mia drückte ihre Hand. »Du hast es geschafft. Das freut mich so für dich!«

Als Mia und Babette in das Gasthaus zurückkehrten, unterhielt sich Walther angeregt mit François. Seit langem hatte Mia ihn nicht mehr so gesprächig gesehen. Walthers Augen strahlten freudig, und er schenkte Mia ein Lächeln.

»Wie ich sehe, versteht Ihr Euch gut mit François«, bemerkte Mia.

»François hat uns angeboten, in seinem Haus zu nächtigen! Ist das nicht außerordentlich freundlich von ihm?«

Mia nickte und sah zu François hinüber. »Ihr könnt Euch gar nicht vorstellen, wie sehr ich mich nach einer richtigen Bettstatt sehne. Wir sind Euch zu Dank verpflichtet, François.«

»Ach was. Ich freue mich, Gäste im Haus zu haben.« Die kobaltblauen Augen des Franzosen leuchteten. »Und auch Babette wird die Gesellschaft einer weiblichen Person genießen. Nicht wahr, meine Liebe?« Der Franzose griff nach Babettes Hand und hauchte einen Kuss darauf.

In der Wohnstube des dreistöckigen Hauses von François knisterte ein Feuer im Kamin und bereitete eine behagliche Wärme. Babette, Mia und Walther hatten sich auf Stühlen niedergelassen. In einem deckenhohen Regal an der Wand reihten sich Bücher in allen Formen und Größen aneinander. Mia konnte den Blick nicht davon abwenden. Am liebsten wäre sie aufgestanden, um jedes von ihnen einzeln in Augenschein zu nehmen.

François ging zu einer Vitrine und holte zwei Gläser hervor. Auf einem kleinen, runden Beistelltisch standen mehrere Glaskaraffen, in denen Flüssigkeiten wie geschmolzene Edelsteine schimmerten. François goss etwas von der bernsteinfarbenen in die Gläser und reichte sie den Frauen. »Das ist ein Likör aus erlesenen Kräutern. Er wird Eure zarten Gaumen erquicken.« Walther und sich selbst schenkte er einen Weinbrand ein.

Sie unterhielten sich lange über den Buchdruck. François erzählte ihnen ausgiebig, welche Bücher er in den Handel gebracht hatte. Die Sonne war schon längst versunken, als Mia eine bleierne Müdigkeit überfiel. Sie hatte sich mehr von dem Abend versprochen, und auch wenn die Unterhaltung über den Buchdruck zu Beginn noch unterhaltsam gewesen war, sehnte sie sich nach einer Weile nach einem Wortaustausch mit Babette. Doch dies war bei François' ununterbrochenem Redefluss unmöglich gewesen.

Babette bemerkte schnell, wie sehr es Mia Mühe bereitete, die Lider offen zu halten. Sie griff nach Mias Hand und richtete ihr Wort an die Herren.

»Ich würde meiner Freundin nun ihr Zimmer zeigen, wenn Ihr nichts dagegen habt. Ich denke, die Anstrengung der Reise steckt ihr in den Knochen.«

François warf Babette ein verliebtes Lächeln zu. »Ihr könnt euch ruhig zurückziehen. Walther und ich werden uns derweil noch etwas unterhalten. Nicht wahr, mein Freund?« Er blickte Walther in freudiger Erwartung an.

Mia verspürte Mitleid mit ihrem Vater. Auch ihm standen die Strapazen der Reise ins Gesicht geschrieben. Seine Augen lagen in tiefen Höhlen, und seine Hautfarbe wirkte fahl. Aber Walther war alt genug, um zu wissen, wann er sich von François zur Nacht zu verabschieden hatte.

Babette zündete eine Öllampe an und brachte Mia in ein Zimmer im Dachgeschoss. Durch ein kleines Fenster im Giebel erhellte das Mondlicht den Raum. Er war nicht sehr groß, aber gut eingerichtet, mit einem Waschtisch aus einfachem Holz und einem Hocker davor. Die Truhe neben der Tür war mit buntgemalten Ornamenten verziert und bot Platz für reichlich Kleidung, sofern Mia welche gehabt hätte. Babette zog die blumigen Vorhänge des Alkovens zur Seite. Die reinen Laken verströmten den Duft von Lavendel. Mia konnte es nicht erwarten, darin zu versinken.

»Ich sehe dir an, du kannst dich kaum noch auf den Beinen halten. Schlaf gut, Mia.« Babette wandte sich zum Gehen.

»Warte. Gehe noch nicht.« Mia zog sich das Kleid kopfüber aus und rückte den Hocker vor das Bett. »Macht es dir etwas aus, mir noch ein wenig Gesellschaft zu leisten, während ich mich hinlege?«

»Hast du Angst im Dunkeln?« Babette lachte auf.

»Nein, aber ich bin so froh, ein vertrautes Gesicht um mich zu haben.«

Babette hob die Augenbrauen und reichte Mia das Nachtgewand, das auf dem Kissen lag. »Ist Walther dir nicht vertraut?«

»Doch, er ist mir vertraut, aber *ihm* alles anvertrauen – das kann ich nicht.« Mia setzte sich auf die Bettkante und erzählte Babette von Walthers spätem Geständnis, dass er ihr Vater war, und von dem Leid, das ihr auf Schloss Jülich widerfahren war.

Babette nahm sie in den Arm und strich ihr über das Haar. »Das muss schlimm für dich gewesen sein, ich kann es dir nachfühlen. Auch ich bin geschändet worden, und zwar von meinem eigenen Vater. Es hat mich damals so sehr eingeschüchtert, dass ich meine Selbstachtung verlor. Ich bin von zu Hause fortgelaufen, und es fiel mir nicht schwer, meinen geschändeten Leib den Männern für Geld anzubieten. Welcher Samen konnte mich schon mehr beschmutzen als der meines eigenen Vaters?«

Mia griff nach Babettes Hand. »Das tut mir leid für dich.«

»Ach, ich bin darüber hinweg. Irgendwann findet man sich mit seinem Schicksal ab. Und sieh, nun hat sich ja auch für mich alles zum Guten gewendet. Ich mag François sehr.«

»Adrian will *mir* helfen, darüber hinwegzukommen. Ich vermisse ihn so sehr, doch ich weiß nicht, ob ich mich ihm noch einmal hingeben kann. Ich komme mir immer noch so schmutzig vor!« Mia sog tief den Atem ein und sah Babette verzweifelt an. »Dazu bekomme ich meine Blutung nicht mehr. Was, wenn der Samen des Herzogs sich bei mir eingenistet hat? Ich habe Angst, Babette. Damit könnte ich nicht leben. Wenn es so sein sollte, werde ich den Tod in den Fluten suchen.«

»Liebchen, so weit sind wir noch nicht. Wie lange bist du denn schon überfällig?«

»Erst ein paar Tage.« Mias Hals schnürte sich zu.

»Ich verstehe deine Angst. Aber du solltest dich nicht verrückt machen und noch abwarten. Und selbst wenn es so ist, gibt es doch Mittel und Wege, die Brut loszuwerden.«

»Hast du so etwas schon gemacht? Ich meine, eine Frucht abgehen lassen.« Ganz wohl war Mia nicht bei dem Gedanken.

»Ja, natürlich, mehr als einmal. Auch wenn ich vorsorge, eine Schwangerschaft lässt sich leider nicht immer vermeiden.«

»Aber das soll doch schmerzhaft sein.«

Babette hob die Schultern. »Sicher, angenehm ist es nicht. Aber es geht vorbei. Sieh mich an, ich habe es bisher immer überlebt.«

Mia war erneut froh, Babette getroffen zu haben. Sie erzählte ihr von ihrer Nacht mit Adrian und spürte dabei, wie sich ihre Sehnsucht nach seiner Nähe allmählich wieder einstellte.

Nach einer Weile bemerkte Mia: »Verzeih mir meine Plapperei, Babette, du willst bestimmt auch zu Bett gehen.«

»Ja, du hast recht.« Babette rieb sich mit den Fingerknöcheln über die Augenlider. »Ich hoffe, François unterhält sich noch etwas länger mit Walther.«

»Warum das denn?«

»Ach, weißt du, ich bin froh, ihn mal einen Abend nicht zwischen meinen Beinen liegen zu haben. Er ist einfach unersättlich. Wenn er nicht seinen Verpflichtungen nachgehen müsste, würde er es auch am Tage ohne Unterbrechung mit mir treiben.«

»Na, dann hoffe ich, du hast heute einmal ausnahmsweise Ruhe vor ihm«, sagte Mia kichernd und zog sich die Bettdecke bis zum Kinn.

Als Mia am nächsten Morgen erwachte, war es noch stockdunkel, doch sie fühlte sich frisch und ausgeschlafen, als wäre es schon später Morgen. Sie wusch sich mit dem kalten Wasser aus der Schüssel, zog ihr Kleid über und stieg leise die Treppen hinab.

Nur schemenhaft konnte sie Walthers Gestalt vor den hohen Fenstern erkennen. Er starrte durch das Bleiglas auf die Gasse. Als Mia ihm von hinten die Hand auf die Schulter legte, zuckte er zusammen und fuhr zu ihr herum.

»Ich wollte Euch nicht erschrecken, Walther. Doch es scheint, als hättet Ihr die ganze Nacht hier gestanden.«

Ihr Vater presste die Lippen aufeinander und wandte den Blick wieder aus dem Fenster.

»Was bedrückt Euch?« Mia nahm die Hand fort und ließ sie sinken.

»François hat mir eine Stelle als Koch in seinem Haus angeboten«, entgegnete Walther mit rauer Stimme.

»Und? Habt Ihr ihm gesagt, wir sind auf dem Weg nach St. Nazaire?« Mia holte tief Luft.

»Ich habe das Angebot angenommen. Unter der Bedingung, dass auch du als Küchenmädchen im Haus arbeiten darfst.«

»Aber das geht nicht!« In Mias Kopf summte ein Schwarm Fliegen. Wie konnte Walther nur? Er wusste doch, dass Adrian ihnen nach St. Nazaire folgte. Was sollte er denken, wenn er sie dort nicht vorfand? Sie würde ihn nie wiedersehen!

Plötzlich ging ihr auf, dass dies genau der Grund war, warum ihr Vater hierbleiben wollte. Für einen Augenblick fehlten ihr die Worte. Doch Mia riss sich zusammen. Sie konnte unter keinen Umständen in Paris bleiben, und davon musste sie Walther überzeugen.

»Was, wenn mich hier jemand erkennt? Wollt Ihr wirklich die Gefahr auf Euch nehmen?«

Walther drehte sich zu ihr um. Seine Augen wirkten müde. »Du bist nicht in Gefahr, Mia. Ich habe mit François gesprochen.«

»Du hast ihm erzählt, dass ich den Herzog niedergestochen habe?« Mias Stimme nahm einen schrillen Ton an.

»Scht, leise. Du weckst nur die anderen.« Ihr Vater hob beschwichtigend die Hand. »Ich habe ihm natürlich nichts davon erzählt. Was denkst du von mir?« Er zog die Augenbrauen zusammen und schüttelte den Kopf. »Ich habe ihm nur erzählt, dass der Herzog in einem Wahn die Bediensteten aus dem Schloss geworfen hat. Die Landstände haben dem Volk wohl verschwiegen, dass der Herzog niedergestochen wurde. Sie haben nur verkündet, er sei wegen seiner Geistesschwäche erneut inhaftiert worden und seines Amtes enthoben.«

»Was geht dort nur vor?« Mia konnte sich beim besten Willen nicht erklären, warum der Mordanschlag auf den Herzog unter den Tisch gekehrt wurde. Niemals würden die Richter dieses Verbrechen ungesühnt lassen, auch wenn sich Mia nichts mehr als das wünschte. »Das wird bestimmt nicht so bleiben. Irgendwann kommt alles heraus, und dann werden sie mich suchen«, wandte sie ein.

»Der Herzog ist verschieden. Sie haben ihn leblos in seiner Zelle aufgefunden, gestorben eines natürlichen Todes.« Walther legte die Hand auf Mias Schulter.

»Er ist tot?« Sie sah ihren Vater entgeistert an. »Aber warum so plötzlich?«

Walther zuckte mit den Schultern. »Du bist außer Gefahr. Das ist doch das Wichtigste.«

»Wir gehen trotzdem nach St. Nazaire, bitte, Walther.«

»Nein, mein Entschluss steht fest. Es gibt keinen Grund mehr, die Gastfreundschaft des Herzogs von Lothringen in Anspruch zu nehmen.« In Walthers Stimme lag Entschlossenheit.

13. Kapitel

Gernot Bretzen empfing Antonie mit einem finsteren Blick. Unter seinen Augen hatten sich dunkle Schatten gebildet, und seine Wangen wirkten eingefallen. Mit einer müden Handbewegung wies er sie an, auf dem Stuhl vor dem ausladenden Schreibtisch Platz zu nehmen.

Antonie rieb sich fröstelnd über die Arme. Die Wärme dieses sonnigen Apriltages vermochte nicht das Mauerwerk von Schloss Düsseldorf zu durchdringen. Zudem hatten sich Bretzens Ausdünstungen mit der kühlen Luft im Arbeitszimmer vermischt. Antonie glaubte, nicht atmen zu können. Sehnsüchtig blickte sie zu den hohen Fenstern, die wohl den ganzen Tag über noch nicht geöffnet worden waren, und fächerte sich mit ihrem Spitzentuch Luft zu.

Der Marschall ließ sich mit einem tiefen Seufzer auf dem hohen Lehnstuhl hinter seinem Schreibtisch nieder. »Antonie, Ihr habt uns Sorge bereitet. Wo habt Ihr Euch bloß die ganze Zeit über aufgehalten?«

»Bitte, Marschall, Ihr müsst mir Euer Stillschweigen darüber versprechen. Nur der Kaiser weiß davon.«

Bretzen rückte das Sehglas auf seiner Nase zurecht. »Ihr wisst doch, mir könnt Ihr vertrauen, Eure Hoheit.«

An seiner Ehrlichkeit gab es für Antonie keinen Zweifel, Bretzen hatte immer loyal zu ihr gestanden. Sie nickte und erzählte ihm von dem Landhaus in St. Nazaire.

Der Marshall presste die Lippen aufeinander. »Dann müsstet Ihr wissen, dass der Kaiser Eure Regentschaft und die der Landstände auch nach Johanns Tod noch aufrechterhält.«

»Ja, das weiß ich. Kurz vor meiner Abreise erhielt ich ein Schreiben aus Prag, in dem Rudolf mir seine Entscheidung mitgeteilt hat. Das Haus Sachsen hat zugestimmt.« Antonie glättete mit der Hand die Falten ihrer schwarzen Röcke.

Bretzen räusperte sich und überflog das Schreiben vor ihm. »Doch die Erbanwärter nehmen das nicht so hin. Sie haben bereits Bevollmächtigte in verschiedene Orte geschickt. Sigismund von Brandenburg beansprucht Kleve, Mark und Ravensberg, und Philipp Ludwig von Pfalz-Neuburg Jülich und Berg.« Der Marschall nahm das Sehglas ab und polierte es mit seiner schwarzen Robe.

»Was gedenkt der Kaiser nun dagegen zu unternehmen?«

»Er hat bereits Erzherzog Albrecht mit spanischen Truppen aus den Niederlanden sowie Erzherzog Leopold mit seinen eigenen in das Herzogtum anrücken lassen.«

Antonie stieß schwer den Atem aus. »Die Zeichen deuten auf einen Krieg.«

»Albrecht steht schon vor Jülich. Es wird ein Leichtes für die spanischen Truppen sein, es zu besetzen.«

Antonie spürte, wie ihr das Blut in den Ohren rauschte. Bei der Vorstellung, Mitregentin in den Wirren eines Krieges zu sein, brach ihr der Schweiß im Nacken aus. Warum mussten sich nur die Ereignisse dermaßen überschlagen? Ihr fehlte die Kraft, einen klaren Gedanken zu fassen.

»Ich nehme an, Ihr werdet in der nächsten Zeit auf

Schloss Düsseldorf residieren. Die Gemächer sind bereits hergerichtet.«

»Nein, ich reise nach der Beisetzung wieder zurück nach St. Nazaire. Die Krankheit meines Gemahls sowie sein plötzlicher Tod haben mir sehr zugesetzt. Ich brauche noch ein wenig Erholung, bevor ich mich den Regierungsgeschäften widmen kann.«

»Selbstverständlich, Eure Hoheit. Wir werden Euch auf dem Laufenden halten.« Bretzen erhob sich und öffnete nun doch endlich das Fenster. Dann schenkte er sich und Antonie Rotwein ein und reichte ihn ihr. »Es steht jedoch noch nicht fest, wann die Beisetzung stattfindet.«

»Was soll das heißen? Wie lange soll Johanns Leichnam denn noch in diesem Bleisarg in der Kapelle aufgebahrt bleiben?«

»Die Klärung der Erbstreitigkeiten hat im Augenblick Priorität. Das versteht Ihr doch, Eure Hoheit.«

Antonie atmete tief die Brise ein, die durch das Fenster wehte. »Die Erbstreitigkeiten hätten schon längst geklärt sein müssen, für den Fall, der nun eingetreten ist. Doch der Kaiser traut sich ja kaum aus seinem Prag heraus. Sonst hätte er gesehen, wie sich die Anwärter bereits an die Kehle gegangen sind.«

»Wir können es nicht mehr ändern, sondern nur noch beten, Pfalz-Neuburg und Brandenburg mögen sich den kaiserlichen Truppen beugen«, seufzte Bretzen.

»Das werden sie nie und nimmer tun. Vergesst nicht, sie stehen in protestantischer Union mit Frankreich.« Antonie war versucht, einen tiefen Schluck aus dem Glas zu nehmen. Doch sie stellte es zurück auf die polierte Schreibtischplatte. Sie wusste genau, das eine Glas würde ihren Durst nicht stillen. Dazu bedurfte es einiger Schlucke mehr. Ihre Hände begannen zu zittern, und sie versteckte sie zwischen den Falten ihrer Röcke. Noch heute Abend würde sie die Reise nach St. Nazaire antreten, um wieder bei ihrem geliebten Bruder zu sein. Weit weg von dem Herzogtum, in dem der Krieg bereits unterschwellig brodelte.

Die Küche im Hause von François lag im Untergeschoss und besaß genau wie die Schlossküche eine Tür zu einem kleinen Garten, in dem jedoch das Unkraut wucherte. Zuletzt hatte hier eine Köchin gearbeitet, die vor zwei Wochen an Altersschwäche gestorben war, wie Babette erzählte. Somit kam Walther François wie gerufen. Walther bemühte sich, die Landesgerichte zu kochen, damit François' Gaumen sich nicht zu sehr umstellen musste. Die Reihenfolge der Speisen jedoch unterschied sich nicht allzu sehr von der bei Herzog Johann. Auch hier wünschte der Hausherr eine Vorspeise, ein Hauptgericht und ein Dessert. An diesem Tag sollte es Gäste geben, hohe Gäste, wie François angekündigt hatte. Als Vorspeise hatte er eine Tarte aus Foie gras auf den Speiseplan gewünscht.

Walther wies Mia an, die Entenleber von den Adersträngen zu befreien. Diese mühselige Arbeit missfiel Mia, zumal die Leber zerbröselte, weil sie nicht genügend gekühlt war. Unter anderen Umständen wäre ihr die Zubereitung wahrscheinlich nicht schwergefallen, doch ihre Gedanken schweiften im Moment immer wieder zu Adrian. Sie stellte sich sein sorgenvolles Gesicht vor, wenn er sie nicht in St. Nazaire antraf. Sicher hatte er sich ein Pferd genommen und war schon längst in der Bretagne beim Herzog von Lothringen. Die Sehnsucht in Mias Herzen steigerte sich ins Unermessliche. Nur die

Erinnerung an die schreckliche Flucht aus der Zitadelle hielt sie davon ab, einfach ohne Walther nach St. Nazaire aufzubrechen. Doch sie wusste, nie und nimmer würde sie in Paris bleiben. Ihr musste unbedingt etwas einfallen, wie sie zu Adrian gelangen konnte.

In Mias Händen zerfiel die Leber nun vollkommen. Walther warf ihr einen vorwurfsvollen Blick zu. Sie wischte sich die Hände an ihrer Schürze ab und stürmte aus der Küche. Im Flur zog sie die Nase hoch und wandte sich gerade der Treppe zu, als Babette in einem cremefarbenen Kleid auf sie zurauschte.

»Liebchen, die Gäste sind im Anmarsch!«, stieß sie mit schriller Stimme aus. »Hach, ist das aufregend! Der erste hohe Besuch, seit ich hier in dem Haus lebe.«

Mia sah Babette nach, die zur Eingangstür stürmte und sie aufriss. Auf der Straße hielt eine Kutsche, die von zwei Schimmeln gezogen wurde. Der Diener verließ zuerst das Gefährt und half den Damen, von denen eine einen sehr großen Hut trug, beim Aussteigen.

Anders, als es sich für die Herrin des Hauses gehörte, klatschte Babette vergnügt in die Hände und breitete dann die Arme aus, um die Gäste willkommen zu heißen. »Liebste Kurfürstin, wie freue ich mich, Euch in unserem Haus begrüßen zu dürfen!«

Die Dame mit dem Hut rümpfte die Nase, doch dann rang sie sich ein Lächeln ab. Ein Lächeln, das Mia sehr bekannt vorkam. Ihr Atem stockte.

Gerade wollte Mia die Stufen hochstürmen, als erneut Babettes schrille Stimme ertönte.

»Liebchen, du musst unbedingt die Kurfürstin Anna von Brandenburg kennenlernen. Komm, sei nicht so schüchtern.« Und schon wedelte sie Mia mit der Hand herbei.

Doch Mia blieb wie angewurzelt stehen, krallte die Finger um das Treppengeländer und starrte die Kurfürstin an, als hätte sie zwei Köpfe.

Mit raschelnden Röcken kam Babette auf sie zu und zog sie zu der Kurfürstin. Mia folgte ihr widerwillig und versuchte dabei, eine Lösung für ihr Problem zu finden. Doch nur ein Loch in den Dielen hätte ihr helfen können.

»Das ist unsere Köchin Mia. Eure Hoheit, ich kann Euch versprechen, nur die feinsten Speisen werden Euren Gaumen verwöhnen«, plapperte Babette.

Die Augen der Kurfürstin verengten sich. »Ich kenne dich doch von irgendwoher! Lass mich nachdenken. Ja, jetzt weiß ich es. Du hast im Jülicher Schloss für den Herzog in der Küche gearbeitet. Ich erinnere mich, dich dort zum Jahreswechsel gesehen zu haben.«

Mia schluckte gegen die Trockenheit in ihrer Kehle. Doch bevor sie etwas erwidern konnte, riss Babette das Wort wieder an sich.

»Ja, richtig, Eure Hoheit. Ihr habt ein gutes Gedächtnis. Mia war sogar seine Leib …« Babette brach mitten im Wort ab und biss die Zähne aufeinander. Ihre rosigen Wangen verloren alle Farbe.

»So, so.« Anna von Brandenburg neigte leicht den Kopf. »Schimpfte Antonie dich nicht die Hure des Herzogs?«, fragte sie mit kalter Stimme. »So hat es mir zumindest ihre Kammerzofe erzählt. Ist da etwas dran? Warst du Johanns Geliebte?«

Die Eingangshalle drehte sich um Mia. Das alles konnte doch nur ein schlechter Traum sein! Aber Babettes schrille Stimme erinnerte sie daran, dass sie sich weiterhin in der Wirklichkeit befand.

»Eure Hoheit, in der Bibliothek wartet mein Gemahl

bereits mit einem Getränk auf Euch. Oder vielleicht möchtet Ihr Euch erst einmal erfrischen, bevor das Mahl aufgetragen wird?« Babette hakte sich bei der Kurfürstin unter und schob sie und ihre Begleiterin resolut an Mia vorbei. Anna von Brandenburg drehte sich noch einmal um und blickte Mia mit zusammengekniffenen Augen an.

Nachdem die Tür ihres Zimmers ins Schloss gefallen war, atmete Mia tief durch, um sich zu beruhigen. Was wusste die Kurfürstin? Vielleicht hatte der Herzog sich ihr anvertraut, wo sie doch seine Nichte war. Die Gedanken kreisten in Mias Kopf. Vor ihrem inneren Auge sah sie das geölte Haar des Herzogs, hörte sein Schnauben, während er sich in ihr ergoss. Sah die Klinge, die in seiner Brust steckte. Mia schmeckte Galle, die sie hochgewürgt hatte. Sie musste fort, weg von hier, bevor die Schergen des Gerichts sie aufgriffen. Sie packte ihr Bündel.

Doch wenig später ließ ein eisiger Schock Mia erstarren, als sich die Tür zu ihrem Zimmer öffnete. Es war zum Glück nur Babette, die durch den Spalt lugte, dennoch konnte Mia sich nicht beruhigen. »Warum nur? Warum hast du ihr gesagt, wer ich bin?«, stieß sie mit tränenerstickter Stimme aus.

»Es tut mir so leid! Glaube mir, ich könnte mich selbst ohrfeigen. Wenn ich wüsste, wie, würde ich es rückgängig machen.« Babette biss sich auf die Unterlippe.

»Es ist zu spät. Wieso ist sie überhaupt hier? Konntest du mich nicht warnen?«

»Ich wusste doch selbst nicht genau, wer der Besuch ist. Doch sie interessiert sich nicht mehr für dich. Ich habe gehört, wie sie François ohne Umschweife gefragt hat, ob er weiß, wo sich die Herzogin von Jülich-Kleve-

Berg aufhält. Eigentlich ist er ja immer bestens informiert, doch darauf konnte er ihr keine Antwort geben.«

»Was interessiert mich Antonie?« Mias Stimme steigerte sich. »Wenn die Kurfürstin weiß, was geschehen ist, wird sie nicht lange warten und mich verhaften lassen. Ich muss fort von hier!«

»Du hast recht, Mia. Deswegen habe ich den Wagenmeister angewiesen, die Pferde vor unsere Kutsche zu spannen. Er wartet am Hintereingang auf dich, um dich zur Stadtmauer zu bringen.«

Mia riss ihr Bündel an sich und wollte an Babette vorbeistürmen, doch diese hielt sie fest und schloss die Arme um sie. »Lass mich wissen, wenn du gut in St. Nazaire angekommen bist, ja?«

Mia wischte sich mit dem Handrücken über die Nase und nickte. »Sagst du Walther Bescheid, dass ich fort bin? Er will sowieso lieber hierbleiben.«

Der Kutscher nahm die Zügel in die Hand und ließ die Gerte knallen. Die Kapuze tief ins Gesicht gezogen, hockte Mia auf der Bank hinter dem Kutschbock. Doch noch bevor sich das Pferd in Bewegung setzte, hörte sie Walther hinter sich rufen.

Außer Atem schwang er sich auf den Wagen. »Hattest du geglaubt, ich würde dich allein ziehen lassen?«

Schwer atmend sank Lis auf den Schemel neben der Feuerstelle. Der Junge war von allen guten Geistern verlassen! Nie und nimmer konnte er sich den ganzen Weg auf einem Pferd halten. Mit Engelszungen hatte sie nun schon den ganzen Vormittag auf Adrian eingeredet, doch dieser Sturkopf war von seinem Vorhaben nicht abzubringen.

»Lis, glaube mir, ich schaffe das. Du brauchst dich nicht zu sorgen.«

»Deine Wunde am Kopf ist noch nicht richtig verheilt. Bitte, Adrian, warum bist du nur so leichtsinnig? Was, wenn du unterwegs das Bewusstsein verlierst?«

»Ich habe es bisher nicht mehr verloren, warum sollte es also auf der Reise geschehen?«

»Hier warst du auch keiner Anstrengung ausgesetzt, vergiss das nicht.«

Bald nachdem Lis Adrian als halbe Leiche in der Spielmannsgasse gefunden hatte, war er dank ihrer Pflege schnell wieder bei Bewusstsein. Doch seitdem sprach er von nichts anderem als von seiner Reise nach Frankreich. Nicht noch einmal würde er Mia enttäuschen, wiederholte er immerzu. Lis hatte vom ersten Tag an Mühe, Adrian im Haus vom Bettelspeter festzuhalten, um ihn erst einmal gesund zu pflegen. Wenn ihn nicht dieses Fieber überfallen hätte, wäre er wohl schon längst über alle Berge gewesen.

Es hatte wirklich nicht gut um ihn gestanden. Bölinger hatte ihn übel zugerichtet, wenn sie auch bis heute nicht wussten, was er als Prügel benutzt hatte. Nur durch Zufall war Lis in der Spielmannsgasse gewesen. Eine kleine Traube von heruntergekommenen Gestalten hatte sich um Adrians leblosen Körper versammelt. Und statt ihm zu helfen, hatten sie ihn nur schulterzuckend angestarrt. Einer von ihnen hatte ihn mit seiner Fußspitze angestoßen, um dann zu äußern, dass der Kerl wohl hinüber sei. Noch immer lief Lis ein eiskalter Schauer über den Rücken, wenn sie daran dachte.

»Ich besorge mir ein Pferd.«

Adrians Worte rissen Lis aus ihren Gedanken. Sie hob den Kopf und schaute ihm in die Augen, die verrieten, dass er mit dem Herzen schon längst nicht mehr in Köln war. Jede Widerrede wäre nicht nur zwecklos, sondern auch ermüdend gewesen.

»Wo willst du den Gaul hernehmen, besser gesagt: wovon willst du ihn bezahlen?« Lis erhob sich von dem Schemel, begab sich zur Feuerstelle und legte ein Holzscheit nach.

»Es gibt einen Vorrat von gefälschten Münzen. Ich habe sie für den Notfall auf einem Acker vor der Stadtmauer vergraben.«

»Oje, Jung, wenn das mal gutgeht.«

»Wird es, Lis. Ich kauf den Gaul einem Bauern bei Kerpen ab.«

»Doch nicht etwa mit Zecchinen?« Lis drehte sich um und stemmte die Hände in die Hüften.

»Ach was. Vor einiger Zeit habe ich mich an dem Albus versucht – für den Notfall, der nun eingetreten ist. Ich bin der Meinung, er ist mir gut gelungen. Ein Bauer wird bestimmt nicht in der Lage sein, ihn von dem echten zu unterscheiden.«

Lis widmete sich wieder dem Feuer und griff nach dem Schüreisen, um darin herumzustochern. »Warum sorge ich mich eigentlich immer so um dich, als wärest du mein Sohn?«, murmelte sie.

»Du hättest eine Schar Kinder bekommen sollen. Eine Glucke ist nichts gegen dich.«

Adrian hatte Lis an ihrem wunden Punkt getroffen. Wie sehr hatte sie sich all die Jahre eine Familie gewünscht! Doch das war ihr verwehrt geblieben, und überhaupt war ihr ganzes Leben ein einziger Scherbenhaufen. Als Tochter einer Hure, die von einem Freier totgeschlagen worden war, hatte sie sich in den Kölner Gassen mit Betrügereien durchgeschlagen, bis sie Bettelspeter traf und so lange bei ihm wohnen konnte, bis sie sich wieder einmal verkracht hatten. So zog sich das Spiel über Jahre hinweg. Jeden Tag kämpfte sie ums Überleben, mal mit, mal ohne Bettelspeter.

»Kinder waren mir nicht vergönnt.« Lis wischte sich mit dem Handrücken über die Augen, zog die Nase hoch und sah zu Adrian auf, dessen Hand immer noch auf ihrer Schulter ruhte. »Aber sicher war es besser so. Was hätte ich einem armen Würmchen schon für ein Leben bieten können?« Auf Lis' Lippen quälte sich ein Lächeln.

Adrian zog die Hand zurück und strich sich das Haar aus der Stirn. »Ich verstehe dich, und genau das wollte ich Mia nicht zumuten. Aber glaube mir, es gibt auch bedingungslose Liebe, davon hat sie mich überzeugt. Und dein Kind hätte dich vergöttert, selbst im Dreck der Unterwelt.«

»Lass gut sein, Adrian. Was nutzt es, über Dinge zu sinnieren, die sich nicht mehr ändern lassen? Die Vergangenheit soll ruhen. Doch nun wieder zu dir, mein Lieber. Ich weiß nicht, ob ein so langer Ritt deinem Kopf bekommt. Du hast doch immer noch diese Schwindelanfälle.«

»Es geht mir gut. Keine Spur mehr von Schwindel.« Herausfordernd sah Adrian sie an.

Der Junge konnte ihr nichts vormachen. Lis verzog die Mundwinkel. »Mehr, als dir alles Gute zu wünschen, kann ich wohl nicht tun. Pass auf dich auf, Jung.« Sie ließ sich von ihm in den Arm nehmen und drückte ihre Wange an seine Brust. Er würde ihr fehlen.

Auf dem Aldemarkt herrschte helle Aufregung. Eine Menschentraube folgte einem Holzkäfig, der von einem klapprigen Ackergaul gezogen wurde. Lauthals schrien die Kölner Bürger Schimpftiraden, fuchtelten mit ihren Mistgabeln und schmissen faule Kohlköpfe gegen das Gefährt. Adrian näherte sich ihnen, um zu sehen, wer diesmal zum Hinrichtungsplatz auf Melaten gebracht wurde. Er sah nur die Augenklappe in dem Gesicht des Mannes, der sich kraftlos mit beiden Händen an den Holzstäben festhielt. Da spürte Adrian, wie ihm von hinten jemand auf die Schulter tippte. Er drehte sich um und schaute in Beeles Augen. Neben ihr grinste die Rattenfengersche über beide Ohren.

»Endlich bekommt Bölinger seine gerechte Strafe. Wie ich gehört habe, soll er gerädert werden.« Beele spitzte genüsslich die grellgeschminkten Lippen.

Adrian schaute sie fragend an. »Wie sind sie ihm auf die Schliche gekommen, wo es doch niemanden gab, den er nicht bestochen und erpresst hat?«

»Entgin hat sich ein Herz gefasst und ihn beim Richter angezeigt. Sie war als Zeugin bei der Verhandlung und hat dabei nichts ungesagt gelassen. Die Unterwelt ist jetzt wie ausgestorben.«

Adrian ahnte, was dies bedeutete. »Damit hat sie sich selbst keinen Gefallen getan, oder?«

»Ach, sie sitzt nur für ein paar Tage auf dem Frankenturm. Dann wird sie wieder freigelassen, muss aber aus der Stadt verschwinden. Von den Dieben und Bettlern war ja sowieso kaum noch jemand übrig nach Bölingers Gemetzel. Die verbliebenen Kranken haben Unterschlupf in den Hospizen der Stadt gefunden.«

»Und ihr? Was ist mit euch?« Adrian legte die Hand auf Beeles Schulter.

»Wir wollen uns nur noch dieses Schauspiel ansehen und dann zur Frankfurter Frühjahrsmesse aufbrechen.

Binnen drei Tagen müssen auch wir die Stadt verlassen haben. Wenn Entgin rechtzeitig aus dem Turm kommt, wird sie uns folgen.«

»Dann werden wir wohl nicht ein Stück des Weges gemeinsam gehen können.« Adrian zog bedauernd die Mundwinkel nach unten. Er erzählte den Huren von Mia und ihrer Flucht aus dem Schloss. Erst als die johlende Menschenmenge samt dem Holzkäfig aus ihren Augen verschwunden war, verabschiedete sich Adrian von den Frauen und trat seine Reise nach Frankreich an.

Der Fußmarsch nach Kerpen kostete Adrian viel Kraft. Fast stündlich wurde ihm so schwindelig, dass sich die Felder um ihn drehten, und er musste eine Rast einlegen, bevor er weiterging.

Die Waldränder in der Ferne färbten sich bereits in einem zarten Grün. Der Frühling hielt Einzug und vertrieb den Nachtfrost, doch dies erleichterte ihm seinen Marsch nur wenig. Seine Beine fühlten sich an, als würde er einen Mühlstein hinter sich herschleifen. Lis hatte recht gehabt, das wusste er, doch die Erkenntnis hinderte ihn nicht daran, seinen Weg fortzusetzen. Er biss auf die Zähne, wischte sich den kalten Schweiß von der Stirn und rief sich immer wieder Mias Bild ins Gedächtnis. Nicht einen Tag länger hätte er mit seinem Aufbruch warten können. Jeder Schritt, den er tat, brachte ihn näher zu Mia. Ein Ziehen durchfuhr seinen Leib, als er daran dachte, wie er seine Lippen in Mias Locken drücken würde, wenn er sie wieder in die Arme schloss. Doch dann umgab ihn plötzlich Schwärze. Seine Beine gaben unter ihm nach, und er begann zu straucheln.

Eine frische Brise mit dem Duft des Meeres wehte Mia um die Nase. Ihre Augen auf die blaue Weite des Atlantiks gerichtet, sog sie tief die salzige Luft ein. Grau-weiße Vögel stiegen mit wildem Gekreische empor in den wolkenlosen Himmel, um sich kurz darauf auf Nahrungssuche wieder auf die Wasseroberfläche zu stürzen. Wellen bäumten sich auf und entrollten sich in einer weißen Gischt, deren Rauschen der Wind zu den Felsen trug.

»Allmächtiger, was hast du für eine gewaltige Welt erschaffen«, seufzte Mia. Über ihren Rücken ging ein Schauer der Ehrfurcht. Auch wenn sie das Meer aus Erzählungen kannte, so beeindruckend hatte sie es sich nicht vorgestellt. Diese endlose Weite, die am Horizont mit dem Himmel verschmolz, raubte ihr den Atem.

»Glaubt Ihr, man kann darin baden?« Mia stellte sich vor, wie sie von einer Welle davongetragen wurde.

»Die Fluten würden dich in die Tiefe reißen, wo du dem Getier ein willkommenes Fressen wärest.« Walther hob mahnend den Finger.

Doch Mia ließ sich davon nicht beeindrucken. »Aber mit einem Kahn könnten wir ein wenig hinausfahren, was meint Ihr?«

»Wir werden sehen«, grummelte Walther. »Doch nun lass uns erst einmal das Haus des Herzogs von Lothringen suchen. Es muss ganz in der Nähe an der Küste liegen. Wenn mich die Karte nicht täuscht, etwas nördlich von hier.« Er rollte das Pergament aus und überflog es mit zusammengezogenen Augenbrauen.

Sie marschierten doch noch eine ganze Weile, bis Mia ein zweigeschossiges Haus erblickte, dessen Fassade mit der Sonne um die Wette leuchtete. »Seht, Walther, wir sind angekommen!«, rief sie aus und raffte ihre Röcke, um den Pfad hinauf auf den Felsen zu laufen. Bestimmt wartete Adrian bereits auf sie. Ihr Herz pochte heftig, als sie vor den Stufen stehen blieb, die zu der Eingangstür führten. Sie wollte schon klopfen, doch bevor ihre Knöchel das Buchenholz berührten, hielt sie inne. Unsicherheit befiel sie, denn Adrian würde ihr bestimmt nicht die Tür öffnen, auch wenn er längst hier wäre. Schließlich gab es dafür Bedienstete.

Mia blickte über ihre Schulter, um zu sehen, ob Walther ihr gefolgt war. Doch er wartete noch ein Stück entfernt, und als sie die Augen zusammenkniff, erkannte sie, dass er verärgert mit dem Kopf schüttelte. Mit hängenden Schultern trottete sie über den Pfad zurück zu ihm.

»Du benimmst dich wie ein ungezogenes Mädchen. Wir können froh sein, wenn der Herzog uns aufnimmt. Wie sieht es denn aus, wenn du wie ein Frosch auf das Haus zuhüpfst?« Zwischen Walthers Augenbrauen hatte sich eine steile Falte gebildet.

Mia senkte schuldbewusst den Kopf. »Ihr habt ja recht, Vater. Doch nach der langen Reise bin ich so froh, endlich angekommen zu sein …«

»Benimm dich wie eine Dame. Und nun gehen wir. Gemeinsam!« Ihr Vater presste die Lippen aufeinander, fasste mit der Hand nach ihrer Schulter und schob sie mit sanftem Druck zum Landhaus des Herzogs von Lothringen.

Mia spürte Unmut über seine Laune in sich aufkeimen, verdrängte ihn jedoch, indem sie sich Adrians Lächeln ins Gedächtnis rief.

Eine junge Dienstmagd öffnete die Tür. Ihre Kulleraugen musterten Vater und Tochter abwechselnd von Kopf bis Fuß. Walther stellte sich und Mia vor und sagte, sie seien die Gäste des Herzogs von Lothringen.

Das Mädchen konnte dem Anschein nach die deutsche Sprache verstehen, antwortete jedoch mit französischen Worten. Mia sah Walther achselzuckend an. Doch dann drehte sich die Dienstmagd auf dem Absatz um. Obwohl sie nicht wussten, ob sie ihnen Eintritt gewährte und sie aufgefordert hatte, ihr zu folgen, traten sie in das Haus. Die Magd blickte über ihre Schulter und bestätigte mit einem Lächeln, dass sie das Richtige getan hatten.

An der Decke der Eingangshalle hing ein silberner Lüster mit acht Kerzen. Durch die hohen Fenster flutete Sonnenlicht und erhellte die Gemälde an den Wänden, auf denen Herren in erhabenen Haltungen posierten. Die Magd öffnete ihnen die Tür zum Salon und ließ sie eintreten. In einem der mit rotem Samt gepolsterten Lehnstühle saß der Herzog und hielt einen Einband in den Händen. Versunken in die Lektüre, bemerkte er das Eintreten der Gäste nicht.

»Vielleicht hätte uns die Magd besser anmelden sollen. So, wie es üblich ist«, flüsterte Mia.

Ihr Vater machte ein ratloses Gesicht.

Die Dienstmagd trat auf den Herzog zu, machte einen Hofknicks und bedeutete dann mit ihrem Blick, dass jemand in der Tür stand. Mia befürchtete schon, der Herzog würde sie schelten, weil sie ihn aus seiner Lektüre gerissen hatten. Doch sie irrte sich, denn sein Gesichtsausdruck erhellte sich, sobald er sie sah. Schwungvoll klappte er das Buch zu, legte es auf den Beistelltisch und erhob sich. Dann glättete er die Falten in seinem Gehrock, zwirbelte noch einmal kurz die Enden seines Schnauzbartes und kam mit einem strahlenden Lächeln auf sie zu. Mit einem derart herzlichen Empfang hatte Mia nicht gerechnet. Sie fragte sich, was Adrian dem Herzog wohl ausgerichtet hatte.

Walther fiel neben ihr auf die Knie, und Mia tat es ihm gleich. Beinahe hätte sie die höfliche Begrüßung vergessen. Der Herzog von Lothringen fordert sie in einem freundlichen Ton auf, sich zu erheben, und bat sie, Platz zu nehmen. Dabei wies er mit der Hand auf einen Tisch aus blankpoliertem Mahagoniholz, um den vier Stühle standen. Auf einem Spitzendeckchen befand sich eine Kristallkaraffe, in der der Wein durch den Lichteinfall in der Farbe von Rubinen funkelte. Fasziniert von diesem Schauspiel, konnte Mia den Blick nicht von dem kostbaren Gefäß wenden. Auch wenn sie dieses Kristall aus Jülich kannte – in den herrschaftlichen Räumen des Schlosses hatte immer solch eine bedrückende Düsternis geherrscht, dass die Sonnenstrahlen nicht mit ihm spielen konnten. Plötzlich überfiel sie eine schmerzliche Sehnsucht nach Adrian. Wenn er schon hier wäre, hätte er sie doch gewiss empfangen! Die Sorge um ihn hüllte ihr Herz in einen Bleimantel.

Der Herzog wies die Magd an, den Wein einzuschenken, und flüsterte ihr anschließend etwas ins Ohr, das sie mit einem Knicks beantwortete, bevor sie den Salon verließ.

Gerade als Heinrich von Lothringen mit Walther ein paar Floskeln wechselte, öffnete sich die Tür. Mia verschluckte sich fast an dem Wein. Das musste ein Trugbild sein! Der Herzog sprang von seinem Stuhl auf und griff seiner Schwester unter den Ellbogen, um sie in den Salon zu führen. Mia spürte sämtliches Blut aus ihrem Gesicht weichen. Vor ihren Augen drehte sich alles, der Herzog, die Gemälde an den Wänden, der Boden unter ihren Füßen. Wie töricht war sie gewesen, nie in Betracht zu ziehen, Herzogin Antonie könnte zu ihrem Bruder gereist sein! Aber auch Walther war dies nicht in den Sinn gekommen, was Mia allerdings nicht verwunderte, schließlich hatte er sich nie sonderlich für die Gegebenheiten am Hof interessiert.

Antonie blickte sie mit leichenblasser Miene an. Ihre Augen versprühten ein Gift, das Mias seelischen Schmerz von einem auf den anderen Augenblick wieder aufbrechen ließ. Walther erhob sich, um auch sie höflich zu begrüßen, doch Mia blieb wie versteinert auf ihrem Stuhl sitzen. Nachdem Walther wieder Platz genommen hatte, warf er ihr einen zornigen Blick zu.

Mia blickte stumm auf die Tischplatte, und auch die Herzogin verlor kein Wort – im Gegensatz zu den Herren, die die eisige Kälte im Raum nicht zu bemerken schienen. Angeregt unterhielten sie sich über die Besetzung von Jülich durch Wolfgang Wilhelm von Pfalz-Neuburg. Nach einer Weile schmerzte Mia der Nacken von der gesenkten Haltung, doch sie fühlte sich nicht in der Lage, den Kopf zu heben, aus Angst, die bösen Blicke der Herzogin würden sie erneut treffen. In ihrem Kopf kreisten die Gedanken. Wie würde die Herzogin nun vorgehen? Ihnen die Gastfreundschaft verwehren? Oder sie gar bei den Landständen anzeigen? Mias Bauch krampfte sich zusammen, ihr wurde speiübel. Wenn nur Adrian hier gewesen wäre! Seine Nähe hätte ihr Kraft gegeben, all dies durchzustehen. Doch allem Anschein nach war er noch nicht in St. Nazaire eingetroffen.

Das Läuten einer Tischglocke ließ Mia zusammenzucken. Erschrocken riss sie den Kopf hoch, und ihr Blick traf den der Herzogin. Antonies Augen funkelten pechschwarz vor Hass. Es gab keinen Zweifel, sie gab Mia die ganze Schuld an dem, was geschehen war.

Ein Diener trat ein, und der Herzog wies ihn an, den Gästen die Zimmer zu zeigen, in denen sie wohnen sollten. Fragte sich nur, für wie lange, dachte Mia und schüttelte sich innerlich. Dann erhob sie sich von ihrem Stuhl und folgte dem Diener auf wackeligen Beinen.

»Sie ist an meinem Elend schuld! Ohne sie wäre Johann noch am Leben!«, keifte Antonie, nachdem die Tür ins Schloss gefallen war, und sprang von ihrem Stuhl auf. »Sie ist die Wurzel allen Übels! Sie muss sofort von hier verschwinden.« Ihre Stimme klang schrill durch den Raum. »Ich bringe sie um, dieses Miststück!« Antonie raffte ihre Röcke, um auf die Tür zuzustürmen, doch ihr Bruder hielt sie zurück.

»Antonie, bitte! Nun beruhigt Euch erst einmal, und redet mit mir. Ihr erweist Euch nicht gerade als gastfreundlich.«

»Gastfreundlich? Dieses Weib hat mein Leben zerstört. Seht mich an, Bruder. Was bin ich denn noch?«

Der Herzog verdrehte die Augen und seufzte. »Dann ist sie also die Küchenfrau, die Euren Gemahl um den Verstand gebracht hat.« Er griff nach Antonies Weinpokal, füllte ihn bis zum Rand und reichte ihn ihr.

Antonie musste ihn mit beiden Händen umfassen, so sehr zitterten ihre Hände. Als sie ihn sicher hielt, führte sie ihn an ihre Lippen und leerte den Pokal in einem Zug. Dann hielt sie ihn ihrem Bruder hin, damit er ihn erneut füllte.

Der Herzog hob die Augenbrauen. »Euer Schluckvermögen kommt dem eines Hafenarbeiters gleich«, sagte er grinsend.

»Mir ist nicht nach Scherzen zumute«, zischte Antonie. »Nun schenkt schon nach, oder wollt Ihr, dass ich sofort einen Mord begehe?«

Heinrich fuhr sanft mit dem Daumen über ihr Kinn.

»Nein, das werdet Ihr nicht, liebe Schwester. Kommt, setzt Euch erst einmal wieder hin.« Er drückte sie an der Schulter auf den Stuhl. »Wir trinken zusammen den Schmerz in Eurem Herzen fort.«

Antonie folgte seinen Worten und sank auf einen Stuhl. Hastig griff sie nach dem Pokal. Diesmal leerte sie ihn nur halb, hielt ihn jedoch in ihrer Hand und starrte auf die rote Flüssigkeit. Vor ihrem inneren Auge wippten Mias dunkle Locken. Antonie kniff die Lider zusammen, um das Trugbild zu verscheuchen. Doch als sie sie wieder öffnete, sah sie in Mias Augen, die aus dem Wein hervorstachen. Eine eisige Faust umklammerte ihr Herz. Antonie schleuderte den Pokal gegen die Wand. Der Wein verteilte sich über das blaue Meer auf dem Gemälde, bevor er in Rinnsalen über den Rahmen lief und auf die Holzdielen tropfte. Für die Herzogin verwandelte es sich in Blut, in das Blut ihrer verhassten Erzfeindin.

Ihr Bruder war hinter sie getreten, hatte die Hände auf ihre Schulter gelegt und massierte mit sanftem Druck ihren Nacken. »Geht es Euch nun besser?«

Antonie griff nach seiner Hand, drehte sich zu ihm um und schmiegte ihre Wange an seinen Bauch. Seine Wärme erhitzte ihre Sinne. Sie atmete tief Heinrichs Duft ein, und plötzlich verwandelte sich ihr Zorn in Trauer.

»Für Johanns Beisetzung ist immer noch kein Geld vorhanden. Ist das nicht schrecklich? Jeder verwahrloste Bürger wird bestattet. Doch ihn vergessen sie, als wäre er nur ein lästiges Insekt gewesen. Geben ihre Reichtümer lieber für den Erbstreit aus. Wie soll ich mich denn endgültig von ihm verabschieden?«, sagte sie weinend.

Walthers Vorhaltungen über ihr unangemessenes Verhalten der Herzogin gegenüber hatte Mia nur durch eine

Nebelwand wahrgenommen. Nachdem ihr Vater wütend das Zimmer verlassen hatte, setzte sie sich auf die Kante ihrer Bettstatt und ließ den Kopf hängen. Sie wusste beim besten Willen nicht, was sie tun sollte. Ihr Magen drehte sich, und sie schmeckte Galle. Mit einem Satz sprang sie von dem Bett und erbrach sich in das Nachtgeschirr. Nachdem sie sich mit einem Tuch den Mund abgewischt hatte, überfiel sie eine Erschöpfung, als wäre sie den ganzen Weg von Jülich nach Frankreich gerannt. Mia konnte sich gerade noch die Decke über die Beine ziehen, bevor ein traumloser Schlaf sie übermannte.

Ein dumpfer Schmerz hämmerte gegen ihre Schläfen. Obwohl Mia schon vor geraumer Zeit erwacht war, hielt sie die Augen geschlossen. Sie wollte sie nicht öffnen, auch wenn das Gezwitscher der Vögel vor ihrem Fenster den Tagesanbruch verkündete. Viel zu sehr ängstigte sie sich vor dem neuen Tag, an dem sie mit Antonie unter einem Dach leben musste.

Ein zaghaftes Klopfen an der Tür ließ Mia aus den Kissen hochfahren. Wieder stieg die Übelkeit in ihr auf, und sie sprang aus dem Bett. Diesmal erbrach sie sich in der Waschschüssel auf dem Frisiertisch. Dann klopfte es erneut, doch diesmal energischer. Mia antwortete nicht, sondern verkroch sich unter der Bettdecke und zog sie bis zu den Augen hoch. Doch so konnte es nicht weitergehen. Sie konnte sich nicht die ganze Zeit über in ihrem Zimmer vor der Herzogin verstecken. Wozu auch? Sie hatte nichts Unrechtes getan. Alles war in Notwehr geschehen, und der Herzog von Jülich hatte den Messerstich immerhin überlebt.

Mia schob die Decke ein Stückchen tiefer und schnappte nach Luft. Dabei spürte sie, wie der Schwindel ihren

Kopf erfasste. Der Frisiertisch schwankte, und die Truhe daneben verschwamm vor ihren Augen. Sie schloss die Lider und dachte an ihre monatliche Blutung, die immer noch nicht eingesetzt hatte.

»Lieber Gott, lass mich keine Frucht tragen. Bitte nicht«, betete sie leise. Sie brauchte doch zurzeit alle Kraft, damit sie es mit Antonie aufnehmen konnte. Wie sollte sie denn hier bloß an das Mittel kommen, von dem Babette ihr erzählt hatte? Mia schlug die Decke zurück und setzte sich auf die Bettkante. Ihre Beschwerden durfte niemand bemerken. Sie wollte sich gar nicht ausmalen, was geschah, wenn Walther eine Ahnung beschlich. Aber vielleicht hatte ja auch nur die Aufregung die Übelkeit hervorgerufen.

»Ach, Adrian«, seufzte sie leise und strich dabei gedankenverloren mit der Hand über das Laken. Warum bloß war er noch nicht hier? Hoffentlich war ihm nichts zugestoßen! Er würde kommen, das hatte er ihr versprochen. Adrians Bild vor ihren Augen gab ihr Mut. Sie setzte die Füße auf den Boden und kleidete sich an.

Nachdem Mia die Tür ihres Zimmers hinter sich geschlossen hatte, nahm sie den Duft von frischgebackenem Brot wahr, der die Treppe hinaufzog und die Übelkeit vertrieb. Das Grummeln in ihrem Bauch verdrängte die düsteren Gedanken an Antonie und weckte die Lebensgeister in ihr. Auf der letzten Stufe zur Empfangshalle blieb sie stehen, um sich vorsichtig umzuschauen. Hinter einer der weißgetünchten Türen klapperte Geschirr, untermalt von Stimmengewirr. Mia konnte der Versuchung nicht widerstehen, einen Blick in die Küche zu werfen. Sie schlich zu der Tür und öffnete sie einen Spalt. Eine hochgewachsene, hagere Küchenfrau scheuchte gerade mit dem Kochlöffel ein junges Mädchen zum Ofen, damit sie die Brotlaibe herausnahm, bevor diese verkohlten.

Es dauerte nicht lange, und der Koch bemerkte, wie Mia durch den Spalt äugte. Er zog die Augenbrauen zusammen und näherte sich der Tür. Nachdem er Mias mausbraune Röcke ausgiebig gemustert hatte, musste er wohl festgestellt haben, dass Mia nicht von Adel war, denn seine Mundwinkel zogen sich wohlwollend bis zu den Ohren. »Suchst du eine Anstellung, Mädchen?«

Mia hätte sich am liebsten die nächstbeste Schürze umgebunden und sich an den Ofen begeben. Doch plötzlich traf sie wie ein Blitz die Erinnerung an den Giftanschlag. Eine Küche war das denkbar schlechteste Versteck vor der Herzogin. »Nein, nein, ich bin nur ein Gast in diesem Hause«, stammelte sie und schloss eilig die Tür. Auf der Treppe näherten sich Schritte. Mias Herzschlag setzte für einen Augenblick aus. Sie wagte einen Blick über ihre Schulter und stellte erleichtert fest, dass Walther die Stufen herabkam.

Sein Gesichtsausdruck erhellte sich, als er Mia sah. »Ich hab einen Bärenhunger. Hast du schon herausgefunden, hinter welcher Tür das Speisezimmer liegt? Ich hoffe doch, es ist schon eingedeckt worden.« Er legte die Hand auf Mias Schulter und schaute sich stirnrunzelnd um.

Kurz darauf flog die Tür der Küche auf, und eine Magd, schwer beladen mit einem Tablett voller Köstlichkeiten, trat heraus. Sie eilte auf ein Zimmer zu, dessen Tür nur leicht angelehnt war, und stieß sie mit dem Fuß auf.

»Ah, es wird aufgetragen«, sagte Walther und griff nach Mias Hand. »Komm, lass uns sehen, was es Gutes gibt. Ich bin gespannt, ob der Koch hier seinen Namen verdient hat.«

»Es ist nur ein Frühmahl, Vater.«

Walther achtete nicht auf Mias Worte. Schnurstracks schritt er zum Speisezimmer und ließ sich dort an der reich gedeckten Tafel nieder. Das frischgebackene Brot verströmte zwischen Speckstreifen und Eiern einen appetitanregenden Duft. Südländisches Obst wie Orangen und andere fremd aussehende Sorten waren in einer Schale drapiert.

»Glaubt Ihr, es ist rechtens, wenn wir uns hier einfach hinsetzen und das Mahl zu uns nehmen? Müssten wir nicht auf die Einladung des Herzogs warten?« Mia sah unsicher zur Tür.

»Ach was«, wandte Walther ein. »Der Herzog hat mir gestern Abend gesagt, wir könnten uns in seinem Haus frei bewegen. Ganz so, als wäre es unser Heim. Er lege keinen Wert auf Etikette.« Ihr Vater fuhr sich mit der Zunge über die Lippen und schaufelte sich einige der Speckstreifen auf den Teller.

Mia sah ihn entgeistert an. Es war ihr schleierhaft, wie sich ein Mensch auf einer Reise so verändern konnte. Was sie jedoch am meisten wunderte, war seine fehlende Reaktion auf Antonies Anwesenheit im Haus. Damals auf Schloss Jülich hatte er sämtliche Hebel in Bewegung gesetzt, damit Mia flüchtete, weil die Herzogin die Mächtigere war. Und hier? Hier benahm er sich, als wäre Antonie nicht die Herzogin von Jülich, sondern eine andere Frau. Mia verstand das nicht. Ihr Vater wusste doch genau, welche Gefahr von ihr ausging!

Als er sich den Teller ein zweites Mal füllte, hatte Mia genug. »Vater, was ist in Euch gefahren?«, fragte sie zornig.

Walther hielt inne und schaute sie mit großen Augen an. »Was meinst du?«, fragte er und fing dabei mit der

Hand eine aufgeweichte Brotkrume auf, die ihm aus dem Mund gefallen war.

»Wie oft werft Ihr mir vor, dass mein Benehmen zu wünschen übrig lässt? Ich sollte Euch mal einen Spiegel vorhalten.«

Ihr Vater runzelte die Stirn. »Du liebe Güte, Mia, wir sind allein. Meinst du, ich wüsste nicht um die Sitten bei Tisch, wenn der Herzog anwesend wäre?«

»Oder die Herzogin«, wandte Mia ein.

»Oder sie.« Für Walther war das Gespräch damit wohl beendet, denn er schob sich erneut einen Streifen Speck in den Mund.

»Vater, ich lebe mit der Herzogin von Jülich unter einem Dach, ist Euch das entgangen? Es ist die Frau, wegen der Ihr mich damals vom Schloss vertrieben habt.«

»Aber das weiß ich doch.« Zwischen seinen Augen hatte sich eine steile Falte gebildet. »Ich habe bereits einmal auf das Gewäsch eines Weibsbilds gehört. Wenn Ännchen damals nicht so maßlos übertrieben hätte, dann hätte ich dich niemals fortgeschickt. Außerdem habe ich gestern Abend beim Gespräch mit Heinrich von Lothringen heraushören können, dass nichts von dem, was zwischen dir und dem Herzog vorgefallen ist, hier bekannt wurde.«

»Dennoch, habt Ihr nicht den Groll gegen mich in ihren Augen gesehen?«

»Ach, Mia. Wer wollte denn unbedingt hierherkommen? Wenn es nach mir gegangen wäre, würden wir nun in Paris leben. Vergiss das nicht, mein Kind.«

»Wenn ich gewusst hätte, dass sie hier ist … Vater, bitte. Sobald Adrian kommt, müssen wir weiterreisen.«

»Adrian, Adrian und nochmals Adrian. Ich kann diesen Namen nicht mehr hören. Und sag, wo ist er denn?

Er müsste längst da sein. Ist dir das nicht bewusst?« Walthers aufwallender Zorn ließ seine Stimme erbeben. Er hob die Faust, um auf den Tisch zu schlagen, ließ sie dann aber wieder sinken, weil just in diesem Augenblick Heinrich von Lothringen das Speisezimmer betrat.

Hinter dem Herzog raschelte die Seide von Antonies Kleid. Mias Herz begann, heftig zu klopfen. Abermals übermannte sie Übelkeit und ließ sie aufspringen. Ohne den Herrschaften den morgendlichen Gruß entgegenzubringen, sprang sie vom Stuhl und eilte aus dem Zimmer. In der Empfangshalle glaubte sie, ihre Beine würden unter ihr nachgeben. Doch sie ignorierte den Schwindel und rannte, so schnell es ging, aus dem Haus und hinunter zum Meer. Dort ließ sie sich in den Sand fallen und atmete tief die salzige Luft ein, bis die Übelkeit nachließ.

Den Blick fest auf die Wellen gerichtet, fasste sie einen Entschluss. Sie musste der Herzogin wieder unter die Augen treten können. Wenn sie sich weiterhin so benahm, würde Antonie doch davon ausgehen, sie hätte eine Liebschaft mit Johann von Jülich gehabt. Du liebe Güte, warum war sie nicht gestern schon darauf gekommen? Sie sollte das Gespräch mit der Herzogin suchen, nur so konnte Mia sie von ihrer Unschuld überzeugen. Antonie musste ihr unbedingt Glauben schenken. Schließlich kannte sie ihren Gemahl mit seiner Geistesschwäche so gut wie niemand anderer sonst. Und hier, fernab von Jülich, würde sie es bestimmt mit anderen Augen sehen als damals im Schloss.

Mia erhob sich und klopfte den Sand von ihren Röcken. Am Horizont zeichnete sich ein Viermaster ab. Zum ersten Mal in ihrem Leben sah sie solch ein großes Schiff. Wie majestätisch es mit aufgeblähten Segeln durch die Wellen glitt! Der Anblick hielt Mia gefangen, doch dann besann sie sich auf ihr Vorhaben und lief hinauf zum Landhaus.

Als Mia das Speisezimmer betrat, musste sie feststellen, dass die Herrschaften das Frühstück bereits zu sich genommen und die Tafel wieder verlassen hatten. War sie denn so lange fort gewesen? Vielleicht war etwas vorgefallen, das die Aufmerksamkeit der Herrschaften erregt hatte. Zum Beispiel ein Gast, der eingetroffen war. Adrian!

Mia raffte ihre Röcke und lief zum Salon. Ohne anzuklopfen, riss sie die Tür auf und stürmte in den Raum. Der Herzog sah sie mit geweiteten Augen an. Ihm gegenüber vor dem Kamin saß die Herzogin bei ihrer Stickarbeit in einem Lehnstuhl. Von Adrian keine Spur. Mia blickte in Antonies vor Zorn gerötetes Gesicht.

»Wir sollen dir ausrichten, dein Vater wartet in seiner Kammer auf dich. Wie es scheint, mangelt es dir an respektvollem Benehmen den Herrschaften gegenüber. Aber das sollte mich nicht wundern.« Die Herzogin schüttelte verächtlich den Kopf und wandte sich wieder ihrer Stickarbeit zu.

Der Mut, den Mia am Strand noch verspürt hatte, löste sich in Nebelschwaden auf. Mit zittrigen Beinen stieg sie die Treppe hinauf.

14. Kapitel

Antonie schmiss den Stickrahmen zu Boden und riss die Hände hoch. »Ich kenne die Anzeichen, Heinrich. Glaube mir! Auch wenn ich nie ein Kind ausgetragen habe. Heute Morgen habe ich gehört, wie sie sich erbrochen hat, genau wie unsere Frau Mutter zu Beginn jeder Schwangerschaft.« Sie erhob sich und wanderte unruhig durch den Salon. Ihr Atem ging schwer, und sie fasste sich an den Hals. »Dieses Balg …« Ihre Augen quollen hervor. »Dieses Balg ist von Johann!« Sie schnappte ein letztes Mal nach Luft, bevor der Salon um sie herum in Schwärze versank.

Antonie roch den vertrauten Duft ihres Bruders, spürte die Wärme in seinem Arm. Auch wenn sie seine Worte nur aus der Ferne vernahm, beruhigte seine Stimme sie. »Sie muss sterben, und mit ihr das Balg«, wisperte sie. An ihren Lippen spürte sie den kühlen Pokal, und das fruchtige Aroma des Weines stieg ihr in die Nase. Wie eine Verdurstende schluckte Antonie den Rebensaft, bis sie das Glas bis auf den letzten Tropfen geleert hatte.

Heinrich tupfte ihr mit einem Tuch die Mundwinkel ab. »Geht es Euch besser?«, fragte er mit einem besorgten Gesichtsausdruck und stützte dabei weiterhin ihren Kopf.

»Besser? Nein, Bruder. Mir geht es erst besser, wenn ich diese Hure tot weiß.«

»Was nutzt es ihr denn, Johanns Bastard unter dem Herzen zu tragen? Denkt doch einmal nach. Wie will sie beweisen, dass es sein Sohn ist?«

»Johann könnte etwas zugunsten dieser Mia verfügt haben. Ja, das traue ich ihm zu, so versessen, wie er auf einen Sohn war.«

»Ihr phantasiert, Schwester.« Mit seiner freien Hand schenkte Heinrich nach und hielt Antonie erneut den Kelch an die Lippen.

Antonie trank auch diesmal in gierigen Schlucken. Der Wärme in ihrem Bauch folgte ein sanfterer Gemütszustand, der sich in Sehnsucht umwandelte. Das Verlangen nach ihrem Bruder übermannte sie, wie immer, wenn der Wein die verdrängten Gefühle ausleben ließ. Mit feuchten Augen schmiegte sie sich in Heinrichs Arm. Er hob sie hoch und trug sie zum Canapé.

Eine wohlige Schwere hielt Antonie umfangen, während die Woge des Höhepunktes abebbte. Ihr Atem beruhigte sich, und die düsteren Gedanken versuchten erneut, in ihre Seele zu gelangen.

»Sucht das Gespräch mit ihr, Antonie.« Die raue Stimme ihres Bruders riss sie aus der Lethargie. »Fragt sie, ob sie wirklich ein Kind von Johann erwartet. Bestimmt klärt sich alles auf, glaubt mir. Es scheint mir nicht so, dass sie ein verhurtes Ding ist und es mit Johann getrieben hat.«

Antonie wand sich aus seinem Arm und stützte sich auf den Ellbogen. »Pah, das ist nur der Schein. Wer weiß, was dieses Weib vorhat. Vielleicht will sie mich beseitigen, um anschließend den Landständen den Bastard zu präsentieren«, zischte sie.

»Ihr steigert Euch in die Geschichte hinein.« Heinrich

seufzte und strich seiner Schwester eine Haarsträhne aus der Stirn. »Ihr seht eine Bedrohung, wo keine ist, meine Liebe. Und außerdem, woher sollte sie von Eurer Anwesenheit hier gewusst haben? Ihr Entsetzen, Euch hier anzutreffen, war nicht zu übersehen.«

Antonie neigte den Kopf zur Seite und kniff die Augen zusammen. Ihre Gedanken überschlugen sich. Ja, ihr Bruder hatte recht. Sie sollte das Gespräch mit Mia suchen.

Die Sonnenstrahlen, die durch das Fenster fielen, ließen Mia erwachen. Sie drehte sich auf die Seite, zog die Beine an und schwelgte in ihrem Traum, in dem sie gemeinsam mit Adrian am Strand gesessen hatte. Ein Schiff war gekommen, und Hand in Hand waren sie aufgestanden, um damit fortzusegeln. Eine wohlige Wärme umhüllte ihr Herz. Sie versuchte, sie festzuhalten, doch der Kummer holte sie gewaltsam zurück in die Gegenwart.

Unvermittelt setzte sich Mia auf, rieb sich die Augen und tastete mit der Hand zwischen ihren Beinen. Doch immer noch spürte sie kein Blut an den Fingern. Stattdessen stellte sich die Übelkeit wieder ein, und sie sprang aus dem Bett, um sich in die Waschschüssel zu übergeben. Nur langsam ließ der Schwindel nach. Mit vernebeltem Kopf zog sich Mia langsam an und verließ das Zimmer. Auf dem Flur trat ihr fast die Magd auf die Füße.

»Ihr sollt Euch bitte mit Ihrer Hoheit treffen, wenn die Stunde drei zum Nachmittag geschlagen hat. An der großen Düne, die zur Moorlandschaft führt. Die Herzogin will eine Unterhaltung mit Euch führen.« Das Mädchen rückte seine weiße Haube zurecht, verbeugte sich anschließend und drehte sich auf dem Absatz um.

Mia schaute ihr wie versteinert nach. Die Herzogin

war ihr zuvorgekommen mit einer Bitte um eine Aussprache, doch zum Glück konnte sie jetzt endlich alles richtigstellen. Vielleicht war es in dem Landhaus ja doch nicht so furchtbar, wenn sich die Herzogin ihr gegenüber nicht mehr so feindselig benahm. Und sollten sie länger bleiben, konnte sie in der Küche mithelfen, um sich nützlich zu machen. Den Gedanken an die mögliche Frucht in ihrem Leib verdrängte sie.

Mia knetete ihre Hände, lief die Treppe hinunter und trat vor die Tür. Nachdem sie sich auf einer Bank vor dem Haus niedergelassen hatte, kreisten ihre Gedanken wieder um Adrian. Irgendetwas stimmte nicht. Warum war er bloß noch nicht hier? Die Faust der Angst umklammerte ihr Herz und ließ sie für einen Augenblick Antonie vergessen. Still betete sie zu Gott, Adrian möge doch noch wohlbehalten in St. Nazaire eintreffen.

Nach dem Mittagessen steigerte sich Mias Aufregung. Bei Tisch hatte sich Antonie ihr gegenüber immer noch sehr reserviert verhalten. Doch das würde sich ändern, wenn die Herzogin erst die Wahrheit erfuhr. Mia nagte an ihrer Unterlippe. Sie musste Antonies Vertrauen gewinnen, sie als Verbündete ansehen können. Verbunden in dem Schicksal, einem geisteskranken Menschen ausgesetzt gewesen zu sein. Nur Antonie kannte den Herzog genauso wie sie, Mia, ihn kennengelernt hatte: irr und unberechenbar. In Mias Augen brannten Tränen der Abscheu, als die Erinnerung sie einholte. Es fiel ihr schwer, sich vorzustellen, wie die Herzogin diesen Menschen zu lieben vermochte. So sehr, dass die Eifersucht Antonies Herz zerfraß.

Mia zupfte nervös an ihren mausbraunen Röcken, wickelte einen losen Faden um ihren Finger und riss ihn mit einem Ruck ab. Dann wanderte ihr Blick aus dem Fenster ihres Zimmers. Sie sollte sich vor das Haus begeben, um rechtzeitig zu der Verabredung zu gelangen. Mia fuhr sich mit den Fingern durch die Locken und machte sich mit einem unangenehmen Gefühl im Bauch auf den Weg.

Im Stillen wappnete sie sich gegen die Schimpftiraden der Herzogin, versuchte, sich dagegen zu festigen, und legte sich in Gedanken Rechtfertigungen zurecht. Dann richtete sie den Blick auf die See und genoss die salzige Luft. Das Rauschen der Wellen beruhigte ihr Gemüt. Wie endlos weit das Meer doch war, und sie selbst so klein dagegen! Die Faszination der nimmer enden wollenden Weite zog sie hinunter zum Strand.

Rastlos schritt Walther in seinem Zimmer umher. Heinrich hatte zum Abendessen rufen lassen, doch er hätte keinen Bissen schlucken können. Sein Blick wanderte immer wieder aus dem Fenster, hin zum Atlantik, auf dem der Wind die Wogen aufbäumte. Am Horizont türmten sich die Wolken und ließen das nahende Unwetter ahnen. Seit dem Mittagessen hatte er Mia nicht mehr gesehen.

Der Himmel verdunkelte sich, und Walthers Unruhe nahm zu. Er hätte Mia nicht mit der Herzogin gehen lassen sollen, während er ein Schläfchen hielt … Ein Donnerschlag ließ ihn erstarren. Warum nur war er nicht in der Lage gewesen, auf seinen Wildfang aufzupassen? Tränen stiegen in seine Augen und brannten heiß unter den Lidern, als er sie schloss. Alles war so fremd hier! Wenn Mia verschwunden war, wo sollte er bloß nach ihr suchen?

Ein Blitz zuckte am Himmel und erhellte das Zimmer.

Diesmal war Walther auf den Donner gefasst, und dennoch ließ dieser ihn erneut zusammenfahren. Der Stiefel, den er in der Hand hielt, fiel ihm aus den Händen. Etwas Schreckliches musste geschehen sein, und Gott wollte ihn darauf hinweisen. Mit zittrigen Händen hob er den Stiefel auf und zog ihn über seinen Fuß. Nachdem die Tür hinter ihm ins Schloss gefallen war, eilte er die Stiegen hinunter ins Speisezimmer, wo die Herzogin und der Herzog bereits zum Abendmahl bei Tisch saßen. Walther sah sich unruhig um. Von Mia fehlte weiterhin jede Spur. Er trat zu seinen Gastgebern und stützte sich schwer atmend mit den Händen auf der Tischplatte ab. »Ich sorge mich um meine Tochter. Seit dem späten Nachmittag suche ich sie, war bis hinunter zum Strand, doch ich kann sie nicht finden. Herzogin, Ihr hattet sie zu einem Spaziergang eingeladen?«

Antonie tupfte sich mit einem Tuch die Lippen ab und sah Walther mit erhobenen Augenbrauen an. »Ja, und danach ist sie wohlbehalten mit mir hierher zurückgekehrt. Vielleicht hat sie ein Bad im Meer genommen«, erwiderte sie.

»Was wollt Ihr damit sagen?« Mias Worte über das Meer schossen Walther durch den Kopf.

»Die See ist schon seit dem Nachmittag unruhig. Wenn sie sich zu weit hinausgewagt hat …« Die Herzogin griff nach einer Garnele, befreite sie von der Schale und schob sie sich zwischen die Zähne.

Heiß und kalt durchfuhr es Walther. Was war Mia in den Augen der Herzogin? Nicht mehr als ein Stück Vieh, das vermutlich in den Fluten den Tod gefunden hatte? Er stürmte aus dem Speisezimmer und rannte zu den Dünen..

Der Wind peitschte die Wellen mannshoch an den

Strand. Die Wassermassen, die vom Himmel fielen, nahmen Walther die Sicht und stachen wie tausend Nadeln auf seiner Haut. Wenn Mia hier ihre Schuhe oder ihr Kleid abgelegt hatte, hätten sie längst die Fluten des Atlantiks mit sich gerissen.

Ein Blitz zuckte am nachtschwarzen Himmel und ließ das Meer in einem weißen Licht glühen. Der Sturm bäumte sich auf und riss Walther von den Beinen. Er konnte sich gerade noch mit den Händen im Sand abfangen. Aus seinem Haar perlte das Wasser in Rinnsalen und verfing sich in seinen Wimpern. Den Blick starr auf die tosende See gerichtet, betete er zu Gott, Mia möge am Nachmittag nicht auf die törichte Idee gekommen sein, im Atlantik zu baden.

Von seinen Kleidern troff das Wasser, als die Magd ihm die Tür öffnete. In der Hoffnung, Mia sei wieder aufgetaucht, betrat er die Empfangshalle und stieg die Treppe hinauf. Doch seine Zuversicht wurde jäh zerstört, als er das Zimmer seiner Tochter betrat. Es lag leer im Dunkeln da. Walther suchte das ganze Haus ab, klopfte an jede Tür, doch Mia blieb spurlos verschwunden. Und auch die Herrschaften hatte er bei seiner Suche nicht angetroffen.

Walther stand vor der letzten Tür, an die er noch nicht geklopft hatte. Dahinter lag das Gemach von Herzogin Antonie. Er wollte gerade den Arm heben, als er leise Seufzer vernahm. Die Laute der Lust steigerten sich, und er erkannte Antonies Stimme, die immer wieder den Namen ihres Bruders keuchte und dabei um Erlösung bettelte. In seinen Nacken kroch die Hitze der Scham, die jedoch unvermittelt wieder von der Sorge um Mia abgelöst wurde. Er wandte sich um und verließ erneut das Haus.

Auch wenn das Unwetter sich verzogen hatte, fiel der Regen noch in Bindfäden vom Nachthimmel. Bis zum Morgengrauen suchte Walther vergeblich die Umgebung um den Landsitz ab. Mit letzter Kraft schleppte er sich zum Haus, begab sich in seine Kammer und verharrte dort wie gelähmt und schlaflos auf dem Bett sitzend bis zum Abend. Er verspürte keinen Hunger und auch keinen Durst. Irgendwann schleppte er sich zum Fenster und wischte mit dem Ärmel über die Scheibe. Da sah er, dass sich eine schwarzgekleidete Gestalt zu Pferd dem Haus näherte. »Adrian!«, stieß er heiser aus. Der Himmel schickte ihn. Mit ihm gemeinsam konnte er weiter nach Mia suchen. Walther raffte seine letzte Kraft zusammen und verließ sein Zimmer, um Adrian vor dem Haus abzufangen.

Auf dem Hügel über dem Meer erhob sich endlich das Landhaus des Herzogs. Adrian drückte seinem Gaul die Fersen in den Bauch. Sein Herz polterte heftig in der Erwartung, Mia wieder in den Armen halten zu können. Der Wind wehte ihm durch das Haar und ließ ihn die Strapazen der Reise vergessen. Viel zu viel Zeit hatte er mit seinem Aufenthalt bei der Bäuerin vertändelt, die ihn gefunden und drei Tage lang aufgepäppelt hatte. Doch nun hatte er es endlich geschafft. Er sprang aus dem Sattel und eilte zur Tür.

Noch bevor Adrian anklopfen konnte, öffnete Walther ihm. Ein Blick in seine Augen genügte, um zu wissen, dass etwas Schreckliches geschehen sein musste.

Adrian schritt unruhig durch den Salon der Herrschaften. Mia konnte doch nicht einfach verschwunden sein! Warum nur hatte Walther nicht auf sie aufgepasst? Adrian wollte nicht glauben, dass sie im Atlantik ertrunken sein könnte. Ihren Tod würde er spüren, dessen war er sich sicher. Er musste unbedingt die ganze Gegend absuchen.

»Vielleicht hat die Herzogin doch ihre Hände im Spiel.« Walther sah ihn aus blutunterlaufenen Augen an.

»Habt Ihr sie noch nicht nach Mias Verbleib gefragt?« Adrian stellte sich an das Fenster und trommelte mit dem Fingerkuppen auf den Rahmen.

»Gewiss habe ich sie gefragt, doch sie weiß angeblich nichts. Gestern Abend wollte ich sie erneut aufsuchen, doch vor ihrer Tür war nicht zu überhören, dass sie ein Stelldichein mit ihrem Bruder hatte.«

»Wo ist sie nun?«

Walther zuckte mit den Schultern. »Ich habe sie den ganzen Tag noch nicht gesehen.«

»Nun lasst Euch nicht so hängen«, polterte Adrian. »Wie könnt Ihr nur so teilnahmslos hier herumsitzen?« Sein Herz hämmerte wild in seiner Brust, doch er wollte die Angst nicht zulassen. Bestimmt hatte sich Mia nur verlaufen und irrte in dieser fremden Gegend umher. Mit geschlossenen Augen rief er sich ihr Bild ins Gedächtnis. *Bald bin ich bei dir, Mia. Darauf kannst du dich verlassen.*

Walthers Hustenanfall riss ihn aus den Gedanken.

»Wo befindet sich das Zimmer der Herzogin?« Adrian nahm keine Rücksicht darauf, dass Walther vor lauter Röcheln keine Antwort geben konnte. Er stierte ihn an wie eine Schlange die Maus.

Walther zeigte mit dem Finger zu den Holzbalken. »Hier drüber«, krächzte er. Seine Augen lagen in tiefen Höhlen, und die Gesichtshaut war noch grauer als sein Bart.

Adrian stürmte die Stiegen hinauf. Ohne anzuklopfen, lief er in das Zimmer der Herzogin. Die Bettdecke bis über die Ohren gezogen, lag Antonie in tiefem Schlaf. Ihr Schnarchen durchbrach die Stille des Raumes, in dem es stank, als wäre ein ganzes Weinfass ausgelaufen. Adrian trat an ihr Bett und rüttelte sie an den Schultern. Hinter ihm kam die Kammerzofe herein. Ein Aufschrei entfuhr ihrer Kehle, als sie Adrian sah. Sie wandte sich ab, rief den Namen des Herzogs und rannte die Stufen hinunter.

Antonie riss die Lider auf. Ihre Augen quollen hervor, als sie in Adrians Gesicht blickte. »Der … der Heiland ist gekommen. O Herr, du schickst mir deinen Sohn«, lallte sie.

Adrian krallte seine Finger in ihre Schultern. »Wo ist Mia? Verdammt, sagt mir, wo Mia ist!«

»Die kleine Hure?« Antonie verdrehte die Augen. »Aber Heiland, das musst du doch wissen. Hast du es nicht gesehen, vom Himmel dort droben?«

»Ich bin nicht der Heiland!«, schrie Adrian. Er musste sich beherrschen, um nicht die Fassung zu verlieren.

»Nicht?« Die Herzogin stützte sich auf die Ellbogen, kniff die Augen zusammen und musterte ihn. »Ah, jetzt erkenne ich dich. Du bist doch der Münzfälscher. A…, A…«

»Richtig, Adrian, der Münzfälscher«, half er ihr auf die Sprünge. »Und nun sagt mir, wo Mia ist.«

Antonie hob die Schultern und zog eine Grimasse. »Weiß nicht, wo sie ist«, brummelte sie.

Adrian stieß schwer den Atem aus. Es machte keinen Sinn, die Herzogin weiter zu befragen. Sie war zu betrunken. Ein Räuspern ließ ihn herumfahren. Der Herzog von Lothringen stand im Türrahmen und musterte ihn mit zusammengezogenen Augenbrauen.

»Was fällt dir ein, in das Zimmer meiner Schwester einzudringen?«

Adrian sah den Dolch in seiner Hand aufblitzen. Er hob beide Hände, um dem Herzog zu versichern, dass er nicht bewaffnet war. »Erkennt Ihr mich nicht? Ich bin Adrian, Euer Münzfälscher.«

Der Herzog neigte den Kopf zur Seite. »Doch, nun erkenne ich dich. Aber was in Gottes Namen suchst du im Zimmer meiner schlafenden Schwester?«

»Mia ist verschwunden, und Eure Schwester hat sie als Letzte gesehen.«

Der Herzog ging auf ihn zu und zog ihn am Arm aus dem Zimmer. »Ich habe schon davon gehört«, flüsterte er und schloss sachte die Tür hinter ihnen.

»Hat Eure Schwester gesagt, wo sie Mia das letzte Mal gesehen hat?«

Der Herzog schüttelte den Kopf. »Nein. Doch lass uns in den Salon gehen. Dort können wir uns ungestört unterhalten.«

Adrian stand nicht der Sinn nach einer Unterhaltung. Schon gar nicht danach, dem Herzog von dem aufgeflogenen Falschgeld zu erzählen. »Verzeiht, Ihr werdet es unhöflich finden, aber Mias Verbleib lässt mir keine Ruhe. Ich muss nach ihr suchen.«

»Aber, aber, mein Freund, willst du nicht erst einmal eine Kleinigkeit zu dir nehmen? Du musst doch nach der langen Reise hungrig sein.«

Ein enges Band hatte sich um Adrians Magen gezogen. Nicht eine Brotkrume hätte er schlucken können.

Mittlerweile hatte sich die Dunkelheit über St. Nazaire gelegt. In dieser mondlosen Nacht war die Hand nicht vor den Augen zu erkennen. Fast zu spät bemerkte Adrian, wie weit er sich in die Moorlandschaft gewagt hatte. Erst als das Wasser bereits in seinen Stiefeln stand, begab er sich auf den Weg zurück zur Küste. Dabei schrie er unaufhörlich Mias Namen. In seinem Herzen brannte das Feuer der Angst. Niemals hätte er es sich verzeihen können, wenn Mia etwas zugestoßen war.

Als er den Strand erreichte, ließ er sich mit den Knien auf den Sand fallen. Der schwarze Atlantik war kaum vom Nachthimmel zu unterscheiden. Die Machtlosigkeit, in dieser stockfinsteren Nacht nicht weiter nach Mia suchen zu können, raubte Adrian fast den Verstand. Er musste zurück zum Landhaus und es erneut bei der Herzogin versuchen. Vielleicht konnte sie nun wieder einigermaßen klar denken.

Die Vorhänge des Salons waren zugezogen. Doch dahinter brannte der warme Schein von Kerzen. Schweren Schrittes stieg Adrian die Stufen zur Eingangstür hinauf. Wenigstens war er nicht der Einzige, der in dieser Nacht wach war. Nachdem er angeklopft hatte, öffnete ihm der Herzog und sah ihn fragend an.

»Keine Spur von ihr.« Adrian seufzte mutlos.

»Komm erst einmal herein. Die Nacht ist kühl.«

Im Kamin brannte ein Feuer. Die Herzogin saß auf dem Canapé und starrte mit glasigen Augen darauf. Ihre Schultern bedeckte eine wollene Stola, die von der bleichen Farbe her mit ihrem Gesicht harmonierte. Sie spitzte die Lippen und nippte an dem Weinkelch in ihrer Hand. Adrian glaubte, seinen Augen nicht zu trauen. Statt wieder nüchtern zu werden, betrank sich Antonie erneut! Er schritt zielstrebig auf sie zu und riss ihr das Glas aus der Hand. Der Wein schwappte über den Rand und hinterließ eine rote Lache auf den Holzdielen.

»Gib mir sofort mein Glas wieder«, zischte Antonie ihn an.

Adrian schüttelte den Kopf. »Nicht, bevor Ihr mir

gesagt habt, was Ihr über Mias Verbleib wisst. Walther erzählte, sie wollte einen Spaziergang mit Euch unternehmen.«

Antonies glasiger Blick richtete sich wieder in die Flammen. »Und sie sprachen: Wohlan wollen wir uns eine Stadt und einen Turm bauen, und seine Spitze bis an den Himmel!« Die Herzogin hob den Blick und schaute Adrian fest in die Augen. »Doch der Herr strafte sie, weil er zornig über ihren Hochmut war.«

»Was soll das bedeuten? Wo ist Mia?«, schrie Adrian, weil er mit dem wirren Gerede der Herzogin nichts anfangen konnte.

Sie streckte die Hand aus. »Gib mir mein Glas.«

Eine kalte Faust umklammerte Adrians Herz. Er verlor die Geduld und warf ihr den Weinkelch vor die Füße.

Der Herzog kam mit hochrotem Kopf auf ihn zu. »Hast du vergessen, wen du vor dir hast? Was fällt dir ein? Du bist mein Gast, also benimm dich auch so. Meine Schwester hat eine schwere Zeit hinter sich. Sie braucht Ruhe.«

Adrian kniff die Augen zusammen. »Sie weiß, was mit Mia geschehen ist. Und wenn sie nicht bald klare Worte spricht, vergesse ich mich.«

Unbeeindruckt von seiner Drohung wandte die Herzogin erneut den Blick ab. »Der Herr war zornig über ihren Hochmut. Doch nun wird ihr der Turm, den sie gebaut hat, zum Verhängnis.«

»Antonie, es reicht«, herrschte Heinrich sie an. »Ich bringe dich in dein Zimmer, wo du endgültig deinen Rausch ausschlafen kannst.« Er zog sie am Arm von dem Canapé und warf Adrian einen zornigen Blick zu. »Wir unterhalten uns, wenn ich zurück bin.«

Adrian wusste, er war zu weit gegangen, doch er würde alles tun, um Mia zu finden. Fest entschlossen stellte er sich dem Geschwisterpaar in den Weg. »Ihr bleibt, bis …«

»Adrian!« Walthers Stimme polterte durch den Raum. »Nun reiß dich zusammen!« Das Haar stand Mias Vater wirr vom Kopf ab, und um seine Knie schlotterten die Beinkleider. Er hielt sich am Türrahmen fest.

»Ich glaube, ich bringe meine Schwester nun zu Bett.« Der Herzog nutzte Adrians Schreckensstarre, um sich mit Antonie an ihm vorbeizuschieben. Nachdem er den Salon verlassen hatte, ließ sich Adrian schwer atmend auf das Canapé fallen.

Walther schlurfte zu ihm und ließ sich neben ihm nieder. »Wir sind hier zu Gast. Wie kannst du nur der Herzogin Gewalt androhen?«

»Sie hat Mia etwas angetan.« Die Worte schmeckten wie Galle auf Adrians Zunge.

»Ich darf gar nicht darüber nachdenken. Oh, mein Gott! Warum habe ich Antonies Eifersucht nicht ernster genommen?« Walther hob flehend die Hände. »Warum nur habe ich den Spaziergang nicht verhindert, den Antonie mit Mia unternehmen wollte?« Er verbarg das Gesicht in seinen Handflächen. Sein hilfloser Blick traf Adrian.

»Die Herzogin faselt in ihrer Trunkenheit wirres Zeug.« Adrian runzelte die Stirn. In der Eingangshalle polterten Schritte, und kurz darauf kehrte der Herzog zurück in den Salon.

»Meine Geduld ist zu Ende. Ihr beide seid fortan in diesem Hause unerwünscht. Meiner Schwester geht es sehr schlecht, und an allem ist nur diese Mia schuld. Ich fürchte, wenn ihr länger hier verweilt, wird Antonie sich noch vor Gram das Leben nehmen.« Heinrich trat auf

Adrian zu und fasste ihn am Arm. »Wir müssen uns unter vier Augen unterhalten.«

»Allerdings«, erwiderte Adrian. »Ich denke, es geht um unser Geschäft. Doch ich habe keine Geheimnisse vor Walther. Wir können offen vor ihm sprechen.«

Zwischen den Augenbrauen des Herzogs bildete sich eine steile Falte. »Dafür sollte ich dich töten.«

In Adrians Kopf kreisten die Gedanken. Wie sollte er weiter vorgehen? Wenn er dem Herzog die Wahrheit erzählte, steckte er in noch mehr Schwierigkeiten als ohnehin schon.

Heinrich straffte die Schultern. »Ich möchte euch nicht länger in meinem Haus haben, das hatte ich schon gesagt. Und mit dem Münzfälschen ist es vorbei. Ich brauche kein Zusatzeinkommen mehr, seit ich zum Herzog von Lothringen ernannt wurde.«

Adrian nickte. Wenigstens diese Sorge war er los, doch damit tat sich auch eine neue auf. Wie sollte er ohne die Hilfe der Herrschaften Mia finden?

»Solltet ihr irgendwann oder irgendwo ein Wort darüber verlieren, dann gnade euch Gott.« Der Ton des Herzogs gewann an Schärfe. »Und nun verlasst mein Haus.«

»Wir werden Stillschweigen bewahren. Doch glaubt nicht, wir würden das hinnehmen, was mit Mia geschehen ist. Eure Schwester ist an ihrem Verschwinden nicht unbeteiligt. Ihr habt selbst gehört, was sie gesagt hat.«

»Die Worte waren auf ihren Zustand zurückzuführen«, zischte der Herzog. »Meine Schwester ist eine Seele von Mensch. Niemals würde sie einem anderen Leid zufügen.« Er ging zur Tür und hielt sie weit auf. »Lebt wohl.«

»Walther, packt Eure und Mias Sachen zusammen. Ich warte draußen.« Adrian verließ den Salon. Vor dem

Haus griff er nach einem mannshohen Ast und schlug damit auf die Bank ein, bis der Stock brach. Schnaubend schleuderte er das abgebrochene Teil von sich.

»Und was nun?«

Adrian zuckte zusammen, als er Walthers Stimme hinter sich vernahm. Langsam drehte er sich zu ihm um. »Wir müssen weitersuchen. So lange, bis wir sie gefunden haben. Doch in der Dunkelheit bringt das nicht viel.«

Auf dem Weideland hinter dem Haus hatten sich Walther und Adrian unter einen Apfelbaum gesetzt und schauten beide schweigend gen Osten. Adrians Gedanken kreisten um Antonies Worte. Auch wenn sie volltrunken gewesen war, so steckte bestimmt ein Fünkchen Wahrheit dahinter. Sie hatte die Bibel zitiert und den Turm zu Babel erwähnt. Aber was hatte das mit Mia zu tun? In ihrer Eifersucht hatte sie Mia des Hochmutes bezichtigt. »Doch nun wird der Turm, den sie gebaut hat, ihr zum Verhängnis werden«, flüsterte Adrian ihre letzten Worte.

»Was sagtest du?« Walther blickte ihn fragend an.

Ein Blitz schoss durch Adrians Kopf. In seinen Schläfen hämmerte die Erkenntnis. Er sprang auf und fasste sich an den Kopf. »Der Turm! Die Herzogin faselte von einem Turm. Versteht Ihr, Walther?«

Walther sah ihn verständnislos an. »Was meinst du?«

»Sie hat Mia in einen Turm gesperrt. Los, kommt! Wir müssen uns auf die Suche nach einem Turm machen.« Er griff nach Walthers Arm und zog ihn auf die Beine.

»Ich habe hier keinen Turm gesehen, du vielleicht?«

Adrian schüttelte den Kopf. »Nein, aber das heißt ja nicht, dass es hier nirgendwo einen gibt.«

Dunkelheit umgab Mia, als sie das Bewusstsein erlangte. Ihr Kopf fühlte sich an, als läge er unter einem Felsbrocken begraben. Sie versuchte zu schlucken, doch ihre Zunge klebte an ihrem Gaumen. Obwohl sie sich sicher war, die Augen geöffnet zu haben, sah sie nichts. Ihr Leib krampfte sich zusammen. Wo war sie? Was war geschehen? Schemenhaft kehrte die Erinnerung zurück. Antonies Rufe, die sie vom Strand weggelockt hatten. Der anschließende Spaziergang mit der Herzogin durch das Moor. Dabei hatte sie sich anhören müssen, wie Antonie sie als Hure betitelte. All ihre Rechtfertigungen hatte die Herzogin in den Wind geschlagen, ihr vorgeworfen, sie hätte Johanns Samen geraubt, ihn zur Sünde verführt, um die Mutter des zukünftigen Herrschers von Jülich zu sein. Plötzlich hatte in der Hand der Herzogin ein Stein gelegen. Doch an alles, was danach geschehen war, erinnerte sich Mia nicht.

Ihr Atem beschleunigte sich. Die Herzogin hatte sie töten wollen! Hektisch tastete sie über die schmerzende Stelle unter ihren Locken und spürte die verkrusteten Haarsträhnen. Die Wunde war trocken, doch dies war nicht Mias größtes Leid. Viel schlimmer plagte sie der Durst. Als sie ihre Lippen mit der Zunge ertastete, spannten sie so sehr, dass sie aufplatzten. Ihre Augen irrten durch die Dunkelheit, doch sosehr sie sich auch bemühte, sie konnte nichts erkennen. Es roch nach verrottetem Laub, und der Staub von unzähligen Jahren brannte in ihrer Nase. Als sie versuchte, sich zu erheben, fuhr ein stechender Schmerz durch ihr Rückgrat. Mia stöhnte auf und stützte sich auf ihre Hände. Kleine, scharfe Steine schnitten in die Haut ihrer Finger. Sie verspürte einen unbändigen Durst und glaubte, darüber den Verstand zu verlieren.

Vorsichtig tasteten sich ihre Hände an dem Gemäuer entlang. Ihr Herz raste vor Angst, diesem Gefängnis nicht mehr entkommen zu können. So laut sie konnte, schrie sie nach ihrem Vater, doch um sie herum blieb es still. Auf den Knien kroch sie die Wand entlang, bis sie plötzlich das kalte Eisen einer Tür unter ihren Händen spürte. Mia stieß dagegen, um sie zu öffnen, doch die Tür ließ sich nicht bewegen. Heiße Tränen rannen über ihre Wangen. Panisch schrie sie erneut um Hilfe und trommelte mit den Fäusten gegen die Tür, bis ihre Handballen schmerzten. Es hatte keinen Zweck, verborgen im tiefen Moor würde Walther sie niemals finden. Die Eifersucht hatte die Herzogin so weit getrieben, dass sie Mias Tod wollte. Wimmernd sank Mia zu Boden, rollte sich wie eine Katze zusammen und rief sich Adrians Gesicht ins Gedächtnis. »Wo bist du nur?«, weinte sie, bevor sie erneut das Bewusstsein verlor.

Antonie hob die Lider und blinzelte in die Strahlen der Morgensonne, die durch das Fenster fielen. Sie versuchte, sich an den gestrigen Abend zu erinnern. Doch in ihrem Kopf herrschte eine Leere, und dumpfe Schläge hämmerten gegen ihre Schläfen. Sie stieg aus dem Bett und zog sich den Morgenmantel über. Als sie vorsichtig einen Fuß vor den anderen setzte, um sich an ihren Waschtisch zu begeben, schwankte der Boden unter ihr. Im Spiegel blickten sie verquollene Augen an, die mit roten Äderchen durchzogen waren. Das Haar stand wirr von ihrem Kopf ab, stumpf und störrisch, im Ansatz grau wie die Mähne eines alternden Gauls. Antonie versuchte mit zitternden Händen, es zu glätten. Was war bloß aus ihr geworden?

Langsam löste sich der Schleier, der die Erinnerung

an den gestrigen Tag verhüllte. Zum Vorschein kam Mias blutende Wunde. Ihr lebloser Leib, der vor Antonies Füßen gelegen hatte. Die Herzogin suchte nach Genugtuung in ihrem Herzen, doch sie fand nur kalte Asche. Angewidert wandte sie den Blick vom Spiegel ab und begab sich zum Fenster, um es zu öffnen. Der Wind wehte ein Schreiben vom Sekretär. Schwindel überfiel Antonie, als sie sich danach bückte. Sie stützte sich an der Stuhllehne ab und wartete, bis die Unbehaglichkeit verflogen war. Dann ließ sie sich nieder und drehte die Rolle nachdenklich in ihren Händen. Sie war sich sicher, dass diese gestern noch nicht dort gelegen hatte.

Nachdem Antonie das Siegel gebrochen hatte, entrollte sie das Schriftstück und konzentrierte sich auf die Zeilen.

Verehrte Herzogin,

die meisten wünschen sich ein üppiges Mahl in ihrer letzten Stunde. Doch mir ist eine Feder, Tinte und ein Blatt Papier das Wertvollste, was mein bald schwindendes Leben bereichern kann. Der Wächter hat mir nun die Schreibutensilien mit einem mitleidigen Lächeln auf den Lippen gebracht.

Wenn Ihr diese Zeilen lest, werde ich bereits meine gerechte Strafe bekommen haben. Der Richter hat Milde walten lassen und gewährt mir den Tod durch Hängen.

Liebste Antonie, es schneidet mir ins Herz, versagt zu haben. Wenn doch nur mein Vorhaben gelungen wäre, hätte ich es vermeiden können, dass Ihr Zuflucht bei Eurem Bruder suchen musstet. Der vergrämte Küchenjunge und der Vorkoster des Herzogs standen mir als Gehilfen zur Seite. Sehr treue Gehilfen übrigens, die bis zu ihrem Tod verschwiegen haben, dass ich sie zu den Giftanschlägen anstiftete. Doch mein Gewissen lässt mich nicht mehr ruhen. Ich habe aus freien Stücken gestanden, die Beichte abgelegt und Gott um die Vergebung meiner Sünden gebeten. Dennoch werde ich in der Hölle büßen müssen. Doch ich spüre keine Furcht, denn die Qualen des Fegefeuers habe ich bereits auf Erden ertragen.

Euch, liebste Antonie, unter den Eskapaden des Herzogs leiden zu sehen, hat mir das Herz aus der Brust gerissen. Ich war nicht in der Lage, Euch vor Eurem Gemahl zu schützen. Die Inhaftierung habt Ihr vehement abgelehnt. Was hätte ich tun sollen? Ich kann mir selbst nicht erklären, wie Johann die Giftanschläge überleben konnte. Nun denn, Gott wollte selbst bestimmen, wann er ihn zu sich rief.

Doch ich bitte Euch inständig, vergebt mir, liebste Antonie, dass ich Euch nicht das Leid durch die Hand Eures Gemahls ersparen konnte.

Einen Wunsch hege ich noch, bevor das Fegefeuer mich empfängt: Bleibt in St. Nazaire, und lebt in Frieden bei Eurem Bruder. Die Auseinandersetzungen zwischen den Erbstreitern sind eskaliert. Euer Leben ist in Gefahr, wenn Ihr nach Jülich zurückkehrt.

Betet für meine Seele
In tiefster Ergebenheit
Gernot Bretzen

Antonie ließ das Schriftstück in ihrer Hand sinken. Sie hatte den Giftmörder unter den Erbstreitern vermutet. Anna oder Wolfgang von Pfalz-Neuburg hätte sie durchaus zugetraut, Johann das Gift verabreicht zu haben. Doch Bretzen? Der Marschall hatte sich immer loyal gezeigt – sowohl Johann als auch ihr gegenüber. Bis ihr Gemahl in seiner Geisteskrankheit unberechenbar wurde.

Niemals würde sie nach Jülich zurückkehren. Schon

gar nicht nach Bretzens Tod. Denn nun gab es niemanden mehr, der ihr dort zur Seite stand.

Die Vogelwelt im Moor von La Brière erwachte zum Leben. Sumpfhühner wateten durch das Schilf auf der Suche nach Würmern und Insekten. Hinter einer Trauerweide erhob sich die Sonne und färbte das Sumpfwasser zartrot. Verzweifelt sah sich Adrian in alle Himmelsrichtungen um. Doch zwischen den Büschen und Bäumen ragte nirgendwo ein Turm empor.

»Allmächtiger, wo sollen wir nur mit der Suche beginnen? Das Moor ist unendlich«, stellte Walther fest. In seinem Gesicht war das Entsetzen zu lesen.

Adrian schloss die Augen und versuchte, sein Herz sprechen zu lassen. Tief im Inneren spürte er, dass Mia noch lebte. Deshalb hoffte er auf eine Eingebung, in welcher Richtung der Turm liegen könnte. Norden, Osten oder Süden – die drei Himmelsrichtungen blieben ihnen, denn im Westen lag der Atlantik. »Wir gehen in Richtung Norden und dann im Halbkreis gen Osten und zuletzt in Richtung Süden.« Adrian rieb sich mit der Hand über das Kinn. »Irgendwo muss dieser verdammte Turm doch sein.«

»Soweit es einen gibt.« Walther stieß mit seinem Fuß einen Stein an.

»Walther, ich lasse keinen Zweifel zu, vergesst das nicht. Gleichgültig, wie lange wir auch suchen.« Es gab diesen Turm, und Mia lebte. Wie ein Ertrinkender klammerte er sich an diese Hoffnung. Die Suche nach ihr würde nicht enden, bevor er sie gefunden hatte.

Je weiter Walther und Adrian in die sumpfige Moorlandschaft vordrangen, desto verworrener wurden die Wege.

Sie führten entweder ins Wasser oder im Kreis. Dichte Wolken bauschten sich vor der Sonne auf, und in den Blättern der Baumkronen rauschte der Wind. Walthers Gesichtsausdruck spiegelte seine Müdigkeit wider, die sein schlurfender Gang bestätigte. Doch darauf konnte Adrian keine Rücksicht nehmen. Wenn Mia ohne Wasser in dem Turm eingesperrt war, dann rann ihnen die Zeit wie Sand durch die Finger. Genau so, wie es die Herzogin geplant hatte, um sich an Mia zu rächen. Der Gedanke daran machte Adrian schier wahnsinnig.

Er beschleunigte seinen Schritt gen Osten, bis ihnen ein Gewässer den Weg abschnitt. Doch auf dem Stück Land dahinter sah er ein Pferd unter einem Baum weiden. Adrian rieb sich die Augen, weil er an ein Trugbild glaubte. Aber der Gaul stand immer noch da. Adrian lief rasch ein Stück zurück auf eine Anhöhe, um das Land besser in Augenschein nehmen zu können. Ein reetgedecktes Dach erhob sich zwischen saftigem Grün.

»Walther, dort drüben leben Leute!«, schrie er. »Wir müssen dorthin, egal, wie.«

Walther folgte ihm auf den Hügel. »Wie willst du dahingelangen?«

»Wir gehen durch das sumpfige Gewässer. Vielleicht ist es gar nicht so tief. Wartet hier«, wies er Walther an.

Doch Adrian hatte sich geirrt. Schon nach wenigen Schritten versank er bis zur Hüfte in dem braunen Wasser.

»Komm zurück!«, rief Walther. »Du bist schneller darin versunken, als du denken kannst.«

Adrian sah ein, dass Mias Vater recht hatte, und machte kehrt. Es musste einen anderen Weg zu dem Haus geben, schließlich konnte das Pferd nicht mit einem Stechkahn dorthin befördert worden sein.

»Was erhoffst du dir davon, das Haus aufzusuchen?«, fragte Walther.

»Wenn es hier einen Turm gibt, werden die Leute ihn kennen.« Adrian ließ den Blick in den Himmel wandern. Zu seinem Erschrecken sah er, dass sich die Sonne schon dem Westen zuneigte.

Plötzlich schrie Walther auf. »He, du! Hier sind wir!«

Adrians Blick schnellte zu dem Stück Land. Ein Mann hatte sich dem Pferd genähert. Er schirmte seine Augen vor der schrägstehenden Sonne ab, um zu sehen, wer nach ihm schrie.

»Herr, wie gelangen wir zu deinem Stück Land?«, rief Adrian.

Der Mann hob den Arm. »Wartet, ich komme zu euch.« Er stieg hinab zu dem Ufer des Gewässers und verschwand im Schilf. Kurz darauf glitt er mit einem Kahn näher, den er mit einem langen Stock vorwärtstrieb.

Als er bei Walther und Adrian angekommen war, sprang er heraus. »Was kann ich für Euch tun?«, fragte der Mann. Seine hellblauen Augen in dem wettergegerbten Gesicht leuchteten in der untergehenden Sonne.

»Sag, gibt es hier im Sumpf einen Turm?«, fragte Adrian ohne Umschweife.

Der Mann zog die Stirn in Falten. Nachdenklich rieb er sich mit der Hand über den strohblonden Bart. »Einen Turm? Lasst mich nachdenken.« Er schüttelte den Kopf. »Nein, nicht, dass ich wüsste.«

»Bist du dir ganz sicher?«, hakte Adrian nach.

»Ich kenne die Gegend gut. Aber einen Turm habe ich noch nie gesehen.«

Adrian spürte, wie die Hoffnung schwinden wollte. Vielleicht hatte die Herzogin in ihrer Volltrunkenheit wirklich nur dummes Zeug geredet. Doch der Gedanke hatte sich in seinem Kopf festgesetzt, so dass er keine andere Möglichkeit in Erwägung ziehen mochte. Es musste hier in der Gegend einen verdammten Turm geben, das spürte er tief in seinem Herzen.

»Ich könnte mein Weib fragen. Sie lebt seit Kindesbeinen hier, wohingegen ich erst mit der Heirat in diese gottverlassene Gegend gezogen bin.«

Adrian versuchte, sein Alter zu schätzen. Der Mann zählte bestimmt fünfzehn Lenze mehr als er. »Sollen wir hier warten?«, fragte er dann.

Der Mann schüttelte den Kopf. »Nein, nein.« Er schaute zu seinem Kahn. »Keine Angst, auch wenn er nicht danach aussieht, aber er wird uns alle drei durch den Sumpf bringen. Mein Name ist übrigens Pierre«, stellte er sich vor.

Nachdem auch Adrian und Walther ihre Namen genannt hatten, stiegen sie in den Kahn und ließen sich von dem Mann ans andere Ufer bringen.

Hinter dem Haus lagerten große Brocken von getrocknetem Moorboden.

»Ich bin Torfstecher«, bemerkte Pierre.

Doch das interessierte Adrian nicht, er konnte es nicht erwarten, mit der Frau zu sprechen. Ungeduldig trat er von einem Bein auf das andere, bis Pierre den Stechkahn an einem Pfahl festgebunden hatte.

Das Feuer, das in dem großen Ofen in der Kochstube loderte, verströmte einen süßlich markanten Duft. Eine junge Frau trug einen schweren Kupferkessel zu dem Bohlentisch, um den in der Mitte des Raumes vier Stühle standen. Adrian hielt sie für Pierres Tochter, doch der Torfstecher stellte sie als sein Weib vor.

»Wie gut, dass ich genug Eintopf gekocht habe. Eigentlich sind Gäste in dieser Gegend eher ungewöhnlich.« Die Frau wischte sich die Hände an ihrer Schürze ab und strahlte die Männer an.

»Wir bleiben nicht zum Essen«, erwiderte Adrian. Das Aroma, das der Eintopf verströmte, verursachte in seinem Magen Übelkeit. »Wir sind auf der Suche nach einem Turm. Es bedarf der Eile, vermutlich wird dort eine junge Frau gefangen gehalten.«

»Du meinst bestimmt den Rabenturm. Wer sollte da wen gefangen halten? Die Feuchtigkeit des sumpfigen Moores nagt an dem Gemäuer und lässt es bröckeln. Also, ich möchte da nicht eingesperrt sein, denn es heißt, er droht einzustürzen.«

Adrian schoss die Hitze in den Nacken. »Wo ist der Turm? Wir dürfen keine Zeit verlieren.«

Louise schaute zu ihrem Mann. »Kennst du das Gebäude etwa nicht?«

»Nie gesehen. Ist er weit von hier entfernt?«

»Wenn wir den Kahn nehmen, sind wir noch vor Sonnenuntergang dort.« Louise zog sich das weiße Tuch vom Kopf und lockerte mit den Fingern ihr feuerrotes Haar auf.

»Vier Leute passen nicht in den Kahn. Und bei aller Ehre, ihr müsst verstehen, dass ich mein Weib nicht mit euch allein fahren lasse.« Pierre schaute entschuldigend zu Adrian.

»Er bleibt hier.« Adrian legte Walther die Hand auf die Schulter.

»Aber …«

»Ihr seid erschöpft, das merke ich schon die ganze Zeit.« Adrian schaute Walther eindringlich an. »Vertraut mir, bald wird Eure Tochter wieder bei Euch sein.«

In Walthers Augen schimmerten Tränen. »Ich verlasse mich auf dich, Junge.«

Das Vertrauen, das der alte Koch ihm entgegenbrachte, beflügelte Adrian. In diesem Augenblick wusste er, ohne Mia würde er niemals zurückkehren.

Die untergehende Sonne tauchte die Gegend in ein warmes Licht, und über der Wasseroberfläche tanzten Schwärme von Mücken. Lautlos glitt der Kahn durch den Sumpf, aus dem sich schon der Nebel erhob. Die Äste der Trauerweiden ragten über das Ufer hinaus und legten sich auf das stille Gewässer. Eine Sumpfmöwe kreischte, bevor sie mit hektischem Flügelschlag aus dem Schilf aufstieg. Nach einer Weile erhob sich ein altes Gemäuer aus den Wipfeln der Bäume. Ein runder Turm mit halbverfallenen Zinnen ragte gen Himmel. Adrians Herzschlag beschleunigte sich. Nur schwer widerstand er dem Drang, aus dem Kahn zu springen, um ans Ufer zu schwimmen.

Sie folgten einem schmalen Pfad, der sich durch das Dickicht schlängelte. Endlich erreichten sie das alte Gebäude, an dem der Efeu hochrankte. Die Witterung von vielen Jahren hatte dem Gestein zugesetzt. Adrian trat zu der verschlossenen Eisentür. Sie musste irgendwann einmal eine Holztür ersetzt haben. Er hämmerte mit den Fäusten dagegen und rief Mias Namen. Doch im Inneren des Turmes blieb es still.

»Bist du sicher, dass sie hier gefangen gehalten wird?« Pierre rüttelte an dem Riegel, doch das Vorhängeschloss verhinderte, dass er ihn zur Seite schieben konnte.

»Ich bin mir so sicher wie noch nie zuvor in meinem Leben.« Er hämmerte wieder an die Tür.

»Weißt du, wer den Schlüssel haben könnte?« Louise sah ihrem Mann über die Schulter.

Adrian nickte. »Ja, aber das nutzt nichts, weil die Person ihn mit Sicherheit nicht herausgeben wird. Wir müssen das Schloss aufbrechen.«

»Dann werde ich zurückfahren und eine Säge holen. Ansonsten bekommen wir die Eisentür nicht auf.«

»Aber du musst dich sputen, Pierre, sie gibt kein Lebenszeichen von sich.« In Adrians Herz verstärkte sich die Unruhe. »Und bitte bring Wasser mit«, bat er mit zittriger Stimme.

Während Pierre mit seiner Frau zurück zum Haus fuhr, umrundete Adrian den Turm. Er hoffte, ein Fenster oder einen Spalt zu finden, um in das Innere spähen zu können. Doch die Ritzen waren zu schmal, als dass er außer Dunkelheit etwas erkennen konnte. Deshalb schlug er wieder mit voller Kraft gegen die Tür. Warum bloß war sie nicht aus Holz, wie es für solch ein altes Gemäuer üblich war? Und warum nur antwortete Mia nicht? Verzweifelt blickte er hinter sich, doch von Pierre und Louise fehlte noch jede Spur. Das Warten auf ihre Rückkehr kam ihm vor wie eine Ewigkeit. Verzweifelt schrie er Mias Namen.

Adrians Stimme drang aus weiter Ferne an ihr Ohr. Mia spürte, wie ihr Herz raste. Wachte oder träumte sie? Um sie herum war es weiterhin stockfinster. Sie versuchte, Adrians Namen zu rufen, doch kein Laut verließ ihre trockene Kehle. Klopfen drang zu ihrem Ohr, dann wieder ihr Name. Doch warum holte Adrian sie nicht hier heraus? Mia versuchte, sich aufzurichten, aber ihr fehlte die Kraft. Ihr Körper war so schwach, als gehörten Arme und Beine nicht zu ihr. In ihrer Kehle bildete sich ein Kloß, doch ihre Augen waren tränenleer und brannten, als wäre Salz hineingerieben worden. Sie formte mit ihren aufgesprungenen Lippen Adrians Namen. Das

Hämmern hallte in ihrem Kopf. Plötzlich vernahm sie das Geräusch einer Säge, die Metall bearbeitete. Dann blendete sie ein Lichtstrahl, in dem sich Adrians Silhouette abzeichnete. Oder war es ein Engel, der sie in das Himmelreich führen wollte?

15. Kapitel

Eine innere Barriere hinderte Antonie daran, sich der Lust hingeben zu können. Das Rauschen des Meeres, untermalt von Heinrichs raschem Atmen, drang unwirklich an ihr Ohr. Der Sand wärmte Antonies bloßen Rücken, und über ihr verdoppelte sich Heinrichs von Lust verzerrtes Gesicht. Als er sie mit seinem Schaft ausfüllte, loderte kurz ein Feuer zwischen ihren Schenkeln, doch es verlosch rasch wieder. Schläfrig senkte Antonie die Lider. Mit geschlossenen Augen fühlte sie sich auf einmal, als rollte sie einen Berg hinunter. Immer schneller und schneller, bis ihr Magen drohte, seinen Inhalt wiederzugeben. Hastig riss sie die Augen auf. Die Stöße ihres Bruders wurden heftiger, sein heißer Atem drang keuchend an ihr Ohr. Erneut spürte sie die Lust in ihrer Scham aufflammen und presste die Lippen auf den Mund ihres Bruders. Sein Kuss sollte den schalen Geschmack des Weines auf ihrer Zunge vertreiben. Da sah Antonie einen Schatten hinter Heinrichs Haupt auftauchen. Mit einem Ruck stieß sie ihren Bruder von sich, schnappte nach ihrem Kleid und bedeckte damit ihren entblößten Leib. Ungläubig kniff sie die Augen zusammen, doch sie irrte nicht.

Der Wind spielte mit einer Strähne, die sich aus dem rotblonden Haar gelöst hatte. Wie ein Leuchtturm ragte die Silhouette einer Frau aus dem Sand. Aus ihrer Kehle drang ein höhnisches Lachen. »Ihr treibt es also miteinander. Wusste ich doch, dass Ihr längst nicht so unschuldig seid, wie Ihr Euch gebt, verehrte Tante.«

»Anna!«, schrie Antonie auf. Mit einem Mal war sie stocknüchtern. Neben ihr sprang Heinrich keuchend auf die Beine und versuchte, die Schnüre über seinem Schaft zu schließen.

Die Kurfürstin von Brandenburg warf einen Blick auf seine Männlichkeit und hob die Augenbrauen. »Versucht Ihr Euch als Zuchthengst? Was wohl der Kaiser dazu sagen würde, wenn er wüsste, dass Ihr Eure Schwester besteigt?«

»Nein, Anna, bitte!« Jede Faser von Antonies Körper zitterte, und ihre ausgedörrte Kehle ließ ihre Stimme versagen.

»Wolltet Ihr dem Kaiser einen Nachfolger des toten Herzogs präsentieren? Ein Kuckucksei? Aber ach, ich vergaß – Euer Leib weigert sich ja, eine Frucht heranreifen zu lassen. Oder lag es an Johanns schwachem Samen? Ich hoffe nicht. Es wäre nicht schön, wenn sich ein weiterer Geisteskranker in Jülich austobt, der durch Eure Inzucht entstanden ist.«

»So ist es nicht«, erhob sich Heinrichs bebende Stimme.

»Wie ist es denn sonst? Treibt Ihr es etwa vor lauter Gier miteinander?«

»Wir lieben uns.« Heinrichs zittrige Finger nestelten weiterhin an den Schnüren seiner Beinkleider.

»Ihr seid Liebende, wie schön«, säuselte Anna und zog dabei einen Kussmund. Dann richtete sie ihren kalten Blick wieder auf Antonie. »Genau wie Ihr und Bretzen? Der Ärmste. Sein Leichnam ist noch nicht einmal richtig kalt, und Ihr lasst Euch von dem Nächstbesten stoßen.

Dabei macht Ihr noch nicht einmal vor Eurer Familie halt.«

Heinrich riss die Augen auf. »Stimmt das, Schwester? Hattet Ihr eine Liebschaft mit Bretzen?«

»Nein, nie und nimmer! Ihr dürft der falschen Schlange nicht glauben, Heinrich.« Antonie griff nach Heinrichs Hand und krallte die Fingernägel in seine Haut. Ihr stockte der Atem, und sie schnappte geräuschvoll nach Luft. Dann versuchte sie, sich zu fassen. »Was wollt Ihr, Anna? Sagt es mir, Ihr bekommt alles von uns. Nur bitte verratet mich und meinen Bruder nicht an den Kaiser.«

»Wirklich alles?«

Antonie nickte. »Ja, alles, was Ihr wollt.«

»Zieht Euch aus den Regierungsgeschäften zurück, und gebt das Jülich-Klevische-Land den Erbanwärtern frei.«

»Nein!«, stieß Heinrich aus. »Das könnt Ihr nicht verlangen. Ihr wisst, das bedeutet den sicheren Krieg.«

»Und wenn schon, er wird schnell vorbei sein. Unsere Truppen sind gewappnet, und die protestantische Union stärkt uns den Rücken.« Ein zynisches Lächeln umspielte Annas Lippen.

»Ich werde heute noch ein Schreiben aufsetzen«, lenkte Antonie ein, »darin werde ich den Kaiser davon in Kenntnis setzen, dass ich mich aufgrund meiner gesundheitlichen Verfassung von der Regentschaft zurückziehe. Außerdem versichere ich Euch schriftlich, kein Kind von Johann unter dem Herzen zu tragen.«

»Gut so.« Anna lachte siegessicher auf. »Ich bleibe so lange hier, bis ich den Boten damit auf dem Weg nach Prag weiß. Ich hoffe, bis dahin kann ich mit meiner Gefolgschaft Eure Gastfreundlichkeit genießen.«

»Sicher, Anna«, gab Antonie klein bei. Was war bloß

aus ihr geworden? Ein kleiner Wurm, der sich ohne Gegenwehr zertreten ließ.

Mia schmiegte sich in Adrians Arm, atmete seinen Duft ein und spürte, wie seine Hand über ihr Haar strich.

»Ich danke Gott auf den Knien, dass du lebst, Mia.« Adrians verzweifelte Stimme drang wie durch einen Nebelschleier zu ihr. Er entkorkte einen Lederschlauch und hielt ihn an ihre Lippen.

Das köstliche Nass rann durch ihre Kehle, doch es gab ihr nicht die Kraft, die sie brauchte, um sich aufzurichten. Adrian hob sie auf seine Arme und trug sie hinaus in die Freiheit. Er bettete sie auf das Moos unter den Bäumen. Über den Wipfeln verdunkelte sich der Himmel und hüllte das Moor in ein gespenstiges Licht.

Eine junge Frau bückte sich zu ihr hinunter. »Du wirst wieder gesund, Mädchen. Wir bringen ich erst einmal in unser Haus. Dort kannst du dich erholen.«

Mia vermochte sich nicht zu erinnern, die Frau jemals zuvor gesehen zu haben. Fragend blickte sie ihr in die dunkelgrünen Augen.

Als hätte die Frau verstanden, nannte sie Mia ihren Namen und den ihres Mannes.

Mia konnte nur wenig von dem Bohneneintopf essen. Nach drei Löffeln, die Adrian ihr an die Lippen gehalten hatte, stieg Übelkeit in ihrem Leib auf. Sie wollte lieber trinken. Adrian hielt ihr den Holzbecher an die Lippen, und sie schluckte gierig das Wasser. Louise hatte ihr ein Lager aus Decken und Fellen neben dem Herd bereitet. Das Feuer wärmte ihren Rücken, und das Prasseln der Holzscheite erinnerte sie an die Schlossküche. In ihrem Herzen keimte die Sehnsucht auf und weckte ihre Lebensgeister. Adrian schenkte ihr ein aufmunterndes Lächeln, als hätte er ihre Gedanken gelesen.

Fast drei Tage hatte Mia in den Decken neben dem Herd gelegen und die Zeit verschlafen. Doch nun konnte sie nichts mehr auf ihrem Lager halten. Auf wackeligen Beinen erreichte sie den Tisch und ließ sich auf einem der Stühle neben Adrian nieder, um seine Nähe zu spüren.

»Geht es dir besser?« Seine bernsteinfarbenen Augen leuchteten. Er hob die Hand, ließ sie aber nach einem verstohlenen Blick zu Walther wieder sinken.

»Ich bin noch ein bisschen wackelig. Aber das wird schon wieder.«

»Ich war beim Herzog von Lothringen«, verkündete Adrian stolz.

»Wozu?« Mia nahm Adrians Becher und trank von dem Wein. Sie stellte sich vor, wie seine Lippen kurz zuvor das Holz berührt hatten. Ihm nicht so nahe sein zu können, wie sie gern gewollt hätte, fiel ihr unendlich schwer.

»Ich habe von ihm ein Empfehlungsschreiben erpresst, mit dem Walther in der Küche am Hof von König Henri vorstellig werden kann. Er lobt darin Walthers Kochkünste über alle Maßen.« Stolz zog er eine versiegelte Papierrolle aus seinem Hemd.

Mias Augen weiteten sich. »Wie hast du das geschafft? Er hat doch nicht ein einziges Mal für Heinrich gekocht«, stellte sie verwundert fest.

Adrian grinste breit. »Na und? Seine Schwester hatte die Absicht, dich sterben zu lassen. Er selbst lässt Münzen fälschen. Ein Schreiben an den Kaiser würde reichen, um ihm alles zu nehmen, was er besitzt. Einschließlich seines Lebens.«

»Du würdest dich damit selbst an den Galgen bringen. Wie konntest du nur die Gefahr eingehen?« Mias Herz krampfte sich bei dem Gedanken zusammen.

»Heinrich ist labil – und er hängt an seiner Schwester, mehr, als es unter Geschwistern üblich ist.« Adrian strich ihr beschwichtigend mit dem Handrücken über die Wange.

Mias Haut prickelte an der Stelle, wo er sie berührt hatte. »Du meinst, er und seine Schwester …?«

Adrian sah zu Walther und hob die Augenbrauen. »Dein Vater kann es dir bestätigen.«

Mia folgte seinem Blick und sah, wie Walther zustimmend nickte. »Du hast ihn über dein Wissen nicht im Unklaren gelassen, hab ich recht?« Sie blickte wieder in Adrians Augen.

»Du hättest seine roten Ohren sehen sollen.« Adrian schnalzte mit der Zunge.

»Ich mag mir das gar nicht vorstellen. Irgendwie empfinde ich Mitleid mit Antonie.«

»Die Frau hat dir nach dem Leben getrachtet! In meinen Augen ist sie genauso krank im Geiste, wie es ihr Gemahl gewesen ist.«

»Was mich nicht wundert«, wandte Mia ein. »Du hast ihn nie richtig kennengelernt.« Sie senkte den Blick und betrachtete ihre Hände. »Doch es ist nicht rechtens, über die Toten schlecht zu reden. Wir sollten ihn ruhen lassen, denn er hatte kein leichtes Dasein.« Sie legte die Hand auf den Bauch und dachte an Babettes Worte. Es war nichts Ungewöhnliches, wenn sich die Blutung verschob.

»Lass uns nicht über die Vergangenheit sinnieren. Stell dir nur vor, du wirst am französischen Hof kochen!«

»Das wird sie wohl erst einmal nicht«, wandte Walther ein. »Du solltest nicht vergessen, sie ist eine Frau. In Jülich war das etwas anderes, da hatte ich das Sagen in der Küche, doch in Paris wird wohl kaum ein Koch sie an die Kessel lassen.«

Mia spürte Unmut in sich aufkeimen. »Die ganze Zeit über habt Ihr so getan, als stünden mir dort alle Türen offen, weil ich weiß, wie man die Gaumen verzaubert.«

Walther senkte den Blick. »Ich weiß, Mia. Aber alles lag in so weiter Ferne. Ich hatte nie wirklich daran geglaubt, dass sich irgendwann einmal für mich die Gelegenheit ergibt, am Hofe von Henri zu kochen. Ich gehe gern mit dir dorthin, doch du solltest dir darüber im Klaren sein, dass du nur als Magd in der Küche dienen wirst. Willst du das wirklich?«

Adrian stierte auf die Papierrolle, die er immer noch in den Händen hielt. Die Muskeln seines Kiefers zuckten.

Mia legte ihm die Hand auf den Arm. »Was würde aus dir, wenn wir an den Hof gehen? Hattest du gedacht, ich lasse zu, dass sich unsere Wege trennen?«

Adrian zuckte mit den Schultern. »Es war doch dein Wunsch.«

»Ja, aber es war der Wunsch eines törichten Mädchens. Wie du siehst, habe ich alles geglaubt, was Walther mir erzählt hat.« Sie warf ihrem Vater einen vorwurfsvollen Blick zu. »Was wusste ich schon von der Welt? Vor nicht allzu langer Zeit endete diese für mich noch hinter der Stadtmauer von Jülich.«

»Und ich wünsche, es wäre immer so geblieben«, erwiderte Walther mit gedämpfter Stimme.

Louise stocherte mit einem Schüreisen im Feuer. Dann wischte sie sich die Hände ab und gesellte sich zu ihnen an den Tisch. »Und was soll nun aus euch dreien werden?«

»Ich habe mir zusätzlich noch etwas Geld vom Herzog erpresst, doch weit werde ich damit nicht kommen.« Adrian zog seine Geldkatze hervor und schüttete den Inhalt auf den Tisch. »Außerdem können wir die Gastfreundlichkeit von Pierre und Louise nicht mit einem einfachen Handschlag danken.«

Walther zupfte fahrig an seinem Bart. »Mia, du und ich, wir könnten nach Paris gehen, dort das Angebot von François annehmen und in seiner Küche arbeiten. Dort dürftest du auch an die Kessel.«

Mia wunderte sich nicht, dass er Adrian außen vor ließ. Sie warf ihm einen bösen Blick zu. »Und was geschieht dann mit Adrian? Ihr wisst doch, er hat kein Handwerk gelernt und …«

»Ich werde schon irgendwie meinen Lebensunterhalt verdienen können«, unterbrach Adrian sie.

Louise schenkte noch etwas Wein nach. »Der Torf, der hier gestochen wird, ist sehr begehrt. Pierre verkauft ihn im Hafen, wo er verschifft wird. Und die Nachfrage ist bei weitem größer als das, was die wenigen Leute hier stechen können. Ihr könntet hier Fuß fassen, wir würden Euch zu Beginn zur Hand gehen. Und glaubt mir, es lebt sich nicht schlecht davon.« Louises Augen strahlten bei dem Vorschlag.

»Ich denke, die Arbeit ist zu schwer für mich alten Mann. Und außer Kochen kann ich nichts.« Walther blickte betreten zu Boden.

»Aber dafür hast du einen kräftigen Schwiegersohn.« Louise zwinkerte Mia zu.

»Adrian ist nicht mein Schwiegersohn«, zischte Walther.

»Nicht? Aber ich dachte …« Louise hob die Augenbrauen und pickte einen Krümel von der Tischplatte.

»Ja, ja, es sieht so aus, weil sich meine Tochter ihm schamlos an den Hals wirft.« Walthers Stimme nahm einen scharfen Ton an.

Adrian sprang von seinem Stuhl auf. »Eure Tochter wirft sich mir nicht an den Hals.« Er stützte sich mit den Händen auf dem Tisch ab und beugte sich zu Walther hin. »Wenn ich eine ehrbare Tätigkeit gefunden habe, werde ich um ihre Hand anhalten.«

»Pah, diese ehrbare Tätigkeit kann ich mir schon vorstellen.« Walther machte eine abfällige Handbewegung.

»Vater, es reicht!« Mia hielt Walthers Verhalten gegenüber Adrian nicht mehr aus. »Ohne ihn säße ich nicht hier, vergesst das nicht! Elendig wäre ich in diesem Turm verdurstet.«

»Wenn er uns nicht hierhergeschickt hätte, wärest du nie im Turm gelandet«, widersprach Walther.

Mia spürte, wie ihr das Blut in den Kopf stieg. Und auch Adrian sog zischend den Atem durch die Zähne. Walther war eindeutig zu weit gegangen.

»Glaubt Ihr etwa, ich hätte Mia absichtlich in Gefahr gebracht?« Adrian schlug mit der Faust auf die Tischplatte, und Mia hätte es ihm nicht verübelt, wenn er Walther an die Gurgel gegangen wäre.

»Nun beruhigt Euch wieder«, fuhr Louise zwischen die erhitzten Gemüter. »Was nutzen die Schuldzuweisungen?«

»Du hast doch keine Ahnung, wer er ist«, fauchte Walther und zeigte mit dem Finger auf Adrian. »Ein gottverdammter Verbrecher ist er. Ein Münzfälscher! Und so einem soll ich meine Tochter anvertrauen?« Er sprang auf und verließ wutschnaubend das Haus.

In Mias Augen brannten Tränen, die sie nicht länger

zurückzuhalten vermochte. Wie konnte Walther Adrian nur so bloßstellen?

»Er hat recht.« Adrian ließ sich wieder auf seinen Stuhl fallen und strich mit zittriger Hand das Haar aus der Stirn. »Ich kann nichts anderes als Münzen fälschen und Leute bestehlen. Und einem Verbrecher vertraut man seine Tochter nicht an.«

»Sag so etwas nicht«, widersprach Mia weinend. Sie glaubte, das Herz müsse ihr in der Brust zerspringen.

Louise starrte Adrian mit offenem Mund an.

»Du brauchst mich nicht deines Hauses zu verweisen. Ich gehe von selbst.« Er vermied es, Mia in die Augen zu sehen, als er sich erhob.

Louise legte die Hand auf seinen Arm. »Nun mal langsam, junger Mann. Warum sollte ich dich aus meinem Haus weisen?«

Mia hielt ihn am anderen Arm fest. »Wenn du gehst, gehe ich mit dir. Egal, wohin.«

»Hier geht niemand irgendwohin. Und nun setz dich wieder, Adrian«, befahl Louise mit einer energischen Stimme, die so gar nicht zu ihrer zierlichen Person passte. »Ihr beide bleibt erst einmal hier, und ich suche deinen störrischen Vater, um mit ihm zu reden.«

Nachdem Louise das Haus verlassen hatte, legte Mia ihren Kopf an Adrians Brust und ließ ihren Tränen freien Lauf. Vergeblich wartete sie darauf, dass er sie in den Arm nahm und tröstete.

»Dein Vater hat recht, ich bin deiner nicht würdig«, sprach Adrian mit erstickter Stimme und starrte dabei auf die Tischplatte.

»Ja, er hat recht.« Mia sprang auf, doch die Beine drohten, unter ihr nachzugeben. »Du hast meine Liebe nicht verdient, wenn ich immer bangen muss, dass du mich wieder von dir weist, sobald es ein Problem gibt.«

Adrian hielt weiterhin den Blick gesenkt. Mia schloss für einen Augenblick die Augen. »Du hast nun die Wahl. Entweder du gehst, oder du entscheidest dich, dein Leben gemeinsam mit mir in die Hand zu nehmen. Nur vergiss nicht, ich stehe genauso vor dem Nichts wie du.«

Adrian hob den Blick und sah ihr fest in die Augen. »Du hast deinen Vater, du bist nicht allein.«

»Walther ist alt. Wer weiß, wie lange er noch lebt. Hast du mir nicht versprochen, du würdest für mich da sein, mir helfen?« Mia wunderte sich selbst über ihre offenen Worte. »Hast du das vergessen, oder waren es nur leere Versprechungen?«

Ein leichtes Zucken umspielte Adrians Mundwinkel. »Mia, ich will immer an deiner Seite sein.« Er griff nach ihrer Hand und zog sie in seine Arme. Seine Lippen suchten ihre, und sie verloren sich in einem Kuss. Wie sehr liebte sie diesen Mann, der sich ihrer nicht wert fühlte!

Adrian ließ von ihren Lippen ab, drückte sie an sich und vergrub seine Finger in ihrem Haar. Schwer atmend richtete er dann den Blick aus dem Fenster. »Ich bin bereit, bei Walther um dich zu kämpfen. Bitte zweifle nie mehr daran, dass ich dich liebe.«

Mia lächelte. »Daran zweifle ich schon lange nicht mehr«, flüsterte sie.

»Ansonsten hättest du mich wohl schon längst zum Teufel gejagt.« Adrian umfasste ihr Gesicht mit beiden Händen, schloss die Augen und drückte seine Stirn gegen ihre.

»Bis dein Vater milde gegen mich gestimmt ist, werde ich Pierre beim Torfstechen zur Hand gehen. Und du kannst dir in Ruhe überlegen, ob du nach Paris an den Hof willst.«

Mia nickte. Sie musste sich wirklich erst einmal Gedanken machen, was sie wollte. Wieder schob sich die Angst vor einer Schwangerschaft in ihr Herz. Wenn sie einen Bastard in ihrem Leib trug, würde Adrian bestimmt nicht bei ihr bleiben. Dann hätte sie endgültig umsonst um seine Liebe gekämpft.

Spät in der Nacht erwachte Mia aus einem unruhigen Schlaf. Pierre hatte Walther, Adrian und ihr eine Schlafstätte aus Fellen und Decken in dem Schuppen neben dem Haus errichtet. Nachdem Louise Walther ins Gewissen geredet hatte, war er nun Adrian gegenüber etwas weniger mürrisch. Dies erleichterte Mias Herz jedoch nur wenig, denn sie dachte mittlerweile unentwegt an ihre Blutung. Pierre und Louise hatten zwar angeboten, ihnen zur Seite zu stehen, wenn sie hier Fuß fassen wollten. Doch wie sollte Mia hier an ein Mittel gelangen, das ihre Frucht abtrieb? Unmöglich konnte sie sich Louise anvertrauen, denn dazu kannte sie die Frau nicht gut genug.

Walther sägte mit seinem Schnarchen ganze Baumstämme durch, manchmal verließen auch unverständliche Worte seine Lippen. Adrian hingegen atmete ruhig. Leise erhob sich Mia von ihrem Lager, setzte sich am Ufer auf einen Baumstumpf und ließ ihren Blick in die Ferne schweifen. Das Quaken eines Frosches durchbrach die Nachtstille, dann herrschte wieder Ruhe. Das Moor bereitete ihr Unbehagen. Der sagenumwobene Sumpf schlummerte still unter den Nebelschwaden, doch sie mochte gar nicht daran denken, wie viele Gebeine dort im Verborgenen lagen. Ihre Besitzer tauchten hin und wieder als Geister auf, wie Pierre vor dem Zubettgehen erzählt hatte. In Mias Nacken richteten sich die Härchen auf.

Um sich abzulenken, dachte sie an die Geschäftigkeit, die früher in der Schlossküche geherrscht hatte. Wie mochte es wohl Ännchen gehen? Sicher hatte sie bei ihrer Base in Düsseldorf eine Unterkunft gefunden und half nun tatkräftig im Haushalt mit. Ein tiefer Seufzer verließ Mias Kehle. Sie griff nach einem Stein und ließ ihn unbedacht ins Wasser plumpsen. Erst danach erschrak sie. Was, wenn sie nun die Geister geweckt hatte?

Hinter ihr knackten Äste. Mia hielt den Atem an. Eine Hand legte sich auf ihre Schulter.

»Wie es scheint, kannst du nicht schlafen.« Adrians Stimme, heiser vom Schlaf, drang an ihr Ohr.

Sie schüttelte den Kopf. »Ich weiß auch nicht, warum ich hier sitze, obwohl es doch Moorgeister geben soll.«

Adrian hockte sich neben sie. »In dieser Gegend leben zu müssen bereitet dir Unbehagen. Meinst du, das merke ich nicht? Auch wenn du noch so oft das Gegenteil behauptest.«

Mia sog tief den Atem ein. Sie hatte sich eingebildet, überall glücklich sein zu können, wenn nur Adrian bei ihr wäre. Doch ihr Herz sehnte sich nach dem Scheppern von Kesseln, dem Klirren von Geschirr. Stimmen, die hastig durcheinandersprachen. Und nicht zu vergessen, nach dem Duft von Braten. Außerdem lockte in Paris der einzige Ausweg, das mögliche Übel in ihr zu beseitigen, denn dort könnte Babette ihr das Mittel beschaffen.

Sie spürte Adrians Finger in ihrem Nacken, die sich in ihrem Haar verfingen. Ein wohliger Schauer fuhr über ihren Rücken. Mia lehnte den Kopf an seine Schulter und schloss die Augen, um seine Berührung zu genießen.

»Lass uns nach Paris gehen. Ich weiß doch, wie sehr du die Küche vermisst.«

»Und was geschieht dann mit dir? Für dich hast du keine Referenzen vom Herzog erpresst.« Mia blickte auf und sah ihm sorgenvoll in die Augen.

»Wer Münzen fälschen kann, kann auch Waffen schmieden. Auch wenn die Zeiten in Paris ruhig sind, legt der König Wert auf ein ausreichendes Waffenarsenal. Ich werde mich schon mit dem Schmied am Hofe anfreunden können.«

Mia richtete den Blick wieder auf den schwarzen Sumpf. »Sie werden mich dort nicht an die Kessel lassen. Du hast doch gehört, was Walther gesagt hat.«

»Du wirst es schon schaffen. In Jülich ist dir das schließlich auch gelungen. Lass uns nicht mehr lange warten, ich will dein Gesicht endlich wieder strahlen sehen.« Er legte den Arm um ihre Schulter und zog sie an sich.

Regenschwere Wolken verdunkelten den Himmel, als Mia am nächsten Morgen aus dem Schuppen trat. Die restliche Nacht hatte sie wach neben Walther gelegen. Adrians gelegentliches Seufzen hatte ihr verraten, auch er hatte bis zum Morgen kein Auge mehr zugetan. Unaufhörlich waren ihr die Gedanken durch den Kopf geschossen. Das rege Treiben in einer Küche, der König an einer Tafel, die sich unter den köstlichsten Speisen bog … All dies hatte sich wieder und wieder vor ihrem inneren Auge abgespielt. Nur Adrian hatte bei all dem gefehlt. Wie sollte sie mit der Lüge im Herzen an seiner Seite leben können?

Adrian war neben sie getreten. Den Blick in den düsteren Himmel gerichtet, glättete er mit der Hand sein zerzaustes Haar.

Mia lehnte den Kopf gegen seinen Arm. »Du hast recht, lass uns nach Paris gehen.«

Walther hatte nicht lange zu überlegen brauchen, ob er seine Zustimmung gab. Im Moor kam er sich nutzlos vor, das wusste er bereits nach zwei Tagen, behauptete er, als sie auf dem weiten Feld vor den Toren der Stadt Paris standen.

Mias Bauch krampfte sich zusammen. Verstohlen griff sie nach Adrians starker Hand und drückte sie, um Mut zu fassen.

Mit zittrigen Fingern schob Antonie den Vorhang zur Seite und schaute hinunter auf den Kiesweg, wo Anna von Brandenburg mit ihrem Gefolge in die Kutsche stieg. Antonie hatte starke Kopfschmerzen vorgetäuscht und sich durch Heinrich entschuldigen lassen, um nicht bei der Verabschiedung dabei sein zu müssen. Die Erniedrigungen der letzten Tage hatten am Abend zuvor ihren Höhepunkt erreicht. Anna hatte sie als durchtriebenes Federvieh betitelt. Eine alternde Henne, die sich von jedem Hahn besteigen ließ und doch keine Eier legte.

Bei der Erinnerung daran brannten Tränen in Antonies Augen. Sie griff nach der Karaffe, schenkte sich Wein ein und trank den Pokal mit einem Zug leer. Was wusste dieses Weib schon von ihrem Leben? Den Demütigungen, die sie unter Johann zu ertragen gehabt hatte? Antonie schenkte sich ein zweites Mal ein und spürte, wie das Zittern ihrer Hände nachließ. Anna war fort, und sie würde bestimmt so bald nicht wieder hier auftauchen. Schließlich hatte sie bekommen, was sie wollte.

Nachdem die Karaffe geleert war, spürte Antonie wieder den Unmut über dieses Küchenmädchen in sich aufsteigen. Der Münzfälscher hatte sie wohl retten können, denn als sie vor wenigen Tagen den Turm aufgesucht hatte, war das Schloss aufgebrochen gewesen und Mia spurlos verschwunden. Wenn sie nur wüsste, ob Johann dieses Küchenmädchen nun geschwängert hatte oder nicht! Auch wenn sie diese kleine Hure bestimmt nie wiedersehen würde, nagte die Ungewissheit an ihrem Herzen und ließ sie nicht zur Ruhe kommen.

Antonie erhob sich und suchte Mias ehemaliges Zimmer auf. Einige vergessene Kleidungsstücke warteten darauf, ins Feuer geworfen zu werden. Sie griff danach, ging die Treppe hinab in den Salon und zündete den Kamin an. Als die Flammen an den Holzscheiten entlangzüngelten, setzte sich Antonie auf die Dielen und griff nach dem ersten Wäschestück. Das Mieder verströmte den Duft von Seife und war so rein wie die Blüten der Kirsche.

»Miststück«, raunte sie, knüllte es zusammen und warf es ins Feuer. Die Hitze versengte den Stoff, färbte ihn braun, bis die Flammen gefräßig darüber herfielen. Vor ihrem inneren Auge sah Antonie dieses Küchenmädchen auf dem Scheiterhaufen brennen, hörte ihre jämmerlichen Schreie. »Ja, brenn, du Hure!«, stieß sie aus. Ihre Kehle fühlte sich trocken an, und sie erhob sich, um sich Wein zu nehmen, den sie genüsslich trank, ohne den Blick von dem brennenden Mieder zu wenden. Nachdem sie den Pokal geleert hatte, war von dem weißen Stoff nichts mehr zu sehen, und Antonie ging in die Hocke, um das nächste Kleidungsstück zu entfalten. Als sie den einfachen Unterrock in ihre Hände nahm, formte sich vor ihrem inneren Auge das Bild, wie Johann diesen der

Küchenhure über die Hüften schob und sein Geschlecht in sie stieß, bis sein Samen durch ihren Unterleib floss. Antonies Kehle schnürte sich zusammen, und Ekel ließ sie würgen. Um dem etwas entgegenzusetzen, griff sie nach der Karaffe und goss erneut Wein nach. In hastigen Zügen trank sie.

Am nächsten Morgen fand sie sich mit hämmernden Schläfen in ihrem Bett wieder.

Obwohl Antonie angestrengt nachdachte, konnte sie sich beim besten Willen nicht mehr daran erinnern, was noch geschehen war, nachdem sie Mias Sachen verbrannt hatte. Ihre Mundhöhle fühlte sich an, als wäre sie mit Federn ausgekleidet. Mit schweren Lidern richtete sie sich auf und griff nach dem Wasserkrug auf dem Nachttisch. Der Gram in ihrem Herzen bäumte sich wieder auf, doch sie nahm sich fest vor, ihn heute nicht mit Wein zu betäuben. Sie musste unbedingt einen klaren Kopf behalten, um zu überlegen, wie sie diese Küchenhure ausfindig machen konnte. Weit konnte sie ja noch nicht gekommen sein. Schwerfällig erhob Antonie sich aus dem Bett und kleidete sich an.

Nachdem sie ihr Zimmer verlassen hatte, stand Heinrich plötzlich vor ihr im Flur.

»Habt Ihr Euren Rausch ausgeschlafen, Schwester?«

Antonie presste die Lippen aufeinander. Bestimmt hatte ihr Bruder sie zu Bett bringen müssen, weil sie nicht mehr allein gehen konnte.

In Heinrichs Augen funkelte Verachtung. »Ich wollte mit Euch reden, nachdem Anna das Haus verlassen hatte, doch dazu wart Ihr nicht mehr in der Lage.«

»Verzeiht, Bruder.« Antonie senkte den Blick. »Es passiert nicht noch einmal, das verspreche ich Euch.«

Heinrich sah sie mit zusammengekniffenen Augen an. »Euer Wort in Gottes Ohr«, raunzte er.

Antonie konnte sich nicht vorstellen, dass ihr kleiner Fehltritt vom Vortag der alleinige Grund für seinen Zorn war.

»Was hat es mit diesem Bretzen auf sich gehabt? Hattet Ihr wirklich eine Liebschaft mit ihm?« Heinrichs schroffer Ton erschreckte Antonie.

»Nein! Wie könnt Ihr so etwas nur denken?«, rief sie schrill.

»Warum sollte Anna es dann behaupten?« Heinrichs Augen funkelten so dunkel vor Wut, wie Antonie es noch nie zuvor gesehen hatte.

»Weil sie boshaft ist! Ein intrigantes Weib, das wisst Ihr doch selbst.« Ihr Verlangen nach einem Schluck Wein wuchs. Sie versteckte ihre zitternden Hände hinter dem Rücken.

»Von mir habt Ihr Euch ja auch verführen lassen. Vielleicht seid Ihr tatsächlich so durchtrieben, wie Anna behauptet, und habt Euch von Bretzen und mir besteigen lassen, nur damit Ihr Johann einen Nachfolger präsentieren konntet.«

»Was soll das, Heinrich? Glaubt Ihr das wirklich?«

Ihr Bruder sah sie abweisend an. »Ich weiß nicht mehr, was ich glauben soll. Die Eifersucht auf diese Küchenmagd hat Euch zerfressen. Nichts wolltet Ihr mehr, als Johann ein Kind zu schenken.«

»Das Kind, das nun diese Hure unter ihrem Herzen trägt.« Der Kloß in Antonies Kehle wurde zunehmend größer, und sie kämpfte gegen die Tränen.

»Schon wieder denkt Ihr nur daran«, zischte Heinrich. »Wie ein Hund, der seinem Schwanz nachjagt und ihn nicht zu fassen bekommt. Genau so benehmt Ihr Euch.«

Antonie verengte die Augen. »Ihr seid es doch, der nur seine Triebe befriedigen will. Würdet Ihr mich lieben, hättet Ihr viel mehr Verständnis.«

In dem Flur herrschte plötzlich eine Stille, die nur von Heinrichs zischendem Atem durchschnitten wurde.

»Hattet Ihr nun eine Liebschaft mit Bretzen oder nicht?«, fragte er dann mit erhobener Hand.

»Verdammt, Bruder! Wollt Ihr mich schlagen? Na los! Schlagt mich!« Antonie hielt ihm die rechte Wange hin, doch Heinrich senkte die Hand wieder und sah seine Schwester mit einem glasigen Blick an.

»Ihr traut Euch wohl nicht.« Antonie lachte erstickt auf. »Ich weiß auch, warum! Weil Ihr Angst habt, ich würde danach nicht mehr meine Beine für Euch spreizen. Ist es nicht so?« Sie trat einen Schritt vor, um an ihm vorbeizukommen. Dabei verfing sich ihr Fuß im Saum ihres Kleides, und sie strauchelte. Antonie versuchte, das Treppengeländer zu fassen, doch ihre Hand griff ins Leere. Sie verlor den Halt und spürte, wie sie in die Tiefe stürzte.

Antonie erkannte die Schritte ihres Bruders, die durch das Zimmer hallten. Sie hielt die Augen geschlossen und versuchte, sich zu erinnern. Irgendjemand bearbeitete ihren Kopf von innen mit einem Hammer. Hatte sie etwa doch wieder zu viel getrunken? Nein, das konnte nicht sein. Es hatte einen Streit mit ihrem Bruder gegeben, und dann der Sturz auf der Treppe.

Finger tasteten über ihren Kopf, Atem schlug ihr entgegen und der Geruch von Kautabak. Es waren nicht Heinrichs Hände, die über ihr Haupt strichen. Schlagartig riss sie die Augen auf – und starrte in Dunkelheit. Sie schloss die Lider, schlug sie erneut auf, blinzelte, doch die Dunkelheit blieb.

»Ich sehe nichts!«, schrie sie, fasste nach dem Leib, der auf ihrer Bettkante saß und krallte ihre Finger hinein. »Ich sehe nichts! Wo ist mein Bruder? Wer seid Ihr? Ich sehe nichts!«, rief sie erneut. Wieso war es dunkel? Warum zog niemand die Vorhänge auf?

»Ruhig, Eure Hoheit. Ihr müsst ruhig bleiben, Antonie.«

»Wer seid Ihr?« Mit einem Ruck richtete sie sich auf und presste zitternd den Rücken an das Kopfende des Bettes. Woher kam diese Schwärze um sie herum, und wo war Heinrich?

»Euer Bruder hat mich gerufen. Ich bin Arzt. Ihr seid die Treppe hinuntergefallen.« Die tiefe Stimme drang aus der Dunkelheit. »Aber es wird alles wieder gut.«

»Ich sehe nichts! Helft mir, Doktor. Wo ist mein Augenlicht?« Sie winkelte die Beine an, schlang ihre Arme darum und presste das Gesicht zwischen die Knie. Aus ihren toten Augen rannen Tränen.

»Legt Euch wieder zurück, Eure Hoheit.« Die Hand des Arztes strich über ihren Arm. »Ihr braucht viel Ruhe, dann wird auch das Augenlicht wiederkehren.«

Antonie gehorchte und kroch unter die Decke, die ihr der Arzt daraufhin bis unter das Kinn zog.

»Wo ist mein Bruder?« Antonie horchte in die Finsternis. Sie vernahm Schritte, dann fiel die Tür ins Schloss.

Der Arzt tätschelte unter der Bettdecke ihre Hand. »Euer Bruder wird gleich zurück sein«, sprach er, bevor er sich erhob und ebenfalls das Zimmer verließ.

In der Einsamkeit der schwarzen Hölle überfiel Antonie ein Weinkrampf, der nicht enden wollte.

Die Tage glichen den Nächten. Noch immer hatte Antonie sich nicht aus dem Bett gewagt. Wohin sollte sie auch gehen in dieser Dunkelheit? Dreimal am Tag hörte sie die Schritte ihres Bruders, das Klappern von Geschirr, wenn er das Tablett auf dem Nachttisch neben ihrem Bett abstellte, und die Tür, die daraufhin ins Schloss fiel, ohne dass er ein Wort mit ihr gesprochen hätte.

Ihr Flehen, er möge doch mit ihr reden, verhallte jedes Mal ohne Antwort in der Finsternis. Sie lag in einem Grab. Nur ihr Atem erinnerte sie daran, dass sie noch lebte. Gott hatte nicht bis zum Jüngsten Gericht warten wollen. Bereits auf Erden musste sie für ihre Sünden büßen.

Kutschen rumpelten über die unwegsamen Straßen. Es roch nach Pferdemist und den Ausdünstungen von unzähligen Menschen, die sich durch die Gassen von Paris schoben. Auf der Seine brachen sich die Strahlen der Morgensonne und tanzten auf den Wogen. Händler hatten am Ufer ihre Stände aufgeschlagen und boten Waren aus aller Herren Länder feil. Mia atmete den Duft von exotischen Gewürzen ein. In ihren Gedanken krönte Zimt die gebackenen Äpfel, und Kardamom hauchte dem Brotteig eine Seele ein.

Auch wenn der oberste Küchenmeister sie noch nicht an die Kessel ließ, hatte Walther durchgesetzt, dass sie die Einkäufe der Gewürze übernehmen durfte. Jeden Morgen schlenderte Mia über den Marktplatz und hielt Ausschau nach frischen Waren aus dem Morgenland.

Erst als ihr Korb gefüllt war und die Aromen von verschiedenen Pulvern und getrockneten Sträußen daraus hervorströmten, begab sie sich zurück in die Mauern des Louvre. Mia hatte wie Walther und Adrian eine Kammer im Gesindetrakt bezogen. Leider hielt Walther ein wachsames Auge auf sie, so dass sich ihr nicht viele Gelegenheiten boten, Adrian allein zu treffen.

Als sie nun sah, wie er im Schlossinnenhof auf sie zueilte, beschleunigte sich ihr Herzschlag. Doch immer noch legte sich ein Schatten über ihre Freude. Sie musste ihm von ihrer Schwangerschaft erzählen. Selbst wenn sie hier in Paris das Mittel fand, um ihrem Zustand ein Ende zu setzen, müsste sie ihm die Wahrheit erzählen.

Adrian nahm ihr den Korb aus der Hand und führte sie in den Garten, wo die Kirschbäume zartrosa blühten. Ihr Duft vertrieb die Ausdünstungen der Stadt, und Mia fühlte sich wie in einer anderen Welt. Hier zwischen den Obstbäumen herrschten eine Stille und ein Frieden, die mit ihrem Kräutergarten auf Schloss Jülich vergleichbar waren.

Adrian vergewisserte sich mit einem Blick über die Schulter, ob ihnen niemand gefolgt war, und zog Mia dann an der Hand hinter den Stamm eines Kirschbaumes, der groß genug war, dass sie sich beide dahinter verstecken konnten. Er stellte den Korb in das kniehohe Gras und nahm sie in den Arm. Ihre Lippen berührten sich und verschmolzen zu einem Kuss, der schier den Boden unter Mias Füßen schwanken ließ. Ein lauer Wind bauschte ihre Röcke auf. Ohne die Lippen voneinander zu lösen, sanken sie zwischen die saftigen Halme. Adrians Hände strichen sanft über Mias Rücken, liebkosten ihre Schultern und ihren Hals.

»Ich halte dieses Versteckspiel nicht mehr aus«, keuchte er und drückte sie fest an sich.

»Wenn Walther nicht in unsere Heirat einwilligt, laufe ich mit dir davon.« In Mias Augen sammelten sich Tränen bei dieser Vorstellung. Sie war es leid, auf der Flucht zu sein. Aber noch mehr war sie es leid, sich jede

Zärtlichkeit von Adrian erkämpfen zu müssen. Immer auf der Hut sein zu müssen, nicht entdeckt zu werden. Ihn nie ganz spüren zu können, so wie damals in der Unterwelt. In ihrem Herzen brannte die Sehnsucht, mit jeder Faser ihres Körpers seine Frau zu sein, und wenn sie dafür wie Geächtete in der Gosse leben mussten. Doch dann schob sich wieder die Angst in ihr Herz. Mia schloss die Augen und sammelte all ihren Mut, um ihm endlich von der Schwangerschaft zu erzählen. Ihr Herz polterte heftig.

»Ich werde mit Walther reden, Mia. Doch ich spüre, dass es nicht das Einzige ist, was dich bedrückt. Irgendetwas macht dir das Herz schwer. Sag mir doch, was es ist.«

Mia hob die Lider und schaute in Adrians besorgtes Gesicht. Sie glaubte, nicht mehr atmen zu können. Ihre Augen brannten. »Du wirst nicht mehr bei mir bleiben wollen, wenn du es erfährst.« Die Tränen ließen sich nicht mehr aufhalten und rannen heiß über ihre Wangen.

Adrian sah sie erschrocken an. »Was, Mia? Sag es mir! Es gibt nichts, was mich davon abhält, bei dir zu bleiben. Das kannst du mir glauben.« Er griff nach ihrer Hand und drückte sie sanft.

»Ich werde es beseitigen. Dafür gibt es Mittel. Babette ist hier in Paris. Sie könnte es mir besorgen, schließlich hat sie so etwas auch schon öfter gebraucht. Das hat sie mir selbst gesagt.« Mias eigene Stimme hallte in ihren Ohren wider, als spräche sie durch eine Nebelwand.

»Was … was meinst du, Mia?« Adrian riss die Augen auf.

»Der Samen des Herzogs hat sich bei mir eingenistet.« Mia glaubte, an den Worten zu ersticken. »Doch ich werde die Frucht beseitigen, glaube mir.«

Adrian sprang auf und lief rastlos vor ihr auf und ab. Dann lehnte er sich gegen den Baumstamm, strich sich das Haar aus der Stirn und blickte schwer atmend in die blütenübersäte Krone.

Mia wusste nicht, ob ihr Herz noch schlug. Es schien, als hätte jemand die Zeit angehalten. Sie spürte nur noch Leere.

»Du könntest daran sterben.« Adrians Worte holten sie zurück ins Dasein. In seinen Augen schimmerten Tränen. »Das Risiko ist zu groß, Mia.« Er kniete sich vor sie und griff nach ihrer Hand. »Ich kann ohne dich nicht mehr leben. Das, was geschehen ist, ist nicht deine Schuld.«

Mia sah, wie er versuchte, die Tränen zurückzuhalten, doch es gelang ihm nicht. Ein Schluchzer des Schmerzes drang aus seiner Kehle. Verzweifelt drückte er ihre Hand, bis sie schmerzte.

Adrian stierte ins Nichts. »Nein«, hauchte er kaum hörbar. »Ich lasse dich nicht allein. Du wirst kein Mittel nehmen. Es ist mein Kind.«

»Adrian! Das stimmt nicht«, schrie Mia auf. »Es ist ganz sicher nicht von dir. Nach jener Nacht habe ich meine Blutung noch bekommen.«

Er schaute sie an, presste die Lippen aufeinander und legte die Hand auf ihren Bauch. »Dieses Kind hier ist dein Fleisch und Blut. Und so, wie ich dich liebe, werde ich auch dieses Kind lieben. Ich werde es als meines anerkennen. Niemand wird jemals die Wahrheit erfahren.« Adrian fuhr sich mit dem Handrücken über die Wange, um die Nässe wegzuwischen.

»Das kann ich nicht von dir verlangen.« Mia kämpfte gegen die Schluchzer, die ihre Kehle verlassen wollten.

»Lass mich nur einmal in meinem Leben etwas richtig machen.« Adrian nahm ihr Gesicht in die Hände und küsste die Tränenflut von ihren Wangen. »Davon muss ich nur auch noch deinen Vater überzeugen. Aber das wird mir gelingen.« Er zog ihren Kopf an seine Brust. »Alles wird gut, glaube mir.«

Mia wusste nicht, was sie denken sollte. Sie verlor sich in Adrians Duft und versuchte, seine Wärme zu genießen. Zaghaft strich sie über ihren Bauch. Wie sollte sie dieses Kind jemals lieben können?

Adrian legte seine Hand auf die ihre. »Wir schaffen das, Mia, glaube mir. Du musst immer daran denken, dass es genauso wenig dafür kann wie du. Das verbindet euch beide.«

Sie schluchzte noch einmal auf. Ja, sie würde es schaffen, solange Adrian an ihrer Seite war. Sein Herzschlag pochte in ihren Ohren und ließ das Glück durch ihre Adern strömen. Nun musste nur noch Walther sein Einverständnis geben.

Nach dem Einkauf räumte Mia die Waren in die Vorratskammer und begab sich daran, für das Mahl der Bediensteten Kohlköpfe in kleine Stücke zu schneiden. Die Tür öffnete sich, und Adrian steckte sein rußgeschwärztes Gesicht durch den Spalt. Er zwinkerte ihr kurz zu und ging dann zu Walther, der gerade die Füllung einer Pastete abschmeckte. Ihr Vater wischte sich die Hände an einem Tuch ab und folgte Adrian zur Tür hinaus. Vor Aufregung schnitt sich Mia fast in den Finger, so sehr zitterten ihre Hände. Sie legte das Messer zur Seite und begab sich zum Fenster in der Hoffnung, einen Blick auf die beiden werfen zu können. Walther saß mit Adrian auf einer Steinbank unter einem der Rundbögen. Sein Gesicht war gerötet, und er gestikulierte wild mit den Händen. Dann sprang er von der Bank auf und schritt mit gesenktem Kopf vor Adrian auf und ab. Er hat es wirklich getan, triumphierte Mia innerlich. Adrian hatte bei ihrem Vater um ihre Hand angehalten.

»Wo ist der alte Koch hin? Und du, was stehst du da am Fenster? Gibt es nicht genug Arbeit?«, bellte der Küchenmeister und holte Mia aus ihren Träumereien.

»Er ist sofort wieder da«, versuchte sie, ihn zu beschwichtigen, und begab sich an die Arbeitsplatte, wo Walthers Pasteten auf die Füllung warteten. Sie nahm den Löffel und probierte von dem gehackten Lammfleisch.

Der Küchenmeister beäugte sie misstrauisch. »Was machst du da, Weib?«

»Ich beende die Arbeit meines Vaters, Meister. Er hat den Koriander noch nicht zugefügt.«

Dem Küchenmeister fiel die Kinnlade hinab. Mia schenkte ihm ein Lächeln und schnitt unbeirrt die Nieren klein. Aus den Augenwinkeln sah sie, dass er etwas erwidern wollte, sich dann jedoch erneut seiner Arbeit widmete.

In Gedanken malte Mia sich Walthers Antwort aus, doch sie konnte sich auf keine von denen einigen, die durch ihren Kopf schwirrten. Auch wenn er Adrian in der letzten Zeit nicht mehr mit Argwohn begegnet war, so tat er sich immer noch schwer, sich mit ihrer Liebe abzufinden. Und bestimmt noch schwerer damit, seine Tochter mit Adrian in einem Bett zu wissen.

»Ich habe ihm gesagt, er soll die Beichte ablegen.«

Mia fuhr herum. In Gedanken vertieft, hatte sie nicht gemerkt, dass Walther hinter sie getreten war.

»Dann habe ich ihm den Schwur abverlangt, nie wieder ein Verbrechen zu begehen. Und von ihm mit der Hand auf dem Herzen das Versprechen gefordert, dir immer ein guter Mann zu sein.« Walther quälte sich ein Lächeln ab. »Schließlich bist du meine einzige Tochter.«

In Mias Hals bildete sich ein Kloß. »Adrian wird Euch nicht enttäuschen. Das spüre ich tief in meinem Herzen, so, wie ich noch nie etwas Derartiges gespürt habe«, sprach sie trotz der aufsteigenden Tränenflut und legte die Hand auf ihren Bauch.

»Lass den Koriander, mein Kind. Versuche es lieber mit Kümmel, denn wie ich gehört habe, soll der König unter Winden leiden.«

Nachwort

Im Dortmunder Rezess am 10. Juni 1609 trafen Pfalzgraf Wolfgang Wilhelm von Pfalz-Neuburg und Kurfürst Johann Sigismund von Brandenburg eine Vereinbarung, sich gegen die Kaiserlichen zu vereinigen. Um zu verhindern, dass sich das Haus Habsburg am Niederrhein festsetzte, sicherte Henri IV. in protestantischer Union seine Hilfe zu. Im Jahre 1610 rückten die französischen Truppen im Jülicher Herzogtum ein. Auch die protestantischen Generalstaaten England und Niederlande stärkten den Besetzern den Rücken. Nur durch den Mord an Henri IV. im Mai des Jahres 1610 konnte ein Krieg noch verhindert werden, da die Gegner des Hauses Habsburg erst einmal zusammenbrachen.

Auch Antonie verstarb im selben Jahr wie der König von Frankreich. Sie war nicht mehr an den Schauplatz des Erbfolgestreits zurückgekehrt.

Doch die Possidierenden kämpften weiterhin untereinander um die Herrschaft in Jülich-Kleve-Berg. 1614 war der Erbstreit bereits so weit eskaliert, dass die niederländischen Truppen auf der Seite von Sigismund von Brandenburg die Festung Jülich besetzten. Pfalz-Neuburg rief die Spanier auf den Plan, die zeitgleich am Niederrhein einmarschierten.

Erst der Teilungsvertrag von Xanten im Jahre 1614, in dem geklärt wurde, welches Gebiet im Herzogtum den jeweiligen Erbstreitern zugesprochen wurde, konnte den Zwist beilegen. Sigismund von Brandenburg erhielt die Herrschaft über die Grafschaft Ravensberg und das Herzogtum Kleve. Pfalz-Neuburg wurden die Grafschaften Berg und Jülich mit der Residenzstadt Düsseldorf zugesprochen. Das Ende des vereinigten Herzogtums Jülich-Kleve-Berg war somit besiegelt und der Krieg am Niederrhein noch einmal abgewendet.

Doch die konfessionellen und internationalen Auseinandersetzungen der Generalstaaten England, Frankreich, Spanien und Niederlande blieben nicht ohne Folgen. Die Saat ging im Jahr 1618 durch den Ausbruch des Dreißigjährigen Krieges auf.

Danke

Schreiben verbindet. Das war eine der schönsten Erfahrungen, die ich nach der Veröffentlichung meines ersten Romans machen durfte. Neben all den liebgewonnenen Menschen, die ich kennengelernt habe, möchte ich eine neue Freundin besonders hervorheben. Es gibt nicht viele Menschen, die einem mit so viel Ehrlichkeit begegnen. Von daher danke ich Daniela Wanninger, einer wundervollen Autorin, die geduldig meine Geschichte gelesen und mich mit ihrem ehrlichen Gefühl für das Wesentliche auf den richtigen Weg gebracht hat.

Auch bedanke ich mich bei meiner Agentin Anna Mechler, die sich für mich stark macht und immer und zu jeder Zeit die richtigen Worte findet, wenn mich die Zweifel überfallen. Worte, die sich bisher immer bewahrheitet haben.

Natürlich gilt mein Dank auch den Mitarbeitern des Ullstein Verlags, die mit viel Liebe zum Detail an der Präsentation meiner Bücher arbeiten. Allen voran meine Lektorin, die mir ganz viel Selbstbewusstsein für meine Geschichten geschenkt hat.

Nun heißt es so schön, die Besten kommen zum Schluss. Und das sind meine beiden Männer, denen mein größter Dank gilt. Ich bin in der glücklichen Lage, einen Sohn zu haben, der mir keinen Kummer bereitet, sondern mich mit Stolz erfüllt, der auch einmal zurücksteckt, wenn ich in andere Welten vertieft bin. Nun geht der junge Mann seinen eigenen Weg. Dafür wünsche ich dir alles Gute, Marcel.

Nun zu meinem Mann, dem besten Ehemann von allen, der einen ganz großen Platz in meinem Herzen hat. Meine Romane wären nicht entstanden, wenn er nicht an mich geglaubt hätte, bevor auch nur das erste Wort geschrieben war. Die Seiten wären nicht gefüllt, wenn er mich nicht geduldig in der Welt meiner Geschichte gelassen hätte. Manchmal beobachtet er mich beim Schreiben, und er hat mir verraten, wie sehr er sich freut, wenn mir dabei ein Lächeln entweicht. Dafür bekommt er von mir einen ganz besonders dicken Kuss. Ich liebe dich.

Marion Henneberg

Die Tochter des Münzmeisters

Historischer Roman

Originalausgabe

ISBN 978-3-548-26960-3
www.ullstein-buchverlage.de

Goslar im 11. Jahrhundert: Die junge Hemma, Tochter des Vogts, muss nach der Enteignung der Familie und dem Tod des Vaters durch die Hand eines adligen Verehrers aus Not den Sohn des örtlichen Münzmeisters heiraten. Gleich bei der Geburt ihres ersten Kindes stirbt Hemma. Ihre Tochter Henrika wächst ohne Mutter bei dem sie liebevoll umsorgenden Vater auf. Als Henrika sich in einen Gefolgsmann des Königs verliebt, erlangt sie Zugang zu gesellschaftlichen Kreisen, in denen sich auch der Mörder ihres Großvaters bewegt …

Petra Durst-Benning

Die Zuckerbäckerin

Historischer Roman mit Rezepten

ISBN 978-3-548-26625-1
www.ullstein-buchverlage.de

Stuttgart 1816: Die verwaisten und ungleichen Schwestern Eleonore und Sonia leben in ärmlichen Verhältnissen. Doch das Glück scheint auf ihrer Seite zu stehen, selbst nach einem Diebstahl, denn Königin Katharina holt die beiden Mädchen aus Mitleid als Küchengehilfinnen an ihren Hof. Von nun an verknüpfen Liebe, Verrat und Intrigen das Schicksal der drei Frauen miteinander …

»Absolut spannend!« *Bild*

»Eine von Deutschlands First Ladies des historischen Romans.« *Bild am Sonntag*